KB077261

테러호의 악몽 1

# 테러호의 악몽 1

## THE TERROR

댄 시먼스 지음
김미정 옮김

VERTIGO

잊혀지지 않을 북극의 기억을 선사해준
테네스 토비, 마거리트 쉐르단, 로버트 콘스웨이트,
더글라스 스펜서, 듀이 마틴, 윌리엄 셀프, 조지 펜맨,
드미트리 티옴킨, 찰스 리더러, 크리스천 니비, 하워드 호크스,
제임스 아네스에게 사랑과 감사와 더불어 이 책을 바칩니다.

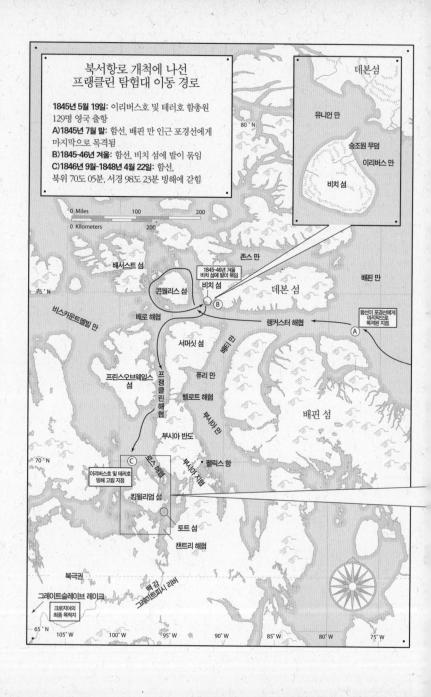

북서항로 개척에 나선
프랭클린 탐험대 이동 경로

**1845년 5월 19일:** 이리버스호 및 테러호 함총원
129명 영국 출항
**A)1845년 7월 말:** 함선, 배핀 만 인근 포경선에게
마지막으로 목격됨
**B)1845-46년 겨울:** 함선, 비치 섬에 발이 묶임
**C)1846년 9월-1848년 4월 22일:** 함선,
북위 70도 05분, 서경 98도 23분 빙해에 갇힘

0 Miles        100        200

0 Kilometers        200

데본섬

유니언 만

승조원 무덤

이리버스 만

비치 섬

80°N

존스 만

배서스트 섬

1845-46년 겨울
비치 섬에 발이 묶임

비치 섬

콘월리스 섬

B

데본 섬

배핀 만

75°N

비스카운트멜빌 만

배로 해협

랭커스터 해협

함선이 포경선에게
마지막으로
목격된 지점

A

서머싯 섬

벤티 만

프린스오브웨일스
섬

프랭클린 해협

퓨리 만

벨로트 해협

부시아 만

배핀 섬

부시아 반도

70°N

이리버스호 및 테러호
빙해 고립 지점

C

레스 해협

부시아 지협

펠릭스 항

킹윌리엄 섬

토트 섬

챈트리 해협

북극권

그레이트슬레이브 레이크

백 강
그레이트피시 리버

크로지어의
최종 목적지

65°N

105°W        100°W        95°W        90°W        85°W        80°W        75°W

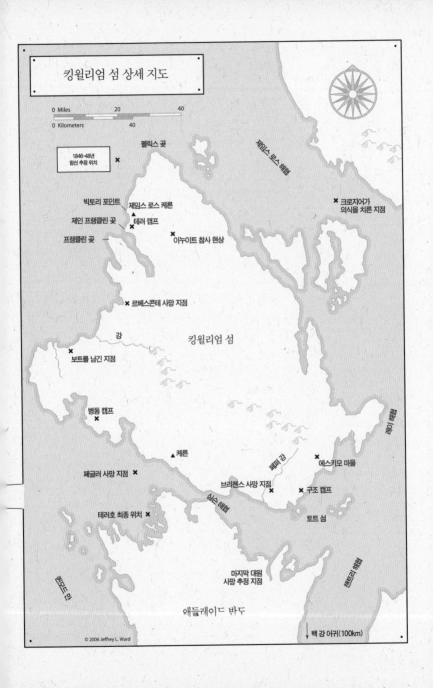

킹윌리엄 섬 상세 지도

0 Miles 20 40
0 Kilometers 40

1846-48년
함선 추정 위치 ✕

펠릭스 곶

제임스 로스 해협

✕ 크로지어가
의식을 치른 지점

빅토리 포인트 ▲ 제임스 로스 케른
제인 프랭클린 곶 ▲ 테러 캠프
프랭클린 곶
✕ 이누이트 참사 현상

✕ 르베스콩테 사망 지점

강    킹윌리엄 섬

✕ 보트를 남긴 지점

✕ 병동 캠프

▲ 케른

페퍼 강

레이 해협

✕ 에스키모 마을

✕ 페글러 사망 지점    브리젠스 사망 지점
✕    ✕ 구조 캠프

토트 섬

✕ 테러호 최종 위치    심슨 해협

마지막 대원
사망 추정 지점

챈트리 해협

부스 만

애들레이드 반도

↓ 백 강 어귀(100km)

© 2006 Jeffrey L. Ward

흰색이 더욱 쾌적한 인상을 주는 사실과 별개로 존재 자체가 끔찍한 대상과 결합했을 경우, 흰색을 떠올리기만 해도 공포가 극한으로 치닫는 이유는 바로 이 포착하기 힘든 성질 때문이다. 북극의 백곰과 열대 지방의 백상아리를 보라. 미끈하고 유난히 희다는 점 말고 또 무엇이 저 둘을 초월적 공포의 대상으로 만드는가? 말없이 감탄하며 바라보는 저들의 생김새가 무섭다기보다 오히려 혐오스럽고 역겨운 흰색으로 뒤바뀌는 이유는 그 흰색이 송장처럼 창백하기 때문이다. 독특한 호피에 사나운 엄니를 드러내는 호랑이라 하더라도 하얀 수의를 뒤집어 쓴 백곰이나 백상아리만큼 기를 죽이진 못한다.

- 허먼 멜빌, 『모비딕』 중

**일러두기**

1 본문의 괄호는 모두 옮긴이주이다.

2 독자의 이해를 돕기 위해 등장 인물들의 계급은 소설의 배경인 19세기 당시에는 없던 현대식 군대 계급으로 표기하였다.

# 1
## 크로지어

북위 70도 5분, 서경 98도 23분
1847년 10월

크로지어 함장은 갑판에 올라 함선이 공격당했는지 확인한다. 정박해 있는 테러호 위로 영롱한 오로라가 커튼처럼 펄럭이다 아래로 쏟아질 듯 사라진다. 마치 실체를 알 수 없는 악령이 오색 찬연한 양팔을 쭉 펴고 달려와 앙상한 손으로 테러호를 움켜쥐려다 물러서는 모양새다.

현재 기온은 영하 45도. 계속 떨어지고 있다. 이른 아침부터 안개가 자욱하다. 뿌연 땅거미가 매일 꼬박 한 시간을 앉았다가 동이 트면 서서히 물러간다. 마스트(돛대)는 마구잡이로 가지치기 당한 나무처럼 우뚝 솟아 그 끝이 보이지 않는다. 톱마스트(밑에서부터 두 번째 마스트), 톱갤런트 마스트(톱마스트 위에 있는 마스트) 각각 세 개, 상부 리깅(배에서 쓰이는 돛·돛대·가로대·활대·버팀줄 및 갖가지 밧줄을 총칭. 마스트가 쓰러지지 않도록 지지하는 역할을 겸한다), 최상부 원재(범선에서 사용하는 목재 또는 금속 같은 재질의 작대기로 돛대, 활대 따위를 말한다)를 분리해 따로 보관해 두었다. 들러붙어 있던 얼음이 아래로 쏟아질 경우 그 무게로 배가 전복될 위험을 미연에 방지하기 위해서다. 오로라가 흐릿한 수평선 이쪽에서 저쪽으로 넘어가며 미스트에 어른거린다. 크로지어는 함선을 에워싼 삐죽빼죽하고 푸르스름한 빙원이 검자주색으로 물들다가 어린 시절 뛰놀던 북아

11

일랜드 언덕의 녹음처럼 빛나는 것을 지켜본다. 우현 선수에서 전방 1.6킬로미터 앞으로 보이는 초대형 빙산이 테러호의 자매함 이리버스호를 시야에서 지운다.

크로지어는 옷깃을 세우고 고개를 젖혀 40년간 해 오던 대로 마스터와 리깅 상태를 점검한다. 서늘하게 빛나고 있는 별들은 수평선 근처에서 끔뻑이다가도 그가 쳐다보는 순간 좌우로 휙 날아가고 위아래로 요동치며 아롱거린다. 전에도 이런 광경을 본 적이 있다. 로스 경과 남극에 갔을 때에도, 전에 북극해 탐험을 왔을 때도 봤다. 남극 탐험대에 합류해 난생 처음 빙하에서 겨울을 나던 어느 과학자는 망원경을 손질하며 크로지어에게 이렇게 설명했다. 별들이 저렇게 요동치는 건 끝없이 펼쳐진 빙해와 빙토 위 두텁고 불안정하게 깔린 찬 공기에 빛이 급격히 굴절되기 때문이라고. 다시 말해, 인간이 단 한 번도 본 적 없는 새로운 동토-적어도 백인은 보지도 못한 땅- 위에서 빛이 굴절되기 때문이라는 것이다.

5년 전 크로지어는 당시 중령이던 제임스 클라크 로스가 이끄는 탐험대의 일원으로 남극 대륙을 처음 탐험했다. 탐험대는 로스 경의 이름을 따서 바다와 만, 대륙에 이름을 붙였다. 후원자와 동료의 이름을 따서 산에도 이름을 붙였다. 당시에도 이리버스호와 테러호가 투입되었다. 양쪽 함선의 이름을 따서 수평선 너머 김이 모락모락 피어오르는 화산 두 곳을 이리버스와 테러라고 명명했다. 함선에서 키우던 고양이 이름을 따서 붙인 지명은 왜 없는지 크로지어는 의아했다.

크로지어 이름은 그 어디에도 없었다. 1847년 10월을 기준으로 남북극을 통틀어 섬과 해협, 만과 산, 빙하와 화산, 부빙 중에서 프랜시스 로돈 모이라 크로지어의 이름이 붙은 곳은 단 한 군데도 없다.

크로지어는 아무래도 상관없다. 약간 취기가 오르는 것 같다. 우현으로 12도, 선수로 8도 기울어져 얼어붙은 갑판 위에 서 있으면 저절로 균형을 잡을 수밖에 없다.

'내 평생 최근 3년 동안 술을 가장 많이 마시는 것 같아. 소피아를 알게 된 후 늘 취해 있군. 내가 얼마나 괜찮은 뱃사람인데. 술을 입에 대지도 않는 저 재수 없는 프랭클린보다 술은 좀 마셔도 내가 훨씬 낫지. 뺨은 발그스레해서 혀 짧은 소리나 내는 딸랑이 피츠제임스보다도 내가 낫지.'

크로지어는 고개를 털며 얼어붙은 갑판을 걸어 선수로 간다. 홀로 근무 중인 승조원이 보인다. 오로라가 환해서 누군지 단박에 알겠다.

왜소하고 오종종하게 생긴 코닐리어스 히키, 누수방지공 조수다. 어두울 때 당직 근무를 서면 다들 똑같아 보인다. 전부 똑같은 방한복을 입기 때문이다. 플란넬과 모직으로 된 옷을 껴입고 그 위에 두터운 방수 외투를 걸치고 두툼한 소맷자락 밑으로 둥글넓적한 벙어리장갑을 낀다. 웨일스식 방한모(이마와 양쪽 귀, 목 뒤를 덮는 모양으로 머리에 밀착해서 쓰는 모직 캡, 영국 웨일스 몽고메리 지방에서 유래했다) 양쪽으로 늘어진 귀덮개를 단단히 잡아매고 두툼하고 긴 목도리로 얼굴을 칭칭 감으면 동상에 걸린 코끝만 보인다. 워낙 춥다보니 대원들의 방한법도 제각각이다. 집에서 가져온 목도리를 휘휘 두르기도 하고, 웨일스식 방한모를 하나 더 눌러쓰기도 한다. 혹은 영국 해군이 지급한 방한 장갑 속에 어머니나 아내, 애인이 짜 준 알록달록한 장갑을 하나 더 낀다. 크로지어는 생존 대원 59명 전원을 구별할 수 있다. 아무리 멀고 깜깜해도 가능하다.

히키는 시선을 고정하고 고드름이 매달린 보우스프릿(선수로부터 전방으로 튀어 나온 뾰족한 장대)을 바라본다. 3미터 정도 되는 보우스프릿 앞쪽에 사방이 꽝꽝 언 바다가 보인다. 영국 군함 테러호의 선미는 빙하에 쳐들리고 선수는 눌려 있다. 상념에 잠긴 건지 너무 추워서인지 히키는 함장이 온 줄도 모른다. 눈얼음이 잉겨 붙어 제단처럼 변신한 난간 옆으로 선장이 다가오자 그제야 알아본다. 그는 산탄총을 얼음 제단에 기대어 놓았다. 혹한이라 아무리 장갑을 꼈다한들 총을 만지고 싶은 이는 아무도 없다.

크로지어가 난간에 와서 기대자 히키가 흠칫 놀란다. 스물여섯 살 먹은 대원의 얼굴이 잘 보이지 않는다. 목도리를 둘둘 감고 웨일스식 방한모를 쓴 아담한 사내의 머리 위로 모락모락 피어오르는 입김만 보인다. 입김은 순식간에 얼음 알갱이로 변해 오로라를 난반사한다.

관례상 수병은 빙하에서 겨울을 날 때 경례를 생략한다. 바다에서 장교를 만나도 가벼운 묵례조차 하지 않는다. 그런데 둘둘 싸맨 히키는 함장에게 생색을 내려는 듯 어색하게 몸을 돌려 어깨를 으쓱하더니 고개를 숙인다. 맹추위로 네 시간이던 근무가 두 시간으로 줄었다. '안 그래도 이 비좁은 함선에 근무 설 대원은 넘치니 경계 근무 인원을 두 배로 늘려도 되는건 하늘도 안다고.' 크로지어는 생각한다. 히키의 굼뜬 동작만 봐도 몸이 얼었음을 알 수 있다. 크로지어는 갑판 근무 시 몸을 쉬지 않고 움직이라고 귀에 못이 박히도록 떠들었다. 걷기, 제자리 달리기, 가끔 토끼뜀 뛰기, 그러면서도 시선은 빙해에 고정시키라고 주문했다. 이렇게 훈령을 하달해도 수병들은 근무하는 동안 가만히 서 있다. 열대 바닷가에 하와이언 셔츠를 입고 서서 인어공주를 기다리는 듯.

"함장님 오셨습니까?"

"히키, 별일 없나?"

"총성이 들린 이후 별일 없습니다. 아까 두 시간 전에 발사된 것 말고는 없습니다. 좀 전에 비명 소리 비슷한 것이 언뜻 들린 것 같습니다. 저쪽 빙산 너머에서 들린 것 같아서 어빙 소위한테 보고했습니다만, 얼음에서 나는 소리일 거라고 했습니다."

크로지어는 이리버스호가 있는 쪽에서 총성이 들렸다는 보고를 받은 즉시 곧장 갑판에 올랐다. 그게 두 시간 전이었는데 아직까지는 또 들리지 않고 있다. 그는 저쪽 배에 연락병을 보내지도, 대원들을 내보내 빙하를 조사시키지도 않았다. 부빙이 포개지고 뒤엉킨 압력 봉우리(바다에 떠다니는 부빙이 서로 충돌하여 포개져 생기는 현상) 숲과 삐죽 솟은 빙산편 사이에 '녀석'이 몸을 감추고 있을 텐데, 이렇게 칠흑 같은 밤에 빙하로 내보낸다는 건 죽으라는 뜻이다. 양쪽 함선은 정오 즈음 해가 어슴푸레 뜰 때에만 전갈을 주고받는다. 요즘은 해가 제대로 뜨는 날이 거의 없고 극야만 계속된다. 하루 종일 밤이다. 하루 종일 밤만 백 일간 이어진다.

"아마 빙하에서 나는 소리일 걸세." 크로지어는 어빙이 왜 비명 소리를 보고하지 않았는지 의아하다. "총 소리도 그렇고, 그냥 얼음 갈리는 소리였을 거야."

"네, 함장님. 빙하 맞습니다."

그것을 빙하 소리라고 믿는 자는 아무도 없다. 분명 머스킷총 아니면 산탄총 소리였다. 아무리 멀다 해도 북극에서는 유달리 또렷이 들린다. 테러호를 더욱 옥죄는 빙하는 우르르 쾅쾅 삐거덕, 부서지고 갈라지고 으르렁거리다가 때론 비명도 지른다.

크로지어는 비명 소리가 신경에 거슬려. 매일 밤잠을 설친다. 어머니가 돌아가시기 전 울부짖던 소리와 흡사하다. 밴시라는 여자 귀신이 밤에 구슬프게 울면 가족 중 누군가가 곧 세상을 떠난다는 속설이 있다고 이모가 그랬다. 그 얘기를 들은 어린 시절, 그는 어머니가 울면 잠을 설쳤다.

크로지어가 서서히 몸을 돌린다. 속눈썹 위로 벌써 눈이 내려앉았고, 윗입술에는 입김과 콧물이 얼어붙었다. 승조원들은 턱수염을 목도리와 스웨터 속으로 감추는 법은 터득했지만, 얼어서 옷에 들러붙은 머리칼은 이따금씩 털어내야 한다. 여느 장교처럼 크로지어도 아침이면 면도를 한다. 당번병이 '뜨거운 물'을 대령하긴 하나 석탄을 아끼려다 보니 고작 얼음을 녹인 물 정도여서 세면하기가 상낭히 고생스럽다.

"벙어리 여자는 여태 갑판에 있나?" 크로지어가 묻는다.

"네, 함장님. 늘 여기에 올라와 있습니다." 히키는 낮게 속삭인다. 벙어리 여자에게 이 얘기가 들려도 상관없다. 여자는 영어를 모른다. 대원들은 젊은 에스키모 여자를 은밀한 능력을 지닌 마녀로 여겼다. 그도 그럴 것이 날이 갈수록 빙하에 사는 '녀석'이 그들을 주시하기 때문이다.

"어빙 소위와 같이 좌현에 있습니다." 히키가 덧붙인다.

"어빙 소위? 한 시간 전쯤 근무가 끝났을 텐데."

"네, 그렇습니다. 이런 말씀드려도 될지 모르겠지만, 요즘 벙어리 여자가 보이면 꼭 그 옆에 어빙 소위가 보입니다. 여자가 선실로 내려가지 않으면 소위도 안 내려갑니다. 꼭 가야 할 때만 내려가는 것 같습니다. 그러니까…… 갑판 위에서 저 여자랑 저리 오래 붙어 있는 사람은 어빙 말곤 아무도 없습니다."

"빙하에 시선 고정하고 근무에 집중하게, 히키."

크로지어가 사무적으로 말하자 히키는 다시 근무에 집중한다. 히키는 어깨를 으쓱한 후 경례를 하더니 선수 너머로 펼쳐진 어둠 속으로 하얀 코끝을 돌린다.

크로지어는 성큼성큼 갑판을 지나 좌현 초소로 향한다. 8월 내 이곳에서 벗어나겠다며 3주간 희망에 부풀었다 허사가 된 후 9월이 되어서야 함선은 겨울 채비를 시작했다. 크로지어는 아래쪽 원재를 천막 들보로 삼을 생각으로 그걸 함선과 나란한 방향으로 돌려놓으라고 다시 명령했다. 몇 주 전 달뜬 마음에 꽂아 둔 원재를 보강하고, 그 위에 주갑판을 거의 다 뒤덮을 수 있을 정도로 큼지막한 천막을 피라미드 형태로 씌웠다. 하루에도 몇 시간씩 대원들은 갑판 단열을 위해 남겨둔 눈 위에 길을 내고 곡괭이와 삽으로 얼음을 깬다. 천막 밑으로 들어온 얼음 파편을 치우고 미끄럼 방지를 위해 모래를 솔솔 뿌린다. 그런데도 반질반질한 얼음이 낀다. 크로지어가 경사진 갑판 위를 돌아다니는 모습은 걷는 게 아니라 스케이트를 타듯 미끄러지는 모양새다.

좌현 초소에 사관후보생 토미 에번스가 있다. 사관후보생 중 가장 나이가 어리다. 늘 두툼한 웨일스식 방한모 위에 어머니가 떠 주었음직한 우스꽝스러운 녹색 털실 모자를 눌러 쓴다. 에번스는 선미 쪽으로 한참 물러나 어빙 소위와 벙어리 여자가 둘이서만 있도록 배려한다.

이런 모습을 보니 크로지어 함장은 특정인을, 아니 모두를 꾸짖고 싶다.

벙어리 여자는 모피 파카에 후드를 뒤집어쓰고 바지를 입고 있다. 땅딸막하고 통통한 곰 같아 보인다. 여자는 등을 젖혀 키가 큰 어빙 소위를 쳐다본다. 난간 근처에 선 어빙은 여자 옆에 딱 붙어 서 있다. 서로 몸이 닿지는 않았지만 장교나 신사라면 가든파티에서나 휴가 차 오른 요트에서 만난 여성 옆에 저렇게 바싹 붙어 서면 안 된다.

"어빙 소위." 크로지어는 윽박질러 경례받을 마음은 없었다. 그런데 어빙이 뾰족한 칼끝에 찔린 듯 중심을 못 잡더니 왼손으로 얼음 난간을 붙들고 오른손으로 경례한다. 그 모습을 보니 마뜩지 않다. 게다가 빙하에 갇혀 오도 가도 못하는 함선에서의 관례가 뭔지 알면서도 여태 저러고 있다니 한심스럽다.

'안쓰럽게 저게 뭐야.' 크로지어는 생각한다. 두꺼운 벙어리장갑에 웨일스식 방한모를 쓰고 목도리까지 두른 행색이 마치 경례하는 바다코끼리 같다. 목을 감고 있던 목도리가 풀리자 멀끔히 면도한 얼굴이 드러났다. 벙어리 여자한테 자기가 얼마나 잘생겼는지 보여 주려고 그런 것 같다. 콧구멍 밑에 고드름이 대롱대롱 매달린 어빙의 모습은 영락없이 바다코끼리다.

"자네 말일세." 크로지어가 말을 끊는다. '빌어먹을 멍청이 같아.' 속으로 웅얼거린다.

어빙은 엉거주춤 서서 벙어리 여자를 쳐다본다. 아니 여자가 쓴 모피 후드 뒤를 응시하는 것 같다. 무슨 말을 하려는 듯 입을 달싹거리다가 할 말이 떠오르지 않자 입을 다문다. 입술은 동상 걸린 살갗처럼 창백하다.

"지금 근무 시간이 아닐 텐데, 소위." 크로지어 목소리에 질책이 담겼다.

"아, 그게 말입니다, 함장님. 아닙니다. 그러니까, 함장님 말씀이 맞으십니다." 어빙이 다시 입을 앙다문다. 이가 맞부딪혀 덜덜거려서 입을 다물어도 소용없다. 이런 강추위에 노출될 경우 치아는 두세 시간 만에 부서진다. 파편처럼 깨져 나가 입 안에서 치아 조각이 돌아다니기도 한다. 때론 치아 곁면에서 우지끈 소리가 나면서 박살나는 경우도 있다.

"왜 여태 갑판에 있나, 어빙?"

어빙은 눈을 끔뻑이려 하지만 눈꺼풀이 뜬 채로 얼어붙었다. "에스키모를 돌보라는 명령 때문입니다. 벙어리 여자를 보살피라던 함장님 명령을 따르고 있었습니다."

크로지어가 한숨을 내쉬자 입김이 눈가루가 되어 잠시 떠 있다가 멜레다이아몬드처럼 갑판 위로 떨어진다. "내가 언제 그렇게 딱 붙어 있으라고 했나? 여자가 무슨 짓을 하는지 주시하여 보고하라고 했지. 여자가 나쁜 짓이나 함선에 해가 되는 일을 할 경우 저지하고, 대원들이 딴 짓 하지 못하게 막으라고 했을 텐데. 이렇게 갑판에 나와 있으면 여자가 위험해질 수 있다는 생각은 해 봤나, 소위?"

"아닐 겁니다, 함장님." 어빙의 말은 대답이 아니라 질문처럼 들린다.

"이런 추운 날씨에 맨살이 노출되면 얼마 만에 동상에 걸리는지 아나?"

"모르겠습니다, 함장님. 아니, 네, 압니다. 금방입니다."

"똑바로 듣게, 어빙 소위. 자넨 벌써 여섯 번이나 동상에 걸렸어. 아직 추위가 본격적으로 오지도 않았는데."

어빙 소위는 애처롭게 끄덕인다.

"맨손을 내놓으면 1분도 채 못 돼 동상에 걸리지. 다른 데도 마찬가지야, 꽝꽝 얼어." 크로지어는 말을 이어간다. 이건 다 헛소리다. 사실 영하 50도라 해도 1분보다는 더 걸리지만, 어빙이 이 사실을 모르고 있기를 바랄 뿐이다. "그럼 동상에 걸린 팔다리가 고드름처럼 뚝 부러질 걸세."

"알겠습니다, 함장님."

"그러니까 자네는 여자가 갑판 위에 있다가는 진짜로 위험해질 수도 있다고 생각한다는 건가?"

어빙은 대답하기 전에 일단 생각에 잠기는 듯싶다. 크로지어는 어빙이 이 문제에 대해 염두에 두고 있었다는 것을 깨달았다.

"선실로 내려가 맥도널드 박사에게 얼굴과 손을 보이게, 어빙. 이번에도 동상에 걸리면 한 달 치 봉급을 까서 자네 어머니에게 부치겠네."

"네, 함장님. 고맙습니다." 어빙은 다시 경례를 하려다가 마음을 고쳐먹는다. 천막 밑을 지나며 한쪽 팔을 엉거주춤 든 채 중앙 사다리 통로를 향한다. 벙어리 여자가 있는 쪽은 쳐다보지도 않는다.

크로지어는 다시 한숨을 내쉰다. 그는 존 어빙이 마음에 든다. 어빙은 영국 군함 엑설런트호 출신 대원 2명과 같이 자원 승선했다. 중위 호지슨과 1등 항해사 혼비가 그들이다. 엑설런트호는 3층 갑판 전함으로 노아의 방주보다 더 낡았다. 15년도 넘게 포츠머스에 발이 묶여 마스트는 뽑힌 채 영국 해군에서 전도유망한 장포장을 양성하는 훈련용 군함으로 쓰인다. 크로지어는 3명이 처음 테러호에 도착한 날 이렇게 중얼거렸다. 그날은 유달리 취해 있었다. "불쌍한 제군들, 둘러보면 알겠지만 테러호와 이리버스호는 원래 포열함으로 축조되었으나 포가 단 하나도 없다. 너희가 엑설런트호에서 우리 배로 자원했으나 갓난아이처럼 포는 구경도 못할 것이다. 알코올 창고에 머스킷총과 산탄총 같은 걸 포로 친다면 있긴 있다. 아단도 맨몸으로 테어나 포는 구경도 못했는데 너희도 그 끝이 될 것이나. 다시 말하지만 제군들, 너희 장포장들은 수퇘지 젖꼭지만큼이나 우리 배

19

에선 쓸모가 없다."

그날 크로지어는 이렇게 빈정거렸지만 젊은 장포장들의 열정은 꺾지 못했다. 그 셋은 몇 번의 겨울을 나는 동안 몸은 차도 마음은 더욱 뜨거워졌다. 물론 그때는 1845년 영국의 어느 따스한 5월이었다.

"에스키모 마녀한테 마음을 빼앗겼군." 크로지어는 크게 구시렁거린다.

그의 말을 알아들은 양 벙어리 여자가 서서히 몸을 튼다.

평소 여자의 얼굴은 후드에 깊이 파묻혔고 이목구비도 목을 감싼 늑대털에 가려 잘 보이지 않는다. 그런데 오늘 밤에는 여자의 작은 코와 큰 눈과 입이 보인다. 검은 눈동자에 오로라가 일렁인다.

함장 프랜시스 로돈 모이라 크로지어는 에스키모 여자에게 별 매력을 느끼지 못한다. 아일랜드 출신 장로교 신자인 그가 그녀를 온전한 여자로 느끼기엔 너무 미개해서 육체적 매력이 떨어진다. 아직도 삼삼한 소피아 크랙크로프트의 모습 때문에 마음은 물론 아랫도리까지 부풀어 있다. 그렇지만 그는 가족과 애인이 있는 고향 땅을 멀리 떠나 온 어빙이 왜 이런 야만스러운 여인에게 사랑을 느끼는지 그 이유를 알 것도 같다. 존 어빙처럼 희망을 잃은 젊은 로맨티스트는 에스키모의 독특함에 이끌렸을 것이다. 퍼드덕대는 나방이 불꽃을 발견했다고나 할까. 여자와 함께 나타난 남자가 죽자 분위기가 가라앉은데다가 저 컴컴한 빙상에 숨은 괴물에게 처음 습격당한 묘한 상황이 맞물려서 그랬으리라.

1840년 반디에맨즈 랜드(후일 태즈메이니아 연방 주가 된 호주 남동부의 섬 식민지)에서도 그렇고, 이번 탐험을 떠나기 몇 달 전 영국에서도 그랬듯이 크로지어는 로맨스를 꿈꾸기에 너무 늙었다. 지독스럽게 아일랜드 인답다. 게다가 너무 평범하다.

저 여자가 어두운 빙하로 걸어 나가 다시는 돌아오지 않으면 좋으련만.

크로지어는 넉 달 전 그날을 기억한다. 그날 맥도널드 박사가 여자를 살핀 후 프랭클린 함장과 그에게 보고했다. 그날 오후, 여자와 같이 온 에스키모 남자는 자기 피에 기도가 막혀 질식사했다. 맥도널드 박사는 에스키모 여자의 나이가 열다섯에서 스무 살 정도라고 소견을 밝혔다. 원주민의 나이를 맞추는 건 상당히 힘들다. 초경은 시작했지만 여러 징후로 볼 때 숫처녀라고 했다. 여자가 아무 소리도 내지 못하는 연유는, 그러니까 아버지인지 남편인지가 모를 남자가 총에 맞아 죽었는데도 여자가 찍 소리조차 내지 못한 이유는 혀가 없기 때문이라고 했다. 박사의 소견으로는 여자의 혀는 칼에 절단된 게 아니라 혀가 시작되는 뿌리부터 씹혀서 없어진 것이라고 했다. 스스로 그랬든 타인이 그랬든 무언가가 여자의 혀를 질겅질겅 씹어 먹었다고 했다.

크로지어는 경악했다. 혀가 없어서가 아니었다. 이 에스키모 여자가 처녀라는 사실 때문이었다. 그는 오랫동안 북극에서 시간을 보냈다. 패리 경이 이끈 북극 탐험대에 합류하여 에스키모 마을 인근에서 한동안 머물렀던 적도 있다. 그때 에스키모 원주민들이 성관계를 가벼이 여겨 포경선이나 탐험대가 오면 조잡한 장신구를 받는 대가로 아내나 딸을 내어준다는 소리를 들었다. 가끔은 선원이 여인의 가랑이 사이에서 헉헉 대는 동안 여자들은 재미로 몸을 대 주면서 남들과 수다를 떨며 낄낄거리는 것을 크로지어는 익히 알고 있었다. 저들은 짐승이나 마찬가지였다. '저런 짐승 같은 족속들은 살갗을 내놓고 사는 게 아니라 털가죽을 뒤집어쓰고 사는 편이 더 나아.' 크로지어는 생각했다.

함장은 장갑 낀 손으로 칭칭 감은 목도리 속에 있는 모자의 챙을 잡고 들어 올리려 했지만 녹록지 않다. 그는 이렇게 말한다. "안녕하십니까. 어서 하갑판으로 내려가는 게 나을 것 같습니다. 이렇게 나와 있기엔 날이 너무 차갑습니다."

벙어리 여자가 함장을 응시한다. 눈 하나 깜빡이지 않는다. 어찌된 일인지 긴 속눈썹 위로 눈이 내려앉지 않았다. 물론 아무 말도 없다. 그냥 그를 쳐다볼 뿐.

크로지어는 경례하듯 모자챙을 다시 매만지고 계속 갑판을 둘러본다. 얼어붙은 선미로 올라갔다가 우현 쪽으로 내려와 걸음을 멈추고 근무 중인 수병 둘에게 말을 건다. 이렇게 하면 어빙이 선실로 내려가 방한용 작업복을 벗을 여유가 생겨서 함장이 어빙의 꽁무니나 쫓아다니는 것처럼 보이지 않을 것이다.

끝으로 함장은 추위에 떠는 생크스 상병과 대화를 마무리한다. 그때 해병 중 가장 어린 월크스 이병이 천막 밑에서 허겁지겁 달려 나온다. 월크스는 제복 위에 옷을 두 겹 정도 대충 걸쳤다. 입도 떼기 전부터 치아가 덜덜거린다.

"기관장 톰프슨이 함장님께 경의를 표합니다. 함장님을 최대한 빨리 화물창으로 모셔오라고 합니다."

"왜지?" 보일러가 끝내 고장 났다면 전원 사망이다.

"함장님이 꼭 와 주십사 간곡히 부탁합니다. 맨슨 수병이 거의 반란 직전이라고 합니다."

크로지어가 몸을 곧게 세운다. "반란이라고?"

"반란에 가깝다고 했습니다."

"알아듣게 설명해, 월크스."

"맨슨이 시체실 앞을 지나 석탄을 가지러 가는 업무를 더는 하지 않겠답니다. 선창(화물을 적재하는 장소)갑판으로 다시는 내려가지 않겠답니다. 절대로 하지 않겠답니다. 그렇다고 위로 올라오지도 않겠다며 사다리 맨 밑 칸에 엉덩이를 딱 붙이고 앉아 있습니다. 보일러실까지 석탄을 운반하지 않겠다고 버티고 있습니다."

"그게 말이 되는 소린가?" 꾹 눌러둔 아일랜드 인 특유의 다혈질이 간

22

만에 부글거린다.

"귀신이 있답니다." 이병 월크스가 이를 덜덜거리며 보고한다. "저희도 다 들었습니다. 석탄을 끌어서 옮길 때도, 선창 깊은 곳에서 뭔가를 가져올 때도 다 들었습니다. 그래서 명령이 떨어지지 않는 한 다들 최하갑판이나 선창까지 내려가지 않으려 합니다. 저 아래 어두컴컴한 선창에 뭔가 있습니다. 안에서 무언가가 긁고 쾅쾅거립니다. 함장님. 그건 빙하에서 나는 소리가 아닙니다. 맨슨은 그게 옛 친구 워커라고 확신하고 있습니다…… 시체실에 쌓아둔 다른 시체들도 버둥거리며 밖으로 나오려나 봅니다."

크로지어는 월크스에게 재차 묻고 싶은 충동이 인다. 풋내기 월크스는 여러 정황상 뻔한 사실을 모르는 것 같다.

시체실에서 들리는 뭔가 긁는 듯한 소리는 월크스의 동료 시체들을 먹고 사는 수백 수천 마리나 되는 시커멓고 큰 쥐가 분명하다. 시궁쥐는 야행성이다. 크로지어는 월크스보다 훨씬 잘 알고 있다. 녀석들은 기나긴 북극의 겨울을 나면서 조금도 가만있지 못한다. 이빨이 하염없이 자라기에 빌어먹을 쥐새끼들은 계속 뭔가를 갉아먹어야 한다. 함장은 쥐떼가 영국해군의 참나무 술통은 물론 두툼한 양철통, 심지어 납으로 만든 화분까지 갉아먹고 다니는 것을 본 적이 있다. 쥐들이 워커는 물론 안타깝게 세상을 떠난 대원 5명의 냉동 시체를 갉아먹는 거나, 사람이 꽝꽝 언 염장 쇠고기를 씹어 먹는 거나 다를 바 없다. 그중에는 크로지어가 아끼던 정예 장교중 셋이 포함되어 있다.

맨슨과 수병들이 쥐 소리만 들은 건 아닐 것이다.

빙하 지대에서 겨울을 무려 열세 번이나 보낸 크로지어가 씁쓸한 경험을 통해 깨달은 게 있다. 쥐들은 피만 보면 환장하며 먹어 치우는 잡것이 뤼 옆에서 다른 쥐가 거슬릴 때만 잠시 멈칫할 뿐 소리 소문 없이 시체를 싹 먹어 치운다.

선창갑판에서 갉아먹고 쾅쾅대는 것은 쥐가 아닌 다른 존재다.

크로지어는 윌크스 이병에게 굳이 이 말을 하진 않는다. 최하갑판은 원래 살을 에는 듯 춥지만 흘수선(선체가 물에 잠기는 한계선), 즉 동계 만재 흘수선 밑이라 안전하다. 빙하의 압력 때문에 테러호 선미는 4미터나 들려 있다. 빙하에 갇힌 선체 주변에는 삐죽삐죽한 얼음탑 수백 개가 솟아 있다. 겨우내 한기를 막기 위해 눈을 난간으로 밀어붙였는데 그게 쌓이고 쌓여 수백 톤에 달했다.

프랜시스 크로지어는 정체불명의 그것이 단단히 다져진 몇 톤의 눈을 뚫고 선체에 접근한 건 아닌지 의심스럽다. 녀석은 선체를 훑으며 특정 부위, 이를테면 물탱크 주위가 철판으로 둘러진 것을 간파하고 시체실 외벽에 있는 틈새를 찾아서 그리로 진입했으리라. 이제 그 안에 들어앉아 떠들썩하게 갉아먹는 중일지도 모른다.

그런 괴력을 지닌 건 이 세상에 단 하나뿐이다. 녀석은 소름끼치게 집요하고 사악한 쪽으로 머리가 비상하다. 빙하에 사는 괴물이 선체 밑바닥을 뚫고 올라와 탐험대를 공격하려 한다.

크로지어는 윌크스에게 아무 말도 하지 않고 사태를 파악하러 아래로 내려간다.

# 2
## 프랭클린

그는 신발을 먹은 자였다.

항해를 떠나기 나흘 전, 함장 존 프랭클린 경은 한창 유행하던 독감에 걸렸다. 분명 뱃사람이나 런던 항에서 선적 작업을 하는 인부들한테 옮은 것은 아니다. 134명의 간부 및 승조원들에게서 옮은 것도 아니다. 대원들은 마차를 끄는 말처럼 튼튼했다. 분명 제인 여사가 사교 모임에서 만나던 병약한 아첨꾼에게서 옮았을 것이다.

프랭클린은 신발을 삶아 먹은 자였다.

극지방 탐험대 영웅의 아내는 남편이 북극점에 꽂을 깃발을 손수 만드는 것이 전통이다. 제인 여사도 남편이 이번 북서항로를 개척하는 임무를 완수했을 때 꽂을 깃발을 만들고 있었다. 프랭클린이 집에 들어오자 제인은 비단 유니언잭을 거의 마무리하고 있었다. 프랭클린 경은 거실로 들어와 아내가 앉은 바로 옆 말총 소파에 털썩 쓰러졌다. 부츠를 벗었는지 기억이 가물가물했다. 누군가, 아마 제인이거나 하인이 벗겨 주었을 것이다. 벌렁 드러눕자마자 백일몽에 잠겼다. 머리가 지끈거리고 속은 뱃멀미할 때보다 더 울렁거렸다. 살갗은 화상을 입은 듯 화끈거렸다. 제인 여사는 바쁘게 보낸 하루를 재잘거리느라 입을 다물지 않았다. 프랭클린 경은 열

25

이 나서 정신을 못 차릴 지경이었지만 애써 아내의 말에 귀 기울였다.

그는 신발을 씹어 먹은 자였다. 캐나다 북단까지 육로로 올라가 북서항로 개척에 처음 나섰으나 실패하고 귀환한 1822년부터 지난 23년간 그래왔다. 귀국 당시 온갖 조소와 비아냥이 쏟아졌다. 프랭클린은 신발을 삶아먹었다. 실패로 끝난 3년간의 탐험에서 더한 것도 먹었다. 바위에 붙은 목이버섯 같은 것을 긁어모아 욕지기가 치미는 죽을 끓여 먹었다. 탐험 2년 내내 배를 곯다 보니 프랭클린 탐험대는 살아남기 위해 신발과 구두 갑피를 삶아 먹었다. 프랭클린은 탐험대를 대충 세 조로 갈라서 다른 두 조는 재주껏 살든지 죽든지 내버려 두었다. 1821년, 그는 무두질(동물에서 벗겨낸 생가죽을 썩지 말라고 손질하는 과정)하지 않은 가죽을 씹으며 하루하루를 버텼다. 당시 프랭클린은 작위를 받지 못했지만, 후일 육로 횡단 및 북극해 탐험에 실패한 공로를 인정받아 작위를 받았다. 대원들은 물소 가죽으로 만든 취침용 이불도 삶아 먹었다. 그리고 일부는 다른 것까지 먹기 시작했다.

그러나 프랭클린은 인육을 먹지 않았다.

그는 막역한 사이였던 부장 존 리처드슨 박사를 포함한 다른 대원들이 과연 그 유혹을 끝까지 뿌리쳤는지 지금까지도 궁금했다. 탐험대가 나뉘어 다니는 동안 워낙 많은 일들이 있었다. 대원들은 동토와 녹지대를 지나다 쓰러졌고, 그가 세운 임시 캠프인 포트 엔터프라이즈와 정식 캠프인 포트 프로비던스와 포트 레졸루션으로 귀환하려고 기를 썼다.

백인 9명과 에스키모 1명이 사망했다. 당시 서른셋에 벌써부터 머리가 벗겨지고 땅딸막한 존 프랭클린 대위는 1819년 탐험대를 이끌고 포트 레졸루션을 떠났으나 총원 21명 중 9명을 잃었다. 게다가 도중에 만난 원주민 가이드도 목숨을 잃었다. 가이드가 탐험대와 헤어져서 혼자 갈 길 가겠다고 했을 때 프랭클린은 만류했다. 2명은 저체온증으로 사망했다. 둘 중

적어도 하나는 누군가의 먹을거리가 되었을 것이다. 영국인 사망자는 단 1명뿐이었다. 순수 백인 중 목숨을 잃은 자는 1명, 나머지는 프랑스계 캐나다 뱃사공과 인디언들이었다. 그래도 어느 정도는 성공이었다. 나머지 생존자들이 비록 피골이 상접한 꼴로 말도 제대로 하지 못했지만 영국인 희생자는 단 하나였다. 변덕스럽고 여색을 밝히는 사관후보생 조지 백(북극 해안선을 탐사한 영국 해군 장교)이 무려 1,900킬로미터가 넘는 거리를 설피를 신고 오가며 물품을 가져왔다. 게다가 다 죽어가던 프랭클린 탐험대를 돌보고 먹여 줄 인디언도 더 데려왔는데, 물품보다 이들이 더 요긴했다.

이 때문에 백이 점수를 따긴 했지만 원래 착한 것과는 거리가 먼 자였다. 영국 군함 테러호를 타고 북극 탐험대에 합류한 공로를 인정받아 후일 기사 작위를 받았으나 백은 오만방자하고 야비한 인물이었다. 그때 테러호가 지금 프랭클린이 이끌 바로 그 함선이다.

당시 백이 합류한 탐험에서, 테러호는 솟아오르는 빙하에 받쳐 공중으로 15미터 붕 떴다가 쾅하고 떨어져 참나무 플랭크(선체의 외측을 감싸고 있는 판)로 만든 선체 이음새가 벌어졌다. 조지 백은 누수가 발생한 함선이 가라앉기 직전 아일랜드 해안으로 끌고 왔다. 대원들이 체인을 선체에 두르고 플랭크를 고정시켜서 간신히 끌고 온 것이다. 승조원들은 죄다 괴혈병에 걸렸다. 잇몸은 시커멓고, 눈은 충혈되고, 치아가 몽땅 빠졌다. 그리고 광기와 망상에 시달렸다.

그 후 당연히 백은 기사 작위를 받았다. 영국 정부와 해군 본부는 극지방 탐험을 떠났다가 실패하여 목숨을 잃거나 처참한 꼴로 돌아오면 기사 작위를 내린다. 만약 목숨을 부지할 경우 기사 작위를 내리고 퍼레이드까지 시켜 준다. 1827년 프랭클린이 북아메리카 최북단 해안 지역을 두 번째로 탐사하고 돌아오자, 조지 4세는 기사 작위를 내렸다. 파리 지리 학회는 금훈장을 수여했다. 그는 26문 소형 구축함 레인보우호의 함장으로 착

임되어 지중해로 배치되었다. 영국 해군 함장이라면 누구나 발령받고 싶어서 밤마다 기도를 올리던 바로 그 지역이었다. 그는 먼저 세상을 떠난 첫 번째 아내 엘리너의 가장 친한 친구인 제인 그리핀에게 프러포즈를 했다. 제인은 열정적이고 아름답고 활달한 여성이었다.

"그래서 차를 마시면서 제임스 경에게 이렇게 말씀드렸어요. 제겐 남편의 신망과 평판이 훨씬 더 소중하다고 했어요. 남편이 4, 5년씩 탐험을 떠나 저 혼자 남편 사교 모임에 나와 즐거운 시간을 보내는 것보다는요." 제인이 재잘거렸다.

포트 엔터프라이즈에서 겨울을 나는 동안 백이 어떤 인디언 여자를 놓고 결투를 벌였는데 그때 그 열다섯 살짜리 여자 이름이 뭐였더라?

그린스토킹스. 맞다, 그린스토킹스였다.

소녀는 영악했다. 반반하게 생기고 영악했다. 부끄러움을 몰랐다. 프랭클린은 소녀가 옷을 벗고 달밤에 알몸으로 오두막을 반쯤 나왔다 되돌아가는 모습을 잊으려야 잊을 수가 없었다.

당시 서른넷의 나이로 처음 여자의 알몸을 보았다. 지금껏 본 여체 중 가장 아름다웠다. 까무잡잡한 피부. 고작 소녀의 것이었으나 이미 무르익을 만큼 익은 과일처럼 탱탱한 젖가슴. 아직은 솟아오르지 않은 유두. 특이하게 생긴 유륜은 보드라운 암갈색을 띠고 있었다. 프랭클린 경은 이 모습을 기억에서 절대로 지우지 못했다. 그 후 무려 사반세기 동안 애쓰고 기도해도 소용없었다. 소녀의 음모는 전형적인 V자 형태와는 달랐다. 후일 본 첫 번째 아내 엘리너의 음모와 생긴 모양이 달랐다. 아내가 목욕 채비를 할 때 딱 한 번 훔쳐본 적이 있었다. 엘리너는 어쩌다 한 번 사랑을 나누는 순간에도 조금의 조명도 허락하지 않았다. 나이 들어 만난 지금 아내의 음모는 숱이 약간 성긴 갈색이었다. 그런데 그린스토킹스라는 인디언 소녀의 음모는 새까맣고 기다란 방패 모양으로 성기 위에 돋아 있었다. 까마귀 깃털처럼 윤기가 흘렀고 죄악의 표상인 듯 칠흑처럼 시커멨다.

사관후보생이었던 로버트 후드는 프랭클린이 포트 엔터프라이즈라고 명명한 캠프에서 처음으로 막막한 겨울을 보내다가 어느 인디언 여자 사이에서 사생아까지 보았다. 그런데 그린스토킹스를 보자마자 사랑에 빠졌다. 소녀는 또 다른 사관후보생인 조지 백과 벌써부터 몸을 섞고 있었지만, 백이 사냥을 나간 틈을 타 정절을 저버리고 후드로 홀랑 갈아탔다. 이단이나 미개인들에겐 어렵지 않은 일이었다.

프랭클린은 긴긴 밤 들리던 환희에 찬 교성이 아직도 기억난다. 고작 몇 분 만에 그치는 욕정의 소리가 아니었다. 프랭클린은 엘리너와 관계할 때도 절대로 신음하지 않았다. 신사라면 그럴 수 없었다. 제인과 떠난 신혼여행에서 잊지 못할 밤을 보내며 짧게 두 번 할 때도 신음 소리를 내지 않았다. 후드와 그린스토킹스는 여섯 번이나 사랑을 나누었다. 남자든 여자든 누군가의 숨소리가 점차 잦아들 즈음 또다시 신음 소리가 이어졌다. 웃고, 나지막이 낄낄거리다가 보면 금방 가녀린 교성으로 시작하다가 이 뻔뻔한 소녀가 후드를 달구면 또다시 크게 울부짖었다.

1828년 12월 5일, 갓 기사 작위를 받은 존 프랭클린 경은 서른여섯 살의 제인 그리핀을 아내로 맞이했다. 두 사람은 파리로 신혼여행을 떠났다. 프랭클린은 딱히 파리라는 도시도 프랑스 음식도 좋아하지 않았지만, 호텔은 고급스럽고 음식도 괜찮았다.

프랭클린은 유럽 대륙을 여행하다 혹시라도 로제와 우연히 만날까 봐 찝찝했다. 피터 마크 로제(『로제의 유의어 사전』을 쓴 영국의 저술가)는 말도 안 되는 사전인가 뭔가를 쓰겠다 하여 학계의 주목을 받았다. 게다가 만장 아름답던 제인 그리핀에게 청혼했다가 다른 구애자들처럼 거절당한 이력이 있었다. 프랭클린은 그때부터 아내의 일기장을 훔쳐보았다. 프랭클린은 자신의 죄를 합리화시켰다. 가죽 커버를 씌운 일기장을 남편이 읽어주기를 그녀도 은근히 바랐을 것이다. 그렇지 않고서야 일기장을 그렇게 아무 데나 놔두었겠는가. 아내의 일기장을 읽었다. 사랑하는 아내가 꼼꼼하게 써 내려간 어느 날의 일기가 눈에 들어왔다. 결국 로제가 다른 여성과 결혼하던 날이었다. '내 인생의 로맨스가 사라졌다.'

로버트 후드가 엿새 밤 내리 그린스토킹스와 시끄럽게 법석을 떨고 있을 때, 조지 백이 인디언과 함께 사냥을 나갔다가 돌아왔다. 두 남자는 해가 뜨는 다음 날 오전 10시경에 죽음의 결투를 벌이기로 했다.

프랭클린은 어찌할 바 몰랐다. 못돼 먹은 뱃사공이나 야비한 인디언에게 실력을 행사하지 못하는 처지였다. 고집불통인 후드나 충동적인 백을 휘어잡는 것 역시 그에겐 역부족이었다.

2명의 사관후보생은 화가 겸 지도제작자였다. 그때부터 프랭클린은 예술가를 믿지 않았다. 파리의 어느 조각가가 아내의 손을 본 따 조각을 만들고, 향수 냄새가 진동하는 런던의 어느 남색자가 아내의 초상화를 그리려고 거의 한 달 가까이 집에 와 있던 때가 있었다. 그때마다 프랭클린은 그들을 아내와 단 둘이 남겨두지 않았다.

백과 후드는 새벽녘에 만나 죽음의 결투를 벌이기로 정했다. 존 프랭클린은 오두막에 숨어 있었다. 결투의 결과로 누가 죽든 다치든 상관없었다. 이미 망할 대로 망한 탐험대에 그나마 실낱 같이 남은 마지막 정신줄까지 거둬 가지는 말아달라고 기도했다. 그는 1,900킬로미터가 넘는 빙토를 가로지르고 해안가를 지나 강을 건너 '먹을 것'을 가져오라고 대놓고 명령하지 않았다. 하루 동안 대원 16명을 배불리 먹일 수 있는 비축 식량이 있긴 했다. 프랭클린은 인디언들이 적당히 사냥감을 잡아와 주기를 은근히 기대했다. 인디언 가이드가 그의 짐을 들어주고 자작나무 껍질로 만든 카누의 노를 저어 준 것처럼 말이다.

자작나무 껍질로 만든 카누가 치명타였다. 23년이 지나서야 그는 실패를 기꺼이 자인했다. 포트 레졸루션을 출발해 카누를 끌고 1년 반 만에 간신히 캐나다 북단 해안에 닿았다. 그런데 바다에 띄운 지 며칠 되지도 않았는데 그 엉성한 카누가 벌어지기 시작했다.


프랭클린은 두 눈을 감고 있었다. 눈썹이 화끈거리고 머리가 욱신거렸다. 쉴 새 없이 재잘대는 제인의 말소리를 반쯤 흘려듣던 프랭클린은 그날 아침이 떠올랐다. 두툼한 침낭 속에서 누워 눈을 질끈 감고 있었다. 백과 후드는 오두막 밖에서 열다섯 발걸음을 뗀 후 뒤돌아 발사하기로 했다. 사악함에 있어 서로 뒤지지 않는 교활한 인디언과 뱃사공이 죽음의 결투를 흥밋거리 삼아 구경했다. 색기가 흘러넘치던 그린스토킹스도 모습을 보였다.

침낭에 누운 채 손으로 귀를 틀어막았지만 그래도 소리가 들렸다. 걷기 시작, 돌아서! 조준, 발사!

두 발의 총성. 이어서 웃음이 터졌다.

밤사이 나이 많은 스코틀랜드 수병이 백과 후드가 꼼꼼히 장전해 놓은 총에서 총알을 빼놓았다. 그 수병이 바로 결투를 진행한 존 헵번이었다. 거칠고 점잖지 못한 자였다.

뱃사공들이 배를 움켜잡고 인디언들이 무릎을 치며 박장대소하는 모습에 풀이 죽은 후드와 백은 서로 반대편으로 도망갔다. 얼마 후, 프랭클린은 조지 백에게 요새로 돌아가 허드슨스 베이 컴퍼니(1670년 영국에서 법인화되어 이후 북서항로를 발견한 기업)에서 나온 식량을 더 가져오라고 명령했다. 백은 겨우내 캠프를 떠나 있었다.

프랭클린은 신발을 먹고 바위에서 묵이버섯을 긁어 먹으며 연명했다. 얼마나 미끄덩거리던지 영국에서 귀한 대접을 받고 사는 개가 먹고 토할

지경이었다. 그래도 인육은 거들떠보지 않았다.

　미연의 참사를 막은 결투가 있은 지 1년 후, 프랭클린 탐험대에서 갈라져 나온 리처드슨 조 소속의 마이클·테로아오트가 로버트 후드를 쏴 죽였다. 후드는 사관후보생 화가이자 지도제작자였다. 테로아오트는 무례하고 얼빠진 이로쿼이 족(캐나다 원주민 인디언 부족을 뜻한다) 출신으로 후드의 이마를 총으로 명중시켰다.

　사건 발생 일주일 전, 테로아오트가 굶주린 탐험대로 뒷맛이 씁쓸한 엉덩이 살을 가져왔다. 사슴뿔을 이용해서 자기가 직접 잡았다고 했다가, 순록에게 받혀 죽은 늑대 고기라고 했다가 말을 계속 바꾸었다. 굶주린 탐험대는 고기를 익혀서 먹었다. 한참 먹던 도중 리처드슨 박사가 껍질에서 문신을 발견했다. 후일 박사는 프랭클린에게 테로아오트가 탐험에 나갔던 그 주에 죽은 뱃사공 인육을 가져온 게 분명하다고 했다.

　굶주린 테로아오트가 후드와 단 둘이 있을 때였다. 리처드슨은 바위에서 목이버섯을 긁고 있었다. 그때 총성이 들렸다. 테로아오트는 후드가 자살했다고 우겼다. 그런데 여러 번 자살을 목도한 리처드슨 박사가 검시한 결과, 로버트 후드 머리에 박힌 총알의 위치는 혼자 쏴서는 도저히 생길 수 없는 자리였다.

　당시 테로아오트는 영국제 총검, 머스킷총, 완전 장전된 권총과 반쯤 장전된 권총, 팔뚝만 한 칼로 무장한 상태였다. 인디언 출신이 아닌 헵번과 리처드슨 박사는 작은 권총 하나와 미덥지 못한 머스킷총만 지니고 있었다.

　영국에서 가장 존경받는 과학자이자 외과의인 리처드슨은 시인 로버트 번스의 친구이기도 했지만, 당시에는 전도유망한 탐험대 소속 군의관이자 동식물 학자에 지나지 않았다. 리처드슨은 마이클 테로아오트가 수렵 여행에서 돌아올 때까지 기다렸다가 테로아오트가 양팔에 장작을 가득 들고 있다는 걸 확인한 후, 권총을 들어 그의 머리를 냉정히 조준 격발했다.

후일 리처드슨은 죽은 후드가 걸치고 있던 버펄로 가죽 외투를 먹었다고 시인했다. 그러나 헵번과 리처드슨은 포트 엔터프라이즈로 귀환하기 전 고된 일주일간 다른 고기는 먹지 않았다고 했다. 그쪽 조에서 살아남은 자는 오직 둘 뿐.

포트 엔터프라이즈에 있던 프랭클린과 대원들은 기진맥진해서 몸을 움직일 수 없었다. 그에 비해 리처드슨과 헵번은 쌩쌩해 보였다.

존 프랭클린은 신발을 먹긴 했지만, 절대로……


"오늘 저녁은 로스트비프예요. 당신이 제일 좋아하는 요리인데, 지금 새로 온 요리사가 조리 중이에요. 저번 요리사는 아일랜드 출신이라 우리 지갑에 손을 댔었잖아요? 아일랜드 사람에게 도둑질이란 술 마시는 것처럼 자연스러운 일일 테죠. 요리사한테 칼끝만 닿아도 핏물이 흐를 정도로만 익히라고 일러두었어요."

프랭클린은 열이 오르내리는 와중에 대답하려 했지만, 머리가 욱신거리고 구역질이 치밀고 몸이 펄펄 끓었다. 속옷과 옷깃이 다 젖을 정도로 땀범벅이 되었다.

"오늘 토머스 마틴 경 제독님 사모님께서 멋진 카드하고 근사한 꽃다발을 보내 주셨어요. 워낙 소식 듣기 힘든 분이신데 말이죠. 로비에 있는 장미 정말 예쁘죠. 봤어요? 리셉션에서 마틴 장군님하고 얘기는 많이 했어요? 물론 그렇게까지 대단한 분은 아니지만요. 해군을 통솔하시긴 해도 말이죠. 해군 본부위원이나 수석 인사위원만큼 명예로운 자리는 아니잖아요. 북극 위원회에서 활동하는 당신 친구들만도 못하고요."

함장 존 프랭클린 경은 친구가 많았다. 다들 그를 좋아했지만 존경하는 이는 없었다. 수십 년간, 프랭클린은 첫 번째 사실은 인정하면서도 두 번째 사실은 외면했다. 그러나 그건 사실이었다. 다들 그를 좋아했다. 아무도 존경하지는 않았지만.

반디에맨즈 랜드에 다녀온 이후부터는 존경받지 못했다. 태즈메이니아 감옥과 구설수에 오른 이후로는 존경과는 거리가 멀어졌다.

첫 아내 엘리너는 그가 중대한 두 번째 탐험을 떠날 때부터 죽어가고 있었다. 그는 아내가 죽을 것을 알았다. 아내도 자신의 죽음을 알았다. 셋이서 혼인하듯 결혼식을 올릴 때부터 병마는 두 사람 곁을 떠나지 않았다. 아내는 남편보다 자기가 먼저 세상을 떠날 것을 알았다. 결혼 22개월 만에 외동딸 엘리너가 태어났다.

작고 가녀리나 정신력은 강인했던 첫 번째 아내는 남편에게 두 번째 탐험을 떠나 북서항로를 개척하라고 했다. 이번에는 북아메리카 해안선을 따라 육로와 바다를 이용하는 탐험이었다. 각혈하던 아내는 죽음이 머지 않았음을 직감하고 차라리 남편이 집을 떠나 있는 편이 낫다고 했다. 남편은 아내의 말을 믿었다. 적어도 그는 그러는 편이 자신에게 나을 거라고 믿었다.

신심이 깊던 존 프랭클린은 차라리 탐험을 떠나기 전에 아내가 세상을 떠나게 해 달라고 기도했다. 그러나 아내는 죽지 않았다. 1825년 2월 15일, 그가 탐험을 떠났다. 그레이트슬레이브 레이크(캐나다 노스웨스트 포트 스미스 지역 중동부에 있는 호수)로 가기 위해 경유하는 동안 편지를 여러 장 써서 뉴욕 시와 올버니(미국 뉴욕 주의 주도)에서 부쳤다. 페네탱귀신(캐나다 온타리오 주의 도시 심코에 있는 마을)에 있는 영국 해군 역에 도착해서야 아내가 4월 24일 세상을 떠났다는 부고를 들었다. 아내는 그가 탄 배가 런던을 출항한 직후 사망했다.

1827년 귀국하는 프랭클린을 엘리너의 친구 제인 그리핀이 기다렸다.

해군 본부 리셉션은 대략 엿새 전에 열렸다. 정확히 말하면 딱 일주일 전이었다. 그때만 해도 이 망할 독감에 걸리지 않았다. 함장 존 프랭클린 경과 이리버스호와 테러호에 승선할 양쪽 장교와 수병 전원이 리셉션에 참석했다. 이리버스호의 항해장 제임스 레이드, 테러호의 항해장 토머스 블랭키, 급여 담당자, 군의관, 보급관들도 참석했다.

새로 장만한 푸른색 연미복에 골드 스프라이프 바지를 입고, 금술이 달린 견장과 의전용 칼을 차고, 넬슨 제독이 쓰던 삼각모를 쓴 프랭클린 경은 근사해 보였다. 그가 이끄는 기함 이리버스호의 중령 제임스 피츠제임스는 영국 해군을 통틀어 최고 미남이라고 꼽혔다. 전쟁 영웅답게 근사하나 교만하지 않은 몸가짐으로 그날 참석자들의 마음을 휘어잡았다. 프랜시스 크로지어는 늘 그렇듯 경직되고 어색하고 우울해 보였고 약간 취한 것 같았다.

그런데 제인이 잘못 알고 있는 게 있었다. '북극 위원회' 회원들은 프랭클린 경의 친구가 아니었다. 사실 북극 위원회라는 것은 존재하지 않았다. 실제 협회가 아니라 명예 모임에 불과했지만 영국을 통틀어 가장 엄선된 예비역 모임이다.

여러 사람이 리셉션에 모였다. 프랭클린, 참모들, 키만 크고 수척한 북극 위원회 소속의 전설적인 원로들이 한 자리에 모였다.

북극 위원회에 가입하려면 북극 탐험에 참가했다가 반드시 살아 돌아와야 했다.

멜빌 자작은 그날 길게 늘어 선 리셉션 줄에서 가장 먼저 눈에 띄었다. 이를 보자 프랭클린은 평소와 달리 진땀이 흐르고 입이 굳었다. 멜빌 자작은 영국 저이자 해군 본부를 후원하는 존 배로 경(영국의 정치가 및 지리학자로 1804년 해군상이 되어 북극 탐험에 나섰다)의 후원자였다. 그러나 북극을 다녀오지는 않았다.

북극 위원회의 전설적인 회원들은 대부분 70대에 접어들었다. 그날 저녁 긴장한 프랭클린의 눈에는 이들이 『맥베스』에 나오는 마녀들이나 늙수

그레한 귀신들처럼 보였다. 이 늙은이들은 프랭클린보다 앞서 북서항로를 개척하겠다고 탐험을 떠났다가 살아 돌아왔다. 그렇다고 온전히 돌아온 건 아니었다.

프랭클린은 그날 저녁 이런 생각이 들었다. 북극에서 겨울을 보내고도 진짜로 살아서 돌아온 자가 있긴 있을까?

빙하면보다 더욱 각 진 얼굴선을 지닌 존 로스 경은 눈썹이 하도 길어서 휘날릴 정도였다. 눈썹은 마치 목도리도요(목 주변에 목도리처럼 장식깃이 달린 새) 같기도 하고, 조카 제임스 클라크 로스 경이 남극 탐험을 다녀온 후 묘사한 것처럼 길게 삐져나온 펭귄 눈썹 같기도 했다. 목소리는 갈라진 갑판 바닥을 연마석으로 문지를 때 나는 소리만큼 거칠었다.

하느님보다 나이도 많고 두 배나 전지전능한 영국 북극 탐험의 대부 존 배로 경. 그날 저녁 리셉션에 참석한 모든 이들은, 심지어 머리가 허연 70대 회원들까지 고작 애송이에 불과했다. 다들 배로의 후손들에 지나지 않았다.

윌리엄 패리 경(영국의 극지 탐험가)은 신사 중의 신사답게 귀족들 틈에서도 광채가 났다. 네 번이나 북서항로 개척에 도전했으나 결국 대원들을 잃고 퓨리호가 빙하에 끼여 좌초하는 고초까지 겪었다.

얼마 전 기사 작위를 받은 제임스 클라크 로스 경. 그는 최근에 혼인하면서 아내에게 다시는 탐험에 나가지 않겠다고 맹세했다. 만약 지원했더라면 이번 프랭클린 탐험대의 부단장을 맡았을 것이다. 프랭클린도 로스 경도 이를 알고 있었다. 로스와 크로지어는 공모자들처럼 약간 떨어져 서서 나지막이 얘기하며 술을 마셨다.

괴씸한 조지 백 경. 프랭클린 경은 한때 자기 밑에 있던 일개 사관후보생이었던 그가, 여자만 밝히던 그가, 자기와 똑같은 작위를 받은 게 못마땅했다. 리셉션이 있던 밤, 존 프랭클린 경은 25년 전 그날 헵번이 결투할

총을 그대로 두었더라면 얼마나 좋았을까 아쉬워했다. 북극 위원회 최연소 회원인 백은 더할 나위 없이 만족한 상태로 자부심이 대단했다. 테러호가 거의 부서져 좌초될 뻔한 일을 겪고도 말이다.

함장 존 프랭클린은 원래 술을 입에 대지도 않았다. 다른 이들은 세 시간 넘게 샴페인, 와인, 브랜디, 쉐리 주, 위스키를 마시면서 서서히 느슨해졌다. 주변에서 웃음이 점점 커지고 그랜드 홀에서 주고받는 대화도 점차 가벼워졌다. 그럴수록 프랭클린은 더욱 정신을 차렸다. 이 모든 리셉션이, 여기에 있는 금 단추와 실크 넥타이, 번쩍이는 견장과 고급 음식, 담배와 웃음이 모두 그를 위한 것이라고 착각하기 시작했다. 이 자리에 있는 모든 것이 그를 위한 것이었다.

바로 그때, 존 로스 경이 그를 옆으로 홱 잡아당겼다. 프랭클린은 소스라치게 놀랐다. 로스 경은 환한 조명 아래 시가 연기를 내뿜으며 질문을 퍼부었다.

"프랭클린, 대체 무슨 명목으로 134명이나 데려가는 건가?" 거친 갑판 위를 연마석이 쓸고 지나가는 것 같다.

존 프랭클린 경은 눈을 깜빡였다. "중요한 탐험이라서 그렇습니다, 존 로스 경님."

"굳이 말하자면 너무 터무니없는 탐험이지. 30명이 보트를 타고 빙하를 건너는 것도 이미 힘들 판에. 게다가 일이 잘못되면 다시 돌아오기도 수월치 않을 테고. 그런데 무려 134명이라니……" 늙은 탐험가는 마치 침을 뱉으려는 듯 목구멍에서 카악, 하는 무례한 소리를 냈다.

프랭클린은 웃으며 고개를 끄덕였지만 속으로 이 늙은이가 자신을 가만히 두길 바랐다.

"자네 나이가…… 예순이던가?"

"쉰아홉입니다, 로스 경 님." 프랭클린이 딱딱하게 말했다.

존 로스 경은 슬쩍 웃음을 흘렸지만 어느 때보다 차가워 보였다. "테러호가 어떻게 되나, 330톤 급인가? 이리버스는 370톤이고?"

"제가 이끌 이리버스호는 372톤 급입니다. 테러호는 326톤입니다."

"그럼 흘수(수면에서 배의 최하부까지의 수직 거리)가 각각 5.8미터 정도 되나?"

"맞습니다."

"그럼 완전히 정신 나간 짓일세, 프랭클린. 자네 함선은 북극 탐험에 나가는 배 중에 흘수가 제일 깊어. 우리가 모르는 북극해 지역은 없는데 그쪽은 해수면이 상당히 얕고 모래톱과 바위가 많은데다가 눈에 보이지 않는 빙하도 많아. 내가 몰던 빅토리호 흘수가 2.8미터밖에 안 됐는데도 겨우내 정박했던 항구의 모래톱을 넘지 못했지. 조지 백이 이번에 자네가 끌고 떠나는 테러호로 빙하를 지나려다가 밑바닥을 왕창 찢어 먹은 적도 있었지."

"두 척 다 보강해 놓았습니다, 로스 경 님." 땀이 갈비뼈와 가슴을 타고 똥배까지 흘러내렸다. "지금은 세계에서 최고로 튼튼한 빙하선이 되었습니다."

"그럼, 증기며 원동기는 대체 무슨 헛소린가?"

"헛소리가 아닙니다." 프랭클린은 공손하게 대답했다. 솔직히 증기 엔진에 대해 하나도 몰랐지만 이번 탐험에 실력 있는 기관장을 둘이나 데려가고 새로운 증기 범선을 담당할 피츠제임스까지 동행한다. "강력한 엔진을 갖추었습니다. 돛이 망가질 경우 그 엔진으로 빙하를 뚫고 갈 것입니다."

존 로스 경은 콧방귀를 꼈다. "자네 함대에 달린 증기 엔진은 원래 함선용이 아니라면서?"

"그렇습니다. 그래도 런던 앤드 그리니치 철도에서 판매하는 것 중 최고의 증기 엔진을 구해 달았습니다. 그것을 함선용으로 개조해서 힘이 끝내줍니다."

로스는 위스키를 홀짝였다. "북서항로를 따라서 철도를 놓고 그 위에 증기 기관차를 굴릴 거면 힘이 끝내주겠지."

프랭클린은 이 말을 들으며 화통하게 웃었으나 로스의 가시 돋친 폭언이 심히 거슬렸다. 그는 남들이 하는 농담을 구분 못할 때가 많았다. 유머 센스라곤 찾아볼 수 없었다.

"그랬다고 뭐 그리 힘이 좋겠어. 1.5톤 급 엔진을 자네 이리버스호 선창에 구겨 넣었더니 고작 25마력밖에 안 나오잖아. 크로지어가 이끌 함선 엔진은 그보다 '효율이 떨어지고…… 최대 20마력이니 뭐. 스코틀랜드에서부터 자네 함선을 견인해 온 배가…… 래틀러호 맞지? 거기엔 작은 증기 엔진이 달렸지만 220마력까지 나오지. 그건 해양용 엔진이라서 그런 거고."

할 말이 없는 프랭클린은 그저 미소만 지었다. 침묵을 깨려고 지나가는 웨이터에게 샴페인을 가져다 달라며 수신호를 보냈다. 그리고 신념에 반해 그때부터 술을 마시기 시작했다. 그가 할 수 있는 일이라곤 그 자리에 서서 잔을 들고 점점 김 빠져가는 샴페인을 이따금씩 쳐다보다가 들키지 않고 몰래 술을 버릴 짬을 노릴 뿐.

"만일 그 빌어먹을 엔진 두 개를 달지 않았더라면 이리버스호와 테러호 선창에 이것저것 더 많은 비축품을 실을 수 있었을 거네." 로스가 이렇게 주장했다.

프랭클린은 구세주를 찾으려는 듯 주위를 둘러보았지만, 다들 다른 대화에 열중이었다. "3년간 소요될 비축량 이상을 실었습니다, 존 로스 경님." 그는 마침내 입을 열었다. "배급량을 줄인다면 5년에서 최대 7년까지 버틸 수 있습니다." 그는 다시 웃으며 굳은 얼굴을 애써 풀려 했다. "이리

39

버스호와 테러호 양쪽에 중앙난방 장치가 있습니다. 이건 경께서 이끄셨던 빅토리호에도 분명 있었을 것입니다."

존 로스 경의 창백한 눈동자가 차갑게 빛났다. "빅토리호는 빙하에 부딪히자 달걀 깨지듯 으스러졌어, 프랭클린. 끝내주는 증기 엔진이고 뭐고 죄다 무용지물이었다고."

프랭클린은 피츠제임스와 눈을 마주치려고 주위를 돌아보았다. 크로지어에게도 도움의 눈빛을 청했다. 제발 아무나 와서 나 좀 구해줘. 나이 든 존 로스 경과 땅딸막한 존 프랭클린 경이 이렇게 마주하고 진지하게 대화하는 장면을 눈여겨보는 이는 아무도 없었다. 물론 일방적으로 밀리는 중이었다. 웨이터가 지나가자 프랭클린은 입도 대지 않은 샴페인 잔을 쟁반 위에 내려놓았다. 로스는 눈을 가늘게 뜨고 프랭클린을 살폈다.

"한쪽 배에 난방하는 데 하루에 석탄이 얼마나 들지?" 늙은 스코틀랜드 출신의 로스 경이 다그쳤다.

"정확히는 모르겠습니다." 프랭클린은 웃으며 말했다. 사실 정말 몰랐다. 게다가 전혀 상관하지 않았다. 증기 엔진과 석탄은 기관장 소관이었다. 영국 해군 본부가 그들을 위한 계획을 잘 짜두었을 것이다.

"그건 내가 알지. 하루에 석탄 68킬로그램를 태워야 선실을 덥힐 뜨거운 물을 겨우 돌릴 수 있어. 그 비싼 석탄을 하루에 반 톤씩은 때야 증기 엔진을 돌릴 수 있다고. 만일 항해 중이면, 자네 포열함 두 척이 4노트로 간다고 치면 하루에 석탄 2, 3톤은 태워야 할 걸세. 빙하를 건너려면 그보다 더 많이 들어. 석탄을 얼마나 가져갈 셈인가, 프랭클린?"

함장 존 프랭클린 경은 묵살하는 듯하면서 조신하게 손을 내저으며 말했다. "대략 200톤 정도요."

로스는 또다시 못마땅하게 쳐다보았다. "정확히 이리버스호하고 테러호에 각각 90톤씩 실릴 걸세." 그는 거슬리는 목소리로 말했다. "그렇게

되면 그린란드에 도착해서 배핀 만(그린란드와 배핀 제도 사이에 있는 대서
양의 일부)을 건너기도 전에, 그러니까 빙하를 구경하기도 훨씬 전에 동나
고 말 걸세."

프랭클린은 묵묵히 그저 웃기만 했다.

"자네가 싣고 가는 석탄 90톤 중 75퍼센트를 남긴 상태로 북극 빙하에
서 겨울을 난다고 치자고." 로스는 계속 말을 이었다. 마치 녹아내리는 빙
하를 지나는 배보다도 지루하기 짝이 없었다. "만일 그럴 경우, 빙하 지대
가 아니라 정상 조건에서 며칠이나 증기 엔진을 돌릴 수 있지? 12일, 13일,
14일?"

함장 존 프랭클린 경은 아무 생각이 없었다. 바다에 정통한 인물이지만
실상은 거기까지 미치지 못했다. 갑자기 들이닥친 공포가 눈에 어렸다. 석
탄 때문이 아니었다. 존 로스 경 앞에서 멍청해 보이는 게 두려웠다. 이 해
군 노장 장성은 프랭클린의 어깨에 철제 바이스그립(물체를 고정시킬 목적
으로 사용하는 펜지)을 대고 단단히 조이는 것 같았다. 로스가 상체를 가까
이 숙이자 입에서 술 냄새가 풍겼다.

"자네 함선에 대한 해군 본부의 구조 작전은 어떻게 되지?" 로스가 불
쑥 묻는다. 낮게 깔린 목소리에 밤늦은 시각까지 이어지는 웃음과 수다 소
리가 버무려졌다.

"구조라뇨?" 프랭클린은 눈을 끔뻑였다. 세계 최고의 최신식 함선 두
대에 왜 구조가 필요한 거지? 그는 여기까지는 상상도 하지 못했다. 빙하
에 대비해 선체를 보강하고, 증기 추진력 장치를 달고, 빙하 지대에서 5년
이상 버틸 식량까지 실었다. 게다가 직접 뽑은 대원들까지 갖췄는데 구조
라니 말도 안 돼.

"섬 사이를 지나가는 경로를 따라 창고를 세울 계획은 마련했나?" 로스
가 나지막이 물었다.

"창고라니, 도중에 비축품을 남겨 두라는 말씀이십니까? 대체 왜 그래야 합니까?" 프랭클린이 물었다.

"그래야 만일 빙하를 걸어 나와야 할 사태가 발생할 경우, 자네 부하들이 음식을 먹거나 쉴 수 있는 공간이 생기지." 로스는 눈을 반짝이며 힘주어 말했다.

"저희 탐험대가 왜 배핀 만까지 걸어 나와야 합니까? 저희의 목표는 북서항로를 통과하는 것입니다." 프랭클린이 되물었다.

존 로스 경이 목을 뒤로 빼더니 프랭클린의 팔뚝을 꽉 붙들었다. "그렇다면 구조선이나 구조 계획도 전혀 계산에 없는 거네?"

"없습니다."

로스는 프랭클린의 다른 쪽 팔을 다시 꽉 잡았다. 살찐 존 프랭클린 경의 얼굴이 일그러졌다.

"그렇다면, 만일 1848년까지 자네한테서 아무 소식이 들리지 않으면 내가 직접 찾으러 나서겠네. 내 약속하지."


프랭클린은 불쑥 잠에서 깼다.

땀범벅이 되었다. 어지럽고 기운이 없었다. 심장이 벌렁거렸다. 두개골 속에 교회 종이 들어 있어 심장이 쿵쾅거릴 때마다 골 안쪽에 대고 종을 치는 것 같았다.

공포에 절어 몸을 내려다보았다. 하반신이 비단으로 덮여 있었다.

"이게 뭐지? 이게 뭐야! 누가 날 국기로 덮어 놓았어?"

제인이 놀라 서 있었다. "당신 얼굴이 하도 창백하고 몸을 벌벌 떨기에 제가 이불 삼아 덮어 놓았어요."

"세상에!" 함장 존 프랭클린 경이 고함을 쳤다. "젠장, 지금 무슨 짓을 한 건지 알기나 해? 시신을 국기로 덮는다는 거 당신 정말 몰랐어?"

# 3
## 크로지어

북위 70도 5분, 서경 98도 23분
1847년 10월

크로지어 함장은 짤막한 사다리를 타고 하갑판으로 내려간다. 이중으로 봉인된 문을 밀고 들어가자 훅, 하고 밀려오는 온기에 몸이 휘청거린다. 온수 공급은 몇 시간 전에 끊겼지만 대원 50여 명의 체온과 조리 후 잔열 때문에 하갑판의 기온은 내려가지 않았다. 그래 봤자 0도에도 못 미치지만 바깥 기온과 비교하면 약 40도가 차이 난다. 갑판에서 30분간 당직 근무를 서고 들어오는 사람에게는 옷을 껴입고 사우나 실에 들어가는 것 같은 열기이다.

크로지어는 난방하지 않는 최하갑판과 선창갑판까지 내려가느라 방한복을 벗지 않는다. 하갑판에 계속 있을 생각은 아니다. 그래도 함장이니 잠시 걸음을 멈춘다. 짬을 내어 주변을 돌아보며 그가 자리를 비운 30분 동안 다들 무사한지 확인한다.

이곳은 이 함선에서 유일하게 자고 먹고 생활하는 갑판임에도 컴컴하다. 낮에도 눈으로 뒤덮이는 웨일스의 어느 탄광에서 일하는 것 같다. 게다가 지금은 하루 중 스물두 시간이 밤이다. 고래 기름 램프와 랜턴, 작은 외뿔처럼 생긴 양초 덮개가 여기저기 보인다. 그런데도 승조원들은 이 어두컴컴한 공간을 잘도 지나다닌다. 잘 보이지도 않는 짐 더미는 물론 머리

43

위에 어떤 저장 음식과 옷가지, 장비가 매달려 있는지 잘 기억했다가 요리조리 피해 다닌다. 게다가 누가 어느 해먹에서 자는지도 다 기억한다. 수병 1인당 허용되는 해먹의 폭은 고작 36센티미터. 해먹을 모두 걸면 양쪽으로 폭 46센티미터짜리 복도를 제외하고 걸어 다닐 공간조차 없다. 지금 해먹 몇 개가 걸려 있다. 야간 당직 근무를 서기 전에 미리 자 두려는 것이다. 시끌벅적한 말소리와 웃음소리, 욕설과 기침, 뭔가에 영감받은 디글이 달그락거리며 요리하는 소리, 음담패설 등이 빙하가 짓눌릴 때 내는 신음소리를 덮어버릴 만큼 시끄럽다.

도면을 보면 2.1미터라고 되어 있으나, 천장 위를 육중하게 지나가는 목재와 수많은 나무못, 그리고 여기에 선반을 매달아 그 위에 따로 쌓아둔 나무 때문에 실제 하갑판 천장까지의 높이는 채 1.8미터가 되지 않는다. 지금 최하갑판에서 기다리는 새가슴 맨슨 같은 일부 대원들은 등을 늘 구부정하게 숙이고 걸어야 한다. 프랜시스 크로지어는 키가 그리 크지 않아서 모자에 목도리까지 뒤집어써도 고개를 숙일 필요가 없다.

크로지어가 선 곳 오른쪽에서 선미를 따라 내려가면 낮고 어둡고 좁은 터널이 있는데, 이곳은 갑판 승강구 계단으로 사관 숙소와 연결된다. 사관 숙소에는 침대 16칸이 있고, 사관과 준사관이 사용하는 좁은 식당 두 곳이 있다. 크로지어의 침실은 가로 1.8미터에 세로 1.5미터 정도로 다른 사관들과 비슷하다. 갑판 승강구 계단은 어둡고 폭이 60센티미터도 되지 않는다. 한 번에 1명만 간신히 빠져나갈 정도라 천장에 걸린 물건에 부딪히지 않으려면 고개를 숙여야 한다. 몸집이 좋은 사내들은 몸을 틀어 좁은 복도를 모로 빠져나간다.

사관용 숙소는 함선 총길이 30미터 중 19미터를 차지한다. 테러호 하갑판의 폭은 고작 8.5미터이고, 좁은 갑판 승강구 계단을 통과해야만 선미까지 곧장 닿을 수 있다.

크로지어는 선미 쪽에 있는 함장실로 빛이 들어오는 것을 바라본다. 오늘처럼 지독히 춥고 우울한 날에도 여태 목숨을 부지한 장교 몇 명은 기다란 테이블에 앉아 쉬면서 담배를 피거나 천이백여 권을 소장한 도서관에서 책을 읽는다. 음악 소리가 들린다. 손으로 돌려야 소리가 나는 오르간 위에 올려놓은 메탈 디스크에서 5년 전 런던에서 유행했던 곡이 흘러나온다. 호지슨 중위가 돌리고 있다. 그가 가장 좋아하는 곡이기 때문이다. 이 노래 때문에 이 함선의 부장이자 클래식 애호가인 에드워드 리틀 대위는 거의 미칠 지경이다.

'숙소에서 잘들 지내는군.' 크로지어는 몸을 돌려 앞을 향한다. 수병 숙소는 함선 총길이 중 남은 3분의 1, 즉 12미터를 쓴다. 원래 정원 44명 중 생존한 41명의 수병 및 사관후보생이 그곳에서 복닥대며 생활한다.

오늘 밤에는 수업이 없다. 이제 해먹을 걸고 몸을 누일 때까지 채 한 시간도 남지 않았다. 수병들은 대부분 관물함이나 쌓아 놓은 짐 위에 걸터앉아 어둑어둑한 불빛 아래에서 담배를 피우거나 잡담을 한다. 숙소 중앙에는 특허받은 거대한 프래저 스토브가 있고, 여기에서 디글이 십 비스킷(보존성이 좋아서 항해 식량으로 애용되던 빵 대용 식품)을 굽는 중이다. 디글은 영국 해군 최고의 조리장이다. 출항하기 직전 크로지어는 존 프랭클린 경의 함선에서 이 꼬장꼬장한 조리장을 빼왔는데 이는 칭송받을 만한 일이다. 디글은 언제나 요리한다. 보통 비스킷을 굽는데 조리병에게 내내 욕을 한다. 때리고 발로 차고 꾸짖는 바람에 수병들은 거대한 스토브 근처만 가면 허둥거린다. 디글의 욕받이가 되지 않으려고 현창을 타고 밑으로 내려가 아래 갑판에서 비축품을 열심히 가지고 올라온다.

프래저 스토브는 선창에 있는 증기 엔진만큼 어마어마하게 크다. 커다란 오븐과 버너가 여섯 개나 달려 있고, 거대한 철제 몸체에는 염분 제거기가 빌트인 되어 있다. 바닷물이나 선창에 연달아 설치된 거대 수조탱크

속에 든 물을 여기까지 끌어 올리는 어마어마한 수동식 펌프도 달려 있다. 그런데 외부에서 끌어오는 바닷물이든 수조탱크에 있는 물이든 모두 다 꽝꽝 얼었다. 디글은 큼지막한 냄비를 버너 위에 올려놓고 저 아래 탱크에서 퍼온 얼음 덩어리를 열심히 녹이는 중이다.

함장은 병실을 바라본다. 현창(선수의 갑판보다 위로 돌출된 부분) 아래쪽 공간에 짜 넣은 디글의 선반과 벽장 격벽(칸을 만들기 위해 설치한 벽) 너머 함선 맨 앞 선수창 빈 공간에 병실을 마련했다. 지난 2년간은 병실 없이 지냈다. 원래 이곳엔 바닥에서 천장까지 상자와 통이 잔뜩 쌓여 있었다. 아침 7시 반부터 함선 군의관이나 부군의관의 진찰을 받아야 할 승조원들은 디글의 스토브 근처에 뉘어 놓았다. 그런데 이제 비축량은 줄고 환자가 늘자 목수들이 선수창에 별도의 공간을 마련해 제대로 병실을 차렸다. 잔뜩 쌓인 상자들 틈 사이로 터널처럼 생긴 입구가 또 하나 보인다. 상자를 이리저리 쌓아 벙어리 여자의 잠자리를 마련했다.

지난 6월, 온종일 토론이 벌어졌다. 프랭클린은 에스키모 여자를 배에 들이면 안 된다고 했다. 크로지어는 여자를 받아 주었지만 어디에서 재울지 난감하자 리틀 대위와 머리를 맞대고 고심했다. 저 에스키모 여자를 상갑판이나 최하갑판에서 재웠다가는 얼어 죽을 게 뻔했다. 이렇게 되면 하갑판만 남는데, 그렇다고 여자를 수병 숙소에서 재울 수도 없는 노릇이었다. 밤이 되면 빙해에 당직 근무를 서러 나가는 인원이 있어서 해먹이 빈다 해도 좀 그렇다.

크로지어는 입대하기 전 사관후보생이었던 10대 시절, 밀항하는 여자들을 컴컴하고 공기가 통하지 않아 악취가 진동하는 밧줄 창고에 집어넣었다. 창고는 주로 배 맨 밑바닥 선수 맨 앞에 있었다. 주로 앞상갑판(배의 앞머리에 있는 선루)에 있던 운 좋은 사내나 여자를 밀항시킨 승조원이 창고를 드나들었다. 지난 6월, 벙어리 여자가 등장했을 때, 영국 군함 테러호의 밧줄 창고는 영하였다.

사실 여자를 수병들과 같이 재운다는 것은 애초부터 말도 안 되는 얘기였다.

사관 숙소라면 가능할 수도 있겠다. 장교 몇 명이 죽거나 병들어서 몇 군데 비어 있었으니 말이다. 리틀 대위와 크로지어 함장은 얄팍한 벽을 세우고 미닫이문을 달아 잠자는 수병들하고 격리시킨다 해도 여자를 그리 두는 건 부적절하다고 결론지었다.

그러면 어쩐다? 여자를 재울 곳이 마땅하지 않다고 옆에 무장 경비를 하루 종일 붙여둘 수도 없는 노릇이었다.

그때 에드워드 리틀이 병실로 쓰려고 했던 최선수에 쌓인 물건을 이리저리 치우면 여자가 잘 만한 동굴을 만들 수 있을 거라는 아이디어를 냈다. 비스킷을 굽고 아침에 먹을 고기를 굽느라 매일 밤새 깨어 있는 자도 있었다. 바로 디글이었다. 디글에게 여자 보는 안목이 있는지는 모르겠지만, 확실한 건 그런 호시절은 오래전에 지났다. 게다가 스토브 근처에 잠자리를 마련하면 여자가 뜨뜻하게 지낼 수 있겠다고 리틀 대위와 크로지어 함장은 의견을 모았다.

그렇게 일이 진행된 것이다. 벙어리 여자는 열기 때문에 속이 울렁거려서 알몸에 모피만 걸치고 상자와 통을 쌓아서 생긴 작은 동굴 속에서 잠을 잤다. 함장은 우연히 이걸 보았고 그 모습이 뇌리에 남았다.

이제 크로지어는 후크에 걸린 랜턴을 빼내 불을 붙인 다음, 스토브에 올려놓은 얼음 덩어리처럼 몸이 풀리기 전에 해치 커버를 들어 올려 사다리를 타고 최하갑판으로 내려간다.

최하갑판을 그저 춥다고 말하는 것으론 모자라다. 처음 북극으로 떠나기 전부터 그리 말했지만 그것은 부족한 표현이었다. 하갑판에서 1.8 미터짜리 사다리를 타고 최하갑판으로 내려가면 온도가 30도는 급강하한다.

게다가 칠흑처럼 깜깜하다.

크로지어는 여느 함장처럼 잠시 주위를 돌아본다. 랜턴에서 흘러나오는 희미한 불빛에 허공으로 내뿜은 입김이 흐릿하게 보인다. 주변에 나무 상자와 큰 통, 통조림, 술통, 석탄 부대가 보인다. 천장까지 가득 쌓인 남은 비축량이 캔버스 천에 덮여 있다. 크로지어는 랜턴 없이도 캄캄하고 쥐가 들끓는 이곳을 돌아다닐 수 있다. 그가 함선에서 모르는 곳은 없다. 가끔씩, 특히 늦은 밤 빙하가 삐거덕거리면, 테러호는 프랜시스 로돈 모이라 크로지어에게 아내이자 어머니, 신부이자 매춘부가 되어 주었다. 참나무와 철, 뱃밥(낡은 밧줄을 풀어 만든 것으로 타르에 담가서 배의 틈새를 메울 때 쓰인다)과 밸러스트(선체의 안정을 위해 배 바닥에 싣는 모래나 물 같은 중량물), 천과 놋쇠로 만들어진 이 배를 속속들이 파악하는 일은 그가 지금도, 앞으로도 계속해야 할 진정한 결혼 생활이다. 이런 그가 어떻게 소피아에게 다른 생각을 품었을까?

아주 늦은 밤, 빙산이 내는 신음 소리가 비명으로 바뀌는 한밤이면 크로지어에게 이 함선은 그의 몸과 마음으로 변한다. 갑판과 선체 저 너머에 죽음이 도사리고 있다. 만년빙이 펼쳐진 저곳. 지금 함선이 빙하에 갇혀 있으나 심장은 계속 뛴다. 비록 미약하나마 온기가 있고 대화가 오간다. 몸을 움직이며 정신줄을 놓지 않는다.

함선 밑바닥으로 내려가는 일은 인간의 몸과 영혼의 기저로 탐험하는 것과 비슷하다. 저 밑에서 만날 모습은 유쾌하지 않을 수 있다. 최하갑판은 위장이다. 이곳에 음식과 필요한 자원이 저장되어 있다. 앞으로 소비될 순서대로 차곡차곡 쌓여 있어서 디글의 윽박지르는 소리에 쫓겨난 조리병들이 이곳까지 내려와 손쉽게 찾아간다. 지금 함장이 최하갑판에서 향하는 곳은 창자와 신장에 해당한다. 수조와 석탄 비축량과 비상식량 대부분이 여기에 저장되어 있다. 그런데 크로지어가 가장 괴로운 건 마음 때문이다. 평생 우울증에 시달린 크로지어. 성인이 되어 이렇게 꽁꽁 언 극지방에서 겨울을 열두 번이나 보낸 탓에 우울증이 악화되었다. 게다가 얼마 전 소피아 크랙크로프트에게 거절당하는 바람에 우울증이 심해졌다. 한줄기 랜턴 불빛이 비추고 잠시나마 난방을 돌린 덕분에 그럭저럭 지낼 만한 하갑판은 그나마 제정신인 구석이 남아 있는 그의 마음을 닮았다. 요즘은 최하갑판 같은 심연에 빠진 기분으로 대부분 지낸다. 얼음이 내는 비명 소리를 들으며 철제 볼트와 빔(구조물의 들보)이 버티고 버티다가 결국 혹한에 터져 나가기를 기다린다. 맨 아래 선창갑판에는 끔찍한 악취가 진동하는 시체실이 있다. 그곳은 광기로 가득하다.

크로지어는 이런 생각을 털어낸다. 최하갑판 복도를 내다본다. 양쪽으로 온갖 상자와 통이 잔뜩 쌓여 있다. 랜턴 불빛이 빵 보관실 격벽에 가로막힌다. 양쪽 복도는 하갑판 사관 숙소에서 터널처럼 보이는 갑판 승강구 계단보다 훨씬 좁다. 테러호의 얼마 남지 않은 석탄 부대가 무너지지 않게 막은 보호대와 빵 보관실 사이를 지나가려면 몸을 틀어야 한다. 목수 창고는 우현 쪽 앞, 갑판 창고는 반대편 좌현 쪽에 있다.

크로지어가 몸을 돌려 랜턴으로 선미 쪽을 비춘다. 불빛에 놀란 쥐들이 잠시 멈칫했다가 염장 쇠고기 상자와 통조림 비축품 상자 사이로 몸을 숨긴다.

어둑어둑한 랜턴 불빛 속에서도 함장은 알코올 창고의 자물쇠가 잠긴 것을 확인한다. 크로지어의 부하 장교가 여기까지 내려와 승조원들이 낮에 마실 럼을 그날그날 필요한 만큼 꺼내 간다. 매일 70도짜리 럼 0.12리터에 물 3.6리터를 희석해 배급한다. 알코올 창고에는 장교들이 마실 와인과 브랜디, 머스킷총, 단검, 칼 등 무기 200여 점도 보관되어 있다. 영국 해군 관례상 현창은 장교 숙소와 곧장 연결되고 일고올 창고 위에는 암상실이 위치한다. 그래야 선상 반란이 일어날 경우 장교들이 무기를 가지러 곧장 달려갈 수 있다.

알코올 창고 뒤 장포 창고에는 폭약과 총알이 잔뜩 들어 있다. 알코올 창고 양옆에는 각종 저장 창고와 체인 케이블 라커 등 다양한 라커가 있다. 돛 보관실에는 차가운 천막이 있고, 제복 창고에서는 계리원 헬프만이 승조원들에게 활동복을 지급한다.

알코올 창고와 장포 창고 뒤쪽에 함장 창고가 있다. 이곳에는 프랜시스 크로지어가 사비로 사놓은 햄과 치즈 및 각종 사치품이 저장되어 있다. 함장이 이따금씩 장교들에게 한턱내는 것이 여전히 전통으로 이어진다. 크로지어의 창고에 적재된 식량은 지금은 세상을 떠난 이리버스호 함장이 개인 창고에 꽉꽉 채워 놓은 화려한 물품에 비하면 초라하다. 빙하 지역에서 여름 두 번, 겨울 두 번을 나느라 크로지어의 개인 창고는 이제 거의 바닥났다. 그는 씩 웃으며 장교들이 아끼는 괜찮은 와인 저장고가 있어서 다행이라고 생각한다. 저장고 안에 위스키를 잔뜩 넣어 두었더니 든든하다. 이리버스호의 불쌍한 장교와 수병들은 2년간 술 한 방울 맛보지 못했다. 존 프랭클린 경은 술을 입에 대지도 않던 사람이었다. 그가 죽기 전까지 아랫사람들은 그 때문에 힘들어 했다.

크로지어가 좁은 복도를 따라 선수에서 선미 쪽으로 걷자 랜턴이 까딱거린다. 한참을 가던 크로지어는 석탄 부대 보호대와 빵 보관실 격벽 사이에서 몸을 감추고 있는 시커먼 곰 같은 형상을 향해 몸을 돌린다.

"윌슨." 크로지어가 목공장 조수를 알아보고 말한다. 퉁퉁한 몸집에 물개 가죽 장갑을 끼고 사슴가죽 바지를 입은 모습을 보니 윌슨이다. 장갑과 바지는 출항하기 전에 대원 전원에게 지급했지만, 지금은 겨우 몇몇만 플란넬과 모로 된 제복 위에 입는다. 윌슨은 언젠가 항해를 나갔다가 디스코 만에 있는 덴마크 고래 처리 공장에서 가져온 늑대 가죽을 꿰매 큼지막한 외투를 만들어 입고서는 따뜻하다고 우긴다.

"함장님." 윌슨은 한 손에 랜턴을 들고 다른 쪽 팔에 목수용 장비가 든 상자 몇 개를 들고 있다. 승조원 중 가장 뚱뚱한 축에 속한다.

"윌슨, 허니에게 가서 안부 전하고, 내가 선창갑판에서 보자고 전해."

"알겠습니다, 함장님. 선창갑판 중 어디서 말씀이십니까?"

"시체실이네, 윌슨."

"네, 알겠습니다. 함장님." 호기심 가득한 윌슨의 눈에 랜턴 불빛이 잠시 어른거린다.

"지렛대도 가져오라고 하고."

"알겠습니다."

크로지어는 작은 통 사이로 몸을 비켜서서 덩치 좋은 그가 사다리를 타고 하갑판으로 올라가도록 길을 터준다. 자기 때문에 목공장이 화날 지도 모른다. 아직 몸이 풀리지 않았는데 방한복을 도로 입는 것만으로도 힘들 것이다. 그런 느낌이 들었지만 나중보다 차라리 지금 괴롭히는 것이 나으리라.

윌슨이 위쪽 해치로 육중한 몸을 간신히 밀어 올리고, 크로지어는 아래쪽 해치를 들어서 선창갑판으로 내려간다.

선창갑판은 전체가 외부 빙하 수면 아래에 위치하기 때문에 함선 밖 빙판에 있는 것만큼 춥다. 바깥에는 오로라나 별과 달이 뜨기라도 하니 이 안이 더 어둡다. 칠흑 그 자체. 석탄가루가 날리고 연기가 자욱해 공기가 텁텁하다. 유령 밴시가 손을 휘젓듯 랜턴이 쉭 소리를 낸다. 그 주위를 검은 분진이 휘감는다. 하수구 썩은 내가 진동한다. 삐거덕, 스르륵, 와르르 하는 소리가 컴컴한 선미 쪽에서 들려온다. 보일러실에서 석탄을 삽으로 푸는 소리다. 보일러에서 나오는 열기로 사다리 아래쪽에 10센티미터 정도 오수가 고여서 얼지 않고 질척거린다. 빙하 속에 저박힌 선수에는 얼음물이 약 30센티미터 정도 차 있어서 하루 여섯 시간 이상 대원들이 펌프

를 돌려 물을 퍼내는 중이다. 테러호는 여느 생명체처럼 호흡하며 입김을
내뿜는다. 쉬지 않고 일하는 디글의 스토브도 숨을 쉰다. 늘 습하고 언저
리에 얼음이 끼는 하갑판, 꽁꽁 얼어붙은 최하갑판, 고드름이 빔에 대롱대
롱 매달리고 발목까지 질척거리는 지하 감옥 선창갑판. 겉면이 시커멓고
편평한 철제 수조 스물한 개가 선체를 따라 한 줄로 늘어서 있어서 양옆은
더 춥다. 출항할 때 민물 38톤을 담아온 수조 주위엔 얼음이 들러붙어 수
조 통에 손만 대도 피부가 홀렁 벗겨진다.

이병 윌크스에게 매그너스 맨슨이 사다리 맨 밑 칸에 앉아 기다리고 있
다고 들었다. 그런데 덩치 큰 맨슨은 사다리에 엉덩이를 걸치지 않고 그냥
서 있다. 낮은 빔 때문에 커다란 두상과 어깨가 구부정하다. 창백하고 붉
으락푸르락한 얼굴과 두툼한 턱밑 살을 보니 썩은 감자를 껍질 벗겨 웨일
스식 방한모 밑에 쑤셔 넣은 것 같다. 흐릿한 랜턴 불빛을 비추자 그는 함
장의 시선을 피한다.

"무슨 일이지, 맨슨?" 크로지어는 아까 당직자와 소위를 부르던 목소리
와는 달랐다. 냉정하고 차분한 말투로 한 자씩 꾹꾹 눌러 야무지게 말한다.

"귀신이 있습니다, 함장님." 커다란 덩치에 비해 매그너스 맨슨의 목소
리는 어린애처럼 높고 가냘프다. 1845년 7월, 테러호와 이리버스호가 그
린란드 서부 해안 디스코 만에 정박했을 때, 함장 존 프랭클린 경은 승조
원 둘을 이번 항해에서 제외하는 편이 낫겠다고 판단했다. 그들은 이리버
스호의 승조원이었던 해병 이병과 돛을 꿰매는 장범장이었다. 크로지어
는 테러호에서는 수병 존 브라운과 이병 에이킨을 하선시키는 게 좋겠다
고 했다. 그들은 환자보다 조금 나을 뿐 항해에 올라서는 절대로 안 될 사
람들이었다. 그 이후 가끔은 차라리 그때 그 4명과 함께 맨슨도 딸려 보낼
걸 하는 후회가 밀려든다. 이 덩치 큰 자는 새가슴은 아니나 새가슴에 가
까웠다. 그런데 대체 이 두 표현이 뭐가 다르지? 크로지어는 분간하기 힘

들었다.

"테러호에 귀신이 어디 있다고 그래, 맨슨?"

"있습니다, 함장님."

"나를 보게."

맨슨은 고개를 들지만 크로지어와 눈을 마주치려 하지 않는다. 함장은 맨슨이 허연 얼굴에 비해 눈이 너무 작아서 깜짝 놀랐다.

"톰프슨이 보일러실에 가서 석탄을 가져오라고 한 명령을 어겼나, 맨 슨?"

"아니요. 네, 그랬습니다."

"배에서 명령을 거역하면 어떤 결과가 따르는지도 알고 있지?" 크로지 어는 마치 아이에게 말하는 것 같다. 맨슨은 최소 서른이 넘었다.

제대로 대답할 수 있는 질문이 나오자 덩치 큰 사내의 얼굴이 환해진 다. "압니다. 징계를 받습니다. 채찍질 20대입니다. 한 번 이상 거역하면 100대를 맞습니다. 만일 톰프슨의 명령 말고 진짜 사관의 명령을 어기면 더 큰일이 납니다."

"맞아. 그런데 거기에 불복할 경우 함장이 그 어떤 징벌도 내릴 수 있다 는 군율은 몰랐나?" 크로지어가 물었다.

맨슨이 함장을 내려다본다. 그의 창백한 눈빛이 흔들린다. 질문을 이해 하지 못하고 있다.

"내 말은, 내가 적절한 방식으로 자네에게 징벌을 내릴 수도 있다는 얘 기야."

통통한 얼굴에 안도의 한숨을 내뿜는다. "아, 그렇습니까."

"20대를 때리는 대신 저 캄캄한 시체실에 스무 시간 동안 가두겠어."

이미 창백하게 얼어붙은 맨슨의 얼굴에 핏기가 싹 가신다. 크로지어는 그가 기절할까 봐 옆으로 비킬 준비를 한다.

"설마…… 함장님……." 이 어린아이 같은 남자의 목소리가 비브라토로 떨린다.

크로지어는 쉬이익, 차갑게 소리를 내는 랜턴을 든 채 한참 입을 닫고, 맨슨이 그의 표정을 살피게 놔둔다. 마침내 입을 연다. "무슨 소리가 들리지, 맨슨? 누구한테 귀신 얘기라도 들은 건가?"

맨슨은 입을 열지만 뭐라고 말해야 할지 몰라 망설인다. 두툼한 아랫입술에 살얼음이 끼었다. "워커가……." 마침내 입을 연다.

"워커가 무섭나?"

제임스 워커. 맨슨의 친구로 동갑에 멍청하기도 엇비슷했다. 워커는 일주일 전 빙하에 나갔다가 목숨을 잃었다. 가장 최근에 사망한 대원이다. 함선 규칙상, 승조원은 함선 인근 빙하에 작은 구멍을 계속 뚫어 놔야 한다. 지금처럼 빙하가 3미터에서 4.5미터 두께로 얼어붙어도 꼭 해야 하는 작업이다. 배에서 화재가 발생했을 경우, 대원들이 불을 끌 물을 퍼 올릴 수 있어야 한다. 어둑어둑한 시간에 워커와 승조원 둘이서 빙하에 구멍 뚫는 작업을 하고 있었다. 예전에 뚫어 놓은 구멍을 다시 뚫는 작업이었다. 철제 기둥을 박아 놓지 않으면 한 시간도 안 되어서 구멍이 다시 얼음으로 메워진다. 그때 압력 봉우리 뒤편에서 허연 괴물이 달려들어 워커의 팔을 자르고 갈비뼈를 으스러뜨린 후 순식간에 사라졌다. 잠시 후 무장한 경비가 갑판에서 총을 뽑아 들었다.

"워커한테 귀신 얘기라도 들었나?" 크로지어가 묻는다.

"네, 함장님. 아, 아닙니다. '녀석'한테 죽기 전날 밤, 워커가 이렇게 말했습니다. '매그너스, 언젠가 녀석이 빙하에서 나와 나를 잡으러 올 거야. 그럼 나는 하얀 수의를 입고 돌아와 네 귀에다 대고 얼마나 추운지 말해 주지.' 이랬다고요. 제발 저 좀 도와주십시오. 워커가 그랬습니다. 저도 도망가고 싶습니다."

마침 이때를 기다렸다는 듯 선체가 신음 소리를 낸다. 꽁꽁 얼어붙은 갑판이 발밑에서 신음 소리를 낸다. 빔에 박힌 철제 브래킷도 그 아픔을 아는 듯 같이 삐거덕거린다. 그러더니 뭔가 손톱으로 선체를 죽죽 긁으며 뛰어다니는 소리가 컴컴한 곳에서 들려온다. 빙하에는 자비란 없다.

"바로 이 소리 말인가, 맨슨?"

"네, 맞습니다. 아, 아닌가."

시체실은 우현에서 선미 쪽 9미터에 위치한다. 좀 전에 신음 소리를 내던 철제 수조 바로 근처에 있다. 바깥에서 들리던 빙하 소리가 멈추자, 저 뒤 선미 보일러실에서 삽으로 긁고 푸는 소리만 흐릿하게 들린다.

크로지어는 터무니없는 소리에 신물이 난다. "죽은 친구가 살아서 돌아오지 않으리라는 거 잘 알잖아, 매그너스. 네 친구는 말이지. 자기가 눕던 해먹에 돌돌 싸여, 다른 시체와 같이 커다란 돛에 세 바퀴 감겨서 저기 돛 저장실에 꽁꽁 언 채 처박혀 있어. 만일 저 안에서 무슨 소리가 들리면 그건 빌어먹을 쥐새끼들이 시체를 갉아먹는 소리야. 알았나, 매그너스 맨슨?"

"네, 알겠습니다."

"이 배에서 두 번 다시 불복종은 없다, 맨슨 수병. 이제 마음을 고쳐먹어. 톰프슨이 시키는 대로 가서 석탄을 가져 와. 디글이 시키면 시키는 대로 식품 창고로 가고. 모든 명령에 즉각 복종하도록. 아니면 군사법원에 회부하겠어. 날 똑바로 보게. 자칫하다간 저 차가운 시체실에 랜턴도 없이 들어가 하룻밤을 보낼 수도 있으니."

맨슨은 잠자코 손을 올려 경례한 후, 사다리 위에 올려놓았던 커다란 석탄 부대를 짊어지고 어두운 선미 쪽으로 발길을 옮긴다.

• • •

기관장이 긴 소매 셔츠와 코듀로이 바지를 벗어던지고 직접 석탄을 삽으로 푸고 있다. 옆에는 마흔일곱 먹은 화부 빌 존슨이 있다. 루크 스미스라는 또 다른 화부는 휴식 시간을 이용해 하갑판에 올라가 잠을 자고 있다. 테러호의 수석 화부인 젊은 존 토링턴은 1846년 새해 첫날, 이번 탐험의 최초 사망자가 되었다. 사인은 지병이었다. 주치의는 당시 열아홉 살이었던 그에게 배를 타고 바다로 나가 폐결핵을 고치라고 부추겼고, 결국 그는 폐결핵에 걸린 지 두 달 만에 목숨을 잃었다. 당시 함선은 비치 섬에서 첫 번째 겨울을 나며 정박 중이었다. 군의관 페디와 맥도널드 박사는 굴뚝 청소부 주머니 속에 석탄가루가 꽉 차듯 토링턴의 폐에도 석탄 분진이 빼곡히 차 있다고 크로지어에게 소견을 말했다.

"함장님 덕분입니다." 젊은 기관장이 석탄을 푸면서 말한다. 맨슨 수병은 방금 두 번째 석탄 부대를 가져다 놓고 하나 더 가지러 갔다.

"천만에, 톰프슨." 크로지어는 화부 존슨을 쳐다본다. 존슨은 함장보다 네 살 어리지만 외모만 보면 서른 살은 더 들어 보인다. 주글주글한 얼굴 곳곳에 아로새겨진 주름살 사이로 석탄가루와 검댕이 끼어 있다. 이는 몽땅 빠지고 잇몸은 진회색이다. 크로지어는 화부가 보는 앞에서 기관장을 나무라고 싶지 않다. 사실 민간인 출신이긴 해도 지금은 어엿한 사관 대우를 받기 때문에 크로지어는 이렇게 말한다. "미래에 뭔가 다른 방법이 생긴다면 수병을 부리지 않고도 뭔가 일이 될 수 있을 것도 같은데 말이지. 그런데 과연 그런 날이 올까 모르겠어."

톰프슨이 고개를 끄덕이며 삽으로 보일러의 철제 격자창을 닫고는 옆에 기대어 놓는다. 그러더니 화부에게 디글한테 가서 함장님 드실 커피를 가져오라고 시킨다. 크로지어는 화부가 자리를 비우니 기분이 좋다. 사실은 저 철제 격자창이 닫혀서 더 좋다. 추운 데 있다 와서 그런지 보일러 열기 때문에 속이 메슥거렸기 때문이다.

함장이라면 기관장의 앞날에 대해 걱정해야 한다. 제임스 톰프슨 준위. 수석 기관장. 울위치 영국 해군 증기 공장 졸업생. 최신 증기 엔진 기관장을 길러내는 최고의 교육 기관이다. 그런 톰프슨이 여기에서 지저분한 속옷만 입고 석탄을 삽으로 푸고 있다니. 무려 1년 넘게 빙하에 갇혀 자력으로는 조금도 움직이지 못하는 배에 갇힌 채 일개 화부 같은 몰골을 하고 있다.

"톰프슨, 이리버스호까지 걸어갔다 왔을 텐데 자네하고 오늘 얘기할 시간을 못 내서 미안하네. 그레고리하고는 상의해 봤나?"

존 그레고리는 이리버스호의 기관장이다.

"네, 함장님. 그레고리 말로는 일단 본격적으로 겨울이 되면 손상된 샤프트(엔진이 가동되면서 만들어지는 운동에너지를 선미 아래에 위치한 프로펠러에 전달해주는 구동축)로는 절대로 빠져나갈 수 없다고 합니다. 빙하를 뚫고 들어가서 망가진 프로펠러를 교체한다고 해도 샤프트가 워낙 심하게 망가져서 이리버스호의 증기 엔진으로는 아무 데도 못 갈 거라고 합니다."

크로지어가 끄덕인다. 1년 전 이리버스호는 기필코 빙하를 뚫어 보겠다고 버둥댄 탓에 두 번째 샤프트까지 굽었다. 이리버스호에는 테러호에 비해 더 크고 강력한 엔진이 달려 있다. 이리버스호는 지난여름 유빙이 떠다니는 망망대해를 앞서 가르며 함선 두 대의 뱃길을 열었다. 바다가 완전히 얼어붙기 직전에 만난 유빙이 이리버스호의 실험적인 프로펠러 스크루와 샤프트보다 더 딴딴했다. 결국 함선은 빙하에 갇혀 13개월이나 발이 묶여 있다. 작년 여름, 동상과 동사의 위험을 무릅쓰고 바다 밑으로 들어가서 확인한 결과, 스크루는 다 부서졌고 샤프트도 휘고 뭉기졌다.

"석탄 상황은?"

"이리버스호는 충분할 듯싶습니다. 빙하에서 난방을 해도 넉 달은 버틸수 있을 겁니다. 하갑판에 온수를 하루에 딱 한 시간만 돌리면요. 하지만 내년 여름까지 버티는 건 어림없습니다."

내년 여름에는 여기를 벗어날 수 있을까? 올여름을 보냈지만 단 하루도 얼음이 녹지 않자 크로지어는 비관론자가 되었다. 프랭클린은 이리버스호에 실린 석탄을 죄다 써버렸다. 1846년 여름이 몇 주 남지 않자, 이곳을 벗어나겠다며 석탄을 마구 땠다. '여기에서 몇 킬로만 빙하를 깨면 벗어날 수 있어. 캐나다 북단 해안을 따라 얼어붙은 북서항로만 뚫으면 늦가을에는 중국에서 따뜻한 차를 한잔 마실 수 있을지 몰라.'

"그럼 우리 쪽 석탄은 얼마나 버틸까?" 크로지어가 묻는다.

"아마 6개월은 족히 난방할 수 있을 겁니다. 하루 두 시간에서 한 시간으로 줄이면요. 당장 실행하셔야 합니다. 아무리 늦어도 11월 1일부터는요."

이제 2주도 채 남지 않았다.

"그럼 증기 엔진은?"

만일 내년 여름에 얼음이 녹는다면 크로지어는 이리버스호의 생존 승조원을 테러호로 몽땅 몰아넣고 무슨 수를 써서라도 왔던 길로 되돌아갈 것이다. 2년 전 여름에 지나왔던 부시아 반도와 프린스오브웨일스 섬 사이에 있는 이름 모를 해협을 거슬러 올라간다. 그리고 워커 포인트와 배로 해협을 지난다. 그런 다음 코르크 마개가 병에서 튕겨 나가듯 랭커스터 해협을 총알처럼 관통해 돛을 활짝 펴고, 마지막 남은 석탄을 태우고 연기와 뱃밥을 내뿜으며 배핀 만을 따라 남쪽으로 순항한다. 필요하다면 남은 원재나 가구까지 다 태울 것이다. 다시 그린란드 바다로 나가 포경선 눈에 띌 수만 있다면 뭐든 다 태울 것이다.

만약 기적적으로 여기 빙하에서 풀려난다 해도, 증기 엔진을 켜고 남으로 밀려 내려오는 빙하를 거스르며, 북으로 올라가야 랭커스터 해협에 닿을 수 있다. 크로지어와 제임스 로스는 전에 테러호와 이리버스호를 이끌고 남극 빙하까지 간 적이 있었다. 그때는 해류와 빙하가 같은 방향으로 흘렀다. 그런데 여기 이 망할 북극에서는 극에서 밀려 내려오는 빙하를 몇 주는 거슬러 올라가야 랭커스터 해협을 빠져나갈 수 있다.

톰프슨은 어깨를 으쓱한다. 지쳐 보인다. "만약 1월 1일부터 난방을 끊고 내년 여름까지 어찌어찌해서 살아남았을 때, 한 대엿새 정도 증기 엔진을 돌리면 빙하에서 벗어날 수도 있지 않을까요?"

크로지어는 그저 고개를 끄덕인다. 테러호가 사망 선고를 받은 것과 다를 바 없다. 그렇다고 양쪽 승조원까지 사망 선고를 받은 건 아니다.

시커먼 복도에서 무슨 소리가 들린다.

"고맙네, 톰프슨." 함장은 철제 고리에 걸린 랜턴을 빼어 든다. 보일러실로 빛이 퍼진다. 그는 곤죽이 된 얼음과 어둠을 헤치고 앞으로 걸어간다.

토머스 허니가 복도에서 기다린다. 촛불로 밝힌 랜턴이 나쁜 공기 속에서 타다닥 소리를 낸다. 그는 철제 지렛대를 머스킷총처럼 앞으로 들고 있다. 두꺼운 장갑을 꼈지만 아직 시체실 문은 열지 않았다.

"와 줘서 고맙네, 허니." 크로지어는 목공장에게 말을 건넨다.

아무런 설명도 없이 함장은 빗장을 풀고 꽁꽁 언 시체실로 들어간다.

크로지어는 선미 격벽 쪽으로 랜턴을 들어 올리고 싶은 마음을 이기지 못한다. 돛을 수의 삼아 한꺼번에 말아 놓은 시신 여섯 구가 그쪽에 있기 때문이다.

시신들이 괴로워한다. 크로지어는 돛 밑쪽에 쥐들이 꼼지락거릴 거라고는 예상했다. 그런데 돛으로 감아 놓은 시체 위쪽까지 쥐떼가 우글거린다. 한 1미터 높이의 육각면체 안에 쥐가 빼곡히 차 있는 것 같다. 수백 마리의 쥐떼가 시체를 먹겠다며 자리싸움을 벌이는 중이다. 찍찍거리는 소리가 얼마나 시끄러운지. 발밑에도 쥐가 버글거린다. 녀석들이 함장과 목공장 다리 밑을 잽싸게 지나간다. '진수성찬을 먹으러 가는 중이군.' 크로지어는 생각한다. 쥐는 랜턴 불빛을 무서워하지 않는다.

크로지어는 랜턴을 들어 선체 뒤쪽을 비춘다. 그리고 배가 기울어져서 생긴 나지막한 오르막길을 오르며 굴곡지고 기울어진 벽면을 훑기 시작한다.

여기다.

그는 랜턴을 가까이 가져간다.

"젠장, 차라리 이단이라고 교수형당해 지옥에 가는 편이 낫겠습니다. 앗, 제가 말이 심했습니다. 죄송합니다, 함장님. 워낙 추위에 익숙해져서 괜찮을 줄 알았는데 이렇게 빨리 이 지경이 될지는 몰랐습니다." 허니가 말한다.

크로지어는 대꾸도 하지 않고 쭈그려 앉아서 휘어지고 튕겨져 나온 선체 플랭크를 살핀다.

선체 플랭크가 안으로 휘어 있다. 선내 벽체를 따라 우아하게 휘어 있어야 할 플랭크가 30센티미터나 튕겨 나왔다. 맨 안쪽 플랭크는 여기저기 쪼개졌고, 아예 떨어져 나간 플랭크가 최소 두 장은 된다.

"하느님 맙소사." 목공장은 함장 옆에 쭈그려 앉으면서 탄식한다. "저 빌어먹을 빙하가 요물…… 앗, 죄송합니다."

"허니." 크로지어가 입김을 내쉬자 이미 꽁꽁 언 플랭크 위로 얼음 알갱이가 떨어지며 불빛에 반짝인다. "빙하 말고 배를 이렇게 망가뜨릴 게 뭐가 있을 것 같나?"

목공장은 풉, 하며 웃음을 내뱉지만 진지한 함장의 모습을 보고 멈칫 얼어붙는다. 허니의 눈이 휘둥그레졌다가 가늘어진다. "뭐라고 하셨습니까, 함장님. 그러니까 지금…… 말도 안 됩니다."

크로지어는 아무 말이 없다.

"제가 말씀드리겠습니다, 함장님. 선체에 760밀리미터짜리 영국산 최고급 떡갈나무 플랭크를 붙였습니다. 게다가 이 배는 빙하용 함선이라 여기에 두 겹짜리 아프리카산 떡갈나무를 더 붙입니다. 플랭크 한 장의 두께가 380밀리미터씩이거든요. 아프리카산 떡갈나무 플랭크를 사선으로 작업했기 때문에 그냥 똑바로 나란히 붙인 거보다 훨씬 강도가 세지죠."

크로지어는 뜯겨진 플랭크를 살피며 등 뒤와 주변에서 물결처럼 밀려드는 쥐떼를 애써 외면한다. 선미 격벽 쪽에서도 갉아먹는 소리가 들린다.

"게다가 선장님." 허니가 계속 말을 잇는다. 추위에 거칠어진 목소리를 내뱉는 입에서 럼 냄새가 풍긴다. "760밀리미터짜리 영국산 떡갈나무와 사선으로 붙인 760밀리미터짜리 아프리카산 떡갈나무 위에 캐나다산 느릅나무를 두 장 겹쳐서 붙였는데, 그게 한 장에 50밀리미터가 넘습니다. 그럼 100밀리미터가 더 두꺼워집니다. 아까 아프리카산 떡갈나무를 사선으로 작업한다 했으니 나무가 총 다섯 겹입니다. 이 세상에서 가장 튼튼한 나무 플랭크 250밀리미터를 사이에 두고 우리와 바다가 있습니다."

목공장은 입을 닫는다. 감히 함장 앞에서 배에 대해 떠들고 있다니. 크로지어는 출항에 앞서 몇 달간 함선에 대해 개인적으로 공부했다.

함장은 일어나 장갑 낀 손으로 플랭크 가장 안쪽에 손가락을 집어넣는다. 그곳에 2.5센티미터가 넘는 구멍이 뚫려 있다. "랜턴 좀 이리로 가져오게, 허니. 지렛대로 이쪽 좀 뜯어봐. 대체 얼음이 우리 배 바깥쪽에 무슨 짓을 했는지 좀 봐야겠어."

목공장은 시키는 대로 한다. 철제 지렛대가 삐거덕거리며 얼음처럼 차가운 플랭크를 뜯어낸다. 목공장이 끙끙대는 소리가 찍찍거리며 갉아먹는 쥐새끼 소리를 다 삼킬 정도다. 휘어진 캐나다산 느릅나무를 잡아당기니 떨어진다. 부서진 아프리카산 떡갈나무를 지렛대로 떼어 낸다. 안으로 휜 선체 바깥쪽 플랭크만 남았다. 그는 크로지어가 가까이에서 자세히 볼 수 있도록 랜턴을 갖다 댄다.

선체 여기저기에 30센티미터 정도 되는 구멍이 뚫려 있다. 랜턴 불빛을 받은 얼음 조각과 파편이 보인다. 그런데 한가운데 뭔가 굉장히 거슬리는 게 보인다. 암흑뿐. 아무것도 없다. 빙하에 구멍이 뚫렸다. 터널이다.

허니가 쪼개진 떡갈나무 플랭크를 아예 꺾어버린 덕분에 크로지어가 랜턴을 그 안으로 들이민다.

"이런 젠장, 빌어먹을 하느님 아버지 시부랄." 목수가 숨을 멈춘다. 이번에는 함장에게 사과하지 않는다.

크로지어는 바싹 마른 입술을 축이고 싶지만, 영하 40도의 밤 날씨에 그랬다간 입술이 다 터져버린다. 심장이 미친 듯이 쿵쾅거린다. 방금 목공장이 그랬던 것처럼 그 역시 선체 벽면에 장갑 낀 손을 대고 욕을 퍼붓고 싶다.

살을 에는 바깥바람이 훅 몰려온다. 하마터면 랜턴이 꺼질 뻔했다. 크로지어는 다른 손으로 바람을 가려 흔들리는 랜턴 불씨를 살린다. 덕분에 두 남자의 그림자가 바닥과 빔, 격벽 위로 드리워지며 이리저리 춤추는 듯하다.

선체 외판 두 쪽이 알 수 없는 강력한 힘에 의해 부서지고 안으로 휘었다. 흔들리는 랜턴을 비춰보니 쪼개진 떡갈나무 플랭크 위에 큼지막한 발톱 자국이 선명히 보인다. 발톱 자국을 따라 시뻘건 핏자국이 죽죽 얼어붙었다.

# 4
# 굿서

북위 75도 12분, 서경 61도 1분
1845년 7월, 배핀 만


다음은 해리 D. S. 굿서 박사의 일기다.


1845년 4월 11일
형에게 보내는 편지에 이렇게 적었다.


북서항로를 개척해 내년 여름이면 태평양 반대편에 도착할 희망에 다
들 부풀어 있다.


그런데 솔직히 고백하자면, 이기적인 생각이긴 하나 나는 우리가 떠나
는 이 탐험이 알래스카, 러시아, 중국을 거쳐 따뜻한 태평양에 좀 느지막
이 닿았으면 하는 바람이 있다. 존 프랭클린 함장은 해부학을 공부한 나를
한갓 부군의관으로 임명했지만, 사실 난 군의관이 아니라 박사다. 그리고
비록 아마추어 수준에 그치겠지만 이번 여행에서 생태학자로서 뭔가를
이뤄내고 싶다. 북극 생태계를 몸소 겪은 경험은 전무하나 개인적으로 북
극 빙하 지대에 사는 동식물에 대해 알고 싶다. 앞으로 한 달 후면 북극 빙
하 지대에 닿을 것이다. 특히 북극곰에 관심이 많다. 포경선과 이미 북극

탐험을 다녀온 이들에게 얘기를 들어보니 너무 대단해서 믿기지 않을 정도다.

이 일기는 대부분 일상에 관한 내용으로 채워질 것이다. 업무일지는 다음 달 우리가 떠나면 작성할 예정이다. 업무일지에는 업무상 관련된 모든 일을 적을 것이다. 이리버스 군함에 오른 부군의관이자, 함장 존 프랭클린 경의 북서항로 개척 탐험대의 일원으로서, 이 함선에 승선해 개인적으로 관찰한 내용 또한 적을 것이다. 그것 말고도 다른 기록이나 개인적 생각도 기록하겠다. 돌아와서 이 일기를 공개할 생각은 추호도 없지만, 기록을 남기는 것은 다른 누구도 아닌 나와의 약속이다.

지금은 존 프랭클린 경과 같이 떠나는 탐험이 일생일대의 경험이 되리라는 것만 알고 있을 뿐.

## 1845년 5월 18일 일요일

전원 승선했다. 내일 출항을 위한 마지막 점검이 지금도 계속된다. 특히 피츠제임스 중령에게 들은 바에 따르면 좀 전에 통조림 팔천여 개가 간신히 실렸다고 한다. 존 프랭클린 경은 우리 이리버스호 승조원들과 오늘 참석을 원한 테러호의 많은 승조원들을 위해 경건히 예배를 올렸다. 테러호의 함장이자 아일랜드 출신인 크로지어는 참석하지 않았다.

오늘 이 긴 예배에 참석해서 존 프랭클린 경의 기나긴 설교를 들은 사람들 중 마음 깊이 감동받지 않은 자가 있을까. 어느 나라 어느 해군이 이토록 신실한 자를 선장으로 두었을까. 우리는 앞으로 떠날 탐험을 온전히 신의 손에 내맡겼고, 신께서 진실하고 안전하게 우리를 보살피시리라는 사실에는 의심의 여지가 없다.

1845년 5월 19일

드디어 출발!

배를 타고 바다에 나가 본 적도 없음은 물론, 이렇게 대대적으로 알려진 탐험대에 합류한 적도 없어서 사실 무엇을 기대해야 할지 잘 모르겠지만, 오늘 이 영광된 날을 위해 만반의 준비를 다 갖추었다.

피츠제임스 중령은 일반인들과 귀빈들을 합쳐 대략 1만 명 정도의 환송객이 그린하이트 부두에 모였다고 했다.

연설이 울려 퍼진다. 여름 해가 떨어지기 전에는 절대로 출항할 수 없을 것만 같았다. 존 프랭클린 경과 같이 배에 올랐던 제인 여사가 60여 명의 이리버스호 승조원들의 환호성 속에 트랩을 내려갔다. 군악대가 다시 연주를 시작했다. 그리고 로프가 하나씩 풀리면서 함성이 울려 퍼졌다. 소음 때문에 잠시 귀가 먹먹할 정도였다. 존 프랭클린 경이 내 귀에 고함을 치며 명령을 내렸어도 들리지 않았을 것이다.

어젯밤, 고어 대위와 수석 군의관 스탠리가 장교라면 바다에서 감정을 드러내지 않는 게 관례라고 자상히 일러 주었다. 사실 명목상 장교이긴 해도 나는 푸른 제복을 입고, 도열한 장교들 옆에 서서 무덤덤한 표정으로 애써 남자다운 척했다.

그런데 우리만 그러고 있었다. 수병들은 소리치고 손수건을 흔들며 줄사다리에 매달렸다. 부둣가에 서서 발그레한 볼로 손을 흔들며 작별 인사를 하는 창녀들도 제법 보였다. 함장 존 프랭클린 경도 환한 붉은색과 녹색이 섞인 손수건을 제인 여사와 딸 엘리너, 조카 소피아 크랙크로프트에게 흔들었다. 이들은 뒤따라오는 테러호에 부두가 가려져 안 보일 때까지 손을 흔들었다.

우리는 힘 좋은 최신식 증기 엔진이 달린 호위함 래틀러호와 비축품을 실은 수송선 바레토주니어호의 견인을 받으며 출항했다.

이리버스호가 부두를 떠나기 직전, 비둘기 한 마리가 메인마스트 위에 내려앉았다. 첫 번째 결혼에서 얻은 프랭클린 경의 딸 엘리너가 크게 소리쳤지만, 함성과 군악대 소리에 묻혀 뭐라고 하는지 잘 들리지 않았다. 엘리너는 연두색 실크 원피스를 입고 옥색 양산을 쓰고 있어서 눈에 확 들어왔다. 안 되겠는지 엘리너가 손가락질을 했다. 존 프랭클린 함장과 많은 장교들이 고개를 들어 바라본 후 미소를 지었다. 그리고 옆에 있는 다른 대원들에게도 비둘기를 보라며 가리켰다.

어제 예배 시간에 들었던 말씀과 연관시켜서 말하자면 단언컨대 최고의 길조다.


1845년 7월 4일

. 북대서양을 건너 그린란드까지 가는 길은 정말 끔찍했다. 견인을 받으며 가고 있지만 30일 동안 폭풍우가 부는 바람에 함선은 파도에 까불리고 휘청거렸다. 양옆에 단단히 고정시킨 포문은 배가 아래로 쏠려 나아가지 못하면서 물에 잠겨 1미터 남짓 간신히 물 밖으로 보였다. 30일 중 28일을 지독한 뱃멀미에 시달렸다. 르베스콘테 중위가 그러던데 절대로 5노트 이상 속도를 낼 수 없었다고 한다. 일반 범선이라면 힘든 상황이겠지만, 최첨단 기술로 무장한 함선에겐 그다지 별일 아니다. 이리버스호와 같은 탐험대 소속 테러호는 천하무적 승조원들의 기세를 업고 증기 엔진을 돌리면 된다.

사흘 전, 그린란드 남단에 있는 케이프 페어웰을 돌아보았다. 이 거대한 대륙을 언뜻 보니 끝없이 펼쳐진 빙벽과 빙하빙이 바다로 곧장 쏟아질 것 같았다. 내 영혼을 육중하게 짓누를 것 같기도 하고, 내 창자 위로 떨어져 굴러다닐 것 같기도 했다.

오, 주여. 7월에 이렇게 꽁꽁 얼어붙은 불모지가 있다니.

그래도 우리의 사기는 하늘을 찌른다. 전 대원은 존 프랭클린 경의 연륜과 뛰어난 판단을 믿는다. 어제 가장 나이가 어린 소위 페어홀름이 살짝 귀띔했다. "함장님이 이렇게 친구 같을 줄은 정말 몰랐습니다. 항해를 같이 해 본 함장님 중에 이런 분은 없었어요."

오늘, 여기 디스코 만에 있는 덴마크 고래 처리 공장에 들렀다. 바레토 주니어호에서 수십 톤의 고래가 쏟아진다. 그 배에 실려 있던 소 열 마리가 오늘 오후 도축되었다. 양쪽 배 승조원 전원은 오늘 밤 잔치를 할 것이다.

오늘 탐험대에서 4명이 쫓겨났다. 우리 군의관 넷의 조언에 따른 조치다. 이 4명은 견인선과 수송선을 타고 다시 영국으로 귀환할 것이다. 이리버스에서는 함선 연락병 토머스 버트 1명, 테러호에서는 이병 에이킨, 수병 존 브라운, 수석 장범장 제임스 엘리어트 이렇게 3명이 하선조치 되었다. 이로써 양쪽 함대 승조원 정원이 129명으로 줄었다.

덴마크 상인한테서 산 마른 생선이 선내 여기저기 걸렸다. 자욱한 석탄 가루가 함선을 뒤덮었다. 오늘 바레토주니어호에서 석탄 수백 부대를 옮겨 오느라 그렇다. 이리버스 수병들은 '신성한 돌'이라고 부르는 매끈한 연마석으로 열심히 갑판을 문지르고 또 문지른다. 그 와중에 사관들은 큰 소리로 격려한다. 잡무가 있어도 오늘은 다들 신이 났다. 왜냐하면 오늘 밤 잔치가 열리고, 그로그(럼주에 물을 탄 것)까지 마시게 해 주겠다는 약속을 받았기 때문이다.

존 프랭클린 경은 4명을 고국으로 송환할 때 6월 점호 병부, 공문서, 개인 편지 등을 바레토주니어호 편에 같이 실어 보낼 것이다. 다들 앞으로 며칠간 편지를 쓰느라 정신없을 것이다.

이번 주 이후 사랑하는 이에게 보낼 다음 편지는 러시아나 중국에서 발송하게 될 것이다!

### 1845년 7월 12일

또다시 출발. 이번이 북서항로를 통과하기 전 마지막 출항이 될 것이다. 오늘 아침 밧줄을 풀고 그린란드에서 서쪽으로 향했다. 바레토주니어호 선원들이 모자를 벗어들고 흔들며 진심 어린 응원을 해 주었다. 저들은 우리가 알래스카에 닿기 전 구경하는 마지막 백인일 것이다.

### 1845년 7월 26일

포경선 두 대, 프린스오브웨일스호와 엔터프라이즈호가 우리가 정박한 거대 유빙 인근에 정박했다. 양쪽 배 선장과 승조원들과 두어 시간 북극곰에 대해 신나게 얘기를 나누었다.

그리고 나는 오늘 아침 저 커다란 빙벽을 기어오르는 무시무시한 공포를 체험했다. 좋아서 한 건 아니었다. 어제 아침 일찍부터 승조원들이 빙벽을 기어올랐다. 그들은 수직으로 선 빙벽에 도끼를 박으며 조금씩 발을 떼었고, 몸이 둔한 사람을 위해 밧줄을 달았다. 존 프랭클린 경은 유빙 꼭대기에 망루를 설치하라고 명령했다. 우리 배 메인마스트 높이의 거의 두 배는 되었다. 고어 대위와 테러호 장교 몇 명이 기상 및 천문 관측소를 세우는 동안, 우리 이리버스호의 항해장 레이드와 테러호의 항해장 블랭키는 청동 망원경을 들고 북서쪽을 몇 시간이고 살폈다. 이미 얼어 붙기 시작한 바다를 뚫고 지나갈 확률이 가장 높은 항로를 살피는 중이라고 했다. 대단히 믿음직스럽고 언변도 좋은 에드워드 카우치가 그러는데 지금은 북극해에서 어떤 항로든 찾기엔 시기적으로 많이 늦었다고 한다. 그 어렵다는 북서항로는 말할 것도 없다.

이리버스호와 테러호가 빙산 저 밑에 정박한 모습을 보니, 속이 울렁거리고 현기증으로 아찔했다. 로프, 아니 '라인'이라고 불러야 한다고 연륜이 쌓인 선원에게서 배웠다. 라인을 양쪽 배에 어지러이 둘러 빙산에 단단히 고정시켜 놓았다. 양쪽 배의 가장 높은 망대가 발밑으로 보였다. 빙산 꼭대기에 아슬아슬하게 설치한 전망대에 오르니 모든 것이 내려다보였다.

바다 수십 미터 위에 서 있는 기분은 정말 짜릿했다. 빙산 정상의 넓이는 대략 크리켓 경기장만 했다. 기상 관측소를 차린 텐트는 푸르스름한 빙하와는 어울리지 않았다. 대원들이 빙산 정상에 올라와 갈매기 사냥을 하느라 여기저기 총질을 하는 바람에 잠시 고요히 사색에 잠기고픈 내 희망은 산산이 부서졌다. 북극에 사는 제비갈매기를 수백 마리나 잡았다고 했다. 산더미처럼 쌓인 갈매기 고기는 염장하면 되지만, 이것을 어디에 저장할지는 오로지 신만이 아실 것이다. 이미 양쪽 배는 과다 적재로 만재 흘수선을 넘어 신음하고 있다.

테러호의 부군의관이자 내 업무 파트너인 맥도널드 박사는 지나치게 짜게 염장된 음식은 비염장 식량이나 신선한 식품에 비해 몸에 좋지 않고, 괴혈병 예방에도 별로 효과가 없다고 했다. 양쪽 함선에 승선한 수병들은 다른 고기보다 염장된 돼지고기를 선호하기 때문에 맥도널드 박사는 짜게 염장된 갈매기 고기 역시 괴혈병을 막는 데 별반 효용이 없을 거라고 우려한다. 그러나 이리버스호 군의관 스티븐 스탠리는 이런 우려를 불식시켰다. 그는 이리버스호에는 염장 처리된 육류 1만 캔 말고도 로스트 양고기와 송아지 고기, 감자, 당근, 파스닙 등 각종 익힌 채소, 다양한 수프, 초콜릿 약 4톤이 실려 있다고 했다. 그리고 동량의 레몬주스가 괴혈병 예방을 목적으로 실려 있다고도 했다. 스탠리는 주스에 설탕이 잔뜩 들어 있어서 보통 남자는 하루 섭취량도 제대로 안 마시려고 하기 때문에 수병에게 꼬박꼬박 하루 섭취량을 채우도록 독려하는 일이 우리 군의관이 해야 할 주요 임무 중 하나라고 한다.

나는 양쪽 배 승조원이 사냥할 때 거의 산탄총만 쓰는 게 신기했다. 고어 대위에 따르면 양쪽 함선에 머스킷총이 잔뜩 실려 있다고 한다. 물론,

오늘처럼 갈매기 수백 마리를 잡을 때 산탄총을 쓰는 게 말이 안 되는 건 아니다. 그렇지만 저번 디스코 만에서도 순록과 북극여우를 잡으러 일부 대원이 나갔을 때도 산탄총을 훨씬 선호했다. 분명 해군이라면 머스킷총을 쓰도록 훈련받았는데도 말이다. 물론 이번에는 선호해서라기보다 버릇이 들어서 산탄총을 사용했을 것이다. 사관들은 영국 신사답게 구는 것을 선호한다. 영국 신사라면 사냥할 때 머스킷총이나 라이플총은 절대로 쓰지 않는다. 가까운 거리에서 백병전을 벌일 때는 단발총을 쓰기도 한다. 해군도 과거 사냥을 나갈 때는 거의 산탄총만 쓴 적도 있다.

거대한 백곰을 잡을 때도 산탄총으로 충분할까? 경험 많은 대원들이 말하길 우리가 유빙을 만나면 북극곰도 만나게 되리라고 했지만 우린 아직 그 경이로운 녀석을 구경도 못했다. 만약 유빙 구역에서도 못 봤다면, 겨울이 끝나갈 즈음에는 분명 볼 수 있을 것이다. 꼭 봐야만 한다. 포경선 사람들에게서 보기 힘들다는 백곰에 대해 들었다. 그 얘기를 들으니 정말 환상적이면서도 무시무시하다.

내가 이 글을 적는 동안 해류나 바람 때문에, 혹은 순전히 포경을 목적으로 프린스오브웨일스호와 엔터프라이즈호가 우리가 정박한 빙산을 떠났다는 소식을 들었다. 존 프랭클린 함장은 두 포경선의 선장 중 1명과 오늘 저녁에 잡혀 있던 식사를 못하게 되었다. 아마 엔터프라이즈호 선장 마틴일 것이다.

항해사 로버트 서전트가 방금 그러는데, 지금 우리 대원들이 천체 및 기상 관측 장비를 내리고, 텐트를 접고, 수백 미터에 걸쳐 걸어놓은 로프, 아니 라인을 걷고 있단다. 저 라인 덕분에 내가 오늘 아침 올라갈 수 있었는데.

항해장, 함장 존 프랭클린 경, 피츠제임스 중령, 크로지어 함장 및 다른 장교들이 유빙 사이로 뚫고 지나갈 가장 유력한 항로를 결정한 것이 틀림없다.

잠시 후 유빙에 마련한 임시 거처를 떠나 우리는 북서쪽으로 항해할 것이다. 이 끝없이 펼쳐진 북극의 황혼이 우리를 허락하는 한.

드센 포경선조차도 이 지점부터는 넘지 못하는 선을 우리가 넘어갈 것이다. 저 너머 펼쳐진 세계로 겁 없이 향하는 우리 탐험을 두고 햄릿의 대사를 빌려 말하겠다. '결국 남은 것은 침묵뿐.'

# 5
# 크로지어

북위 70도 5분, 서경 98도 23분
1847년 11월 9일

크로지어가 꿈을 꾸고 있다. 플래티퍼스 연못으로 소풍을 갔는데, 소피아가 크로지어를 물속에서 어루만졌다. 순간 총성이 들리는 바람에 잠에서 깬다.

그는 침대에서 일어나 앉는다. 몇 시인지, 밤인지 낮인지도 모르겠다. 요즘은 낮에도 해가 나지 않아 밤낮이 분간이 되지 않는다. 2월까지는 계속 이럴 것이다. 침대 한편에 있는 작은 랜턴에 불을 붙여 시간을 확인하려 하지만 이미 늦었음을 안다. 함선은 적막 그 자체다. 플랭크가 이리저리 눌려 못이 삐걱거린다. 수병들이 자면서 코를 골고 웅얼거리고, 디글이 요리하며 구시렁거린다. 저 멀리 빙하가 쉬지 않고 으르렁 쾅쾅 부서지고 솟구친다. 이것들만 빼고는 아무 소리도 들리지 않는다. 오늘 밤 예외가 있다면, 바람이 세차게 불면서 유령 울음소리가 들리는 것이다.

크로지어를 깨운 건 빙하도 바람도 아니다. 그것은 총성이었다. 그 소리는 떡갈나무 플랭크가 겹겹이 포개진 선체와 차곡차곡 다져진 눈과 얼음을 거쳐 멀리 들렸지만, 분명 총성이었다.

크로지어는 옷을 거의 입은 채 잤기에 방한복만 위에 걸치면 된다. 그때 당번병 토머스 좁슨이 문을 두드린다. 그는 버릇처럼 경쾌하게 세 번

노크하기 때문에 소리만 듣고도 누구인지 알 수 있다. 함장이 미닫이문을 연다.

"갑판에 문제가 생겼습니다."

크로지어가 고개를 끄덕인다. "오늘 당직 근무는 누군가, 좁슨?" 주머니 시계를 보니 민간 시간으로 오전 3시다. 좁슨이 근무병의 이름을 크게 대기도 전에 크로지어는 월간 및 일간 근무표를 즉각 떠올린다.

"빌리 스트롱과 이병 헤더입니다."

크로지어는 다시 고개를 끄덕이고 관물함에서 권총을 꺼내 장전한 후 벨트에 찬다. 당번병을 지나쳐 몸을 틀어 사관용 식당을 빠져나간다. 식당은 우현 쪽 함장 침실과 벽을 맞대고 있다. 문을 또 하나 지나쳐 중앙 사다리 쪽으로 간다. 하갑판은 디글의 스토브 주변만 빼고 새벽에는 원래 컴컴하다. 일부 사관과 항해사, 당번병이 불을 밝힌다. 크로지어는 사다리 아래에 잠시 멈춘 후 옷걸이에 걸어둔 두꺼운 방한복을 벗겨 서둘러 입는다.

미닫이문이 열린다. 1등 항해사 혼비가 선미 쪽에서 걸어 나와 사다리 근처에 있는 크로지어 곁에 선다. 리틀 대위가 갑판 승강구 계단에서 허겁지겁 내려온다. 그 뒤에 호지슨 중위와 어빙 소위가 무기를 들고 따라온다.

사다리 앞쪽을 보니 수병들이 해먹에서 곤히 자다가 깨서 투덜거린다. 2등 항해사가 벌써 기상 명령을 내렸다. 해먹을 뒤집어서 자는 수병을 깨우고, 이들을 선미 쪽으로 떠밀면서 방한복을 입고 무기를 들라고 시킨다.

"누가 벌써 갑판에 올라갔지?" 크로지어가 1등 항해사에게 묻는다.

"메일이 올라갔습니다. 당번병을 함장님께 보낸 후 즉시 올라갔습니다." 혼비가 말한다.

루벤 메일은 앞상갑판장으로 성실하다. 오늘 갑판 근무인 수병 빌리 스트롱은 예전에 영국 함선 벨버데리호에 승선했던 대원이다. 스트롱이 헛 것을 보고 총을 쏘지는 않았을 것이다. 근무 중이었던 또 다른 대원은 살

73

아남은 해병 중 최고령인 윌리엄 헤더다. 멍청하기로도 최고일 것이다. 서른다섯이나 먹고도 아직도 이병이다. 자주 아프고, 늘 취해 있고, 가장 쓸모없다. 2년 전, 가장 친한 친구였던 빌리 에이킨이 퇴출되어 래틀러호에 실려 영국으로 돌아갈 때, 헤더도 디스코 섬에서 본국으로 송환될 뻔했다.

크로지어는 두툼한 모직 코트의 커다란 주머니에 권총을 집어넣고 좁슨에게 랜턴을 받아 들고 목도리를 얼굴에 두른 다음 비스듬한 사다리를 타고 갑판에 오른다.


· · ·


고래 배 속에 들어간 듯 컴컴하다. 별도 달도 오로라도 없다. 오로지 추위뿐. 젊은 어빙이 기온을 재러 여섯 시간 전 갑판에 올랐을 때 영하 52도를 찍었다. 지금은 세찬 바람이 마스트를 때리면서 기울어진 꽁꽁 언 갑판 위를 휘저으며 내려앉은 눈을 몰고 다닌다. 메인 해치 위에 쳐 놓은 얼어붙은 캔버스 천 밑에서 크로지어가 걸어 나온다. 장갑 낀 손을 한쪽 얼굴에 대고 눈을 보호한다. 우현 쪽에 랜턴 불빛이 보인다.

루벤 메일이 한쪽 무릎을 꿇고 헤더 이병을 살핀다. 헤더가 갑판에 누워 있다. 모자와 웨일스식 방한모가 벗겨져 있다. 두개골이 터졌다. 랜턴 불빛으로 보니 피는 보이지 않고 반짝이는 골이 보인다. 골이 반짝인다는 건 회색 뇌 조직이 이미 얼었다는 얘기다. 크로지어는 이 사실을 잘 알고 있다.

"아직 살아 있습니다. 함장님." 앞상갑판장이 말한다.

"시발 하느님 맙소사." 크로지어 뒤에 모여 있던 대원 하나가 말한다.

"닥쳐! 신성 모독은 금지야. 크리스페, 허락받고 말해." 1등 항해사 혼비가 고함친다. 얼마나 호통을 쳤는지 대형견이 짖는 소리 같기도 하고 황소가 콧방귀를 끼는 소리 같기도 하다.

"혼비, 크리스페한테 빨리 내려가서 해먹 걷어오라고 해. 그걸로 싸서 헤더를 아래로 옮겨." 크로지어가 명령한다.

"알겠습니다, 함장님." 혼비와 크리스페가 동시에 말한다. 쿵쿵 뛰어가는 발자국이 울리지만 강풍 때문에 소리는 들리지 않는다.

크로지어는 일어나 랜턴을 들고 한 바퀴 둘러본다.

헤더는 줄사다리 밑 난간에서 당직 근무를 서고 있었다. 눈이 얼어붙어 두툼해진 난간이 박살 나 있었다. 잔뜩 쌓인 눈얼음이 썰매를 타듯 9미터 이상 아래로 흘러내렸지만 블리자드(심한 추위와 강한 눈보라를 동반하는 강풍)에 시야가 가려 썰매길이 제대로 보이지 않는다. 랜턴이 비추는 좁은 반경 내에서는 족적이 전혀 보이지 않는다.

루벤 메일이 헤더의 머스킷총을 든다. "총알은 그대롭니다, 함장님."

"이렇게 눈 폭풍이 심해서 헤더는 당하기 전까지 녀석을 전혀 못 봤을 겁니다." 리틀 대위가 말한다.

"스트롱은 어찌 됐나?" 크로지어가 묻는다.

메일이 함선 반대편을 가리킨다. "사라졌습니다."

크로지어가 혼비에게 말한다. "크리스페가 해먹을 가지고 와서 밑으로 옮길 때까지 헤더 곁에 있어 줄 사람 하나 데려와."

군의관 페디와 부군의관 맥도널드가 랜턴 불빛이 비추는 원 안으로 스르륵 등장한다. 맥도널드는 얄팍한 제복 하나만 달랑 걸치고 있다.

"세상에." 수석 군의관이 소리치며 헤더 옆에 쭈그리고 앉는다. "숨이 붙어 있어요."

"존, 어떻게 좀 해 봐." 크로지어가 말한 후 메일 주위에 모인 다른 수병들을 쳐다본다. "너희는 나와 같이 간다. 격발 준비를 마치도록. 필요할 경우 장갑을 벗고서라두 준비 태세를 갖춰. 윌슨, 양손에 랜턴을 들게. 리틀 대위, 하갑판으로 내려가 대원 20명 차출해서 복장 제대로 입히고 머스킷총을 지급하도록. 산탄총 말고 머스킷총으로."

"알겠습니다." 리틀이 바람을 가르며 외친다. 크로지어는 이미 대원들을 이끈다. 산처럼 쌓인 눈과 바람에 펄럭이는 갑판 중앙에 피라미드 형태로 쳐놓은 캔버스 천막을 에둘러 기울어진 갑판을 올라 좌현 전망대 쪽으로 향한다.

윌리엄 스트롱이 사라졌다. 근무할 때 두르고 있던 긴 모직 목도리가 갈가리 찢겨 정신없이 펄럭인다. 스트롱의 방한 외투, 웨일스식 방한모, 산탄총, 한쪽 장갑이 좌현 야외 변소 난간 근처에서 나뒹군다. 당직 근무를 서는 대원들은 바람을 피하러 야외 변소에 들어간다. 그런데 윌리엄 스트롱이 사라졌다. 분명 스트롱이 서 있었을 난간 얼음에 붉은 얼룩이 졌다. 그는 몰아치는 블리자드 사이로 자신을 노리는 거대한 형상을 보았을 것이다.

크로지어는 무장한 채 묵묵히 랜턴을 든 수병 2명을 선미로, 3명을 선수로 보낸다. 다른 수병에게는 갑판 중앙 천막 아래를 살피라고 랜턴을 들려 보낸다. "여기에 줄사다리를 매게, 밥." 크로지어는 2등 항해사에게 말한다. 그는 막 꺼내와 아직은 말랑한 밧줄 더미를 어깨에 메고 있다. 순식간 한쪽에 사다리가 생긴다.

크로지어가 앞장서서 내려간다.

선체 좌현을 따라 쌓인 눈얼음 위에 핏자국이 더 보인다. 핏자국이 길게 이어져 있다. 랜턴에 비춰 보니 검게 보인다. 핏자국은 포문이 있는 곳을 넘어 정신없이 모습을 바꾸는 압력 봉우리와 세락(빙하의 균열이 교차하는 부분에 생기는 큼직한 얼음 탑)까지 이어졌다. 어둠 속에서도 또렷이 보인다.

"녀석이 저쪽으로 따라오라고 하는 것 같습니다." 호지슨 중위가 바람이 세게 불자 크로지어 쪽으로 몸을 기울이며 말한다.

"당연히 그렇겠지. 아무튼 간다. 스트롱이 아직 살아 있을지도 모른다.

전에도 이런 적이 있었지." 크로지어는 뒤를 돌아본다. 호지슨을 제외하면 밧줄 사다리를 타고 내려와 그를 따라나선 자는 달랑 셋뿐이다. 나머지는 상갑판을 수색하거나 헤더를 하갑판으로 옮기느라 정신없다.

"아미티지." 크로지어가 총포 창고 당번병에게 말한다. 아미티지의 허연 턱수염에는 벌써 눈이 덕지덕지 붙었다. "호지슨 중위에게 자네 랜턴을 넘기고 둘이 같이 움직이게. 깁슨, 자네는 여기에 남아서 리틀 대위가 수색대하고 같이 내려오면 우리가 어디로 갔는지 말해 줘. 수색대에게 절대로 격발하면 안 된다고 전하게. 확실히 우리 편이 아닐 경우에만 쏴야 한다고."

"알겠습니다, 함장님."

크로지어가 호지슨에게 명령한다. "호지슨, 자네와 아미티지는 이쪽 선수 쪽으로 20미터 전진한다. 그다음 우리가 남쪽을 수색할 때 나란히 거리를 유지하도록. 우리가 시야에서 사라지지 않게 랜턴 거리를 유지하게."

"네, 알겠습니다."

"토미." 크로지어는 이제 마지막 남은 대원에게 명령한다. 어린 에번스다. "자네는 나와 같이 움직인다. 베이커 소총(1800년 처음 생산되어 영국 육군이 최초로 제식화한 영국제 소총) 격발 준비해. 반드시 하프콕(공이를 한 단계 뒤로 당겨 놓은 상태로, 방아쇠를 당겨도 공이가 움직이지 않는다)으로 해놓도록."

"넵." 어린 대원의 치아가 덜덜덜 맞부딪힌다.

크로지어는 호지슨이 오른쪽으로 20미터 이동할 때까지 기다린다. 몰아치는 블리자드에 랜턴이 아주 흐릿하게 빛난다. 이제 에번스와 같이 세락, 뾰족탑, 압력 봉우리를 건너며 만년빙 위에 일정 간격으로 뚝뚝 떨어져 있는 핏방울을 따라간다. 몇 분만 늦어도 눈이 이 미약한 핏방울을 덮어 버릴 것이다. 함장은 방한복 주머니에서 거침없이 권총을 꺼내 든다.

100미터도 지나지 않았는데, 테러호 갑판에 켜 놓은 랜턴이 보이지 않는다. 크로지어는 압력 봉우리까지 왔다. 압력 봉우리는 거대한 부빙이 충돌하여 서로 포개지며 갈리다가 치고 올라와 얼음이 높게 쌓인 곳이다. 북극에서 두 번의 겨울을 나는 동안, 크로지어와 고 프랭클린 경의 승조원들은 압력 봉우리가 생기는 모습을 지켜보았다. 무슨 마법처럼 우르르 갈리는 소리를 내며 올라와 빙상 위로 뻗어 나간다. 때론 사람이 달리는 속도보다 훨씬 빠르다.

　이 압력 봉우리의 높이는 대략 9미터 정도. 이륜마차만 한 얼음 덩어리가 둥글게 갈리며 바닥으로 파편이 쏟아진다.

　크로지어는 랜턴을 최대한 높이 추켜들고 압력 봉우리를 따라 걷는다. 서쪽 호지슨의 랜턴은 이제 보이지 않는다. 테러호도 더는 보이지 않는다. 눈 탑과 부빙, 압력 봉우리와 얼음 뾰족탑이 인간의 시야를 가린다. 테러호에서 이리버스호까지 약 1.6킬로미터 떨어져 있다. 그 사이에는 거대한 빙산이 하나 있고, 달이 뜨면 여섯 개가 더 보인다.

　그런데 오늘 밤 여기엔 빙산이 보이지 않는다. 오로지 3층 높이의 압력 봉우리만 보인다.

　"저쪽이다!" 크로지어가 바람을 맞으며 말한다. 에번스가 베이커 소총을 들고 따라붙는다.

　흰 빙벽에 시커먼 핏자국이 흘러 있다. 녀석이 윌리엄 스트롱을 이 낮은 빙벽에 수직으로 끌고 올라갔다.

　크로지어가 기어오른다. 랜턴을 오른손에 들고, 왼손은 방한 장갑을 벗고 얼얼해진 손으로 더듬거리며 이미 꽁꽁 언 발이 디딜 곳을 열심히 찾는다. 크로지어는 좁슨이 바닥에 못을 박아 준 신발로 갈아 신을 시간이 없었다. 그걸 신었다면 이런 빙판에서 미끄러지지 않았을 것이다. 지금은 일반 수병이 신는 신발을 신어서 빙벽에 발이 미끄러지며 삐끗한다. 한 7미터쯤 올라가자 핏자국이 좀 더 보인다. 빙하가 부서져 너저분한 압력 봉우리 정상까지 얼마 남지 않았다. 크로지어는 랜턴을 오른손으로 단단히 붙잡고 왼쪽 다리로 빙벽을 박차며 몸을 위로 끌어 올린다. 모직 외투가 등에 쏠린다. 코도 얼얼하고 손도 무감각하다.

"함장님, 저도 올라갈까요?" 에번스가 컴컴한 저 아래에서 묻는다.

크로지어는 숨이 가빠 말문이 잠시 막힌다. 숨을 들이켠 후 아래로 소리친다. "아니, 거기에서 기다려!" 호지슨이 들고 있는 랜턴이 북서쪽에서 흐릿하게 어른거린다. 아직 저쪽 팀은 압력 봉우리 인근 25미터까지 전진하지 못했다.

크로지어는 바람을 거스르며 중심을 잡으려고 애쓴다. 부들부들 떨리는 몸을 오른쪽으로 기울인다. 순간 강풍이 목도리를 왼쪽으로 걷어 내며 간신히 정상에 올라선 그를 떠민다. 크로지어는 랜턴을 들고 압력 봉우리 남쪽을 살핀다.

여기에서 떨어지면 10미터 수직 낙하다. 윌리엄 스트롱의 흔적은 없다. 얼음 위로 떨어진 검붉은 핏자국이 없다. 살았든 죽었든 그 어떤 생명체도 이리로 올라온 흔적이 전혀 없다. 크로지어는 정체 모를 그 녀석이 흔적도 없이 깨끗한 이 빙벽을 어떻게 타고 내려갔는지 도저히 상상이 되지 않는다.

고개를 내젓다 보니 눈썹이 거의 뺨에 들러붙은 것 같다. 크로지어는 왔던 길로 다시 내려간다. 총검처럼 뾰족한 얼음 위로 두 번이나 떨어질 뻔한 고비를 넘겼다. 마지막 2미터를 남기고 에번스가 기다리던 아래로 미끄러지듯 내려갔다.

그런데 에번스가 없다.

베이커 소총이 하프콕 상태로 눈밭에 떨어져 있다. 휘몰아치는 눈밭 위에 사람이든 짐승이든 흔적조차 없다.

"에번스!" 함장 프랜시스 로돈 모이라 크로지어는 35년이 넘도록 명령을 내리며 목소리를 단련시켜 왔다. 남서풍이 몰아쳐도, 마젤란 해협을 지날 때 함선이 얼음 폭풍우를 뚫고 물거품을 일으키며 질주할 때도 모두에게 들리게 명령할 수 있는 목소리다. 그런 목청으로 최대한 높여 고함친다. "에번스!"

대답이 없다. 바람 소리만 들릴 뿐.

크로지어는 베이커 소총을 들고 탄환을 확인한 다음 허공에 발사한다. 총성조차 희미하게 들린다. 호지슨의 랜턴이 불쑥 등장한다. 랜턴 세 개가 테러호가 있는 방향에서 희미하게 보인다.

6미터쯤 떨어진 거리에서 무언가가 으르렁거린다. 강풍이 세락이나 뾰족탑을 관통하거나, 아니면 돌아서 나가다가 새로운 통로를 찾았을 때 나는 소리일 수도 있다. 그러나 크로지어는 바람 소리가 아님을 직감한다.

그는 랜턴을 내려놓고 주머니를 뒤적여 권총을 꺼내고 장갑을 입으로 벗긴다. 얄팍한 모직 속장갑만 끼고 방아쇠를 쥔 다음, 정면을 향해 보잘것없는 무기를 겨눈다.

"덤벼, 망할 놈의 눈깔! 이리로 나와! 대신 날 잡아가라. 시체나 갉아먹는 쥐새끼 같은 놈, 갈보 어미를 둔 더러운 새끼야!" 크로지어가 핏대를 올린다.

블리자드만 친다. 아무런 대답이 없다.

# 6
# 굿서

북위 74도 43분 28, 서경 90도 39분 15
1845-46년 겨울, 비치 섬

다음은 해리 D. S. 굿서 박사의 일기다.


### 1846년 1월 1일

테러호의 화부 존 토링턴이 오늘 아침 일찍 숨졌다. 오늘은 새해 첫날이자, 비치 섬 빙하에 갇혀 지낸 지 다섯 달째로 접어드는 날이다.

토링턴의 죽음은 예견된 것이었다. 그는 폐결핵이 상당히 진행된 상태로 이번 탐험에 합류했고 몇 달에 걸쳐 증세가 심해지고 있었다. 만약 병세가 몇 주만 더 일찍 나타났더라면 토링턴은 지난여름 래틀러호를 타고 귀향했을 수도 있었다. 배핀 만을 거쳐 랭커스터 해협을 지나 서진하던 도중에 포경선 두 대를 만나 그걸 타고 돌아갔을지도 모른다. 결국 우리는 올겨울도 황량한 북극에 발이 묶였다. 토링턴을 치료하던 의사가 바다에 나가면 건강해질 거라고 조언했다니 얄궂으면서도 서글프다.

수석 군의관 페디와 테러호의 군의관 맥도널드가 토링턴을 치료했고, 나도 몇 번 같이 진찰한 적이 있다. 저 어린 화부가 오늘 아침에 세상을 떠나지, 나는 에리버스호 승조원 몇 명은 대동하고 테러호로 갔다.

11월 초부터 토링턴의 병세가 뚜렷해지자 크로지어 함장은 환기가 안 되는 함선 밑바닥에서 석탄을 퍼 나르는 일에서 그를 면제해 주었다. 석탄 가루가 풀풀 날리는 최하갑판에 있으면 멀쩡한 사람도 질식사할 것이다. 존 토링턴은 그때부터 상태가 급격히 나빠졌다. 그를 죽음으로 내몬 석탄 가루를 그렇게 들이마시지 않았더라면 아마 몇 달은 더 살 수 있었을지도 모른다. 알렉산더 박사와 맥도널드 박사는 토링턴이 크리스마스에 폐렴에 걸렸다고 진단했다. 토링턴은 몇 주 사이에 기력이 떨어져 하갑판을 잠깐 돌아다니는 것조차 불가능했고, 그 후론 죽음을 기다리는 처지가 되었다. 오늘 아침 시신을 보았다. 죽은 토링턴이 얼마나 여위었던지. 페디와 맥도널드는 지난 두 달간 토링턴이 거의 못 먹었다고 했다. 테러호 군의관이 식단을 통조림 수프와 채소로 급히 바꾸었지만 체중은 계속 줄었다.

오늘 아침, 나는 페디와 맥도널드가 염하는 것을 보았다. 토링턴은 깨끗한 줄무늬 셔츠를 입고 누웠다. 머리는 얼마 전에 다듬었는지 깔끔했고 손톱도 단정했다. 두 사람은 토링턴의 머리를 깔끔한 천 끈으로 한 바퀴 둘러 입이 벌어지지 않도록 했다. 그리고 하얀 면 끈으로 팔꿈치와 손, 발목과 큼지막한 발가락을 두루 돌려 감았다. 이렇게 끈으로 고정해야 이 불쌍한 시신의 체중을 잴 때 사지가 흩어지지 않는다. 고작 40킬로그램이라니. 그리고 입관 준비를 했다. 폐결핵에 의한 급성 폐렴이 확실했기에 부검 얘기는 나오지 않았다. 다른 대원들에게 전염될 걱정은 할 필요가 없었다.

나는 테러호의 동료 군의관 2명을 도와 토링턴을 들어 관 속에 조심조심 눕혔다. 관은 테러호의 솜씨 좋은 목공장 토머스 허니와 조수 윌슨이 짰다. 사후 경직은 없었다. 목수들은 바닥에 대팻밥을 깔았다. 배에 남아 있던 마호가니 목재로 관을 짠 것이다. 머리 쪽에는 더 두툼히 깔았다. 아직 시신 썩은 내는 나지 않았고, 대팻밥에서 나는 나무 향내만 폴폴 났다.

1846년 1월 3일

어제 늦게 있었던 존 토링턴의 장례식 장면이 머리에서 떠나지 않는다.

이리버스호 승조원 몇 명, 존 프랭클린 경, 피츠제임스 중령, 사관 몇 명과 같이 이리버스호에서 테러호까지 걸어갔다. 그리고 비치 섬 해안까지 한 200미터를 더 걸어갔다.

거대한 데본 섬(캐나다 북극 제도에 속한 섬으로 퀸엘리자베스 제도에서 두 번째로 크다) 끝자락에 위치한 비치 섬 인근에서 이렇게 빙하에 갇혀 겨울을 보내는 것보다 더욱 참혹한 처지가 있을까. 그런데 피츠제임스 중령과 다른 이들은 지금 이렇게 발이 묶인 상황보다 천배는 더 나쁜 상황이 올 수도 있다고 했다. 이곳에서는 압력 봉우리가 솟아 오르고 컴컴한 어둠만 계속된다. 눈 폭풍이 몰아치고 온통 빙하뿐이다. 이곳을 벗어나면 베뢰아(마케도니아의 한 도시)의 신이 적에게 불화살을 쏘듯 북극에서 빙하가 떠밀려 내려온다고 했다.

존 토링턴의 동료들이 관을 함선에서 조심스레 내렸다. 관은 그나마 괜찮은 파란 모직 천으로 덮여 있었다. 난간에는 이미 얼음이 잔뜩 들러붙어 있었다. 테러호의 다른 승조원들이 관을 커다란 썰매에 묶어 맸다. 존 프랭클린 경이 손수 유니언잭으로 관을 덮어 주었다. 토링턴의 친구와 동료들이 장비를 챙기고 썰매를 200미터 밀면서 자갈과 눈이 뒤섞인 비치 섬 해안가로 향했다.

이 모든 순서가 암흑 속에서 거행되었다. 낮이라고 해도 1월에는 해가 뜨지 않는다. 그렇게 석 달 동안 햇빛 구경은 못한다. 앞으로 한 달, 또 한 달은 지나야 남쪽 해안선에서 뜨거운 불덩이가 치솟는 모습을 구경할 수 있다고 했다. 관, 썰매, 사관과 군의관, 존 프랭클린 경, 영국 해병들이 일렬로 행진했다. 다들 성복 차림이었다. 똑같은 방한복을 그 위에 입어서 보이지는 않았지만. 아무튼, 모든 장례 절차를 비추는 건 오로지 딸각거리는 랜턴뿐. 우리는 꽁꽁 얼어붙은 해상에서 얼어붙은 해안으로 이동했다. 테러호 승조원들이 얼마 전에 솟은 압력 봉우리 근처에 삽으로 구멍을 파 놓았다. 함선과 자갈 해안 사이에 솟아 있어서 이 구슬픈 장례를 치르려고 멀리 돌아갈 것도 없었다. 작년 초겨울에, 존 프랭클린 경은 이 매몰찬 북극에서 겨울을 나기 위한 체계를 세우겠다고 발표했다. 로프에 랜턴을 매달아 함선에서 자갈 해안까지 단거리 루트를 표시해 놓고 구조물 몇 개를 지으라고 명령했다. 하나는 빙하에 함선이 부서질 경우를 대비해 함선 비축품을 저장할 창고였고, 두 번째는 비상 숙소 겸 과학 기지로 쓸 구조물이었다. 세 번째는 불꽃이 튈 수 있는 작업을 하는 대장간이었다. 배 위에서 이런 작업을 했다가 큰 불이 날 수도 있기 때문이다. 선원들은 그 무엇보다 해상 화재를 두려워한다고 했다. 그런데 나무 막대기를 세워 로프를 걸고 거기에 랜턴을 매달아 단거리 루트를 표시하려던 계획은 폐기처분되었다. 빙하가 끊임없이 이동하고 융기하고 부서지면서 그 위에 있는 것은 뭐든 부수기 때문이었다.

장례식 내내 눈이 왔다. 신에게조차 버림받은 이 북극 황무지로 거센 바람이 어김없이 휘몰아쳤다. 묏자리 북쪽으로 시커먼 절벽이 솟아 있었다. 마치 달에 있는 산처럼 범접할 수 없어 보였다. 이리버스호와 테러호에 걸어 놓은 랜턴은 몰아치는 블리자드 사이로 간신히 희미한 빛을 뿌렸다. 차가운 조각달이 빠르게 움직이는 구름 사이로 고개를 슬쩍 내밀고 창백한 빛을 흘리다가 어둠 속으로 홀연히 사라졌다. 오, 신이시여, 이곳은 진정으로 지옥 같은 암흑입니다.

테러호에서 힘 좋은 수병 몇이서 토링턴이 사망한 직후부터 몇 시간을 내리 작업했다. 프랭클린 경의 명령으로 곡괭이와 삽으로 대략 1.5미터 깊이의 구덩이를 팠다. 딴딴히 얼어붙은 얼음과 자갈을 대충 파냈는데, 언뜻 보기만 해도 얼마나 고생스러웠을지 짐작이 갔다. 유니언잭을 걷고 좁은 구멍 속으로 관을 경건하게 살살 내렸다. 관 뚜껑 위로 순식간에 내려앉은 눈이 랜턴 불빛에 반짝거렸다. 테러호 장교가 나무 묘비를 가져오자, 덩치가 산만 한 수병이 커다란 나무망치로 쿵쿵 몇 번 내리쳐 박았다. 묘비에는 다음과 같이 정성스레 새겨져 있었다.

1846년 1월 1일
영국 군함 테러호에서
20세의 나이로 세상을 떠난
존 토링턴
여기에 묻히다.

존 프랭클린 경이 기도를 이끌며 추도사를 낭송했다. 그는 낭랑하고 단조로운 목소리로 한참을 읊었다. 여기에 바람 소리와, 동상에 걸릴까 봐 동동거리며 발을 구르는 소리가 더해졌다. 고백하건데, 사실 추도사가 귀에 들어오지 않았다. 울부짖는 바람 소리에 생각이 많아진 나는 그곳이 주는 처량함에, 셔츠를 입고 누운 토링턴의 모습에, 팔다리가 묶여 얼어붙은 북극 지하에 묻힌 모습에 가슴이 갑갑했다. 무엇보다 자갈 해변 위로 솟아 있는 끝나지 않을 암흑 같은 절벽의 모습에 압도당했다.

1846년 1월 4일
또 한 사람이 세상을 떠났다.
우리 이리버스호의 2등 수병인 스물다섯 살 존 하트넬이다. 오후 6시가 막 지나서였나, 석식을 하려고 체인에 매달린 식탁을 아래로 내리고 있었다. 하트넬이 동생 토머스 품으로 고꾸라지면서 비닥에 쓰러진 채 각혈하다가 5분 만에 사망했다. 스탠리 군의관과 나는 그의 임종을 지켰다. 하갑판 앞쪽,

물건을 치워서 병실로 쓰는 그곳에서 하트넬은 마지막 숨을 거두었다.

그가 죽자 다들 충격을 받았다. 하트넬은 괴혈병이나 폐결핵의 징후를 전혀 보이지 않았다. 같이 있던 피츠제임스 중령도 놀라움을 감추지 못했다. 만약 이것이 함선 내 전염병이나 초기 괴혈병이 도는 징조라면 당장 상황부터 파악해야 했다. 존 하트넬을 입관하기 전에 부검하기로 했다.

우리는 병실로 쓰는 공간의 테이블 하나를 비웠다. 다른 수병들이 제지할 것을 대비해 나무 상자를 끌고 와 쌓았다. 이래야 안전히 부검할 수 있다. 부검할 테이블 주변에 가능한 한 크게 빙 둘러 커튼을 쳤다. 나는 수술 도구를 꺼냈다. 수석 군의관은 스탠리였지만, 그는 해부학을 공부한 의사가 집도해야 한다며 나에게 떠밀었다. 나는 절개를 시작했다.

잠시 후 나는 서두르다가 Y자 절개가 거꾸로 되었다는 걸 깨달았다. 학생 시절 마음이 급하면 카데바로 실습할 때 거꾸로 절개하곤 했다. 정상적인 Y 절개라면 양쪽 어깨에서 시작해서 양쪽 팔을 타고 내려오다가 흉골 밑에서 만나야 한다. 거꾸로 한 Y자 절개는 양쪽 골반에서 시작해 하트넬의 배꼽에서 만났다. 스탠리가 이를 지적했다. 나는 얼굴이 붉어졌다.

"뭐든 빨리 하면 되죠. 서둘러 끝내야 해요. 우리가 동료를 부검한 걸 알면 다들 싫어할 거예요." 나는 부드럽게 대꾸했다.

스탠리 군의관은 고개를 끄덕였고, 나는 계속 진행했다. 마치 내 말이 맞다는 걸 증명이라도 하는 듯. 하트넬의 남동생 토머스가 커튼 밖에서 고함치며 울부짖었다. 이건 테러호 토링턴의 경우와는 달랐다. 토링턴은 서서히 병세가 기울었기에 동료 병사들은 그의 죽음을 받아들일 시간을 벌면서 소지품을 정리하고 그의 모친께 편지를 쓰기도 했다. 그런데 존 하트넬이 급사하자 이리버스호 승조원들은 충격에 휩싸였다. 게다가 군의관이 부검까지 하리라고는 그 누구도 상상하지 못했다. 피츠제임스 중령이 병실 안에 있는 우리와 격분한 동생 및 동요하는 승조원들 사이에 버티고 섰다. 그는 덩치와 계급과 표정으로 이들을 제압했다. 하트넬의 어린 동료들과 피츠제임스가 토머스를 말리는 소리가 들렸다. 나는 부검을 위해 메스로 조직을 절개하고 칼과 늑골 스프레더로 개복했다. 커튼에서 몇 미터 떨어지지 않은 곳에서 웅성거리며 격분하는 소리가 들렸다.

하트넬의 심장부터 꺼내 기도 일부를 절단한 후 랜턴 가까이 들어 올렸다. 스탠리는 심장을 건네받더니 지저분한 천으로 피를 쓱 닦아냈다. 심장을 살폈다. 심장은 정상으로 보였다. 아무런 병세가 보이지 않았다. 스탠리가 심장을 랜턴 가까이에 들고 있는 동안, 나는 우심실, 좌심실을 각각 한 번씩 절개했다. 굵은 근육을 뒤로 벗긴 후 판막을 살폈다. 정상이었다.

하트넬의 심장을 텅 빈 복강에 집어넣은 다음, 잽싼 메스 질로 폐 아래쪽을 도려냈다.

"여기다!" 스탠리 군의관이 말했다.

나는 고개를 끄덕였다. 폐결핵의 흔적은 물론 다른 징후까지 또렷했다. 최근에는 폐렴까지 앓고 있었다. 존 하트넬도 존 토링턴처럼 결핵 환자였지만, 나이가 더 많고 거칠고 목청도 컸던 이 수병은 남은 물론 자신까지도 그 증상을 모르고 있었다. 염장 돼지고기를 먹기도 전에 바다에 쓰러져 급사한 오늘까지도, 그는 자기가 병에 걸린 지도 몰랐을 것이다.

간을 꺼내 도려낸 다음 불빛에 갖다 댔다. 우리는 사인이 폐결핵이라고 결론을 내렸다. 하트넬이 너무 오랫동안 술에 찌들어 지낸 흔적도 찾았다.

커튼 바로 뒤에서 하트넬의 동생 토머스가 격분하며 고래고래 고함쳤다. 피츠제임스 중령은 불호령을 치며 엄포를 놓았다. 몇몇 사관의 목소리가 들렸다. 고어 대위, 르베스콘테 중위, 페어홀름 소위, 심지어 항해사 드보가 수병들을 진정시키며 겁박하고 있었다.

"이세 나 됐시?" 스탠리가 나식막이 밀했나.

나는 또다시 끄덕였다. 시신의 몸과 얼굴, 입, 심지어 창자에서도 괴혈병의 흔적은 찾지 못했다. 그런데 괴혈병이든 폐렴이든, 혹은 이 둘의 합병증이든 건강했던 수병이 급사하다니 그것이 의문스러웠다. 우려했던 전염성의 징후는 전혀 보이지 않았다.

승조원 숙소가 점점 시끄러워졌다. 나는 폐 조직, 간, 기타 창자를 복강에 마구 쑤셔 넣었다. 심장도 원래 위치와 상관없이 아무 데다 얼렁뚱땅 쑤셔 넣고, 갈비뼈를 대강 원래 자리에 덮어씌웠다. 거꾸로 절개한 사실을 또다시 확인했다. 스탠리 수석 군의관이 거꾸로 절개한 Y를 커다란 바늘과 돛 봉재용 실로 확실하고 빠르게 봉합했다. 이 작업은 장범장 누구한테 맡겼더라도 제대로 했을 것이다.

후다닥 하트넬에게 옷을 다시 입혔다. 사후 경직이 시작되면 큰일이었다. 그리고 커튼을 옆으로 밀었다. 스탠리는 낮게 깔리는 목소리로 하트넬의 동생과 다른 승조원에게 이제 망자의 시신을 깨끗이 염해서 장례를 준비하라고 했다.

### 1846년 1월 6일

무슨 연유인지 모르겠지만, 이번 장례식이 첫 번째 장례식보다 훨씬 힘들었다. 우리는 또다시 함선에서 엄숙히 행사를 거행했다. 이번에는 이리버스호 승조원만이 참석했다. 테러호에서는 맥도널드 박사, 페디 군의관, 크로지어 함장만 참석했다.

이번에도 관 위에 유니언잭이 덮였다. 대원들은 하트넬의 상반신에 동생 토머스가 제일 아끼는 셔츠까지 포함해서 세 겹을 입혔지만, 하반신에는 수의 하나만 달랑 입혔다. 하갑판에 있는 어두운 병실에 몇 시간 동안 상반신 쪽 관 뚜껑을 열어 두었다가 뚜껑에 못질을 했기 때문이다. 또다시 썰매를 끌고 얼어붙은 바다에서 얼어붙은 해안으로 장례 행렬이 이어졌다. 깜깜한 어둠 속에 랜턴이 왔다 갔다 흔들렸다. 정오에도 별이 나오긴 했지만 눈은 내리지 않았다. 수병들이 열심히 땅을 파던 중이었다. 커다란 백 곰 세 마리가 쿵쿵거리며 다가왔다. 마치 빙하 뒤에서 갑자기 튀어나오는 허연 망령의 모습을 닮았다. 대원들은 곰에게 머스킷총을 쏴서 멀리 쫓아버렸다. 한 마리는 옆에 총상을 입은 게 확실했다.

존 프랭클린 경이 또다시 추도문을 읽었다. 그러나 이번엔 저번보다 짧았다. 어린 토링턴만큼 하트넬을 좋아하는 사람이 많지 않았기 때문이다. 우리는 이번에도 이렇게 추운 하늘에서 춤추는 달빛을 받으며 삐거덕삐거덕 신음하는 빙하 위를 걸어서 되돌아왔다. 근사하게 차려진 토링턴 무덤 바로 옆에 새로 생긴 구덩이 속으로 차가운 자갈과 얼음을 채워 넣는 삽질 소리만이 우리 뒤로 울려 퍼졌다.

두 번째 장례식에서 덮칠 듯 솟아 있던 시커먼 절벽면이 내 영혼을 짓밟았다. 이번에는 일부러 절벽에 등을 돌리고 존 프랭클린 경에게 딱 붙어 섰다. 덕분에 함장의 희망과 위로가 담긴 애도사가 잘 들렸다. 등 뒤에 솟은 차갑고, 시커멓고, 메마르고, 어둡고, 무감각한 수직 절벽은 하나의 문 같았다. 일단 들어가면 누구도 살아서 돌아오지 못할 나라로 가는 문이었다. 저 시커멓고 막막한 절벽이 전하는 냉혹한 현실과 대비되어 존 프랭클린 경의 열정적이고 심금을 울리는 추도사는 아무 감흥도 주지 못했다.

양쪽 승조원의 사기는 바닥을 쳤다. 새해가 채 일주일도 지나지 않았는데 벌써 둘이나 세상을 떠났다. 내일 우리 군의관 넷이서 은밀히 만나기로 했다. 테러호의 목공장 방에서 만날 것이다. 우리는 이 저주받은 탐험 길에서 사망자가 더는 나오지 않게 대책을 세우기로 했다.

두 번째 묘비명에는 이렇게 적혀 있다.


영국 군함 이리버스호의 수병

존 하트넬을 기리며

1846년 1월 4일 25세로 사망

나 만군의 야훼가 말한다.

너희가 어떻게 지내왔는지 돌아보라.

학개 1장 7절


바람이 한 시간 전부터 몰아친다. 자정이 되자 여기, 이리버스호 하갑
판에 있는 램프의 불이 모조리 꺼진다. 윙윙거리는 바람 소리에 귀 기울
인 채 저 캄캄하고 바람 부는 해안가 나지막한 봉분 위를 나뒹구는 차가운
자갈을 생각한다. 차가운 구덩이 속에 누운 두 망자를 떠올린다. 시커멓고
무표정한 절벽면을 그린다. 쏟아지는 눈바람에 나무 묘비 위에 적힌 글자
가 벌써부터 지워지는 모습을 상상한다.

# 7
## 프랭클린

북위 70도 3분 29, 서경 98도 20분
킹윌리엄 섬 북북서 약 45킬로미터
1846년 9월 3일

존 프랭클린 경은 늘 자신이 못마땅했다.

작년 겨울, 현 위치에서 북동쪽으로 수백 킬로미터 떨어진 비치 섬에 발이 묶여 있을 당시 여러모로 편치 않았다. 스스로에게, 그리고 동료들에게 이 사실을 털어 놓고 싶었다. 그러나 이번 탐험을 이끄는 최고 결정권 자이기에 동료는 없었다. 대원 셋의 사망은 충격이었다. 올 1월 초 토링턴과 하트넬이 죽고, 4월 3일에는 해병 윌리엄 브레인이 그 뒤를 따랐다. 셋 다 폐결핵과 폐렴이 사인이었다. 긴 여정으로 떠난 탐험 초반부터 이렇게 셋이나 죽어 나간 전례가 있다는 소리는 들어본 적이 없었다.

서른둘의 나이로 세상을 떠난 해병 브레인의 묘비명을 고른 사람은 프랭클린이었다. '누구를 섬길 것인지 오늘 택하시오. 여호수아 24장 15절'. 언뜻 보면 안 그래도 심기가 불편한 양쪽 대원을 자극하는 글귀처럼 보였다. 선상 반란을 일으킬 조짐은 없지만 그렇다고 가능성이 전혀 없는 건 아니었다. 이 문구는 자갈과 얼음이 나뒹구는 삭막한 모래톱에 덩그러니 누운 브레인, 하트넬, 토링턴 무덤 앞을 혹시라도 지나갈 이들에게 던지는 메시지였다. 물론 아무도 지나갈 리 없겠지만.

하트넬 사망 직후, 4명의 군의관이 얼굴을 맞대고 앉았다. 괴혈병에 걸리면 초기에 기력이 떨어지면서 폐렴과 폐결핵 같은 선천성 질환이 위독한 상황으로 진행된다는 데 의견을 모았다. 군의관 스탠리, 굿서, 페디, 맥도널드는 존 프랭클린 함장에게 승조원들의 식단을 바꾸도록 건의했다. 가능한 한 신선한 재료를 제공해야 한다고 주장했다. 북극에서는 겨울철 어두울 때 돌아다니는 백곰 말고는 신선한 고기를 전혀 구할 수 없었다. 덩치가 산만 한 백곰의 간을 섭취할 경우, 정확한 이유는 알 수 없지만 목숨을 잃을 수도 있다고 했다. 신선한 고기와 채소가 없을 경우, 인기 메뉴인 염장 돼지고기, 쇠고기, 갈매기 고기를 줄이고 대신 채소 수프 같은 통조림의 양을 더 늘려야 한다고 조언했다.

존 프랭클린 경은 건의 사항을 받아들여 양쪽 함선의 식단부터 바꾸었다. 고기 섭취량을 절반 이하로 줄이고 비축용 통조림으로 대체했다. 이렇게 하니 효과를 보았다. 더는 죽거나 중병에 걸리지 않았다. 그러다 4월 초, 해병 브레인이 죽었다. 1846년 5월, 탐험대는 비치 섬 얼음 바다에 발이 묶여 있다가 드디어 풀려났다.

그 이후 빙해가 순식간에 깨져나갔다. 프랭클린은 믿음직한 양쪽 함선의 항해장이 결정한 항로를 따라 증기 엔진을 돌리고 돛을 높이 올린 채 남으로 서로 질주했다. 존 프랭클린 경처럼 나이가 좀 있는 함장들이 즐겨 쓰는 표현을 빌리자면 '연기와 뱃밥처럼' 질주했다.

햇볕이 내리쬐는 탁 트인 대양으로 온갖 동물과 새, 바다 생물이 한꺼번에 돌아왔다. 북극에 이렇게 길고 여유로운 여름이 찾아오자, 태양은 수평선 너머에 걸려 있다가 자정 무렵이 되어야 사라졌다. 어떤 날은 기온이 영상을 웃돌기도 했다. 하늘에는 철새로 빼곡했다. 프랭클린은 슴새와 쇠오리, 솜털오리와 바다쇠오리, 활기차게 날아가는 작은 바다오리와 다른 새들을 구별하게 되었다. 이리버스호와 테러호는 이렇게 넓은 수로를 지난 적이 없었다. 함선 주위로 근사한 고래 떼가 펄떡거렸다. 양키 포경선이 봤더라면 몹시 부러워했을 장관이었다. 대구, 청어, 기타 어류는 물론 덩치 큰 흰돌고래와 수염고래도 보였다. 대원들은 웨일보트(양끝이 뾰족하게 생기고 노와 돛을 사용하는 가벼운 쾌속 범선)를 바다로 내려 작은 고래를 재미 삼아 사냥했다.

고래 사냥을 나간 대원들은 번번이 그날 저녁 식탁에 올릴 신선한 고기를 싣고 돌아왔다. 새도 잡아왔고 멍청한 반달무늬바다표범과 하프물범도 잡았다. 이 녀석들은 겨울이면 얼음에 구멍을 파고 그 속으로 들어가 몸을 숨기는 바람에 조준이 불가능했다. 그런데 지금은 대놓고 올라와 앉아 있어 쉽게 잡을 수 있었다. 바다표범 고기는 너무 기름지고 뗇어서 인기가 없었다. 흐느적거리는 해파리는 겨우내 잃었던 입맛을 돋우었다. 대원들은 망원경을 들여다보며 바다에 쪼르르 붙은 굴을 엄지로 따먹는 바다코끼리도 사냥했다. 가끔은 북극여우의 하얀 털을 벗긴 다음 가죽과 고기를 들고 오기도 했다. 승조원들은 북극곰이 사람을 해치려고 할 때 말고는 맛이 없어 잡지 않았다. 북극곰은 모두에게 외면당했다. 훨씬 더 맛난 고기가 있으면 곰 고기는 누구도 거들떠보지 않았다.

프랭클린에게 하달된 명령에는 조건이 붙어 있었다. '만일 프랭클린 함대가 남진해서 빙하로 막힌 북서항로를 개척하면, 그다음에는 뱃머리를 북으로 돌려 웰링턴 해협을 통과하여 탁 트인 북극해, 요컨대 북극점을 지나가라'는 내용이었다. 사실 그는 평생 두말 않고 할 일을 해 왔다. 언제나 상부의 지시를 따랐다. 북극에서 두 번째 여름을 맞이하자 함선 두 척은 데본 섬에서 남으로 향했다. 단장 프랭클린 경은 이리버스호와 테러호를 이끌고 워커 곶을 지나 이름 모를 얼음 바다 위에 솟은 섬들 사이로 접어들었나.

작년 여름, 프랭클린 경은 북서항로가 아니라 북극점부터 찾으려고 했던 것 같았다. 그는 함선의 속도와 효율에 대한 자부심이 여전했다. 작년에 늦게 출항하는 바람에 여름이 짧았다. 1845년, 함대는 영국에서 늦게 출항했고, 그린란드에서도 예정보다 훨씬 늦게 출항했다. 그럼에도 최단시간에 배핀 만을 접수했고, 데본 섬 남측 랭커스터 해협을 지나 워커 곶을 거쳐 남진할 수 있었다. 그러다 8월 말이 되자 빙하에 막히고 말았다. 그때 양쪽 항해장이 데본 섬 서측 웰링턴 해협을 타고 북극으로 올라가는 바닷길은 아직 열려 있다고 보고했다. 프랭클린은 조언에 따라 북으로 선수를 돌려 아직 얼지 않은 항로를 지나 탁 트인 북극해와 북극점을 향해 북진했다.

그 전설의 북극해는 단 한 번도 열린 적이 없었다. 사실 그리넬 반도는 미지의 북극 대륙으로 남을 운명이었으나 프랭클린 탐험대에 의해 세상에 알려졌다. 탐험대는 북진하던 중 떡하니 버티고 선 그리넬 반도에 가로막히자, 아직 얼지 않은 수로를 타고 서진했다 북진하기로 했다. 그래서 거의 정서 방향으로 항해한 후 그리넬 반도 서쪽 끝에서 다시 북진했다. 그런데 웬걸, 웰링턴 해협에서부터는 북극을 향해 거대한 빙원이 끝도 없이 뻗어 나간 게 아닌가. 프랭클린, 피츠제임스, 크로지어, 항해장들은 닷새나 거대한 빙벽을 훑으며 항해했다. 마침내, 웰링턴 해협에서 북극해로 가는 열린 바닷길은 없다고 결론 내렸다. 적어도 작년 여름에는 그랬다.

빙해 사정이 나빠지자 어쩔 수 없이 남으로 뱃머리를 돌렸다. 대원들은 거대한 섬을 한 바퀴 돌았다. 이 섬은 과거 콘월리스 '랜드'라고 알려졌으나, 알고 보니 '섬'이라는 사실이 드러났다. 프랭클린 함장은 그래도 이 퍼즐은 풀었다고 자위했다.

1845년 늦여름이 되자 유빙이 재빨리 굳기 시작했다. 프랭클린은 이 황량하고 거대한 콘월리스 섬 일주를 마치고 워커 곶 북쪽에 위치한 배로 해협으로 되돌아왔다. 워커 곶을 지나 남으로 가는 뱃길은 여전히 막혀 있었다. 이제는 아예 꽝꽝 얼어붙었다. 그리고 2주 전 정찰했던 작은 비치 섬의 어느 작은 항구로 들어가 겨울을 날 위치를 물색했다. '적시에 들어왔군.' 프랭클린은 생각했다. 탐험대가 작은 항구의 얕은 수심에 닻을 내리던 날, 랭커스터 해협에서 마지막까지 열려 있던 수로마저 닫혔다. 유빙 때문에 더 운항하는 것은 불가능했다. 이리버스호와 테러호가 아무리 철과 떡갈나무로 내빙 건조되고 최첨단 기술을 장착한 명품 함선이라고 해도 얼어붙은 해협 한복판에서 무사히 겨울을 날 수는 없었다.

이제 다시 여름이 찾아왔다. 함선은 몇 주째 남진과 서진을 반복했다. 기회가 있을 때마다 비축품을 다시 채워 넣고 리드(갈라진 얼음판 사이로 난 물길)를 따라 항해했다. 메인마스트 꼭대기 전망대에서 견시(망을 보는 일)하며 혹시라도 뱃길이 열렸는지 살폈다. 필요할 경우, 매일 쇄빙을 하며 질주했다.

이리버스호는 선두에서 얼음을 깨며 뱃길을 갈랐다. 기함으로서 당연한 책임이자 권리였다. 게다가 증기 엔진이 테러호보다 5마력이나 더 힘이 좋았다. 그런데 아뿔싸, 수면 위로 드러나지 않은 빙하에 부딪혀 메인 샤프트에서 스크루까지 망가졌다. 이리버스호를 수리할 수 없어 정상 운항이 힘들어지자 테러호가 선두로 나섰다.

남쪽으로 전방 약 80킬로미터 지점에 킹윌리엄 랜드의 얼어붙은 해안가가 보였다. 함선은 북쪽으로 거대한 섬의 비호를 받으며 내려왔다. 워커곶 남서쪽 방향을 이 섬이 가로막고 있었다. 영국 해군 본부로부터 남서쪽으로 운항하라는 명을 받았지만, 어쩔 수 없이 필 해협을 따라 내려가 한 번도 가 보지 않은 해로로 운항할 수밖에 없었다. 빙하가 남서쪽 방향으로 점점 늘어나더니 연달아 밀려 내려왔다. 함선은 점점 느려지다가 아예 천천히 기어갔다. 빙하는 더 두꺼워지고 수로는 점점 가늘고 좁아졌다.

9월 3일 아침, 존 프랭클린 경이 회의를 소집했다. 함장, 장교, 기관사,

항해장이 프랭클린 경이 쓰는 함장실에 편안히 모여 앉았다. 테러호의 함장실은 장교들이 사용해서 책이 가득하고 음악이 흐른다. 반면, 이리버스호는 선미를 막아 프랭클린 경의 개인 숙소로 썼다. 가로 3.6미터, 세로 6미터나 되는 함장실 우현 쪽에는 편히 앉아 일을 볼 수 있는 개인용 변기가 달려 있었다. 그것만 해도 크로지어 함장과 다른 장교들이 쓰는 숙소만 했다.

프랭클린 경의 당번병 에드먼드 호어가 참석한 장교가 모두 앉을 수 있게 식탁 상판을 늘렸다. 이리버스호에서 피츠제임스 중령, 고어 대위, 르베스콘테 중위, 페어홀름 소위, 테러호에서 크로지어 함장, 리틀 대위, 호지슨 중위, 어빙 소위가 참석했다. 프랭클린 경은 우현 격벽과 개인 침대 머리 쪽 근처 상석에 앉았다. 테이블 끝에는 양쪽 함선의 항해장인 테러호의 블랭키, 이리버스호의 레이드가 서 있었다. 테러호의 기관장 톰프슨과 이리버스호의 기관장 그레고리도 옆에 있었다. 군의관도 최소 1명은 참석하라는 경의 명령에 따라 이리버스호의 스탠리가 참석했다. 당번병이 포도 주스와 치즈, 십 비스킷을 내왔다. 잠시 잡담으로 긴장을 푼 다음 프랭클린 경이 회의를 시작했다.

• • •

"오늘 왜 이 자리에 모였는지 다들 알 거야. 지난 두 달간 우리는 신의 가호를 받으며 무사히 항해하고 있네. 비치 섬에서 출항한 이후 약 560킬로미터를 운항했네. 망루에서 견시하고 썰매를 내보내 정찰한 결과, 아직 남서쪽에 개빙 구역이 있다는 보고가 들어왔어. 우리 힘과 신의 가호가 합쳐지면 개빙 구역을 찾아, 올가을께 북서항로를 뚫을 수 있네."

"그런데 서쪽에서 빙하가 부쩍 늘어나고 있네. 두께도 그렇고 그 수도 점차 늘어나는 추세지. 그레고리가 보고를 했는데, 우리 이리버스호 메인 샤프트가 빙하로 인해 손상되었다고 하네. 증기 엔진을 돌리면 운행은 가능하나 어쩔 수 없이 속도가 전보다 떨어질 테지. 석탄 비축량은 점점 줄고, 곧 겨울이 또 닥칠 텐데. 그래서 말인데, 오늘 우리가 앞으로 어떻게 어디로 항해할 것인지 오늘 결정해야 하네. 우리 탐험대의 승패가 이 자리에서 내리는 결정으로 정해진다는 말이지."

무거운 침묵이 흘렀다.

존 프랭클린 경은 붉은 수염이 난 이리버스 항해장에게 손짓했다. "각자 의견을 내고 허심탄회하게 토의하기 전에, 항해장과 기관사, 군의관 말부터 들어보는 것이 좋겠네. 레이드, 어제 나한테 했던 얘기를 이 자리에서 해 주겠나? 현재 빙하의 상황과 앞으로의 전망 말일세."

레이드는 5명이 앉은 테이블 끝에 서 있었다. 목소리를 가다듬었다. 레이드는 혼자서 작업하는 사람이라 장교들이 모인 자리에서 말을 하려니 얼굴이 수염보다 더 시뻘게졌다.

"존 프랭클린 함장님, 이하 장교 여러분…… 사실…… 그동안은 빙하 상태가…… 아주 운이 좋은 편이었습니다. 5월에 얼음이 녹기 시작해서 6월 1일경 비치 섬을 출항했는데, 대부분 푸석푸석한 얼음을 헤집으며 해협을 지나왔으니 그리 어렵지 않았습니다. 요새 밤이라고 해 봐야 얼마 어둡지도 않습니다. 밤에는 함선이 얄팍한 팬케이크 얼음(얇고 매우 평평하며 바닷물이 얼기 시작할 때 생기는 최초의 얼음 층)을 깨면서 운항합니다. 지난주 내내 그런 식으로 여기까지 내려왔습니다. 이제 곧 바다가 얼 텐데요. 사실 이것도 별 문제는 아닙니다."

"그동안 해안가 쪽 유년빙을 잘 피해 왔지만, 이제부터가 진짜 문제입니다. 유년빙 뒤쪽에는 정착빙(처음 생긴 장소에서 움직이지 않고 해안가에 들러붙어 있는 극지방의 얼음)이 자리 잡고 있는데, 정착빙과 만나면 선체가 망가질 겁니다. 정착빙은 이리버스나 테러호처럼 보강된 함선까지 죄다 망가뜨리죠. 아무튼 지금까지는 정착빙을 잘 피해 왔습니다."

레이드는 진땀을 흘렸다. 이렇게 오래 말할 생각은 아니었다. 그런데 아직까지 프랭클린 경이 물은 질문엔 대답하지도 못했다. 목청을 가다듬고 말을 이어갔다.

"지금은 빙하가 움직이는 상황입니다. 아직까지는 무른 편이라 두꺼운 유빙을 만나도 별 문제가 없습니다. 빙산에서 떨어져 나온 빙산편도 괜찮고요. 그동안은 수로가 넓게 열리기도 했고 개빙 구역을 잘 찾아 왔기 때문에 별 문제 없었습니다. 그런데 이제 이것도 좀 있으면 다 끝납니다. 점점 밤이 길어지고 팬케이크 얼음도 더 많이 보입니다. 빙암과 빙구가 점점 더 떠밀려 올 겁니다. 그래서 블랭키와 제가 우려하고 있습니다."

"레이드, 왜지?" 프랭클린 경이 물었다. 그는 각기 다른 빙하의 상태에 대해 들을 때마다 특유의 지루해 하는 표정을 지었다. 그에게 얼음은 그냥 얼음일 뿐이다. 뚫고 지나가거나, 돌아가거나, 극복해야 할 대상일 뿐.

"눈이 문젭니다. 눈이 얼음 위에 쌓이는데, 옆을 보면 해수에 얼마나 잠겼었는지 그 자국이 보입니다. 이런 극빙이 생기면 여름이 와도 녹지 않습니다. 극빙은 하나도 녹지 않아서 자칫하면 얼음에 갇힙니다. 지금 최대한 멀리까지 견시하고, 남쪽과 서쪽으로 썰매를 타고 최대한 정찰을 나가도 온통 극빙 밖에 보이지 않습니다. 물론 킹윌리엄 랜드 남쪽으론 개빙 구역이 있을지도 모르는 일말의 가능성이 남아 있긴 합니다."

"그게 북서항로죠." 피츠제임스 중령이 부드럽게 말했다.

존 프랭클린 경이 말했다. "그럴 수도 있겠네. 그럴 가능성이 크지. 그런데 킹윌리엄 랜드까지 가려면 최소 160킬로미터, 어쩌면 300킬로미터나 극빙을 헤집고 가야 하네. 테러호 항해장이 서쪽으로 가면 갈수록 상황이 나쁘다고 그러던데, 그게 무슨 말인가, 블랭키?"

토머스 블랭키는 얼굴을 붉히지 않았다. 나이가 지긋한 항해장의 목소리는 머스킷총을 격발하듯 음절마다 힘주어 말했다.

"극빙으로 들어가는 것은 자살 행위입니다. 지금도 너무 많이 들어왔습니다. 필 해협을 지나오면서부터 계속 극빙 속으로 밀고 들어온 것입니다. 지금은 배핀 만 북쪽에서 보던 빙하만큼 위험한 유빙이 보이고 있습니다. 갈수록 상황이 심각해지고 있습니다."

"왜 그렇지, 블랭키?" 피츠제임스 중령이 물었다. 목소리는 자신감 넘쳤지만 약간 혀 짧은 소리로 말했다. "아직은 늦여름이라 바다가 본격적으로 얼어붙지 않았고 수로가 열린 곳도 있다고 하던데. 게다가 캐나다 북서 해안, 그러니까 킹윌리엄 랜드 남서쪽 인근이라면 앞으로 한 달 이상 열려 있을 가능성이 크지 않은가?"

항해장 블랭키가 고개를 저었다. "지금 팬케이크 얼음이나 푸석푸석한 얼음 얘기를 하는 게 아닙니다. 코앞에 극빙이 밀려오고 있습니다. 북서쪽에서 밀려 내려오는 중이라고요. 거대 빙하가 떠내려 오는 중이라고 봐야 합니다. 이게 남쪽으로 떠내려 오면서 빙산편이 떨어지고 수백 킬로미터 바다가 얼어붙습니다. 그동안은 우리가 방호벽 덕을 본 거고요."

"방호벽이라니?" 고어 대위가 물었다. 기가 막히게 잘생긴 장교였다.

그때 크로지어 함장이 나서며 블랭키에게 빠지라는 손동작을 했다. "남진할 때 서쪽으로 보인 섬들이 바로 우리의 방호벽이었네. 1년 전, 우리가 콘월리스가 대륙이 아니라 섬이라는 사실을 알게 된 것과 비슷하지. 프린스오브웨일스 랜드도 실은 '섬'이라고 밝혀지지 않았나. 프린스오브웨일스 섬이 우리가 필 해협을 완전히 빠져나올 때까지 전속력으로 밀고 내려오는 유빙을 막아 준 거야. 이제 현 위치에서 북서쪽에 보이는 섬들 사이로 극빙이 빽빽이 떠내려 오는 중인데, 이게 아마 캐나다 북단 해안까지 밀려 내려가겠지. 혹시라도 아직은 열려 있는 수로를 타고 해안으로 남진해 봐야 며칠이면 끝날 거야. 우리가 극빙에 갇혀 겨울을 나야 할 날도 이제 얼마 남지 않았고."

"그건 그냥 하나의 의견일 뿐이지. 프랜시스, 잘 들었네. 그럼 이제 우리가 어떤 항로를 따라야 할지 결정을 내려야 할 텐데…… 제임스?" 프랭클린 경이 말을 돌렸다.

피츠제임스 중령은 언제나 그렇듯이 느긋하면서도 듬직해 보였다. 항해를 떠난 이후 살이 많이 올라서 단추가 거의 떨어져나갈 지경이었다. 뺨은 불그스레했고 금발머리는 영국에 있을 때보다 더 길게 굽실거렸다. 그는 테이블에 앉은 사람들을 둘러보며 싱긋 미소를 지었다.

"프랭클린 함장님, 저도 크로지어 함장과 같은 생각입니다. 지금 극빙에 갇힌다면 불행한 일이겠지요. 하지만 만일 계속 전진만 하다가는 진짜로 극빙에 갇힐 수 있습니다. 따라서 최대한 남진해야 한다고 생각합니다. 개빙 구역을 따라가다 보면 우리의 목표인 북서항로를 찾을 수도 있습니다. 그러려면 겨울이 오기 전에 해야 합니다. 만일 불가능하다면, 해안가 근처에 있는 안전한 수로를 택해서 비교적 안락한 항구로 들어가는 것도 괜찮을 듯싶습니다. 비치 섬에 정박했던 것처럼요. 경께서는 육로 탐험은 물론 항해 경험까지 풍부하시니 잘 아시겠지만, 원래 해안선 근처가 늦게까지 열려 있습니다. 따뜻한 민물이 계속 밀려오기 때문입니다."

"만일 남서진 했다가 개빙 구역을 찾지도 못하고 해안가까지 가지도 못할 경우 어떡할 생각이지?" 크로지어가 조심스레 물었다.

피츠제임스는 그럴 일은 없어야 한다는 듯 손사래를 쳤다. "내년 봄에 얼음이 녹으면 그래도 목표에 한 발 다가설 수 있을 겁니다. 지금 우리에게 대안이 있습니까? 크로지어 함장께서는 지금 비치 섬으로 도로 올라가 배핀 만까지 후퇴하자고 말씀하시는 건 아니시겠죠?"

크로지어는 고개를 저었다. "현재로써는 서진하는 대신 킹윌리엄 랜드 동쪽으로 운항하는 방법도 있어. 아마 동진하는 게 훨씬 쉬울 걸. 망루에서 봐도 그렇고 정찰해 보니 아직 동쪽으로는 뱃길이 열려 있어."

"킹윌리엄 랜드 동쪽으로 가자는 말인가?" 프랭클린 경이 의아해했다.
"프랜시스, 그쪽은 꽉 막혀 있어. 지금 부시아 반도에 정박할 수는 있겠지.
그런데 지금 여기에서 그 긴 만을 따라 수백 킬로미터 동진해 봤자, 내년
봄이 와도 얼음은 녹지 않아."

크로지어는 테이블을 둘러보았다. "그게…… 만일 킹윌리엄 랜드가 섬
이라면 얘기가 달라집니다. 킹윌리엄 랜드가 섬이라면 북서쪽에서 밀려
내려오는 극빙을 막아 줄 겁니다. 프린스오브웨일스 섬이 지난 몇 달간 극
빙을 막아 주었던 것처럼요. 킹윌리엄 랜드 동쪽에 개빙 구역이 있다면 아
마 해안까지 바닷길이 열려 있을 겁니다. 그럼 따뜻한 민물이 합류하는 해
안가를 따라서 몇 주는 더 운항할 수도 있고, 강어귀에서 정박하기 딱 좋
은 항구를 찾을 수도 있습니다. 그러다 빙하에 갇히면 그곳에서 두 번째
겨울을 나면 됩니다."

오랜 침묵이 방 안에 고였다.

이리버스호의 르베스콘테 중위가 목소리를 가다듬고 조심스레 물었다.
"그러니까 함장님은 지금 괴짜 킹 박사의 이론을 신봉하시는 거군요."

크로지어는 인상을 찌푸렸다. 킹 박사의 이론을 잘 알고 있었다. 리처
드 킹 박사는 해군 출신이 아닌 민간인으로 남들의 미움을 사서 외면 당한
인물이다. 프랭클린 경의 이런 대규모 탐험이야 말로 어리석고, 위험하고,
돈 낭비라며 대놓고 비아냥거린 이유가 가장 컸다. 킹은 수년 전 조지 백
이 육로로 탐험할 당시 합류한 경험과 지도를 연구하여 킹윌리엄 랜드가
섬이라고 주장했다. 반면 부시아는 언뜻 보기에 동쪽으로 쭉 뻗은 섬처럼
보이지만 사실은 남북으로 긴 반도라고 주장했다. 킹은 가장 쉽고 안전하
게 북서항로를 뚫으려면 수규모 대원을 캐나다 북단 해안까지 육로로 올
려 보낸 다음 포근한 해안가를 따라 서쪽으로 이동시키면 된다고 했다. 해

안에서 북쪽으로 수백 평방킬로미터 구역은 섬과 유빙이 위험하게 뒤엉켜 있어 이리버스호나 테러호 같은 함선을 수천 척이라도 집어 삼킬 것이라고 했다. 크로지어는 이리버스호 책장에 꽂힌 킹이 저술한 논란의 책을 가져와 다 읽고도 테러호의 침실에 여태 가지고 있었다. 이 책을 읽은 대원은 그가 유일했으며 앞으로도 없을 것이다.

크로지어가 반박했다. "아니, 나는 킹의 이론을 맹신하지 않아. 그저 그럴 가능성이 상당하다고 말할 뿐이야. 사실 콘월리스 랜드도 북극 빙해와 연결된 줄 알았다가 며칠 동안 우리가 한 바퀴 돌고 나서야 섬인 줄 알지 않았나. 데본 섬도 북서쪽으로 북극해까지 이어질 줄 알았는데 결국 서쪽 끝을 보았고 북쪽에 해협이 있다는 것도 알게 됐지."

"우리는 워커 곶에서 곧장 남서쪽으로 항해하라는 명을 받았지만, 프린스오브웨일스 랜드가 정면을 가로 막고 있었어. 사실 프린스오브웨일스도 대륙이 아니라 섬일 가능성이 다분해. 남진하다가 동쪽으로 얼음이 낮고 좁게 깔린 구역이 얼핏 보이던데, 분명 해협이 얼어붙은 것 같았네. 서머싯 섬과 부시아 반도를 가르는 해협일 거야. 만일 그렇다면 부시아가 반도라는 킹의 주장은 틀린 거지. 또한 부시아가 랭커스터 해협 북쪽까지 하나로 연결된 반도도 아니고."

"우리가 봤던 낮고 좁게 깔린 빙하가 해협이란 증거는 없지 않습니까? 비치 섬에서 봤던 것처럼 얼음으로 뒤덮인 지협이라고 보는 게 더 타당할 듯싶은데요." 고어 대위가 반박했다.

크로지어는 어깨를 으쓱했다. "그럴지도 모르지. 그런데 이번 탐험에서 겪은 바로는 예전부터 광활하게 연결되었다고 생각했던 대륙이 알고 보니 섬이었던 경우가 허다했어. 그래서 내가 반대로 가자고 말하는 거야. 남서쪽으로 밀려 내려오는 극빙을 피하려면, 반대로 동진해서 킹윌리엄 '섬'에서 동쪽 해안을 따라 남진하자는 거지. 그렇게 하면 적어도 블랭키가 설명한 바다에서 생성되는 빙하는 피할 수 있을 테니. 최악의 경우, 만일 그곳이 길고 좁은 항만일 경우, 물론 그럴 가능성이 크긴 하지만, 그렇다면 내년 여름에 킹윌리엄 랜드에서 돌아 나와 북진해서 다시 이리로 돌아오면 되지. 그럼 다들 괜히 진 빼지 않아도 되고."

"석탄도, 아까운 시간도 낭비하게 될 겁니다." 피츠제임스 중령이 말했다

크로지어는 고개를 끄덕였다.

존 프랭클린 경은 깔끔히 면도한 뺨을 손바닥으로 비볐다.

침묵이 흐르는 가운데, 테러호 기관장 제임스 톰프슨이 입을 열었다. "프랭클린 함장님, 그리고 이하 여러분. 지금 배의 석탄 비축량 얘기가 나왔으니 말인데요, 지금 남은 양은 돌이킬 수 없는 지점에 다다랐습니다. 앞으로 몇 주 동안, 즉 증기 엔진을 돌려서 극빙을 뚫고 나가려면 남은 석탄량의 4분의 1은 더 써야 합니다. 증기 엔진을 정상 가동하면 2주도 안 돼서 절반도 남지 않을 것입니다. 사실 지금처럼 얼음을 뚫고 운항하는 건 며칠 더 해 볼 만합니다. 만일 또다시 얼음에 갇혀 겨울을 나야 한다면 함선 난방용으로 남은 석탄을 모조리 써 버려야 할 테니까요."

"해안가로 대원을 내보내 땔감으로 쓸 나무를 베어오라고 하면 되겠네." 크로지어 왼편에 앉은 에드워드 리틀 대위가 끼어들었다.

순간, 다들 진심으로 폭소가 터졌다. 리틀이 던진 반가운 농담이 긴장을 깼다. 존 프랭클린 경만 웃지 않았다. 북진해서 북단 해안가에 닿으려 했던 첫 번째 육로 탐험이 떠올랐다. 그런데 이번에는 배를 타고 남진하는 중이다. 캐나다 북단 해안가에 펼쳐진 황량한 툰드라 지대에 닿으려면 최소 1,500킬로미터는 남으로 내려가야 초목과 관목이 보이기 시작한다.

"증기 엔진으로 최대한 멀리 운항할 수 있는 방법이 딱 하나 있습니다." 한바탕 웃고 난 후에 느긋하게 긴장이 풀어진 침묵 속으로 크로지어가 나지막이 말을 흘렸다.

다들 영국 함선 테러호의 함장 쪽으로 고개를 돌렸다.

"이리버스 승조원을 모두 테러호로 옮겨 싣고 운항하는 겁니다. 남서쪽으로 빙해를 뚫고 가든, 킹윌리엄 동쪽 해안을 따라 정찰을 하든 간에 말이죠. 그게 랜드든 섬이든요."

"몰빵하겠다는 거군요." 충격으로 입이 닫힌 침묵을 깨고 블랭키가 말했다. "아, 그거 말이 되는데요."

존 프랭클린 경은 눈만 끔뻑이다가 마침내 의심에 가득 찬 목소리로 말했다. 자기만 이해하지 못하는 농담을 크로지어가 두 번이나 했다고 생각하는 것 같았다. "기함을 버린다고? 이리버스를 버려?" 그는 주위를 둘러보았다. 다들 이리버스의 선실을 한 번만 돌아보면 이 제안을 깔끔히 접을 수 있다는 표정이었다. 격벽에는 선반과 책이 가득했다. 테이블에는 크리스털과 도자기가 올려져 있다. 특허받은 프레스톤 천창 세 개가 나란히 나 있어서 늦여름 햇살이 선실 안으로 풍성히 쏟아졌다.

"이리버스호를 버리자고 했나, 프랜시스?" 프랭클린이 되물었다. 목소리는 아까보다 조금 더 높았지만, 애매모호한 농담을 이해해 보려는 말투였다.

크로지어가 고개를 끄덕였다. "메인 샤프트가 굽었습니다. 이리버스 기관사 그레고리가 메인 샤프트를 수리할 수도, 교체할 수도 없다고 했습니다. 육지에 있는 도크로 끌어 올리지 않고는 불가능하다고 합니다. 극빙에 갇힌 채로는 절대로 고칠 수가 없죠. 상황만 더 나빠질 뿐입니다. 함선이 두 척이나 있고 앞으로 며칠, 아니 일주일 정도 극빙을 깨고 나갈 석탄만 남았습니다. 이번에 실패하면 둘 다 빙하에 갇힙니다. 만일 킹윌리엄 랜드 서쪽 개빙 구역을 따라가다 발이 묶이면, 빙하에 갇힌 우리가 앞으로 어디로 떠밀려갈지 알 수 없습니다. 바람이 부는 해안을 따라 모래톱 쪽으로 떠밀려갈 확률이 아주 높습니다. 그렇게 되면 이 근사한 함선들이 죄다 부서질 겁니다." 크로지어는 주위를 돌아본 후 천창을 향해 고개를 들었다.

"그나마 상태가 나은 함선으로 석탄을 몽땅 옮긴 후 킹윌리엄 랜드 동편을 따라 내려가는 거죠. 운 좋게 개빙 구역을 만나면 증기 엔진을 돌릴 한 달 치 석탄도 있겠다, 해안선을 따라 최대한 서진하면 됩니다. 이리버스를 희생해야 하지만, 어쩌면 일주일 안에 턴어게인 곳이나 익히 들어본 해안가에 도착할 수 있을 겁니다. 그럼 북서항로를 뚫고 탁 트인 태평양으로 나가는 거죠. 내년이 아니라 올해 안에 가능합니다."

"이리버스를 버린다고?" 존 프랭클린이 재차 물었다. 화난 목소리는 아니었다. 다만 너무 황당해서 당황한 듯했다.

"그럼 테러호가 상당히 북적거릴 텐데요." 피츠제임스 중령이 말했다. 이 문제에 대해 진지하게 고민하는 듯 보였다.

프랭클린 함장은 오른쪽으로 고개를 돌려 가장 아끼는 장교를 쳐다보았다. 그의 얼굴에 서서히 냉소가 번졌다. 자기만 따돌림 당한다고 생각하는 것 같았다.

"좀 붐비긴 해도 한두 달 정도 못 참을 정도는 아닐 걸세. 테러호 허니와 이리버스 목공장 위크스가 내부 격벽을 허무는 일을 책임질 거야. 테러호 함장실만 빼고. 테러호 함장실은 프랭클린 경께서 쓰시게 될 거야. 그럼 장교 숙소는 없어지겠지. 대신 아주 넉넉한 공간 하나가 새로 생기는데 그걸 장교 식당으로 쓰면 되네. 빙하에서 한 1년 정도만 이렇게 지내면 되겠지. 오래된 포열함에는 선실 공간이 꽤나 넓게 나오거든."

"그럼 석탄하고 선창에 있는 물건을 옮기려면 시간이 꽤 걸리겠어요." 르베스콘테 중위가 물었다.

크로지어는 다시 끄덕였다. "안 그래도 우리 테러호 보급관 헬프만이 대충 수치를 계산했네. 기억나는지 모르겠지만, 우리가 처음 출항할 때 통조림 공급을 담당했던 골드너가 출항 이틀 전 간신히 통조림을 납품했잖

아. 이번에는 우리가 대대적으로 이사 준비를 해야 하지. 예전에 출항 날짜 맞출 때에 그랬던 것처럼. 요즘은 해가 기니까 양쪽 승조원이 과업을 좀 오래 하고 당직을 절반으로 줄이고 잠을 자면 이리버스에서 테러로 옮기는 데 한 사흘이면 될 거라고 헬프만이 그러더군. 한 몇 주간은 좁아서 복닥거리겠지만 이번 기회에 새 출발한다고 마음먹으면 될 테고, 석탄도 넘쳐 나고 식량도 1년 치나 있으니, 이제 함선이 전속력으로 달리기만 하면 되지."

"한쪽으로 몰아준다……" 항해장 블랭키가 다시 말했다.

존 프랭클린 경은 고개를 저으며 이제 농담은 지겹다는 듯 너털웃음을 지었다. "프랜시스, 음…… 아주 재미있는 생각이긴 한데, 무슨 일이 있어도 난 이리버스호를 버리지 않아. 만일 자네 함선에 불행이 닥치면 테러호도 포기 못해. 오늘 이 자리에서 나오지 않은 얘기는 배핀 만까지 되돌아가자는 얘기뿐인 듯하네. 돌아가자고 할 사람?"

방은 고요했다. 승조원들이 연마석으로 오늘 두 번째 갑판 청소를 하느라 위에서 쿵쾅거렸다.

"자, 그럼 이제 결론이 났네. 함선은 전진한다. 우리는 해군 본부의 명령을 따를 것이며 여기서 언급한 대로 캐나다 북단 해안선에 가까워질수록 안전이 더욱 확보될 걸세. 만일 그곳이 그동안 겪은 끔찍한 섬들만큼 거칠다 해도 우리는 전진한다. 크로지어, 피츠제임스, 이제 돌아가 우리의 결정을 각 배의 승조원들에게 통보하도록."

존 프랭클린 경이 일어섰다.

잠시 멍해 있던 중령과 장교, 항해장, 기관사, 군의관도 잽싸게 일어나서 고개를 끄덕이며 넓은 함장실을 나섰다.

스탠리 군의관이 피츠제임스 중령의 소매를 잡아 당겼다. 두 남자는 좁은 갑판 승강구 계단으로 나가 사다리를 타고 갑판으로 올라갔다.

"중령님, 존 프랭클린 경께서 보고하라고 절 이 자리에 부르신 건 아니지만, 지금 통조림이 썩어가고 있습니다. 이 얘길 저 안에서 하고 싶었습니다."

피츠제임스는 웃으며 팔을 뺐다. "그 얘긴 따로 시간을 내서 함장님께 조용히 말씀드리도록 하지."

"벌써 조용히 말씀드렸습니다. 만일을 대비해서 다른 분들께도 이 사실을 알리고 싶었습니다." 덩치가 작은 군의관이 고집을 피웠다.

"나중에 얘기하지, 스탠리." 피츠제임스 중령이 말을 잘랐다.

크로지어는 스탠리 군의관이 뭔가 말하고 있는 모습을 보았지만, 그가 선 곳에서 무슨 말을 하는지 들리지 않았다. 크로지어는 테러호 갑판장 존 레인에게 보트를 햇빛이 비추는 선미에 대라고 손으로 지시했다. 그리고 좁은 수로를 따라 빼곡히 밀려드는 극빙에 갇힌 테러호 선수로 갔다. 이리버스호 굴뚝에서는 여전히 검은 연기가 피어오르고 있었다.

. . .

함선 두 척은 극빙이 포진한 남서쪽으로 향했다. 그 속도는 사흘 동안 점점 느려졌다. 테러호는 석탄을 급속도로 소진하며 증기 엔진을 돌려 빼곡히 밀려드는 극빙 속으로 밀고 들어갔다. 남쪽으로 개빙 구역이 있을 일말의 가능성조차 사라졌다. 해가 난다 해도 그럴 리는 없었다.

9월 9일, 기온이 급강하했다. 뒤따라오는 이리버스호 뒤로 가느다랗게 이어지는 수로에 팬케이크 얼음이 빼곡히 밀려들더니 단단히 결속했다. 함선 주변으로 벌써부터 빙하가 밀려들고 솟구치더니 허연 빙암이 얼어붙고 거대한 빙원엔 압력 봉우리까지 솟았다.

프랭클린은 엿새 동안 북극 탐험용 비축품으로 끝까지 몸부림쳤다. 검은 석탄재를 선수 쪽 빙하 위에 뿌려서 좀 더 빨리 녹이려 했다. 돛을 돌려

배를 뒤로 뺐다. 피곤에 지친 대원들에게 거대한 얼음 톱을 쥐여 주고 빙판으로 내보내 얼음을 조각조각 토막 내라고 했다. 밸러스트를 이리저리 옮겼다. 한꺼번에 승조원 100명이 정과 삽, 곡괭이와 막대기로 얼음을 난도질했다. 점점 두터워지는 빙하 앞쪽에 작은 닻을 내려 이리버스호를 끌어당겼다. 얼음 두께가 순식간에 1미터씩 불어나기 시작하는 바로 전날, 테러호 앞에 리드가 다시 열렸다. 프랭클린은 마지막으로 전원 빙상으로 내보내 매달린 줄을 끌고 그중에서 가장 맷집 좋은 수병들에게는 썰매 하네스를 채워 함선을 앞에서 끌라고 명령했다. 수병들이 땀을 뻘뻘 흘리며 욕하고 고함쳤다. 정신이 혼미해지고 장이 꼬이고 등이 부러지려는 순간, 함선이 한 번에 3센티미터 정도 움찔거렸다. 늘 프랭클린 경은 이렇게 호언장담했다. 앞으로 조금만 더, 30킬로미터, 50킬로미터, 아니 80킬로미터만 더 가면 저 앞에 얼지 않은 바다가 펼쳐질 거야.

얼지 않은 바다를 만나려면 차라리 달로 가는 편이 나을 것이다.

1846년 9월 15일, 점점 밤이 길어지더니 기온이 영하로 곤두박질쳤다. 빙하는 또다시 신음 소리를 내며 두 척의 함선 선체에 대고 온몸을 비볐다. 누구든 아침에 갑판에 오르면 수평선 너머까지 사방이 온통 허연 빙원으로 채워진 모습을 직접 확인할 수 있었다. 갑자기 스노 스콜(이미 내린 눈과 하늘에서 내리는 눈이 위아래로 휘말리며 부는 일종의 눈 폭풍)이 쏟아졌다 멈췄다 하는 사이, 크로지어와 피츠제임스는 위치를 바꿔가며 햇볕을 적당히 쬐었다. 두 사람은 현 위치가 대략 북위 70도 5분, 서경 98도 23분 정도 된다고 파악했다. 킹윌리엄 해안에서 북서쪽으로 대략 40킬로미터 떨어진 위치였다. 그것이 섬인지 대륙인지는 논란의 여지가 남아 있었다.

탐험대가 극빙에 갇혔다. 그것도 움직이는 극빙이었다. 항해장 블랭키의 표현을 빌리자면 '움직이는 빙하'의 맹습에 직격탄을 맞아 오도 가도 못하는 신세가 되었다. 이들은 극빙에 박혀 극지방에서 북서쪽으로 밀려갔다가 생각지도 못한 북극점까지 갈 수도 있다. 반경 160킬로미터 이내에 피신할 항구는 없었다. 만일 있다 해도 거기까지 뚫고 갈 방법은 전무했다.

같은 날 오후 2시, 함장 존 프랭클린 경은 이리버스호와 테러호 양쪽 함선에 난방을 중단하라고 명령했다. 양쪽 함선의 증기 보일러가 꺼졌다. 데운 물을 파이프로 끌어 올려 각각 하갑판을 데울 수 있을 만큼만 돌릴 것이다.

존 프랭클린 경은 승조원들에게 아무런 입장 표명도 하지 않았다. 무슨 말이 필요할까. 그날 밤, 이리버스호 선원들이 해먹에 누웠다. 하트넬은 평소처럼 먼저 세상을 떠난 형을 위해 기도했다. 바로 옆 해먹에 누운 서른다섯 살의 수병 에이브러햄 실리가 낮은 소리로 이렇게 내뱉었다. "우린 지금 병신 같은 세상에 갇혔어, 토머스. 아무리 네가 기도하고 프랭클린 경이 기도해도 누구도 우리를 여기에서 빼내 줄 수 없어. 적어도 앞으로 열 달은 어림없지."

# 8
# 크로지어

북위 70도 5분, 서경 98도 23분

1847년 11월 11일

이리버스호에서 프랭클린 경이 주재한 회의가 열린지 1년 2개월하고
도 8일이 지났다. 두 함선은 회의가 열린 1846년 9월의 그날, 그 근방을 벗
어나지 못하고 결국 빙하에 갇혔다. 북서쪽에서 내려오는 해류가 빙상 전
체를 밀어냈지만, 지난 1년간 빙하와 압력 봉우리는 해류 때문에 제자리
를 맴돌았다. 그 사이에 낀 두 척의 함선 역시 같이 맴돌았다. 현 위치는
킹윌리엄 랜드에서 북북서 약 40킬로미터 지점. 함장실에 있는 메탈 디스
크에 찍힌 녹슨 점이 도는 것처럼 함대는 빙글빙글 제자리를 맴돌았다.

11월 11일 현재, 크로지어 함장은 실종된 윌리엄 스트롱과 토머스 에번
스를 찾고 있다. 11월이라 내내 컴컴하다가 구색을 맞추려는 듯 해가 잠깐
고개를 내민다. 실종된 대원 2명이 살아 돌아올 확률은 희박하다. 오히려
설원에 몸을 숨긴 녀석에게 다른 대원들까지 끌려갈 위험이 훨씬 크다. 그
럼에도 수색은 계속됐다. 수색 말고는 함장이나 대원들에게 뾰족한 대안
이 없기 때문이다.

5명씩 네 개 조로 나뉘어 1명은 양손에 랜턴을 들고 나머지 넷은 산탄
총과 머스킷총을 든 채 네 시간씩 교대로 수색을 돈다. 교체조는 방한복을
착용하고 총을 점검하고 장전 및 격발 준비를 끝내고 랜턴에 기름을 채운

채 갑판에서 대기하고 있다가 앞서 나간 수색조가 꽁꽁 얼어서 돌아오면 방금 끝낸 곳에서부터 이어서 한다. 각 조는 함선을 떠나 난빙을 뚫고 수색 범위를 점차 넓힌다. 블리자드가 몰아치는 밤이라도 갑판 전망대에서 내려다보면 랜턴 불빛이 잘 보인다. 그런데 지금은 빙암과 압력 봉우리에 가리기도 했고 너무 멀어서 잘 보이지 않는다. 크로지어 함장과 수병 하나가 램프를 든 채 수색을 마치고 테러호로 복귀한 대원들의 상태를 이리저리 살핀다.

이렇게 열두 시간 동안 수색이 진행된다.

오후 6시, 전반 반당직(오후 4~6시까지의 당직) 종료를 알리는 종이 두 번 울리자 마지막으로 수색을 떠난 조가 복귀한다. 실종자는 여전히 오리무중. 일부 수병은 낯이 시뻘겋다. 세락을 보고 백곰으로 착각해서 바람이 부는 순간 삐죽 솟은 빙하 사이로 총질을 해댔기 때문이다. 크로지어가 맨 마지막으로 들어와 대원들을 따라 하갑판으로 내려간다.

승조원 대부분은 젖은 방한복과 부츠를 벗어놓고 식당으로 가고 없다. 체인에 매달려 천장에 붙어 있던 식탁은 이미 아래로 내려와 있고, 장교들은 배식을 받으러 선미로 갔다. 이때 크로지어가 사다리를 타고 내려온다. 얼음이 들러붙은 방한복을 벗으려하자 당번병 좁슨과 리틀 대위가 급히 달려와 거든다.

"온몸이 얼었습니다, 함장님. 동상으로 얼굴도 허예졌고요. 어서 식당으로 가셔서 저녁부터 드십시오." 좁슨이 말한다.

크로지어가 고개를 젓는다. "피츠제임스 중령과 할 얘기가 있어. 에드워드, 나 없는 사이 이리버스에서 무슨 소식 온 거 없나?"

"없습니다." 리틀 대위가 말한다.

"일단 드시기부터 하십시오." 좁슨이 권한다. 당번병치고 덩치가 크다 굵은 목소리로 함장에게 사정하는 것을 들으니 간청하는 게 아니라 강요

111

하는 것 같다.

크로지어가 고개를 절레절레 흔든다. "가서 십 비스킷 두 개만 챙겨주게, 토머스. 이리버스까지 가면서 씹어 먹게."

줍슨은 이 우직한 결정이 못마땅하나 조리하느라 정신없는 디글의 스토브로 냉큼 달려간다. 마침 저녁 시간이라 하갑판이 후끈하다. 이렇게 온종일 따스할 듯하다. 실내 온도가 무려 7도까지 올랐다.

"몇 명이나 데리고 가실 겁니까, 함장님?"

"필요 없네, 에드워드. 일단 대원들이 식사를 마치면 오늘 마지막으로 네 시간 더 수색할 대원을 적어도 8명 정도 추려서 내보내게."

"알겠습니다. 그래도 혹시나……" 리틀은 입을 열었다가 닫는다.

크로지어는 그가 무슨 말을 하려다 말았는지 다 안다. 테러호에서 이리버스호까지는 대략 1.6킬로미터 정도. 그러나 오가는 길이 썰렁하고 험해서 고작 1.6킬로미터라 해도 몇 시간이 걸리기도 한다. 블리자드가 불어 눈발이 흩날리기라도 하는 날이면 길을 잃거나 강풍에 한 발자국도 내딛을 수 없다. 크로지어는 홀로 그 길을 오가지 못하게 금지했다. 전갈을 보내야 할 때면 최소 2인 1조가 지침대로 움직인다. 기상이 나빠지는 기미가 보이는 순간 되돌아와야 한다. 양쪽 함선을 잇는 길 사이에 60미터가 넘는 빙산이 솟아올라 있어 아무리 불을 훤히 밝혀도 시야를 가린다. 거의 매일 삽으로 정리하고 평평하게 다져 놓아도 그 길은 혼돈의 연속이다. 세락이 갑자기 솟구치고, 압력 봉우리가 생기고, 빙암이 뒤집히고, 난빙으로 엉망이 된다.

"괜찮아, 에드워드. 나침반을 챙겨가니."

리틀 대위는 무려 3년이나 북극에서 이 농담을 듣다 보니 신물이 났지만 그래도 미소를 잃지 않는다. 보유한 장비로 측정한 결과, 함선은 북극 자기장 축 바로 위에서 갇힌 상태다. 극지방에서 나침반은 수맥이나 광맥을 찾는 금속추로나 쓰면 모를까 무용지물이다.

어빙 소위가 다가온다. 이 젊은 남자의 뺨에 연고가 발려 번들거린다. 동상 때문에 살이 허예졌다가 시커멓게 죽으면서 껍질이 벗겨졌다. "함장님, 혹시 밖에서 벙어리 여자 보셨습니까?" 어빙이 다급히 묻는다.

크로지어는 모자와 목도리를 풀어, 스웨터에 들러붙은 얼음을 떼고 눈으로 축축해진 머리칼을 턴다. "여자가 병실 뒤 동굴 같은 숙소에 없단 말인가?"

"없습니다."

"하갑판 다른 곳도 찾아 봤나?" 크로지어는 대부분 근무나 수색으로 밖으로 나간 상황에서 에스키모 마녀가 해서는 안 될 짓을 했을까 봐 걱정이다.

"네, 안 보입니다. 돌아다니면서 물어봤는데, 다들 어제저녁부터 못 봤답니다. 습격 당하기 전부터요."

"그럼 헤더 이병과 스트롱 수병이 공격당할 당시 여자가 갑판에 있었단 말인가?"

"그건 모르겠습니다. 어쩌면 갑판에 있었을지도 모르겠습니다. 당시 갑판에 있던 사람은 헤더와 스트롱뿐이니까요."

크로지어는 한숨을 내쉰다. '정말 이상하군. 6개월 전, 악몽이 시작되던 그날 처음 나타난 묘령의 여자 손님. 그 여자가 결국 괴물에게 잡혀갔나? 분명 그 괴물은 여자가 등장한 것과 무슨 연관이 있을 거야.'

"샅샅이 뒤지게, 어빙 소위. 구석구석, 갈라진 틈이나 찬장이나 밧줄 창고까지 수색해. 복잡하게 생각할 것 없어. 만일 여자가 배 안에 없으면 그럼…… 잡혀간 거야."

"알겠습니다, 그럼 대원 서너 명하고 같이 수색할까요?"

크로지어가 고개를 젓는다. "아니, 혼자서 하게. 다른 대원은 램프를 끄기 전 몇 시간이라도 나가서 스트롱과 에번스를 찾도록 두고. 만일 자네가

113

벙어리 여자를 못 찾을 경우 수색대에 합류하게."

"알겠습니다, 함장님."

크로지어는 문득 부상병 생각에 수병 식당을 지나 병실로 간다. 보통 저녁 시간이면 이렇게 날이 어두워도 다들 사기가 충천해져 시끄럽게 떠들고 웃음소리가 식탁마다 그득했다. 그런데 오늘은 오로지 침묵만 흘렀다. 숟가락으로 식판을 긁는 소리만 들리고 간간히 트림 소리만 난다. 다들 지쳐서 의자 삼아 앉은 관물함 위에 늘어져 있다. 얼마나 지쳤는지 함장이 몸을 틀어 간신히 지나가는데도 다들 올려다보기만 한다.

크로지어는 병실 커튼 오른쪽에 세워진 나무 기둥에 노크한 후 안으로 들어간다.

군의관 페디가 봉합하다 말고 고개를 든다. 병실 중앙에 놓인 테이블에서 상병 조지 캔의 왼쪽 팔뚝을 꿰매는 중이다. "함장님, 오셨습니까." 군의관이 인사한다. 캔은 멀쩡한 손으로 주먹을 쥐어 이마를 문지른다.

"무슨 일이야, 캔?"

젊은 승조원이 투덜댄다. "망할 놈의 총열에 맨살이 쓸렸습니다. 젠장, 그 빌어먹을 빙맥을 오르다 그랬다고요. 말이 너무 험해서 죄송합니다. 총을 떼어 냈더니 살갗이 15센티미터나 같이 뜯겨 나갔습니다."

크로지어는 고개를 끄덕이며 병실을 돌아본다. 좁은 병실에 간이침대를 여섯 개나 놓아서 비좁다. 침대 하나가 비어 있고 수병 셋이 누워 있다. 페디와 맥도널드 군의관 말로는 괴혈병으로 쓰러진 것 같다고 했다. 네 번째 침대에는 데이비 레이스가 천장을 뚫어져라 보고 있다. 의식은 있지만 거의 일주일간 이상할 정도로 반응이 없다. 다섯 번째 침대에는 윌리엄 헤더가 누워 있다.

크로지어는 우현 쪽 격벽 고리에 걸린 두 번째 램프를 꺼내 위에서 헤더를 비춘다. 눈은 반짝이지만 램프를 가까이 가져가도 눈꺼풀이 움직이지 않는다. 동공이 완전히 풀린 것 같다. 붕대로 두개골을 둘둘 감쌌지만 출혈 시 지능도 같이 유실된 것 같다.

"살아 있는 건가?" 크로지어가 자상히 묻는다.

페디가 가까이 오더니 피 묻은 손을 헝겊에 닦는다. "살아는 있습니다. 신기하게도요."

"갑판에 있을 때 뇌가 보였던 것 같은데, 지금도 보이는군."

페디는 피곤에 절어 끄덕인다. "보일 수도 있습니다. 상황이 지금과 달랐다면 어쩌면 깨어났을지도 모릅니다. 물론 바보가 되었겠지만요. 두개골이 떨어져 나간 부분을 철판으로 덮어서 나사로 고정할 수 있었을 테고요. 혹시 가족이 있다면 극진히 간호를 받을 수도 있었겠죠. 그런데 지금 여기에서는…… 폐렴이든 괴혈병이든, 아니면 굶어 죽든 이제 얼마 남지 않았어요."

"얼마나 남았지?" 크로지어가 묻는다. 캔은 커튼 밖으로 나가고 없다.

"그건 하늘만이 아시겠죠. 아직도 에번스와 스트롱을 찾고 계십니까?"

"그렇다네." 크로지어는 랜턴을 원래 있던 입구 옆 격벽에 도로 건다. 그림자가 헤더 위로 드리운다.

지친 군의관 페디가 말한다. "함장님도 아시겠지만 에번스와 스트롱이 살아 돌아올 가능성은 없습니다. 그런데 매번 수색을 나갈 때마다 이렇게 대원들이 부상을 당하고 동상에 걸려 돌아온다고요. 그러다 결국 절단 수술을 해야 할 수도 있습니다. 벌써 발가락 한두 개가 잘린 대원이 여럿 생겼어요. 게다가 극심한 공포심에 오발 사고 가능성도 배제할 수 없습니다."

크로지어는 침착하게 페디를 쳐다본다. 만일 직속 부하에게 이런 소리를 들었더라면 당장 매질했을 것이다. 함장은 이 자가 민간인 출신 의사이고, 게다가 진이 빠질 때로 빠졌다는 걸 참작하기로 했다. 맥도널드 박사가 독감에 걸려 꼬박 사흘을 해먹에서 일어나지도 못하는 바람에 페디가 요 며칠 정신 못 차릴 정도로 바쁘다. "수색 도중 생길 위험은 내가 걱정하지. 자네는 영하 50도에 맨살로 총기를 만지는 멍청한 녀석들 봉합이나 걱정하게. 만일 자네가 한밤중에 숨어 있는 괴물한테 끌려갔다고 쳐 봐. 그럼 우리가 안 찾아도 괜찮나?"

페디가 껄껄 웃는다. "만약 우르수스 마리티무스(북극곰의 학명, 바다의 곰이라는 뜻) 종에게 끌려간다면 메스는 꼭 가져가고 싶습니다. 그래야 그걸로 제 눈을 찌르죠."

"그럼 메스나 잘 챙겨, 페디." 크로지어는 커튼 밖으로 나가서 기이한 침묵이 감도는 수병 식당으로 들어간다.

좁슨이 주방 불빛을 받으며 뜨거운 십 비스킷을 손수건에 싸서 들고 기다리는 중이다.


• • •


크로지어는 스멀스멀 기어오는 혹한을 느끼며 즐겁게 걷는다. 얼굴, 팔다리, 발에 불이 난 것 같다. 차라리 사지가 무감각해지면 좋으련만. 빙하가 천천히 앓는 소리를 낸다. 그러다가 이렇게 어두운 밤에 바람이 휘몰아치면 발밑과 주변에 있던 빙하가 움직이다가 갑자기 비명을 내지른다. 상황이 이래도 걷는 게 좋다. 분명 스토킹 당하고 있을 테지만.

두 시간 거리 중 고작 20분을 걸었다. 오늘 밤 이리버스까지 가는 길은 걷는 것만으로 되지 않는다. 난빙을 기어오르고, 총총 걸음을 내딛고, 엉덩이 썰매를 타고, 압력 봉우리를 오르락내리락 해야 한다. 구름에 살짝 가려진 달이 4분의 3만 얼굴을 내밀어 꿈에서 본 듯한 풍광을 비춘다. 달이 얼마나 흰한지 설빙 같은 달무리가 서려 있다. 그것도 동심원으로 두 개나 서려 있다. 그중 더 큰 달무리는 지름이 얼마나 큰지 동쪽 밤하늘의 3분의

1을 충분히 가린다. 별은 뜨지 않았다. 크로지어는 기름을 아끼려고 랜턴 심지를 줄이고 계속 걸어간다. 보트에서 쓰는 창을 들고 앞이 보이지 않는 시커먼 어둠 속을 더듬거린다. 앞에 시커먼 것이 그림자인지, 아니면 크레바스(빙하가 갈라져서 생긴 좁고 깊은 틈) 같은 균열인지 확인하며 걷는다. 달빛이 닿지 않은 빙산 동쪽 구역에 도착한다. 빙산은 빙원 위 400미터쯤 되는 구역을 도화지로 삼아 그 위에 시커멓고 구깃구깃한 그림자를 그려 넣었다. 좁슨과 리틀이 총을 가져가라고 신신당부했지만 크로지어는 걷는 데 무게를 보태기 싫다며 거절했다. 사실 그들이 생각하는 적과 맞닥뜨릴 경우, 총은 무용지물이다.

아무 소리도 들리지 않는다. 이런 순간은 흔치 않다. 헉헉대는 숨소리 말고는 이상하리만치 적막하다. 크로지어는 어린 시절 늦게 집으로 돌아가던 때가 문득 떠오른다. 그날은 오후부터 저녁까지 친구와 같이 겨울 언덕 위에서 뛰어놀았다. 그리고 혼자 서리가 내린 풀밭을 열심히 내달리다가 갑자기 걸음을 멈추었다. 마을이 한 700미터 정도 저 앞에서 보였다. 창문에서 빛이 새어나오고 있었다. 겨울 석양이 거의 질 무렵, 연회색이던 주변 언덕이 점점 검어지더니 형체가 허물어지면서 시커먼 어둠 속으로 빨려 들어갔다. 그 모습은 어린 그에게 너무 낯설었다. 마을 언저리에 보이던 그의 집마저 꺼져 가는 석양에 형체가 녹아내리며 사라졌다. 순간, 눈이 내리기 시작했다. 캄캄한 밤, 크로지어는 돌로 쌓아 놓은 양 우리 너머에 홀로 서 있었다. 집에 늦게 가면 손바닥을 맞는다. 늦을수록 체벌도 늘어난다. 그것을 잘 알면서도 불 켜진 집으로 가고픈 마음이 전혀 들지 않았다. 나지막이 속삭이는 밤바람 소리가 그저 좋았다. 이렇게 바람 부는 밤에 서리 내린 풀밭에 서서, 내리는 눈 내음을 음미하는 소년이, 아니 사람이 오로지 자신뿐이라는 사실이 뿌듯했다. 불 꺼진 창문과 따뜻한 벽난로가 아예 다른 세상처럼 동떨어져 보이는 이 느낌. 자신이 저 마을 사람

117

이라는 것을 알면서도 이 순간만큼은 그곳 사람이 아닌 것 같은 느낌이 온몸에 전해졌다. 짜릿하고 야릇한 느낌이었다. 추운 어둠 속에서 세상 사람들과 이 세상 모든 것과 단절되는 금기 사항을 알아버린 느낌이 들었다. 그때 그 기분을 크로지어는 지금 다시 느낀다. 지구 저 반대편, 남극에서 몇 년간 지내며 여러 번 이런 느낌과 조우했다.

그때, 무언가가 등 뒤 높은 빙하탑에서 내려온다.

크로지어는 기름 랜턴을 빙하 위에 올려놓는다. 랜턴 불빛이 직경 5미터 정도 되는 누런 원을 그린다. 그 바깥은 암흑 그 자체다. 크로지어는 오른손에 낀 두툼한 방한용 장갑을 이로 잡아 당겨 벗은 후 얼음 바닥에 내팽개친다. 얄팍한 속장갑만 끼고 보트 창을 왼손으로 바꿔 쥔 후, 오른손으로 코트 주머니에서 권총을 꺼낸다. 압력 봉우리 위에서 버적거리는 소리가 점점 커지자 크로지어는 공이치기를 뒤로 젖힌다. 지금 서 있는 곳으로 달빛이 비춰 빙산의 그림자가 진다. 껌뻑이는 랜턴 불빛으론 빙산만큼 큼지막한 물체가 왔다 갔다 하는 것만 분간할 수 있다.

뭔가 털이 나고 희끗희끗한 것이 방금 크로지어가 내려온 빙붕을 따라 움직인다. 빙붕은 높이 3미터, 가로 5미터 정도 된다. 만일 누군가 덤빈다면 덮칠 수 있는 거리다.

"정지! 정체를 밝혀라!" 크로지어는 묵직한 권총을 뺀다.

그림자는 아무 소리도 내지 않다가 다시 움직인다.

크로지어는 격발을 미룬다. 기다란 보트 창을 떨어뜨린 후 랜턴을 들어 앞쪽을 비춘다.

털이 잔물결을 일으키며 무언가 움직이는 게 보인다. 크로지어는 막판까지 최대한 확인한 후로 격발을 미룬다. 정체를 알 수 없는 무언가가 잽싸게 미끄러지며 내려오더니 빙판에 착지한다. 그는 공이치기를 원상태로 되돌려 주머니에 도로 집어넣고 몸을 숙여 장갑을 줍는다. 랜턴은 여전히 앞쪽을 비추고 있다.

벙어리 여자가 랜턴 불빛 속으로 걸어 들어온다. 모피 파카와 물범 바지를 입어서 짤따란 야생 동물처럼 보인다. 바람을 막으려고 후드를 푹 뒤집어써서 얼굴이 보이지 않는다.

"큰일 날 뻔했군. 하마터면 총을 쏠 뻔했다고. 대체 어디 있다 오는 거지?" 크로지어는 덤덤히 묻는다.

한 걸음 더 다가오는 여자. 거의 닿을 듯하다. 여전히 얼굴은 후드 그림자에 가려져 있다.

오싹한 기분이 목덜미에서부터 등골을 타고 내려간다. 크로지어는 모이라 할머니에게 유령 밴시의 생김새를 들었다. 할머니는 밴시가 해골바가지 얼굴을 가리려고 후드를 뒤집어쓴다고 했다. 크로지어는 랜턴을 두 사람 사이로 가져간다.

젊은 여인은 밴시가 아닌 사람의 얼굴을 하고 있다. 긴 갈색 눈이 불빛에 초롱거린다. 무표정하다. 크로지어는 이 여자의 얼굴에서 표정을 읽은 적이 단 한 번도 없다. 뭔가 살짝 호기심 어린 표정은 본 적 있다. 그날 남편인지 오빠인지 아버지인지 모를 남자가 총에 맞아 죽었을 때에도 여자는 표정이 없었다. 남자가 목구멍에 피가 고여 질식사하는 모습을 지켜보면서도 아무 표정을 내보이지 않았다.

"이러니 다들 너를 보고 마녀니, 요나(요나서에 나오는 이스라엘 예언자)니 그러지." 다른 대원들이 지켜보는 함선에서는 에스키모 여자에게 항상 예의 바르고 정중하게 대했다. 그런데 여기는 함선도 아니고 보는 눈도 없다. 이렇게 재수 없는 여자랑 함선 밖에서 단 둘이 만난 것은 이번이 처음이다. 게다가 크로지어는 너무 춥고 지쳤다.

벙어리 여자가 그를 쳐다보더니 장갑 낀 손을 뻗는다. 크로지어는 램프를 그쪽으로 낮춘다. 여자가 뭔가를 건네려고 한다. 축 늘어진 회색 물건.

생선을 다듬고 뼈를 발라내 껍데기만 남은 것 같다.

어느 대원이 신던 모직 양말 한 짝이다.

크로지어는 양말을 받아 든다. 양말 안쪽에 덩어리가 들어 있다. 만지는 순간 사람 발의 일부라는 느낌이 든다. 막 잘려서 온기가 남아 있는 발볼.

크로지어는 프랑스에 갔다가 인도에서 주둔했던 이들을 만난 적이 있었다. 그들은 늑대 인간과 호랑이 인간 얘기를 들려주었다. 호주 반디에맨즈 랜드에서 소피아 크랙크로프트를 만났을 때도 호주 원주민 이야기를 들었다. 끔찍한 괴물로 변한 원주민을 마을 사람들은 태즈메이니아 악마라고 불렀단다. 괴물은 사람의 사지를 갈기갈기 찢을 만큼 힘이 넘쳤다.

크로지어는 양말을 흔들며 벙어리 여자의 눈을 살핀다. 빙하에서 본 시커먼 구멍 같다. 테러호가 이 속에 빠져 그대로 얼어버릴 것 같았다.

그것은 잘린 발이 아니라 그냥 얼음이었다. 그런데 양말이 아직 뻣뻣하게 얼지 않았다. 그렇다면 영하 50도 혹한 추위로 나온 지 얼마 안 됐다는 얘기다. 논리적으로 따져보면 여자가 배에서 양말을 가져왔을 가능성도 있다. 그렇지만 그건 아닌 것 같았다.

"스트롱? 아니면 에번스?"

벙어리 여자는 이름을 듣고도 무반응이다.

크로지어는 한숨을 내쉬며 코트 주머니로 양말을 쑤셔 넣고 보트 창을 집어 든다. "여기에선 테러호보다 이리버스호가 더 가깝지. 그냥 나만 따라와."

크로지어가 뒤돌아선다. 순간 목덜미와 등골이 또다시 오싹하다. 바람을 거스르려고 몸을 웅크린 채 희미하게 보이기 시작한 이리버스호의 실루엣을 향해 걸어간다. 잠시 후, 등 뒤에서 따라오는 여자의 발자국 소리가 들린다.

두 사람은 마지막 압력 봉우리를 기어오른다. 전보다 더 훤히 불을 밝힌 이리버스호가 시야에 들어온다. 빙하에 받쳐 엉거주춤하게 들려 있다. 한쪽으로 심하게 기운 좌현 원재에 랜턴 십수 개가 걸려 있다. 어마어마한 기름 낭비다.

이리버스호는 테러호보다 고생을 훨씬 많이 했다. 작년 여름, 긴 프로펠러 샤프트가 휘었다. 원래 당겨서 뺄 수 있도록 설계되었지만, 작년 7월에 쇄빙하는 동안 수중 빙하에 부딪혀 손상되는 바람에 제때 수리하지 못했다. 게다가 스크루가 사라졌다. 겨울을 두 번 나는 동안 자매함 테러호보다 기함 이리버스호가 훨씬 혹사당했다. 비교적 안락했던 비치 섬 인근에 얼어붙은 빙하 때문에 이리버스호 선체는 테러호보다 더 많이 뒤틀리고 쪼개지고 연결 부위가 느슨해졌다. 지난여름 해협을 쾌속 질주하다 이리버스호의 키가 상했다. 맹추위로 볼트, 리벳, 철제 브래킷이 튕겨 나갔다. 쇄빙기의 메탈 피복까지 벗겨지고 떨어졌다. 테러호도 빙하에 들리고 눌리긴 했다. 세 번째 겨울을 보내는 최근 두 달 사이 이리버스호는 빙하 위에 떠받들린 채 빙하편의 압력을 받아 우현 선수에서 선체 중앙을 거쳐 좌현 선미까지 길게 쪼개졌다.

존 프랭클린 경이 이끌던 기함은 두 번 다시 운항하지 못할 것이다. 크로지어 함장과 제임스 피츠제임스 함장과 승조원들도 다들 알고 있다.

랜턴으로 훤하게 밝힌 이리버스호에 오르기 전, 크로지어는 3미터 높이의 세락 뒤로 몸을 숨기고 벙어리 여자를 자기 뒤로 당긴다.

"이봐!" 크로지어는 명령할 때처럼 가장 우렁찬 소리로 포효한다.

총성이 들린다. 크로지어가 선 곳에서 한 길 떨어진 세락이 조각나면서 얼음 파편이 튕긴다. 그 바람에 흐릿한 랜턴 불빛을 가린다.

"발사 중지! 안 보여? 이 정신 나간 머저리들아!" 크로지어가 고함친다.

어떤 장교가 저 멍청한 당직 근무자에게서 총을 빼앗느라 이리버스호 갑판이 소란스럽다.

"됐다, 이제 가자." 크로지어는 몸을 웅크린 에스키모 여자에게 말한다.

그가 가던 걸음을 멈춘다. 반짝이는 불빛에 여자의 얼굴이 보인다. 표정이 없던 여자의 도톰한 입꼬리가 살짝 말려 올라간다. 웃는다. 무슨 상황이 벌어졌는지 다 아는 듯 호통치는 그를 재미있어 하는 눈치다.

그러나 그 미소가 무슨 의미인지 제대로 파악하기도 전에, 벙어리 여자는 난빙 그림자 속으로 물러나 사라진다.

크로지어는 고개를 젓는다. '저 미친 여자가 밖에서 얼어 죽든 말든 상관 말자.' 피츠제임스 함장한테 볼 일을 보고서 다시 어둠 속을 걸어 테러 호로 돌아가야 잠을 잘 수 있다.

지친 데다가 30분 전부터는 아예 다리가 무감각하다. 크로지어는 눈얼음이 들러붙어 구질구질한 랜턴을 들고 터벅터벅 걸어서 고 프랭클린 경이 이끌던 망가진 기함 갑판에 오른다.

# 9
## 프랭클린

북위 70도 5분, 서경 98도 23분

1847년 5월

탐험대를 통틀어 겉으로 태연한 사람은 프랭클린 함장뿐이었다. 1847년 6월이 되어 가지만 봄도 여름도 오지 않았다.

함장은 빙하에서 한 해 더 겨울을 나야 한다고 공식 언급하지 않았다. 그럴 필요가 없었다. 작년 봄, 저쪽 비치 섬에 있을 때만 해도 탐험대는 기대에 부풀었다. 태양이 다시 뜨고 꽉 막힌 빙하가 갈라지면서 유빙이 흐르고, 얼음이 설컹거리더니 수로가 활짝 열렸다. 드디어 빙하의 억센 손아귀에서 벗어났다. 1846년 5월 말, 함선은 다시 움직였다. 그런데 올해는 달랐다.

작년 봄, 탐험대는 새, 고래, 어류, 여우, 물범, 바다코끼리 및 각종 동물이 돌아오는 모습을 목격했다. 작년 6월 초, 남으로 내려오는 동안 군도의 푸르른 이끼와 키 작은 관목을 보았다. 그런데 올해는 달랐다. 바닷길이 열리지 않아 고래나 바다코끼리, 물범 등이 보이지 않았다. 예전에 보이던 반달무늬 물범도 초겨울만큼 좀처럼 보기 힘들었다. 온통 구질구질한 눈과 회색 빙하만 시야에 들어왔다.

해가 조금씩 길어지긴 했지만 날씨는 여전히 매서웠다. 4월 중순이 되자 프랭클린은 마스트를 다시 꽂아 세우고, 인제의 리깅을 다시 걸고, 양쪽 함선에 돛도 새로 달았다. 하지만 아무 소용이 없었다. 난방용 물을 데

123

울 때만 증기 보일러를 틀었다. 망루원은 거대한 판상 빙산이 사방에 뻗어 있다고 보고했다. 빙산은 작년 9월 함선이 멈춘 그 자리에 그대로 있었다. 피츠제임스 중령과 고어 대위가 별을 관측한 결과, 현재 해류가 빙산을 밀어내고 있기는 하나 한 달에 고작 800미터밖에 움직이지 않았다. 그런데 함선을 가둔 이 거대 빙산이 겨우내 시계 반대 방향으로 도는 바람에 함선도 시작점으로 되돌아왔다. 압력 봉우리는 두더지 굴처럼 빙원을 헤집어 놓았다. 빙하에 구멍을 뚫어 살펴보았다. 두께가 좀 얇아지긴 했지만 족히 3미터는 넘었다.

상황이 이 지경인데도 존 프랭클린 함장은 차분했다. 그 이유는 두 가지, 신앙심과 아내 때문이었다. 책임감과 절망의 무게에 짓눌려도 독실한 신심으로 버텨냈다. 이 모든 상황이 하늘의 뜻이라고 간절히 믿었다. 남들이 손 놓고 기다리는 최악의 상황이 반드시 일어나란 법은 없다. 왜냐하면 관심을 가지고 자비를 베푸는 신이 주관하시는 우주이기에. 이제 여름이 한 달 반밖에 남지 않았지만 빙하가 느닷없이 쩍 갈라질 수도 있다. 그럴 경우 증기 엔진을 켜고 몇 주만 달리면 의기양양 북서항로를 뚫을 수 있다. 남은 석탄을 다 때며 해안을 따라 서진한 후, 그다음부터 돛을 활짝 펴고 태평양으로 빠져나가면 된다. 극빙이 또다시 결속하는 9월 중순 즈음이면 극지방을 벗어날 수 있다. 프랭클린은 살면서 큰 기적을 몸소 체험했다. 반디에맨즈 랜드에서 그 굴욕을 겪고도 나이 예순에 이번 탐험대 총지휘관으로 취임된 것만 봐도 굉장한 기적이었다.

신에 대한 신실한 믿음만큼이나 아내에 대한 믿음도 굳건했다. 날이 갈수록 더욱 깊어져 때론 두렵기까지 했다. 제인 프랭클린 여사는 불굴의 여인이었다. 불굴. 이 단어 하나로 아내를 정의할 수 있다. 제인 여사의 의지는 한계를 몰랐다. 종잡을 수 없이 제멋대로 흘러가는 세상사를 강철처럼 강인한 의지로 자신이 바라는 방향으로 틀었다. 벌써 2년이나 연락이 두

절된 상태라 아내는 이미 부와 인맥을 총동원했을 것이다. 거기에 영국 해군 본부와 국회를 구워삶아 마음껏 주무르고 있을 것이다. 다른 단체에서도 프랭클린 탐험대를 찾겠다며 나설지 모른다. 그건 오로지 신만이 아실 일이다.

바로 이 때문에 프랭클린 경은 마음이 착잡했다. 무엇보다 '구조'되고 싶지 않았다. 위스키 냄새를 풀풀 풍기던 존 로스 경이나 젊은 제임스 로스 경이-제임스 로스 경은 제인 여사의 입김 때문에 북극 탐험대에서 밀려 났다고 생각할 것이다-구조대를 급조해 육로나 잠깐 풀린 해로로 구하러 올 수도 있다. 만약 그렇다면 망신살 뻗치는 치욕이다.

그래도 존 프랭클린 경은 침착했다. 영국 해군 본부가 무슨 일이든 그렇게 빠릿빠릿하게 움직이는 곳이 아니라는 걸 너무나 잘 알았다. 아내 제인처럼 끗발 좋은 사람이 들쑤셔도 그럴 리 없었다. 존 배로 경과 실체 없는 북극 위원회 회원들, 영국 해군 극지 탐험대 소속 프랭클린 함장의 직속 상관들은 이리버스호와 테러호에 3년치 비축품이 담겨 있다는 사실을 너무나 잘 알았다. 만일 아껴 썼다면 그보다 훨씬 오래 버틸 수 있다. 낚시와 사냥에 능해 눈에 보이면 뭐든 잡는 능력까지 갖춘 탐험대였다. 불굴의 아내는 일이 이 지경이 됐으니 구조해야 한다고 우겼을 테지만, 느려 터진 영국 해군은 빨라야 1848년 봄이나 여름은 되어야 구조에 나설 것이다.

1847년 5월 말이 되자, 존 프랭클린 경은 썰매 정찰단 다섯 개 조를 조직해 사방 수평선 너머로 뱃길이 열렸는지 살핀 후 복귀하라고 명령했다. 썰매 정찰단은 5월 21, 23, 24일 함선을 떠났다. 고어 대위가 이끄는 가장 중요한 썰매조가 킹윌리엄 랜드 남동쪽을 향해 마지막으로 출발했다.

그래엄 고어 대위는 정찰 말고 중요 임무를 또 하나 맡았다. 프랭클린이 이번 탐험에서 첫 번째로 쓴 편지를 해안가에 남기고 오는 것이다.

프랭클린 함장은 군 생활에서 처음으로 항명에 가까운 일을 이곳에서 저질렀다. 해군 본부에서는 탐험하는 동안 케른을 쌓아 그 속에 편지를 남기라고 했다. 함선이 예정일까지 베링 해협을 넘지 못할 경우, 해군 본부 구조선이 프랭클린 탐험대가 어디로 갔으며 무슨 연유로 늦어지는지 그 편지를 보고 파악할 수 있기 때문이다. 프랭클린은 9개월 가까이 준비해서 단 한 장의 편지를 적었지만 비치 섬에 이것을 남기지 않았다. 사실, 서슬 퍼렇게 추웠던 첫 번째 정박지가 진절머리 났다. 그해 겨울 폐결핵과 폐렴으로 대원을 셋씩이나 잃은 것도 수치스러웠다. 그래서 편지 대신 무덤을 남겼다. 운이 좋으면 그가 북서항로 개척에 성공했다며 전 세계가 호들갑을 떨며 축하하고 그 무덤은 아무도 발견하지 못할 수도 있다.

상부에 마지막으로 보고한 지 2년이 흘렀다. 프랭클린은 고어에게 근황을 받아 적게 한 다음 이것을 집어넣고 놋쇠 원통을 밀봉했다. 놋쇠 원통을 이백 개나 챙겨 왔다.

그는 고어 대위와 2등 항해사 찰스 드보에게 17년 전 제임스 로스 경이 탐험대를 이끌고 킹윌리엄 랜드 서단에 도착한 것을 기리기 위해 세운 1.8미터 높이의 케른 속에 이 편지를 넣고 오라고 조용히 명령했다. 영국 해군은 프랭클린 탐험대가 남긴 편지를 찾으려고 이곳부터 뒤질 것이다. 왜냐하면 그 케른은 모든 지도에 마지막으로 표시된 랜드 마크이기 때문이다.

고어와 드보 및 대원 6명이 출발하기 전 아침, 함장은 지도 위에 휘갈겨 쓴 필체로 표시된 랜드 마크를 보며 침실에서 아무도 모르게 쓴웃음을 지었다. 17년 전, 로스는 존경의 징표로 해안가 서단의 빅토리 포인트 근방에 있는 고지 두 곳을 제인 프랭클린 곶과 프랭클린 곶이라고 명명했다. 그때 그 행위가 이제야 미묘한 아이러니로 이어졌다. 낡디 낡은 누런 지도 위에 빅토리 포인트라고 꾹꾹 눌러 적혀 있다. 거기에서 서쪽으로 아직 채워지지 않은 너른 여백을 들여다보니 운명이나 신의 손에 이끌려 여기까지 온 것 같았다.

프랭클린이 말하고 고어가 받아 적은 편지는 간결하고 사무적이었다.

1847년 5월   일. 이리버스호와 테러호. 북위 70도 5분, 서경 98도 23분 지점의 빙하에 갇혀 겨울을 났다. 이에 앞서 북위 74도 43분 28초, 서경 90도 39분 15초 지점의 비치 섬에서 1846-7년 겨울을 보냈다. 이후 웰링턴 해협을 타고 북위 77도 지점까지 올랐으나 콘월리스 서쪽 해안을 따라 비치 섬으로 귀환했다. 탐험대 총지휘관은 존 프랭클린 경. 대원 모두 무사하다. 1847년 5월 24일 월요일, 장교 2인-고어 대위, 드보 2등 항해사-과 병 6인이 함선을 출발했다.

프랭클린은 고어와 드보에게 서명하라고 한 후 비워둔 날짜란에 '28일'이라고 마저 써 넣었다. 그리고 놋쇠 원통에 넣어 제임스 로스의 케른 속에 깊숙이 넣을 준비를 마쳤다.

내용을 부르던 프랭클린은 비치 섬에 정박해 겨울을 보낸 연도가 틀린 사실을 몰랐다. 고어도 이것을 놓쳤다. 탐험대가 비치 섬 인근 빙하에서 보낸 때는 1845년에서 1846년까지였다. 지금처럼 극빙 한복판에서 발이 묶여 끔찍한 세월을 보내는 때는 1846년에서 올해인 1847년까지다.

상관없었다. 프랭클린 경은 후대에 작은 메시지를 남긴다고 생각하고 이 편지를 썼을 뿐, 누군가 조만간 이 편지를 읽을 거라 염두에 두고 받아쓰기를 시킨 건 아니었다. 아마 이 편지는 영국 해군사학자에게 전달될 것이고 여기에 약간의 가공을 거쳐 후일 프랭클린에 관한 보고서가 나올 것이다. 프랭클린 경은 책을 또 한 권 제대로 낼 계획이었다. 책을 내서 큰돈을 벌면 아내의 재산과 엇비슷해질지도 모른다.

고어이 쎌매 정찰단이 출발하던 날 아침, 프랭클린 경은 든든히 캥거 입고 빙상으로 나가서 이들의 안녕을 빌었다.

"다 준비 됐나, 제군들?"

고어 대위가 고개를 끄덕였다. 존 프랭클린 경, 크로지어 함장, 피츠제임스 중령에 이어 서열 4위였다. 고어보다 아래인 2등 항해사 드보가 활짝 웃었다. 햇살이 세서 대원들은 벌써부터 철망으로 된 고글을 썼다. 이리버스호 보급관 오스머가 화이트아웃 방지를 위해 고글을 배급했다.

"그리고 고맙습니다, 함장님." 고어가 말했다.

"왜, 모직 내의 잔뜩 챙겨 줘서?" 프랭클린이 농을 건넸다.

"맞습니다. 노섬벌랜드산 양모 옷을 여덟 겹이나 껴입었습니다. 양모 팬티까지 치면 아홉 겹이고요."

대원 5명은 고어가 농담하자 키득거렸다. 고어는 이들에게 사랑받고 있었다.

"빙상에서 야영할 준비도 됐나?" 프랭클린은 이번에 탐사를 나가는 찰스 베스트에게 물었다.

"네, 함장님." 이 자는 키가 작지만 다부진 젊은 수병이었다. "네덜란드산 텐트를 준비했습니다. 늑대 가죽 이불 8장이 있어서 그걸 깔고 덮을 것입니다. 침낭도 스물네 개 챙겨갑니다. 허드슨스 베이에서 나온 담요를 꿰매 만든 것입니다. 아마 함선보다 빙상에서 더 따뜻할 것 같습니다."

"좋아." 존 프랭클린 경은 덤덤히 말한 후 남동쪽을 바라보았다. 킹윌리엄 랜드가 수평선 너머 어둑어둑한 하늘 밑으로 보였다. 고어의 썰매 정찰단이 해안가 근처에서 열린 수로를 찾을 수 있도록 도와 달라고 하늘에 빌었다. 편지를 케른에 넣기 전이라도 좋고, 넣은 후에라도 상관없었다. 존 프랭클린 경은 뭔들 힘껏 할 준비가 됐다. 비록 이리버스호는 만신창이가 되었지만, 함선 두 척이 빙하가 조금이라도 풀리는 즉시 이 푸석해진 바다를 뚫고 비교적 안전한 해안가를 따라가다 뭍에 닿게 해달라고 빌었다. 조용한 항구나 자갈 해변에 자리 잡으면 목공장과 기관사가 이리버스호를 제대로 수리할 수 있을지도 모른다. 굽은 프로펠러 샤프트 펴기, 스크루 교체, 비틀린 내부 철근 보강, 떨어져 나간 메탈 피복도 어쩌면 수리 가능할지 모른다. 만일 불가능하다면, 크로지어가 작년에 제안한 비참한 계획을 따라야 한다. 이리버스호를 버리고 승조원과 얼마 남지 않은 석탄을 테러호로 옮긴 다음, 비좁아터진 테러호를 타고 해안을 따라 서진하는 것이다. 프랭클린 경은 아직 이 생각을 누구와도 공유하지 않았다.

막판에 이리버스호 부군의관 굿서가 고어의 썰매 정찰단에 합류하겠다고 프랭클린 함장에게 간청했다. 고어 대위도, 2등 항해사 드보도 굿서의 제안을 별로 달가워하지 않았지만, 결국 존 프랭클린 경이 허락했다. 굿서는 승조원들 사이에서 별로 인기가 없었다. 굿서가 합류하는 이유는 괴혈병을 예방할 야생 동식물에 대해 알아보고 싶어서였다. 괴혈병은 남북극 탐험을 떠나는 이들이 가장 두려워하는 질병이었다. 굿서는 이 여름 같지 않은 북극의 여름에 유일하게 돌아다니는 흰곰의 행동 양식에 대해 특히 관심이 많았다.

프랭클린 경은 썰매 정찰단이 무거운 썰매에 장비를 올리고 끈으로 마저 묶는 모습을 지켜보았다. 체구가 작은 군의관이 옆 걸음질치며 다가와 말을 걸었다. 굿서는 얼굴이 창백하고 덩치가 왜소해 약해 보였다. 하관이 뒤로 밀리고 구레나룻이 어색하게 돋았다. 아랫사람에게 대체로 너그러운 프랭클린 경이 보기에도 뭔지 모르게 사내답지 못했다.

"썰매 정찰단 합류를 허락해 주셔서 감사합니다. 이번 원정은 각종 동식물군의 항괴혈병성 성분을 평가하는데, 의학적으로 무척 중요합니다. 킹윌리엄 랜드에 서식하는 다양한 지의류까지 살피겠습니다."

존 프랭클린 경은 무심결에 얼굴을 찌푸렸다. 굿서 군의관은 상관이 몇 달씩 이끼로 끓인 수프로 연명한 사실을 모르는 것 같았다. "선반에, 굿서." 냉랭하게 대답했다.

프랭클린은 이 구부정하고 입만 산 젊은이가 '박사'라는 호칭을 기대했다는 것을 간파했다. 굿서는 좋은 가문 출신이나 하필 해부학을 전공했다. 엄밀히 따지자면 군의관은 준사관 대우를 받는다. 민간인 출신 부군의관이라면 '굿서 박사'가 아닌 그냥 '굿서'라 불려야 마땅하다고 프랭클린은 생각했다.

굿서는 대원들과 농담을 주고받던 함장에게 냉대를 당하자 얼굴이 붉어졌다. 모자를 당겨쓰더니 어색하게 뒤로 세 걸음 물러났다.

"굿서?"

"아, 네, 함장님?" 굿서는 얼굴이 벌게졌다. 너무나 민망해서 말을 더듬었다.

"일단 내 사과부터 하지. 킹윌리엄 랜드에 있는 제임스 로스 경 케른 속에 남길 공식 문서에 장교 2인과 '병' 6인이라 적었네. 자네가 합류하겠다고 말하기 전에 이미 다 써놓은 서신이라. 이럴 줄 알았으면 장교 1인, 준사관 1인, 부군의관 1인, 병 5인이라고 적었을 텐데 말이지."

굿서는 순간 당황했다. 무슨 소린지 선뜻 이해하지 못했지만 일단 고개를 숙이고 모자를 다시 눌러 쓰면서 웅얼거렸다. "괜찮습니다. 문제없습니다. 다 이해합니다. 고맙습니다, 함장님." 그러고는 다시 물러났다.

몇 분 후, 고어, 드보, 굿서, 모핀, 페리어, 베스트, 하트넬, 해병 필킹턴이 빙상을 가로지르며 남동쪽으로 사라졌다. 프랭클린 경은 환한 표정에 겉으로는 차분해 보였지만, 실상은 저들의 실패를 점치고 있었다.

꼬박 1년을 더 얼음에 갇혀 지냈지만 아무 소용없을지 모른다. 식량, 석탄, 기름, 램프용 메틸에테르, 럼까지 동이 날 것이다. 특히 럼이 떨어지는 날이면 선상 반란이 일어날 것이다.

무엇보다 내년 여름도 올여름처럼 춥고 얼음이 녹지 않아 또다시 빙하에 갇혀 겨울을 보내야 한다면 두 척 다 쪼개지고 말 것이다. 앞서 실패로 끝난 다른 탐험대처럼 프랭클린 탐험대도 목숨을 건지려고 함선을 버리고 도망갈 수도 있다. 대형 보트와 웨일보트를 질질 끌고 썰매를 급조해 빙원을 가로지르며 어디든 수로가 열리기를 기도할 것이다. 그러다 썰매가 얼음 틈 사이로 빠지면 욕을 퍼붓는다. 배 곯아가며 힘겹게 밤낮으로 끌었는데 바람을 온몸으로 받아내다가 뒤로 밀릴 수도 있다. 물론 육로로 탈출할 방법이 있긴 있다. 흔하디흔한 바위와 빙하만 이어지는 1,300킬로미터를 지나 강에 도착한다. 그런데 강의 유속이 빨라 바위가 휩쓸려 내려와 웨일보트가 박살날 수 있다. 대형 보트로는 캐나다 북단에 있는 강까지 닿을 수 없다. 겉으론 친절해도 배척하고 속이고 훔치는 원주민을 만날지도 모른다.

프랭클린 경은 고어, 드보, 굿서, 대원 5명이 썰매 한 대를 끌고 반짝이는 남동쪽 빙하 사이로 사라지는 모습을 쳐다봤다. 이번 탐험에 개를 데려왔더라면 어땠을까, 헛된 상상을 시작했다.

프랭클린 경은 북극까지 개를 데려오는 걸 질색했다. 개는 대원들 사기 진작에 도움이 된다. 그러다 총으로 쏴서 잡아먹어도 되고. 그런데 아무리 생각해도 개는 더럽고 시끄럽고 사납다. 갑판에 개를 잔뜩 실으면 여러모로 도움이 되긴 했을 것이다. 그린란드 에스키모처럼 썰매를 끌게 할 수도 있으니. 그런데 그러려면 갑판에서 개 짖는 소리가 정신없이 들리고 개집을 잔뜩 놓아야 하니 개똥 천지가 될 것이다.

그는 고개를 내저으며 웃었다. 탐험대는 딱 한 마리만 데려왔다. 이름이 넵튠이라는 똥개였다. 족코라는 새끼 원숭이도 한 마리 있었다. 그거면 함선 내 동물원으로 충분하다.

고어가 떠난 후 일주일은 시간이 기어가는 것 같았다. 썰매 정찰단이 허니빅 기환하여 보고했다. 다들 녹초에 통상까시 셜었나. 겹겹이 껴입은 모직 옷은 수없이 많은 난빙을 넘거나 돌아오느라 땀에 찌들었다. 보고 내용은 다들 같았다.

동쪽 부시아 반도까지 개빙 구역은 전혀 없었다. 실낱 같이 갈라진 리드조차 없었다.

북동쪽 프린스오브웨일스 섬에서 이 메마른 빙해까지 열린 수로는 없었다. 개빙 구역이 있을 것도 같은 저 수평선 너머 어두운 하늘 밑으로도 바다는 열리지 않았다. 여드레 동안 썰매 정찰단은 열심히 썰매를 끌었지만 프린스오브웨일스 섬에 닿을 수가 없었다. 개빙 구역이 있을 기미는 조금도 보이지 않았다. 빙상은 압력 봉우리와 빙산에게 가장 극심히 고문당하고 있었다.

프린스오브웨일스 섬 서쪽 해안가이자 남단 인근에 함선이 갇혀 있다. 그 지점에서 이름 모를 해협 북서쪽에서 빙하가 흘러들었는데, 해협 북서쪽을 봐도 빙해 위를 어슬렁거리는 백곰만 보였다.

남서쪽으로 뻗은 광활한 동토 빅토리아 랜드와 캐나다 본토 및 군도 사이를 지나갈 것으로 추정되는 해협에도 개빙 구간은 없었다. 꼴 보기 싫은 백곰 말고는 다른 동물은 구경조차 할 수 없었다. 게다가 설원에 수백 개의 압력 봉우리가 솟아올랐다. 그 자리에 얼어붙은 빙산을 본 리틀 대위는 마치 바다가 있어야 할 자리에 대신 얼음산이 서쪽으로 가려고 애쓰는 것 같다고 묘사했다. 테러호의 리틀 대위는 프랭클린의 명령으로 테러호의 썰매 정찰단을 총책임졌다. 탐사가 막바지에 이르자 날씨가 너무 고약해서 대원 8명 중 셋이 발가락에 심각한 동상을 입었고 전원 설맹에 걸렸다. 리틀 대위는 마지막 닷새간 완전히 시력을 잃고 심각한 두통에 시달렸다. 리틀은 8년 전에 크로지어, 제임스 로스와 같이 남극에 동행한 극지에 능한 대원이었으나 그나마 앞을 볼 수 있는 대원들이 끄는 썰매를 타고 귀환했다.

반경 40킬로미터 이내에는 그 어디에도 개빙 구역이 없었다. 직선거리로는 40킬로미터였지만 장애물을 넘고 돌아서 오느라 실제로는 족히 160 킬로미터가 넘었다. 북극여우, 토끼, 순록, 바다코끼리, 물범은 보이지 않았다. 고래도 있을 리가 없었다. 탐험대는 개빙 구역을 찾는 도중에 갈라진 틈이나 리드가 있을지 몰라 썰매로 돌아올 루트까지 마련했지만 단단히 얼어붙은 빙해만 이어졌다. 리틀은 양쪽 눈 주위를 허연 붕대로 둘렀는데, 위아래 관자놀이와 코 주변이 볕에 그을려 살갗이 벗겨진다고 했다. 그들은 최대한 서쪽으로 갔다. 함선에서 45킬로미터 떨어진 지점이었다. 리틀은 그나마 시력이 남은 갑판장 존슨에게 주변 빙산 중에 가장 높은 곳에 오르라고 했다. 존슨은 몇 시간 동안 고생하며 빙벽을 올랐다. 곡괭이로 찍고 그 좁은 공간을 발로 후벼 팠다. 바닥에 징이 박힌 가죽 부츠로 찍으며 빙벽을 올라간 후 정상에 올라 리틀 대위의 망원경을 들고 북서, 서, 남서, 남쪽을 정찰했다.

보고는 참담했다. 개빙 구역은 없었다. 육지도 없었다. 세락과 언덕, 빙산이 저 멀리 하얀 수평선까지 뻗어 있을 뿐. 곰 몇 마리만 보였다. 그중 두 마리는 나중에 총으로 쏴서 살코기를 얻었다. 간과 심장은 사람이 먹으면 좋지 않다고 했다. 무수히 많은 난빙 너머로 썰매를 끄느라 기력은 이미 바닥난 지 오래여서, 방수포에 싸서 함선으로 가지고 오려 했던 힘줄 많은 고기 45킬로그램을 어쩔 수 없이 버리기로 했다. 곰 가죽만 벗기고 살은 얼음판에 내던졌다.

썰매 정찰단 다섯 개 조 중 네 개 조가 동상에 걸린 몸으로 돌아와 비보를 전했다. 프랭클린 경은 고어 대위의 조가 귀환하기를 목이 빠져라 기다렸다. 마지막으로 가장 희망찬 소식이 킹윌리엄 랜드 남동쪽에서 들리기를 고대하며.

6월 3일, 함선을 떠난 지 열흘 만에 고어의 썰매 정찰단이 오고 있다. 미스트 저 높은 전망대에서 그들이 오고 있다며 아래로 외쳤다. 프랭클린 경은 차를 마저 마시고 제복을 갖춰 입은 다음 갑판으로 마중 나온 대원들 틈에 섰었다.

갑판에서도 고어의 정찰단이 보였다. 프랭클린 경은 근사한 청동 망원 경을 들어 올렸다. 15년 전 지중해에서 26문 프리깃 함장으로 있을 당시 승조원들에게서 선물 받은 것이다. 망원경으로 흘깃 들여다보니 뭔가 이 상했다.

언뜻 보니 다들 괜찮아 보였다. 처음 떠날 때처럼 5명이 썰매를 끌었다. 출발하던 날도 셋은 썰매 옆과 뒤에서 뛰어갔다. 다 합치면 여덟이 맞긴 맞았다.

그런데……

이제 함선까지 한 2킬로미터 남짓 남았다. 평평했던 빙판이 세락과 얼 음 자갈 때문에 울퉁불퉁했다. 옆에서 뛰는 형체 중 하나가 사람 같지 않 았다. 몸집이 작고 둥글둥글 북슬북슬한 짐승이 뛰어오는 것 같았다.

그뿐 아니다. 맨 앞에 선 그래엄 고어는 훤칠하지 않았다. 그가 아끼던 근사한 붉은 목도리도 보이지 않았다. 조원들이 멀쩡했다면 고어가 직접 썰매를 끌 리가 없다. 썰매를 끄는 대원도, 뛰는 대원도 다들 키가 작고 구 부정하고 너무 비실비실해 보였다.

설상가상으로 귀환길 치고 썰매에 무거운 짐이 잔뜩 실려 있었다. 통조 림을 일주일 넘게 버틸 만큼 넉넉히 실긴 했지만, 그렇다 치더라도 굉장히 무거워 보였다. 게다가 이들은 예정일보다 사흘이나 넘기고 돌아오는 중 이다. 사냥한 순록이나 육지 동물을 가져오는 것은 아닐까 잠시 가슴이 부 풀었다. 맨 마지막에 있는 커다란 압력 봉우리를 돌아 나오는 그들이 보였 다. 함선까지 거리는 약 800미터 정도. 프랭클린 함장은 망원경을 들여다 보다가 화들짝 놀랐다.

썰매에 실린 건 순록이 아니었다. 맨 위에 두 사람이 포개져 끈으로 묶여 있었다. 사람 위에 사람을 대충 겹쳐 놓은 걸 보니 시체였다. 양옆으로 머리가 하나씩 삐져나왔다. 위에 있는 사람은 머리가 희고 길었다. 저런 머리를 한 대원은 아무도 없었다.

땅딸한 함장이 가파른 빙상 위로 내려갈 수 있도록 기울어진 이리버스 호 한쪽으로 로프가 내려졌다. 프랭클린 경은 선실로 내려가 정복에 훈장 을 달고 의장용 칼을 차고 그 위에 방한복을 걸쳤다. 갑판으로 올라와 한 쪽으로 가서 헐떡이며 로프를 밟고 내려갔다. 당번병이 내려가는 함장을 거들었다. 함선으로 무엇이 다가오든 함장은 맞이할 채비를 끝냈다.

# 10
# 굿서

북위 69도 37분 42초, 서경 98도 41분

킹윌리엄 랜드

1847년 5월 24일 – 6월 3일

해리 D. S. 굿서 박사가 썰매 정찰단에 합류하겠다고 고집을 피운 이유는 다른 대원처럼 자기도 강하고, 할 수 있다는 것을 증명하기 위해서였다. 그러나 그는 곧 자신의 부족함을 깨달았다.

첫째 날, 고어 대위와 드보의 만류에도 불구하고 자기도 돌아가며 썰매를 끌겠다고 고집을 피웠다. 번갈아 썰매를 끌면 5명 중 1명은 옆에서 걸으면서 잠시 숨을 돌릴 수 있기 때문이다.

굿서는 썰매를 끌지 못했다. 어깨가 좁고 가슴 근육이 없어서 썰매 하네스를 차니 너무 헐거웠다. 장범장과 보급관이 가죽과 면을 이어 어깨와 몸통과 다리 사이를 지나가는 벨트처럼 생긴 하네스를 만들었다. 여기에 썰매를 끌 로프를 기발하게 매듭으로 묶어 연결했다. 다른 대원은 순식간에 매듭을 묶었다 풀었다 했지만, 굿서는 아무리 들여다봐도 도무지 알 수 없었다. 가슴을 가로지르는 끈을 최대한 줄여도 하네스 끈이 계속 벗겨졌다. 그뿐 아니었다. 빙판에서 계속 미끄러지고 넘어져서 남들이 썰매를 당기고 멈췄다가 숨 돌리고, 다시 당기는 과정에서 자꾸 엇박자가 났다. 징박힌 빙판용 부츠가 처음이라 자꾸 걸려 넘어졌다.

굿서는 무거운 철망 고글이 거치적거려 이마 위로 올렸다. 순간, 북극 얼음 위로 쏟아지는 일광 때문에 순식간에 설맹에 걸릴 뻔했다. 잔뜩 껴입은 모직 옷이 땀에 흠뻑 젖었다. 일부러 든든하게 입었는데 땀이 나니 오히려 온몸이 벌벌 떨렸다. 하네스를 너무 꽉 조인 탓에 볼품없는 팔뚝과 얼음장처럼 차가운 손 신경이 눌려서 피가 통하지 않았다. 거기에 장갑을 자꾸 바닥에 떨어뜨렸다. 헐떡거리는 숨소리가 점점 커지자 고어는 민망해서 어쩔 줄 몰랐다.

굿서가 한 시간가량 헛짓거리를 하고 나니, 보비 페리어, 토머스 하트넬, 존 모핀, 해병 빌 필킹턴은 걸음을 멈추고 굿서의 방한복에 내려앉은 눈을 털어주었다. 서로 시선을 나누면서도 아무 말도 하지 않았다. 다들 하네스를 차고 썰매를 끌고 있었고 찰스 베스트만 그 옆에서 걷는 중이었다. 어떻게 하네스를 차고 옆 사람과 호흡 맞춰 걷지도 못하느냐고 한마디 면박도 주지 않았다. 보다 못한 고어는 굿서에게 빠지라고 했다. 잠깐 쉬는 동안 굿서는 하네스를 벗고 진짜 남자들이 무거운 썰매를 끌도록 물러났다. 썰매 날은 여차하면 자꾸 빙판에 들러붙으려 했다.

굿서는 지쳤다. 아직 첫날 아침이 지나지도 않았다. 한 시간이나 썰매를 끌겠다고 난리를 부려 완전히 진이 빠졌다. 굿서는 속 편하게 침낭을 펴고, 그 위에 늑대 가죽 이불을 덮고 다음 날까지 푹 자고 싶었다.

썰매 정찰단이 처음으로 진짜로 버거운 압력 봉우리와 맞닥뜨렸다.

함선 남동쪽 방향으로 보이던 압력 봉우리가 처음 3킬로미터를 걷는 동안 그나마 가장 낮은 축에 속했다. 빙하에 갇힌 테러호가 바람막이 쪽 빙하를 달래고, 압력 봉우리를 저 멀리 밀어 놓은 것 같았다. 탐사 첫째 날 늦은 오후, 거대한 압력 봉우리가 솟아올라 썰매 정찰단의 진행 경로를 가로막았다. 빙하에 갇혀 겨울을 나는 동안 두 척 사이에 솟았던 압력 봉우리보다 훨씬 컸다. 킹윌리엄 랜드가 가까워질수록 빙압이 더 세어진다는 것을 자랑하는 것 같았다.

처음 압력 봉우리 세 개를 지날 때 고어는 낮은 지점을 포착해 남서쪽으로 우회했다. 높은 압력 봉우리가 살짝 꺼진 지점으로 통과하니 그리 고생스럽지 않았다. 대신 시간도, 운행 거리도 더 늘어났다. 그래도 썰매에 있는 짐을 다 끌렀다가 도로 싸는 것보다 나았다. 그런데 네 번째 만난 압력 봉우리는 우회할 방법이 없었다.

몇 분에 한 번씩 숨을 돌려야 했다. 비교적 나이 어린 하트넬이 산더미처럼 실린 짐더미에서 메틸에테르 통을 조심스레 꺼내 작은 스토브에 불을 붙이고 냄비에 눈을 담아 끓였다. 식수를 녹이려는 게 아니고 나무 썰매 날 위에 부으려는 것이다. 갈증을 달랠 물은 통에 담아 얼지 않게 방한복 속에 넣었다. 눈발이 퍼붓자 썰매 날이 자꾸 빙판에 들러붙었다.

썰매가 빙판 위에서 미끄러지지 않았다. 굿서는 어린 시절 유복한 집에서 자랐는데 지금 이 모습은 예전에 본 것과 상당히 달랐다. 2년 전 극지방 탐험을 떠나던 첫날, 어린 시절 얼어붙은 호수나 강 위에서처럼 미끄러지듯 썰매를 끄는 게 불가능하다는 사실을 알았다. 징이 박히지 않은 부츠를 신고 빙판 위를 매끄럽게 돌아다니는 건 불가능했다. 해수가 언 일부 구간은 염도가 매우 높아 마찰력이 상당했다. 아무리 애를 써도 미끄러지지 않았다. 아이처럼 쭉 미끄러지며 내달리고 싶었는데 실망스러웠다. 수십 킬로가 넘는 짐을 신고 썰매를 밀고 끌면서 이런 빙판길을 지나려니 몇 배나 고생스러웠다.

썰매를 끌고 빙판을 지나는 일은 수백 킬로짜리 목재와 짐을 끌고 울퉁불퉁한 바위산을 넘는 것과 비슷했다. 압력 봉우리는 4층 높이로 쌓인 자갈과 바위와 맞먹었다.

남동쪽 저 멀리 보이는 압력 봉우리는 그들이 가야 할 방향을 가로막으며 뻗어 있었다. 가장 심한 것은 무려 18미터가 넘었다.

썰매 정찰단은 음식, 연료통, 옷가지, 침낭, 무거운 텐트를 단단히 묶은 것을 살살 끌러 썰매를 가볍게 만들었다. 한 25킬로그램에서 50킬로그램 정도 되는 보따리를 내려야 썰매를 끌어 보기라도 할 수 있었다. 가파르고 뾰족하게 솟은 봉우리 너머로 끌어 당겨야 했다.

압력 봉우리가 그저 우뚝 솟기만 했다면, 그러니까 비교적 평평한 해빙 위에 솟은 봉우리였다면, 그것을 넘는 일이 혼이 빠질 정도로 고생스럽지 않았을 것이다. 빙해는 울퉁불퉁 얼어붙었다. 압력 봉우리 반경 50미터에서 100미터 이내는 미친 듯이 해빙이 솟았고, 세락이 뒤집히고 거대 빙하가 굳었다. 일단 난빙부터 뚫고 나야 비로소 진짜 압력 봉우리로 기어오를 수 있었다.

압력 봉우리를 오르려면 전진만 해서는 안 된다. 쉴 새 없이 전진과 후진을 반복해야 했다. 언제라도 발밑이 푹 꺼질지 모르는 빙판 위에서 발 디딜 곳을 찾고 부서질지도 모를 빙산을 손으로 더듬거리며 움켜쥘 곳을 찾았다. 정찰조 8명은 기괴한 도형을 그리듯 봉우리를 지그재그로 올라갔다. 무거운 짐은 서로 거들었다. 곡괭이를 들고 얼음을 찍어서 디딜 공간을 만들었다. 떨어지는 얼음에 깔리지 않도록 주의했다. 장갑을 꼈어도 얼어붙은 손으로 상자를 들고 있다가 미끄러져서 박살났다. 순간 아래에 있던 대원 5명이 짧고 강렬한 욕을 내뱉었다. 고어인지 드보인지 둘 중 한 사람이 고함치자 잠잠해졌다. 짐을 열 번이나 끌렀다 쌌다를 반복했다.

출발할 때에 비해 짐의 절반은 들어낸 썰매를 억지로 빙벽 위로 잡아끌었다. 아래에서 받치고 잠깐 섰다가 세락에 걸리면 위치를 바꾸고 각도를 틀어서 다시 끌어 올렸다. 울퉁불퉁한 압력 봉우리 정상에 간신히 닿았지만 그래도 대원들이 쉴 수가 없었다. 1분이라도 쉬었다가는 여덟 겹 껴입어 땀에 젖은 겉옷과 속옷이 금방 얼어붙기 때문이다.

썰매 뒤쪽 수직 받침대와 X자 지지대에 흠집이 죽죽 갔다. 일부는 먼저 내려가서 썰매를 받았다. 덩치 큰 해병 필킹턴, 모핀, 페리어가 이 작업을 맡았다. 나머지 대원은 징 박힌 부츠로 단단히 디디고 서서 썰매를 내렸다. 다들 호흡과 기합에 맞춰 조심하라고 소리쳤다. 욕이 더 많이 튀어나왔다.

그리고 다시 썰매에 짐을 찬찬히 실었다. 묶인 상태를 재확인한 후, 눈 끓인 물을 얼어붙은 썰매 날에 끼얹었다. 다시 출발. 썰매 정찰단은 압력 봉우리 너머 미로처럼 펼쳐진 난빙을 향했다.

30분쯤 지나 다시 압력 봉우리가 갈 길을 막았다.

빙판에서의 첫날 밤은 얼마나 끔찍했던지 굿서의 기억에 각인되었다.

굿서는 이런 야영은 처음이었다. 고어 대위는 빙하에 있으면 시간이 다섯 배나 천천히 간다고 웃으며 말했다. 그 소리를 듣는 순간 굿서는 깨달았다. 짐을 끌러 알코올램프와 스토브에 불을 붙이고, 갈색 네덜란드산 텐트를 펴서 빙판 위에 움직이지 않게 단단히 고정시킨 다음 이불을 두툼히 깔고 그 위에 침낭을 폈다. 통조림 수프와 돼지고기를 데우는 데 한참 걸린 이유도 바로 그 때문이었다.

그러면서도 한참 동안 계속 몸을 움직였다. 팔다리를 털고 발을 쾅쾅 굴렀다. 이렇게 하지 않으면 극한의 기후에 온몸이 꽁꽁 얼었다.

드보는 굿서에게 작년 여름 비치 섬에서 빙하가 녹아 남진하던 때를 설명했다. 보통 북극에 여름이 찾아오면 해가 나고, 바람은 별로 불지 않는다고 했다. 화창한 6월에 날씨가 영상 0도까지 치솟기도 했다. 그런데 올여름은 달랐다. 고어 대위가 오후 10시경 기온을 측정했다. 해가 여전히 서쪽 수평선에 걸려 있어서 날이 훤했지만, 썰매 정찰단은 걸음을 멈추고 텐트를 쳤다. 온도계 바늘은 영하 18도를 가리켰다. 점심에 차와 십 비스킷을 곁들어 먹으며 쉴 때 기온이 영하 14도였다.

네덜란드산 텐트는 좁았다. 블리자드가 부는 날이라면 이 안에서 목숨을 부지해야 했다. 빙판 위에서 보내는 첫날 밤, 바람도 거의 없고 쾌청했다. 그래서 드보와 대원 5명은 늑대 가죽 이불을 두른 채 방수포를 펴고 허드슨스 베이 컴퍼니의 이불을 그 위에 깔고 침낭 속에 들어가 야외 취침하기로 했다. 만약 바람이 불고 날씨가 사나웠다면 다들 비좁은 텐트 속으로 밀고 들어갔을 것이다. 잠시 망설이던 굿서는 다른 대원들과 같이 밖에서 자기로 했다. 고어 대위가 능력도 있고 사람도 좋지만, 텐트에서 단 둘이 자느니 야외에서 자는 편이 나을 것 같았다.

눈부신 햇살이 미친 듯 발광하다가 자정이 되자 점차 어두워졌다. 그래도 하늘은 런던의 여름 밤 8시처럼 어둑어둑한 정도였다. 굿서가 잠을 잔다면 그건 놀랄 일이다. 평생 이토록 피곤한 적은 처음이라서 오히려 잠이 오지 않았다. 하루 종일 개고생을 한 탓에 온몸이 욱신거려 잠을 잘 수 없었다. '아편을 좀 챙겨올 걸 그랬나. 조금만 먹으면 긴장이 풀려서 눈을 좀 붙일 텐데.' 약재 관리 면허증을 소지한 의사들과 달리, 굿서는 마약 중독까지는 아니었다. 굿서는 각종 진정제를 복용해 푹 잘 때도 있고, 약을 먹어 일에 집중하기도 했다. 그래봐야 일주일에 한두 번 정도였다.

춥긴 추웠다. 통조림 수프와 고기를 데워 먹고 난빙을 돌아다니다가 몸을 누일 아늑한 공간을 찾았다. 야외 취침은 난생 처음이라 신체 주요 부위가 동상에 걸리지 않을 곳으로 재빨리 위치를 선점했다. 굿서는 가로세로 약 2미터 정도 되는 늑대 가죽 취침용 이불을 깔고 침낭을 편 다음 그속으로 쏙 들어갔다.

그래도 추워서 잠이 오지 않았다. 드보는 부츠를 벗어서 침낭 밑에 넣어 두어야 가죽이 딴딴히 얼지 않는다고 일러주었다. 굿서는 밑창을 뚫고 나온 징에 발이 찔렸다. 대원들은 옷가지 위에 부츠를 올려놓았다. 이 놈이 모지 옷이 문제라는 긴 그걸 처음 느낀 건 아니였다. 싣고 긴 하루를 보내느라 내내 흘린 땀과 입김에 옷이 짜들었다. 저물지 않을 것 같은 길고 긴 하루였다.

자정 무렵, 석양이 점점 사그라지면서 별 몇 개가 또렷이 떠올랐다. 2년 전 빙산 꼭대기에 차려진 임시 관측소에서 별자리 읽는 법을 따로 배웠다. 석양이 흐려지긴 했어도 여명은 계속 남았다.

추위는 계속됐다. 이제 가만히 누워 있으니 굿서의 가냘픈 몸뚱이가 추위에 무방비 상태가 되었다. 헤벌어진 침낭 입구로 칼바람이 밀고 들어왔다. 빙판에서 추위가 스멀스멀 기어올라 바닥에 깐 늑대 모피 이불을 뚫고 올라왔다. 두툼하게 깐 허드슨스 베이 컴퍼니에서 만든 침낭까지 냉기가 퍼졌다. 마치 포식자가 차가운 손끝으로 이불을 걷어내는 것 같았다. 몸이 덜덜 떨렸다. 이가 달그락거렸다.

굿서 옆에 4명이 잠을 자고 2명이 당직 근무 중이었다. 넷이 코를 심하게 골았다. 수많은 압력 봉우리를 넘고 넘어 북서쪽으로 수십 킬로미터 떨어져 얼음에 갇힌 함선까지 이 시끄러운 코골이와 숨소리가 들릴 것 같았다. 오, 신이시여, 저 봉우리를 도로 건너가야 합니까.

굿서는 온몸이 부들거렸다. 이러다간 내일 아침을 맞이하지 못할 것이다. 다른 이들이 그의 이불을 들치는 순간, 웅크린 채 동사한 굿서의 시신을 보게 될는지도 모른다.

그는 이불을 꿰매서 만든 침낭 속으로 몸을 깊이 숨겼다. 칼바람이 휘몰아치는 밖에서 잠을 자느니 얼음 봉우리를 오므려 천장을 만들고 그 속에서 자기 땀 냄새와 입 냄새를 맡는 편이 나을 것 같았다.

스며드는 별빛도 언제 다가온 지도 모를 죽음 같은 혹한도 문제였지만, 비치 섬에서 불쑥 솟은 시커먼 절벽면 근처 자갈밭에 누워 영면한 이들이 떠올랐다. 그런데 무슨 소리가 들렸다. 처음에는 함선 목재가 삐거덕거리는 소리가 귀에 박혀서 그런 줄 알았다. 지옥 같은 겨울을 두 번이나 보내다 보니 밤이면 가끔 목재가 삐거덕거리다가 살인적인 추위를 못 이겨 못이나 쇳쇠가 튕겨 나간다. 배를 옴팡지게 움켜쥔 빙하는 계속해서 무슨 소리를 냈다. 그런데 지금 빙판 위에 모직 옷 몇 겹을 껴입은 채 늑대 가죽 이불을 깔고 덮고 야외에 누워 있으니, 등 밑에서 움직이며 삐거덕거리는 빙하가 오싹할 정도로 섬뜩했다. 마치 살아 있는 짐승의 배 위에 누워서 잠을 청하는 기분이랄까. 과장해서 말하면 얼음판이 움찔거리는 것 같았다. 상상만 해도 굿서는 현기증이 났다. 더욱 동글게 태아처럼 몸을 말았다.

새벽 2시경, 굿서는 침낭 입구를 살짝 열어 별빛으로 주머니 속 시계를 확인했다. 비몽사몽간을 헤매는 도중, 귀가 먹을 만큼 큰 총성이 두 번 들렸다. 잠이 싹 달아났다.

태지에 뒤덮인 갓난아이처럼 버둥거리며 땀이 얼어붙은 침낭 속에서 간신히 머리와 어깨를 밖으로 빼냈다. 차디찬 밤공기가 뺨을 때렸다. 얼마나 차갑던지 심장이 덜덜거렸다. 벌써 하늘은 훤했다.

"뭐야, 무슨 일이지?" 굿서가 외쳤다.

2등 항해사 드보와 수병 셋이 침낭에서 빠져나왔다. 장갑을 낀 채 긴 칼을 차고 잔 듯했다. 고어 대위가 네덜란드산 텐트에서 튀어나왔다. 옷을 제대로 갖춰 입은 채 무려 맨손으로 권총을 쥐었다.

"뭐였나 보고하라!" 고어는 당직 근무자 2명 중 하나인 찰스 베스트에게 외쳤다.

"곰이었습니다. 두 마리였습니다. 얼마나 크던지. 밤새 기웃거리고 다녀서요. 여기에 캠프를 차리기 800미터 전부터 따라오던 곰이었어요. 그런데도 계속 따라와서 어슬렁거리기에 쫓아 버리려고 존하고 제가 총을 쏘았습니다."

존은 오늘 같이 당직 근무를 선 스물일곱 살의 존 모핀을 말한다.

"두 마리 다 쐈나?" 고어는 이렇게 물은 후, 근처 가장 높은 빙하에 올라 황동 망원경을 꺼내 주위를 살폈다. 저렇게 맨손으로 금속을 막 만져도 멀쩡하다니 신기했다.

"네." 모핀이 대답했다. 모직 장갑을 낀 손으로 탄약통을 더듬거려 후장식 산탄총에 탄약을 다시 채워 넣고 있었다.

"맞췄나?" 드보가 물었다.

"네." 베스트가 대답했다.

"소용없었습니다. 산탄총 사정거리가 고작 30보 정도인데, 곰은 가죽도 두껍고 골격도 커서 맞았는데도 그냥 가더라고요." 모핀이 말했다.

"곰은 안 보이네." 고어가 3미터짜리 빙하 위에서 말했다.

"빙판 작은 틈새에서 기어 나온 것 같습니다. 존이 총을 쏘니까 큰 녀석이 저리로 도망갔습니다. 쓰러질 줄 알았는데 암만 봐도 사체가 안 보이네요. 도망갔나 봐요." 베스트가 말했다.

같은 빙판이라고 해도 약간 무른 곳이 있다는 것을 이번에 배웠다. 완전한 원형은 아니지만 지름이 약 1.2미터 정도 되는 얼음 구덩이가 있었다. 반달무늬물범이 숨 돌리려고 만든 것 치고는 꽤 컸다. 백곰이 들어가 앉아 있기엔 너무 작고 너무 띄엄띄엄 있었다. 본디 곰들은 몇 십 센티미터 간격으로 푸석한 빙하를 파헤치는 습성이 있다. 맨 처음에 정찰단은 그 구멍을 보고 개빙 구역일지도 모른다며 잔뜩 들떴다. 그러나 구멍은 사라지고 게다가 너무 띄엄띄엄 보여서 낙심할 수밖에 없었다. 수병 페리어가 그날 오후 늦게 썰매 맨 앞에서 걷다가 그런 구멍에 왼쪽 무릎까지 빠졌다. 페리어가 온몸을 벌벌 떨면서 부츠를 갈아 신고 양모 내복과 양말과 바지까지 바꿔 입는 동안 정찰단은 한참 그 자리에 멈춰야 했다.

"페리어와 필킹턴, 이제 너희가 당직 근무를 설 시간이다. 보비, 텐트에서 머스킷총을 가져와." 고어가 명령했다.

"전 산탄총이 더 편한데요." 페리어가 말했다.

"저는 머스킷총이 더 좋습니다." 덩치가 좋은 해병 필킹턴이 말했다.

"그럼 필킹턴이 가서 머스킷총을 가져온다. 산탄총으로 쏴 봤자 괜히 곰 약이나 올리고 말 테니."

"알겠습니다."

베스트와 모핀은 긴장해서라기보다 두 시간 동안 혹한 속에 서 있느라 온몸이 얼었다. 졸음이 쏟아지는지, 부츠를 벗고 미리 깔아둔 침낭 속으로 기어들어갔다. 해병 필킹턴과 보비 페리어는 퉁퉁 부은 발을 부츠 속으로 쑤셔 넣고 가방을 메고 근처 빙산으로 당직 근무를 서러 구부정하게 걸어 갔다.

굿서는 온몸이 벌벌 떨렸다. 코와 뺨, 손가락 발가락까지 무감각해졌다. 침낭 속에서 몸을 말고 잠을 청했다.

곰은 오지 않았다. 두 시간 후, 2등 항해사 드보가 전원 기상하고 밖으로 나오라고 명령했다.

"오늘도 기나긴 하루가 기다리고 있다." 드보는 쾌청한 목소리로 말했다.

킹윌리엄 랜드 해안까지 35킬로미터가 남았다.

# 11
## 크로지어

북위 70도 5분, 서경 98도 23분
1847년 11월 9일

"오시느라 고생하셨습니다. 어서 공용실로 가셔서 브랜디 한잔 하시죠." 피츠제임스 중령이 말한다.

크로지어는 위스키면 더 좋겠지만 브랜디라도 마셔야 한다. 그는 이리버스 함장의 뒤를 따라 길고 좁은 갑판 승강구 계단을 내려간다. 한때 프랭클린 경이 함장실로 쓰던 곳이었으나 이제야 테러호 함장실과 같은 용도로 쓰이게 되었다. 이곳은 도서관으로 쓰이기도 하고, 장교들이 비번일 때 모이기도 한다. 필요할 경우 회의실로 변신한다. 크로지어는 프랭클린 경 사망 이후에도 피츠제임스가 원래 자기가 쓰던 침실을 계속 쓰는 게 마음에 든다. 덕분에 선미 쪽에 넓은 공용실이 생겨서 여차하면 수술실로 쓸 수도 있다.

갑판 승강구 계단은 공용실 쪽에서 들어오는 빛만 없으면 완전히 암흑이다. 이리버스호 갑판은 테러호와는 반대쪽으로 심하게 기울었다. 우현이 아니라 좌현 쪽으로 기울고, 선수가 아니라 선미 쪽이 내려앉았다. 양쪽 함선은 엇비슷해 보이나 크로지어는 차이점을 몸소 실감한다. 이리버스호와 테러호에서 나는 냄새에는 좀 차이가 있다. 램프 기름 냄새가 풍기고, 씻지 못한 승조원이 입은 더러운 옷에서 찌든 내가 진동하고, 몇 달씩 조리하느라 석탄가루가 풀썩였다. 여기에 덤으로 지린내에 구취까지 뒤엉켜 차갑고 눅눅한 공간을 가득 메웠다. 여기까지는 두 척이 다르지 않다. 그런데 하나 더, 무슨 이유인지 모르겠지만 이리버스호에서는 공포심과 좌절감이 한결 진하게 풍겼다.

장교 둘이 공용실에서 파이프 담배를 태우고 있다. 르베스콘테 중위와 페어홀름 소위다. 두 사람은 기립해 양쪽 함장에게 묵례한 후 뒤로 물러나 미닫이문을 닫고 나간다.

피츠제임스가 육중한 캐비닛을 열어 브랜디 한 병을 꺼낸다. 존 프랭클린 경이 쓰던 크리스털 잔에 크로지어에게 가득, 자기 몫으로 조금 따른다. 고급 도자기와 크리스털 식기류는 모두 고 프랭클린 경이 개인용 및 장교용으로 준비한 것이다. 브랜디 잔은 없다. 프랭클린 경은 뼛속까지 금주자였다.

크로지어는 향기를 음미할 새도 없이 브랜디 한 잔을 세 모금으로 나눠 꿀꺽 들이붓고 더 따르라고 내민다.

"이렇게 빨리 응답을 주셔서 고맙습니다. 전갈이 올 줄 알았지, 함장님께서 몸소 오실 줄은 정말 몰랐습니다."

크로지어가 인상을 찌푸린다. "전갈이라니? 지난 일주일간 자네한테 받은 게 없는데, 제임스."

피츠제임스가 잠시 응시한다. "오늘 저녁에 전갈 못 받으셨습니까? 가서 전하라고 리드 이병을 다섯 시간 전에 그리로 보냈는데요. 리드가 테러호에서 자고 오는 줄 알았습니다."

크로지어는 고개를 느릿느릿 젓는다.

"아…… 이런." 피츠제임스가 한숨을 내쉰다.

크로지어는 주머니에서 모직 양말 한 짝을 꺼내 탁자 위에 올려놓는다. 격벽에 걸린 밝은 램프 불에 비춰 보니 몸싸움을 한 흔적은 없다. "여기로 오는 길에 이걸 주웠네. 테러호보다 이리버스호에서 더 가까운 쪽에서 찾았어."

피츠제임스는 양말을 집어 들고 안쓰럽게 살핀다. "혹시 누구 건지 아는 사람이 있나 물어보겠습니다."

"테러호 대원일 수도 있어." 크로지어는 차분히 말한다. 그는 피츠제임스에게 습격 사건을 설명한다. 해병 이병 헤더는 중상, 윌리엄 스트롱과 어린 토미 에번스는 실종이라고 간결하게 정리한다.

"하루에 넷이라." 피츠제임스는 브랜디 잔을 도로 채우며 말한다.

"그렇다네. 전갈은 무슨 내용이었나?"

피츠제임스는 그날 하루 종일 랜턴 빛이 닿지 않은 세락 사이로 뭔가 커다란 것이 움직였다고 한다. 승조원들이 연사하고 탐색대가 빙판에 나가 확인했으나, 혈흔은 물론 다른 흔적도 전혀 보이지 않았다고 한다. "멍청이 보비 존스가 좀 전에 함장님께 총을 쏜 거 사과드립니다. 다들 신경이 예민하게 곤두서서 그랬을 겁니다."

"빙판에서 우리말로 고함치는 소리를 듣고도 총질하는 걸로 봐서는 그쪽 애들이 그리 예민한 것 같지는 않던데." 크로지어는 비꼬듯 말한 후 브랜디를 한 모금 더 머금는다.

"그게 아니라 진짜로 생각이 없어서 그랬을 겁니다. 존스가 벌써 2주나 럼을 배급받지 못해서요. 제가 다시 사과드리죠."

크로지어는 한숨을 내쉰다. "그러면 쓰나. 차라리 괴롭히는 게 낫지 술을 안 주면 어쩌려고. 이리버스호는 벌써 불만이 한가득 찼어. 벙어리 여자와 같이 왔는데, 하필 털이 북슬북슬한 옷을 입었더군. 존스가 아마 그걸 언뜻 본 모양이네. 내 머리통쯤은 날려야 날 제대로 대우해 주는 거 아니겠어?"

"벙어리 여자와 같이 계셨다고요?" 피츠제임스의 눈썹이 일그러진다.

"대체 저 빙판에서 뭔 짓을 하고 있었는지는 모르겠네만." 크로지어는 숨을 고른다. 찬바람을 맞으며 고함을 쳤더니 목이 간질거리고 따끔거린다. "이리버스호에서 한 400미터 떨어진 지점에서 하마터면 여자를 쏠 뻔했어. 여자가 살금살금 다가와서 말이지. 지금 어빙이 테러호를 샅샅이 뒤지느라 난리가 났을 텐데. 내가 에스키모 마녀를 찾으라고 했는데, 큰 실수한 것 같아."

"다들 그 여자를 요나라고 여깁니다." 피츠제임스의 목소리는 복닥거리는 하갑판 격벽 너머에서도 들릴 정도로 크다.

"왜 다들 그런 생각이 안 들겠나?" 크로지어는 이제 취기가 오른다. 어젯밤 이후 처음 술이 들어가니 속이 뜨거워지고 멍한 뇌에 생기가 돈다. "무시무시한 공포가 시작되던 날, 에스키모 여자가 애비인지 남편인지 하는 작자와 나타났지. 혀는 뿌리부터 씹혀 먹혀 흔적만 남았고. 그러니 다들 저 여자를 모든 문제의 시발점이라고 생각하는 거 아니겠어?"

"그런데 다섯 달이나 테러호에서 재워 주신 분은 바로 함장님이시잖아요." 젊은 함장 피츠제임스의 목소리에는 책망은 없고 호기심만 그득하다.

크로지어는 어깨를 으쓱한다. "마녀 따윈 없어. 제임스, 그렇게 따지면 요나도 없는 거야. 여자를 그냥 놔뒀다면 분명 괴물에게 잡혀 먹혔을 걸세. 에번스와 스트롱처럼. 여기 연락병 리드도 마찬가지 신세가 되었을 거네. 작가 이름이 뭐더라, 아 맞다, 만날 디킨스 얘기만 하던 붉은 머리 이병 맞지?"

"네, 윌리엄 리드 맞습니다. 2년 전 디스코 섬에서 발자국을 따라 수색한 적이 있었는데 리드가 굉장히 발이 빨랐어요. 그렇게 발이 빠른 녀석인데……" 피츠제임스는 말을 멈추고 입술을 깨문다. "아침에 보낼 걸 그랬습니다"

"뭐 하러? 아침이라고 더 밝은 것도 아니고, 정오라고 더 훤해지는 것도 아닌데. 지금은 밤이든 낮이든 죄다 어둡지. 앞으로 넉 달간은 종일 밤이야. 게다가 녀석이 꼭 밤에만 나돌아 다니는 것도 아니잖아. 이만치 어두울 때 반드시 출몰하는 것도 아니고. 리드는 돌아올 거야. 우리 대원이 소식을 전하러 빙판에 나갔다가 길을 잃었는데 대여섯 시간 후에 벌벌 떨며 욕하면서 돌아오더라고."

"그래야죠. 아침에 수색대를 내보내려고 합니다." 피츠제임스가 피곤한 목소리로 말한다.

"그게 바로 녀석이 우리한테 바라는 바지." 크로지어의 목소리는 완전히 지쳐 있다.

"그렇겠죠." 피츠제임스가 같은 대답을 한다. "하지만 전에 그러셨잖아요. 어젯밤에도 대원들을 빙하로 내보냈고, 오늘도 하루 종일 스트롱하고 에번스를 찾아 나섰다고요."

"만일 내가 스트롱을 찾겠다고 에번스를 데려가지 않았더라면, 에번스는 여태 살아 있을 거야."

"토미 에번스. 기억납니다. 덩치 좋은. 어린애는 아니고 스물 둘, 셋쯤 됐던 것 같은데요."

"지난 5월에 스물이 됐어. 우리가 출항하던 그날 배에서 생일을 맞았어. 승조원들이 사기가 충만해서 다들 토미의 머리를 흔들며, 열여덟 번째 생일을 축하해 주었지. 옆에서 머리를 붙들고 흔들어도 토미는 별로 개의치 않았어. 그를 아는 승조원들은 토미가 나이에 비해 의젓했다 말하더군. 링크스호에서 근무했었고, 그전에는 동인도 무역선을 탔지. 열세 살 때 배에 오른 거지."

"함장님께서도 그러셨죠."

크로지어는 씁쓸하게 웃는다. "나도 그랬지. 덕분에 많은 것을 누렸고."

피츠제임스는 브랜디를 캐비닛 속에 넣고, 긴 테이블로 되돌아온다.

"말씀해 주시죠. 옛날에 호프너 함장이 귀부인 분장했을 때 함장님이 진짜로 흑인 하인 분장을 하셨나요? 그때가 빙하에 갇혔던 1824년이었던가요?"

크로지어가 호탕하게 웃었다. 이번에는 조금 더 편안해진 웃음이다. "사실이네. 내가 헤클라호 사관후보생이었을 때 패리 함장이랑 같이 그랬어. 1824년, 패리 함장은 호프너가 이끄는 퓨리호와 함께 북진 중이었어. 그때도 이 망할 놈의 북서항로를 찾았거든. 패리의 계획은 랭커스터 해협을 지나 프린스리전트 만을 타고 내려가는 거였지. 사실 그땐 우리는 부시아가 반도인지도 몰랐어. 1833년 존 프랭클린과 제임스 로스가 부시아가 반도라는 사실을 밝혔으니까. 패리 함장은 남진해서 부시아 섬을 한 바퀴 돌고 쾌속으로 질주하면 해안가에 도착해 프랭클린이 6, 7년 전에 도착한 뭍에 닿을 줄 알았다지. 그런데 패리 함장이 너무 늦게 출항한 거야. 대체 왜 이 빌어먹을 탐험대 지휘관들은 죄다 출항이 늦는 건가? 아무튼 운 좋게 랭커스터 해협을 지나갔지. 그때가 예정보다 한 달 늦은 9월 10일이었어. 그런데 9월 13일이 되자 바다가 얼어붙기 시작해서 해협을 빠져나올 수 없었어. 그래서 헤클라호 함장 윌리엄 패리와 퓨리호의 헨리 호프너 대위는 지레 겁을 먹고 남쪽으로 쏜살같이 내뺐지."

"때마침 부는 강풍이 우리 배를 배핀 만 쪽으로 밀어내지 뭐야. 그 덕분에 운 좋게 프린스리전트 만 인근에 있는 아주 작고 예쁜 만에 정박하게 되었고, 그곳에서 열 달을 버텼어. 추워 죽는 줄 알았지."

"그런데 왜 하필 흑인 소년 분장을 하셨죠?" 피츠제임스가 웃으며 물었다.

크로지어는 고개를 끄덕이며 술로 입술을 축였다. "패리와 호프너는 이렇게 빙하에 갇혀서 겨울을 보내는 동안 분장쇼 하는 걸 무지 좋아했어. 그 분장쇼를 구상한 것도 호프너였어. 호프너는 '그랜드 베네치아 까니발'이라고 이름을 짓고 11월 1일 분장쇼를 열었어. 그즈음 되면 몇 달간 해가 뜨지 않아서 다들 사기가 바닥을 칠 때였거든. 패리가 아주 큼지막한 망토를 두르고 헤클라호 쪽으로 건너왔어. 다들 모였는데도 망토를 벗지 않더군. 양쪽 함선에는 아주 커다란 의상 트렁크가 있어서 승조원들도 죄다 분장을 했지. 패리가 망토를 벗어젖히는 순간, 늙은 해병으로 분장한 패리가 서 있더군. 거, 있잖아. 한쪽 다리에 의족을 차고 채텀 인근에서 바이올린을 켜던 남자, 자네 아나? 아니, 아마 모르겠지, 자넨 너무 어리니."

"내가 보니 패리는 함장이 아니라 배우가 되고 싶었던 자였어. 얼마나 준비를 제대로 했던지. 바이올린을 켜면서 가짜 의족을 찬 다리로 깽깽이 걸음을 하면서 이러는 거야. '불쌍한 조에게 한 푼만 줍쇼. 왕과 조국을 지키다가 이렇게 다리를 잃었어요.'"

"순간, 다들 배꼽을 잡았지. 그런데 호프너는 패리 함장보다 뭔가 그럴싸한 쓰레기 같은 짓을 더 좋아했지. 호프너가 식당 안으로 귀부인 복장을 한 채 나타났어. 전년도에 유행하던 최신식 파리 여성복 차림을 했더라고. 가슴을 잔뜩 드러낸 페티코트를 입어서 엉덩이를 한껏 부풀린 차림이었네. 그때 나는 혈기 왕성했고 너무 바보 같아서 뭐가 뭔지 잘 모르기도 했지. 고작 20대였으니 뭐. 난 호프너의 흑인 하인 분장을 했어. 헨리 파킨스 호프너가 런던에 있는 코스튬 가게에서 나 입히려고 사 온 옷이었지."

"다들 웃던가요?"

"다들 뒤집어졌지. 늙은 호프너가 비단 치맛자락을 질질 끌면서 나랑 같이 들어가자 다들 패리의 분장을 잊었어. 왜들 안 웃었겠어? 굴뚝 청소부, 매춘부, 고물상, 매부리코 유대인, 벽돌공, 스코틀랜드 산악지대 전사, 터키 무희, 런던 성냥팔이 소녀는 많이 봤잖아? 그런데 자! 크로지어라는 젊은 놈이 나이는 먹어 가는데 소위도 아니고 고작 사관후보생 주제에 언젠가 대장이 될 거라 헛꿈을 꾸고 있는 거지. 아일랜드 출신 일개 깜둥이 (아일랜드는 잉글랜드로부터 700년에 걸쳐 박해를 당해 온 나라다. 중세 이후 유럽에서 아일랜드 사람은 '하얀 깜둥이'로 불릴 만큼 이류 시민 취급을 받았다. 실제로 크로지어는 백인이며 자조적인 분장을 하고 등장함으로써 스스로를 깎아내린 연극을 한 것이다)라는 것도 까먹고 말이지."

피츠제임스는 한참을 아무 말이 없다. 어두운 선수 쪽 삐거덕거리는 해먹에서 코를 골고 방귀를 뀌는 소리가 들린다. 머리 위 갑판 어딘가에서 당직 근무를 서는 자가 발을 동동 구르며 동상을 방지한다. 크로지어는 이런 식으로 이야기를 마무리해서 미안한 마음이 든다. 취하지 않으면 그 누구에게도 이런 식으로 말하지 않는다. 피츠제임스가 브랜디를 다시 꺼내왔으면. 위스키도 좋고.

"퓨리호와 헤클라호는 빙해에서 탈출했나요?"

"그다음 해 여름 7월 20일이었지. 그다음은 자네도 잘 아는 얘길 테니."

"퓨리호를 잃었다고 들었습니다."

"맞아, 빙하가 풀리기 시작한 지 닷새 만이야. 서머싯 섬 해안가를 따라가면서 극빙을 피하려고 했거든. 절벽에서 계속해서 떨어지는 석회암도 피해 가는 중이었지. 젠장, 빙산이 얼마나 크던지. 예전에 이리버스호와 테러호 사이에 버티고 앉은 빙산만큼이나 컸어. 그 빙산이 퓨리호를 해안가 빙하로 밀어붙이는 바람에 키가 망가지고 선체 목재가 조각나고 플랭크가 튕겨나갔지. 대원들이 돌아가며 펌프 네 대를 밤낮으로 돌리며 침몰만은 막으려 했는데."

"한참 고생하셨군요." 피츠제임스가 거든다.

"2주나 그랬어. 심지어 빙산에 퓨리호를 묶으려고까지 했는데, 빌어먹을 로프가 끊어졌어. 그러자 호프너는 퓨리호 용골(선수에서 선미에 걸쳐 선체를 받치는 길고 큰 재목) 쪽을 들어 올리려고 했어. 프랭클린 경이 이리버스를 들어 올리려 했던 것처럼. 그런데 블리자드가 몰아쳐서 계획을 접었고, 양쪽 함선은 폭풍우에 떠밀려 돌출한 곳과 부딪히게 생겼지 뭐야.

펌프를 돌리던 승조원들은 결국 그 자리에 쓰러졌지. 다들 명령에 복종하다가 진이 빠진 거야. 8월 21일, 결국 패리는 전원 헤클라호로 옮겨 타라고 명령한 후 헤클라호가 해안으로 떠밀려 부딪히지 않게 선수를 틀라고 했어. 그런데 불쌍한 퓨리호는 빙하에 떠밀려 해안가로 가다가 너무 세게 부딪히는 바람에 그만 박살났어. 견인할 틈조차 없었지. 눈앞에서 퓨리호가 빙하에 부딪히며 산산조각 났네. 헤클라호는 간신히 위기를 모면했고. 배를 해안가에 대려고 밤낮으로 펌프질을 하던 승조원들과 하루 종일 작업하던 목수들도 퓨리호와 함께 가라앉았지."

"그래서 북서항로는 근처에도 못 가봤어. 새로 발견한 땅도 제대로 구경도 못했고. 게다가 함선 한 척을 잃은 죄목으로 호프너는 군법회의에 회부됐네. 패리는 자기가 회부되었다고 생각했지. 자기가 호프너 상관이었으니까."

"다들 무죄 판결을 받았고, 제 기억엔 칭송까지 받았던 것 같아요."

"칭송은 받았지만 승진은 못했지."

"그래도 다들 살았잖아요."

"그렇지."

"이번 탐험에도 모두 살아남았으면 좋겠어요." 피츠제임스의 목소리는 부드럽지만 단호하다.

크로지어가 끄덕인다.

"패리 함장처럼 우리도 그랬어야 했어요. 1년 전에 양쪽 승조원을 테러호에 옮겨 싣고 킹윌리엄 랜드로 동진했어야 했는데." 피츠제임스가 말한다.

이번에 눈썹을 올린 사람은 크로지어다. 피츠제임스가 킹윌리엄이 섬이라는 사실에 동의하지 않아서가 아니다. 늦여름 썰매 정찰단은 킹윌리엄이 섬이라고 결론을 내렸다. 작년 가을 이리버스호를 포기하고 운항했어야 했다는 말에 공감했기 때문이다. 해군 함장이 자기 배를 포기하는 것보다 힘든 일은 없다. 그런데 영국 해군 함장이니 얼마나 어려웠을까. 존 프랭클린 경이 이리버스호를 호령하는 동안 부함장 제임스 피츠제임스가 실질적인 함장 역할을 도맡아 했다.

"이젠 너무 늦었어." 크로지어는 가슴이 아프다. 공용실은 외벽 세 곳과 칸막이를 다른 벽과 공유하고 프레스톤 천창이 세 개가 나 있어서 춥다. 두 남자의 입김이 고스란히 보일 정도다. 그래도 바깥보다 선실 안이 20도는 더 높다. 뾰족한 못에 찔려 시뻘게진 크로지어의 발과 발가락이 꽁꽁 얼었다가 풀리는 중이다.

"맞습니다. 그래도 현명하시게도 함장님께서 8월에 장비와 비축품을 썰매에 실어 킹윌리엄 랜드로 옮기셨습니다."

"만일 생존 캠프를 차리게 된다면 옮길 게 한두 가지겠어?" 크로지어가 퉁명스럽게 말한다. 겨울에 다급히 함선을 포기해야 할 경우를 대비해 옷, 텐트, 생존 장비, 통조림 등 2톤에 달하는 짐을 배에서 끄집어 내 킹윌리엄 랜드 북서쪽 해안가로 옮겼다. 옮기는 작업은 무척 느리고 굉장히 위험했다. 몇 주간 고생스럽게 썰매로 고작 1톤만 옮겨 놓았다. 텐트, 추가 의복, 도구, 몇 주 치 통조림만 겨우 옮겨 놓았을 뿐. 그게 전부였다.

"그것 가지고는 거기에서 못 버텨. 9월에 모조리 캠프까지 옮길 수 있었는데. 내가 대형 텐트 열두 개를 칠 곳을 봐 놨는데 기억나나? 그런데 캠프 생활은 함선에 있는 것만큼 아늑하지 않을 수 있어."

"잘 기억나지 않습니다."

"배가 겨울을 버텨야 하는데."

"그래야죠. 일부 대원들이 그 녀석을 '테러'라고 부른다는 얘기 들으셨습니까?"

"아니!" 크로지어가 버럭 화를 내다. 함선의 이름이 그런 나쁜 용도로 불리는 게 싫다. 아무리 농담이라고 해도 그건 아니다. 그런데 피츠제임스의 푸른빛이 섞인 적갈색 눈을 바라보니 다들 진심으로 하는 소리다. "테러라니." 크로지어는 언짢다.

"그놈은 그냥 동물이 아닌 것 같습니다. 얼마나 교활한지 뭔가 초자연적이고 불가사의한 생명체 같아요. 어둠 속 빙하에서 사는 악마랄까."

크로지어는 너무 역겨워서 술을 내뱉을 뻔한다. "악마라니. 유령이니 요정이니, 요나니 인어공주니, 저주니 바다 괴물이니, 이 따위를 믿는 게 바로 뱃사람들이라지." 경멸조로 말한다.

"전 함장님이 바람을 부르겠다고 돛을 긁으시는 모습을 본 적이 있는데요." 피츠제임스가 웃으며 말한다.

크로지어는 아무 말이 없다.

"경륜도 있으시고 워낙 다니신 곳도 많아서 아무도 모르는 존재를 많이 보셨을 겁니다." 피츠제임스는 분위기를 띄우려고 애써 말을 덧붙인다.

"그건 그렇지." 크로지어는 함빡 웃는다. "펭귄을 봤지. 여기 북극에서 펭귄이 가장 큰 동물이면 얼마나 좋을까. 그런데 남극에만 살지."

"남극에는 백곰이 없다면서요?"

"거긴 없어. 지난 70년 동안 화산과 얼음밖에 없는 남극에 갔다 온 포경선이나 탐험선에서 백곰을 본 자는 아무도 없었어."

"함장님하고 제임스 로스 경이 남극 대륙과 화산을 처음 보신 분들이라면서요."

"맞아, 우리가 처음이었지. 덕분에 제임스 로스 경은 많은 것을 누렸어. 아름답고 젊은 여인과 결혼해서 기사 작위를 받고 행복하게 살다가 극지방 탐험대에서 은퇴를 했지. 그리고 나는…… 여기 이렇게 있고."

피츠제임스는 목청을 가다듬으며 주제를 바꾸려 한다. "저기, 이번 탐험을 오기 전까지만 해도 솔직히 전 북극해가 열려 있다고 믿었습니다. 공청회를 열어 소위 북극 전문가들의 의견을 들은 영국 의회가 맞다고 믿었으니까요. 우리가 출항하기 전 겨울 기억나십니까? 그때 『타임스』에 기사가 났는데, 열 기압 장벽이 어쩌고저쩌고해서 멕시코 만류가 북극 빙하 쪽으로 타고 올라가 북극점을 지나는 바다를 덥힐 거라고 했거든요. 그래서 아직 발견 못한 대륙이 분명 북극에 있다고요. 그 바람에 다들 들떠서 국회에 법안을 올리고 통과시켜서 사우스게이트나 다른 교도소 수감자들을 북극에 보내 석탄을 캐게 할 생각이었죠. 여기에서 수백 킬로미터 북쪽에 있는 대륙에 잔뜩 매장되어 있을 것으로 추정되는 석탄을 캐내겠다고 말이죠."

이번엔 진짜로 웃겼는지 크로지어가 웃는다. "맞아, 석탄을 캐서 그걸로 호텔 난방을 돌리고 증기선에 연료를 공급할 항구를 건설해, 늦어도 1860년대까지 북극해를 오가는 정기선을 운항할 거라 했지. 세상에. 그때 내가 사우스게이트에 수감되어 있었어. 법과 인도적 차원에서 거기 감옥이 지금 우리가 쓰는 격실보다 두 배는 넓었거든. 그렇게 시설 좋은 감옥에서 지내던 그때만 해도 북극 대륙을 발견했다는 소식이 들리기만 하면 미래가 보장될 줄 알았지."

둘이 크게 웃는다.

머리 위 갑판에서 발 구르는 소리가 들린다. 그저 발을 구르는 것으론 안 되겠는지 아예 쿵쾅쿵쾅 뛰는 중이다. 그런데 말소리가 들리고 발밑으로 서늘한 찬기가 느껴진다. 누군가 저쪽 끝 갑판 승강구 계단 위에 있는 메인 해치를 열어두었나 보다. 덕분에 계단을 밟고 내려오는 소리가 들린다.

양쪽 함장이 숨을 죽이고 기다린다. 누군가 공용실의 얄팍한 문을 살포시 두드린다.

"들어오게." 피츠제임스가 말한다.

이리버스호 대원 하나가 테러호 대원 들을 데리고 들이온다. 소위 콘 어빙과 수병 생크스다.

"말씀 중에 죄송합니다. 피츠제임스 중령님, 크로지어 함장님." 어빙이 이를 덜덜 맞부딪치며 말한다. 기다란 코는 얼어서 허옇다. 생크스는 여태 머스킷총을 들고 있다. "리틀 대위가 크로지어 함장님께 최대한 빨리 보고하라며 저희를 보냈습니다."

"계속해, 어빙. 아직도 벙어리 여자를 못 찾았나?"

어빙은 잠시 멍한 표정을 짓다가 이어서 말한다. "마지막 수색조가 들어올 때 빙판에서 여자를 봤습니다. 그런데 그보다, 리틀 대위가 당장 함장님을 모셔 오라고 했습니다. 왜냐면……" 어빙은 리틀이 그를 보낸 이유를 까먹은 듯 말을 멈춘다.

"카우치, 갑판 승강구 계단으로 나가서 문을 좀 닫아 줘." 피츠제임스가 당직을 서는 이리버스호 대원에게 부탁한다. 카우치는 방금 두 사람을 데리고 왔다.

삐걱거리는 해먹에서 코 고는 소리가 순식간에 멈춘다. 크로지어는 어색한 침묵을 온몸으로 느낀다. 선수 쪽 침실 쪽에서 다들 자다 말고 귀를 쫑긋 세운다.

문이 닫히자 어빙이 말한다. "윌리엄 스트롱과 토미 에번스가 돌아왔습니다."

크로지어가 눈을 끔뻑인다. "지금 뭐랬나, 돌아왔다고? 살아서?" 그는 몇 달 만에 처음으로 희망을 느낀다.

"그게 아니라, 하나로 돌아왔습니다. 느닷없이 선미 쪽 난간에 그것이 걸려 있었습니다. 수색대가 복귀하다가 그것을 발견했습니다. 약 한 시간 전입니다. 당직 근무자는 아무것도 못 보았다고 합니다. 그렇게 그게 돌아왔습니다. 리틀 대위의 명을 받고 함장님께 보고하려고 다급히 빙판을 가로질러 왔습니다. 생크스 메어하고 함께요."

"그것이라니? 하나로 돌아왔다니? 함선으로 돌아왔단 말인가?" 크로지어는 도저히 무슨 소리인지 알아들을 수가 없다. "스트롱과 에번스 둘 다 돌아왔다고 그런 거 맞나?"

어빙 소위는 얼굴이 얼어서 온통 허옇다. "둘 다 돌아왔습니다. 절반씩 돌아온 셈입니다. 선미 난간에 걸쳐진 시신을 살펴보니 그게…… 반으로 나뉘어 있었어요. 최대한 분간해서 살펴보니 상반신은 빌리 스트롱이었고, 하반신은 토미 에번스였습니다."

크로지어와 피츠제임스는 서로 눈을 맞춘다.

# 12
# 굿서

북위 69도 37분 42, 서경 98도 41분
킹윌리엄 랜드
1847년 5월 24일 – 6월 3일

5월 28일 저녁, 고어 대위가 이끄는 썰매 정찰단이 닷새간 생고생을 하며 빙상을 건넌 끝에 킹윌리엄 랜드 제임스 로스 경의 케른에 닿았다.

섬에 도착하니 반갑게도 해안가에 그전까지 보이지 않던 민물 웅덩이가 있어서 물을 마실 수 있었다. 그런데 안타까운 사실은 이것이 절대로 녹지 않을 빙산 아래쪽에서 올라오고 있다는 점이었다. 어떤 빙산은 높이가 무려 30미터에 달했다. 모래톱과 해안을 훑으며 솟은 얼음산은 마치 하얀 왕궁의 흉벽처럼 시야에 들어오는 지평선 저 끝까지 뻗어 있었다. 이 빙벽을 넘는 데만 꼬박 하루가 걸렸다. 썰매의 무게를 덜려고 싣고 온 옷가지, 연료, 비축품을 빙판 위에 남겨두었다. 안 그래도 힘든데 설상가상으로 수프와 돼지고기 통조림을 땄더니 그 안에 든 내용물 일부가 썩어 있었다. 남은 통조림이 멀쩡하다고 가정했을 경우, 돌아갈 때까지 닷새 치 식량도 채 남지 않았다. 무엇보다 심각한 사실은 바다의 시작점으로 추정되는 이곳에서조차 빙상의 두께가 여전히 2미터가 넘는다는 점이었다.

적어도 굿서에게는 킹윌리엄 랜드가, 후일 킹윌리엄 섬이라고 밝혀진 이곳이 너무 실망스러웠다.

북쪽의 데본 섬과 비치 섬은 1년 중 가장 날씨가 좋은 때라도 바람이 휘몰아쳐서 생명체에게 가혹한 땅이었다. 이끼와 교목 빼고는 아무것도 자라지 못했다. 그런데 킹윌리엄 랜드에 비하면 그곳은 진정한 에덴동산이었다. 비치 섬에는 맨땅도 있고 흙과 모래가 일부 보이기도 하며 으리으리한 절벽이 솟은 해안도 있었다. 킹윌리엄 랜드에는 아무것도 없었다.

빙벽을 넘어 한 30분 정도 걸었다. 굿서는 여기가 육지인지 바다인지 전혀 분간이 안 되었다. 다른 조원들은 1년 만에 처음으로 뭍을 밟게 된 것을 자축하려고 준비를 해 왔다. 그런데 빙해를 건너 빙벽을 넘고 보니 해안가 난빙이 펼쳐져서 어디까지가 해안이고 어디서부터가 육지인지 전혀 구별할 수 없었다. 그저 난빙과 지저분한 눈과 얼음, 그 위에 쌓인 눈만 보였다.

우여곡절 끝에 썰매 정찰단은 바람이 눈을 쓸고 간 구역에 도착했다. 굿서와 다른 조원들은 자갈밭으로 달려가서 추수감사절에 기도하듯 단단한 땅에 무릎 꿇고 앉았다. 이곳의 작고 둥근 자갈은 단단히 얼어 있었다. 런던에서 도로포장용으로 쓰는 자갈만큼 단단했고 차갑기는 10배나 더했다. 냉기가 바지를 뚫고 들어왔다. 무릎이 쑤시고 뼛속이 시리더니 다리를 타고 올라와 손바닥과 손가락까지 얼어버렸다. 땅속 얼음처럼 냉혹한 죽음의 지옥으로 쥐도 새도 모르게 초대하는 것 같았다.

로스의 케른을 찾느라 네 시간이 넘게 걸렸다. 고어는 원정을 떠나기 전에 빅토리 포인트 근방에 가면 1.8미터 높이로 돌무더기가 쌓여 있어서 쉽게 찾을 수 있다고 했다. 그런데 이 근방에 오자 난빙이 보통 그 정도 높이였고, 케른을 쌓은 작은 돌멩이는 이미 강풍에 날아가 버렸다. 5월 말이라 밤이 와도 하늘은 약간 어스름할 뿐 여전히 훤했다. 원근감과 거리감이 사라져 사물을 분간하기가 너무 어려웠다. 구별할 수 있는 것은 오로지 북극곰뿐이었다. 그것도 움직일 때만 가능했다. 대여섯 마리가 배가 고픈지 호기심에 하루 종일 졸졸 쫓아다녔다. 간혹 보이는 기이한 동태를 제외하고 모든 게 희미한 빛에 흐려졌다. 800미터 떨어진 높이가 1.5미터쯤 되는 세락인 줄 알았는데, 알고 보니 20미터 거리에 높이 60센티미터짜리였다. 자갈밭이 30미터 앞인 줄 알았는데, 실상은 1.5킬로미터쯤 떨어진 바람 부는 곳에 펼쳐져 있었다.

아무튼 케른을 찾긴 찾았다. 굿서가 시계를 들여다보니 오후 10시가 다 됐다. 전원 녹초가 돼서 제복을 입힌 원숭이처럼 팔이 덜렁거렸다. 너무 힘들어서 말이 나오지 않았다. 썰매는 처음 도착했던 해안에 두고 왔다. 북쪽 800미터 떨어진 곳이었다.

고어는 편지 두 개 중 하나를 꺼내서-존 프랭클린 경의 지시로 편지를 하나 더 필사했다. 해안을 따라 남으로 좀 더 내려가 또 한 장을 어딘가에 넣고 와야 했다-날짜를 적어 넣고 서명했다. 2등 항해사 드보도 서명했다. 두 사람은 편지를 말아서 준비해 온 놋쇠 원통 두 개 중 하나에 밀어 넣고 밀봉한 다음, 속이 빈 케른 안에 집어넣고 잠시 빼냈던 돌멩이를 도로 끼웠다.

"됐다. 이제 다 된 거지?" 고어가 말했다.

자정 무렵 석식을 하려고 썰매로 돌아간 지 얼마 되지 않아 천둥을 동반한 블리자드가 불어 닥쳤다.

빙하를 건너는 동안 무게를 덜려고 무거운 늑대 가죽 이불, 방수 시트, 통조림 대부분을 빙판에 남겨 두고 왔다. 통조림이 밀봉되어 있어서 곰이 쿵쿵거리고 돌아다녀도 아무 냄새도 나지 않을 거라 생각했다. 만일 통조림을 발견했다 해도 녀석들이 통조림을 어떻게 따 먹는단 말인가. 계획대로라면 빙판에 남겨 둔 이틀 치 식량을 수습해서 전원 네덜란드산 텐트에서 취침할 생각이었다. 그리고 오다가다 사냥도 하려 했는데 그 꿈은 이곳의 참담한 실상을 보는 순간 사라졌다.

드보가 저녁 준비를 맡았다. 버드나무 바구니 속에 잘 넣어서 가져온 특허받은 조리 기구를 꺼냈다. 뭍에 도착해서 첫날 저녁에 먹으려 했던 통조림을 따니 네 개 중 두 개가 썩어 있다. 이렇게 되면 수요일에 먹을 염장 돼지고기 양이 절반으로 준다. 기름기가 많아서 인기 좋은 메뉴였다. 고된 하루를 보내고 허기진 배를 달래기엔 부족했다. 마지막으로 딴 통조림은 멀쩡했다. 그러나 대원들이 꺼려하는 '최고급 거북이 고기 맑은 수프'였다. 먹어 본 바로는 최고급도 아니고 맑지도 않고 거북이 고기도 아니었다.

테러호의 맥도널드 군의관은 토링턴이 비치 섬에서 사망한 직후부터 1년 반 동안 저장 식품의 품질에 대해 관심을 가지고 연구했다. 다른 군의관들과 협력하여 괴혈병을 막을 최고의 식단을 찾았다. 굿서는 맥도널드에게서 스태픈 골드너라는 작자의 실체를 들었다. 스태픈 골드너는 런던 하운스디치 출신으로 이번 탐험대에 통조림을 납품했다. 터무니없이 낮은 낙찰가로 계약을 따낸 후 부적격한 식품을 납품하며 영국 정부와 해군 극지 탐험대의 뒤통수를 쳤다. 여기서 '부적격'이란 상할 위험이 크다는 뜻이다.

칼바람을 맞으며 서 있던 대원들은 통조림이 썩은 걸 보더니 욕설을 퍼부었다.

리틀 대위는 한 1, 2분 정도 다들 실컷 욕하게 내버려 두었다. 그러고는 이렇게 달랬다. "진정들 해. 그럼 이렇게 하자. 멀쩡한 통조림이 나올 때까지 내일 먹을 통조림을 오늘 따자. 그리고 내일 저녁때, 그러니까 내일 자정에 음식을 두고 온 곳으로 돌아가자."

다들 만장일치로 동의했다.

이번에 딴 통조림 네 개 중 두 개는 상하지 않았다. '아이리시스튜'라는 통조림은 고기는 아예 보이지 않았고 기분이 아주 좋을 때나 간신히 넘길 수준이었다. 또 하나는 맛이 끝내준다고 광고한 '참소 볼 살과 채소'라는 통조림이었다. 그 안에 든 고기는 가죽 공장에서 남은 찌꺼기 가죽과 지하

저장실에 처박혀 있던 못 먹을 채소를 긁어모아 끓인 것 같았다. 그래도 먹을 게 아예 없는 것보다야 나았다.

현 위치에서 15미터 떨어진 곳에 첫 번째 번개가 내리쳤다. 대원들은 먹던 음식을 쏟았다. 두 번째 번개는 더욱 가까운 곳에 내리꽂혔다.

다들 텐트로 달려갔다. 일제 엄호 사격하듯 번개가 근처에 내리꽂혔다. 대원들은 갈색 천막 텐트 속에서 겹겹이 쓰러졌다. 원래 4인용 텐트인데 8명과 램프까지 들고 들어갔다. 그때 수병 보비 페리어가 텐트를 떠받친 기둥을 쳐다보며 "젠장" 이러더니 텐트 입구 쪽을 가리켰다. 기둥은 나무와 철 기둥이었다.

바깥에서 주먹만 한 우박이 쏟아지더니 파편이 부서지면서 높이 튕겨 올랐다. 번쩍거리는 번개가 어스름한 북극의 한밤 하늘을 계속 갈랐다. 겹겹이 내리꽂히는 번개 때문에 밤하늘이 순간순간 눈이 부셨다. 눈앞에 번개의 잔상이 남았다.

"안 돼!" 고어가 천둥소리보다 더 크게 고함을 질렀다. 텐트 입구 쪽에 있던 페리어를 뒤로 잡아끌며 비좁은 바닥으로 주저앉혔다. "이 섬에선 우리가 젤 커. 이 철 기둥을 최대한 멀리 집어 던져야 해. 그 대신 계속 몸은 텐트 속에 숨겨야 하고. 다들 침낭으로 들어가서 납작 엎드려!"

대원들은 명령대로 민첩하게 움직였다. 방한모 밑으로 삐져나온 기다란 머리가 엉클어졌다. 머리 위로 담요를 여러 겹 뒤집어썼다. 블리자드는 미쳐 날뛰고 천둥소리에 고막이 찢어질 것 같았다. 우박이 등판을 때리며 쏟아졌다. 텐트 천막과 담요를 덮고 그 밑에 들어가 있었지만 커다란 주먹으로 흠씬 두드려 맞아 피멍이 든 것 같았다. 굿서는 우박에 정신없이 두들겨 맞으며 신음 소리를 냈다. 아파서가 아니라 두려워서였다. 공립학교 다닐 때 몸소 겪어보니 지속적인 폭력이 가장 무서웠다.

"이런 망할!" 우박이 거세지고 번개가 심해지자 토머스 하트넬이 고함을 쳤다. 조금이라도 생각을 했다면 담요를 두르는 대신 그 밑에 들어가서 우박을 막는 범퍼로 삼았을 것이다. 텐트 천막에 깔려 다들 숨 막힐 지경이었다. 바닥에 깐 방수포는 스멀스멀 올라오는 냉기를 전혀 막아주지 못했다. 다들 얼어 죽을 것 같았다.

"이렇게 추운데 어떻게 번개 폭풍이 붑니까?" 굿서가 바로 옆에 있는 고어에게 물었다. 그는 벌벌 떠는 대원들 틈 사이에 있었다.

"이럴 때도 있지. 함선을 완전히 포기하고 육지 캠프로 옮길 때는 긴 피뢰침을 가져와야 할 걸."

고어의 대답에서 굿서는 함선을 포기할지도 모른다는 힌트를 처음으로 간파했다.

번개가 텐트 3미터 거리에 있는 바위를 때렸다. 먹다가 만 저녁이 차려졌던 곳이다. 이번에는 텐트를 뒤집어쓴 대원들 머리 위를 스치며 1미터 거리에 있는 바위를 또다시 때렸다. 더욱 몸을 낮추고 손을 허우적대며 버둥거렸다. 마치 바위 밑으로 파고 들어가려는 것처럼 보였다.

"고어 대위님, 어쩌죠." 존 모핀이 울먹인다. 그는 무너진 텐트 입구 쪽과 가장 가까운 위치에 머리가 놓여 있었다. "이 와중에 밖에 뭔가 돌아다녀요!"

다들 무슨 말인지 귀를 쫑긋 세웠다. 고어가 외쳤다. "곰? 곰이 지금 돌아다닌다고?"

"곰치고는 너무 커요. 그게……" 순간 번개가 바위를 다시 때렸다. 근거리에 번개가 내리꽂혔는지 정전기 방전 현상으로 텐트가 풀썩거렸다. 다들 겁에 질려 몸을 바닥에 더욱 밀착시키고 차가운 방수포에 뺨을 부비며 기도하느라 말이 없었다.

맹공은 한 시간가량 이어졌다. 끝으로 한 번 더 천둥이 치고 지나갔다. 점점 뜸해지더니 남동쪽으로 물러갔다. 이건 공격이나 다름없었다. 보레

아스(그리스의 북풍의 신)의 왕국에서 겨울을 버텨낸 죄로 그리스 신들이 격노하여 이런 시련을 주는 것 같았다.

먼저 고어가 몸을 일으켰다. 우박은 멈췄다. 대범하다고 소문난 고어도 한동안 두 발을 제대로 디디지 못했다. 나머지 대원들은 무릎으로 기어 나와 얼음처럼 굳거나 마비된 듯 멍하니 주위를 돌아보았다. 동쪽 하늘은 얼룩덜룩했고 하늘과 땅이 번쩍거렸다. 천둥은 얼음 평야를 무서운 기세로 훑고 지나갔다. 이를 보자 온몸에 소름이 돋아 귀를 틀어막았다. 드디어 우박이 그쳤다. 폭격 맞은 얼음 왕국에 60센티미터 두께의 우박 자갈밭이 생겼다. 잠시 후, 고어는 일어서서 주변을 둘러보았다. 다들 고어를 따라 엉거주춤 일어나서 멍투성이 팔다리를 털며 온몸을 확인했다. 굿서는 전신이 욱신거렸다. 하늘이 흔히 이런 식으로 벌을 내리는 건가. 어스름하던 자정 하늘은 남쪽에서 밀려오는 두꺼운 구름에 가려져 진짜 어둠이 엄습하는 것 같았다.

"저쪽이요!" 찰스 베스트가 외쳤다.

굿서와 나머지 대원들이 썰매 근처에 모였다. 먹다 만 저녁상 앞에 통조림이 개봉된 채 너부러져 있었다. 천둥 바람에 통조림이 썰매에서 굴러 나와 낮은 피라미드처럼 쌓였다. 골드너 통조림이 폭탄에 맞은 듯 완전히 폭파되었다. 제대로 볼링공에 맞아 쓰러진 나인핀 같았다. 검게 그을린 냄비와 아직도 김이 나는 채소와 썩은 고기가 20미터 근방에 흩어져 있었다. 굿서의 왼발 근처에 조리 기구라고 적힌 그릇이 그을리고 뒤틀린 채 검게 변했다. 이걸 스토브 위에 올려놓은 채 다들 텐트로 피신했다. 그 옆에는 메틸에테르 연료가 든 철제통 파편이 사방으로 튀어 있었다. 번개가 텐트로 몸을 숨긴 대원들 머리 위를 스치고 지나갔다. 만일 번개가 썰매 바로 옆 산탄총 두 자루와 그 옆에 있는 연료통에 꽂혔더라면 다들 온전하지 못했을 것이다.

굿서는 웃고 싶은데 주눅이 들어 웃음이 나오지 않았다. 동시에 울고 싶었다. 다들 한동안 아무 말도 못 했다.

캠프장 옆에 우박의 폭격으로 생성된 낮은 둔덕 위로 존 모핀이 올라갔다. "대위님! 이것 좀 보세요."

다들 둔덕에 올라가 저쪽을 보았다.

낮은 얼음 둔덕 뒤편 남쪽 난빙에서부터 북서쪽 바다까지 도저히 말이 안 되는 흔적이 남았다. 지구 상에 이렇게 큰 흔적을 남길 생명체는 존재하지 않았다. 닷새 동안, 대원들은 눈밭에서 북극곰 발자국을 보았다. 어떤 곰은 발자국이 엄청나게 컸다. 30센티미터가 넘는 것도 있었다. 그런데 이건 도저히 말이 안 되는 수준이었다. 곰 발자국의 1.5배가 넘었다. 어떤 것은 인간의 팔뚝보다 길었다. 그것도 지금 막 생긴 것이었다. 이건 확실했다. 오래된 눈 위에 찍힌 게 아니라, 지금 막 두껍게 내려앉은 돌덩이 같은 우박 위를 밟고 갔기 때문이다.

천둥과 우박 폭풍이 몰아치는 동안, 불상의 생명체가 캠프 인근을 돌아다녔다. 모핀이 본 대로였다.

"이게 뭐지? 말도 안 돼. 드보, 썰매로 가서 산탄총하고 탄약 좀 가져와." 고어가 명령한다.

"알겠습니다."

드보가 돌아오기 전에 모핀, 해병 이병 필킹턴, 베스트, 페리어, 굿서는 고어를 따라 터벅터벅 걸었다. 고어는 북서쪽으로 뻗은 도무지 이해할 수 없는 발자국을 따라갔다.

"커도 너무 큽니다." 필킹턴이 말했다. 그는 탐험대 대원 중 들쩡보다 큰 동물을 잡아본 경험이 있는 몇 안 되는 대원이라 정찰단에 합류했다.

"그러게." 고어는 2등 항해사 드보에게 산탄총을 받아들고 조용히 장진했다. 대원 7명은 빙벽에 가로막힌 해안가를 따라 우박 파편을 헤치며 걸

167

었다. 머리 위로 먹구름이 끼었다.

"이건 동물 발자국이 아닌 것 같습니다. 북극 토끼처럼 뭔가 풀쩍이면서 푸석푸석한 얼음을 헤치고 지나간 겁니다. 이렇게 온몸으로 쓸면서 지나가느라 이런 자국이 남은 것 같습니다." 드보가 말했다.

"맞아, 그런 것 같아." 고어가 멍하게 말했다.

뭔지 모르겠지만 아무튼 무언가의 발자국이었다. 해리 D. S. 굿서 박사는 토끼나 꿩보다 큰 동물을 사냥해본 적이 없었다. 그럼에도 몸집이 작은 동물이 몸을 질질 끌고 가느라 생긴 흔적이 아니라는 것을 직감했다. 처음에는 네발로 걷다가 나중에는 두 발로 90미터 정도 걸어간 것 같았다. 거기서부터는 사람 발자국 같았다. 팔뚝만큼 긴 왕발로 1.5미터 보폭으로 걸었다. 발가락 대신 긴 발톱으로 죽죽 긁고 지나간 듯한 자국이 남았다.

강풍이 부는 자갈밭에 다다랐다. 몇 시간 전 굿서가 무릎을 꿇은 곳이었다. 이곳도 우박이 쏟아져 얼음 파편으로 뒤덮여 아무것도 보이지 않았다. 발자국이 끊겼다.

"흩어져서 찾아!" 고어는 에식스에서 가족과 산책을 하듯 산탄총을 겨드랑이에 끼고 외쳤다. 한 사람씩 가야 할 방향을 지정했다. 자갈밭은 크리켓 경기장 크기 정도 됐다.

자갈밭에서 밖으로 걸어 나간 흔적은 전혀 보이지 않았다. 몇 분 동안 서로 자리를 바꿔 가며 재확인했다. 아무도 밟지 않은 눈밭에는 그들의 발자국을 남기려 하지 않았다. 다들 걸음을 멈춘 채 서로를 쳐다봤다. 원형 대형을 이룬 대원들. 자갈밭 밖으로 나간 흔적은 전혀 없었다.

"대위님……" 베스트가 입을 열었다.

"쉿." 날카롭지만 퉁명스럽지는 않았다. "지금 생각 중이다." 지금 움직이는 자는 고어뿐이다. 마치 장난치듯 대원들을 지나치더니 한 바퀴 돌고 우박과 얼음이 범벅된 곳을 바라보았다. 블리자드가 동쪽으로 멀리 물러나자 날이 훤해졌다. 새벽 2시가 가까웠다. 눈과 우박이 내린 자갈밭 너머로는 그 어떤 발자국도 보이지 않았다.

"대위님! 토머스 하트넬이요!" 베스트가 말했다.

"하트넬이 왜?" 고어가 쏘아붙인다. 세 바퀴를 막 돌기 시작한 참이었다.

"없어졌습니다. 지금 알았어요. 텐트에서 나올 때부터 하트넬이 없었어요."

고어는 갑자기 정신이 번쩍 들었다. 동시에 다른 대원들도 깜짝 놀랐다. 한 300미터 뒤로 낮은 얼음 언덕에 가려 무너진 텐트와 썰매가 보이지 않았다. 흑백 풍광에서 움직이는 것은 아무것도 없다.

동시에 대원들이 내달리기 시작했다.


. . .


하트넬은 살아 있었다. 텐트 밑에 여태 깔렸었고, 의식은 없었다. 머리 측면을 강타당한 상처가 보였다. 우박이 두꺼운 천막을 뚫고 들어갔다. 왼쪽 귀에서 피가 흘렀다. 희미한 맥박이 잡혔다. 대원들은 무너진 텐트에서 의식을 잃은 하트넬을 끄집어낸 후, 침낭 두 개를 가져다 깔고 최대한 따뜻하고 편안하게 뉘었다. 다시 먹구름이 몰려왔다.

"얼마나 심각하지?" 고어가 물었다.

굿서는 고개를 젓는다. "글쎄요, 깨어나 봐야 알 것 같습니다. 깰 수 있을지 모르겠지만요. 다친 사람이 더 나오지 않은 게 신기하네요. 무섭게 돌멩이가 쏟아지는 것 같더라고요."

고어는 고개를 끄덕인다. "작년에 형 존도 죽었는데 토머스까지 잃고 싶지 않아. 하트넬 가족에게 너무 가혹한 형벌이잖아."

굿서는 형 존 하트넬에게 동생 토머스 하트넬이 가장 아끼던 플란넬 셔츠를 입혀 장례식을 치르던 때가 떠올랐다. 형은 여기에서 북으로 수백 킬로미터 떨어진 동토에 동생의 셔츠를 입고 눈과 자갈로 올린 봉분 밑에 누워 있다. 시커먼 절벽 밑에서 매서운 바람이 나무 묘비석 사이로 몰아치는 모습을 상상하니 온몸이 벌벌 떨렸다.

"다들 너무 몸이 얼어간다. 잠을 좀 자야 할 텐데. 이병 필킹턴, 가서 텐트 기둥으로 쓸 막대기를 구해 와. 베스트와 페리어는 텐트를 다시 세우는 걸 돕도록 하고."

"알겠습니다."

대원 둘이서 텐트 기둥으로 쓸 대용품을 찾으러 간 사이, 모핀은 텐트 천막을 들어 올리는 것을 거들었다. 텐트는 우박에 패여 전장의 너덜너덜해진 깃발 같았다.

"신이시여." 드보가 말했다.

"침낭이 죄다 젖었습니다. 텐트도 안쪽까지 젖었고요." 모핀이 보고했다.

고어는 한숨을 내쉬었다.

필킹턴과 베스트가 검게 그을린 흰 막대기를 가져왔다. 흰 나무와 철로 만든 것이었다.

"막대기도 벼락을 맞았습니다. 여기 철심이 벼락을 끌어들인 것 같습니다. 텐트 중앙 기둥으로 쓰기엔 별로인데요."

고어가 고개를 끄덕였다. "썰매에 아직 도끼가 있을 거야. 그걸로 이것을 반으로 갈라. 머스킷총을 한 자루 더 가져와서 기둥을 두 개로 세우자. 필요하다면 얼음을 녹여서 고정시키고."

"스토브가 폭파돼서 한동안 얼음을 녹일 수 없습니다." 페리어가 상기시켰다.

"썰매에 스토브도 두 대 더 있을 거야. 수통에 마실 물도 있고. 지금은 얼었지만 옷 속에 넣어 두면 녹겠지. 얼음에 구멍을 파서 그걸 부으면 금방 얼어붙을 거야. 알겠지, 베스트?"

"아, 네." 덩치 좋은 수병이 하품을 참으며 대답했다.

"최대한 빨리 텐트를 세우고, 칼로 바느질로 꿰맨 부분을 뜯어서 침낭을 펼쳐. 그걸 위아래로 깔고 덮은 다음 전원 붙어서 취침한다. 눈을 조금이라도 붙여야 해."

굿서는 의식 없는 하트넬이 조금이라도 정신이 돌아왔는지 살폈지만, 하트넬은 주검처럼 누워 있었다. 아직 숨은 붙어 있는지 보려고 호흡을 확인했다.

"내일 아침 돌아가는 건가요? 케른 속에 편지를 집어넣었으니 이제 다시 배로 돌아가도 되지 않나요? 먹을 것도 이제 얼마 남지 않아서 돌아갈 때까지 버틸 식량도 없다고요." 존 모핀이 애원했다.

고어는 미소를 지으며 고개를 저었다. "하루 이틀 굶는다고 죽지 않아. 그런데 하트넬이 부상을 입었으니 너희 넷은 하트넬을 썰매에 태워 식량을 두고 온 빙판으로 가서 캠프를 제대로 차려 놓고 기다려. 그동안 나는 1명을 대동하고 존 프랭클린 경의 명령에 따라 남진한다. 해군 본부에 두 번째 편지를 보내야 해. 그보다 더 중요한 건, 최대한 남으로 내려가서 개빙 구역이 있는지 알아보는 거야. 그걸 알아내지 못하면 이번 탐사는 아무 의미가 없어."

"제가 같이 가겠습니다. 대위님." 굿서는 자기가 말해 놓고도 자기가 놀랐다. 무슨 이유인지 모르겠지만, 고어와 같이 가는 게 굉장히 중요했다.

고어가 놀라서 쳐다보았다. "고맙긴 한데, 군의관이 부상당한 대원 옆에 있어주는 것이 더 이치에 맞을 듯싶은데."

굿서는 얼굴이 벌게졌다.

"베스트가 나랑 같이 간다. 2등 항해사 드보가 내가 돌아올 때까지 썰매 정찰단을 이끈다."

"알겠습니다." 다들 복창했다.

"베스트와 내가 세 시간 후에 출발해서 최대한 남으로 내려갈 것이다. 염장 돼지고기 하나, 놋쇠 원통 하나, 수통 하나씩, 혹시 모르니 야영용 담요를 챙기고 산탄총 한 자루만 가지고 가겠다. 자정 즈음 걸음을 돌려 내일 아침 8점종(오전 8시) 때까지 너희와 합류하겠다. 함선으로 귀환할 땐 썰매가 많이 가벼워져 있을 거야. 물론 하트넬을 싣고 가야 하겠지만. 가장 쉽게 봉우리를 넘을 수 있는 위치를 알고 있으니, 앞으로 닷새가 아니라 사흘이면 복귀할 수 있을 거다."

"만일 베스트와 내가 내일 자정까지 빙판 위 캠프로 돌아오지 않으면, 드보, 하트넬을 데리고 함선으로 귀환한다."

"알겠습니다."

"이병 필킹턴, 많이 피곤한가?"

"네, 그렇습니다. 아니, 아뇨, 아닙니다. 명령만 하십시오, 뭐든지요." 서른다섯 먹은 필킹턴이 대답했다.

고어는 웃었다. "좋아. 그럼 앞으로 세 시간 당직 근무를 서. 오늘 캠프에 도착하면 제일 먼저 잘 수 있도록 내가 확실히 보장하지. 저기 텐트 기둥으로 안 쓰는 머스킷총을 들고 당직을 서는데, 대신 텐트 안에서 선다. 잠깐씩 고개를 밖으로 빼고."

"알겠습니다."

"굿서 박사?"

군의관이 고개를 들었다.

"모핀과 같이 하트넬을 텐트로 옮겨서 편안히 눕혀 줘. 가운데 하트넬을 눕히고 빙 둘러 모여 앉아 체온이 전달되게."

굿서는 고개를 끄덕이고 하트넬을 침낭에 넣은 채 어깨에 짊어지고 옮겼다. 의식을 잃은 하트넬의 머리 부상 부위가 이제 그의 작은 주먹이 들어갈 정도로 벌어졌다.

"좋아." 고어는 이를 맞부딪히며 누더기가 된 텐트를 세우는 모습을 지켜보았다. "이제 남은 이불을 펴서 옹기종기 모여 앉아서 한두 시간이라도 잠을 좀 자도록 하자."

# 13
# 프랭클린

북위 70도 05분, 서경 98도 23분

1846년 6월 3일

존 프랭클린 경은 눈앞에 보이는 광경이 믿기지 않았다. 예상대로 8명이 있었다. 그런데 다들 모습이 이상했다.

다섯 중 넷은 지치고 수염이 덥수룩했다. 하네스를 차고 고글을 쓴 이들은 그나마 봐줄 만했다. 수병 모핀, 페리어, 베스트, 맨 앞에 덩치 큰 해병 이병 필킹턴이 보였다. 하네스를 찬 다섯 번째 대원은 2등 항해사 드 보였다. 그는 지옥에 갔다가 온 표정이었다. 하트넬 수병은 깡마른 몸으로 머리에는 붕대를 칭칭 감은 채 썰매 옆에서 터벅터벅 걷고 있었다. 마치 모스크바에서 퇴각하는 나폴레옹 군대처럼 휘청거렸다. 군의관 굿서도 옆에서 걸으면서 썰매에 탄 누군가를 돌보는 것 같았다. 아니 무슨 물건을 살피는 것 같기도 했다. 프랭클린은 고어가 하고 다니던 눈에 확 띄는 빨간 모직 목도리를 찾았다. 그가 늘 두르고 다니던 것으로 길이가 2미터 정도 돼서 눈에 띌 수밖에 없었다. 그런데 이상하게도 시커멓고 휘청거리는 대원들이 거의 다 짧은 목도리를 하고 있는 것 같았다.

마침내, 썰매 뒤에서 키가 작고 모피 파카를 입은 누군가가 보였다. 후드에 가려 얼굴이 보이지 않았지만 분명 에스키모였다.

함장 존 프랭클린 경은 썰매를 보고 비명을 질렀다. "세상에!"

썰매는 남자 둘이 나란히 눕기에는 너무 좁았다. 망원경으로 보니 자세
히 보였다. 사람 둘이 썰매 위에 포개져 있었다. 위에 올라간 사람은 또 다
른 에스키모였다. 시커멓고 주름진 노인네가 자는 건지 의식을 잃은 건지
분간할 수 없었다. 허연 머리칼이 늑대 가죽 후드 뒤로 흘러내려가 있었
고, 후드를 베개 삼아 목 뒤에 받치고 있었다. 이리버스호 쪽으로 다가오
는 모습을 보니 굿서가 살피던 게 바로 이 남자였다. 반듯이 누운 에스키
모 남자 밑에는 검게 그을리고 일그러진, 누가 봐도 죽은 사람 얼굴이 보
였다. 그래엄 고어 대위였다.

프랭클린, 피츠제임스 부함장, 르베스콘테 중위, 1등 항해사 로버트 서
전트, 항해장 레이드, 수석 군의관 스탠리, 갑판장 조수 부사관 브라운, 중
앙부 장루장 존 설리번, 함장 당번병 호어가 썰매로 달려갔다. 전망대에서
외친 소리를 듣고 갑판으로 올라온 승조원 40여 명도 뛰어갔다.

프랭클린과 대원들은 썰매 정찰단이 다가오기 전에 걸음을 멈추었다.
망원경으로 봤을 땐 정찰단이 회색 점무늬의 붉은 모직 목도리를 한 줄 알
았는데, 알고 보니 어두운 외투에 붉은 점이 크게 스민 것이었다. 다들 피
범벅이었다.

웅성거리는 소리가 쏟아졌다. 하네스를 찬 일부 대원은 달려오는 친구
들을 껴안았다. 토머스 하트넬이 빙판에 쓰러지자 다들 부축했다. 그가 갑
자기 소리를 지르며 얘기를 쏟아냈다.

존 프랭클린 경은 오로지 죽은 고어 대위만 보였다. 시신은 침낭에 들
어가 있었지만 신체 일부가 빠져나와서 잘생긴 고어의 얼굴이 보였다. 피
가 빠져나가 군데군데 창백한 곳도 있었고, 어떤 곳은 따가운 북극 태양에
시커멓게 그을리기도 했다. 원래 알던 고어의 얼굴이 아니었다. 눈도 제대
로 감지 못했고, 허연 얼굴이 얼음에 반사되어 번쩍거렸다. 입을 벌린 채
혀를 내밀고 있었고, 고함을 지르다가, 혹은 극도의 공포심을 느꼈는지 치

175

아 위로 입술이 말려 있었다.

"저 미개인을 당장 고어한테서 치워! 지금 당장!" 프랭클린이 명령했다.

대원 몇 명이 명령에 따라 서둘러 에스키모 남자의 어깨와 발을 들고 옮겼다. 늙은 에스키모 남자가 신음했다. 굿서가 외쳤다. "조심조심! 살살! 심장 근처에 총알이 박혔다고요! 병실로 빨리 옮겨요!"

또 다른 에스키모가 후드를 뒤로 젖혔다. 젊은 여자가 보이자 프랭클린은 깜짝 놀랐다. 여자가 부상당한 노인에게 다가갔다.

"잠깐!" 프랭클린이 이리버스호 부군의관 굿서를 저지했다. "병실이라니? 지금 에스키모를 우리 병실로 옮기겠다는 건가?"

"이 남자는 제 환자입니다." 굿서가 단호하게 맞섰다. 왜소한 군의관에게 이런 모습이 있을 줄은 상상도 못했다. "수술 가능한 장소로 남자를 옮겨야 합니다. 가능하다면 총알 제거 수술을 할 겁니다. 계속 지혈하면서 안으로 옮겨주세요."

에스키모를 든 대원들은 함장의 허가를 기다렸다. 프랭클린 경은 너무 당황해서 말이 나오지 않았다.

"서둘러요!" 굿서가 자신감 넘치는 말투로 외쳤다.

존 프랭클린의 침묵을 무언의 동의로 받아들인 대원들은 은발의 에스키모 노인을 함선 안으로 옮겼다. 굿서, 에스키모 여자, 승조원 몇 명이 따라 들어갔다. 몇 명은 젊은 하트넬을 부축했다.

충격과 공포를 감추지 못한 프랭클린은 그 자리에 굳어버렸다. 시선은 고어에게 고정시킨 채. 해병 이병 필킹턴과 수병 모핀이 고어를 단단히 묶은 끈을 풀었다. 오, 신이시여. "고어의 얼굴을 가려주게."

"알겠습니다." 모핀이 대답했다. 그는 허드슨스 베이 컴퍼니에서 만든 목도리를 끌어 올려 망자의 얼굴을 가렸다. 하루 반 동안 힘겹게 빙판을 건너고 압력 봉우리를 넘는 동안 고어의 얼굴을 덮고 있던 목도리가 흘러

내렸다.

붉은 목도리가 벌어진 틈으로 입을 벌리고 죽은 고어의 모습이 여전히 보였다. "드보!" 프랭클린이 쏘아붙였다.

"부르셨습니까, 함장님." 고어의 시신을 내리는 작업을 감독하던 2등 항해사 드보가 급히 다가와서 이마를 문질렀다. 프랭클린은 구레나룻이 덥수룩한 이 남자가 진이 빠질 대로 빠져서 간신히 팔을 들어 올려 경례한 사실을 알았다. 얼굴은 태양에 그을려 벌겋게 익었고 모래 바람에 쓸렸다.

"고어를 숙소로 제대로 옮기는지 확인하게. 그곳에서 페어홀름 소위 지휘하에 자네와 서전트가 장례식 준비를 하게."

"알겠습니다." 드보와 페어홀름이 합창했다.

페리어와 필킹턴은 너무 지친 나머지 죽은 대위를 옮기기 위해 죽을 힘을 다해야 했다. 시신은 뻣뻣하게 굳어서 땔감용 나무 같았다. 고어의 한쪽 팔과 맨손은 햇볕에 그을려 시커멓게 변했다. 팔을 들다가 그대로 얼어붙은 것 같았다.

"잠깐." 프랭클린은 자신이 드보를 정찰대에 합류시켰으니, 이번 탐사 서열 2위인 그에게 공식 보고부터 받아야 했음을 인식했다. 저 괘씸한 군의관이 에스키모를 둘이나 데려오는 바람에 당황해서 잊어버렸다. "드보, 고어가 처음부터 준비하는 것을 보았을 테니 내 방으로 와서 보고하게."

"알겠습니다, 함장님." 드보는 맥없이 대답했다.

"그건 그렇고, 누가 고어 대위와 끝까지 같이 있었지?"

"저희 다요. 그런데 같이 움직인 건 수병 베스트였습니다. 단둘이서, 마지막 이틀간 킹윌리엄 랜드 인근에서 머물렀습니다. 찰스 베스트가 고어 대위의 일거수일투족을 지켜보았습니다."

"좋아, 가서 할 일 하고, 드보, 조만간 보고를 듣겠네. 베스트, 나와 피츠 제임스 부함장을 지금 따라오게."

"네, 알겠습니다." 베스트는 마지막 가죽 하네스 끈을 잘라 냈다. 너무 지쳐서 매듭을 풀 기운조차 없었다. 팔을 들어 경례할 기운도 없었다.

· · ·

프레스톤 천창 세 개가 백야의 햇빛을 부드럽게 쏟아내고 있었다. 존 프랭클린 경, 피츠제임스 부함장, 크로지어 함장이 앉은 앞에 수병 찰스 베스트가 보고하려고 서 있었다. 테러호 함장 크로지어는 썰매 정찰단이 도착한 직후 때마침 이리버스호에 들렀다. 프랭클린의 당번병이자 가끔은 서기 역할도 하는 에드먼드 호어가 장교들 뒤에 앉아서 받아 적고 있었다. 크로지어는 지쳐 서 있는 베스트에게 약주를 한 잔 주자고 제의했다. 프랭클린 경은 불허하겠다는 표정을 지었지만 마지못해 피츠제임스에게 개인적으로 갖고 있는 술에서 따라 주라고 했다. 술이 들어간 덕분에 베스트는 어느 정도 생기가 돌았다.

장교 3명이 이따금씩 질문하며 끼어들었다. 베스트는 이를 덜덜 부딪치며 떨면서 보고했다. 베스트가 썰매 정찰단이 고된 경로를 거쳐 킹윌리엄랜드에 도착한 과정을 장황히 설명하자, 프랭클린은 마지막 이틀 동안 무슨 일이 있었는지부터 말하라고 주문했다.

"네, 알겠습니다. 케른을 찾은 후 그 근처에서 첫날 있었는데 천둥 번개가 쳤습니다. 그리고 그 후에 눈 위에 무슨 발자국 같은 것이 남았습니다…… 한두 시간이라도 잠깐 눈을 붙이려 했지만 제대로 자지 못했습니다. 그런 다음 고어 대위와 제가 보급품을 간단히 챙겨서 남쪽으로 향했습니다. 저희가 떠난 사이 드보가 너덜너덜해진 텐트와 다친 하트넬을 싣고 썰매를 끌고 캠프로 갔습니다. 하트넬은 그때까지도 밖에서 벌벌 떨고 있었고요. 우리는 '내일까지만 버티면 된다'고 했습니다. 고어 대위와 저는 남으로 향했고, 드보와 나머지 대원들은 빙해로 다시 향했습니다."

"자네들에겐 무기가 있지 않았나." 프랭클린 경이 물었다.

"맞습니다. 고어 대위는 권총을, 저는 산탄총 두 자루 중 하나를 챙겨 갔습니다. 나머지 하나는 드보가 다른 대원들과 가지고 갔고, 해병 이병 필킹턴이 머스킷총을 들었습니다."

"고어가 정찰단을 반으로 쪼갠 이유는 뭐지?" 프랭클린은 계속 취조했다.

베스트는 잠시 질문을 이해하지 못하다가 이내 표정이 밝아졌다. "아, 그건 고어 대위가 함장님의 명령을 따라야 한다고 해서였습니다. 케른 앞에 캠프를 차리고 저녁을 먹는 도중에 번개가 치는 바람에 제대로 먹지도 못하고 텐트가 다 찢어졌습니다. 그래서 대원들이 도로 빙해 캠프로 돌아가야 했습니다. 고어 대위와 저는 두 번째 편지를 어딘가에 남기기 위해 해안을 따라 계속 남진한 거고요. 혹시나 바닷길이 열렸는지도 확인했지만 전혀 보이지 않았습니다. 열린 수로가 있을 가능성은 제로였습니다. 수로가 있을 가능성은 이 어두운 세상천지에 없었습니다."

"둘이서 얼마나 내려갔지, 베스트?" 피츠제임스가 물었다.

"고어 대위 말씀으로는 눈과 얼어붙은 자갈밭을 가로지르며 한 6킬로미터 남진했다고 그랬습니다. 결국 작은 만에 다다르긴 했는데, 저희가 1년 전 겨울을 보냈던 비치 섬의 작은 만을 닮아 있었어요. 그런데 6킬로미터 남진하는 동안 안개가 끼고 바람도 불고 얼마나 추웠는지. 뭍인데도 정말 추웠습니다. 6킬로미터 가느라 최소한 16킬로미터는 돌아서 갔을 겁니다. 작은 만은 꽝꽝 얼어 있었어요. 여기 극빙처럼 아주 단단히 얼어 있었죠. 여름이라지만 해안과 작은 만 빙하 사이에 개빙 가능성은 전혀 없었습니다. 그래서 만 어귀를 가로질러 갔어요. 그리고 또다시 절벽을 따라 400미터 정도를 더 걸어간 후 거기에 케른을 하나 쌓았어요. 로스 함장의 케른처럼 근사하게 쌓은 건 아니고, 그저 단단하게 돌을 쌓아서 누가 보든 단번에 눈에 띌 수 있도록 했죠. 킹윌리엄 랜드가 워낙에 평평해서 사람이

제일 키가 크잖아요. 그래서 돌멩이를 사람 눈높이로 쌓아 올리고 그 안에 두 번째 편지를 집어넣었습니다. 고어 대위가 말한 대로 놋쇠 원통 속에 집어넣어서요."

"그리고 돌아왔나?" 크로지어가 물었다.

"아닙니다. 사실 저희 둘 다 너무 지쳤었습니다. 그날 하루 종일 정말 많이 걸었거든요. 사스트루기(극지에서 바람에 의해 직각으로 생기는 눈으로 된 물결 모양의 산등성이)조차 뚫고 지나가지 못할 지경이 되었습니다. 거기에 안개까지 껴서 해안선이 희미하게 보일 정도였죠. 안개가 걷히고 나자 이미 오후가 되었습니다. 케른을 쌓아서 편지도 남겼겠다, 고어 대위가 남으로 한 8킬로미터 정도만 더 내려가 보자고 했어요. 앞이 보일 때도 있었지만 대부분 안 보였습니다. 그런데 무슨 소리가 들리더라고요."

"무슨 소리였지?" 프랭클린이 물었다.

"뭔가 따라오는 소리였어요. 대단히 큰 것이 헐떡이면서요. 가끔은 으르렁대기도 했어요. 이를테면 백곰 같은 게 기침하는 것 같았다고나 할까요?"

"그럼 곰이라는 것을 확인했나? 그곳에서 보이는 것 중 제일 큰 게 사람이라고 했으니. 만약 곰이 사람을 따라왔다면 안개가 걷혔을 때 보였을 텐데." 피츠제임스가 물었다.

베스트는 인상을 잔뜩 찌푸리더니 울먹일 듯했다. "하긴 했는데, 사실은 못했습니다. 그게 곰인지 아닌지 확인하지 못했어요. 할 수 있었는데 말이죠. 그때 확인했어야 했는데. 그런데 못했고, 할 수가 없었습니다. 가끔 바로 뒤에서 기침 소리가 들렸어요. 안개 속 5미터 뒤에서요. 저도 산탄총을 겨누고 고어 대위도 권총을 쏠 준비를 한 채 숨 죽여 기다렸습니다. 그런데 안개가 걷히자 반경 30미터 이내에 아무것도 없더라고요."

"환청을 들은 건 아니었을까?" 프랭클린 경이 물었다.

"맞습니다." 베스트는 이렇게 말했지만 프랭클린 말을 이해하지 못한 듯했다.

"해안가 빙하에서 소리가 들리기도 하지. 바람 소리일 수도 있고." 프랭클린이 덧붙였다.

"그럴 수도 있겠습니다만, 그곳엔 바람이 하나도 불지 않았어요. 빙하에서 소리가 났을 수도 있겠네요. 늘 소리가 나니까요." 베스트는 그럴 리 없다는 투로 말했다.

뭔가 짜증이 났는지 존 프랭클린은 주제를 돌렸다. "작은 만에서 고어 대위가 죽었다고 했는데…… 빙하에서 다른 6명의 대원과 합류한 이후에 살해됐다고 했지? 그럼 거기까지 벌어진 일을 나열해 보게."

"네, 알겠습니다. 거의 자정이 다 된 시각이었을 겁니다. 최대한 남쪽까지 내려갔을 때였죠. 태양은 지고, 하늘은 황금빛으로 빛나고 있었어요. 아시다시피 자정이 되어도 요즘 날이 훤하지 않습니까. 잠시 후 안개가 걷혔습니다. 그때 작은 얼음산을 하나 오르는 중이었어요. 정확히 말하면 산은 아니었고, 높은 모래톱 정도 됐습니다. 대략 5미터 정도의 높이였고 다른 곳은 평평하게 얼어붙은 자갈이 깔려 있었어요. 흐릿한 수평선 남쪽 저 멀리로 구불구불한 해안을 따라 삐죽삐죽 솟은 빙하가 보였어요. 해빙 구간은 보이지 않았습니다. 온통 단단히 얼어붙은 얼음만 보였어요. 그래서 주위를 돌아본 다음 되돌아오기 시작했죠. 텐트도 없었고 침낭도 안 가져갔기에 돌덩이 같은 비상식량을 꾸역꾸역 씹어 먹었어요. 먹다가 생니가 부러지기까지 했습니다. 둘 다 갈증이 심했어요. 눈이나 얼음을 녹일 스토브를 가져가지 않았거든요. 그래서 고어 대위가 겉옷 속 조끼 안에 품고 있던 수통에 든 물을 조금씩 나눠 마셨습니다."

"그렇게 밤새워 걸었습니다. 한두 시간 걷다 보니 황금빛이 걷히더군요. 저는 대여섯 번 정도 졸면서 걷다 같은 자리를 빙글빙글 돌기도 했습니다. 그러다 고개가 뚝 떨어지면 고어 대위가 제 팔을 쥐고 흔들며 제대로 걸으라고 했습니다. 저희가 새로 쌓은 케른을 지나 작은 만을 건넜습니다. 그때가 아마 6점종(오전 7시)을 칠 무렵일 겁니다. 태양이 다시 높이 뜨면서 처음 케른, 그러니까 제임스 로스 케른까지 갔습니다. 그곳은 전날 저희가 캠프를 차린 곳이었어요. 엄밀히 말하면 이틀 전 캠프를 차린 곳이었죠. 첫날밤에 천둥 번개가 친 다음, 저희가 계속 걸었으니까요. 썰매가 지나간 흔적을 따라갔어요. 높은 빙벽을 넘어 빙해에 도착했습니다.”

"방금 '첫날 밤에 천둥 번개가 쳤다'고 했는데 그럼 또 친 적이 있단 말인가? 자네들이 떠나 있는 동안 이곳에서도 천둥 번개가 치긴 했지. 그런데 남쪽이 꽤 심했나 보군.” 크로지어가 끼어들었다.

"네, 맞습니다. 몇 시간 간격으로 계속 쳤어요. 안개가 심하게 긴 상태에서 천둥 번개까지 쳤어요. 천둥이 다시 우르르쿵쾅 치기 시작하면 머리칼이 붕 뜨는 것 같았어요. 갖고 있던 금속, 이를테면 벨트 버클, 산탄총, 고어 대위의 권총 같은 것에서 푸른빛이 번쩍거렸어요. 저희는 몸을 숨길 만한 장소를 찾다가 자갈밭 바닥에 납작 몸을 낮췄어요. 그러고 있는 동안 트라팔가르 해전(1805년 넬슨 제독이 이끄는 영국 함대가 에스파냐 트라팔가르 앞바다에서 프랑스-에스파냐 연합 함대를 격파한 싸움)에서 포탄 세례가 쏟아지듯 주위가 완전히 폭파됐습니다.”

"트라팔가르 해전에 참전했었나, 베스트?” 프랭클린 경이 싸늘하게 물었다.

베스트가 눈을 끔뻑였다. "아닙니다. 그럴 리가요. 전 이제 스물하나인데요.”

"내가 트라팔가르 해전에 참전했었네, 베스트. 영국 함선 벨레로폰의 신호 장교로 참전했었지. 그 전투에서만 장교 40명 중 33명이 전사했네. 보고할 때는 몸소 겪지 않은 내용을 비유적으로 표현하는 행위를 삼가주게." 프랭클린이 딱딱하게 말했다.

"아, 알겠습니다." 베스트가 더듬거렸다. 너무 힘들기도 했고 서럽기까지 해서 몸이 휘청거렸다. 게다가 말실수까지 하니 겁이 덜컥 났다. "죄송합니다, 함장님. 제 뜻은…… 그런 게 아니라…… 제가 그러면 안 되는 건데……"

"하던 얘기 계속하게. 고어 대위의 마지막 몇 시간에 대해 알려주게." 프랭클린이 재촉했다.

"알겠습니다. 고어 대위가 없었더라면 전 그 빙벽을 오르지 못했을 겁니다. 신의 가호가 그에게 내리길 빕니다. 빙벽을 넘어서 마침내 빠져나왔습니다. 그 지점은 빙해 캠프를 한 3, 4킬로미터 남긴 곳이었습니다. 드보와 다른 대원들이 기다리고 있는데, 그만 저희가 길을 잃었습니다."

"어떻게 길을 잃을 수 있지? 썰매 자국을 따라가면 길을 잃을 리가 없었을 텐데." 피츠제임스 부함장이 물었다.

"저도 모르겠습니다." 베스트는 힘들고 서글퍼서 목소리에 힘이 없었다. "안개가 자욱했습니다. 굉장히 짙었습니다. 3미터 앞도 안 보였으니까요. 햇빛 때문에 눈이 부셔서 죄다 평면으로 보였어요. 똑같은 빙하 능선만 서너 번은 건넌 것 같아요. 그럴 때마다 방향 감각이 점점 왜곡됐어요. 빙해로 빠져나갔는데 그 썰매 자국이 눈바람 때문에 다 지워져 버렸습니다. 솔직히 말씀드리면, 둘 다 졸면서 걷다 보니 저희도 모르는 사이에 그만 길을 잃고 말았습니다."

"좋아, 계속해 보게." 존 프랭클린이 말했다.

"그런데 총소리가 여러 발 들렸어요." 베스트가 다시 입을 열었다.

"총소리?" 피츠제임스 부함장이 물었다.

"네, 머스킷총과 산탄총 소리였어요. 안개 속에서 총성 한 발이 빙벽괴 얼음 봉우리 사이에서 이리저리 반사됐습니다. 마치 여기저기에서 동시다

발로 총을 쏘는 것처럼 들렸어요. 굉장히 가깝게 들리더라고요. 그래서 안개 속에서 크게 고함을 질렀어요. 그랬더니 드보가 바로 대답했습니다. 안개가 약간 걷히기까지 한 30분 후에 드디어 간신히 빙해 캠프에 도착했습니다. 저희가 자리를 비운 서른여섯 시간 동안 임시로 텐트를 고쳐서 세워놓았더라고요. 썰매도 그 옆에 세워놓고요."

"총소리 덕분에 방향을 찾은 건가?" 크로지어가 물었다.

"아닙니다. 알고 보니 곰 사냥 중이었대요. 그리고 에스키모 노인에게 총을 쐈다고 하더군요."

"설명해 보게." 프랭클린 경이 물었다.

찰스 베스트는 찢어지고 헤진 입술에 침을 축였다. "2등 항해사 드보가 저보다 설명을 더 잘하겠지만, 아무튼 대원들이 그 전날 빙해 캠프에 도착했다고 들었습니다. 그런데 와서 보니 통조림이 흩어진 채 다 뜯겨져 있고, 그 안에 든 음식이 썩었다고 했습니다. 아마 곰이 그런 것 같다고들 하더라고요. 그래서 드보와 굿서가 캠프 주위를 돌아다니는 백곰을 사냥하기로 했다고 합니다. 저희가 도착하기 직전에 암컷과 새끼 곰 두 마리를 쏴서 고기를 손질해 놓았더라고요. 그런데 주변에서 뭔가 움직이는 소리가 들렸다고 합니다. 누군가 계속 기침하고 숨 쉬는 것 같은 소리인데 그것보다 더 크게요. 제가 아까 안개 속에서 누군가 있는 것 같다고 말씀드렸었는데, 아마 2명의 에스키모 때문이었던 것 같습니다. 에스키모 노인과 그 아내가 안개 속에서 하얀 털가죽을 뒤집어쓰고 압력 봉우리를 넘어온 거죠. 해병 이병 필킹턴은 머스킷총으로, 보비 페리어는 산탄총으로 쏘았어요. 페리어는 둘 다 못 맞혔는데 필킹턴이 쏜 총알에 남자가 가슴을 정통으로 맞고 쓰러졌다고 합니다."

"저희가 도착하니 대원들이 총 맞은 남자와 여자를 데려왔어요. 그리고 백곰 고기까지 챙겨서 빙해 캠프로 돌아왔습니다. 빙판 위에 피가 줄줄 흐르고 못 먹는 부위만 남겨 놓고요. 덕분에 저희가 마지막 100미터를 그걸 보고 따라갔습니다. 굿서는 에스키모 노인을 애써 살리려 했습니다."

"왜지?" 프랭클린이 물었다.

베스트는 이 질문에 대답하지 못했다. 다른 이들도 가만히 있었다.

"좋아. 2등 항해사 드보와 다른 대원들을 빙해 캠프에서 재회한 지 얼마 만에 고어 대위가 공격을 당했나?" 마침내 프랭클린이 물었다.

"30분도 채 안 돼서요. 아마 30분도 안 된 것 같습니다."

"그럼 누가 공격을 유발했지?"

"유발이라뇨?" 베스트가 되물었다. 눈에 초점이 없었다. "그러니까 백곰을 왜 쏘았냐는 말씀이십니까?"

"아니, 내 말은 공격을 당한 정황이 어떻게 되냐는 뜻이었네, 베스트." 프랭클린이 설명했다.

베스트는 이마를 문질렀다. 입을 잠시 벌리고 있다가 드디어 대답을 했다.

"아무도 공격을 유발하지 않았습니다. 저는 토머스 하트넬하고 얘기하는 중이었어요. 하트넬은 머리에 붕대를 칭칭 감고 텐트 안에 있다가 다시 정신이 돌아왔습니다. 그는 첫날 번개 폭풍이 밀려오기 전까지 무슨 상황이었는지 군데군데 기억을 잃었습니다. 드보는 모핀과 페리어가 스토브두 개를 켜는 걸 보고 있었고요. 그걸로 곰 고기를 익혀 먹으려던 중이었습니다. 굿서는 에스키모 노인의 파카를 벗겨서 가슴에 입은 지저분한 총상 부위를 살피던 중이었어요. 에스키모 여자는 밖에 서서 쳐다보고 있었죠. 그런데 안개가 더욱 짙어지자 여자의 모습이 잘 보이지 않았어요. 해병 이병 필킹턴은 머스킷총을 들고 당직 근무를 서는 중이었고요. 그런데 고어 대위가 갑자기 소리쳤어요. "조용! 다들 조용!" 다들 숨을 죽이고 하던 일과 행동을 멈췄어요. 오로지 들리는 소리라곤 스토브 두 대가 쉬이익하는 소리하고, 커다란 팬에 눈을 넣고 데우는 바람에 물 끓는 소리만 들

185

렸어요. 곰 고기로 스튜를 만들 생각이었거든요. 그런데 고어 대위가 권총을 꺼내더니 격발 준비를 하고 공이치기를 당겨 세운 후 텐트에서 몇 발자국 내딛는 순간……"

베스트가 말을 멈췄다. 초점이 완전히 풀렸다. 입은 헤 벌어지고 뺨에 침이 묻어 번들거렸다. 프랭클린 함장실 안에 없는 헛것을 보고 있었다.

"계속하게." 존 프랭클린이 말했다.

베스트는 입을 움직였지만 소리는 나오지 않았다.

"계속해 보라니까." 크로지어 함장이 조금 더 다정히 말했다.

베스트는 고개를 크로지어 쪽으로 돌렸지만, 저 멀리 무언가에 시선이 고정되어 있었다.

"그러더니…… 그러더니…… 빙하가 갑자기 솟아올랐어요. 갑자기 솟아오르더니 고어 대위를 에워쌌어요."

"지금 무슨 소리를 하는 거지? 빙하는 그렇게 갑자기 솟아오를 수가 없어. 대체 뭘 본 건가?" 프랭클린은 한참 기다렸다가 물었다.

베스트는 프랭클린 함장이 있는 쪽으로 고개를 돌리지도 않았다. "빙하가 쑥 하니 올라왔어요. 마치 갑자기 압력 봉우리가 생기는 것처럼요. 다만 봉우리만 없을 뿐이었어요. 그냥 쑥 올라오더니…… 무슨 모형을 이뤘어요. 허연 형태였어요. 제 기억엔 그것이…… 갈고리발톱처럼 생겼어요. 팔도 없이 그냥 발톱만 쑥 올라왔어요. 엄청나게 컸어요. 그리고 이빨이 보였어요. 아직도 기억나요."

"곰이네. 북극에 사는 백곰." 프랭클린 말했다.

베스트는 고개를 저었다. "키가 컸어요. 고어 대위가 서 있던 곳 바로 밑에서 솟아오르면서 고어를 에워쌌어요. 너무너무 컸어요. 대위의 두 배는 넘었던 것 같아요. 고어 대위가 키가 큰 편인데, 그것은 3.6미터는 족히 넘었다고요. 커도 너무 컸어요. 그 형체가 고어 대위를 에워싸자, 고어의 머리하고 어깨, 부츠만 보였어요. 그러자 고어가 권총을 발사했어요. 그런데 조준한 것 같지는 않았어요. 그저 빙하에 대고 쏘기만 했던 것 같아요. 모핀은 더듬거리며 산탄총을 찾았고 해병 필킹턴 이병은 뛰어나가 머스킷총을 들이댔지만, 그 형체와 고어가 하나처럼 붙어 있어서 겁이 나 총을 쏘지도 못했어요. 그러더니⋯⋯ 그것이 고어를 덥석 물어서 와그작와그작 씹는 소리가 들렸어요."

"그럼 곰이 고어 대위를 문 건가?" 피츠제임스 부함장이 물었다.

베스트는 눈을 끔뻑이며 바보 같은 질문을 한 그를 바라보았다. "물었냐고요? 아니요. 녀석은 물지 않았어요. 그 형체는 아예 머리가 없었다니까요. 허공 3.6미터 위에 검은 점 두 개가 둥둥 떠다닐 뿐이었어요. 어찌 보면 검기도 했고, 또 어찌 보면 붉기도 한 점이었어요. 늑대가 고개를 획 돌리면 햇빛에 눈동자가 반사되는 모습하고 비슷했어요. 고어의 갈비뼈, 가슴, 팔과 뼈가 와그작와그작 으깨지는 소리가 들렸어요."

"고어 대위가 비명을 지르던가?" 존 프랭클린이 물었다.

"아뇨. 아무 소리도 내지 않았어요."

"모핀과 필킹턴이 총으로 쐈나?" 크로지어가 물었다.

"아뇨."

"왜지?"

베스트는 기이한 미소를 흘렸다. "왜냐면, 아무것도 쏠 데가 없었거든요. 이쪽에 불쑥 나타나 손바닥에 쥐를 올려놓고 으깨듯 고어 대위를 들고 으깨놓더니 순식간에 사라졌어요."

"사라지다니, 그게 무슨 소리지?" 존 프랭클린 경이 자세한 설명을 원했다. "모핀과 필킹턴이 안개 속에서 그 형체가 물러갈 때까지 총도 못 쐈나는 얘긴가?"

"물러가다니요?" 베스트는 또다시 따라서 말했다. 그는 기괴하고 미묘

187

한 미소를 더 크게 지었다. "그 형체는 물러가지 않았어요. 그냥 다시 얼음 속으로 들어가 버렸으니까요. 해가 구름 뒤로 숨으면 그림자가 없어지듯 들어가 버렸어요. 그래서 고어 대위에게 뛰어가 보니 이미 숨져 있더군요. 입을 벌린 채요. 비명을 내지를 시간조차 없었을 겁니다. 비명횡사한 거죠. 하프물범이 들어가 앉아 있는 그런 숨구멍 같은 것조차 보이지 않았어요. 그냥 고어 대위는 온몸이 부러진 채 빙판에 누워 있었어요. 가슴은 푹 꺼지고, 양쪽 팔은 부러지고, 귀와 눈과 입에서 피가 줄줄 흘렀어요. 굿서가 저희를 물리치고 앞으로 나왔지만 아무것도 해 줄 것이 없었어요. 고어는 이미 죽었고, 바닥에 있는 얼음처럼 온몸이 식고 있었어요."

미친 듯 기묘한 미소를 짓던 베스트의 미소가 흔들렸다. 찢어진 입술은 파르르 떨리면서 치아 위로 말렸다. 눈이 완전히 풀렸다.

"그때……" 존 프랭클린 경은 입을 떼었다가 입을 닫았다. 찰스 베스트가 바닥에 푹 고꾸라졌다.

북위 70도 05분, 서경 98도 23분

1846년 6월

다음은 해리 D. S. 굿서 박사의 일기다.

1847년 6월 4일

스탠리와 내가 총상을 입은 에스키모 남자의 옷을 완전히 벗기자, 가죽 끈 목걸이에 매달린 납작하고 매끈한 돌멩이가 보였다. 돌멩이는 내 주먹보다 작았고 백곰 모양이었다. 일부러 곰 모양으로 조각한 건 아닌 듯했고, 엄지로 문지르다 보니 자연스레 그렇게 만들어진 것 같았다. 대가리는 작고 목은 길며 힘차게 뻗은 다리로 걸어가는 곰의 모습이 완벽하게 재현되어 있었다. 빙상에서 남자의 부상 정도를 살필 때 이 목걸이를 보긴 했지만, 그때는 아무 생각이 없었다.

해병 이병 필킹턴이 쏜 머스킷 총알이 에스키모 남자의 가슴을 관통했다. 목걸이 바로 밑을 지나 살과 근육을 뚫고 3번, 4번 갈비뼈 사이를 지나―3번 쪽으로 조금 휘었다―왼쪽 폐를 관통한 후 신경 다발이 지나가는 척추에서 멈췄다.

내겐 이자를 살려낼 재간이 없었다. 빙판에서 살펴볼 때도 안았지만, 총알을 제거하려고 했다간 즉사할 수도 있었다. 폐 내부 출혈을 막는 건 불가능했다. 그래도 최선을 다해 에스키모 남자를 병실로 옮긴 후, 스탠리 군의관과 같이 수술 준비를 했다. 어제 함선으로 돌아온 직후 30분간, 스 탠리와 나는 총상을 입은 가슴팍과 등판을 메스로 인정사정 볼 것 없이 째 서 척추에 박힌 총알의 위치를 확인했다. 이런 경우 수술을 하면, 예후는 즉사다.

키가 크고 체구가 단단한 에스키모 노인은 예상과는 달랐다. 은회색 머리 칼을 지닌 그는 숨통이 끊기지 않았다. 찢어져 출혈이 멈추지 않는 폐로 계 속 호흡하며 각혈했다. 그는 불안할 정도로 말간 눈동자로 우리에게서 시선 을 떼지 않았다. 에스키모치고 밝은 눈동자로 우리를 계속 지켜보았다.

맥도널드 군의관이 테러호에서 건너 왔다. 스탠리의 제안으로 그는 여 자 에스키모를 병실 뒤쪽 후미진 구석으로 데리고 들어갔다. 담요를 커튼 삼아 걸어놓고 공간을 나누었다. 여자 에스키모를 검진하기 위해서였다. 스탠리는 에스키모 여자를 검진하는 데에는 별로 관심 없어 보였다. 오히 려 피투성이 에스키모 남자가 처치를 받는 모습을 여자에게 보이지 않으 려는 데 오히려 더 관심이 있는 듯했다. 에스키모 남자가 그 여자의 아버 지인지, 남편인지는 모르겠다. 에스키모 남녀는 피나 부상에 별로 동요하 지 않았다. 런던에 사는 여자나 숙련되지 않은 초짜 외과의라면 까무러쳤 을지도 모르겠지만.

기절 얘기가 나와서 말인데, 스탠리와 내가 위급한 에스키모 남자의 검 진을 막 끝낼 무렵, 존 프랭클린 경이 승조원 둘과 함께 병실로 들어섰다. 찰스 베스트가 두 사람의 부축을 받으며 들어왔다. 프랭클린 함장실에서 기절했다는 것이다. 가장 가까운 간이침대로 베스트를 눕히라고 했다. 검 진 결과, 이 자가 쓰러진 이유를 단박에 줄줄 읊을 수가 있었다. 피로가 극 도로 누적된 상태였다. 고어 대위가 이끌던 썰매 정찰단이 열흘간 계속 고 생하고 굶주렸다. 지난 이틀간 빙하에서 곰 고기를 날로 먹은 것밖에 없었다. 완전히 탈수 상태였다. 우리는 잠시 멈춰 스토브에 얼음을 녹일 짬도 내지 못해서, 눈이나 얼음을 그냥 씹어 먹으려는 바보 같은 생각까지 했었다. 그런데 그냥 먹었다간 체내에 수분을 더하는 게 아니라 오히려 빼앗긴다고 들었다.

그런 불쌍한 베스트를 함장 앞에 세워놓고 보고를 시키다니. 장교들이 베스트에게는 고작 입고 있던 피범벅이 된 겉옷 하나 벗을 시간만 달랑 주어서 그는 8겹이나 껴입은 모직 옷 중 7겹을 여태까지 입고 있었다. 열흘 밤낮으로 영하 20도까지 내려가는 빙하에 있다가 뜨뜻한 이리버스호 실내로 들어오니 너무 힘들었다. 그래서 나도 병실에 도착하자마자 다 벗어버리고 2겹만 입었다. 딱 보니, 베스트가 버티기엔 너무 힘든 상황이었다.

소금을 약간 먹었으니 베스트가 조만간 정신을 차릴 것이라는 확답을 들은 프랭클린 경은 에스키모 남자에 대한 반감을 노골적으로 드러냈다. 에스키모 남자는 피범벅이 된 가슴과 복부를 바닥에 대고 엎드린 상태였다. 스탠리와 내가 총알을 찾으려고 엎어두었다. 프랭클린이 이렇게 물었다.
"살 수는 있나?"

"그리 오래 버티지는 못할 것 같습니다, 함장님." 스티븐 사무엘 스탠리가 대답했다.

나는 이렇게 환자 앞에서 대놓고 얘기하는 상황이 너무 짜증이 났다. 보통 의사들은 환자가 보는 앞에서 진찰 내용을 서로 전달할 때는 라틴어로 덤덤히 말한다. 하지만 나는 곧 이 에스키모 남자가 영어를 이해할 리 만무하다는 사실을 깨달았다.

"제대로 눕혀보게." 존 프랭클린 경이 주문했다.

그 말에 우리는 조심조심 환자를 돌렸다. 참을 수 없는 고통을 분명 느꼈을 텐데 에스키모 남자는 아무 소리도 내지 않았다. 옮기기 살피고 진찰하는 동안에도 정신을 잃지 않던 그였다. 그는 탐험대 단장 프랭클린에게 시선을 고정했다.

존 프랭클린 경이 그를 위에서 굽어보면서 크게 말했다. 마치 벙어리 아이들이나 저능아한테 얘기하듯 아주 천천히 크게 외쳤다.

"당신…… 누구야?"

에스키모 남자가 프랭클린을 바라보았다.

"이름이 뭐지, 어느 부족 출신인가?"

죽어가는 남자는 대답하지 않았다.

존 프랭클린 경은 고개를 내저으며 역겨운 표정을 지었다. 에스키모 남자의 가슴에서 점점 커져 가는 핏자국 때문이었는지, 에스키모를 혐오해서인지 알 수는 없었다.

"다른 에스키모는 어디 있나?" 프랭클린이 스탠리에게 물었다.

수석 군의관 스탠리는 상처 부위를 압박 지혈하기 위해 피 묻은 붕대를 감느라 정신이 없었다. 아예 막지는 못해도 폐에서 계속해서 뿜어져 나오는 출혈 속도를 늦추고 싶었다. 그는 턱으로 커튼 뒤 후미진 곳을 가리켰다.

"맥도널드가 에스키모 여자와 같이 있습니다."

프랭클린 경은 무뚝뚝이 담요 커튼을 통과했다. 안에서 더듬거리는 말소리가 들렸다. 앞뒤가 맞지 않는 말이었다. 그러더니 뒷걸음질 치며 벌건 얼굴로 나왔다. 나는 혹시나 예순한 살 먹은 함장이 졸도라도 할까 걱정스러웠다.

시뻘겋던 프랭클린의 얼굴이 충격을 받은 듯 순식간에 허예졌다.

나는 그 이유가 젊은 여자가 알몸이었음을 뒤늦게 알았다. 몇 분 전, 살짝 열린 커튼 틈으로 맥도널드가 여자에게 겉옷을 벗으라는 신호를 보내는 것을 보았다. 곰 가죽 파카를 입고 있던 여자는 고개를 끄덕이며 두꺼운 겉옷을 벗었다. 상반신은 아무것도 입지 않았다. 그때 나는 병상 위에서 죽어가던 남자를 지혈하느라 정신이 없었지만, 두꺼운 모피만 입는 게

혹한을 피하는 똑똑한 방법이라고 생각했다. 가여운 고어 대위가 이끌던 썰매 정찰단처럼 모직 옷을 여러 겹 껴입는 것보다 훨씬 낫다. 맨몸에 동물 털가죽으로 만든 옷을 걸치면 인간의 몸은 추우면 알아서 체온을 올리고, 필요할 경우 땀을 배출해 체온을 내린다. 땀을 흘리는 순간 땀은 피부에서 늑대나 곰 가죽으로 속히 옮겨간다. 우리 영국 대원들이 입었던 모직 옷은 순식간에 땀을 흡수하지만 절대로 마르지 않는다. 대원들이 행진이나 썰매 끌기를 멈추는 그 순간, 순식간에 얼어붙어 방한 기능을 상실한다. 함선에 거의 도착할 무렵, 등을 짓누르는 무게가 처음 정찰을 떠날 때의 거의 두 배였다.

"나중에 적당한 시기에 다시 오겠네." 존 프랭클린이 더듬거린 후 우리를 지나쳐 나갔다.

존 프랭클린 경은 떠는 듯했다. 여자가 에덴동산에서처럼 알몸으로 있어서 그런 건지, 아니면 병실 한쪽 후미진 곳에서 뭔가를 봐서 그런 건지는 확실치 않았다. 함장은 한마디 말도 없이 병실을 떠났다.

잠시 후, 맥도널드가 뒤쪽에서 나를 불렀다. 원주민 여인들이 문명화된 사회에 사는 여자보다 성숙기에 훨씬 빨리 도달한다는 것은 과학적으로 입증된 사실이다. 젊은 에스키모 여자는 두툼한 털옷과 물범 가죽 반바지를 입고 있었다. 맥도널드는 약간 화난 것 같기도 하고 짜증 난 것 같기도 했다. 무슨 일이냐고 물어보자 그는 에스키모 여자에게 입을 벌려 보라고 손짓한 후, 내가 볼 수 있도록 랜턴과 볼록 거울을 들고 빛을 모아 주었다. 그 안을 들여다보았다.

혀가 뿌리부터 잘린 채 없었다. 나와 맥도널드가 추론한 바로는 풍습에 따라 음식을 삼킬 수 있을 정도만 남겨두고 혀가 잘린 것 같았다. 그런데 에스키모기 이떤 언어를 쓰든지 간에 여지기 지린 혀로 그음히는 긴 볼기 능해 보였다. 혀는 오래전에 잘린 듯했다. 최근에 입은 상처가 아니었다.

나는 공포심을 물리치며 생각했다. 대체 누가 왜, 이 여자가 아이였을 때 이런 짓을 했을까? 내가 '절단'이라는 단어를 사용하자, 맥도널드는 친절히 정정해 주었다.

"봐, 굿서, 이것은 외과 기구로 깔끔히 절단된 게 아니야. 돌칼 같은 원시적인 도구를 쓴 것도 아니고. 이 가여운 여자의 혀를 누군가가 씹어 먹은 거야. 그것도 아주 어렸을 때. 뿌리 가까이 씹힌 것을 봐서는 자기가 했을 가능성은 전혀 없어."

나는 여인에게서 한 걸음 물러났다. "누군가에게 혀를 씹혀 먹혔다고?" 나는 오랜 버릇처럼 라틴어로 중얼거렸다. 전에 이 어두운 대륙에 사는 부족의 원시 풍습에 대한 글을 읽은 적이 있다. 이슬람교도 중에 히브리 율법을 모방하여 남자를 위해 여자에게 잔인한 방식으로 할례를 시킨다는 얘기는 들어 봤다.

"다른 데는 멀쩡해. 맥도널드가 말했다.

나는 존 프랭클린이 갑자기 얼굴이 허옇게 충격받은 이유를 알 것도 같았다. 그런데 내가 맥도널드에게 이 사실을 함장에게 보고했냐고 묻자, 맥도널드는 아니라고 했다. 존 프랭클린 경이 병실 뒤편으로 들어가자마자 에스키모 여자의 알몸을 보더니 놀라서 나갔다고 했다. 맥도널드는 우리의 포로인지 손님인지 모를 에스키모 여자의 몸을 훑어본 검진 결과를 설명해 주기 시작했다. 그때 스탠리 군의관이 들어왔다.

처음에 나는 에스키모 남자가 죽었다고 알려주려고 온 줄 알았으나 그건 아니었다. 존 프랭클린 경과 다른 함장들 앞에서 보고를 해야 한다며 어떤 승조원이 나를 부르러 왔다고 했다.

• • •

내가 고어 대위의 사망 경위를 보고하자 프랭클린 경, 부함장 피츠제임

194

스, 함장 크로지어는 실망하는 기색이 역력했다. 평소였더라면 이런 상황이 속상했겠지만 그날 나는 상관이 실망하는 모습에도 아무렇지 않았다. 아마 그날은 너무나 피곤하기도 했었고, 고어 대위의 썰매 정찰단에 합류한 동안 내가 심경의 변화를 일으켜서 그랬던 것 같기도 했다.

나는 에스키모 남자가 위독하다는 사실과 에스키모 여자의 혀가 없다는 기이한 상태에 대해 또다시 설명했다. 3명의 함장은 이 얘기에 서로 뭐라고 웅얼거렸다. 크로지어 함장만 내게 물었다.

"누가 왜 저 여자에게 그런 짓을 했을 것 같나, 굿서?"

"모르겠습니다."

"혹시 동물한테 공격당해 그렇게 된 건 아닐까?"

나는 잠시 대답하지 않았다. 동물이 그랬다는 것은 전혀 생각해 보지도 않았다. "그랬을 수도 있겠습니다만……" 나는 마침내 운을 띄웠다. 북극에 사는 육식 동물이 여자아이의 혀를 뜯어 먹으면서 몸뚱이는 그대로 살려 두었다는 게 도무지 상상이 가지 않았다. 에스키모가 들개와 같이 생활하는 건 이미 잘 알려진 사실이다. 나도 디스코 만에서 들개를 본 적이 있으니까.

에스키모에 대한 질문이 더는 나오지 않았다.

함장들은 고어가 죽게 된 경위와 누가 그를 죽였는지를 물었다. 나는 진실을 말했다. 당시 나는 에스키모 남자를 살리려던 중이었다. 에스키모 남자가 안개 속에서 갑자기 튀어나오는 바람에 해병 이병 필킹턴이 쏜 총알에 맞았다고 말했다. 고어가 죽는 마지막 순간, 나는 잠시 올려다보았다. 안개가 걷혔다 끼었다 하는 사이, 비명 소리가 들렸고 머스킷총이 한 발 발사됐다. 고어 대위도 들고 있던 권총으로 한 방 쏘았다. 당시 나는 썰매 한편에 무릎을 꿇고 있어 시야가 가려졌기에 제대로 본 건지 확실하지는 않았다. 그저 커다란 흰 물체가 고어를 에워싸자, 그가 총을 한 발 쏘았고,

이어 총성이 여러 발 들린 후 또다시 안개가 짙게 꼈다는 사실뿐.

"그래도 그게 곰인 거는 확실하지?" 피츠제임스가 물었다.

나는 머뭇거리다가 마침내 말했다. "만약 곰이라 해도 우르수스 마리티무스 중에 유달리 몸집이 큰 곰이었을 겁니다. 곰 같은 맹수라는 느낌을 받았습니다. 덩치가 크고, 팔다리가 거대하고, 대가리는 작고, 눈은 시커멨습니다. 그런데 이렇게 설명은 드리지만 그리 확실한 건 아닙니다. 기억나는 사실은 갑자기 그것이 뜬금없이 나타났다는 것뿐입니다. 갑자기 고어 주위에서 쑥 하며 올라왔습니다. 키는 고어 대위의 두 배였고, 정말 당혹스러웠습니다."

"분명 곰이었을 거야. 대체 그게 곰이 아니면 뭐가 그랬겠어, 안 그래 굿서?" 존 프랭클린 경은 냉소적으로 그리고 굉장히 건조하게 말했다.

존 프랭클린 경이 나에게 군의관 대우를 해 준 적이 단 한 번도 없었다는 사실을 깨달은 건 이번이 처음은 아니다. '박사'라는 호칭 대신 그냥 성만 부르며, 고작 조수나 못 배운 준사관 취급하는 것을 난 모르지 않았다. 이 늙어가는 함장이, 내가 그토록 존경하던 함장이 일개 군의관을 존중하는 마음이 눈곱만큼도 없다는 사실을 깨닫기까지 무려 2년이나 걸렸다.

"잘 모르겠습니다." 나는 다시 환자한테 가 보고 싶었다.

"백곰에게 원래 관심이 많다는 것은 내가 알고 있었네만, 그 이유가 뭐지?" 프랭클린이 물었다.

"저는 해부학을 공부한 사람입니다. 함선에 합류하기 전에 생태학자가 되는 것이 꿈이었습니다."

"이제 그 꿈을 접었나?" 크로지어 함장이 특유의 부드러운 아일랜드 인 말투로 물었다.

나는 어깨를 으쓱했다. "야외 연구가 저와 잘 맞지 않아서요."

"비치 섬에 있을 때 사냥한 백곰을 해부해서 골격과 근육을 연구한 것으로 들었네만. 빙하에서 곰을 관찰하기도 하고."

"네, 그랬습니다."

"고어의 상처가 곰에게 당한 흔적과 일치하는 점을 찾았나?"

나는 딱 1초 머뭇거렸다. 그 가여운 고어의 시신을 검시한 후에 썰매에 묶어서 악몽 같은 밤을 보내며 극빙을 건너왔다.

"네, 북극에 사는 백곰은 아시다시피 지구에서 가장 덩치가 큰 포식자입니다. 그런데 그것의 형체는 몸무게가 백곰 무게에 절반은 더 얹어야 할 정도였고, 뒷다리로 디디고 선 키가 북아메리카 대륙에서 가장 크고 사납다고 알려진 큰곰보다 1미터는 더 컸습니다. 아주 거친 포식 동물이라서 사람의 가슴뼈를 으깨고 척추를 동강내는 일 정도는 간단히 해치울 수 있습니다. 바로 고어가 그렇게 당한 거고요. 사람을 따라다니는 유일한 포식 동물인 하얀 북극곰은 고작 그 형체의 먹잇감밖에 되지 못할 정도입니다."

피츠제임스 함장은 목청을 가다듬었다. "그러니까 나도 예전에 정말 사나운 호랑이를 인도에서 본 적이 있지. 마을 사람들 말로는 12명이나 먹어치웠다는군."

나는 고개를 끄덕였다. 그 순간 내가 얼마나 지쳤는지 깨달았다. 탈진 상태가 되니 오히려 자양 강장제를 먹은 듯 몸이 움직여졌다. "프랭클린 경 함장님 이하 두 함장님들. 함장님들께서는 저보다 더 많은 세상을 구경하셨습니다. 제가 이 주제에 대해 나름 폭넓게 연구한 바에 따르면, 다른 육지 포식자들, 이를테면 늑대, 사자, 호랑이, 다른 곰 같은 경우엔 화가 나면 사람을 죽인다고 합니다. 방금 피츠제임스 중령께서 말씀하신 호랑이 같은 경우도 병이 걸리거나 부상을 당해 스스로 먹잇감을 찾아 나설 수 없을 때 사람을 잡아먹는다고 합니다. 그런데 북극에 사는 백곰, 우르수스 마리티무스만이 적극적으로 돌아다니며 사람을 잡아먹는다고 합니다."

크로지어가 끄덕였다. "어떻게 알았지, 책에서 보았나?"

"네, 책에서 보기도 했습니다. 배핀 만에 정박한 동안 디스코 만을 자주 돌아다니면서 그 동네 주민들에게 곰의 행동 양식에 대해 물어보기도 했고, 근처에 있던 엔터프라이즈호 마틴 함장과 프린스오브웨일스호의 대너트 함장에게 문의도 했습니다. 두 분은 제가 묻는 백곰에 관한 질문에 대답해 주고 일부 승조원들을 소개시켜 주었습니다. 그중엔 포경선을 타던 나이 많은 미국인 선원도 있었는데요, 빙하에서만 십수 년을 보냈더라고요. 북극에 사는 에스키모를 따라다니던 백곰에 관한 일화를 들었습니다. 심지어는 자기가 탄 함선이 극빙에 갇혀 있을 때 백곰이 승조원 몇 명을 잡아먹었다고 하더군요. 이름이 코너라는 그 선원이 말하기를, 1828년에 그가 탄 함선에서 요리사가 무려 둘이나 곰에게 잡혀먹혔다고 했어요. 그중 1명은 승조원들이 잠자는 사이 하갑판 스토브 옆에서 일하다가 잡아먹혔다고 합니다."

크로지어 함장은 그 소리를 듣더니 웃음을 지었다. "그 늙은 선원이 하는 얘기는 모두 다 믿으면 안 되겠네, 굿서."

"맞습니다. 다 믿을 수야 없죠."

"그럼 이만하지. 물을 게 더 생각나면 다시 부르겠네." 프랭클린이 말했다.

"네, 알겠습니다."라고 말한 후, 나는 지친 몸을 이끌고 병실로 돌아가려 했다.

프랭클린의 함장실을 나서려는데 피츠제임스 중령이 불렀다. "굿서 박사, 질문이 있네. 이런 말해서 정말 창피한데 내가 잘 몰라서 말이지. 왜 백곰을 우르수스 마리티무스라고 부르나? 승조원을 잡아먹는 것을 좋아한다고 해서 나온 말은 아닐 테고."

"아닙니다. 북극곰을 우르수스 마리티무스라고 부르는 이유는 육지 동물이라기보다 바다 포유류에 더 가깝기 때문입니다. 바다 수백 킬로미터 근방에서 목격되는 북극곰에 관한 보고서를 읽어 보기도 했고, 엔터프라이즈호 마틴 함장에게 듣기도 했는데요, 북극곰이 육지나 빙해에서 공격할 때 몸이 잽싸서 그 속도가 시속 40킬로미터를 넘는다고 합니다. 바다에서는 백곰이 가장 힘차게 수영하는 동물이라고 합니다. 중간에 쉬지 않고 무려 110킬로미터 넘는 거리를 수영할 수 있습니다. 대너트 함장은 예전에 순풍을 타며 8노트로 함선을 몰고 있는데 백곰 두 마리가 나타나 함선과 나란히 10해리나 수영했다고 합니다. 그러더니 이내 배를 젖히고 나가면서 벨루가 고래처럼 유유자적 빠르게 저 먼 빙해로 헤엄쳐 갔다고 했습니다. 우르수스 마리티무스라는 학명은 포유류가 맞습니다만, 주로 바다 생물을 일컫죠."

"고맙네, 굿서." 피츠제임스 중령이 말했다.

"천만에요." 나는 자리를 떴다.


### 1847년 6월 4일 계속 이어서

에스키모 남자가 자정을 갓 넘긴 시각에 사망했다. 죽기 전 그는 처음으로 말을 했었다.

그때 나는 졸려서 병실 격벽에 등을 기대고 앉아 있었는데 스탠리가 깨웠다.

은회색 머리칼의 남자는 수술용 침상에 누워 고통스러워했다. 수영하듯 양팔을 허공에 허우적거렸다. 구멍 난 폐에서 출혈이 심했고, 입으로 솟구친 피가 턱을 타고 흘러 붕대를 감은 가슴까지 적셨다.

내가 랜턴을 들이대자 에스키모 여자는 자다 말고 구석에서 일어났다. 우리 셋은 죽어가는 남자를 내려다보았다.

늙은 에스키모 남자는 힘센 손가락을 구부려 총알 맞은 근처를 짚었다. 숨을 쉴 때마다 시뻘건 피가 동맥에서 뿜어져 나왔다. 남자가 무슨 말을 하는 것 같았다. 나는 석판 위에 분필로 휘갈겨 받아 적었다. 스탠리와 내가 환자가 자는 동안 쓰면서 얘기를 주고받던 석판이었다.

"안갓쿠트 투쿠루크! 쿠아룹빗추크 안갓쿠트 투르쿠크…… 파니가…… 투운바크! 타니크…… 나루압미우 투쿠타우아시루크…… 우미아크파크 투쿠타우아시루크…… 나누쿠 투쿳카! 파니가…… 툰바크 나누크…… 안갓쿠트 쿠쿠루쿠!"

그러더니 피가 콸콸 쏟아져서 더는 말을 이을 수 없었다. 피가 샘처럼 솟구치더니 결국 그의 숨통을 막았다. 스탠리와 내가 남자를 받치며 숨통을 트여주려 했지만 그는 피를 들이마셨다. 이렇게 끔찍한 최후를 맞이하자, 가슴이 더는 들썩이지 않았다. 에스키모 남자는 우리 품 안에서 축 늘어졌고, 멍한 시선은 이제 움직이지 않았다. 스탠리와 나는 그를 수술대로 다시 눕혔다.

"조심해!" 스탠리가 외쳤다.

잠시 나는 스탠리가 왜 그러는지 이해하지 못했다. 노인은 이미 죽었다. 그에게 숨결이나 맥은 전혀 느껴지지 않았다. 뒤돌아서 여자를 쳐다보았다.

여자는 우리 수술대에 있던 피범벅이 된 메스를 든 채 서서히 다가왔다. 분명 여자는 나를 쳐다보지는 않았다. 여자는 남자의 얼굴과 가슴에 시선을 고정하고 있었다. 망자는 여자의 남편이거나, 아니면 아버지나 오빠일 수도 있다. 그녀가 속한 원시 부족의 풍습인지는 모르겠지만, 그 모습을 보는 순간 극악무도한 에스키모의 모습이 무수히 떠올랐다. 흉측한 관습에 따라 가슴을 갈라 남자의 심장을 꺼낸 후 먹어 치운다거나, 남자의 눈을 잡아 빼거나, 손가락 중 하나를 자른다거나, 혹은 선원의 문신처럼 그의 온몸을 덮은 오랜 흉터 위에 또다시 흠을 낸다든가 하는 모습이 스치고 지나갔다.

여자는 아무 짓도 하지 않았다. 나는 오로지 내 온몸으로 망자를 보호

해야겠다는 생각만 들었다. 스탠리가 여태 여자를 붙잡지 못했다. 그 사이, 에스키모 여자는 마치 군의관처럼 메스를 능숙히 다뤘다. 칼처럼 날카로운 도구를 줄곧 써온 게 확실했다. 그러더니 남자가 부적처럼 지니고 있는 돌멩이가 매달린 가죽끈을 뚝 끊었다.

여자는 피범벅이 된 납작한 백곰 모양 돌멩이와 잘린 끈을 쥐더니 파카 속 어딘가 은밀한 곳에 숨긴 후 메스를 수술대 위에 도로 내려놓았다.

스탠리와 나는 서로 쳐다보았다. 이리버스호의 수석 군의관 스탠리는 병실 조수 역할을 하는 어린 수병을 깨우러 갔다. 지금 근무 중인 장교에게 알린 다음 함장실로 가서 에스키모 노인이 사망한 사실을 전하라고 시켰다.


### 6월 4일 계속 이어서

새벽 1시 반 3점종에 에스키모 남자의 장례를 치렀다. 함선에서 고작 20미터 떨어진 좁은 불구멍 속으로 천으로 싼 시신을 쑤셔 넣었다. 불을 피워 5미터 두께의 얼음에 구멍을 뚫었다. 바다가 풀리지 않은 올여름, 이곳에서만 바닷물을 구경할 수 있었다. 전에도 말했지만, 뱃사람들은 불을 가장 무서워한다. 존 프랭클린 경은 시신을 바다에 버리라고 했다. 스탠리와 나는 창을 들고 좁은 구멍으로 시신을 억지로 밀어 넣으려고 했다. 동쪽으로 몇백 미터 떨어진 곳에서 누군가 땅을 파다 말고 이따금씩 욕을 했다. 20여 명이 그다음 날 있을 고어 대위의 장례식을 치르려고 밤새 구멍을 제대로 파는 중이었다. 엄밀히 말하면 장례식은 내일이 아니라 오늘 오후 예정이었다.

한밤중이라도 성경을 읽을 수 있을 정도로 훤했다. 혹시나 누군가 성경을 북극으로 가져왔다면 말이다. 물론 아무도 가져오지 않았겠지만. 어둑어둑한 빛이 도움이 되었다. 우리를 도우라는 명령을 받고 승조원이 둘이나 왔다. 우리 넷이서 찌르고 쑤시고 밀었다. 에스키모 시신이 푸르스름한 구멍 속으로 점점 밀려 내려가 저 아래 시커먼 바다로 향했다.

에스키모 여자는 조용히 서서 지켜보았다. 얼굴에는 여전히 표정이 없었다. 북서서에서 바람이 부는 순간 얼룩진 파카 후드가 벗겨졌다. 검은 머리칼이 까마귀 갓털처럼 물결치며 얼굴을 가렸다.

스탠리, 숨을 몰아쉬는 대원 둘, 에스키모 여자, 나. 이게 장례식에 참석한 전부였다. 크로지어와 키 크고 마른 소위가 블리자드를 맞으며 와서 우리가 마지막으로 애쓰는 순간을 목격했다. 시신은 마지막 남은 1.5미터를 마저 통과하더니 두께 5미터짜리 구멍을 완전히 빠져나가 시커먼 바닷물 속으로 사라졌다.

"프랭클린 함장님께서 여자를 이리버스호에서 재우지 말라고 하셔서 테러호로 데려가려고 왔네." 크로지어는 상냥하게 말한 다음, 이름이 어빙이라고 하는 호리호리한 소위에게 이렇게 말했다. "어빙, 이제 여자는 네 담당이야. 남자들 눈에 띄지 않는 적당한 장소를 찾아주게. 아마 병실 앞 짐을 쌓아 놓은 곳이 괜찮을 거야. 절대로 다치지 않게 하게."

"알겠습니다."

"그런데 왜 여자를 부족으로 되돌려 보내지 않으시는 겁니까?" 내가 물었다.

크로지어는 이 말을 듣더니 웃었다. "보통은 돌려보내는 것이 맞지. 그런데 지금 여기 반경 480킬로미터 내에는 에스키모 정착촌이 하나도 없어. 소규모 부족도 없지. 에스키모는 유목민인데 우리는 '북쪽 고지인'이라고 부르지. 그런데 이 노인과 어린 여자가 어쩌다 여기 북극 극빙까지 올라왔을까? 올여름엔 여기에 고래나 바다코끼리, 물범도 없는데. 순록도 없고 기껏해야 포악한 백곰밖에 없는 여기까지 왜 올라왔을까?"

나는 대답하지 못했다. 그리고 이건 내가 물은 질문과는 전혀 관계없었다.

"이런 에스키모 원주민을 찾아 친해지느냐에 따라 우리의 목숨이 좌지우지되는 때가 된 것 같네. 그러니 일단 여자와 친해지고 난 다음에 보내야 하지 않겠나?" 크로지어가 대답했다.

"저희 총에 맞아서 남편인지 아비인지 하는 자가 죽었습니다. 벙어리 여자가 어떻게 우리한테 좋은 마음을 품을까요?" 군의관 스탠리가 말했다. 여자는 이제는 텅 비어 버린 불구멍을 여태 쳐다보고 있었다.

"정확히 보았군. 그 남자 때문에 에스키모가 격분한 나머지 함선으로 쳐들어와서 우리가 자는 동안 죽이려고 폭동을 일으킬지 몰라. 안 그래도 골치 아픈 일이 많은데 말이지. 프랭클린 경의 말이 맞을지도 모르고, 우리가 뭘 할지 결정할 때까지 여자를 데리고 있어야 해. 여자도 우리도 다 같이 붙어 있어야 하고." 크로지어가 스탠리에게 웃으며 말했다. 그가 저렇게 활짝 웃는 건 2년 만에 처음이었다. "벙어리 여자라. 그 별명 괜찮군, 스탠리. 아주 좋아. 어빙, 가자. 여자도 데리고."

저들은 눈바람을 맞으며 첫 번째 압력 봉우리가 있는 서쪽으로 걸어갔다. 나는 눈 덮인 경사로를 밟고 올라 이리버스호로 되돌아왔다. 내 작은 격실이 새삼 더할 나위 없는 천국처럼 느껴졌다. 열흘 전 고어 대위와 함께 남남동으로 떠난 이후, 처음으로 깨지 않고 곤히 곯아떨어졌다.

# 15
# 프랭클린

죽을 날이 얼마 남지 않았을 무렵 존 프랭클린은 에스키모 여자의 알몸을 봤던 충격에서 거의 벗어났다.

이 에스키모 여자는 1819년 그가 처음으로 실패한 탐험에서 봤던 구릿빛 피부를 지닌 인디언 소녀가 분명했다. 로버트 후드가 데리고 자던 열다섯 살짜리 요부, 그린스토킹스였다. 확실했다. 그 소녀도 피부색이 짙었다. 봉긋 솟은 젖가슴과 밤색 유륜, 성기 바로 위에 방패 모양으로 돋은 까마귀 깃털처럼 새까만 음모는 어둠 속에서도 빛났다.

그때 그 요부와 이 에스키모 여자는 동일인이었다.

존 프랭클린 경은 병실에서 군의관 맥도널드 앞에서 알몸으로 있던 여자를 보고 깜짝 놀랐다. 그것도 자신의 함선 이리버스호에서 그때 그 요부를 다시 보다니. 결코 끝나지 않을 것 같던 절망의 그날, 프랭클린은 군의관이나 다른 함장들에게 다행히 속내를 들키지 않았다.

고어 대위의 장례식은 금요일 늦게 열렸다. 대규모 작업반이 스물네 시간이 넘게 빙하를 뚫어 수장을 치를 준비를 했다. 작업에 앞서 바위처럼 단단한 빙판 위에 3미터 정도 재를 뿌린 다음, 삽과 곡괭이로 미처 녹지 않은 1.5미터를 마저 뚫어 커다란 구멍을 냈다. 정오 즈음 작업이 끝나자,

이리버스호 목공장 위크스와 테러호 목공장 허니가 나무로 임시 발판을 요령껏 설치했다. 길이 3미터, 폭 1.5미터 크기 직사각형 구멍 위에 발판이 완성되었다. 저 아래 구멍 속으로 시커멓게 출렁이는 바다가 보였다. 작업반은 얼음이 엉겨 붙지 않도록 긴 창을 들고 구멍 옆에 서 있었다.

비교적 뜨뜻한 함선에 안치하다 보니, 시신이 급속히 부패하기 시작했다. 목공장들은 단단한 마호가니로 서둘러 관을 짰고, 그 속에 단내 나는 삼나무로 내부 관을 하나 더 짜 넣었다. 보통은 평범한 캔버스로 만든 수의용 자루 안에 포탄 두 알을 집어넣는데, 대신 이번에는 내부 관과 외부 관 사이에 납을 차곡차곡 집어넣었다. 제철공 스미스는 구리판을 두드리고 연마해서 근사한 명패로 만들어 마호가니 관 위에 나사로 고정했다. 매장과 수장 그 중간쯤 되는 장법으로 장례식을 치를 예정이다. 프랭클린은 관이 단박에 가라앉을 수 있게 무겁게 만들라고 명령했다.

오후 4시, 전반 반당직의 시작을 알리는 종이 여덟 번 울렸다. 양쪽 승조원은 빙판을 건너 이리버스호에서 약 800미터 떨어진 장례식 현장에 모였다. 존 프랭클린 경은 최소한의 당직 인원만 남기고 전원 장례식에 참석해야 하며, 정복 위에 아무것도 걸치지 말라고 명령했다. 약속된 시간이 되자 100명이 넘는 승조원이 부들부들 떨며 제복만 입은 채 빙상 위에 모였다.

고어 대위의 관이 이리버스호 옆으로 내려진 후 이 서러운 장례식을 위해 준비한 큰 썰매에 실렸다. 프랭클린 경의 유니언잭이 관 위에 드리워졌다. 이리버스호 승조원 20명, 테러호 승조원 12명, 도합 32명이 800미터 떨어진 장지로 썰매를 천천히 끌고 갔다. 아직 사환에 불과한 어린 수병 4명, 이리버스호의 조지 챔버스와 데이비드 영, 테러호의 로버트 골딩과 토미 에번스가 천천히 실으며 검은 천으로 감싼 북을 두드렸다. 승조원 30명이 이 엄숙한 운구 행렬을 호위했다. 존 프랭클린 함장, 부함장 피츠제임스, 함장 크로지어, 나머지 장교와 항해사가 정복을 입은 채 행렬에 참여했다. 텅 빈 양쪽 함선을 지키는 극소수만 참석하지 못했다.

장지에는 레드 코트를 입은 해병 사열단이 차려 자세로 대기하고 있었다. 이리버스호의 서른세 살 해병 상사 데이비드 브라이언트의 지휘하에, 이리버스호의 해병 상병 피어슨, 해병 이병 호프크래프트, 필킹턴, 힐리, 리드, 테러호의 해병 상사 토저, 해병 상병 헤지스, 해병 이병 윌크스, 해먼드, 헤더, 댈리가 사열단으로 차출되었다. 해병 이병 브레인은 작년 겨울 사망하여 비치 섬에서 잠든 관계로, 이리버스호 해병 이병 중에 유일하게 참석하지 못했다.

고어의 임무를 물려받은 르베스콘테 중위가 고인의 삼각모와 칼을 운반했다. 그 뒤로 제임스 W. 페어홀름이 파란 벨벳 쿠션을 들었다. 쿠션 위에는 고인이 그동안 받은 훈장 여섯 개가 올라가 있었다.

썰매가 장지에 도착했다. 해병 12명이 양쪽으로 늘어선 후 마주 보고 '거꾸로 총 자세'를 취했다. 썰매를 끈 대원, 관을 실은 썰매, 의장대, 기타 승조원들이 그 사이를 통과했다.

제복을 입은 장교들이 얼음 구멍에 둘러서자 110명의 승조원이 흩어지며 자리를 잡았다. 조금이라도 더 잘 보려고 압력 봉우리로 올라간 사람도 있었다. 프랭클린 경은 다른 함장들을 이끌고 구멍 동쪽 끝에 임시로 설치한 발판 위로 올랐다. 엄숙히 썰매를 끌고 온 대원 32명이 끈을 풀어 무거운 관을 직사각형 판자에 올리고 발판 위 임시 거처로 옮겼다. 이제 관이 제자리를 잡았다. 관 밑에는 판자뿐만 아니라 굵은 밧줄 세 개가 깔려 있었다. 운구를 담당한 대원들이 발판 양쪽에 서서 밧줄을 쥐었다.

검은 천으로 싼 북소리가 멈추었다. 전원 탈모했다. 장례식에 참석하려고 다들 머리를 감고 가르마를 타서 빗거나 끈으로 곱게 묶었다. 그런데 강풍이 대원들의 길게 자란 머리칼을 뒤헝클었다. 날은 추웠다. 6점종(오후 3시)에 쟀을 때 영하 15도였다. 북극 하늘은 얼음 결정이 가득한 금빛 돔처럼 반짝였다. 마치 고어 대위를 기리려는 듯, 빙정에 굴절된 둥근 태양 주변에 세 개의 태양이 나타나 하나의 큰 덩어리로 보였다. 남쪽에 걸린 태양을 중심으로 좌우와 위로 환일 현상(얼음 결정이 굴절하여 나타나는 대기 현상)이 생겼다. 네 개의 태양이 커다란 원으로 연결되어 무지갯빛을 뿜어냈다. 장례식에 참석한 대원들은 때마침 벌어진 장관에 고개를 숙였다.

존 프랭클린 경은 망자를 위한 장례식을 거행했다. 우렁찬 목소리가 그 자리에 모인 110명에게 또렷이 들렸다. 다들 장례식이 익숙했다. 마음을 달래는 추도사가 울려 퍼졌다. 그들은 언제 어떻게 응답해야 하는지를 알았다. 식이 끝나갈 무렵 혹한에도 아랑곳하지 않고 승조원들은 익히 아는 문구를 따라했다. 그 소리가 빙상 위로 울려 퍼졌다.

"그러므로 그의 몸이 깊은 바다에 빠져 몸은 썩으나 죽은 자 가운데서 다시 살아나기를 바랍니다. 그리고 바다가 죽은 자들을 넘겨줄 때 그리스도 예수를 통해 생명을 얻을 것입니다. 그리스도께서는 만물을 당신께 복종시킬 수 있는 능력을 가지고 오셔서 우리의 비천한 몸을 당신의 영광스러운 몸과 같은 형상으로 변화시켜 주실 것입니다."

"아멘."

12인의 의장대가 머스킷총으로 일제히 조총을 세 번 발사했다. 처음 두 번은 네 발, 마지막 한 번은 세 발을 쐈다.

첫 번째 조총 발사. 르베스콘테 중위가 고개로 신호를 보냈다. 사무엘 브라운, 존 위크스, 제임스 리젠이 무거운 관 밑에 있던 판자를 뺐다. 이제 관을 받치는 건 굵은 밧줄 세 개뿐. 두 번째 조총이 발사되자, 관이 시커먼 수면 바로 위로 내려졌다. 마지막 세 번째 조총이 발사되었다. 밧줄이 서서히 풀렸다. 구리 현관이 막힌 육중한 관이 마침내 시커먼 바닷속으로 사라졌다. 관 위에 올려진 고어의 훈장과 칼도 함께 자취를 감추었다.

차가운 바다가 순간 요동쳤다. 밧줄을 위로 끌어 올린 후 옆으로 내던 졌다. 사각 구멍 사이로 보이는 시커먼 바닷물 속이 텅 비었다. 남쪽 하늘에 보이던 환일 현상과 무지갯빛도 사라졌다. 풀죽은 태양이 둥근 하늘 아래에서 빛났다.

다들 조용히 흩어져 자기 배로 돌아갔다. 종이 두 번 울리며 전반 반당직의 중반을 알렸다. 석식을 하고 두 번째 그로그 배급을 받을 시간이었다.

...

그다음 날인 토요일 6월 5일, 대원들이 함선 하갑판에 모였다. 번개 폭풍이 북극의 여름 하늘에서 또다시 쏟아졌다. 견시 중이던 장루원들은 톱마스트에서 내려오고, 갑판원들은 철제 기구와 마스트에서 멀리 떨어져 있으라는 명령이 떨어졌다. 안개를 뚫고 천둥 번개가 치면 방전 현상이 발생했다. 다시 마스트와 선실 위 피뢰침으로 번개가 내리꽂혔다. 세인트 엘모의 불(배의 돛대 끝이나 피뢰침 끝 등 지표의 돌출된 부분에서 대기 중으로 향하여 방출되는 다소 지속적인 방전 현상)이 파랗게 일면서 원재와 리깅을 훑고 지나갔다. 당직 근무를 마친 견시병이 초췌한 모습으로 내려와 휘둥그레진 눈으로 빙하를 훑고 간 구전현상(천둥 번개가 친 후 대기 중에 독립적으로 떠돌아다니는 둥근 형태의 전하 덩어리)에 대해 떠들었다. 늦은 오후가 되자 상황은 더욱 심해졌다. 반당직 근무자들이 뭔가 커다란 것이 보인다고 보고했다. 그저 백곰이라고 보기엔 너무 컸다. 그 형체가 안개 낀 압력 봉우리를 따라 서성이며 걸어왔다. 번개가 치면 잠깐 보였다가 순식간에 사라졌다. 보고에 따르면 그 형체는 곰처럼 네발로 기어오다가 또 사람처럼 두 발로 자유롭게 걸었다고 했다. 지금 배 주위를 맴돌고 있다고 했다.

수은주는 계속 떨어졌다. 일요일, 동이 트자 날은 청명했으나 영하 35

도까지 떨어졌다. 정오가 되자 영하 22도가 되었다. 이 와중에 프랭클린 경은 이리버스호 승조원들에게 반드시 예배에 참석하라고 했다.

프랭클린이 함장으로 있는 이리버스호 장교 및 대원은 매주 예배에 참석해야 한다. 이 우중충한 겨울 내내 그는 하갑판에서 예배를 보았다. 테러호 승조원 중에서 믿음이 독실한 이들은 빙판을 가로질러 이리버스호까지 와서 예배를 드렸다. 군율이 아니라 관례에 따라 영국 해군이라면 반드시 예배에 참석해야 했기에 크로지어도 일요일마다 예배를 주관했다. 그러나 이번 탐험에는 군종 목사가 승선하지 않아 겉핥기에 불과했다. 어떨 때는 군율을 읽었다. 존 프랭클린 경이 한 시간 반에서 두 시간 동안 열정적으로 설교하는 것에 비해, 크로지어는 20분이면 다 끝났다.

이번 일요일에는 선택의 여지가 없었다.

크로지어 함장은 테러호 선원을 이끌고 사흘 동안 두 번이나 빙하를 건넜다. 이번에는 제복 위에 코트도 걸치고 목도리도 둘렀다. 이리버스에 도착한 순간 놀랄 수밖에 없었다. 존 프랭클린 경이 후갑판에서 설교하고 예배를 갑판에서 본다는 것이다. 하늘은 청명했다. 빙정으로 뒤덮인 둥근 황금빛 하늘도, 환일 현상도 오늘은 보이지 않았다. 그런데 바람이 매서웠다. 수병들은 후갑판 아래쪽이 그나마 덜 추울 거라 생각했는지 다닥다닥 붙어 있었다. 반면 양쪽 장교들은 방한복을 입은 목회자처럼 갑판으로 불어오는 바람을 맞으며 존 프랭클린 경 뒤에 미동도 없이 서 있었다. 또다시 해병 12명이 서열에 맞춰 섰다. 이번에는 바람그늘 쪽 갑판 맨 앞에 브라이언트 해병 상사가 서고, 부사관들이 메인마스트 앞에 모여 있었다.

존 프랭클린 경은 군율대로 '설교의 목적에 부합하기 위해' 유니언잭이 덮인 나침함 앞에 섰다. 고어의 관을 덮었던 바로 그 유니언잭이었다.

이번에는 딱 한 시간 만에 설교가 끝났다. 흰빛에 둥싱을 입은 자는 없었다.

프랭클린은 태생도 성향도 구약에 부합하는 삶을 살았기에 여러 예언자의 말을 언급하며 설교를 이끌었다. 이사야의 심판의 대상에 대해 한참을 설교했다. "보아라, 야훼께서 온 땅을 황야로 만드신다. 땅바닥을 말끔히 쓰시고 주민을 흩으신다." 그리고 여러 말들을 천천히 쏟아냈다. 두꺼운 겉옷에 머플러, 장갑까지 끼고 갑판에 서 있느라 우둔해진 대원이라도 북서항로 탐험대 최고 지휘관이 북위 70도 05분, 서경 98도 23분 빙하에 갇힌 자신의 처지를 말한다는 것을 확실히 눈치챘다.

"온 땅을 말끔히 쓸어가시어 남은 것은 돌더미뿐이리라. 야훼께서 이렇게 선고하셨다. 땅에 사는 사람들아! 무서운 일이 네 위에 떨어진다. 함정과 올가미가 너를 노린다…… 무서워 지르는 비명에 도망치는 자는 함정에 빠지리라. 함정에서 올라오는 자는 올가미에 걸리리라. 땅이 마구 무너진다. 땅이 마구 갈라진다. 땅이 마구 뒤흔들린다. 땅이 주정꾼처럼 비틀거린다……"

마치 이 처참한 예언을 증명이라도 하듯, 이리버스호를 감싼 빙하가 우르릉거리며 신음 소리를 냈다. 갑판이 떨렸다. 얼어붙은 마스트와 원재가 부르르 떨리면서 창백한 하늘 위로 빙정을 뿌렸다. 대열에서 이탈하거나 소리를 내는 자는 없었다.

존 프랭클린 경은 이사야서를 읽고 요한계시록으로 넘어갔다. 신을 저버린 자들이 당한 환란의 고통을 더욱 강조했다.

"하느님과의 언약을 깨지 않은 자는 그들 중…… 아니 우리 중에 누구인가? 바로 선지자 요나이다."

몇 명은 안도의 한숨을 쉬었다. 다들 요나는 알고 있었다.

"선지자 요나는 하느님의 명령을 받든 자로 니느웨로 가서 그 사악함을 크게 외쳤다."

프랭클린 경이 외쳤다. 그는 목소리를 줄였다가 영국 성공회 목사처럼 목청을 높였다. "그러나 우리 모두가 잘 알고 있는 요나는 명령을 어기고 하느님의 존재를 의심하고 도망가려고 요빠로 내려갔다. 그곳에서 항구로 가서 처음으로 떠나는 배를 타고 다르싯으로 가려고 했다. 그곳은 당시 세상 저 끝에 있던 도시였다. 요나는 어리석게도 하느님의 왕국을 벗어날 수 있다고 생각했다."

"그런데 야훼께서 바다에 바람을 일으키셨다. 태풍이 거세게 몰아쳐 배가 깨어질 지경이 되자 사람들은 서로 의논 끝에 '누구 때문에 이런 변을 당하는지 알아야 하지 않겠느냐?' 하면서 제비를 뽑기로 하고, 제비를 뽑아보니 요나가 나왔다. 사람들이 요나에게 물었다. 그래서 사람들은 '바다를 잔잔하게 하려면 너를 어떻게 해야 좋겠느냐?' 하고 요나에게 물었다. 요나는 자기를 바다에 집어넣으라고 하면서 이렇게 말하였다. '그래야 바다가 잔잔해질 것입니다. 이렇게 무서운 태풍을 만난 것은 내 탓인 줄 압니다.'"

"처음에 무리는 요나를 바다에 던지지 못했다. 그들은 용감한 자이며 출중한 선원이었다. 그러나 바다는 더욱더 기승을 부렸다. 사람들은 물결을 헤치고 육지로 되돌아가려고 애써 보았으나 허사였다. 그러고 나서 요나를 바다에 집어 던지자……"

"성경에서는 '야훼께서는 큰 물고기를 시켜 요나를 삼키게 하셨다. 요나는 사흘 밤낮을 고기 배 속에 있었다'고 되어 있다."

"제군들, 보라. 성경에서는 요나가 고래 배 속에 있었다고는 말하지 않았다. 그런 말은 없었다! 북극의 평년 여름에 배핀 만에서 거친 파도가 일면 볼 수 있는 그런 게 아니다. 벨루가도 아니며, 고래도 아니다. 수염고래는 더욱 아니고, 향유고래도 식인 고래도 아니다. 요나는 여호와께서 예비하신 '큰 물고기' 배 속에 있었다. 그깃은 저 바닷속 괴물로, 여호외께시 언젠가 요나를 삼킬 목적으로 만드신 것이다. 성경에서는 이 큰 물고기 괴물을 레비아단(성서 욥기에 등장하는 바다의 괴물)이라고 부른다."

"우리가 지구의 최북단 끝까지 탐험을 떠난 것과 마찬가지다. 다르싯 인들은 고작 스페인 안이었다. 우리가 더 멀리 왔다. 자연이 반란을 일으키는 곳까지 올라왔다. 얼어붙은 하늘에 벼락이 친다. 이곳 하늘은 단 한 번도 나긋나긋한 적이 없다. 백곰이 빙해 위를 돌아다니는 이곳, 이런 곳을 집이라 부르는 자가 과연 있을까? 문명인이든, 미개인이든 그럴 자는 아무도 없다."

"그런데 우리는 신의 왕국을 넘지 않았다. 요나는 자기 운명에 대해 항의하지도 않았고, 하느님의 벌에 대해 욕하지도 않았다. 오히려 주께 기도를 올리며 물고기 배 속에서 사흘 밤낮을 지냈다. 우리도 항의해서는 안 된다. 다만 사흘간의 길고 긴 겨울밤을 보내고 나면 이 빙하에서 우리를 꺼내 주시려는 그분의 의지를 받아들여야 한다. 요나처럼 우리도 여호와께 기도를 올려야 한다. '요나가 입을 열었다. 그 숨 막히는 데서 부르짖었더니, 야훼께서 대답해 주셨습니다. 죽음의 배 속에서 살려달라고 외쳤더니, 그 호소를 하느님께서 들어주셨습니다. 하느님께서 이 몸을 바닷속 깊이 던지셨습니다. 물결은 이 몸을 휩쌌습니다. 밀려오다 부서지는 하느님의 물결이 제 위에서 넘실거렸습니다. 물은 목까지 차올랐고 깊은 바다는 이 몸을 휩쌌습니다. 머리는 갈대에 휘감겨 저 땅 밑 멧부리로 빠져드는데, 땅은 빗장들을 영영 내려버렸습니다. 야훼, 나의 하느님, 하느님께서는 그 구렁에서 이 몸 살려내셨습니다. 오, 주여.'"

"정신이 가물가물하는데도 야훼님께 잊지 않고 빌었더니 그 기도가 하느님 계시는 거룩한 궁전에, 하느님 귀에 다다랐습니다. 헛된 우상을 섬기는 자들은 하느님을 저버리지만, 저만은 이 고마움을 아뢰며, 맹세한 제물을 드립니다. 저를 구해 주실 이, 야훼밖에 없습니다.'"

"'야훼께서는 그 물고기에게 명령하여 요나를 뱉어내게 하셨다.' 사랑하는 형제여, 우리는 우리가 모든 것을 버렸고, 감사하는 목소리로 또 계속해서 주께 버려야 함을 가슴으로 깨달아야 한다. 우리는 갚기 위해 맹세한 것을 갚아야 한다. 우리 친구이자 형제인 그래엄 고어 대위가 주의 품 안에서 잠들 것이다. 올여름에는 레비아단 같은 겨울의 배 속을 벗어나지 못할 것이고, 올해는 차가운 배 속, 이 빙하에서 벗어나지 못할 것이다. 만일 고어가 살았다면 그가 전하려 했던 소식이 바로 이것일 것이다."

"그래도 우리에겐 온전한 함선이 있지 않은가. 제군들, 올겨울에 먹을 식량이 있고, 만일 필요하다면 더 오래 버틸 수 있는 비축 식량도 있다. 따뜻하게 지낼 석탄도 있다. 우리에겐 그보다 더 따뜻한 동료애가 있다. 그리고 주께서 우리를 버리지 않았음을 아는 가장 뜨거운 가슴이 있지 않은가."

"우리는 한 번 더 여름을 보내고, 큰 물고기 레비아단 배 속 같은 이곳에서 겨울을 한 번 더 보내야 한다. 단언컨대 주의 자비로우심으로 우리는 이 끔찍한 곳에서 벗어날 것이다. 북서항로는 진정 존재한다. 저 수평선에서 북서쪽으로 조금만 더 가면 된다. 고어 대위가 일주일 전 직접 목격한 것이다. 우리는 그리로 항해하며 빠져나갈 것이고, 몇 달 후면 완전히 벗어날 것이다. 이렇게 유달리 길고 긴 겨울이 끝나면, 우리가 겪은 환난의 이유를 여호와에게 외치리라. 그러면 지옥의 계곡에서 꺼내 달라는 우리의 목소리를 들으실 것이다. 주께서 나와 우리의 목소리를 들으셨기 때문이다."

"그런데 지금 우리는 백곰이라는 사악한 모습을 한 레비아단처럼 어두운 심령에 고난을 받고 있다. 그러나 그것은 오로지 곰일 뿐, 말 못하는 짐승일 뿐이다. 그런데 녀석은 원수를 섬기려는 길을 찾고 있다. 우리는 요나처럼 주께 기도를 올려야 한다. 이 공포가 지나가게 해 달라고 빌어야 한다. 그리고 여호와께서 우리의 목소리를 들어 주실 거라는 확신을 지녀야 한다."

"그 미천한 동물을 죽여라. 그것을 죽이는 바로 그날, 우리 중 누구의 손으로 죽이든, 그것을 죽이는 자에게 사비로 금화 10파운드를 포상으로 내리겠다."

함선 중간에 모인 대원들이 웅성거리기 시작했다.

"포상금은 1인당 금화 10파운드다. 그 짐승을 다윗이 골리앗을 죽이듯 죽이는 자만 포상금을 받는 게 아니다. 전원 보너스를 똑같이 지급하겠다. 게다가 출정 봉급을 계속 받을 것이고, 자원 장려금(영국 해군 자원자는 입대 시 자원 장려금이라는 명목으로 돈을 받았다)과 동액을 보너스로 미리 지급하겠다. 올겨울 한 번만 더 잘 먹고, 따뜻하게 버티며 얼음이 녹기를 기다리자!"

예배 시간 동안 웃을 일이 있었다면 웃기도 했을 것이다. 그런데 지금은 다들 허옇게 언 얼굴로 그저 서로를 바라보았다. 1인당 금화 10파운드라니! 거기에 자원 장려금과 맞먹는 금액의 보너스를 선지급해 주겠다니! 이것 때문에 수많은 사람이 배를 타겠다고 지원한 것이다. 무엇보다 연간 60파운드나 되는 출정 봉급을 계속해서 받을 수 있게 해 준다니! 일주일에 60펜스면 하숙집을 구할 수 있으니 1년이면 12파운드다. 일반 수병의 출정 봉급이 1년에 60파운드면 일반 육지 노동자 연봉의 3배가 넘는다. 목공장은 75파운드, 갑판장은 70파운드, 기관장은 84파운드를 받는다.

승조원은 동상에 걸리지 않으려고 눈을 피해 갑판 위에서 발을 구르면서도 웃음을 감추지 못했다.

"테러호 디글과 우리 이리버스호의 윌에게 오늘 밤 저녁에 잔치를 열겠다고 일러두었네. 이 일시적 고난만 이겨내면 이번 탐험에서 분명히 성공을 거둘 걸세. 오늘 밤 럼도 별도로 더 주지." 프랭클린 함장은 유니언잭이 덮인 나침함에서 내려오며 외쳤다.

214

이리버스호 승조원은 입을 떡 벌린 채 함장을 쳐다보았다. 프랭클린 경이 일요일에 술을 허락하다니! 게다가 별도로 더 준다고?

"다 같이 기도합시다. 주여, 굽어살펴 주십시오. 당신의 종들에게 자비를 내리십시오. 우리를 불쌍히 여기십시오. 우리가 즐거워하고 사는 모든 날들을 기뻐하게 해 주십시오."

"우리가 고생한 그 날만큼, 어려움을 당한 그 햇수만큼 즐거움을 누리게 하소서."

"당신의 종들에게 당신께서 이루신 일들을, 또 그 후손들에게 당신의 영광을 드러내소서."

"주, 우리 하느님, 우리를 어여삐 여기시어 우리 손이 하는 일 잘되게 하소서. 우리 손이 하는 일 잘되게 하소서."

"영광이 성부와 성자와 성령께,"

"처음과 같이 지금도 그리고 영원히 아멘."

"아멘." 승조원 115명이 다 같이 외쳤다.

• • •

사흘 전 프랭클린 경의 설교 후, 얼어붙은 바다에는 산탄총과 머스킷 총성이 그치지 않았다. 6월 북서쪽에서 불어오는 블리자드가 시야를 가려 생활은 비참했다. 사냥조, 불구멍조, 함선을 오가는 연락조, 새로 만든 썰매를 테스트해 보는 목수들, 배에서 키우는 개 넵튠의 산책 허가를 받은 승조원들 등 누구든 빙상에 나갈 이유를 갖다 붙였다. 블리자드가 치거나 안개가 낀 날씨에 뭐라도 움직이는 기미가 보이면 총질을 했다. 죽은 사람은 없었지만 3명이나 허벅지, 종아리, 엉덩이에 총을 맞아 총알을 뺐다는 보고가 군의관에게서 들어왔다.

수요일 사냥조가 바다표범 사냥에 실패한 대신 백곰 사체와 살아 있는 새끼를 데리고 돌아왔다. 새끼는 작은 송아지만 했다.

이제 1인당 금화 10파운드를 받을 수 있을까 다들 난리가 났다. 피범벅이 된 빙판 위에 사체를 쭉 당겨 놓고 보니, 키가 채 2미터도 되지 않았다. 게다가 암컷에 비쩍 마르기까지 했다. 승조원들도 덩치가 너무 작다고 인정할 수밖에 없었다. 이 곰을 잡으려고 머스킷총 두 대와 산탄총 세 대에서 12발 넘게 발사했다. 사냥조는 어미는 죽였지만 처량하게 우는 새끼는 산 채로 썰매 뒤에 매달아 질질 끌고 왔다.

프랭클린 경은 배에서 내려가 죽은 곰을 확인한 후, 고기를 마련해 왔다며 칭찬했다. 사실 삶은 곰 고기는 다들 싫어하는 데다가 워낙 깡말라서 다른 곰 고기보다 질기고 힘줄투성이였다. 프랭클린은 이 녀석이 고어를 죽인 레비아탄 같은 괴물은 아니라고 판단했다. 고어가 죽은 현장을 지켜본 이들에 따르면 고어가 죽어 가면서도 괴물에게 총을 쏘았다고 했다. 이 암곰은 총알을 맞아 온몸이 너덜너덜했지만, 가슴에 맞아서 생긴 오래된 총상도 없었고, 권총 총알도 보이지 않았다. 프랭클린은 가슴에 오래된 총상이 있느냐가 진짜 괴물을 확인할 길이라고 했다.

일부 대원은 새끼 곰을 키우고 싶어 했다. 녀석이 젖을 떼서 언 고기를 먹을 정도는 되었기 때문이다. 이 자리에서 바로 잡아먹자고 하는 대원들도 있었다. 프랭클린 경은 해병 상사 브라이언트의 조언대로 새끼를 살려두고, 빙판에 막대기를 박아 거기에 목줄을 매어 놓으라고 지시했다. 바로 그날, 6월 9일, 수요일 저녁에 브라이언트와 토저가 함장실로 찾아왔다. 항해사 에드워드 카우치와 이번 탐험에 유일하게 살아남은 장범장 늙은 존 머레이까지 대동하고 와서 프랭클린한테 할 얘기가 있다고 했다.

"저희가 잘못하고 있는 것 같습니다, 함장님. 괴물을 사냥하는 일 말입니다." 이 작은 대표단의 대변인 해병 상사 브라이언트가 얘기를 꺼냈다.

"뭐가 그렇다는 거지?"

브라이언트는 지금 피범벅이 된 빙판 위에서 해체되고 있는 암곰을 가리키는 듯한 동작을 보였다. "저희는 사냥꾼이 아닙니다. 양쪽 함선에는 전문 사냥꾼이 타지 않았습니다. 저희는 뭍에 있을 때 새나 잡았지, 덩치 큰 짐승은 잡지 않았습니다. 아, 사슴 정도는 잡아 봤고 순록은 잡으려고 했었죠. 그런데 이 백곰은 맹수입니다. 그동안 저희가 백곰을 잡았던 건 운이 좋아서였지 기술이 좋아서 잡은 게 아니라고 생각합니다. 곰은 머리뼈가 너무 단단해서 머스킷 총알로 뚫리지도 않습니다. 몸뚱이는 지방과 근육 덩어리라서 차라리 중세 기사들의 갑옷을 뚫는 편이 더 나을지도 모르겠습니다. 기운은 또 얼마나 좋은지 덩치가 작아도, 물론 잘 아시겠지만, 산탄총이나 권총으로 배나 허파에 맞아도 쓰러지지 않습니다. 심장은 어디에 있는지 조준하기도 힘들고요. 저 땅딸막한 암컷을 쓰러뜨리려고 산탄총과 머스킷으로 12발이나 쏘았습니다. 그것도 단거리에서요. 만약 어미가 새끼를 지키겠다고 남아 있지 않았더라면 도망갔을 겁니다."

"그래서 지금 뭘 말하고 싶은 거지?"

"위장막이 필요합니다, 함장님."

"위장막?"

"오리 사냥할 때처럼요. 머레이가 이미 궁리해 두었습니다." 해병 상사 토저가 말했다. 창백한 얼굴에는 몽고 반점처럼 보이는 퍼런 점이 뒤덮여 있었다.

프랭클린은 이리버스의 늙은 장범장 쪽으로 고개를 돌렸다.

"교체용으로 남겨둔 철제 기둥을 이용하면 됩니다. 이것을 구부리면 원하는 대로 모형을 만들 수 있거든요. 그렇게 위장막용으로 간단히 골격을 세우면 텐트처럼 될 겁니다." 머레이가 설명했다.

"텐트 끝은 피라미드 모양은 아니지만, 기다랗고 낮은 치양처럼 될 겁니다. 시골 장터에서 볼 수 있는 천막 부스 같은 모양이요." 머레이가 말을 이어갔다.

프랭클린이 웃었다. "아니, 그 녀석이 얼음 위에 차려진 시골 장터의 천막 부스를 알아본다는 말인가?"

"그건 아닙니다. 제가 천을 자르고 꿰매서 밤이 되기 전에 하얗게 칠해 놓겠습니다. 요즘은 밤이 없으니 어둑어둑할 때까지요. 위장막을 낮은 압력 봉우리에 쳐 놓으면 구별하기 힘들 겁니다. 긴 총구를 내밀 수 있게 가느다란 트임만 보일 테니까요. 위크스가 관 짜고 남은 나무로 의자를 만들 겁니다. 그렇게 하면 빙판 위에서라도 대원들이 따뜻하고 안락하게 있을 수 있거든요." 장범장이 설명했다.

"곰 위장막 안에 몇이나 들어가 앉을 수 있지?"

"6명입니다. 일제 사격을 해야 곰이 쓰러집니다. 워털루 전쟁에서 고작 연합군 수천 명에게 나폴레옹 부대가 쓰러진 것처럼요." 브라이언트가 말했다.

"그런데 그 곰이 워털루 전쟁에 나간 나폴레옹 부대보다 냄새를 더 잘 맡으면 어쩌지?" 프랭클린이 물었다.

다들 킬킬댔지만, 토저는 계속 말을 이었다. "그것도 생각해 봤습니다. 요즘은 주로 바람이 북북서에서 불어옵니다. 수장을 치른 인근 나지막한 압력 봉우리에 위장막을 걸면 저 넓은 북북서 빙판이 우리의 사냥터가 되는 거죠. 수백 미터가 탁 트인 셈입니다. 만일 높은 봉우리 쪽에서 맞바람이 불면 가능성은 커지죠. 만일 녀석이 사정거리까지 오면 미니에식 총알 (19세기에 사용된 총알로, 발사하면 속이 빈 기부가 팽창하는 원뿔 모양의 확장식 총알)로 일제 사격해서 심장과 폐를 공격하는 겁니다."

프랭클린은 생각에 잠겼다.

"그런데 대원들을 밖에 나오지 못하게 해야 합니다. 다들 빙상에 나와서 어슬렁거리며 세락이 보일 때마다 총을 쏘고, 바람이 조금만 불어도 총을 쏜다면, 함선 인근 8킬로미터 내로는 제정신이 박힌 곰이라면 얼씬도 하지 않을 겁니다." 에드워드 카우치가 말했다.

프랭클린이 고개를 끄덕였다. "그럼 곰을 사살 가능한 구역까지 유인하려면 어찌해야 하지? 미끼를 생각해 보았나?"

"그럼요." 브라이언트가 웃으며 말했다. "살인마들이 환장하는 신선한 고기를 놓는 겁니다."

"우리한테 신선한 고기가 어디 있나? 반달무늬물범 고기도 얼마 남지 않았는데."

"그렇긴 하지만, 저기 저 새끼 곰이 있지 않습니까? 일단 위장막을 완성해 놓은 다음 저 녀석을 죽이는 겁니다. 피도 마구 뿌려 놓고요. 빙상 위 사정거리에서 20미터 안팎에 생고기를 놔두는 거죠." 우락부락하게 생긴 브라이언트가 말했다.

"그럼 우리가 찾는 곰이 곰 고기를 먹는다는 말인가?"

"네." 토저는 푸르스름한 점이 있는 얼굴로 웃었다. "녀석은 고기나 피냄새만 풍기면 먹어 치울 것입니다. 그 순간, 총알을 퍼붓는 거죠. 그럼 1인당 금화 10파운드를 받고, 겨울을 보낸 다음 금의환향할 수 있습니다."

존 프랭클린 경은 진중하게 말했다. "그렇게 해 보지."

• • •

6월 11일 금요일 오후, 프랭클린은 르베스콘테 중위를 대동하고, 곰 위장막을 시찰하러 빙상으로 나갔다.

고작 9미터 떨어진 거리에서도 위장막이 거의 보이지 않았다. 바닥과 뒤쪽이 눈과 얼음이 엉겨 붙은 낮은 봉우리 속에 파묻혀 있었기 때문이다. 프랭클린 함장이 추도사를 읽은 곳도 바로 그 봉우리였다. 차얀 천막이 거의 완벽하게 빙하에 묻혔다. 천막 가운데쯤 가로로 줄 맞춰 대충 찢어 놓고 그 사이로 총구를 빼냈다. 장범장과 병기장은 천을 요령껏 철제봉과 살에 꿰매어 놓았다. 바람이 위로 몰아치며 빙상 위로 블리자드를 날려도, 천막은 조금도 뒤집히지 않았다.

르베스콘테는 프랭클린을 압력 봉우리 뒤편 사격하는 쪽에서는 보이지 않는 빙판길로 인도했다. 낮은 얼음 고개를 넘어 텐트 뒤편 터진 쪽으로 들어갔다. 브라이언트 해병 상사가 이리버스호의 해병인 상병 피어슨, 이병 힐리, 리드, 호프크래프트, 필킹턴과 같이 있었다. 탐험대 단장이 안으로 들어가는 순간, 전원 기립했다.

"아니, 아니, 됐네. 앉아들 있게." 프랭클린이 나지막이 말했다. 향내 나는 나무판자가 길고 좁은 텐트 양쪽을 받친 철제 지지대에 걸쳐져 있었다. 철제 봉을 U자로 휘어서 천장을 만들었다. 이렇게 하니 좁은 트임 사이로 서지 않고도 앉은 자세로 사격할 수 있었다. 판자 한 장을 바닥에 깔아 동상을 예방했다. 머스킷총으로 격발할 준비를 하고 있었다. 좁은 공간 속에는 향긋한 나무향이 진동했고, 축축한 모직 옷과 총기 기름 냄새도 풍겼다.

"얼마나 대기한 거지?" 프랭클린이 속삭였다.

"아직 다섯 시간은 안 되었습니다." 브라이언트 상사가 말했다.

"자네 춥나 보군."

"하나도 안 춥습니다." 브라이언트가 낮은 소리로 대답했다. "위장막이 충분히 커서 이 안에서 잠깐씩 돌아다닐 수도 있고, 나무판자를 밑에 깔아서 그런지 발도 덜 시렵습니다. 토저 해병 상사 밑에 있는 테러호 해병과 2점종(오후 5시) 시간에 교대할 것입니다."

"뭐라도 좀 구경했나?" 르베스콘테 중위가 물었다.

"아직은 없습니다." 브라이언트가 대답했다. 상사와 2명의 장교는 몸을 앞으로 숙였다. 트임 사이로 불어오는 공기에 얼굴이 닿았다.

존 프랭클린 경은 새끼 곰 사체를 바라보았다. 얼음과 대비되는 살코기가 충격적일 정도로 시뻘겋다. 머리를 제외한 다른 부분은 죄다 가죽을 벗겼고, 피를 빼서 양동이에 모아 고기 위에 온통 피 칠갑을 해 놓았다. 바람이 빙상 위 멀리 눈발을 날려 보냈다. 시뻘건 피는 때 묻은 하얀색과 푸른색이 감도는 빙판 위에 너무나도 이질적이었다.

"우리의 적 곰이 동족을 잡아먹는 녀석인지 어디 보지." 프랭클린이 나지막히 말했다.

"네, 같이 앉으시겠습니까? 공간은 충분합니다." 르베스콘테가 물었다.

사실은 그렇지 않았다. 프랭클린은 유난히 퉁퉁한 엉덩이를 탄탄한 엉덩이 옆으로 걸쳤다. 르베스콘테는 계속 서 있고, 다른 해병들이 최대한 자리를 좁혀 앉으니, 비좁은 천막 안에 마련된 나무 벤치에 7명이 그럭저럭 앉을 만했다. 이 자세에서 보니 프랭클린은 빙상이 잘 보였다.

지금 이 순간, 함장 존 프랭클린은 다른 대원들과 함께 있는 것도 행복했다. 그는 여자와 같이 있을 때가 훨씬 마음 편하다는 사실을 깨닫기까지 몇 년이나 걸렸다. 첫 번째 아내 엘리너처럼 감성적이고 예민한 여자나, 지금 아내처럼 강단 있고 불굴의 의지를 지닌 여자와 같이 있으면 남자들 틈에 있는 것보다 훨씬 행복했다. 하지만 지난주 일요일 설교를 한 이후, 그는 해군 복무 40년 중 그 어느 때보다도 많은 미소와 경례를 받았고, 칭송이 쏟아졌다.

사실 금화 10파운드를 준다는 약속은 기분이 좋아서 즉석에서 튀어나온 말이었다. 선불을 두 배로 늘린 것뿐만 아니라 일반 수병의 다섯 달 치 봉급과 맞먹는 자원 장려금을 주겠다는 얘기도 예정에는 없었다. 그래도 프랭클린은 돈줄이 넉넉했다. 남들은 3년이나 탐험을 나와 있는 동안 경제적 곤란을 겪겠지만, 아내 제인 여사의 재력이라면 이 영예로운 부채 정도는 삼낭할 수 있을 거라 사신했다.

프랭클린은 포상금도 그렇고, 절대 금주를 시행하던 이리버스호에서 그로그를 배급한 것도 좋은 충격을 주었다고 생각했다. 프랭클린도 그래 엄 고어의 느닷없는 죽음에 남들만큼 상심이 컸다. 고어는 이 함선에서 가장 장래가 촉망되던 장교였다. 수로가 열릴 가능성은 제로이며, 이 지옥 같은 겨울을 또다시 이곳에서 보내야 한다는 비보를 듣는 순간 다들 가슴이 갑갑해졌지만, 1인당 금화 10파운드를 약속하고 양쪽 함선에서 잔치를 벌이고 나니, 당분간은 문제를 미룰 수 있었다.

물론 또 다른 문제가 있었다. 지난주 군의관 넷이 와서 통조림이 썩어간다고 보고했다. 통조림 납땜 불량으로 음식이 썩을 가능성이 있다고 했다. 그러나 함장은 당분간 그 문제를 덮어두기로 했다.

광활한 빙상 위로 바람에 눈이 날렸다. 푸르스름한 빙판 위에 놓인 새끼 곰 사체가 잠시 흐릿하게 보이다가 꽁꽁 언 모습이 다시 제대로 보였다. 주변 압력 봉우리와 세락에서 기척은 전혀 없었다. 프랭클린 오른편에 대원들이 편히 앉았다. 어떤 이는 담배를 썹었고, 다른 이는 세워 놓은 머스킷 총구 위에 장갑 낀 손을 올려놓았다. 빙상 위에 적이 나타나는 순간, 순식간에 저 손이 움직일 것이다.

함장은 어떤 장면을 상상하며 미소를 지었다. 아내 제인과 딸 엘리너, 사랑하는 조카 소피아가 나오는 앞날이 그려졌다. 요즘 들어 자주 그런 상상을 했다. 이렇게 얼음에 갇힌 요즘에는 시리즈로 떠올랐다. 그 상황에서 해야 할 말까지 떠올랐다. 별말은 아니지만 황홀한 상상을 하기에 적당했다. 후일 그가 사랑하는 여자들과 외식을 하러 나갈 때 해 줄 말도 떠올랐다. 지금은 그날을 위해 꾹 참아야 했다. 이 기이하게 생긴 위장막 안에 잠복근무를 한다. 기분이 괜찮다. 총기 기름, 모직 옷, 담배 냄새가 풍긴다. 나지막이 걸린 회색 구름과 블리자드도 사냥감을 기다리다가 약간 느슨해진 것 같았다.

갑자기 프랭클린이 좌측으로 고개를 돌렸다. 르베스콘테 중위의 어깨

너머 위장막 남쪽 끝에서 6미터도 떨어지지 않은 구멍으로 시선이 쏠렸다. 고어의 수장을 치른 곳이었다. 시커먼 바닷물이 보이던 그 구멍은 수장을 치르고 난 후 눈이 날려서 거의 메워졌다. 얼음 위가 움푹 팬 걸 보니 왠지 감상에 젖어 그 창창하던 고어가 떠올랐다. 가슴이 저릿했지만 그래도 수장은 잘 치른 것 같았다. 위엄 있게 장례식에 임해서 자랑스러운 군인의 몸가짐을 보여주었다.

움푹 팬 구멍 근처에 시커먼 물체 두 개가 나란히 놓여 있었다. 검은 돌인가? 정확히 일주일 전, 장지 바로 옆에 서 있던 수병이 흘리고 간 단추나 동전일까? 날도 침침하고 눈 폭풍으로 시야가 가렸다 걷혔다 하는 상황이라서 작고 검은 점 두 개의 위치를 정확히 아는 사람이 아니면 잘 보이지도 않았다. 검은 점 두 개가 구슬프게 원망의 눈초리로 프랭클린 경을 노려보는 것 같았다. 날씨가 워낙 변덕스럽다 보니 눈이 내리다가 그 구멍으로는 메워지지 않아서 계속 열려 있는 것 같기도 했다. 지저분해진 회색 빙판 위에 구멍 두 개가 뚫린 채 시커먼 바닷물이 보이는 것 같았다.

검은 점 두 개가 껌뻑였다.

"이런…… 상사." 존이 입을 열었다.

수장을 치른 구멍이 있는 빙판 전체가 융기하는 것 같았다. 뭔가 어마어마하게 크고 지저분한 흰 물체가 대차게 솟구쳤다. 녀석은 위장막을 향해 달려오다가 천막 남쪽 끝으로 사라졌다. 총구를 내민 천막 틈새로는 보이지 않았다.

대응 사격할 틈이 없었다. 분명 뭔가 지나가긴 했는지 확실하지 않았다.

강력한 힘이 위장막 남쪽 편을 때리자 천막이 무너지면서 찢어졌다. 르베스콘테와 프랭클린이 있는 지점에서 1미터 거리였다.

프랭클린과 내원들이 벌떡 일어났다. 머리 위, 뒤, 옆쪽 천막까지 죄다 찢어졌다. 보이 칼(길고 칼집이 있는 수렵용 칼)만큼 길고 시커먼 발톱이 두

틈한 천막을 뚫고 들어왔다. 다들 비명을 내질렀다. 순간 고기 썩는 내가 진동했다.

브라이언트 상사가 머스킷총을 들었다. 녀석이 천막 안으로 들어왔다. 짐승 같은 팔로 대원들을 에워쌌다. 브라이언트가 아직 총을 쏘지도 못했는데 험악한 괴물은 고기 썩는 내 나는 구취를 내뿜었다. 그의 머리가 댕강 잘리더니 총구 트임을 통해 빙판 위로 굴러 떨어졌다.

르베스콘테가 고함치자 누군가 머스킷총을 발사했다. 그런데 바로 옆에 있던 수병이 맞았다. 위장막 천장은 날아가고 없었다. 거기서 하늘이 보여야 하는데 거대한 무언가가 그 위를 막고 있었다. 프랭클린이 몸을 내던져 찢어진 천막을 빠져나오는 순간 양쪽 무릎 밑에서 참을 수 없는 통증이 느껴졌다.

상황이 뭔가 혼란스럽고 어색했다. 거꾸로 매달린 기분이 들었다. 다들 무너진 위장막에서 내동댕이쳐져서 마치 볼링공처럼 빙판 위에 너부러져 있었다. 누군가 또다시 발사했지만 결국 총을 버리고, 엎드린 채 빙판 위를 엉금엉금 기어갔다. 프랭클린은 이 말도 안 되는 상황을 모조리 지켜보았다. 거꾸로 매달린 채 덜렁거리고 있었던 것이다. 뭔가 덥석 무는 소리가 들리더니 다리가 죽을 만큼 아팠다. 순간 몸이 앞으로 휙 날아가 수장을 치른 구멍을 통과하면서 새로 생긴 검은 원에 얄팍하게 낀 얼음 막을 머리로 깨며 바다에 빠졌다. 마치 크리켓 공이 유리창을 깨고 나가는 것 같았다.

바닷물의 한기 때문에 미친 듯이 뛰던 함장의 심장이 잠시 멈추었다. 소리를 지르려다 짠물만 들이켰다.

'바다에 빠졌군. 평생 처음으로 물속에 들어왔어. 정말 이상하군.'

이제 온몸을 버둥거리며 허우적댔다. 갈기갈기 찢긴 외투가 벗겨지는 것 같았다. 다리는 무감각했다. 얼음물 속에 발 디딜 곳은 전혀 없었다. 마치 노를 젓듯 두 팔을 휘저었지만, 위로 올라가는 건지 아래로 내려가는 건지 먹물 같은 바닷속에서 알 길이 없었다.

'내가 빠져 죽나 봐, 여보. 나 빠져 죽는다고. 이렇게 해군에 오래 있었지만 이렇게 빠져 죽을 줄은 정말 몰랐어.'

뭔가 단단한 것에 머리를 부딪쳐 정신을 잃을 뻔했다. 고개를 다시 수그리니 입과 코로 짠물이 들어왔다.

'하느님, 제발, 물 위로 인도하소서. 바다와 5미터 두께의 빙하 사이에 숨 쉴 공기가 고인 틈으로라도 제발 인도해 주세요.'

프랭클린 경은 팔을 허우적거리며 뒤로 가려 했지만 다리가 아직도 움직이지 않았다. 손으로 머리 위 빙하를 더듬었다. 애써 마음을 가다듬고 사지를 다스렸다. 빙하와 얼음처럼 차가운 바닷물 사이에 조금이라도 공기가 고인 곳을 찾았다. 숨을 들이켰다. 턱을 치켜들고 바닷물을 토해 낸 다음 입으로 숨을 쉬었다.

'하느님, 고맙습니다.'

비명을 지르고 싶지만 꾹꾹 마음을 누르며 벽을 기어오르듯 빙하 밑바닥을 더듬거렸다. 극빙의 바닥면은 울퉁불퉁했다. 어떤 곳은 바닥이 미끈해서 숨 돌릴 공간이 전혀 없었다. 어떤 곳은 한 15센티미터 정도 움푹 들어가 있어서 얼굴을 완전히 빼서 숨을 쉴 수 있었다.

머리 위로 5미터 두께의 극빙이 누르고 있지만 희미한 조명이 보였다. 파란 불빛이었다. 마치 하느님이 부르시는 것 같았다. 코를 대고 있는 극빙의 울퉁불퉁한 각면으로 빛이 굴절되어 들어왔다. 구멍으로 햇빛이 쏟아지는 것 같았다. 고어를 수장했던 바로 그 구멍이었다. 바로 그 구멍으로 프랭클린도 내동댕이쳐졌다.

'사랑하는 딸과 조카, 그리고 여보, 잘 들어, 이제 난 저 좁은 구멍을 통해서 다시 밖으로 나길 빙법을 찾을 기야. 닌 늘 그랬듯이 잘 핪시 낼 거야. 이제 내겐 몇 분밖에 안 남았지만……'

몇 분이 아니라 몇 초였다. 죽을 것 같은 오한이 밀려왔다. 다리도 뭔가 크게 잘못된 것 같았다. 감각이 없어진 것도 문제였지만, 확실히 뭔가 없어진 것 같았다. 물에서 피 맛이 났다.

'그렇다면 전지전능하신 하느님, 제게 빛을 보내주소서……'

왼편이었다. 왼쪽으로 10미터 떨어진 곳에 구멍이 보였다. 바로 앞에 시커먼 수면 위로 움푹 들어간 공간이 있었다. 프랭클린은 그리로 고개를 빼고 꽁꽁 언 대머리 정수리를 얼음에 대고 숨을 들이마셨다. 눈을 끔뻑여서 물을 털어내자 눈에서 피가 흘렀다. 구원의 빛이 10미터도 안 되는 거리에서 실제로 보였다.

그때 뭔가 거대하고 축축한 것이 구원의 빛을 가리며 솟았다. 칠흑 같은 어둠으로 뒤덮이면서 숨 쉴 수 있었던 몇 센티미터 공간마저 순식간에 사라졌다. 썩은 내 나는 구취가 코앞에서 진동했다.

"안 돼!" 프랭클린은 비명을 지르며 캑캑거렸다.

축축한 입김이 프랭클린의 온몸을 감쌌다. 커다란 이빨로 얼굴을 물더니 양쪽 귀가 서로 맞닿을 정도로 머리뼈를 와그작 씹어 먹었다.

# 16
# 크로지어

북위 70도 05분, 서경 98도 23분
1847년 11월 10일

새벽 2시 반 5점종이 울렸다. 크로지어가 이리버스호에서 돌아와 시신
을 살폈다. 윌리엄 스트롱과 토미 에번스의 반반씩 잘린 시신이었다. 빙하
에서 도사리는 괴물이 선미 갑판 난간 근처에 놓고 갔다. 크로지어는 시체
실로 이들을 옮기는 것까지 보고 침실로 돌아와 책상 위에 놓인 두 가지
물건을 응시했다. 따지 않은 위스키와 권총이었다.

크로지어가 쓰는 좁은 침실의 절반을 차지한 것은 우현 선체 벽 쪽에
설치된 벙커 침대였다. 아이들 요람처럼 조각이 새겨져 있고 난간이 높았
다. 아래쪽에는 수납장이 달려 있고, 꺼슬꺼슬한 말총 매트리스가 거의 가
슴께 온다. 크로지어는 제대로 된 침대에서 푹 잔 적이 한 번도 없었다. 젊
은 시절 사관후보생이었을 때나 사환일 때 해먹에서 흔들흔들 자던 때가
차라리 좋았다. 벙커 침대 반대편은 테러호에서 잠자기에 가장 추운 지점
일 것이다. 하갑판 선미 중앙 작은 벽장이 있는 준사관용 벙커 침대에서
자는 것보다 추웠고, 운 좋게 선수 쪽에 자리 잡은 수병용 해먹에서 자는
것보다 훨씬 추웠다. 식당 근처에는 디글이 하루 스무 시간이 넘게 조리하
느라 프래지 스토브가 아직도 이글거렸다.

위로 올라가면서 살짝 기울어지는 선체를 따라 설치된 선반에 책이 꽂

혀 있다. 덕분에 아주 많이는 아니지만 그나마 웃풍을 막아주었다. 가로 1.5미터 정도 되는 크로지어의 침실 천장 밑 선반에 책이 주르륵 꽂혀 있다. 선반에서 선체 기둥을 따라 1미터 아래로 내려가면 접이식 책상이 있다. 이것이 벙커 침대와 격벽으로 연결됐다. 천장에는 시커멓고 둥글게 생긴 프레스톤 천창이 있다. 볼록하고 불투명한 유리를 끼운 천창은 갑판을 뚫어서 만든 창이었으나, 지금은 그 위에 눈이 1미터 쌓이고 방한용 천막까지 쳐져 있다. 찬 공기가 천창 틈으로 계속 들어왔다. 아주 오래전에 죽은 시신이 얼음처럼 차가운 입김을 내뿜으며 숨을 쉬겠다고 여태 버둥거리는 것 같았다.

책상 맞은편에는 좁다란 선반에 세면대가 달려 있다. 얼까 봐 세면대에는 물을 받아 놓지 않았다. 크로지어의 당번병 좁슨이 매일 아침 스토브에 물을 데워 대령했다. 책상과 세면대 사이의 공간은 간신히 설 수 있을 정도였다. 등받이가 없는 스툴에 앉았다가 안 쓸 때는 밑으로 밀어 넣었다.

그는 권총과 위스키 병을 뚫어져라 쳐다보았다.

테러호 함장은 앞날은 전혀 알 수 없다고 생각했다. 그러나 단 하나, 테러호와 이리버스호가 다시는 증기 엔진을 켜고 항해할 수 없다는 사실만은 정확히 알았다. 그 순간, 또 하나 확실한 것이 떠올랐다. 위스키 비축분이 다 떨어지면 프랜시스 로돈 모이라 크로지어는 총구를 머리에 대고 방아쇠를 당기리라.

고 프랭클린 경은 비싼 도자기로 개인 창고를 채웠다. 도자기에는 죄다 프랭클린의 이니셜과 가문의 문장이 새겨져 있다. 크리스털 조각품, 소 혀 마흔여덟 개, 문장이 새겨진 화려한 은식기, 훈제 웨스트팔리아 햄과 더블 글로스터셔 치즈, 인도 다즐링에서 농장을 하는 친척한테 특별 주문한 차와 그가 제일 좋아하는 라즈베리 잼 항아리가 잔뜩 쌓여 있다.

크로지어는 가끔 장교들과의 만찬을 주관해야 할 때를 대비해 특별식을 마련해 두었지만, 가진 돈을 탈탈 털어 쟁여놓은 것은 위스키 324병이었다. 스코틀랜드 산 고급 위스키는 아니었지만 그럭저럭 마실 만했다. 크로지어는 오래전 마지노선을 넘어 알코올 중독자가 되었다. 질보다 양이 중요해진 것이다. 이렇게 분주한 여름철에는 한 병으로 2주를 버텼다. 그런데 저번 주에는 하룻밤에 한 병씩 비웠다. 사실 작년 겨울, 200병을 넘긴 이후 빈 병의 수를 더는 세지 않았다. 이제 위스키도 바닥날 것이다. 남은 위스키를 마저 비우고 당번병에게 술병을 가지고 오라고 했는데 다 떨어지고 없다는 소리를 듣게 되는 그날 밤, 그는 권총의 안전장치를 풀고 총구를 관자놀이에 대고 방아쇠를 당기겠다고 마음을 굳혔다. 분명 그 시간은 밤일 것이다.

좀 더 실리를 추구하는 함장이라면 술이 17,000리터나 남았다는 사실을 떠올릴 것이다. 서인도산 럼 농축액이 선창 알코올 실에 저장되어 있다. 도수는 대략 65도에서 70도 정도. 럼과 물을 1:3의 비율로 희석한 다음 선원들에게 매일 0.12리터씩 배급했다. 그렇게 따진다면 술통에서 헤엄쳐도 될 만큼 술이 넉넉했다. 능글맞고 욕심 많은 선장이라면 대원들 몫도 자기 몫이라고 여길 것이다. 그런데 프랜시스 크로지어는 럼은 즐기지 않았다. 한 번도 좋아한 적이 없다. 그에겐 위스키만이 술이었다. 위스키가 사라지는 날, 그도 사라질 것이다.

어린 토미 에번스의 시신이 허리에서 절단되어 있었다. 바지를 입은 하반신이 우스꽝스럽게도 Y자 모양을 하고 있었다. 양쪽에 신은 부츠 끈이 단단히 매여 있었다. 이리버스호에서 400미터 떨어진 현장으로 호출되던 날이 떠올랐다. 곰 위장막이 너덜너덜 찢겨 있었다. 11월 11일이면 6월 11일의 대재앙을 겪은 지 5개월째다. 처음에 그곳으로 달려간 크로지어와 장교들은 위장막에서 무슨 일이 벌어진 건지 도통 짐작이 되지 않았다. 천막은 갈기갈기 찢겼고, 뼈대로 쓰던 철제 봉이 구겨져 있었다. 판자로 만든 벤치는 박살 났고, 그 위에 해병 상사 브라이언트는 목이 잘린 채 누워 있었다. 그는 이번 탐험에 합류한 유능한 해병이었다. 크로지어가 도착할 때까지도 그의 머리는 수습되지 않았다. 브라이언트의 머리는 빙판을 30미터 정도 굴러가다 가죽을 벗긴 새끼 곰 사체 옆에서 멈추었다.

르베스콘테 중위는 팔이 부러졌다. 곰 같은 괴물 때문이 아니라 빙판으로 나가떨어지는 바람에 그렇게 됐다. 해병 이병 윌리엄 필킹턴은 옆에 있던 해병 이병 로버트 호프크래프트가 쏜 총에 왼쪽 어깨 위쪽을 맞았다. 호프크래프트는 갈비뼈가 여덟 대가 부러졌고, 쇄골은 으스러졌으며, 왼쪽 팔은 탈골됐다. 괴물의 거대한 발에 맞아 그렇게 된 것이다. 해병 이병 힐리와 리드는 멀쩡했지만 극도의 패닉 상태에서 엉금엉금 기어 나오며 비명을 지르는 굴욕을 당했다. 리드는 도망 나오다가 손가락 세 개가 부러졌다.

버클 달린 부츠를 신은 프랭클린 함장의 양쪽 발이 현장에 널브러져 있었다. 무릎 밑에서부터 절단되어 그렇지 멀쩡해 보였다. 한쪽은 위장막 안에 있고, 다른 한쪽은 수장을 치른 구멍 근처에 떨어져 있었다. 크로지어는 눈을 뗄 수가 없었다.

크로지어는 위스키를 마시며 생각했다. 대체 얼마나 사악하고 영악한 녀석이기에 사람 다리를 무릎 밑에서 잘라 산 채로 데려간 다음 순식간에 얼음 구멍에 빠뜨렸을까? 얼음 밑에서 벌어진 후의 일은 애써 상상하지 않으려 했다. 요 며칠 잠을 자겠다고 밤마다 몇 잔을 마셨지만 그 속에서 겪었을 공포가 생생히 떠올랐다. 일주일 전에 치른 고어의 장례식은 괴물에게 시신을 갖다 바치는 헛고생을 한 행사였다는 확신이 들었다. 녀석은 일찌감치 얼음 밑에 숨어서 기다렸을 것이다.

크로지어는 고어가 죽었을 때 가슴이 저릿할 정도로 안타깝지는 않았다. 사실 고어는 좋은 가문에서 잘 자란 영국 국교회도였다. 퍼블릭스쿨(영국에서 주로 상류층 자제를 위한 대학 진학 예비 교육 또는 공무원 양성을 목적으로 하는 사립 중등학교) 출신으로 전쟁 영웅이었다. 영국 해군 장교로서 타고난 리더십에 상관과 부하에게 서글서글하고 매사에 겸손하면서도 큰 야망을 품었다. 아일랜드 인에게까지 좋은 매너를 보여준 귀족 출신 멋쟁이였으나 멍청했다. 고어는 크로지어가 먼저 진급하는 꼴을 무려 40년이나 지켜봤다.

크로지어는 또 한 잔 마셨다.

대체 얼마나 사악하고 영악한 녀석이기에 먹을 것 없는 이런 겨울에 사람을 죽여서 먹지도 않고, 일등 수병 윌리엄 스트롱의 상반신과 어린 토미 에번스의 하반신을 되돌려 주었을까? 에번스는 함선 사환으로 5개월 전 고어의 장례식에서 검은 천에 싸인 북을 두드렸다. 대체 어떤 괴물이기에 크로지어 함장이 3미터 내에 있는데도 에번스를 어둠 속에서 끌고 갔다가 반쪽만 갖다 놨을까?

대원들은 알았다. 크로지어는 그들이 뭘 아는지도 알았다. 저 허허벌판 동토에 덩치 큰 백곰이 아니라 악마가 산다는 사실을 알았다.

함장 프랜시스 크로지어는 그들의 생각에 동의하지 않을 수 없었다. 그날 피츠제임스 함장과 브랜디를 마시며 얘기했다. 크로지어는 대원들이 알지 못하는 사실을 알고 있었다. 이 사악한 왕국에서 우리를 야금야금 먹어 치우려고 노리는 건 비단 허연 곰 가죽을 뒤집어쓴 괴물뿐만이 아니었다. 여기 있는 모든 것이 우리를 노리고 있었다. 기세등등한 추위, 조여 오는 얼음, 천둥 번개, 모습을 감춘 물범, 고래, 새, 바다코끼리, 육지 동물, 끝없이 밀려오는 극빙, 그늘진 바다에 갇힌 함선을 가만두지 않겠다며 허옇게 얼어붙은 바다로 밀고 들어오는 빙하, 급작스레 바다에서 치고 올라오는 압력 봉우리, 요동치는 별, 조악한 납땜 때문에 썩어가는 통조림, 절대로 오지 않을 여름, 열리지 않는 수로. 이 모든 것들이 우리를 죽이려 했다. 빙하에 사는 괴물은 악마의 또 다른 현신일 뿐.

크로지어는 또 한 잔 입에 털어 넣었다.

그는 탐험대가 북극까지 오게 된 이유보다 북극이 그들을 죽이려 하는 이유가 훨씬 수긍하기 쉬웠다. 고대 그리스 인의 생각이 맞았다. 그들은 지구가 납작한 원반처럼 생겼다고 생각하고 기후에 따라 다섯 개 구역으로 나누었다. 그중 네 곳은 그리스에 있는 여러 사물의 이치처럼 각각 짝이 있고, 대칭을 이루었다. 뱀처럼 생긴 바다가 지구를 둘러싸고 있었다. 두 곳은 날씨가 온화하여 인간이 살기에 적당했다. 한가운데는 적도 지방으로 지능을 가진 생명체에게는 적합하지 않았다. 그리스 인들은 거기에서 인간이 살 수 없다고 전제하는 실수를 저질렀다. '그런 곳에서 문명화된 인간이 나올 리가 없지.' 크로지어는 아프리카와 인근 적도 지역을 통과한 적이 있어서 그곳이 가치 없는 땅이라고 확신했다. 남과 북 양쪽 극지역은 여러모로 인간이 살 수 없는 곳이었다. 정착은 고사하고 여행으로 잠시 스치고 지나가기에도 부적합한 곳이었다. 그리스 인들은 탐험가들이 남북극에 발을 내딛기 훨씬 이전부터 그리 생각했다.

영국은 신의 은총을 받아 가장 온화하고도 초목이 우거진 두 개의 구역에 걸쳐 있어서 살만했다. 그런데 대체 왜 이들은 쉴 새 없이 함선과 탐험대를 얼어붙은 남북극으로 보내는 것일까? 그곳은 털가죽을 뒤집어쓴 미개인들조차 가기를 거부하는 곳이지 않는가?

더욱 정곡을 찌르는 질문을 해 보자면, 대체 왜 프랜시스 크로지어는 이 끔찍한 곳을 계속 찾는 것일까? 꽁꽁 언 북극의 어둠 속에서 언젠가 죽음을 맞이할 것을 알면서도 그의 능력과 가치를 인정해 주지도 않는 영국과 해군 상관들에게 왜 충성하는 것일까?

열세 살에 배에 오르기 전 아주 어렸을 때부터 크로지어는 우울이 가슴 깊이 내재되어 있었다. 이건 아무도 모르는 섬뜩한 비밀이었다. 어느 겨울 밤, 마을 밖에 서서 불빛이 사그라지는 광경을 바라보며 쾌감을 느끼는 순간 내재된 우울이 발현됐다. 그 후, 그는 몸을 숨길 좁은 장소를 찾아다녔다. 폐소공포증은 문제가 되지 않았다. 어머니와 할머니는 은연중에 어둠이 죽음의 화신이라는 생각을 그에게 심어 주었지만, 남들이 훤한 바깥에서 뛰어놀 때 오히려 그는 삐뚤어진 마음으로 어둠을 찾아 지하실 바닥에 숨었다. 지하실에서 느꼈던 으슬으슬한 한기, 서늘한 곰팡내, 어둠, 홀로 남겨졌다는 우울한 생각에 매몰되어 가슴이 짓눌리던 순간이 떠올랐다.

그는 잔을 다시 채우고, 또 한 잔을 비웠다. 갑자기 빙하가 크게 신음 소리를 내자 배는 더 큰 신음 소리로 화답했다. 어떻게든 얼어붙은 바다에서 움직이려 하지만 그럴 수 없자, 이를 만회하려는 듯 함선은 스스로 몸을 조이며 신음했다. 배가 움츠러들면서 선창갑판에 박힌 철제 브래킷이 끼이익 하는 소리를 냈다. 선수에는 승조원이, 선미에는 장교가 코를 골며 자고 있었다. 이런 밤이면 그들을 으스러뜨리려는 빙하 소리에 다들 익숙했다. 갑판 위에는 당직 근무 중인 장교가 영하 56도 날씨에 동상을 피하려고 네 번 쿵, 쿵, 쿵, 쿵, 발을 세게 굴렀다. 참다못한 어미가 함선에게 어서 항복하라고 닦달하는 것 같다.

크로지어는 소피아 크랙크로프트가 이 안에까지 들어왔던 게 믿기지 않았다. 그녀가 선실에 서서 이렇게 감탄했었다. '정말 깔끔하네요, 정리도 잘되어 있고요. 꽤 안락한데요? 책이 이렇게나 많다니 똑똑해지겠네요, 천창으로 남쪽 하늘의 빛이 쏟아져 들어와 쾌적하네요.'

일주일만 있으면 이제 7년이 된다. 1840년 11월, 남반구라 여름이었다. 크로지어는 자매함 이리버스호와 테러호를 타고 남극으로 향하던 중, 호주 남부의 반디에맨즈 랜드에 정박했다. 탐험은 선배이자 친구이기도 한 제임스 로스 함장이 이끌었다. 탐험대는 태즈메이니아 섬 호바트 타운에 정박해서 필요한 비축물을 채우고 남극해로 떠날 예정이었다. 당시 죄수 섬의 주 총독(호주의 각 주에서 국가 원수를 대리하는 자)이었던 존 프랭클린 경은 두 젊은 장교 로스 함장과 크로지어 부함장에게 정박하는 동안 주 총독 공관에서 머물라고 했다.

황홀한 시간을 보냈다. 크로지어에게는 로맨틱하면서도 치명적이었다.

정박한 다음 날 함선 시찰이 이루어졌다. 양쪽 함선을 깔끔히 정리하고, 비축품을 새로 채워 넣었다. 젊은 승조원들은 아직은 수염이 덥수룩하지 않았다. 두 번의 겨울을 더 보낼 만큼의 체력이 아직 남아 있었다. 로스 함장이 직접 존 프랭클린 내외를 영접했고, 크로지어는 어쩌다 보니 주 총독 조카를 보좌하게 되었다. 검은 머리에 밝은 눈동자를 지닌 처녀 소피아 크랙크로프트였다. 크로지어는 그날로 사랑에 빠졌고, 그 후 어둠 같은 남극에서 겨울을 두 번 보내는 동안 사랑을 키웠다.

시종이 부채로 바람을 부치는 가운데 주 총독 공관에서 느긋한 식사가 열렸다. 시종일관 즐거운 대화가 넘쳐흘렀다. 주 총독 프랭클린은 50대 중반의 시큰둥한 사내였다. 자신의 업적을 제대로 인정받지 못해 낙담했고, 반디에맨즈 랜드로 부임한 3년간 지역 신문과 부유한 지주, 관료들과 갈등을 빚어 낙심이 큰 상태였다. 프랭클린과 아내 제인 여사는 극지 탐험을 나선 영국 해군이 방문하자 생기가 넘쳤다. 프랭클린 경은 그들을 '동료 탐험가'라고 불렀다.

소피아 크랙크로프트는 우울한 기색이 전혀 없었다. 위트 있고, 재기 발랄하고, 생기 넘치고, 때론 과감한 발언을 쏟아냈다. 구설수가 많은 제인 여사보다도 훨씬 과감했다. 그리고 젊고 아름다웠다. 무엇보다 마흔네 살 총각 부함장 프랜시스 크로지어가 하는 말과 인생관 등 이모저모에 관심이 많은 듯 보였다. 크로지어가 처음에 머뭇거리며 농담을 던지자 소피아는 활짝 웃어 주었다. 크로지어는 이 정도 사교 활동에도 익숙지 않아서 최대한 몸가짐을 단속했다. 수년 만에 술을 자제하고 와인만 홀짝였다. 크로지어가 주섬주섬 명언을 꺼내면 소피아는 더 위트 넘치게 화답했다. 크로지어 입장에서 보면 초보 선수가 고수에게 테니스를 배우는 것 같았다. 예정보다 길어진 정박 여드레째이자 마지막 날, 크로지어는 괜찮은 영국 남자라면 느낄 법한 기분을 느꼈다. 아일랜드 출신임에도 자기 길을 스스로 개척해 여느 신사들처럼 흥미진진하고 신나는 삶을 영위하는 것 같았다. 크랙크로프트 양의 황홀하고 푸른 눈동자를 보며 다른 남자들에 대해 우월감을 느꼈다.

이리버스호와 테러호가 호바트 타운 항구를 떠날 때까지도, 크로지어는 소피아를 '크랙크로프트 양'이라고 불렀다. 그러나 둘 사이에 쌓인 은밀한 교감은 부정할 수 없었다. 은밀하게 나눈 시선, 말없이 통하는 마음, 주고받은 농담, 미묘한 순간. 크로지어는 난생처음 사랑에 빠졌다. 그에게 로맨스는 조선소 인근 매음굴 창녀, 뒷골목에서 비틀거리는 여자, 장신구 따위나 얻겠다고 몸을 파는 원주민 소녀, 큰돈이 나가는 런던 매춘부들과 몇 번 밤을 보낸 것이 전부였다. 이제 그런 시절은 과거지사가 되었다.

프랜시스 크로지어는 여자 옷 중에서 가장 육감적이고 농염한 차림은 소피아 크랙크로프트가 주 총독 공관에서 열린 만찬 자리에서처럼 조신하게 여러 겹 겹쳐 입은 모습이라고 생각했다. 몸매가 드러나지 않는 실크 옷을 입어 남성이 오로지 여자의 사랑스러운 위트에만 집중할 수 있도록 한 옷차림에 반했다.

거의 2년간 극빙에 갇혀 지내면서 남극을 바라보고, 펭귄 악취를 맡고, 낡은 함선 두 척의 이름을 따서 저 멀리 연기가 피어오르는 화산 두 곳에 이름을 붙였다. 어두운 겨울을 버티자 봄이 왔다. 빙하가 녹지 않을까 봐 걱정하다가 함선을 타고 새로운 항로를 개척했다. 제임스 로스 해라고 명명한 바다를 관통해 거친 남양 항로를 개척한 후 호바트 타운으로 되돌아왔다. 태즈메이니아 섬에는 약 18,000명이 죄수와 분행한 주 총독이 살았다. 그는 이번에는 이리버스호와 테러호를 시찰하지 않았다. 양쪽 함선에서 악취가 진동했다. 기름과 음식, 땀 냄새가 진동하고 피로에 절어 있었다. 남극에 갔다 온 소년들은 다들 눈이 퀭하고 수염이 덥수룩한 남자가 되었다. 이들은 극지 탐험을 떠나겠다고 다시는 자원하지 않을 것이다. 테러호 부함장, 단 1명만 빼고 다들 영국으로 돌아가고 싶어 했다.

프랜시스 크로지어는 오직 소피아 크랙크로프트를 다시 만나고픈 마음 뿐이었다.

크로지어는 위스키를 한 잔 더 들이켰다. 머리 위 갑판에 눈이 두껍게 쌓여서 그런지 6점종을 알리는 종소리가 잘 들리지 않았다. 새벽 3시였다.

다섯 달 전, 프랭클린 함장이 사망했을 때 다들 아쉬워했다. 똥배 나온 대머리 노인네가 죽자, 1인당 금화 10파운드를 주고, 자원 장려금도 한 번 더 주겠다고 한 약속도 사라졌기 때문이다. 프랭클린이 죽었지만 사실 바뀐 건 거의 없었다. 부함장 피츠제임스가 이제 이리버스호의 함장으로 승격됐지만 그가 실질적으로 함장 역할을 줄곧 해 왔기 때문이다. 웃으면 금니가 번쩍이는, 걸매는 붕대로 팔을 고정시킨 르베스콘테 중위가 서열에 따라 그래엄 고어 자리를 채워서 혼란의 여파는 거의 없었다. 프랜시스 크로지어 함장은 이제 탐험대 총책임자로 등극했지만 빙하에 갇힌 신세라 프랭클린이 있을 때와 딱히 달라진 건 없었다.

크로지어가 시급히 벌여 놓은 일이 한 가지 있긴 했다. 그는 함선에 있는 보급품 5톤가량을 빙하를 가로질러서 킹윌리엄 랜드에 있는 로스 케른 인근으로 옮겼다. 이제 탐험대는 킹윌리엄 랜드가 아니라 킹윌리엄 섬이라고 확신했다. 크로지어가 썰매 정찰단을 내보내 그 지역을 정찰했기 때문이었다. 그는 초기 썰매 정찰단이 열댓 번 정찰을 나갈 때 절반은 따라나서 해안을 따라 솟은 압력 봉우리와 빙하 사이로 길을 내는 데 일조했다. 겨울용 의복을 별도로 챙기고, 텐트와 막사를 설치할 목재, 건조 식량이 담긴 통, 통조림 수백 개를 옮겨 놓았다. 피뢰침도 빼먹지 않았다. 존 프랭클린이 쓰던 청동 침대 프레임을 피뢰침으로 용도 변경했다. 내년 겨울 한창 추울 때 갑자기 함선을 포기해야 할 경우를 대비해 양쪽 함선 승조원 의 필수품을 챙겼다.

겨울이 다시 오기 전까지 4명이 괴물에게 목숨을 잃었다. 그중 2명은 크로지어와 원정을 나갔다가 텐트에서 목숨을 잃었다. 8월 중순, 천둥 번 개가 미친 듯이 내리치고 짙은 안개가 꼈다. 함선 비축품을 옮기던 작업도 멈추었다. 3주가 넘도록 앞이 보이지 않는 안개 속에 쥐죽은 듯 앉아서 머 리 위로 내리치는 번개를 고스란히 맞았다. 아주 잠깐씩 빙상으로 나가는 것이 허용되었다. 대부분 사냥조나 불을 피워 얼음의 두께를 재는 불구멍 조만 나갈 수 있었다. 진절머리 나는 안개와 천둥이 지나가자 9월 초가 되 었고, 또다시 추위와 블리자드가 시작되었다.

그때부터 크로지어는 악천후에도 썰매에 비축품을 실어 킹윌리엄 랜드 로 나르는 일을 재개했다. 2등 항해사 길스 맥빈과 수병 하나가 크로지어 가 보는 바로 앞에서 죽임을 당했다. 블리자드가 휘몰아치는 바람에 죽는 순간은 보지 못했지만, 마지막으로 두 사람이 내지른 비명 소리가 호지슨 중위와 다른 대원들의 귀에 박혔다. 크로지어는 당분간 썰매 운반 작업을 중지시켰다. 11월 1일까지 두 달간 금지되었다. 얼빠진 놈이 아니고서야 시키면 어둠 속에서 열흘 정도 썰매를 끄는 정찰대에 자원할 자는 아무도 없었다.

크로지어 함장은 비축품을 5톤이 아니라 최소한 10톤은 해안가 인근 임시 캠프로 옮겨야 했다며 후회했다. 그들은 괴물이 함장 텐트 인근에 설 치한 텐트를 찢던 그날 문제를 깨달았다. 수병 조지 킨너드와 존 베이츠가 죽어라 도망치지 않았더라면 두 사람도 괴물에게 끌려갔을 것이다. 그렇 게 펑펑하고 바람이 부는 얼음 자갈 부지에 텐트를 쳐 놓으면 무방비한 상 태가 된다. 배에 타고 있으면, 내리기 전까지, 함선 선체와 높은 갑판은 벽이 되고 양쪽 함선은 요새가 된다. 그런데 얼음 자갈밭에 텐트를 치고 있으면 아무리 모여 있다 해도 밤낮으로 망을 볼 사람이 최소 20명은 필요했다. 망을 세워도 당직 근무자가 대응을 하기도 전에 녀석이 우리를 덮칠 것이다. 킹윌리엄 랜드까지 썰매를 끌고 가서 야영해 본 자라면 이런 상황을 알았다. 밤이 점점 길어지자 텐트 속에 무방비 상태로 있다는 두려움이 북극 추위처럼 스멀스멀 대원들 가슴으로 엄습했다.

크로지어는 위스키를 더 들이켰다.

1843년 4월, 남반구는 초가을이었다. 해는 여전히 길고 따스했다. 이리버스호와 테러호가 반디에맨즈 랜드에 다시 돌아왔다.

로스와 크로지어는 또다시 프랭클린 경의 집에 손님으로 머물렀다. 호바트 타운에서는 이곳을 공식적으로 주 총독 공관이라고 불렀다. 그런데 이번엔 프랭클린 부부의 얼굴이 그늘져 있었다. 크로지어는 애써 못 본 척했다. 소피아 크랙크로프트를 다시 만난 사실이 가슴 벅찼기 때문이다. 그런데 미치도록 보고 싶던 소피아도 이런 분위기에 젖어 있었다. 사건과 음모, 배신과 폭로, 울분이 지난 2년 이리버스호와 테러호가 남극 빙하에 갇혀 있는 동안 호바트 타운을 뒤덮고 있었다. 주 총독 공관에서 처음 이틀을 지내는 동안, 크로지어는 프랭클린 부부가 왜 저토록 속상해 하는지 그 이유를 조각 맞추기 시작했다.

수석 보좌관 존 몬태규 함장이 가롯 유다처럼 발목을 잡고 등에 칼을 찌르는 술책을 부렸다. 그 바람에 이 동네 사람들은 부임 초반부터 프랭클린 경의 사소한 것까지 관심을 갖게 되었다. 그는 6년 임기로 이곳에 부임했지만 그도 그만두려고 하고, 솔직하고 비범한 제인 여사까지도 그만두자고 한다는 것이다. 이건 세 사람이 저택 서재에서 브랜디를 마시고 시가를 피우는 동안, 프랭클린 경이 풀이 죽어 로스 함장에게 하는 말을 넌지시 들은 내용이었다. 크로지어가 경에게 직접 들은 것이라곤 이 지역 사람들이 공감할 줄 모르고 공동체 의식이 지독히 결여되었다고 한 말뿐이었다.

소피아에게 들은 얘기로는 존 프랭클린 경에 대한 세간의 평가는 처음에는 '신발을 삶아 먹은 자'였다. 그러다가 자칭 '파리 한 마리도 못 죽이는 자'에서 순식간에 '여자 치마폭에서 노는 사내'가 되었다. 태즈메이니아 섬에 온통 그렇게 소문이 났다는 것이다. 존 프랭클린 부부가 비인간적인 환경에서 노역하는 원주민과 죄수의 상황을 개선하려 들자, 제인 여사를 싫어하는 측에서 이런 악담을 퍼트렸다고 했다.

"전임 주 총독들은 인근 플랜테이션 농장주나 마을 실세가 정신 나간 프로젝트를 하겠다면 죄수를 아무 생각 없이 내어주고, 중간에 돈을 챙긴 후 입을 닫았거든요. 그런데 삼촌께서는 거기에 장단을 맞추지 않으셨죠." 소피아는 공관 정원에서 그림자 진 쪽으로 걸으며 말했다.

"정신 나간 프로젝트라뇨?" 크로지어가 물었다. 그는 이 따스하고 어둑어둑한 시간에 나지막이 속삭이듯 얘기하며 걸었다. 소피아가 그에게 팔짱을 끼어 온 사실을 모를 수가 없었다.

"만약 플랜테이션 주인이 자기 땅에 새로 길을 내고 싶다고 하면, 주 총독은 당연히 굶주린 죄수를 600명이든 1,000명이든 내주는 것이 관례였죠. 그럼 죄수들은 새벽에서 밤까지 다리에는 족쇄를, 손에는 수갑을 차고 이 뜨거운 날씨에 물도 음식도 못 먹고 일만 죽어라 하다가 쓰러지고, 헐떡거리면 매질당하죠."

"맙소사." 크로지어가 말했다.

소피아는 정원 바닥에 깔린 하얀 돌멩이에 시선을 고정한 채 고개를 끄덕였다. "수석 부좌관 무태규가 광산을 발굴하는 데 죄수를 동원해야 한다고 했어요. 사실 이 섬에서는 금이 나오지도 않거든요. 아무튼 죄수들이 땅을 파기 시작했어요. 거의 120미터를 파내려 가다가 중간에 계획을 접었죠. 지하수가 뿜어 올라오는 바람에요. 여기 지하수면이 굉장히 얕거든요. 30센티미터를 파내려 갈 때마다 죄수 두세 명이 광산에서 죽어 나갔다고 하더라고요."

크로지어는 또다시 '맙소사'라는 말이 튀어나올 뻔했지만 꾹 참았다. 사실 속으로 이 말을 계속 내뱉고 있었다.

"당신이 떠난 지 1년 후, 그 독사 같은 몬태규가 프랭클린 삼촌을 꼬드겨 그 마을에서 평판이 좋은 군의관 하나를 해고시키도록 했어요. 직무 유기라는 혐의를 날조해서요. 그 바람에 이곳이 반으로 갈라졌어요. 숙모께서는 그 군의관을 해고하면 안 된다고 했는데도 삼촌 내외께 비난의 화살이 쏟아졌어요. 아시다시피 삼촌은 논쟁하는 걸 죽도록 싫어하시고, 게다가 뭐가 됐든 남을 힘들게 하는 걸 싫어하시죠. 그래서 스스로도 '파리 한 마리도 못 죽인다'고 하시는 거고요……"

"맞아요, 저도 경께서 식당에 있는 파리를 잡았다가 놓아주는 것을 본 적이 있어요."

"삼촌은 숙모의 말씀을 들으시고 다시 그 군의관을 복직시키셨어요. 그런데 그것 때문에 몬태규와 평생 척지게 되었어요. 사적인 언쟁과 비방이 공개적으로 알려졌고, 결정적으로 몬태규가 삼촌더러 거짓말쟁이, 심약자라고 했어요."

"맙소사." 그는 속으로 이렇게 생각을 했다. '내가 존 프랭클린 경이라면 몬태규라는 몹쓸 놈을 결투장으로 끌어내 총으로 양쪽 고환에 한 방씩 쏘고 마지막 한 방으로 녀석의 머리를 갈겨 버리겠어.'

"프랭클린 경께서 그자를 자르면 될 텐데요."

"물론, 그렇게 하셨어요. 그런데 그게 더 기름을 붓는 꼴이 되었죠. 몬태규는 작년에 영국으로 돌아갔어요. 프랭클린 삼촌이 쓴, 그의 해고를 보고

하는 편지가 실린 배를 타고요. 그런데 하필이면 몬태규가 식민성 장관 스탠리 경과 막역한 사이더라고요."

'젠장, 주 총독이 진짜 바보가 되었군.' 크로지어는 정원 한쪽 끝에 있는 돌 벤치에 도착했다. "정말 운이 없었군요."

"삼촌 내외분이 상상한 그 이상이었어요. 콘월(잉글랜드 남서부 주)에서 발간되는『크로니클』지는 '극지방 탐험 영웅의 어리석은 통치'라는 제목으로 특집 기사를 실었고요.『콜로니얼 타임스』에서는 숙모를 비난했죠."

"왜 제인 여사를 공격하는 거죠?"

소피아는 냉랭하게 웃었다. "제인 숙모는 저처럼 굉장히 독특하신 분이에요. 공관에 있는 침실 가 보셨죠? 지난번 두 분이 여기 오셨을 때 삼촌께서 구경시켜 주신 걸로 알고 있는데요."

"네, 가 봤습니다. 수집품이 대단하던데요." 전부 본 건 아니지만 볼 수 있게 허락된 제인 여사의 침실 한쪽에는 바닥에서 천장까지 온갖 물건이 가득찼었다. 동물 뼈, 운석, 화석, 원주민 전투용 곤봉, 원주민 북, 나무로 조각된 전투용 가면, 테러호가 15노트로 항해할 때 쓸 수 있을 것 같은 3미터짜리 노, 각종 박제 조류, 정교하게 박제된 원숭이까지. 크로지어는 박물관이나 동물원에서도 이런 것을 본 적이 없었다. 하물며 여자의 침실에서는 구경도 못해 본 것들이었다. 물론 여자의 침실을 구경한 적이 거의 없긴 하지만.

"어떤 사람이 침실을 보고 호바트의 한 신문사에 이렇게 기고했어요. 있는 그대로 옮겨볼게요. '주 총독 부인의 침실은 여자 방이 아니라 박물관이나 동물원에 가깝다'고요."

크로지어는 큭 웃음소리를 냈다. 자신도 같은 생각을 하고 있어서 괜히 찔렸다 "그래서 아직도 몬태규가 말썽이가요?"

"더 심해졌어요. 독사 중의 독사 스탠리 경이 몬태규를 적극 밀어주는 바람에요. 그 자식이 해고되기 전과 비슷한 자리로 복직한 다음 끔찍한 악담을 퍼부었대요. 이건 숙모께 몰래 전해 들었는데요, 채찍으로 맞은 거나 다름없다고 하시더라고요."

'나라면 몹쓸 몬태규에게 총을 갈기고, 스탠리 경의 거시기도 잘라서 식힌 다음 프랭클린에게 갖다 줄 텐데.' 크로지어는 생각했다.

"정말 끔찍하군요."

"그게 다가 아니에요."

크로지어는 소피아가 혹시 흐느끼는 건 아닌지 어둑어둑한 불빛에 살펴보았다. 소피아는 질질 짤 여자가 아니었다.

"스탠리가 공식적으로 질책했다고요?"

"몹쓸 놈의 스탠리가 질책이 담긴 공문서를 정식 발송하기 전에 그 복사본을 몬태규에게 먼저 보여주자, 그 교활한 놈이 그걸 가장 빠른 우편선으로 이리로 보냈죠. 복사본이 호바트 타운에 있는 삼촌 정적들에게 쫙 퍼졌어요. 그러고 나서 몇 달 후에야 프랭클린 삼촌이 그걸 공식 루트로 받았죠. 여기 식민섬에서 프랭클린 삼촌 내외분이 공연장을 가거나 주 총독자격으로 공식 행사를 참석하기만 하면 다들 킬킬거렸어요. 말이 너무 험해서 죄송해요, 프랜시스."

'나라면 스탠리 경의 불알을 잘라 밀가루 반죽 속에 똥을 넣고 빚어 튀긴 다음 식혀서 도로 먹이겠어.' 그는 묵묵히 고개를 끄덕이며 소피아의 험한 말을 용서했다.

"두 분의 사이가 더 나빠지리라고 예상하던 그때, 몬태규가 이곳에서 플랜테이션을 하는 지인들에게 문서 300장이 든 서류 봉투를 보냈어요. 거기에는 사적인 편지와 정부 문서, 급송 공문서 같은 게 잔뜩 들어 있었어요. 몬태규가 이걸 이용해서 자기가 왜 삼촌과 맞서게 됐는지 스탠리 경에게 호소한 거예요. 그 서류 봉투가 여기 호바트 중앙 식민지 은행에 보관되어 있어요. 유서 깊은 가문과 기업가 7할 이상이 이미 은행에 들러 그 안에 무슨 얘기가 적혀 있는지 다들 읽어 보고 왔다는 것을 삼촌이 알고 계세요. 몬태규 함장이 삼촌을 두고 '완벽한 머저리'라고 했대요. 제가 듣기론 가증스러운 문서 중에 그나마 그게 가장 얌전한 표현이라고 하더라고요." 소피아의 목소리가 부르르 떨리며 분노로 가득했다. 그렇다고 그녀가 약해진 건 분명 아닌 것 같았다.

"경께서 이곳에서의 입지가 말이 아니겠군요." 크로지어가 말했다.

"가끔은 삼촌이 목숨까지는 아니더라도 정신을 잃으실까 봐 걱정이에요. 굉장히 예민하신 분이거든요."

'파리 한 마리도 못 죽이는 사람이지.'

"그럼 물러나시는 겁니까?"

"아마 소환되실 거예요. 여기 식민지 사람들은 다 알고 있어요. 그래서 숙모께서도 제정신이 아니시고요. 저렇게 힘들어 하시는 건 처음 봐요. 빠르면 8월 말 정도 소환장이 날아올 거라고 예상하고 계세요."

크로지어는 한숨을 내쉬며 정원에 깔린 자갈 틈새를 따라 지팡이를 쿡 찔렀다. 소피아 크랙크로프트와의 재회를 남극 빙하에서 무려 2년이나 갈망했는데, 와서 보니 그저 그런 정쟁과 인간사 때문에 그의 방문이 무의미해질 것 같았다. 그는 걷다 말고 다시 한숨을 내쉬었다. '마흔여섯이나 먹고도 바보처럼 굴다니.'

"내일 저랑 플래티퍼스 연못에 구경 가실래요?" 소피아가 물었다.


크로지어는 위스키를 한 잔 더 따랐다. 갑판에서 유령 밴시가 비명을 내질렀다. 북극의 강풍이 남아 있는 리깅에 와서 부딪히는 소리였다. 당직 근무를 서는 이들이 안쓰러웠다.

위스키 병이 거의 다 비워졌다.

크로지어는 올겨울에 킹윌리엄 랜드까지 썰매로 비축품을 나르는 작업을 재개해야겠다고 마음먹었다. 어둡고 눈 폭풍이 불고 여전히 빙하에서 몸을 도사리는 녀석이 있어서 위험하긴 하나 선택의 여지가 없었다. 몇 달 후 함선을 버려야 할지도 모른다. 빙하에 갇힌 이리버스호는 이미 망가지는 징조를 보이기 시작했다. 만약 함선을 포기할 경우 함선 인근에 해상캠프를 차리는 것으론 부족했다. 평상시라면 그 정도면 충분했다. 운도 지지리도 없는 이 북극 탐험대만 아니라면 빙하 위에 캠프를 차리고 배핀 만 해류를 타고 수백 킬로미터 남진하여 열린 바다로 빠져나갈 수 있을지도 모른다. 그런데 빙하가 꽁꽁 언 채 녹을 기미를 보이지 않는다. 게다가 빙하 위에 캠프를 차렸다간 괴물로부터 안전을 장담할 수 없다. 이곳에 임시 캠프를 세우면 훨씬 더 무방비한 상태가 될 것이다. 여기에서 40킬로미터 떨어진 컴컴한 반도나 섬 해안가 얼음 자갈 위에 캠프를 차리는 편히 훨씬 낫다. 이미 그쪽으로 비축품 5톤을 옮겨 놓았다. 나머지는 백야가 끝나기 전에 옮겨야 한다.

크로지어는 위스키를 홀짝이며 자기가 다음번 썰매 정찰단을 이끌어야겠다고 결심했다. 구조대가 올 기미는 보이지 않고, 럼도 바닥을 드러내는 상황에서 추위에 떠는 승조원의 기를 살리기에 가장 좋은 건 뜨끈한 음식이다. 그래서 다음번 비축품을 옮길 때에는 웨일보트 네 척에 장착된 조리용 스토브를 떼어 갈 생각이다. 웨일보트는 함선을 포기해야 할 경우, 본격적으로 항해를 수행하기 위한 용도로 건조된 튼튼한 배였다. 테러호의 자매함 이리버스호에 장착된 프래저 스토브는 너무 커서 해안가로 옮길 수 없다. 크로지어가 함선을 포기하라는 명령을 내리면 디글은 그것으로 십 비스킷을 구우면 된다. 보트에 장착된 스토브를 쓰면 최고다. 특히 썰매에 장비와 식량, 옷가지를 잔뜩 싣고 임시 저장소로 옮길 때 철 스토브 네 대를 더 얹으면 사탄의 발굽만큼이나 묵직할 것이다. 죽도록 추운 얼음

위를 40킬로미터 끌고 가 압력 봉우리를 넘어야 한다. 거기에 석탄까지 옮겨 와야 하지만 말이다. 그래도 일단 해안까지 옮기기만 하면 안전하게 불을 피울 수 있다. 킹윌리엄 랜드에는 땔감이 전혀 없다. 수백 킬로미터 남쪽으로 내려가도 나무는 구경조차 할 수 없다. '스토브는 다음에 옮겨야겠군.' 크로지어는 이렇게 마음먹고 다음 여정에 따라나서기로 했다. '이 칠흑같은 어둠과 믿을 수 없는 추위를 뚫고 썰매를 끌고 가면 어떻게든 되겠지.'

크로지어와 소피아 크랙크로프트는 그다음 날인 1843년 4월의 어느 날 아침, 말을 타고 플래티퍼스 연못으로 갔다.

크로지어는 호바트 시내에 갈 때처럼 차를 타고 갈 줄 알았지만, 소피아는 말 두 마리에 안장을 얹히고 노새 한 마리에 소풍 갈 짐을 싣고 왔다. 소피아는 남자처럼 말을 탔다. 크로지어는 여자가 입은 짙은 색 '치마'가 알고 보니 가우초 바지라는 것을 알았다. 소피아는 그 위에 여성스럽고 주름이 잡힌 하얀 블라우스를 입었다. 그리고 챙 넓은 모자를 써서 햇빛을 막았다. 롱부츠 가죽은 반짝반짝 광이 났고, 부들부들해 보였다. 프랜시스 크로지어가 함장으로 받는 1년 치 봉급을 몽땅 쏟아 부어야 살 수 있을 정도로 비싸 보였다.

두 사람은 북쪽으로 향했다. 주 총독 공관을 나와서 호바트 시내를 지나 좁은 길을 따라 농장 밭을 지나쳐 교도소를 지났다. 그리고 우림을 통과하고 나니, 다시 탁 트인 고지대가 나왔다.

"오리너구리는 호주 본토에서만 볼 수 있는 줄 알았습니다." 크로지어가 말했다. 그는 안장 위가 편하지 않았다. 사실 말을 탈 기회도, 이유도 없었다. 몸이 출렁출렁 흔들리는 가운데 말을 하자 목소리도 떨리는 것이 민망했다. 소피아는 안장에 아주 편히 앉아 있는 것 같았다. 말과 한몸이 된 것처럼 움직였다.

"어머나, 자기. 오리너구리는 원래 여기에서 북쪽에 있는 호주 본토의 특정 해안가와 반디에맨즈 랜드 전역에서 볼 수 있어요. 얘네들이 좀 수줍음을 타는 편이죠. 호바트 타운 근처에서는 이제 더는 보이지 않아요."

크로지어는 '자기'라는 말에 볼이 화끈 달아올랐다.

"위험합니까?"

소피아가 편안히 웃었다. "사실 수컷은 교미 기간에 위험해요. 뒷다리 발톱에 독을 숨기고 있거든요. 포유 기간(오리너구리는 조류와 포유류의 중간 형태로 알에서 태어나지만 어미는 양육기에 젖을 먹인다)에도 발톱에 독이 있어요."

"그럼 사람한테도 위험합니까?" 크로지어가 물었다. 그는 이 우습게 생긴 오리너구리를 두고 농담을 던졌다. 사실 그는 만화에서 위험하게 그려진 모습만 보았을 뿐이었다.

"덩치가 작은 사람이라면 위험하죠. 그런데 오리너구리 발톱에 찍히고도 목숨을 건진 사람들 말로는 너무 아파서 차라리 죽는 게 낫겠다고 하던데요."

크로지어는 오른편에 있는 젊은 여자를 바라보았다. 소피아가 농담을 하는 건지 진담인지 때론 구별이 가지 않았다. 지금은 진담인 것 같았다.

"지금이 포유 기간입니까?" 그가 물었다.

소피아는 또다시 웃었다. "아니요, 프랜시스. 포유 기간은 8월에서 10월 사이예요. 우리는 안전해요. 악마만 만나지 않으면요."

"진짜 악마 말입니까?"

"아뇨, 자기. 그냥 악마요. 태즈메이니아 악마에 대해 들어보셨군요."

"들어보긴 했습니다만. 녀석의 턱뼈가 대단히 무섭다던데요. 그 턱을 쩍 벌리면 배의 선창을 한입에 삼킬 정도라고 하더군요. 게다가 탐욕스러운 포식자라서 얼마나 사나운지 태즈메이니아 호랑이나 말을 한입에 꿀

격 삼킨다는 소문이 자자하더라고요."

소피아는 고개를 끄덕였다. 얼굴 표정은 진지했다. "다 사실이에요. 온 몸이 털로 뒤덮인 악마는 떡 벌어진 가슴에 게걸스럽고 광폭해요. 악마 울음소리를 들어본 사람은 그걸 짖는다거나 으르렁거린다고 절대로 표현하지 않아요. 오히려 의미를 알 수 없게 횡설수설 웅얼거리는 것 같죠. 마치 불이 난 정신병원에서 환자들이 뛰쳐나오면서 내는 소리 같다고들 해요. 음. 분명 프랜시스 크로지어 같은 탐험가만큼 용기가 없다면 밤에 혼자 숲이나 들판에 나가지도 못할 걸요."

"소리를 들어본 적 있어요?" 크로지어가 물었다. 그는 혹시 소피아가 농담을 하는지 보려고 여자의 얼굴을 살폈다.

"그럼요. 설명할 수 없는 소리예요. 얼마나 소름 끼치는데요. 먹잇감이 그 소리를 듣고 그 자리에 얼어붙으면 악마가 와서 어마어마한 입을 쩍 벌려서 통째로 잡아먹는 거죠. 정말 소름 끼치는 건 희생양이 내지르는 비명 소리일지도 몰라요. 악마가 나타나 양을 한 마리씩 잡아먹는 동안 양 떼가 내는 소리를 들은 적이 있어요. 세상에, 발굽 하나 남기지 않고 싹 먹어 치우더라고요."

"농담하시는 거죠?" 크로지어는 여자가 농담을 하는지 보려고 일부러 눈을 맞췄다.

"전 악마를 두고 농담하지 않아요, 프랜시스." 두 사람은 말을 타고 어두운 숲으로 들어갔다.

"악마가 오리너구리를 잡아먹습니까?" 크로지어가 물었다. 질문은 진지했다. 그가 질문하는 자리에 제임스 로스나 승조원이 없어서 다행이었다. 바보 같이 들릴 수도 있었기 때문이다.

"태즈메이니아 악마는 뭐든 다 잡아먹어요. 아까도 말했지만, 자기는 운이 참 좋아요, 프랜시스. 악마는 밤에 사냥을 하죠. 우리가 아예 길을 잃고 헤매지만 않는다면, 플래티퍼스 연못에 가서 오리너구리를 보고, 점심을 먹은 다음 어두워지기 전에 주 총독 공관으로 돌아갈 수 있어요. 어두워지기 전에 이 숲을 빠져나갈 수 있게 하늘이 도우실 거예요."

"악마 때문에 그렇죠?" 크로지어가 물었다. 그는 가볍게 되물었지만, 목소리에는 긴장감이 서려 있었다.

소피아는 말을 세우더니 그를 바라보며 지그시 웃었다. 그를 보며 눈부시게 완벽한 미소를 지었다. 크로지어는 어설픈 자세로 간신히 말을 세웠다.

"어머나, 자기. 악마 때문이 아니라 제 인기 때문에요." 젊은 여인은 숨이 찬 목소리로 속삭였다.

크로지어가 뭐라고 말하려는 순간, 소피아는 웃음을 터뜨리며 말을 몰고 내달렸다.


마지막 두 잔을 제대로 채우기에는 위스키가 모자랐다. 크로지어는 남은 위스키를 죄다 잔에 붓고 그것을 들어 끔뻑이는 기름 램프 앞에 갖다 댔다. 램프는 내부 격벽에 매달려 있었다. 황갈색 술 사이로 빛이 춤추는 모습이 보였다. 천천히 잔을 비웠다.


두 남녀는 오리너구리를 구경하지도 못했다. 소피아는 그에게 오리너구리는 언제나 이 연못에 오면 볼 수 있다고 했다. 연못은 지름이 45미터 정도로 도로에서 약 400미터 떨어진 울창한 숲 속에 있었다. 오리너구리 은신처 입구는 둑을 따라 내려가는 뒤틀린 나무뿌리 뒤에 있었다. 크로지어는 오리너구리를 보지도 못했다.

그 대신 소피아 크랙크로프트의 알몸을 보았다.

두 사람은 플래티퍼스 연못 한쪽 끝 그늘진 곳에서 소풍을 즐겼다. 고급 면 보자기를 잔디 위에 깔고, 피크닉 바구니와 그릇을 올려놓고 그 위에 앉았다. 소피아는 하인들에게 방수 보자기에 로스트비프와 그것을 같이 넣고 싸라고 시켰다. 그 안에는 이곳에서 볼 수 있는 귀중품 중에서도 가장 비싼 것이 들어 있었다. 그러나 그것은 크로지어가 왔던 곳에서는 제일 흔한 것이었다. 바로 얼음이었다. 얼음을 담아 와서 아침부터 말을 타는 동안 음식이 상하지 않도록 했다. 삶은 감자와 맛있는 샐러드를 작은 볼에 담아 왔다. 소피아는 꽤 괜찮은 버건디 와인 한 병과 존 프랭클린 경의 문장이 새겨진 크리스털 잔도 챙겨 왔다. 그러고는 크로지어보다 더 많이 마셨다.

두 사람은 점심을 먹고, 약간 떨어져 앉아 한 시간 정도 이런저런 이야기를 나누며 검은 연못의 수면을 쳐다보았다.

"지금 오리너구리가 나오기를 기다리는 건가요, 크랙크로프트 양?" 크로지어는 극 탐험이 얼마나 위험한지, 그러면서도 얼마나 장관인지를 이야기하다가 잠깐 말이 멈춘 사이에 물었다.

"아니요, 우리한테 모습을 보여 주고 싶었다면 벌써 나타났어야죠. 잠깐 기다려보고, 우리 수영이나 해요."

크로지어는 당황해서 여자를 쳐다보았다. 그는 수영복을 가져오지 않았다. 사실 수영복이 없었다. 소피아가 또 농담을 한 거겠지. 그런데 소피아가 저렇게 진지하게 말하기 때문에 백 프로 확신할 수 없었다. 그래서 여자의 치기 어린 유머는 그에게 훨씬 자극적이었다.

그녀는 당황스러운 농담을 계속 이어가려는 듯 일어나 가우초 바지에 묻은 낙엽을 털며 주위를 두리번거렸다. "저기 관목 뒤에 가서 옷을 벗고 풀이 난 쪽으로 연못에 들어가야겠어요. 프랜시스, 당신도 들어와서 우리같이 수영해요. 뭐, 하고 싶은 대로 하시든가요."

그는 웃으며 세련된 신사인 듯 미소를 지었지만 안절부절못했다.

소피아는 뒤돌아보지 않고 빽빽한 관목 쪽으로 걸어갔다. 크로지어는 몸을 반쯤 세워 면 보자기 위에 앉아 있었다. 신경 써서 멀끔히 면도한 얼굴에는 호기심이 드러났다. 그런데 갑자기 여자가 하얀 블라우스를 위로 홀렁 벗더니 관목 위에 턱하니 걸어 놓는 것이 아닌가. 그 순간, 그의 표정은 얼어붙었고, 음경은 뜨겁게 달아올랐다. 짧은 조끼 밑에 입은 코듀로이 바지 속 은밀한 부위는 느긋이 있다가 2초 만에 돛을 높이 올렸다.

소피아가 입은 짙은 색 가우초 바지와 하얗고 프릴이 달린 이름 모를 것들이 잠시 후 관목 위에 걸쳐 놓은 블라우스 위로 쌓이기 시작했다.

크로지어는 그저 쳐다보고만 있었다. 죽은 남자처럼 입이 헤 벌어졌다. 눈이 튀어나와 빠질 것 같았다. 그런데도 고개를 돌리지도, 눈을 가리지도 않았다.

소피아 크랙크로프트가 햇빛 속으로 걸어 나왔다.

실오라기 하나 걸치지 않은 알몸이었다. 팔을 양쪽으로 편안히 내렸고 두 손은 살짝 오므린 상태였다. 젖가슴은 크지는 않았지만 굉장히 탄탄하고 눈부시게 뽀앴다. 커다랗고 발그레한 분홍색 유두가 높이 솟아 있었다. 그가 지금껏 본 여인들의 유두는 갈색이었다. 매음굴의 창녀나 이가 벌어진 매춘부, 원주민 소녀, 이들이 크로지어가 이전에 목격한 알몸이었다.

이렇게 여자의 알몸을 진짜로 본 적이 있었나? 백인 여성의 알몸을? 생각해 보니 없었다. 만약 있었다 해도 지금 그것은 하나도 중요하지 않았다.

젊은 소피아의 눈부시게 뽀얀 피부에 햇빛이 반사됐다. 여자는 몸을 전혀 가리지 않았다. 여전히 느긋한 자태로 서서 지루한 표정을 지었다. 크로지어의 그것이 크게 부풀어 아플 지경이었다. 마음속에 그리던 바로 이 여신이, 완벽한 영국 여인의 아름다움을 보여주는 화신이, 그의 아내이자 아이들의 어머니가 되기를 영혼으로 갈망해 온 바로 이 여성의 음모가 눈에 들어왔다. 빽빽하면서도 고급스럽게 난 음모. 자극적이면서도 적당히 검은 음모가 삼각형을 뒤집어 놓은 듯 V자로 돋아 있었다. 텅 빈 머리에는 오로지 '못 참겠다'는 생각뿐이었다. 소피아가 핀을 빼더니 긴 머리를 풀어헤쳤다. 머리가 어깨 위로 쏟아졌다.

"같이 들어가실래요, 프랜시스?" 여자는 풀이 난 연못 가장자리에 서서 살랑거리며 말했다. 마치 차 한잔 마시겠냐고 묻는 듯 덤덤했다. "아니면 그냥 구경만 하실래요?"

별다른 말없이 여자는 완벽한 호를 그리며 물속으로 다이빙했다. 창백한 두 손과 하얀 팔로 거울 같은 호수 표면을 가르자 몸의 나머지 부분이 따라 들어갔다.

크로지어는 입을 벌려 말을 하려 했지만, 소리가 나오지 않았다. 잠시 후 입을 다물었다.

소피아는 능숙히 헤엄쳤다. 소피아의 하얗고 탄탄한 엉덩이가 그녀의 젖은 머리칼을 뒤쫓고 있었다. 머리칼은 새까만 인도산 잉크로 적셔 놓은 것 같았다.

여자는 고개를 빼고 물속을 편안히 오갔다. 저쪽 연못 끝에 도착하더니 아까 가리켰던 커다란 나무 근처에서 멈추었다. "오리너구리 굴이 여기 나무뿌리 뒤에 있어요. 오늘은 나와서 놀고 싶지 않은가 봐요. 얘네들이 낯을 가리나. 자기는 그러지 말아요, 프랜시스. 빨리요."

마치 꿈을 꾸는 듯 크로지어는 자기도 모르게 일어나 연못에서 가까운 촘촘한 관목을 찾았다. 소피아가 있는 쪽에서 가장 멀리 떨어진 연못 반대편이었다. 단추를 푸는데 손이 미친 듯이 벌벌 떨렸다. 옷을 벗어서 각을 잡아 반듯하게 접은 다음, 발밑 풀 위에 얌전히 개어 놓았다. 자기가 봐도 시간을 끌려는 게 분명했다. 찌를 듯이 솟은 성기는 여전히 기세등등했다. 예전에 그랬듯이 이러다 말겠지 했지만 남성은 배꼽을 향해 빳빳이 고개를 쳐들었다. 귀두는 신호용 랜턴처럼 시뻘게져서 표피 밖으로 삐죽 고개를 내밀었다.

크로지어는 관목 뒤에서 어쩔 줄 몰라 하며 소피아가 첨벙거리는 소리만 듣고 있었다. 만일 조금만 더 미적거렸다간 소피아가 밖으로 나와 관목 뒤에서 몸을 말릴 것 같았다. 그렇게 된다면 겁쟁이, 바보라고 자신을 비하하며 여생을 보낼 것이다.

관목 사이로 엿보던 크로지어는 소피아가 등을 돌려 연못 반대편으로 헤엄치러 갈 때까지 기다렸다가 잽싸게 물속으로 허둥지둥 다이빙했다. 다이빙이 아니라 고꾸라진 것이었다. 크랙크로프트 양이 쳐다보기 전에 오만방자한 음경을 물속으로 빨리 숨기겠다는 생각에 몰두하느라 우아함은 잊었다.

그가 고개를 내밀고 웅얼웅얼 숨을 내뱉자, 소피아가 웃는 얼굴로 다가왔다. 1.5미터밖에 떨어지지 않았다.

"드디어 들어오셔서 정말 좋아요, 프랜시스. 오리너구리 수컷이 독이 든 발톱을 세우고 오면 절 보호해 주셔야 해요. 저쪽 굴 입구로 구경 가요." 여자는 우아하게 한 바퀴 자맥질을 하더니 물가에 있는 커다란 나무를 향해 헤엄쳐갔다.

그는 최소 3, 4미터 간격을 유지했다. 침몰하는 함선이 바람그늘 쪽 해안가로 끌려가듯, 크로지어는 여자 뒤를 따라가며 개헤엄을 쳤다.

연못은 생각보다 깊었다. 크로지어는 여자와 4미터 거리를 유지하며 어설프게 헤엄치며 고개를 물 위로 뺐다. 나무뿌리가 연못 가장자리 둑 1.5미터를 타고 내려와 물속으로 들어가고, 기다란 들풀이 오후 그림자를 길게 드리우는 연못 가장자리까지 갔다. 그런데 아무리 허우적거려도 바닥에서 발붙일 만한 곳을 쉽게 찾을 수가 없었다.

갑자기 소피아가 크로지어 쪽으로 헤엄쳐왔다.

여자는 그의 눈에 서린 두려움을 읽은 것 같았다. 그는 열심히 헤엄쳐 뒤로 내빼야할지, 아니면 지금 그곳이 화나 있음을 여자에게 고하고 오지 말라고 경고해야 할지 판단이 서지 않았다. 여자가 평형으로 제자리에서 헤엄을 치는 바람에 물 밑에서 출렁거리는 뽀얀 젖가슴이 보였다. 여자는 턱으로 왼쪽을 가리킨 후 나무뿌리를 향해 재빨리 헤엄쳐 갔다.

크로지어도 따라갔다.

두 사람은 나무뿌리에 매달렸다. 둘 사이의 거리는 고작 1미터 정도. 다행히 가슴 아래로는 물이 컴컴했다. 소피아는 굴 입구 쪽을 가리켰다. 방죽에 나무뿌리가 엉킨 사이로 진흙이 약간 꺼진 것처럼 보였다.

"여기가 임시 굴, 그러니까 수컷 굴이에요, 보금자리 굴은 아니고요." 소피아의 어깨와 쇄골 뼈는 선이 고왔다.

"네?" 크로지어는 행복했다. 약간 놀라기도 했지만 다시 소리낼 수 있어서 기뻤다. 그러나 어색하게 말이 목에 걸려 나오는 소리는 마음에 들지 않았다. 물이 차갑지도 않은데 이가 덜덜 부딪혔다.

소피아가 웃었다. 검은 머리칼이 뒤엉켜 날렵한 뺨에 달라붙어 있었다. "오리너구리 굴에는 두 가지 종류가 있대요. 하나는 동물학자들이 임시 굴이라고 부르는데요, 암컷과 수컷이 포유 기간을 제외하고 임시 굴에 산대요. 짝 없는 수컷은 여기에 살아요. 암컷은 새끼를 키우려고 보금자리 굴을 팠다가 포유가 끝나면 새끼를 키울 작은 구멍을 또 하나 판대요."

"네." 크로지어는 나무뿌리에 바싹 매달려 대답했다. 60미터 위 리깅에 올라갔는데 허리케인이 불어 함선 라인에 매달릴 때처럼 힘을 꽉 주었다.

"오리너구리가 알 낳는 거 아시죠? 파충류처럼요. 그런데 어미는 포유류처럼 젖이 나와요."

물 밑으로 그녀의 하얗고 봉긋한 가슴 중앙에 어둡고 작은 원이 두 개 보였다.

"성날입니까?"

"동물학자이기시도 한 제인 숙모께서 그러는데, 수컷 뒷다리 독이 든 발톱은 다른 수컷 오리너구리나 침입자를 물리칠 때도 쓰이지만, 수영과 교미를 동시에 하면서 암컷에 매달릴 때도 쓴다고 하더라고요. 아마도 교미할 때는 독이 분비되지 않는 것 같아요."

"아닙니까?" 크로지어는 '그렇습니까'라고 해야 했는데 반대로 말한 것 같았다. 무슨 말을 해야 할지 머리가 텅 비어 버렸다.

엉킨 나무뿌리를 이용해서 소피아가 몸을 바싹 당기자 젖가슴이 그에게 닿을 것만 같았다. 소피아는 차가운 손을 그의 가슴에 갖다 댔다. 생각보다 손이 컸다.

"크랙크로프트 양······."

"쉬, 조용."

그녀는 왼손을 나무뿌리에서 떼어 그의 어깨로 가져가 나무뿌리에 매달리듯 그에게 매달렸다. 오른손이 아래로 미끄러지며 그의 복부를 지나 오른쪽 엉덩이를 어루만졌다. 그리고 다시 앞쪽 가운데로 돌아와 더듬더듬 아래로 내려갔다.

"어머나 자기." 그녀는 크로지어의 귀에 대고 속삭였다. 뺨과 뺨이 맞닿았고 젖은 머리가 그의 눈을 가렸다. "이게 독이 든 발톱인가요?"

"크랙크로······."

소피아는 그곳을 움켜쥐었다. 여자는 우아하게 몸을 붕 띄워 순식간에 두 다리로 그의 왼쪽 허벅지를 감싼 후 몸무게를 실었다. 따스한 체온이 전해지는 순간, 여자가 그의 허벅지에 대고 몸을 비비기 시작했다. 그는 왼쪽 다리를 살짝 들어 여자 얼굴이 물속에 잠기지 않게 떠받쳐 주었다. 여자는 눈을 감았다. 도톰한 입술과 젖가슴을 그에게 밀착시키고 오른손으로 그의 성기를 애무하기 시작했다.

크로지어는 신음 소리를 냈다. 사정할 때 나오는 소리가 아니라 쾌락을 예측하고 내는 소리였다. 소피아는 그의 목에 매달려 가냘픈 소리를 냈다.

떠받히고 있는 그의 왼쪽 허벅지로 여자의 그곳이 뜨겁고도 축축해지는 것이 느껴졌다. 어떻게 물보다 더 축축할 수가 있을까. 감탄스러웠다.

이제 여자가 아찔한 신음 소리를 내기 시작했다. 크로지어도 눈을 감았다. 더는 여자를 쳐다볼 수가 없어서 아쉽지만 눈을 감았다. 여자는 그에게 대고 격렬히 몸을 움직였다. 한 번, 두 번, 세 번, 위아래로 반복적으로 그곳을 향해 움직였다. 여자의 다급하고 능수능란한 몸짓이 점점 거칠어졌다. 뭔가 알고 원하는 듯했다.

크로지어는 얼굴을 그녀의 젖은 머리칼에 파묻고 몸을 부르르 떨면서 물속으로 무언가를 뿜어냈다. 이 짜릿한 사정의 순간이 끝나지 않을 것만 같았다. 만약 그렇게 되면 여자에게 당장 사과해야 할 것 같았다. 대신 사정하는 순간 교성이 터져 나오면서 나무를 붙들고 있던 손이 풀렸다. 둘이 물속에 꼬르륵 잠기며 얼굴까지 수면 아래로 들어갔다.

순간 프랜시스 크로지어는 너무 혼란스러웠다. 이 세상에서 아무도 그를 방해하지 않은 이 순간, 이 세상 모든 것이 죄다 혼란스러워졌다. 여자도 두 다리로 그의 몸을 감싸고 위아래로 몸을 비틀며 뺨을 그에게 비비고 두 눈을 감은 채 같이 신음 소리를 내다니. 분명 여자는 남자가 느끼는 강렬한 오르가즘을 느끼지 못하는데? 매춘부 중에도 간혹 신음 소리를 내는 여자가 있지만, 그건 남자가 좋아하기에 일부러 꾸며서 내는 거였다. 분명 여자는 아무것도 느끼지 못하는데.

그런데 이 여자는……

소피아가 몸을 뒤로 물리며 그와 눈을 마주쳤다. 여자는 씩 웃으며 입술로 그의 입술을 포개고 다리를 잭나이프처럼 들어 올렸다가 뿌리를 걷어차며 저 멀리 헤엄쳐 뭍으로 올라갔다. 여자가 옷을 벗어 놓은 수풀이 살짝 흔들렸다.

믿기지 않겠지만, 두 사람은 옷을 입고, 피크닉 가방을 챙겨서 노새 등에 싣고, 아무 말 없이 말을 타고 주 총독 공관으로 돌아왔다.

놀랍게도 그날 만찬 내내, 소피아 크랙크로프트는 숙모와 존 프랭클린 경하고 웃고 떠들었다. 심지어 평소에 별로 대화가 없던 제임스 클라크 로스와도 얘기를 나누었다. 크로지어는 아무 말 없이 앉아서 테이블만 바라보았다. 그녀가 존경스러울 정도였다. '빌어먹을 프랑스 놈들 말로 그걸 뭐라더라? 상프르와. 냉정이라던가.' 크로지어는 플래티퍼스 연못에서 온몸으로 퍼지며 영원히 끝나지 않을 것 같던 절정의 순간을 몸과 영혼으로 절절히 느꼈다. 온몸이 산산이 부서져 가루가 되어 우주 곳곳으로 완전히 흩어져 버리는 느낌이었다.

그런데 크랙크로프트 양은 그에게 무심한 척도 하지 않고, 원망의 눈길을 보내지도 않았다. 여자는 그를 보고 웃었고, 말도 건넸으며, 대화에 그를 끌어들이려고도 했다. 주 총독 공관에서 매일 저녁에 그러듯 평소와 똑같았다. 그에게 보내는 미소가 약간은 더 따스해진 것 같기도 했다. '애정이 깊어졌나? 아니면 내게 반했나? 꼭 그래야 하는데.'

그날 만찬 후, 크로지어는 정원으로 산책을 가자고 했다. 소피아는 선약이 있다며 거절했다. 거실에서 로스 함장과 카드 게임을 하기로 했다며, 크로지어 부함장도 같이하겠느냐고 물었다.

아니라고, 크로지어도 거절했다. 소피아가 겉으로 편안히 대하며 자신을 가지고 노는 듯했지만, 그는 이해하기로 했다. 두 사람이 따로 만나 미래를 약속하기 전까지 주 총독 공관에서는 늘 하던 대로 해야 한다고 생각했다. 크로지어 부함장은 오늘 머리가 좀 아파서 일찍 자야겠다고 크게 말했다.

크로지어는 아침에 눈을 뜨자마자 가장 좋은 제복을 차려입고 날이 밝기도 전에 공관 거실로 걸어나갔다. 분명 소피아도 아침 일찍 자신을 만날 심산이라고 확신했다.

소피아는 그렇지 않았다. 아침을 먹으러 가장 먼저 나타난 사람은 프랭클린 경이었다. 그는 쓸데없는 이야기를 쉬지 않고 늘어놓았다. 참을 수가 없었다. 크로지어는 이런 쓸데없는 수다를 받아치는 진부한 기교를 터득한 적이 없었다. 운하 건설을 위해 죄수들을 빌려주는 값이 얼마면 적당할지 끝없이 이어지는 대화를 막을 재간은 더더욱 없었다.

제인 여사가 다음으로 나타났다. 그리고 로스도 아침을 먹으러 나왔다. 마침내 소피아가 모습을 보였다. 그는 패리와 함께 북극의 빙하에 있을 때 겨울 아침엔 차가 더 어울린다는 것을 알면서도 커피를 여섯 잔째 들이켜고 있었다. 소피아가 계란에 소시지, 콩과 토스트를 먹고 차를 다 마실 때까지 자리를 뜨지 않고 기다렸다.

존 프랭클린이 어디론가 사라졌다. 제인 여사도 어느새 자리를 비웠다. 로스 선장도 없어졌다. 소피아가 마침내 조식을 마쳤다.

"저랑 같이 정원 산책 좀 하실까요?" 크로지어가 물었다.

"이렇게 일찍요? 벌써 밖은 뜨거워서요. 올가을은 시원해질 기색이 영 안 보이네요."

"그게 아니라……" 크로지어는 눈빛으로 다급한 마음을 전하려 했다.

소피아가 웃었다. "그래도 당신이라면 기꺼이 산책하겠어요, 프랜시스."

두 사람은 천천히 걸었다. 정원을 담당하는 남자가 비료를 잔뜩 싣고 왔기에 비료를 모두 뿌릴 때까지 지루하게 기다렸다.

드디어 남자가 갔다. 크로지어는 기다랗게 가꿔 놓은 정원 한쪽 끝 그늘진 곳에 놓인 돌 벤치로 여자를 데려가 앉혔다. 소피아가 양산을 접고, 고개를 들어 그를 바라보았다. 크로지어는 너무 초조해서 앉아 있을 수가 없었다. 그는 서서 의자를 내려다보다가 소피아가 쳐다보자 발을 이리저리 옮겼다. 소피아의 두 눈엔 기대감이 가득 찬 것 같았다.

마침내 크로지어는 한쪽 무릎을 꿇고 마음을 내보였다.

"크랙크로프트 양, 제가 비록 영국 해군의 일개 부함장일 뿐이고, 당신은 해군의 주목을 받고 있는 분임을 잘 알고 있습니다. 제 말은 그러니까…… 당신은 해군을 호령하는 대장을 호령할 여성입니다. 그런데 당신도 당신을 향한 제 뜨거운 마음을 잘 아시리라 생각합니다. 만일 저와 같은 마음이라면……"

"어머나 세상에, 프랜시스." 소피아가 말을 잘랐다. "지금 저한테 결혼하자고 프러포즈하시는 건가요?"

크로지어는 할 말이 없었다. 한쪽 무릎을 꿇고 양손을 맞잡고 여자를 향한 모습이 마치 기도하며 기다리는 것 같았다.

여자가 그의 팔을 토닥였다. "크로지어 부함장님. 당신은 정말 멋진 남자예요. 신사라면 누구나 절대로 둥글어지지 않는 거친 구석이 있기 마련이죠. 그리고 현명하신 분이세요. 특히 저는 부함장의 아내는 절대로 될 수 없는 사람이라는 것을 잘 아시리라 믿어요. 그건 저하고 잘 맞지 않아요. 그런 일은 절대로 있을 수가 없어요."

크로지어는 말을 하려고 했으나 아무 말도 생각나지 않았다. 머리를 굴려서 밤새 잠도 안 자고 청혼 연습을 했던 문장을 마저 끝내려 했다. 준비했던 말을 절반도 채 못 꺼낸 상태였다.

소피아는 은은하게 웃으며 고개를 저었다. 그녀는 주변에 아무도 없는지 확인했다. 심지어 죄수까지도 혹시나 엿듣는 건 아닌지 확인한 후 그에게 시선을 고정했다. "제발 어제 일은 괘념치 마세요, 크로지어 부함장님. 우리 어제 즐거웠잖아요. 연못에서의 일은 우리 둘 다 즐거웠어요. 그건 제 본능이 이끄는 대로 맡긴 행동이었고, 아주 잠시나마 우리가 서로에게 느꼈던 친밀함 때문에 생긴 결과일 뿐이에요. 제발 그 순간은 잊어요, 프랜시스. 그 일로 부담감 느끼지 말아요. 잠시 우리가 이성을 잃었던 일로 저를 위해서 이렇게까지 해야 한다는 강박을 버리시라고요."

남자는 여자를 쳐다보았다.

여자가 웃었다. 이번에는 그에게 자주 보여주었던 그런 따스한 미소는 아니었다. "이건 아니에요." 그녀는 부드럽게 속삭였지만 뜨거운 입김으로 단호하게 내뱉었다. "마치 당신이 제 명예를 더럽힌 것처럼 이러지 마세요, 부함장님."

"크랙크로프트 양……." 크로지어는 다시 입을 열었다가 다물었다. 함선의 펌프가 고장 나서 선창에 물이 1.2미터나 차고, 리깅이 으르렁거리고, 돛이 찢어지면서 맞바람 부는 해안으로 끌려갈 경우라면 무슨 명령을 내려야 하는지 확실히 알았다. 그리고 그다음엔 무슨 조치를 내려야 하는지도 꿰고 있었다. 그런데 지금은 한마디도 머릿속에 떠오르지 않았다. 오래전부터 알고 있었고 너무나도 잘 알고 있었기에 가슴속이 저릿하게 아프기 시작했다.

"만일 제가 결혼을 한다면……" 소피아는 양산을 다시 펴서 머리 위에서 빙글빙글 돌리며 말했다. "그건 근사한 로스 함장님이겠죠. 제가 그저 그런 함장의 아내가 될 팔자는 아니지 않겠어요, 프랜시스. 로스는 나중에 경이라는 작위를 받을 테고…… 아마 곧 받게 될 거예요."

크로지어는 여자의 눈을 응시하며 농담하는 건지 파악하려 했다. "로스 함장에겐 약혼녀가 있습니다." 마침내 그가 입을 열었다. 목소리는 며칠 동안 물도 못 마신 사람처럼 목소리가 갈라졌다. "영국으로 돌아가자마자 곧 식을 올릴 예정입니다."

"어머나." 소피아는 일어서더니 양산을 더욱 빨리 돌리기 시작했다. "저도 우편선을 타고 올여름에 영국으로 돌아가죠. 뭐, 존 프랭클린 경이 소환되기 전이라노요. 세임스 클라그 로스 함장님은 절 끝까지 못 보셨잖아요."

259

소피아는 그를 내려다보았다. 그는 한쪽 무릎을 하얀 돌멩이 위에 대고 여전히 멍하니 쭈그리고 있었다. "게다가, 함장님과 약혼녀 얘기도 많이 했는데요, 여자가 확실히 멍청하던데요? 로스 함장님이 자기를 기다려준 젊은 여성과 결혼한다고 해도 결혼은 끝도, 죽음도 아니에요. 햄릿이 말한 것처럼 갔다가 되돌아올 수 없는 '미지의 나라'도 아니잖아요. 남자들은 결혼을 했더라도 돌아와 자기에게 딱 맞는 여자를 찾잖아요. 제 말을 명심 하세요, 프랜시스."

드디어 크로지어가 일어나서 가장 괜찮은 것으로 꺼내 입은 제복 바지 에서 하얀 모래를 털어냈다.

"이제 가야겠어요. 제인 숙모랑 로스 함장님, 저 이렇게 셋이서 오늘 아 침 호바트 타운에 가기로 했어요. 반디에맨즈 컴퍼니에서 이번에 새로 들 여온 종마를 구경하기로 했거든요. 원하시면 같이 가셔도 돼요, 프랜시스. 대신 가시기 전에 일단 옷부터 갈아입고 표정부터 바꾸시고요."

그녀는 그의 이마를 살포시 건드리더니 양산을 빙글빙글 돌리며 주 총 독 공관으로 걸어갔다.


갑판에서 새벽 4시 8점종을 알리는 나지막한 종소리가 들렸다. 보통 항 해 중인 함선에서는 승조원이 30분 전 해먹에서 일어나서, 돌로 갑판을 문 지르며 구석구석 눈에 보이는 곳을 청소할 시간이다. 이렇게 바람이 부는 날이면 여전히 리깅에서 울부짖는 소리가 난다. 블리자드가 또다시 불어 올 수도 있다는 신호였다. 북극에서 세 번째로 맞이하는 겨울, 11월 10일. 어둡고 추운 빙하에 갇힌 북극에서 대원들은 늦게까지 잘 수 있다. 게으름 을 피우다가 4점종이 울리는 새벽 6시까지 게으름을 피울 수 있다. 추운 함선은 항해사의 고함 소리에 생기를 찾을 것이다. 항해사가 아직도 자는 자의 해먹을 자르겠다고 위협하면 수병들은 순록 가죽으로 만든 장화를 신고 갑판을 구르겠지.

해상 임무에 비하면 이곳은 게으른 천국이었다. 승조원은 늦게까지 잠을 잔 다음, 아침 8시 8점종에 하갑판에서 아침을 먹은 후 업무를 시작하면 그만이었다.

크로지어는 위스키 병과 잔을 쳐다보았다. 둘 다 텅 비었다. 묵직한 권총을 들었다. 화약과 탄알을 다시 채워 놓았더니 훨씬 무거워졌다. 손으로 느껴지는 무게감에서 차이가 났다.

그는 권총을 외투 주머니 속에 넣고 외투를 벗어서 고리에 걸었다. 크로지어는 위스키 잔을 깨끗한 천으로 닦았다. 잔을 닦으려면 좁순이 매일 저녁 행주를 서랍 속에 넣어둔다. 크로지어가 일과를 끝내고 어둑어둑한 시간에 돌아오면 바구니 속에 따지 않은 새 위스키가 들어 있을 것이다.

그는 옷을 더 챙겨 입고 갑판으로 올라갈까 잠시 갈등했다. 순록 가죽으로 만든 장화를 벗고 제대로 된 부츠로 갈아 신고, 목도리와 모자를 뒤집어쓰고 든든하게 방한 채비를 한다. 그리고 갑판에 올라가 어둠과 폭풍우 속에서 대원들이 기상하기를 기다린다. 그다음 내려와 장교들과 아침을 먹은 후 밤을 꼴딱 샌 상태로 긴 하루를 보낼까.

다른 날 아침에는 이렇게 했었다.

그런데 오늘 아침은 그리하지 않을 생각이다. 너무 지쳤다. 게다가 모직 옷과 면 옷을 고작 4겹만 입고는 너무 추워서 밖에서 1분도 버티기 힘들다. 새벽 4시, 이때가 밤사이 가장 추운 시간이다. 그리고 부상당해 위중한 승조원들이 결국 영혼에게 무릎을 꿇고 다시는 돌아올 수 없는 미지의 나라로 가는 시간이었다.

크로지어는 담요 밑으로 기어들어가서 얼음장처럼 차가운 말총 매트리스 속에 얼굴을 파묻었다. 15분만 있으면 체온으로 이 요람 같은 침대칸이 데워질 것이다. 운이 좋았는지, 15분도 되기 전에 잠이 오기 시작했다. 운이 좋았는지, 술주정뱅이가 곯아떨어지듯 어둠과 추위가 다가오기 전 두 시간 동안 눈을 붙일 수 있었다. 운이 좋다면, 차츰 잠으로 빠져들어 다시는 깨지 않기를 바랐다.

# 17
# 어빙

북위 70도 05분, 서경 98도 23분
1847년 11월 13일


벙어리 여자가 사라졌다. 여자를 찾는 것이 소위 존 어빙의 의무였다.

크로지어 함장이 여자를 찾으라고 명령을 내린 건 아니었다. 6개월 전 6월에 에스키모 여자를 테러호에 데리고 있기로 한 후 크로지어는 어빙에게 여자를 잘 살피라고 했고, 그 명령을 거두지 않았다. 그래서 그런지 어빙은 에스키모 여자를 돌봐야 할 책임을 느꼈다. 게다가 여자를 좋아하게 되었다. 사실 바보 같은 일이며, 심지어 미친 짓이기도 했다. 미개인과 사랑에 빠지다니. 크리스천도 아니고 제대로 배우지 못해 영어 한마디도 못하는 원주민 여자라니. 그뿐 아니라 혀가 잘려서 무슨 말이든 할 수 없는 여자였다. 그럼에도 어빙은 여자가 좋았다. 여자의 어떤 매력이 훤칠하고 강인한 존 어빙의 마음을 녹아내리게 했다.

그런데 여자가 사라졌다.

승조원들은 이틀 전 목요일에 처음으로 하갑판 병실 앞에 상자를 쌓아 만든 작은 굴속에서 지내던 여자가 없어진 것을 눈치챘다. 워낙 여자가 기이하게 출몰하는 편이라 다들 그러려니 했다. 여자는 함선에 머무는 만큼 병원에서도 머물렀다. 그것도 밤 시간에 자주 밖으로 사라졌다. 11월 11일 목요일 오후, 어빙은 함장에게 벙어리 여자가 사라졌다고 보고했다. 그런데 함장과 어빙, 다른 승조원들이 이틀 전 밤에 여자를 설원에서 목격했다. 스트롱과 에번스의 시신이 발견된 직후, 여자는 또다시 사라졌다. 함장은 걱정하지 말라며 여자가 곧 다시 돌아올 거라고 했다.

그러나 여자는 자취를 감추었다.

목요일 아침, 폭설과 강풍을 동반한 블리자드가 불어 닥쳤다. 작업반은 랜턴을 들고 테러와 이리버스를 오가는 트랙에 세워놓은 길 안내용 케른을 보수하는 중이었다. 얼음 벽돌을 뾰족이 쌓아올려 높이 1.2미터짜리 케른을 30보 간격으로 세워 놓았다. 목요일 오후 작업반은 빙상 작업을 포기하고 하릴없이 함선으로 복귀했다. 오후 늦게 이리버스에서 마지막으로 건너온 연락병도 블리자드 때문에 테러호에 발이 묶였다. 연락병은 벙어리 여자가 이리버스호에도 없다고 보고했다. 토요일 오늘 아침까지 한 시간 간격으로 갑판 견시 근무가 이루어졌다. 대원들은 추위에 몸서리를 치며 들어왔다. 강풍이 불어도 세 시간에 한 번씩 도끼를 들고 갑판에 올라가 남은 원재와 라인에 들러붙은 얼음을 제거하는 작업을 해야 했다. 그래야 함선이 얼음의 무게로 전복되는 것을 예방하고, 견시 근무자가 위에서 떨어지는 얼음에 부상을 입거나 갑판이 상하는 상황을 미연에 방지할 수 있기 때문이다. 그냥 내버려 두었다간 테러호의 승강구 커버를 열지 못할 정도로 눈이 쌓일 수도 있다. 그래서 대량 인원을 투입해 선미가 들린 테러호 갑판에 얼어붙은 얼음을 삽으로 깨서 치우는 고생을 마다하지 않았다.

오늘 토요일 밤, 어빙 소위는 저녁을 먹은 후 여전히 여자가 보이지 않는다고 다시 보고를 올렸다. 크로지어 함장이 이렇게 말했다. "여자가 이 와중에 나갔다면 보나마나 돌아오지 않을 거야. 모두 취침에 들면 자네가 오늘 밤 함선을 샅샅이 수색하도록 허락해 주지. 그러면 여자가 영영 떠났다는 사실을 확인할 수 있을 거야."

어빙은 이미 저녁때 갑판 견시 근무를 끝냈지만 방한복을 챙겨 입고 랜턴에 불을 붙여 사다리를 타고 갑판으로 다시 올라왔다.

상황은 나아지지 않았다. 오히려 어빙이 석식을 먹으러 하갑판으로 내려갔던 다섯 시간 전보다 악화됐다. 북서쪽에서 불어오는 강풍에 눈이 흩날리는 탓에 시야가 3미터도 확보되지 않았다. 얼음이 들러붙지 않은 곳이 없었다. 도끼를 들고 갑판으로 나간 작업반 5명은 승강구 위에 쳐 놓은 캔버스 천막이 눈의 무게를 이기지 못하고 아래로 축 처지자 그 앞쪽에 서서 망치를 휘두르며 고함을 쳤다. 어빙은 피라미드 형태로 쳐 놓은 캔버스 천막 밑에 서 있다가 밖으로 발을 내딛으려 했지만, 들고 있던 랜턴이 바람에 쓸려 얼굴 쪽으로 꺾였다. 어빙은 작업반 대원 중 1명을 더듬거리며 찾은 다음 어두워서 시야가 안 좋으니 망치를 휘두르지 말라고 당부했다.

앞상갑판장 루벤 메일은 견시 및 작업반 감독 임무를 맡은 준위였다. 어빙은 좌현에서 견시 중인 다른 대원들의 희미한 랜턴 불빛을 따라가서 마침내 메일을 찾았다.

메일은 모직 옷을 입은 채 눈사람이 되어 있었다. 임시변통으로 둘둘 말아 뒤집어쓴 두툼한 모직 목도리 속에 얼굴이 파묻혀서 잘 보이지 않았다. 굵은 팔뚝 사이에 끼운 산탄총에도 얼음이 서렸다. 두 사람은 서로 고함치며 얘기할 수밖에 없었다.

"메일, 뭐가 보이나?" 어빙 소위가 머리에 두꺼운 터번처럼 목도리를 두른 앞상갑판장 쪽으로 몸을 기울였다.

키가 작은 메일이 목도리를 아래로 조금 내렸다. 코에도 하얗게 얼음이 매달렸다. "얼음 제거 작업반 말씀이십니까? 작업반이 선수 원재 위로 올라간 이후 보이지 않고 소리만 들립니다. 아까 어린 키나드에 이어 제가 좌현 경계 근무를 이어 받았는데요. 키나드가 세 번째로 삽을 들고 작업하러 나갔는데 이제 곧 일이 늦었습니다."

"아니, 그게 아니라 빙하 위에서 뭘 봤냐고!" 어빙이 소리쳤다.

메일이 웃었다. 목도리로 둘둘 싸매고 있어서 잘 들리지 않았다. "마흔여덟 시간 동안 설원 저 멀리 내다볼 수 있는 자는 아무도 없습니다. 좀 전에 여기에서 당직 근무를 서셨으니 소위님도 잘 아실 텐데요."

어빙은 고개를 끄덕이며 이마와 턱 주변에 두른 목도리를 바싹 동여맸다. "그럼 벙어리 여자를 본 사람은 아무도 없겠군."

"뭐라고 하셨습니까?" 메일이 몸을 기울이자 얼음이 들러붙은 산탄총 총신이 두 사람 사이로 위치했다.

"벙어리 여자 봤나?"

"못 봤습니다. 요 며칠 에스키모 여자를 본 사람은 아무도 없습니다. 여자가 떠난 것 같습니다. 빙판 어딘가에서 얼어 죽었거나요. 없어져서 다행입니다."

어빙은 고개를 끄덕이며 두꺼운 장갑을 낀 손으로 두툼하게 껴입은 메일의 방한복을 토닥였다. 그리고 존 베이츠를 만나려고 선미로 이동했다. 블리자드가 불면 큼지막한 얼음 덩어리가 포탄처럼 갑판 위로 느닷없이 떨어지기 때문에 어빙은 메인마스트에서 멀찌감치 돌아 선미로 향했다. 존 베이츠가 우현에서 견시 중이었다.

베이츠도 아무것도 보지 못했다. 도끼 작업반 5명이 빙판으로 나가는 것도 보지 못했다.

"죄송합니다. 사실상 견시가 불가능합니다. 바람이 불어 이렇게 얼음이 떨어지면서 박살나는 통에 종소리도 잘 안 들립니다. 근무 시간이 아직도 많이 남았습니까?"

"메일이 종을 칠 테니 종소리가 나는지 기다려 봐." 어빙은 스물여섯 살 먹은 대원이 머리에 모직 목도리를 둘둘 감은 쪽으로 몸을 기울이며 외쳤다. 목도리 위에도 얼음이 들러붙었다. "메일이 와서 시간을 알려 주면 그때 하갑판으로 내려가면 될 거야, 베이츠."

"알겠습니다."

어빙이 빙 둘러서 캔버스 천막 앞쪽으로 걸어가려는 순간 몸이 강풍에 휘감겼다. 얼음 덩어리가 갑판으로 쏟아지자 어빙은 잠시 걸음을 멈추고 기다렸다. 저 위 메인포스트에 있던 대원들이 욕하고 고함치며 리깅을 튕기는 소리가 들렸다. 어빙은 최대한 서둘러 갑판 위에 60센티미터나 쌓인 눈을 헤치며 얼어붙은 캔버스 아래로 몸을 숙인 후 사다리를 타고 하갑판으로 내려갔다.

벌써 여러 번 하갑판을 수색했다. 특히 선수 병실 쪽에 통을 쌓아 그 뒤에 마련한 여자의 숙소 쪽은 이미 여러 번 뒤졌다. 어빙은 이제 선미로 걸어갔다. 늦은 밤이라 함선은 고요했다. 머리 위 갑판에서 얼음이 쏟아지며 박살났다. 선수 쪽 해먹에서 지친 승조원들이 코를 골며 단잠에 빠졌다. 스토브가 있는 쪽에서 디글이 욕하며 덜그럭거리는 소리가 여느 때처럼 들렸다. 지칠 줄 모르며 불어 오는 강풍과 얼음 갈리는 소리가 오늘도 어김없이 들렸다.

어빙은 어둡고 좁은 승강구를 따라 걸었다. 메일의 침대만 차 있을 뿐 장교용 침대칸이 텅 비었다. 이런 면에서 보면 테러호는 운이 좋았다. 이리버스호는 빙하에 몸을 숨긴 괴물에게 프랭클린 함장과 고어 대위를 포함하여 총 7명의 장교를 잃었다. 반면, 테러호의 장교나 준위와 부사관 중에서 목숨을 잃은 자는 아무도 없었다. 화부 존 토링턴이 1년 반 전 비치섬에서 병사한 것은 예외다.

함장실에 아무도 없었다. 이제는 냉골이라 이곳에 오래 있을 수가 없었다. 선반 위 가죽 커버에 쌓인 책들조차 썰렁해 보였다. 메탈 디스크를 돌리던 나무 축음기도 요즘 침묵을 지켰다. 격벽 너머로 크로지어의 램프가 어대 켜져 있었다. 어빙은 장교와 항해사가 쓰던 휑한 식당을 지나 사다리를 타고 또 밑으로 내려갔다.

하갑판 밑 최하갑판은 늘 그렇듯이 너무 춥고 컴컴했다. 요즘엔 여기까지 배급품을 받으려고 내려오는 대원들이 거의 없었다. 군의관이 상당량의 통조림이 부패한 사실을 발견한 이후 배급량을 엄격히 제한했기 때문이다. 석탄 자루를 옮기는 대원도 거의 보이지 않았다. 석탄 비축량이 줄자 난방 시간도 줄었다. 이 얼어붙은 공간에 오로지 어빙만 있을 뿐. 앞으로 걸음을 옮기자 시커먼 목재 빔과 서리 낀 철제 브래킷이 삐거덕거렸다. 선미 쪽으로 방향을 틀었다. 두터운 어둠이 램프 불빛을 아예 삼켜 버린 이곳. 순식간에 뿌연 얼음 알갱이로 변한 어빙의 입김이 알알이 흐릿한 불빛을 가리는 바람에 시야가 가렸다.

벙어리 여자는 선수에도 없었고, 목공 창고, 갑판 창고 안에도 보이지 않았다. 고물 쪽 폐쇄된 공간이자 이제는 텅 빈 십 비스킷 저장실에도 없었다. 최하갑판 중앙부에는 원래 바닥부터 천장까지 빼곡히 테러호가 항해 시 쓰던 나무 상자와 통, 각종 용품 등이 쌓여 있었다. 그런데 이제는 휑했다. 벙어리 여자는 중앙부에도 없었다.

어빙은 크로지어에게 빌린 열쇠로 알코올 창고를 열고 들어갔다. 희미한 랜턴 불에 비춰보니 브랜디와 와인 병이 남아 있긴 했다. 커다란 통에 담긴 럼의 수위가 꽤 낮아졌다. 럼이 동나고 매일 정오에 배급하는 그로그가 다 떨어지면 선상 반란이 일어날 수도 있는 심각한 상황임을 다들 인식했다. 함장 보급관 헬프만과 선창장 고다드는 대략 6주분의 럼이 남았다고 얼마 전 보고했다. 럼과 물을 1:3으로 희석해서 0.12리터 배급하던 양을 절반으로 줄였다. 배급량을 줄이기만 했는데도 여기저기 불만이 터져 나왔다.

대원들은 여자가 마력을 지녔다고 수군거렸다. 어빙은 벙어리 여자가 잠겨 있는 알코올 창고에 숨어 있을 거라 생각하지 않았지만, 그래도 꼼꼼히 창고 안까지 살펴보았다. 테이블과 선반 아래도 들여다보았다. 위쪽 선반에 줄 맞춰 정렬된 단검과 총검, 머스킷총이 랜턴 불빛을 받자 차갑게 빛났다.

어빙은 선미에 있는 장포 창고로 갔다. 이곳에는 화약과 탄환이 적당히 남아 있었다. 함장의 개인 창고도 들여다보았다. 최근 몇 주 사이 장교들에게 음식을 배급해 준 탓에 크로지어가 쟁여 놓은 위스키만 선반 위에 달랑 몇 병 남아 있었다. 그다음, 돛 창고, 제복실, 고물에 있는 밧줄 창고, 항해 창고를 살폈다. 만일 에스키모 여자를 배 안에 숨겨야 한다면 어빙은 돛 창고를 택할 것이다. 이곳에는 건드리지도 않은 여분의 캔버스 천이 둘둘 말려 쌓여 있고, 오랫동안 사용하지 않은 항해용 장비가 보관되어 있었다.

여자는 돛 창고에도 없었다. 어빙이 제복실을 살펴보고 있을 때였다. 랜턴을 들이대자 키가 크고 말이 없는 그림자가 창고 뒤로 드리워졌다. 격벽에 양쪽 어깨 그림자가 졌다. 자세히 보니 방한용 모직 코트와 웨일스식 방한모가 옷걸이에 걸려 있었다.

어빙은 문을 잠그고 사다리를 타고 선창으로 내려갔다.


존 어빙은 화사한 금발에 쉬이 붉어지는 뺨을 지닌 탓에 나이보다 동안이었다. 에스키모 여자가 처녀라는 사실에 환장해서 좋아하는 마음이 싹튼 건 아니었다. 사실 그는 함선에서 허세를 부리는 다른 승조원들보다 여자 경험을 제대로 한 사내였다. 승조원들은 선수에 모여서 여자 경험을 떠벌리곤 했다. 어빙이 열네 살이 되자 삼촌은 브리스틀 항구로 데려가서 몰이라는 청결하고 유쾌한 창녀를 소개시켜 주고 돈도 대신 내주었다. 그 경험은 뒷골목에서 허둥지둥 급하게 일을 치르는 것과 차원이 달랐다. 바다가 보이는 오래된 여인숙의 청결한 방에서 저녁부터 아침까지 제대로 누리는 경험을 한 덕분에 어린 어빙은 어헤이 맛을 알게 되었고, 그 후 수차례 그런 경험을 탐닉했다.

그렇다고 어빙이 정숙한 사교계 여성들과 사귄 경험이 적은 것도 아니었다. 브리스틀 3대 명문가인 던위트-해리슨스가의 막내딸과 연애하기도 했다. 에밀리라는 규수는 그의 마음을 받아주는 것은 물론 혈기 왕성한 청년이라면 왼쪽 고환을 팔아서라도 그 나이에 경험했을 은밀한 행위까지도 허락했다. 장포장 교육함인 엑설런트호에서 함포 교육을 마치기 위해 런던에 온 어빙은 주말이면 명문가 규수들을 만나 구애하고 연애했다. 이 중에는 상냥했던 새라, 수줍으나 뜻밖의 면모를 지닌 린다도 있었다. 무엇보다 가장 충격적인 여자는, 은밀한 면에서 말하자면, 아비게일 엘리자베스 린드스트롬 하이드베리였다. 젊고 풋풋한 어빙 소위는 어쩌다 보니 이 여자와 정혼하게 되었다.

사실 어빙은 결혼할 마음이 없었다. 적어도 20대에는 결혼하지 않으려고 했다. 30대가 되어도 별로 생각이 없었다. 아버지와 삼촌은 20대에는 세상 구경을 하고 재미를 즐길 때라고 가르쳤다. 사실 40대가 된다 해도 꼭 결혼해야 할 이유는 없어 보였다. 어빙은 극지 탐험대에 합류할 생각은 꿈에도 해 보지 않았으나, 약혼한 지 일주일 후 오랜 친구 조지 호지슨과 프레드 혼비가 옆에서 부추기는 바람에 어영부영 테러호 승선 면접을 보고 전출을 신청했다. 어빙은 추운 날씨라면 질색이었다. 게다가 남극이든 북극이든 그곳에서 얼어 죽을 수도 있기에 원정 탐험을 떠나는 건 생각만 해도 바보 같고 오금 저리는 일이었다.


그 화창하던 토요일 아침, 크로지어 함장의 몸은 술에 취했고 마음은 꼬여 있었다. 그는 벌건 얼굴로 인상을 쓰며 갈라지는 목소리로 어빙과 동료들에게 까칠하게 물었다. 크로지어는 그들이 마스트도 없는 함선에서 함포장 교육을 받았다며 비아냥거렸다. 무기도 고작 몇 개밖에 없는 이 탐험선에서 어떻게 근무하는지 두고 보겠다고 했다. 그러더니 영국인으로서 임무를 다할 것인지를 신랄히 물은 후 서둘러 침상을 배정해 주었다. 어빙은 대체 '영국인으로서 임무를 다한다'는 게 대체 무슨 뜻인지 몰랐다. 그러나 그 말을 듣는 순간, 영국인이란 고향을 떠나 이역만리 얼어붙은 바다에서 묶인 존재라는 생각이 들었다.

아비게일 엘리자베스 린드스트롬 하이드베리 양은 당황해서 어쩔 줄 몰랐다. 약혼녀는 결혼을 몇 달, 아니 몇 년 뒤로 미뤄야 한다는 사실에 충격받았다. 어빙은 처음에 이렇게 달랬다. 극지 탐험대에서 복무하면 지금 우리에게 꼭 필요한 돈을 별도로 챙길 수 있고, 자신에게도 모험이 필요하지 않겠느냐고 설득했다. 돌아와서 책을 쓰면 명예도 얻을 수 있다고 설명했다. 약혼녀는 전혀 납득하지 못했지만, 그녀의 가족은 이런 연유를 이해해 주었다. 그리고 단둘이 있을 때 그는 여자의 눈물과 분노를 포옹과 키스로 달랬고 능숙한 애무로 위로했다. 위로의 수위는 점점 높아졌다. 몸으로 위로한 지 벌써 2년 반이 지났으니, 지금 즈음이면 아버지가 되었다 해도 이상할 게 없었다. 그로부터 몇 주 후, 아비게일 양과의 작별 인사를 나누는 순간 어빙은 마냥 즐거웠다. 자신의 전부인 어빙을 싣고 테러호가 증기 견인선 두 대에 이끌려 출항하자, 낙심한 약혼녀는 그린하이트 부두에 서서 연두와 분홍색이 섞인 실크 원피스를 입고, 색깔 맞춰 든 분홍 양산을 쓰고, 분홍색 비단 손수건을 흔들었다. 그러다가 눈물이 줄줄 흐르자 비단 손수건보다 저렴한 면 손수건으로 눈물을 닦았다.

어빙은 존 프랭클린 경이 북서항로 임무를 완수한 후 러시아와 중국에 정박할 계획임을 파악했다. 그래서 러시아든 중국이든 그곳에 배치된 영국 해군함으로 전출할 계획을 짰다. 혹은, 영국 해군에서 퇴역한 후 탐험 기행문을 낸 다음, 중국 상하이에서 비단과 어선용 모자 사업을 하는 삼촌을 거들 계획을 세웠다.

선창은 최하갑판보다 훨씬 컴컴하고 추웠다.

어빙은 선창이 싫었다. 여기 오면 무덤이 떠올랐다. 어둑어둑하고 얼어 죽을 것 같은 하갑판 침상이 얼음장보다 차가워도 선창이 더 싫었다. 피치 못할 때만 선창으로 내려왔다. 대부분의 경우는 염한 시신을 시체실로 옮기는 일을 감독하기 위해서였다. 가끔은 온전하지 않은 사체의 일부만 옮겨야 할 때도 있었다. 그때마다 선창까지 내려와 시신 운구를 감독하는 일을 다른 누군가에게 떠맡길 날이 과연 올 수 있을지 궁금했다. 그는 랜턴을 들고 질척질척한 바닥과 탁한 공기를 헤치며 선미로 향했다.

보일러실은 텅 빈 것 같았다. 그런데 우현 격벽 쪽 간이침대에 누군가 누워 있었다. 랜턴을 켜지 않았지만, 닫힌 보일러 격자문 네 개 중 하나를 통해 붉은 빛이 희미하게 흘러나왔다. 어둑어둑한 빛을 받으며 간이침대에서 길게 뻗은 몸은 마치 시신 같았다. 남자는 눈을 동그랗게 뜨고 낮은 천장을 노려볼 뿐 눈을 껌뻑이지 않았다. 어빙이 보일러실로 들어가 석탄통 근처에 있는 고리에 랜턴을 거는데도 남자는 쳐다보지도 않았다.

"여기까지 무슨 일이쇼." 제임스 톰프슨이 물었다. 기관사는 여전히 고개를 돌리지도, 눈도 끔뻑이지 않았다. 지난 달 언젠가부터 면도도 하지 않았는지 구레나룻이 여위고 허연 얼굴을 뒤덮었다. 눈은 퀭한 게 푹 패고 머리는 숯검정과 땀과 엉켜 삐죽거렸다. 워낙 불씨를 조금 피워서 그런지 보일러실에 들어 왔는데도 얼어 죽을 지경이었다. 그럼에도 톰프슨은 달랑 바지와 내복만 입고 멜빵을 멘 채 누워 있었다.

"벙어리를 찾는 중이네." 어빙이 말했다.

침상에 누운 남자는 천장에 시선을 고정시켰다.

"벙어리 여자." 어빙은 조금 더 정확하게 덧붙였다.

"아, 그 에스키모 마녀." 기관사가 말했다.

어빙은 목청을 가다듬었다. 석탄가루가 날려 너무 텁텁해서 숨을 쉬지도 못할 지경이었다. "혹시 봤나, 톰프슨? 아니면 뭔가 기이한 소리라도 들었나?"

톰프슨은 여태 눈을 깜빡이거나 고개를 돌리지 않고 흐릿하게 웃었다. 웃음소리가 너무나 거슬렸다. 통 속에 돌멩이를 잔뜩 넣고 흔들 때 나는 소리를 내며 웃더니 기침으로 마무리했다. "잘 들어보쇼." 기관사가 말했다.

어빙은 고개를 들었다. 일상적인 소음만이 들렸다. 어두운 선창이라 소리가 좀 더 크게 들리긴 했다. 얼음이 서서히 밀고 들어오며 내는 신음 소리, 철제 탱크와 보일러실 앞뒤를 보강한 구조물에서 더 크게 들리는 신음 소리, 저 멀리 불어오는 블리자드 폭풍 소리. 얼음 덩어리가 떨어지며 박살나서 함선 선체로 전해지는 울림, 베어링 속에 꽂힌 마스크가 떨리는 소리. 선체 여기저기에서 뭔가를 갉아먹는 소리, 보일러와 함선 전체에 퍼진 파이프에서 쉬지 않고 스르륵, 끼이익 거리며 발톱으로 긁는 듯한 소리.

"여기 선창에 사람인지 짐승인지 모를 것이 숨을 쉬고 있소. 들리슈?" 톰프슨이 말했다.

어빙은 숨을 죽였지만 아무 소리도 들리지 않았다. 보일러에서 뭔가 덩치 큰 것이 헐떡이는 소리가 나긴 했다. "스미스와 존슨은 어디 있지?" 두 사람은 톰프슨과 하루 종일 붙어서 작업하던 화부였다.

반듯하게 누운 기관사는 어깨를 으쓱했다. "요즘은 삽으로 뜰 석탄도 거의 없고, 저들의 힘을 빌릴 것도 하루에 고작 몇 시간이면 충분합니다. 거의 이렇게 혼자 있다가 파이프와 밸브를 살피러 슬슬 돌아다닌다우. 수리도 하고, 테이프도 감고, 교체하고. 이 녀석이 멈추지 않게 관리하면서 하루에 몇 시간만 하갑판에 온수를 대고 있소. 두 달 후, 길어야 석 달 후면, 이것도 이제 무용지물이 될 테니. 물을 덥힐 석탄은 이미 떨어졌고, 조만간 난방용 석탄두 바닥날 거요."

어빙은 이 얘기를 장교 식당에서 듣긴 했지만 그때는 별로 관심이 없었다. 석 달이면 아주 먼 애기 같았다. 벙어리 여자가 배에 없다는 것을 확인한 후 함장에게 보고하는 것이 급선무였다. 만약 여자가 테러호에 없다면 행방을 찾아야만 했다. 그런 다음에 앞으로의 석 달을 살아야 한다. 석탄이 부족하면 그때 가서 걱정해야 한다.

"소문 들으셨나, 소위?" 그는 침상에 길게 누워 여전히 눈도 껌뻑이지 않고 어빙 쪽으로 고개를 돌리지도 않았다.

"아니, 무슨 소문?"

"저 빙상에 산다는 그것이…… 그 요괴, 그 악마가…… 우리 함선에 언제든 들어오고 싶을 때 여기까지 들어와 늦은 밤 선창갑판을 돌아다닌다는 소문." 톰프슨이 말했다.

"아니, 처음 듣는데." 어빙이 말했다.

"여기 선창갑판에 이렇게 혼자 누워 있으니 다 보입디다. 모든 게 다 들리고 다 보이더라고요." 기관사는 침상에 누워 말했다.

"그만 주무시지, 톰프슨." 어빙은 탁탁거리며 타들어 가는 랜턴을 들고 다시 갑판 승강구로 되돌아가서 앞으로 걸어갔다.

이제 선창갑판에서 수색할 곳도 얼마 남지 않았다. 어빙은 수색을 빨리 마무리 지으려고 집중했다. 시체실은 잠겨 있었다. 어빙은 함장에게 시체실 열쇠를 받아오지 않았다. 커다란 자물쇠가 단단히 결속된 것을 확인한 후, 앞으로 이동했다. 두꺼운 오크 나무문을 통해 들리는 찍찍거리는 소리의 원인을 굳이 알고 싶지 않았다.

선체를 따라 장착된 스물한 개의 대형 철제 물탱크 저장고에는 에스키모 여자가 몸을 숨길 만한 공간이 전혀 없었다. 어빙은 다시 석탄 창고로 들어갔다. 석탄가루가 날려 텁텁하고 시커먼 공기 속으로 랜턴이 희미한 빛을 뿌렸다. 시커먼 창고 구석에 줄 맞춰 고작 몇 부대만 남았다. 마치 샌드백이 낮게 깔린 듯했다. 한때는 바닥에서 천장까지 석탄 부대가 꽉꽉 들어 차 있었다. 벙어리 여자가 이렇게 불빛도 없고 악취가 풍기고 세균이 득실거리는 소굴에 몸을 숨길 것 같지는 않았다. 선창갑판은 하수로 침수되어 쥐가 들끓었다. 그래도 어빙은 수색을 계속 이어갈 수밖에 없었다.

석탄 창고와 함선 중앙에 위치한 다른 창고까지 수색을 마친 후, 어빙 소위는 선수창에 나무 상자와 통이 쌓인 곳으로 갔다. 승조원 침상 구역과 디글의 초대형 스토브가 있는 곳에서 수직 아래로 위치한 곳이다. 폭이 좁은 사다리를 타고 최하갑판으로 내려간 후 그 밑에 있는 선창갑판까지 또다시 내려가면 육중한 나무 빔이 마치 미로처럼 천장에 잔뜩 걸려 있었다. 어빙은 몸을 어정쩡하게 수그리고 앞으로 걸어갔다. 2년 반 전만 해도 이곳에는 나무 상자와 통, 비축품으로 가득했으나 이제는 휑할 정도로 거의 남지 않았다.

대신 쥐는 더 많이 들끓었다. 그것도 상당히.

커다란 나무 상자가 쌓인 틈을 들여다보고, 질척거리는 바닥에 잠긴 통이 비었는지 제대로 잠겼는지 확인하며 어빙은 수직에 가깝게 선 사다리 주위를 살폈다. 그때 허연 덩어리가 잠시 보이더니 헐떡거리는 소리가 들렸다. 손에 든 랜턴 불빛이 닿지 않는 어딘가에서 부스럭거리며 부산하게 움직이는 기척이 느껴졌다. 커다란 무언가가 움직이고 있었다. 여자는 아니었다.

어빙은 무기를 소지하지 않았기에 랜턴을 내동댕이치고 뒤돌아 중앙 사다리로 냅다 내뺄까 잠시 고민했다. 그러나 그 생각은 순식간에 사라졌다. 어빙은 당연히 그러지 않았다. 앞으로 걸어갔다. 순간, 생각했던 것보다 훨씬 더 근엄하고 힘찬 목소리가 튀어나왔다. "거기 누구냐? 관등성명을 대라!"

랜턴 불빛에 그들이 보였다. 멍청이 매그너스 맨슨이었다. 이번 탐험대에서 가장 기골이 장대한 사내였다. 그는 바지를 치켜 올리며 검댕이 묻은 손가락으로 부랴부랴 단추를 채우고 있었다. 바로 옆에 코닐리어스 히키, 누수방지공 조수가 보였다. 신장이 고작 150센티미터 정도이며 눈은 댕그 랗고 얼굴이 허연 그가 멜빵을 올리고 있었다.

존 어빙은 입이 떡 벌어졌다. 눈 앞에 펼쳐진 광경이 뇌로 전달되려는 찰나, 상황 파악이 끝났다. 남색이다. 물론 이런 일이 있다는 소리를 듣기 도 했고 항해사들과 농담 삼아 얘기한 적도 있었다. 예전에 엑설런트호 승 조원 하나가 그 짓을 했다고 자백하자 이리저리 끌려다니며 매질당하는 모습을 지켜본 적도 있었다. 그런데 여기에서 실제로 그런 광경을 목격하 리라고는 꿈에도 생각한 적이 없었다.

덩치가 산만 한 맨슨이 거칠게 앞으로 걸어왔다. 너무 커서 하갑판을 걸어 다닐 때 천장에 닿지 않으려고 등을 구부정하게 다니다 보니 밖에서 도 어정쩡하게 수그린 자세가 몸에 뱄다. 램프 불빛을 받아 큼지막한 손이 번쩍거렸다. 사형수를 향해 걸어오는 집행관 같았다.

"매그너스, 안 돼!" 히키가 외쳤다.

어빙은 입이 더 벌어졌다. 감히 남색자 주제에 나를 위협해? 영국 해군 군율에 명시된 바에 따르면 계간은 태형 200대와 함께 교수형에 처한다. 정박한 함선마다 끌려 다니며 매질당하기도 했는데 그건 엄청나게 자비 를 베푼 처벌이었다.

"감히 네가!" 어빙은 맨슨의 위협 행위를 말하는 것인지, 아니면 그들 의 비이성적인 행위를 말하는 것인지 분간이 가지 않았다.

그때 누수방지공 조수 히키가 리버풀 악센트가 섞인 말투로 끼어들었 다. 마치 피리를 부는 것처럼 톤이 높다랬다. "제발 용서하십시오. 디글 조 리사가 밀가루를 가져오라고 해서 그랬습니다. 그런데 망할 놈의 쥐새 끼 한 마리가 맨슨의 바짓가랑이 속으로 기어들어서 그걸 빼내려다 보니 그만. 이게 다 몹쓸 쥐새끼 때문입니다."

어빙은 디글이 아직 십 비스킷을 구울 준비를 하지도 않았고, 하갑판 조리 창고에 밀가루가 충분하다는 것도 알았다. 히키는 앞뒤가 맞지 않는 거짓말을 했다. 왜소한 히키가 눈을 희번덕거리며 살피는 모습을 보니 캄캄한 어둠 속을 돌아다니는 쥐떼가 떠올랐다.

"제발 아무한테도 말씀 안 하시면 정말 좋겠습니다. 고작 쥐새끼 한 마리가 바짓가랑이 속에 들어간 걸로 호들갑이나 떤다며 놀림받을까 봐 맨슨이 속상해 하고 있습니다."

히키의 말 속에는 도발과 협박이 담겨 있었다. 심지어 명령처럼 느껴졌다. 왜소한 몸에서 계속해서 오만함이 묻어났다. 반면 맨슨은 눈이 풀린 채 덩치만 큰 짐승처럼 입 다물고 있었다. 여전히 주먹을 쥔 채 왜소한 연인이 다음 명령을 내리기만을 기다리며.

세 남자가 침묵에 잠겼다. 얼음이 힘껏 조이자 함선이 신음을 내질렀다. 선체가 삐걱거렸다. 쥐떼가 바로 옆을 지나갔다.

"꺼져, 지금 당장!" 어빙이 마침내 소리쳤다.

"아이고, 고맙습니다." 히키가 말했다. 그는 근처 바닥에 내려놓았던 작은 랜턴을 들었다. "가자, 매그너스."

두 남자는 좁은 사다리를 기어올라 컴컴한 최하갑판 속으로 사라졌다.

어빙 소위는 잠시 그곳에 멍하니 서 있었다. 배의 신음 소리에 이어 뚝뚝 부러지는 소리가 귀에 거슬렸다. 블리자드 소리가 장송곡 같았다.

크로지어 함장에게 보고하면 군사 재판이 열릴 것이다. 이번 탐험대에서 가장 멍청한 맨슨은 모두의 사랑을 받았다. 다들 맨슨이 귀신과 마귀를 무서워하는 것을 알고 그를 놀렸다. 맨슨은 세 사람 몫은 거뜬히 해냈다. 반면 히키는 특히 장교들에게 미움을 샀지만, 그래도 수병들 사이에선 인정받았다. 히키가 동료에게 담배나 럼을 별도로 얻어주고 필요한 옷도 구해 주는 수완을 발휘했기 때문이다.

크로지어가 교수형까지 내리지는 않을 것이다. 하지만 최근 몇 주간 기분이 상당히 별로라서 오히려 형벌이 극단으로 치달을 수 있다. 몇 주 전 크로지어 함장이 맨슨을 시체실에 가두겠다고 위협했던 소동은 승조원 사이에 파다했다. 만일 맨슨이 선창갑판으로 내려가 석탄을 옮기라는 명령을 또다시 거부할 경우 워커의 시신을 뜯어 먹는 쥐떼가 가득한 시체실에 가두겠다고 엄포를 놓았다. 이번에 진짜로 그런 형벌을 내린다 해도 아무도 놀라지 않을 것이다.

반면 이런 생각도 들었다. 대체 내가 뭘 본 거지? 만일 군사 재판이 열리면 성경책 위에 손을 올리고 증언해야 한다. 사실 어빙은 남색 행위 자체는 목격하지 못했다. 남색자 둘이서 실제 성교하는 장면을 보지도 못했고, 어떤 체위였는지도 못 보았다. 그저 헐떡거리는 숨소리와 부스럭거리는 소리만 들었을 뿐. 어빙이 랜턴을 들고 다가가자 둘이서 귓속말로 조심하라고 얘기하느라 부스럭거렸을 것이리라. 사실 남자 둘이서 바지를 추켜올리고 셔츠를 쑤셔 넣는 장면만 목격했다.

그 정도만 해도 둘 다 혹은 둘 중 하나는 분명 교수형 감이다. 그런데 지금 빙하에 갇혀서 구조대가 오려면 앞으로 몇 달, 몇 년을 기다려야 할지 모르는 상황이지 않은가?

몇 년 만에 처음으로 존 어빙은 주저앉아 울고 싶었다. 상상 이상으로 인생이 꼬여 버렸다. 만일 남색자를 상부에 보고했다가는 장교와 동료, 부하들이 그를 바라보는 시선이 예전과 다를 것이다.

그렇다고 그냥 덮고 넘어가자니 히키가 끝없이 무시할 것이다. 히키를 고발하지 못한 비겁함 때문에 앞으로 몇 주, 몇 달은 그에게 협박당할 수도 있다. 밤에 야간 당직 근무를 서거나 침상에서 잠을 잘 때도 마음 편히 지낼 수 없을 것이다. 대원들을 차례로 잡아먹는 설원의 허연 괴물 때문에 마음 졸이는 승조원과 다를 바 없는 신세가 될 것이다. 이제 맨슨이 허연 손으로 어빙의 숨통을 조이러 오는 날만 기다릴 뿐.

"제기랄!" 어빙은 살이 터질 듯 추운 선창에서 비명을 질렀다. 자기 입에서 무슨 말이 튀어나왔는지 알고는 호탕하게 웃었다. 그런데 그 웃음은 기괴하고도 맥 빠져 있었다. 차라리 뭐라고 중얼거리는 것보다 훨씬 불길했다.

큰 통 몇 개와 선수 밧줄 창고만 빼고 온 데를 다 돌아보았다. 이제 수색을 그만 접어야 할 때가 된 것 같았다. 하지만 어빙은 히키와 맨슨이 시야에서 사라지기 전까지는 하갑판으로 올라가고 싶지 않았다.

어빙은 둥둥 뜬 빈 통을 지나 선수 쪽으로 걸어갔다. 앞으로 기운 선수로 오니 물이 발목 높이까지 차올랐다. 젖은 부츠로 살얼음을 가르며 앞으로 걸어갔다. 이렇게 걷다가는 몇 분 후 동상에 걸릴 것이다.

밧줄 창고는 화물창 가장 앞쪽에 위치한 곳으로 선체가 선수에서 한 점으로 모이는 장소였다. 사실 제대로 된 창고는 아니다. 문이 두 개 달렸지만 고작 90센티미터 정도였고 안쪽 공간은 높이가 1.2미터에 지나지 않았다. 선수 닻을 내릴 때 쓰는 굵은 밧줄이 이곳에 보관되어 있었다. 밧줄 창고의 문을 열면 출항한 지 벌써 몇 년이 지났는데도 강과 어귀에 있던 개흙 냄새가 코를 찔렀다. 악취가 여태 가시지 않았다. 굵은 밧줄이 낮고 어둡고 악취가 진동하는 이곳에 둘둘 말려 겹겹이 빈틈없이 쌓여 있었다.

어빙은 내키지 않지만 문을 열어 랜턴을 들이댔다. 선수와 보우스프릿이 만년 극빙에 눌린 곳이라서 그런지 여기에 있으면 얼음이 갈리는 소리가 유달리 크게 들렸다.

벙어리 여자의 고개가 불쑥 올라오면서 여자의 두 눈에서 고양이 눈처럼 광채가 뿜어져 나왔다.

여자는 아무것도 입지 않았다. 바닥에 누런 모피를 러그처럼 깔고 앉아 피기처럼 보이는 두꺼운 모피를 알몸 어깨 위에 걸치고 있었다.

밧줄 창고 바닥은 물이 찬 선창갑판보다 30센티미터 정도 높았다. 여자는 굵은 밧줄을 이리저리 치워 맨바닥을 내고 육중한 대마 로프가 머리 위에 어지럽게 걸린 틈 사이에 모피를 둘러 작은 굴을 만들었다. 기름인지 지방인지 모를 것이 가득 든 작은 깡통 속에 보호막도 없이 불을 피워 놓고 그 열기를 쬐고 있었다. 에스키모 여자는 벌겋고 피가 뚝뚝 떨어지는 생고기를 막 먹으려던 참이었다. 허리 부분 고기인 것 같았다. 여자는 고기를 입술 쪽으로 잽싸게 당기며 칼로 도려냈다. 칼은 짤막했지만 굉장히 날카로워 보였다. 뼈나 뿔로 만든 듯 손잡이가 일종의 장식처럼 달려 있었다. 벙어리 여자는 무릎을 꿇은 채 불과 고기가 있는 쪽으로 몸을 수그리고 있었다. 작은 젖가슴이 아래로 덜렁거렸다. 그 모습을 본 어빙은 배운 사람이라 그런지 늑대 젖을 문 로물루스와 레무스(로마를 건국한 전설의 쌍둥이 형제. 전쟁의 신 마르스의 자식으로 티베르 강에 내던져져 죽을 운명이었으나 마르스가 보낸 암늑대의 젖을 먹고 자라다가 양치기 파우스툴루스에 의해 거두어졌다. 후일 로물루스가 레무스를 죽이고 로마를 창건했다)의 동상이 떠올랐다.

"아, 정말 미안합니다." 어빙은 모자를 매만지며 문을 닫았다.

어빙이 바닥에 깔린 질척거리는 살얼음을 헤치며 잠시 뒷걸음질 치자 쥐들이 잽싸게 도망갔다. 5분 만에 두 번째 충격을 받은 머리로 애써 생각하려 했다.

함장에게 에스키모 여자의 행방을 알려야 한다. 그리고 보호막 없이 불을 피운 상태라 화재 위험을 해소해야 한다.

그런데 대체 칼은 어디서 난 것일까? 저건 분명 에스키모가 만든 도구였다. 함선에 있던 무기나 도구 같아 보이지는 않았다. 분명 6개월 전 6월에 여자의 몸을 수색했을 때는 없었는데, 그럼 그동안 칼을 어떻게 감춘 거지?

대체 어디에다 칼을 숨기고 있었을까?

게다가 생고기라니.

함선에 생고기가 있을 리 없다. 그건 분명했다.

여자가 사냥을 했나? 블리자드가 몰아치는 이 추운 겨울에? 대체 무엇을 잡았을까?

설원 위아래로 보이는 것은 고작 백곰과 이리버스호와 테러호 승조원들을 잡아먹으려고 잠복한 괴물밖에 없다.

어빙은 섬뜩한 생각이 들었다. 되돌아가서 시체실 열쇠를 살펴봐야겠다는 생각이 순간 들었다.

그리고 더 끔찍한 생각이 스쳤다.

윌리엄 스트롱과 토미 에번스의 시신이 고작 절반씩만 돌아왔다는 사실.

어빙은 휘청거리며 선미로 향했다. 질척거리는 얼음과 살얼음 속에 발을 질질 끌며 중앙 사다리를 타고 불이 켜진 하갑판으로 버둥거리며 올라가고 싶었다.

# 18
# 굿서

북위 70도 05분, 서경 98도 23분
1847년 11월 20일

다음은 해리 D. S. 굿서 박사의 일기다.

## 1847년 11월 20일 토요일

빙하에 갇힌 채 이곳에서 또다시 겨울과 봄까지 버텨야 하는데 그럴 식량이 부족하다.

분명 비축 식량은 넉넉해야 했다. 존 프랭클린 경은 3년간 실컷 먹고 마시기에 충분한 비축 식량을 별도로 더 실었다. 하루 고된 일과를 마치고 들어온 대원이 배불리 먹을 만큼 배급하면 5년은 충분히 버틸 수 있을 분량이었다. 전원에게 모자라지 않을 정도로 아껴서 배급하면 7년도 버틸 수 있을 양이었다. 프랭클린 경의 계산에 따르면, 그리고 현 함장인 크로지어와 피츠제임스의 계산에 따르면, 이리버스호와 테러호는 1852년까지 비축 식량이 넉넉해야 맞았다.

그런데 내년 봄이면 비축 식량이 바닥난다. 만일 비축분이 바닥나서 모두 다 죽는다면 그건 살인 때문일 것이다.

테러호 군의관 맥도널드는 언젠가부터 통조림 비축 식량에 대해 의구심을 품었다. 존 프랭클린 경이 사망한 이후 우리는 그 의심을 공유했다.

그러다 작년 여름 킹윌리엄 랜드로 정찰대를 처음 파견했을 당시 부패한 통조림이 그 의심에 쐐기를 박았다. 당시 정찰대는 저 밑에서 통조림을 꺼내 챙겨 갔다. 지난 10월, 4명의 군의관은 크로지어 함장과 피츠제임스 부함장에게 우리가 제대로 조사할 수 있게 허락해 달라고 청원했다. 그 후 군의관을 도우라는 명령을 받은 대원들의 협조로 우리는 수백 개가 넘는 나무 상자와 통, 무거운 통조림을 양쪽 함대의 하갑판, 최하갑판, 선창에서 죄다 끄집어낸 후 일부를 샘플 삼아 개봉했다. 그리고 실수를 방지하기 위해 같은 과정을 두 번 반복했다.

함선 두 척에 실린 절반이 넘는 통조림이 식용 불가 판정을 받았다.

3주 전, 우리는 이 사실을 프랭클린 경이 쓰던 넓고 썰렁한 함장실에서 양쪽 함장에게 보고했다. 피츠제임스는 엄격히 따지면 부함장이었다. 그런데 탐험대의 새로운 총책임자가 된 크로지어가 그를 함장이라고 부르자 다른 이들도 따라서 그렇게 불렀다. 비밀회의에는 우리 군의관 넷과 피츠제임스와 크로지어가 참석했다.

크로지어 함장은 어쩔 수 없는 아일랜드 사람이었다. 그는 버럭 화를 냈다. 그런 모습은 처음이었다. 그는 프랭클린 탐험선에 실린 비축 식량이 상한 책임이 마치 군의관들에게 있다는 듯 우리에게 완벽한 해명을 요구했다. 반면, 피츠제임스는 통조림과 공급업자에 대해 줄곧 의구심을 품고 있었다. 그는 탐험대에서, 아니 영국 해군 본부를 통틀어 이런 우려를 표명했던 유일한 자였다. 크로지어는 영국 해군 소속 함대에서 어떻게 이런 사기 행각이 가능한지 믿지 못하는 눈치였다.

크로지어가 이끄는 테러호의 수석 군의관 존 페디는 우리 군의관 넷 중 해상 근무 경험이 가장 많았다. 페디는 테러호의 갑판장 존 레인과 같이 메리호에 승선한 경험이 있었다. 그때는 주로 대서양을 오갔는데, 함선 비축 식량 중 통조림이 차지하는 비중은 미미했다. 마찬가지로, 이리버스호

에서 내 직속상관인 수석 군의관 스티븐 스탠리도 통조림이 함선에 대량
으로 실린 것을 거의 본 적이 없다고 했다. 스탠리는 괴혈병 예방을 위해
각종 식단을 연구했다. 표본 조사 결과, 채소와 육류, 수프 등 남아 있는 온
갖 통조림이 썩었거나 식용에 적합하지 않은 상태라는 게 밝혀지자 할 말
을 잃을 정도로 충격을 받았다.

크로지어의 보급관 헬프만과 같이 조사에 나선 군의관 맥도널드는 식
음료 납품 과정을 나름대로 추리했다.

몇 달 전에도 내가 여기에 적었지만, 이리버스호에는 육류 통조림 1만
개 이외에도 삶거나 구운 양고기, 송아지 고기, 토마토, 당근, 파스닙 등 각
종 채소, 각종 수프, 초콜릿 4,300킬로그램이 실려 있었다.

알렉스 맥도널드 군의관은 탐험대 군의관으로서 뎁포드 군수품 창고
경정은 물론 우리 함대에 통조림을 납품한 스티븐 골드너를 한 다리 건너
알고 있었다. 지난 10월, 맥도널드는 프랭클린 탐험대 식음료 통조림 납품
입찰에 네 개 업체가 뛰어들었다는 사실을 크로지어 함장에게 보고한 바
있다. 호가스, 갬블, 쿠퍼 앤드 에이브스라는 업체 세 곳과 앞서 언급한 골
드너라는 업자였다. 그런데 골드너의 입찰가가 다른 업체의 절반에도 미
치지 않았다는 그의 발언에 다들 경악했다. 그들은 골드너보다 훨씬 유명
한 업체였다. 다른 업체들은 납품 일자를 3주에서 한 달가량 잡은 반면, 골
드너는 즉시 납품이 가능하고 장담했다. 거기에 나무 상자와 운임까지 별
도로 청구하지 않겠다고 했다. 사실 즉시 납품은 말도 되지 않는다. 게다
가 골드너가 홍보한 대로 품질과 조리법을 지켜 통조림을 만들어 그 입찰
가에 납품했다가는 알거지가 될 지경이었다. 피츠제임스 함장 빼고는 그
누구도 이 사실에 주목하지 않았다.

해군 본부와 극지 탐험대 위원 3인은 3,800파운드에 달하는 대금을 완
불하는 조건으로 골드너의 제안을 즉시 수락하라고 권고했다. 뎁포드

군수부 창고의 노련한 경정만 유일하게 빠지고 위원회 전원이 입찰 선정 과정에 참여했다. 3,800파운드는 누가 봐도 막대한 금액이었다. 맥도널드의 설명에 따르면, 골드너 같은 외국인에겐 특히 어마어마한 금액이었다고 한다. 골드너가 소유한 유일한 공장은 몰라비아(현 체코의 일부 지방으로 편입된 나라) 골라츠에 있다고 했다. 골드너는 해군 본부 역사상 최대 규모의 위탁 사업을 낙찰받았다. 무게가 0.5킬로그램에서 3.5킬로그램까지 다양한 각종 고기 및 채소 통조림 9,500통과 수프 2만 통 규모였다.

맥도널드는 골드너의 홍보 책자 여러 부를 가져왔다. 피츠제임스는 그것을 보자마자 단박에 알았다. 옆에서 구경하던 내 입에 침이 고일 정도였다. 양고기 7종, 송아지 고기 14종, 쇠고기 13종, 양고기 4종. 여기에 산토끼 조림, 멧닭, 양파나 커리 소스 토끼 고기, 꿩 고기는 물론 각종 고기 6종까지 포함되어 있었다. 만일 극지 탐험대 측이 해물을 요구할 경우, 골드너는 통조림 랍스터와 대구, 서인도제도 거북이, 연어 스테이크, 야머스 청어까지 공급 가능하다고 했다. 그런데 괜찮아 보이는 통조림 단가가 고작 15펜스였다. 골드너의 홍보 책자에는 송로가 가미된 꿩, 매콤한 소스를 곁들인 송아지 혀와 매운 쇠고기 요리까지 실려 있었다.

"그런데 실상은, 하네스통 안에 염장 말고기를 배급받아 먹게 된 거죠." 맥도널드가 말했다.

나도 이제 바다 생활을 꽤 하다 보니 저 말이 무슨 뜻인지 알고 있었다. '염장 말고기'란 쇠고기를 의미하며, '하네스통'이란 '고기 염장통'을 일컫는 말이었다. 이미 승조원은 염장 고기를 넘치도록 먹었다.

맥도널드는 얼굴이 납빛으로 변한 크로지어 함장과 화난 듯 끄덕거리는 피츠제임스 부함장 앞에서 계속 설명했다. "골드너는 악의적으로 우리를 농락했습니다. 싸구려 머거리에 홍보 책자에 나오는 라벨을 붙여서 바꿔치기한 거죠. 일반 '비프스튜'인데 '엉덩잇살 스테이크 스튜'라고 라벨만 바꿔 붙인 거죠. 9펜스짜리 일반 비프스튜에 라벨을 바꿔치기해서 14 펜스를 받아먹은 겁니다."

"오, 신이시여." 크로지어가 한탄했다. "식료품 납품 업자들치고 해군 본부에 저런 짓거리를 안 하는 자가 없다니까. 해군 본부한테 사기를 치는 건 역사가 깊단 말이지. 그렇다고 한들 왜 느닷없이 통조림이 썩었는지 납득이 가지 않아."

맥도널드가 계속 말을 이어갔다. "그게 아니라 조리법과 통조림 납땜 때문입니다."

"뭐라고?" 아일랜드 출신인 크로지어가 간신히 화를 누르며 물었다. 낡은 군모를 쓴 얼굴이 붉으락푸르락했다.

"조리법과 납땜 때문입니다. 골드너는 자기가 특허받은 특별 방식으로 조리한다며 홍보했습니다. 염화칼슘과 질산나트륨 상당량을 끓는 물 속에 투입해서 조리 온도를 상승시키는 방법이라나요. 이렇게 하면 조리 속도가 빨라진다고 했습니다." 알렉스 맥도널드가 설명했다.

크로지어가 되물었다. "그런데 대체 왜 그랬지? 다 알다시피 그자는 통조림 납품 기한을 제때 맞추지도 못했잖아. 골드너가 똥줄 타다 보니 뭔 짓을 했나 보군. 그래서 특허받았다는 조리 과정을 대충 건너뛴 거고."

"맞습니다, 함장님. 워낙 급하다 보니 육류와 채소, 기타 재료를 대충 조리해서 통입한 것 같습니다. 저희 의사들은 적절한 조리 과정을 거치면 질병의 근원이 되는 독소를 제거할 수 있다고 믿고 있습니다. 제가 직접 골드너의 조리 과정을 견학했는데요, 한마디로 골드너는 고기와 채소, 수프까지 충분히 익히거나 끓이지 않았습니다."

"그럼 왜 극지 탐험대 위원회에 보고하지 않았나?" 크로지어가 말했다.

피츠제임스 부함장이 지쳤다는 듯이 끼어들었다. "맥도널드 군의관도 보고하고 저도 했습니다. 그런데 저희 말에 귀 기울여준 사람은 뎁프포드

군수부 창고 경정뿐이었습니다. 그런데 그자는 이번 입찰 과정에서 배제됐죠."

"그럼 3년 만에 우리 배에 실린 통조림 절반 이상이 썩은 이유가 조리 과정이 부실해서 그렇다는 건가?" 크로지어는 안색이 붉으락푸르락 얼룩덜룩했다.

"네, 거기에 납땜도 한몫했죠." 맥도널드가 거들었다.

"통조림 납땜?" 피츠제임스가 물었다. 골드너를 의심하긴 했어도 이런 기술적인 문제까지는 미처 생각하지 못한 것 같았다.

"네, 부함장님. 통조림에 음식을 넣어 저장하는 기술은 최근에 이룩한 혁신적인 일입니다. 현대 기술의 쾌거죠. 통조림을 제대로 이용하는 법을 숙지하게 된 건 최근 몇 년 사이 일입니다. 그 안에 든 음식이 상하지 않게 보관하려면 통조림 원통 부분 위아래를 막는 뚜껑 테두리를 제대로 납땜하는 작업이 상당히 중요합니다." 테러호의 부군의관이 설명했다.

"그럼 골드너 측에서 통조림 납땜을 제대로 하지 않았다는 말인가?" 크로지어는 들끓는 분노를 억누르며 물었다.

"저희가 조사한 바로는 대략 60퍼센트의 통조림에서 납땜 문제가 발생했습니다. 대충 납땜해서 틈이 벌어지는 바람에 뚜껑이 완벽히 밀봉되지 않은 거죠. 불완전한 밀봉으로 인해 통조림 안에 든 쇠고기, 송아지 고기, 채소, 수프, 기타 음식이 급격히 상한 것 같습니다." 맥도널드가 보고했다.

크로지어 함장은 머리를 가격당한 듯 훤한 이마를 흔들며 물었다. "어떻게 그럴 수가 있지? 영국을 떠나 온 직후부터 지금까지 우리는 계속 북극해에 있었어. 심판의 그날이 오기 전까지는 북극은 얼어 죽을 정도로 추운 날씨라서 음식이 상하려야 상할 수가 없을 것 같은데."

"분명 상할 수가 없긴 합니다. 골드너가 납품한 통조림 이만구천 개에서 남은 분량 중 상당수가 테두리가 벌어졌습니다. 속에 든 음식이 부패하면서 안에서 발생한 가스로 통이 부푼 것들도 있습니다. 영국에서 출항하기 전 대기 중에 떠다니는 독소가 통조림 속으로 침투한 거죠. 아직 의료계나 과학계에서 확인조차 못한 미생물이 있는데요, 통조림을 운반하는 과정에서, 혹은 골드너의 식음료 공정 과정 중에 미생물이 통조림을 공격한 것 같습니다." 맥도널드가 설명했다.

크로지어는 인상을 더욱 구겼다. "미생물? 그런 근거 없는 얘기는 여기서 집어치우게. 맥도널드 박사."

부군의관만 어깨를 으쓱했다. "어쩌면 헛소리처럼 들릴지도 모르겠습니다. 그런데 함장님께서 저처럼 수백 시간 넘게 현미경 접안경에 눈을 대고 들여다보신 건 아니지 않습니까. 사실 저희도 미생물이 뭔지 잘 모릅니다만, 분명한 건, 식수 한 방울 속에 얼마나 많은 미생물이 사는지 들여다보신다면 분명 헛소리가 아니란 것을 아실 겁니다."

크로지어의 안색은 다소 가라앉았지만, 그 설명을 듣는 순간 그동안 자주 술에 취했던 상태를 재현하듯 또다시 얼굴이 벌게졌다. 그리고 무뚝뚝하게 말했다. "좋아, 그럼 일부 통조림이 상했다치고, 승조원에게 안전하게 통조림을 먹이려면 지금 우리가 뭘 해야 하나?"

나는 목청을 가다듬었다. "함장님께서도 잘 아시겠지만, 승조원 여름 식단에는 염장 고기 680그램, 일주일 단위로 콩 두 컵과 보리 340그램이 들어갑니다. 대신 빵과 십 비스킷은 매일 제공되고요. 그런데 겨울이면 석탄을 아끼려고 제빵용 밀가루 할당량 중 4분의 1이 줄죠. 만일 남은 통조림에서 음식을 꺼내 다시 조리하고 빵을 새로 굽는다면, 통조림 속에 든 냄새나는 고기를 먹고 탈이 나거나 괴혈병에 걸리는 사태를 예방할 수 있습니다."

크로지어가 말을 잘랐다. "그건 불가능하네. 4월까지 난방할 석탄도 부족한 상태야. 만일 내 말에 의심이 가면 기관사 그레고리나 테러호의 톰프슨에게 물어보든가."

"의심하지 않습니다, 함장님." 나는 서글프게 대답했다. "양쪽 기관사와 얘기해 보았습니다. 그런데 남은 통조림을 재가열하지 않으면 식중독에 걸릴 위험이 상당합니다. 지금 할 수 있는 것은 상한 통조림은 모조리 버리고 납땜 상태가 나쁜 통조림은 따로 빼놓아야 합니다. 이렇게 하면 남아 있는 비축 식량이 확 줄겠죠."

"그럼 에테르 스토브를 쓰는 건 어떨까?" 피츠제임스가 조금 얼굴을 펴며 물었다. "에테르 스토브를 쓰면 수프나 기타 의심 가는 통조림을 데울 수 있지 않을까?"

맥도널드가 고개를 저었다. "이미 그것도 해봤죠, 부함장님. 굿서와 제가 일명 비프스튜라고 하는 통조림 중 일부를 조리용 알코올 스토브에 데우는 실험을 했습니다. 한 병에 대략 500그램 정도 든 에테르를 여러 병 썼는데도 통조림을 제대로 데우지도 못하고 꺼졌습니다. 게다가 온도도 낮았습니다. 혹시나 썰매 정찰을 떠나거나 함선을 포기해야 사는 상황이 발생할 시, 에테르 스토브에 의존해서 눈과 얼음을 녹여 식수로 만들어야 합니다. 따라서 에테르는 아껴 두는 게 맞습니다."

"고어 대위와 킹윌리엄 랜드로 처음으로 떠난 썰매 정찰단에 합류했을 때, 매일 에테르 스토브를 사용했습니다. 정찰 대원들이 에테르를 잔뜩 써서 불을 붙여 봐야 고작 통조림 수프가 부글거리다 말 정도였어요. 그래도 그걸 먹고 미친 듯이 빙하를 파헤쳤습니다. 고기 같은 것들은 미지근하지도 않았습니다." 나는 부드럽게 덧붙였다.

긴 침묵이 흘렀다.

마침내 크로지어가 입을 열었다. "우리가 앞으로 1년, 혹은 경우에 따라 2년간 먹어야 할 통조림이 절반이 넘게 상했다는 보고군. 이리버스호와 테러호에 있는 대형 프래저 스토브를 돌려서 통조림을 재가열하기에는 현재 석탄이 부족한 상태고. 웨일보트에 달린 작은 철제 스토브로도 가열이 불가능하고. 게다가 에테르 알코올 스토브 연료도 부족하다고 하면, 대체 우리가 뭘 할 수 있는 거지?"

우리 다섯, 군의관 넷과 피츠제임스 함장은 입을 굳게 다물었다. 유일한 해답은 함선을 포기하고 그나마 살기에 적합한 장소를 찾는 것이었다. 저 남쪽 어딘가 있는 해안가가 괜찮을 것 같았다. 그곳에서 신선한 사냥감을 잡을 수도 있으니.

마치 모두의 마음을 읽은 듯 크로지어가 미소를 지었다. 기이하게 미친 아일랜드 사람이 짓는 미소라는 생각이 볼 때마다 들었다. 크로지어가 입을 열었다. "문제는 양쪽 대원 중에 진짜 남자가 없다는 점이야. 만일 운좋게 눈앞에 바다표범이나 바다코끼리가 다시 등장한다 해도 제대로 사냥할 줄 아는 뛰어난 실력을 지닌 자가 없네. 아직 한 마리도 보이지 않지만 순록처럼 덩치 큰 동물을 잡아본 경험이 있는 자도 아무도 없고."

우리 넷은 가만히 있었다.

"열심히 조사해줘서 고맙네. 재고 파악하느라 고생했고. 잘 보고했어, 페디, 굿서, 맥도널드, 스탠리 군의관. 납땜이 제대로 된 멀쩡한 통조림을 추리고, 납땜이 불량한 통조림과 부푼 통조림, 상한 상태가 한눈에 들어오는 통조림을 분리하는 작업을 계속하게. 크리스마스 때까지 현재 배급량의 3분의 2를 유지하겠네. 그때까지 내가 엄격한 배급 계획을 강구하지."

스탠리 군의관과 나는 방한복을 여러 겹 껴입고 갑판으로 올라가 군의관 페디와 맥도널드, 크로지어 함장과 보좌를 담당한 수병 4명이 산탄총을 들고 긴 트랙을 따라 어둠 속에 테러로로 돌아가는 모습을 지켜보았다. 블리자드가 치고 바람이 리깅을 때리는 가운데 그들이 들고 있는 랜턴과 횃불이 사라졌다. 으르렁대며 불어오는 바람 소리와 빙하가 갈리고 신음하는 소리가 뒤엉켰다. 빙하가 이리버스의 선체를 계속해서 옥죄면서 갈리고 있었다. 스탠리가 몸을 내 쪽으로 기울이더니 목도리를 둘둘 감은 내 귀에 대고 소리쳤다. "차라리 저들이 돌아가는 길에 케른을 놓쳐서 길을 잃었으면 좋겠어. 아님 빙하에 있는 녀석한테 오늘 밤 모두 잡아먹히든가."

나는 고개를 돌려 수석 군의관을 스산하게 쳐다보았다.

"굶어 죽는 건 끔찍해, 굿서."

"내 말이 맞다니까. 나는 런던에서도 봤고 배가 난파당했을 때도 봤어. 괴혈병으로 죽는 건 더 끔찍해. 차라리 우리도 오늘 밤 녀석한테 잡혀가는 편이 훨씬 나을지도 몰라."

우리는 흔들거리는 램프 불꽃을 따라 어두침침한 하갑판으로 내려갔다. 춥기로 따지자면 단테가 말한 지옥 중 제9옥(단테는 『신곡』에서 지옥계는 원뿔을 뒤집어 놓은 구조로 위에서부터 차례로 제1옥이 시작되고 맨 아래 제9옥이 위치한다. 죄가 무거울수록 깊은 곳으로 떨어지는데 제9옥은 자신을 신뢰한 인물을 배반한 자들이 모두 얼음 속에 박혀 죗값을 치른다. 이곳은 온기란 찾을 수 없는 냉혹한 곳이다)과 비슷할 것이다.

# 19
## 크로지어

북위 70도 05분, 서경 98도 23분
1847년 12월 5일

11월 셋째 주 화요일 반당직 시간에 괴물이 이리버스호까지 올라와 모두에게 사랑받던 토머스 테리 갑판장을 낚아채서 끌고 간 후 난간 위에 머리만 되돌려 놓았다. 테리는 선미 근처에서 당직 근무를 서고 있었으나 주변에는 피 한 방울 떨어지지 않았다. 눈으로 뒤덮인 갑판과 선체에도 핏자국은 하나도 없었다. 녀석은 테리를 낚아채 수백 미터 떨어진 곳까지 끌고 갔을 것이다. 세락이 얼음 나무처럼 비쭉이 솟은 그 어딘가에서 그를 살해하고 몸을 갈기갈기 찢은 다음 머리만 갖다 놓은 것이라는 추측이 나왔다. 괴물이 승조원을 잡아먹으려고 죽인다는 추정에 대한 의구심이 점차커져 갔다. 그래도 녀석은 테리를 잡아먹긴 했을 것이다. 우현과 좌현에서 근무 중인 대원들이 테리가 없어진 것을 미처 알기도 전에 머리만 되돌아왔다.

갑판장의 머리를 발견한 대원들은 일주일 내내 다른 대원들에게 딱한 테리의 표정에 대해 설명하고 또 설명했다. 테리는 비명을 지르다가 얼어 죽은 듯 입은 쩍 벌리고 입술이 위로 말려 치열이 훤히 드러났다. 눈도 휘둥그렇다. 이는 상한 데가 없었고, 얼굴에 손톱자국 하나 없었다. 대신 목 부분이 너덜너덜 찢겨 있었다. 시커먼 쥐꼬리처럼 보이는 가느다란 식도

관과 허연 척수 다발이 목 근처에서 너불거렸다.

100명이 넘는 승조원들이 갑자기 종교에 귀의하기 시작했다. 이리버스호 승조원들은 대부분 지난 2년간 프랭클린 경의 장황한 설교를 지켜봐왔다. 그런데 사흘간 술 퍼먹고 자다 깬 주정뱅이처럼 성경책이 뭔지도 모르던 이들조차 이제는 깊은 영적 위안을 찾았다. 토머스 테리의 머리만 돌아왔다는 소문이 퍼지자 대원들은 일요일에 합동 예배를 열어달라고 간청했다. 피츠제임스는 일부나마 시신을 돛으로 감싸 수습한 후 이리버스호 선창에 있는 시체실로 옮기고 문을 잠갔다. 족제비처럼 생긴 코닐리어스 히키가 금요일 야심한 시각에 크로지어를 찾아와 다음과 같이 말했다. 히키는 횃불을 밝힌 채 양쪽 함선을 오가는 길에 있는 케른을 보수하러 나갔다가 이리버스 쪽 사람들과 의견을 나누었다.

"다들 같은 의견입니다, 함장님." 누수방지공 조수 히키가 크로지어의 비좁은 침실 문 앞에 서서 말했다. "다들 합동 예배를 보고 싶어 합니다, 함장님."

"그럼 자네가 양쪽 승조원 전원의 대표 격인가?"

"네, 그렇습니다." 히키가 한때는 멋졌을지 모를 미소를 지었다. 지금은 웃으니 치아가 거의 다 빠지고 네 개만 남은 것이 흘끗 보였다. 이 왜소한 누수방지공 조수는 자신감 빼면 시체였다.

"음. 피츠제임스 함장과 논의한 후 예배를 어찌할지 알려 주겠네. 무슨 결정이 나든 자네는 우리가 임명한 소식관이니 양쪽 함선에 전하게." 히키가 방문을 두드렸을 때 크로지어는 술을 마시는 중이었다. 그는 이 오지랖 넓은 작자가 마음에 든 적이 한 번도 없었다. 함선마다 귀찮게 구는 놈들이 꼭 있다. 쥐새끼가 해군 생활의 실상인 것처럼 말이다. 히키는 제대로 배우지 못해 이법에도 맞지 않는 말을 우물거리는 편이었다. 그럼에도 버거운 해군 생활에 불만을 품고, 조만간 폭동을 선동할 것 같은 느낌을 잔뜩 풍겼다.

"왜 그래야 하냐면요, 저희 모두가 프랭클린 경께서 주관하신 그런 예배, 아, 경께서 영원히 하늘에서 영면하셔야 할 텐데요, 그분이 저희 모두에게 베풀어 주신……"

"모두 같이하게 될 거야, 히키."

· · ·

크로지어는 그 주 내내 술을 퍼마셨다. 예전에는 안개가 낀 듯 흐릿한 우울증을 앓았다면, 지금은 두꺼운 이불에 뒤덮인 듯 막막한 우울증을 겪었다. 크로지어는 테리와 알고 지내는 동안 그를 대단히 유능한 갑판장으로 여겼다. 그런 테리가 너무 끔찍하게 죽임을 당했다. 사실 남극도 마찬가지겠지만 북극은 인간이 비명횡사할 수 있는 오만 가지 방식을 제공한다. 영국 해군에 복무하다 보면 전시든 평시든 처참하게 사망할 수 있다. 크로지어는 오랜 복무 동안 참혹한 죽음을 여러 차례 목도했다. 테리의 죽음은 개인적으로 경험한 여러 기괴한 죽음 중 하나였을 뿐이다. 함선에 전염병이 돌아 사망한 경우보다 훨씬 더 참혹하고 폭력적인 사망 사건은 여러 차례 있었고, 테리의 경우 그중 가장 최근에 일어난 참사일 뿐이었다. 그럼에도 크로지어는 한층 깊어진 우울 증상이 나타나 나머지 대원들보다 훨씬 예민하게 반응했다.

유프라테스의 영웅 제임스 피츠제임스도 상심이 커 보였다. 그는 청년 시절, 리버풀 항구를 떠나 처녀항해를 막 시작하려는 순간 바다로 뛰어들어 물에 빠진 세관원을 구한 사실이 보도되면서 영웅으로 등극했다. 젊고 잘생긴 피츠제임스를 두고 『타임스』는 '정복을 입고, 고가의 시계를 찬 상태라 당황한 듯' 보였다고 보도했다. 리버풀 상인들은 그들이 뒷돈을 먹인 세관원의 효용 가치를 잘 알고 있었다. 그건 크로지어도 너무나 잘 아는 사실이었다. 그래서 상인들은 젊은 피츠제임스에게 감사의 글이 새겨진 은접시를 선물했다. 해군 본부는 우선 은접시에 관심을 보인 후, 피츠제임스의 영웅심과 '해군 최고의 미남'에다가 좋은 가문 출신 젊은 신사라는 점에 차례로 주목했다. 사실 크로지어의 경험상 장교가 물에 빠진 자를 구하는 일은 거의 일주일에 한 번은 일어날 정도로 부지기수다. 승조원 중 극히 일부는 수영할 줄 모르기 때문이다.

피츠제임스가 약탈을 일삼는 베두인족(아라비아 반도 인근에서 씨족 사회를 형성하며 사는 유목민) 토벌단을 이끄는 임무에 두 번이나 자원했던 사실은 막 뜨기 시작한 장교의 명성을 가리지 못했다. 크로지어는 공식 보고서를 통해 다음과 같은 사실을 알고 있었다. 피츠제임스는 처음으로 출정한 토벌에서 골절상을 당하고, 두 번째 토벌에서 베두인족에게 포로로 잡혀 있다가 간신히 탈출했다는 내용이었다. 이런 사실 때문에 해군 본부와 영국 언론은 영국 해군 최고 미남을 더욱 영웅으로 치켜세웠다.

그 후 아편 전쟁이 발발했다. 1841년 피츠제임스는 스스로 진정한 영웅임을 증명해 보였다. 그의 함장과 해군 본부는 무려 다섯 번이나 그를 칭송했다. 당시 스물아홉 살이던 멋진 청년 피츠제임스는 로켓을 사용해 츠시(慈溪) 요새에 집결한 청군을 몰아냈고, 다시 항저우 항 외곽의 자푸(乍浦)에서 적군을 물리치고 해안가 우쑹(嗚淞)에서 싸웠으며, 그의 특기인 로켓으로 전장(鎭江)을 함락시켰다. 피츠제임스는 중상을 입었음에도 목발을 짚고 붕대를 감은 채, 중국이 항복을 인정하는 난징 조약 서약식에 참석했다. 그 후 영국 해군 최고 미남은 서른이라는 젊은 나이에 부함장으로 진급하여 슬루프함(약 20문의 포를 갖춘 범선형 소형 전함) 클리오호를 이끌며 탄탄대로를 걸었다.

그런데 1844년 아편 전쟁이 끝난 후, 피츠제임스는 보직을 잃고 육상에서 휴직 급여를 받는 신세로 전락했다. 느닷없이 종전되면 영국 해군에서 잘나가던 장교들도 늘 겪는 일이었다. 평판이 나빠진 노장 프랭클린이 극지 탐험대 책임자로 추대된 것이 하늘이 내린 기회라면, 피츠제임스가 이리버스호의 부함장 직을 맡게 된 것은 두 번째로 찾아온 화려한 기회였다.

그러나 이제 '영국 해군 최고 미남'에게서 붉은 홍조와 특유의 넘치는 유머 감각을 찾아 볼 수 없었다. 대부분의 장교와 수병은 배급량이 3분의 2로 줄었음에도 몸무게를 유지했다. 극지 탐험대 대원은 육지에 있는 영국인의 99퍼센트보다 기름진 식사를 하고 있기 때문이다. 부함장이지만 이제는 함장으로 불리는 제임스 피츠제임스는 살이 무려 13킬로그램나 빠졌다. 제복은 헐렁거리고 아이처럼 탱글탱글했던 머리칼은 이제 힘을 잃고 웨일스식 방한모 밑으로 축 늘어졌다. 예전에는 통통했던 뺨도 이제는 푹 꺼졌다. 기름 램프나 천장에 걸린 랜턴 불빛을 받으면 핼쑥하니 초췌했다.

겉으로는 여전히 자기를 낮추는 유머를 구사하고 단호한 카리스마를 내뿜었지만, 크로지어와 단둘이 있으면 그는 말수가 줄고 거의 웃지도 않고 자주 멍하니 처량해 보였다. 크로지어처럼 우울증을 앓는 사람이라면 이런 신호를 단박에 알아챘다. 마치 거울을 들여다보는 느낌이라고 할까. 단 하나 차이점이라면 거울 속 남자가 별 볼 일 없는 아일랜드 남자가 아니라 혀 짧은 소리를 내는 잘 자란 영국 신사라는 점이었다.

12월 3일 금요일, 크로지어는 산탄총을 들고 홀로 어둠 속을 걸어 테러호를 출발해 이리버스호로 걸어갔다. 만일 빙하에 몸을 숨긴 괴물이 크로지어를 공격할 생각이라면 여럿이 총을 들고 걷는다 해도 결과는 같을 거라 생각했다. 프랭클린 경의 경우도 다르지 않았으니 말이다.

크로지어는 무사히 도착해서 피츠제임스와 현 상황을 논의했다. 승조원들의 사기가 떨어져 다들 예배를 열어주길 요청하고, 통조림 음식이 썩어서 성탄절이 지나면 배식량을 매정히 줄여야 한다. 두 함장은 오는 일요일에 합동 예배를 여는 게 좋겠다고 의견을 모았다. 사실 양쪽 함선에는 군종 목사도, 자청해서 배에 오른 목사도 없었기에 지난 6월까지는 프랭클린 경이 두 가지 역할을 도맡아 했다. 그러나 이제 함장 둘이서 설교를 해야 했다. 크로지어는 부두에서 치과 치료를 받는 것보다 설교가 더 치떨리게 싫었지만 꼭 해야 하는 일이라는 건 알고 있었다.

두 함장은 위태로운 상황이었다. 크로지어의 보좌관 에드워드 리틀이 테러호 승조원이 여름에 잡은 백곰 발톱과 이빨로 목걸이나 부적을 만들어 목에 걸고 다니기 시작했다고 보고했다. 몇 주 전 어빙 소위는 벙어리 여자가 선수 밧줄 창고에 숨어 있으며, 마치 마녀나 성자에게 조공을 바치듯 승조원들이 배급받은 럼과 음식을 선창에 남겨 두기 시작했다고 보고했다.

"저번에 말씀하신 축제를 생각 중입니다." 피츠제임스는 크로지어가 일어서려 하는 순간 말을 꺼냈다.

"무슨 축제?"

"옛날에 호프너 함장이 기획했던 '그랜드 베네치아 카니발'이요. 겨울에 함선에 발이 묶인 동안 패리 함장과 같이 참가하셨다면서요. 흑인 하인 분장을 하시고요."

"뭘 어쩌겠다고?" 크로지어는 목도리를 두르며 물었다.

"프랭클린 경께서 커다란 트렁크 세 개에 마스크와 옷가지와 의상을 잔뜩 담아 두셨더라고요. 그걸 함장님 개인 창고에서 발견했습니다."

"그래?" 크로지어는 놀랐다. 그 늙은 수다쟁이 함장은 일주일에 여섯 번이나 당당히 예배를 열었다. 자기는 키득대면서 남들 농담은 전혀 이해하지 못했던 프랭클린 함장. 그런 경망스러운 의상이 잔뜩 든 트렁크를 준비할 탐험대 단장은 프랭클린 말고는 없을 것 같았다. 차라리 배우가 되는 편이 나았을 패티 힘징 따름 밀이다.

"옷이 너무 낡아서 어떤 것들은 패리나 호프너 함장 시절에 입던 것 같왔어요. 20년 전 함장님께서 배핀 만 빙하에 갇혀 있던 시절에 입으셨다는 옷일지도 모르겠습니다만. 아무튼 그 안에 낡은 옷이 100점도 더 들어 있더라고요."

크로지어는 서둘러 일어나 존 프랭클린이 쓰던 방 입구에 섰다. 두 사람은 이곳에서 나지막한 소리로 의견을 나누었다. 크로지어는 피츠제임스가 본론부터 말했으면 하고 바랐다.

"대원들이 쓸 가면을 조만간 준비하는 거죠. 그랜드 베네치아 카니발만큼 근사하진 않겠지만, 그래도 빙하에 갇혀 있으니 재미없지는 않겠죠. 기분 전환은 될 것 같습니다."

"그렇겠군." 크로지어는 목소리 톤을 바꿔서 피츠제임스의 제안에 별로 흥미가 없다는 것을 슬쩍 흘렸다. "일요일 성가신 예배가 끝나면 그때 다시 얘기하지."

"네, 물론이죠." 피츠제임스가 서둘러 마무리 지었다. 그는 약간 혀 짧은 소리를 내다가도 긴장하면 발음이 또렷해졌다. "테러호로 돌아가시는 길에 에스코트할 대원을 붙여드릴까요?"

"아니, 일찍 잠이나 자 두게. 너무 피곤해 보이네. 일요일에 합동 예배를 제대로 하려면 우리 둘 다 좀 기력을 보강해야지."

피츠제임스는 우직하게 웃었다. 크로지어는 저 미소가 맥 빠지면서도 왠지 눈에 거슬렸다.

. . .

1847년 12월 5일 일요일, 크로지어는 최소 인원 6명만 남기고, 이리버스호로 출발했다. 남은 최소 인원은 에드워드 리틀 대위의 통제를 따랐다. 크로지어처럼 리틀도 설교를 듣느니 차라리 숟가락으로 신장 결석을 파내는 고통을 택할 사람이다. 부군의관 맥도널드, 기관장 제임스 톰프슨도 테러호에 남았다. 생존 승조원 및 장교 50명은 함장을 따라 빙판을 행군했다. 호지슨 중위, 어빙 소위, 1등 항해사 혼비, 기타 항해사와 계리원, 준사관들이 합류했다. 오전 10시가 다 된 시각. 오로라 빛을 제외하고는 별이 파리하게 떠는 하늘 아래로 칠흑 같은 어둠이 뒤덮었다. 오로라는 펄떡거리며 춤을 추다가 하늘에서 사라지면서 기나긴 그림자를 조각난 빙하 위에 드리웠다. 솔로먼 토저 상사가 오색 찬연한 오로라 빛을 받자 얼굴에 있는 몽고반점이 흉하게 도드라졌다. 토저는 머스킷총을 들고 선두에 서서 줄맞춰 행군하는 승조원을 이끌었다. 안식일 아침, 빙하에 몸을 도사리고 있는 녀석은 승조원을 건드리지 않았다.

예배를 보려고 양쪽 승조원 전원이 모인 것은 햇볕이 내리쬐어도 추웠던 지난 6월 갑판 위가 마지막이었다. 당시 프랭클린 경이 예배를 집전했다. 얼마 지나지 않아 신심이 두텁던 그는 어둠 속에서 괴물에게 끌려갔다. 그때부터 지금까지 바깥 날씨는 무려 영하 45도를 찍었다. 바람은 잠잠했지만 피츠제임스는 하갑판에서 예배를 이끌었다. 초대형 스토브를 옮길 수는 없지만 수병 식사용 테이블은 천장으로 최대한 들어 올리고, 선수 병실을 나누는 격벽을 최대한 밀고, 상급 준사관용 숙소, 중급 준사관 및 승조원용 격실, 1등 2등 항해사용 침상을 나누던 격벽을 없앴다. 준사관 식당과 부군의관 침실 벽도 허물었다. 하갑판은 비좁았지만 버틸 만했다.

이리버스호의 목공장 위크스는 낮은 단상과 연단을 만들었다. 높이는 고작 15센티미터밖에 되지 않았다. 천장에 빔이 붙거지고 식탁이 매달려 있고 목재를 쌓아두었기 때문에 위쪽 공간이 확보되지 않았다. 다닥다닥 붙어 선 승조원은 단상 덕분에 크로지어와 피츠제임스가 잘 보였다.

"그래도 춥지는 않을 거야." 이리버스호의 대머리 보급관 해밀턴 오스머가 입당 찬송가를 인도하는 동안, 크로지어는 피츠제임스에게 속삭였다.

사실 다닥다닥 붙어 있다 보니 하갑판 기온이 상승했다. 6개월 전 이리버스가 석탄을 잔뜩 때서 온수를 돌리고 난방하던 때보다 따뜻했다. 피츠 제임스는 하갑판 천장에 무려 램프를 열 개나 매달아 연료를 소진했다. 평소 같았으면 어둡고 뿌옜을 이 공간이 훤해졌다. 2년 전, 프레스톤 천창으로 햇빛이 쏟아져 들어온 이래, 하갑판이 이렇게나 훤한 건 이번이 처음이었다.

대원들은 성가를 부르며 진갈색 떡갈나무 빔을 두드렸다. 40년 이상 해군에 복무한 크로지어는 해군이 어떤 상황에서도 노래를 즐긴다는 사실을 알았다. 다른 때는 노래하기가 힘들기에 예배 때 성가 부르는 것을 좋아했다. 크로지어는 누수방지공 조수 코닐리어스 히키의 정수리가 보였다. 바로 옆에는 머리와 어깨가 천장에 닿을까 봐 몸을 수그리고 있는 우둔한 거인 매그너스 맨슨도 보였다. 맨슨은 음정을 맞추지도 못하면서 크게 따라 불러, 밖에서 빙하가 갈리는 소리와 화음이 어우러졌다. 배급관 오스머가 나눠 준 낡은 찬송가집을 맨슨과 히키가 같이 들여다보고 있었다.

찬송이 끝나자 다들 조용히 자세를 바로잡고 기침하고 목청을 가다듬었다. 디글은 몇 시간 전 건너와 이리버스호의 조리장 리처드 월이 십 비스킷을 굽는 작업을 도왔다. 덕분에 갓 구운 십 비스킷 냄새가 진동했다. 크로지어와 피츠제임스는 대원들의 사기를 진작시킬 수만 있다면 오늘 같이 특별한 날에 석탄과 밀가루, 램프 기름을 펑펑 쓰라고 허락했다. 가장 컴컴한 북극에서의 겨울이 앞으로 두 달이나 남았다.

이제 2명의 함장이 설교할 시간이 되었다. 피츠제임스는 면도를 하고 꼼꼼히 단장한 후 당번병 호어에게 큼지막한 조끼와 바지, 재킷을 준비시켰다. 그래서 그런지 제복을 입고 빛나는 견장을 달고 있는 모습이 단정하고 잘생겨 보였다. 크로지어는 홀로 피츠제임스 뒤에 서 있었다. 피츠제임스가 창백한 손으로 주먹을 꽉 쥐고 있다가 손을 풀어 성경책을 연단 위에 내려놓고 시편을 펴는 모습이 보였다.

"오늘 읽을 말씀은 시편 46편이다." 피츠제임스가 말했다. 크로지어는 피츠제임스가 긴장한 나머지 윗입술을 움직여 또렷이 발음하는 소리를 듣고 약간 움찔했다.

"하느님은 우리의 힘, 우리의 피난처, 어려운 고비마다 항상 구해 주셨으니 땅이 흔들려도 산들이 깊은 바다로 빠져들어도, 우리는 무서워 아니하리라. 바닷물이 우짖으며 소용돌이쳐 보아라, 밀려오는 그 힘에 산들이 떨어보아라. 강물의 줄기들이 하느님의 도성을, 지존의 거룩한 처소를 즐겁게 한다. 그 한가운데에 하느님이 계시므로 흔들림이 없으리라. 첫새벽에 주께서 도움을 주시리라. 한 소리 크게 외치시니 땅이 흔들리고 민족들은 뒤설레며, 나라들이 무너진다. 만군의 주 야훼께서 우리와 함께 계시다. 야곱의 하느님이 우리의 피난처시다. 너희는 와서 보아라. 세상을 놀라게 하시며 야훼께서 이루신 이 높으신 일을! 땅끝까지 전쟁을 멎게 하시고, 창 꺾고 활 부러뜨리고 방패를 불살라 버리셨다. 너희는 멈추고 내가 하느님인 줄 알아라. 세상 만민이 나를 높이 받들어 섬기리라. 만군의 주 야훼께서 우리와 함께 계시다. 야곱의 하느님이 우리의 피난처시다."

대원들은 다 같이 '아멘'이라고 크게 외치며 감사의 의미로 얼지 않은 발을 이리저리 옮겼다.

이제 크로지어의 차례다.

좌중이 조용해졌다. 존경심만큼 호기심이 넘쳤기 때문이다. 테러호 승조원은 함장이 예배 시간에 기껏해야 군율을 근엄하게 읽어주는 사람이라는 것을 알고 있었다. "만일 상관의 명령을 거부하는 자는 함장의 결정에 따라 태형이나 사형에 처한다. 만일 함선 내에서 다른 승조원과 동성행위를 즐기거나 기타 살아 있는 가축과 성행위를 한 자는 사형에 처한다" 등이었다. 군율은 적당히 성경처럼 묵직하고 효과적이었으며, 크로지어의 의도와도 부합했다.

그러나 오늘은 달랐다. 크로지어는 연단 밑 선반으로 몸을 숙여 두꺼운 가죽 커버 책을 꺼내 쿵 하는 무게감 있는 소리를 내며 내려놓았다.

"오늘은『레비아단의 책』1부 12장을 읽겠다."

승조원들이 웅성거렸다. 세 번째 줄에 선 이 빠진 이리버스 대원이 말하는 소리가 크로지어의 귀에 들렸다. "내가 빌어먹을 성경을 좀 아는데, 저런 건 성경에 안 나와."

크로지어는 조용해지기를 기다렸다가 읽기 시작했다.

"…… 종교라는 것은 어떤 보이지 않는 권능의 본성에 관한 생각을 담고 있으며……"

크로지어의 음성과 고서의 운율은 그가 힘주어 읽는 부분과 더할 나위 없이 어우러졌다.

"…… 이름을 지니지 않았으며, 그것이 신이든 악이든 이교도들이 추앙하지 않은 것은 없었다. 시인뜰 몸속에는 혼령 등이 살지 않았고 그들에게 홀리지도 않았다."

"정형화되지 않은 이 세상은 혼돈이라는 이름의 신이었다."

"하늘과 바다, 땅과 불과 흙과 바람은 여러 신들이었다."

"남녀, 새, 악어, 송아지, 개, 뱀, 양파, 파, 이름 모를 것들이 생겨났다. 이들이 온 세상을 채웠는데 그들에게는 악마라고 불리는 혼령이 깃들었다. 판(다리는 염소이고, 염소의 뿔이나 귀를 가진 숲들 목양의 신), 파우누스(반인 반수의 모습을 한 목축과 농경의 신) 혹은 사티로스(상반신은 인간, 하반신은 염소의 모습을 한 숲의 신)가 뛰어노는 평원. 파우나(로마 신화의 목축의 신)와 요정이 머무는 숲. 트리톤(바다의 신 포세이돈의 아들로 반인반어의 바다의 신)과 그 외의 다른 요정들이 사는 바다. 영혼이라는 이름이 깃든 모든 강과 연못. 라르신(가정의 수호신)이 사는 모든 가정. 저마다 비범함을 갖춘 모든 인간. 카론(저승의 강을 건너는 나룻배 사공), 케르베로스(저승의 문을 지키는 머리가 셋 달린 개), 복수의 여신들이 신심이 깊은 집행관으로 귀신들과 같이 머무는 지옥. 이곳은 밤이면 온통 망령과 원혼이 떠다니고, 죽은 자의 영혼과 요정과 마귀가 활개 치는 왕국이 된다. 저들은 이 모든 것을 신의 탓으로 돌리고 사고를 구경할 사원을 지었다. 밤과 낮, 시간, 평화와 화합, 사랑과 투쟁, 미덕과 영예, 건강과 욕구와 열정 같은 것을 갖게 해 달라거나 혹은 없애달라고 기도했다. 마치 머리 위에 저런 이름을 지닌 귀신이 매달려 있다가 떨어지기라도 하듯, 그들이 기도하는 내용에 반하는 것이라면 선이든 악이든 참아 달라고 기도를 올렸다. 그들은 뮤즈라는 이름으로 기지를 자극했다. 행운이라는 이름으로 무지를, 큐피드라는 이름으로 욕망을, 질투라는 이름으로 분노를, 프리아포스(남근으로 표시되는 풍요의 신)라는 이름으로 내연의 파트너를 자극했다. 그들은 타락함의 원인을 인큐버스(잠자는 여자를 덮친다는 남성 형상의 몽마)와 서큐버스(꿈에 남자를 덮친다는 여성 형상의 몽마)에게로 돌렸다. 시인이 인간으로서 자신이 쓴 시를 설명할 방법이 전혀 없는 것과 마찬가지로 그들은 신도, 악마도 만들지 않았다."

크로지어는 잠시 숨을 고르며 창백한 얼굴들을 바라보았다.

"이렇게『레비아단의 책』1부 12장이 끝났다." 크로지어는 두꺼운 책을 덮었다.

"아멘." 흡족한 수병들이 입을 모아 외쳤다.

• • •

그날 밤, 대원들은 뜨거운 십 비스킷을 먹고 인기 만점의 염장 돼지고기를 정량대로 배급받아 식사했다. 테러호에서 승조원 40여 명이 건너오는 바람에 다들 낮은 테이블에 다닥다닥 붙어 앉았다. 통이 식탁 상판이 되고 관물함이 의자가 되었다. 소음은 대단했다. 양쪽 대원들은 선미에서 식사하며 존 프랭클린 경이 쓰던 함장실 긴 테이블에 둘러앉았다. 괴혈병 예방을 위해 레몬주스도 마셔야 했다. 군의관 맥도널드는 18리터짜리 통에 든 주스의 효능이 떨어졌을까 봐 초조해했다. 승조원들은 석식 전에 그로그 0.12리터를 추가 배급받았다. 피츠제임스 함장은 함선 저장고에 비축해 둔 자기 몫을 헐어 장교와 준사관에게 괜찮은 마데이라주(대서양에 있는 마데이라 섬에서 만든 흰 포도주) 세 병과 브랜디 두 병을 풀었다.

오후 3시, 테러호 승조원들은 짐을 챙겨 이리버스 승조원들에게 작별 인사를 고했다. 중앙 사다리를 타고 올라가 얼어붙은 캔버스 천막 밑에 서 있다가, 눈과 얼음이 깔린 빙판을 건너 아직도 반짝이는 오로라 빛을 받으며 테러호까지 한참 걸어가야 했다. 대원들은 그날 들었던 레비아단 설교를 두고 나지막이 얘기하거나 아예 입을 닫고 있었다. 대부분은 설교 내용이 성경 어딘가에 분명히 있을 거라 확신했다. 그 출처가 어디든, 함장이 무슨 말을 하려고 했는지 아는 사람은 아무도 없었다. 럼을 평소보다 두 배로 마시고 난 후라 그런지 의견이 강하게 갈렸다. 많은 이들은 백곰 이빨이나 발톱 또는 발이 행운을 가져다 부는 부적이라며 만지작거렸다.

크로지어는 행렬 선두에서 걸으며 생각했다. 테러호로 돌아가면 혹시나 에드워드 리틀과 당직 근무자가 살해당하고, 맥도널드 군의관은 사지가 잘리고, 기관장 톰프슨은 쓸모도 없는 증기 엔진 파이프와 밸브 주위에 갈기갈기 찢겨서 널린 모습을 목격하는 건 아닌지 의구심이 들었다.

다들 무사했다. 호지슨과 어빙이 30분 전에 이리버스호에서 출발할 당시 뜨뜻했던 봉지를 건넸다. 그 속에는 고기가 끼워진 빵이 들어 있었다. 살을 에는 날씨에 당직 근무를 서느라 테러호를 지켰던 대원들은 우선 그로그부터 먼저 받아먹었다.

복닥거리던 이리버스호 하갑판이 비교적 뜨뜻했던 탓에 바깥 기온이 훨씬 가혹하게 느껴졌다. 크로지어는 온몸이 얼어붙긴 했지만 당직 근무자가 아래로 내려갈 때까지 갑판에 머물렀다. 근무 중인 장교는 항해장 토머스 블랭키였다. 대원들이 하갑판에서 일요일에 해야 할 잡다한 일을 하면서 벌써부터 오후 티타임과 대구가 나오는 서글픈 석식을 고대할 것이다. 염장 대구나 삶은 대구를 십 비스킷과 함께 먹는 메뉴다. 혹시 버턴(영국의 소도시로 맥주 양조장의 본거지) 에일 맥주 300밀리리터와 곁들일 치즈 한 덩이가 같이 나올지도 모른다며 들떠 있었다.

위로 치솟으며 부는 바람에 이리저리 세락이 솟은 빙판 위로 눈발이 날렸다. 선체 옆에는 거대한 빙하 덩어리가 북동쪽 방향의 이리버스호를 가렸다. 구름은 오로라와 별을 가렸다. 오후가 지나 밤이 되자 훨씬 컴컴해졌다. 크로지어는 결국 침실에 있는 위스키 생각에 하갑판으로 내려갔다.

# 20
# 블랭키

북위 70도 05분, 서경 98도 23분
1847년 12월 5일

함장과 승조원들이 이리버스호 하갑판에서 열린 합동 예배를 갔다가 테러호로 돌아온 지 30분 정도 지난 시각이었다. 항해장 토머스 블랭키는 몰아치는 눈 폭풍에 시야가 가려서 메인마스트도, 견시용 랜턴도 보이지 않았다. 때마침 눈 폭풍이 불어서 다행이라고 생각했다. 한 시간 전 불었더라면 돌아오는 길에 곤경을 겪었을지도 모를 일이었다.

캄캄한 밤, 블랭키가 총괄하는 좌현 견시 근무에 참여한 대원으로는 서른다섯 살 알렉산더 베리, 존 핸드포드, 데이비 레이스가 있었다. 블랭키는 베리가 특출하게 머리가 비상한 건 아니지만 리깅만큼은 믿고 맡겨도 될 정도로 솜씨가 좋다고 생각했다. 현재 선수 견시를 보고 있는 데이비 레이스가 며칠 전 11월 말 마흔 살 생일을 맞이하자 대원들은 그날 앞상갑판에서 생일 파티를 열어 주었다. 그런데 레이스는 2년 반 전 극지 탐험대에 자원할 때와는 전혀 딴사람이 되어 있었다. 11월 초, 해병 이병 헤더가 우현 견시 중 머리에 중상을 입고 어린 빌 스트롱과 토미 에번스가 실종되기 며칠 전이었다. 데이비 레이스는 해먹으로 가서 눕더니 입을 다물었다. 그리고 3주가 다 되도록 누워만 있었다. 눈은 떴지만 초점이 맞지 않았고, 사람 목소리나 불빛에도 응답하지 않았다. 온몸을 흔들며 고함을 치고 쩔

러도 아무런 반응을 보이지 않았다. 레이스는 병실에서 아무 말 없이 누워 눈도 껌뻑이지 않고 죽은 듯 천장만 바라보았다. 그 옆에는 불쌍한 헤더가 두개골이 개방되어 뇌 일부가 유실된 채 숨만 쉬고 있었다.

그러다 발작이 일어나자 모든 사태가 종결됐다. 레이스는 원래 모습을 되찾긴 했으나 예전과는 달랐다. 입맛은 되찾았으나 그동안 먹지 못해 거의 9킬로그램이나 빠졌다. 그리고 특유의 유머 감각은 사라졌고 아이처럼 편안히 웃던 미소도 볼 수 없었다. 수리 작업을 할 때나 석식을 먹을 때 앞 상갑판 관련 얘기가 나오면 열심히 떠들던 모습도 없어졌다. 11월 첫 주만 해도 붉은 갈색 머리칼은 숱이 풍성했지만 정신이 돌아오고 보니 머리가 하얗게 세어 버렸다. 일부 대원은 레이스가 벙어리 여자의 마법에 걸린 거라고 떠들어댔다.

30년 넘게 항해장으로 복무한 토머스 블랭키는 마법 따위는 믿지 않았다. 그는 악귀를 물리치겠다며 북극곰 발톱이나 발, 이빨과 꼬리 따위를 액막이로 소지하고 다니는 대원들이 부끄러웠다. 배움이 짧은 일부 대원이 빙하에 사는 괴물이 귀신이나 악마일 거라며 떠들고 다닌다는 사실을 알았다. 그 후 함장 크로지어도 『레비아단의 책』이라는 고서를 낭독하며 귀신이나 악마라는 단어를 언급했다. 그 중심에는 누수방지공 조수, 코닐리어스 히키가 있었다. 블랭키는 히키가 못마땅했고 못 미더웠다. 히키 주위 사람들은 벙어리 여자가 몸을 숨겼다고 공공연히 알려진 선창 선수 밧줄 창고 바깥에 상을 차려 놓고 벌써부터 괴물에게 제물을 바치고 있었다. 히키와 우둔한 심복 매그너스 맨슨이 이런 제식을 거행하기 가장 적합한 사제처럼 보였다. 히키는 사제, 맨슨은 히키의 말이라면 뭐든 거행하는 복사(사제의 시중을 드는 사람) 같았다. 두 사람은 선창 아래로 여러 조공품을 바칠 수 있게 허락받은 유일한 사들처럼 보였다. 블랭키는 얼마 전 끔찍한 어둠과 악취와 추위가 창궐한 선창에 내려갔다가 음식이 담긴 작은 백랍 접시와 작은 술잔, 타고 남은 양초를 보는 순간 역겨움이 치밀었다.

토머스 블랭키는 본디 철학자는 아니었지만 북극에서 머무는 동안 소년에서 남자로 장성했다. 뛰어난 수병으로 복무하다가 영국 해군에서 부르지 않는 동안은 미국 포경선에 올라 항해장으로 일했다. 일부 탐험대 대원처럼 극지방에 대해 빠삭했다. 지금 이 지역은 낯설지만, 고향인 켄트에서 여름을 보내는 것만큼이나 혹독한 북극 환경은 그에게 익숙했다. 지금껏 랭커스터 해협을 넘어 킹윌리엄 랜드까지 남진한 배도 없었고 부시아 반도 서쪽까지 내려간 배도 없었다.

사실 블랭키는 켄트보다 북극이 더 편했다. 켄트에서 마지막으로 여름을 보낸 때가 무려 28년 전이기 때문이다.

그날 밤 늘 그렇듯 블리자드가 윙윙거리며 휘날렸다. 단단한 빙판과 세락도 낯설지 않았다. 압력 봉우리가 끙끙거리며 빙하를 밀어 올리자 처량한 테러호의 캡스턴(닻 등을 감아올리는 기계)도 덩달아 따라 올라갔다. 빙하는 테러호의 숨통을 옥죄는 일도 잊지 않았다. 테러호 항해장 블랭키와 동일 직렬의 이리버스호 항해장 제임스 레이드는 합동 예배가 끝난 직후 이리버스호가 버틸 날도 이제 얼마 남지 않았다고 귀띔했다. 레이드는 블랭키가 대단히 신임하는 자였다. 그가 이리버스호는 테러호보다 석탄 비축량이 급격히 줄고 있으며, 1년 전 현 위치에 갇혔을 때보다 빙하가 선체를 점점 세게 압박하고 있다고 전했다.

이리버스호는 테러호와는 반대로 선미 쪽이 빙하에 처박힌 상태였다. 레이드는 빙하가 인정사정없이 이리버스호를 틀어쥔 채 더욱 세게 조이고 있다고 했다. 그 때문에 빙해 위에 고개를 치켜들고 꺼억 꺼억 크게 목놓아 울고 있다는 것이다. 이미 키는 빠개진 상태고, 드라이 도크(지상 정비시설)로 끌고 간다 해도 용골은 수리할 수 없을 정도로 손상되었다고 했다. 선미 쪽에 둘러 놓은 철판은 벌써 튕겨 나가서 얼음물이 90센티미터는 차 있는데 그 수위는 점점 높아졌다. 이미 모래주머니와 임시 물막이를 쌓아 질척거리는 얼음물이 보일러실 안으로 들어가지 않게 막아 놓았다고 했다. 수십 년에 걸친 전투와 항해에서도 살아남은 두꺼운 떡갈나무 빔도 쪼개지기 시작했다. 설상가상으로, 빙압에 견디도록 1845년 이리버스 선체 곳곳에 철제 죔쇠를 박아 놓았는데, 무지막지하게 빙하가 조이자 죔쇠는 쉴 새 없이 신음을 토했다. 가끔은 죔쇠가 작은 포탄을 발포하는 소리를 내며 연결 부위에서 튕겨 나왔다. 한밤중에 이런 일이 종종 일어나면 대원들은 해먹에서 벌떡 일어나 굉음의 원인을 확인한 후 투덜대며 다시 잠자리에 들었다. 피츠제임스 함장은 상황 파악을 위해 장교 몇 명을 대동하고 아래로 내려갔다. 레이드는 커다란 죔쇠가 버티고 있지만 떡갈나무와 철판으로 만들어진 선체가 빙하의 압력을 계속 받다 보면 언젠가 찢어질 것이라고 했다. 그리고 만약 그렇게 되는 날이면, 이리버스호는 빙하에 갇혔든 아니든 침몰할 것이다.

이리버스호 항해장은 목공장 존 위크스가 작업 인원을 10명도 넘게 이끌고 낮부터 새벽까지 선창과 최하갑판까지 내려가서 작업했다고 했다. 작업반이 테러호에서 조용히 빌려 온 두꺼운 판자로 이리버스의 선체를 일일이 받치며 거미줄처럼 엇갈려 있는 목재 선체를 임시방편으로 수리해 놓았다고 했다. 4월 혹은 5월까지 이리버스호 주위의 빙해가 녹지 않는다면 달걀 깨지듯 선체가 박살날 것이라는 위크스의 우려를 레이드가 전했다.

토머스 블랭키는 빙하에 대해 잘 알았다. 1846년 초여름 내내, 그는 존 프랭클린 경과 크로지어 함장을 모시고, 긴 해협을 통과해 새로 발견한 배로 해협 남쪽으로 인도했다. 해군 일지를 보면 당시 배로 해협은 이름이 기억되지 않은 상태였으나 누군가 '프랭클린 해협'이라 부르고 있었다. 세상을 떠난 바보 같은 노인네의 이름을 그 해협에 갖다 붙이면 괴물에게 끌려가 죽은 그의 영혼을 달랠 수 있을 것 같았다. 블랭키는 메인마스트 꼭대기에 올라서 아래에 있는 조타수에게 고함쳤다. 테러호와 이리버스호는 신중히 항로를 고르고 골라 무려 400킬로미터를 진행했다. 그러나 빙하가 이동하고 개수로가 좁아지더니 막다른 해협에 가로막히고 말았다.

블랭키는 맡은 바 임무에 능했다. 세계 최고의 빙해 항해장이자 항해사라고 자부했다. 이렇게 낡은 포격선에는 일반 포경선처럼 망루가 달려 있지 않았지만 그는 메인마스트 가장 높은 곳에서 조심스레 매달린 상태로도 12킬로미터 전방에 보이는 부빙과 유빙을 구별했다. 좁은 격실에서 자면서도 소리만 듣고도 함선이 푸석한 빙하가 포진한 해협을 덜그럭거리며 뚫고 쉿소리 나는 팬케이크 빙판이 떠 있는 바다로 빠져나가는 중임을 단박에 알아챘다. 저 앞에 있는 작은 빙산이 함선에 위협이 되는지 재깍판단하여 항로를 선택했다. 노안이 왔지만 햇빛을 받아 반짝이는 푸른 북극 빙해 수면 밑에 푸르스름한 빙암이 얼마나 숨겨져 있는지도 간파했다. 함선 선체를 훑고 지나가는 빙암이 단순히 갈리고 신음하는 건지, 아니면 실로 함선에 위협이 되는지도 구별할 수 있었다.

그래서 블랭키는 레이드와 협심하여 함선 두 척을 이끌고 첫 번째 겨울을 난 비치 섬과 데본 섬에서 서진했다가 무려 400킬로미터를 남진했다는 사실에 자부심을 느꼈다. 그런 동시에 함선 두 척과 126명의 승조원을 이끌고 첫 번째 겨울을 난 비치 섬과 데본 섬에서 서진했다가 무려 400킬로미터를 남진하는 데 일조한 사실에 대해 멍청하고 사악한 짓을 했다며 자책했다.

함선 두 척은 랭커스터 해협을 거슬러 올라 다시 데본 섬으로 복귀하여 배핀 만을 통과해 빙해를 빠져나갈 수도 있었다. 차라리 배핀 만에서 두 번, 아니 세 번 추운 여름을 나더라도 그러는 편이 차라리 나을 뻔했다. 비치 섬 인근 작은 만에 정박했었더라면 이렇게 망망대해에서 치이는 상황은 피할 수 있었을 것이다. 랭커스터 해협을 따라갔더라면 얼어붙은 빙해가 풀렸을 텐데. 블랭키는 그쪽 빙하는 잘 알고 있었다. 그쪽 구역은 여느 북극의 빙하처럼 예측 가능했다. 빙하는 본디 위험하고 치명적이기 때문에 자칫 오판하거나 실수라도 하는 날이면 심각한 상황으로 치닫긴 하지만 그래도 예측은 할 수 있었다.

그런데 이쪽 빙하는 달랐다. 블랭키는 어두운 선수에서 동상에 걸리지 않으려고 발을 동동 구르면서 생각했다. 랜턴으로 좌현과 우현을 비추었다. 베리와 핸드포드가 산탄총을 들고 왔다 갔다 하고 있었다. 이쪽 빙하는 그가 경험해 보지 못한 것이었다.

블랭키와 레이드는 프랭클린 경과 2명의 함장에게 15개월 전 함선이 발이 묶이던 당시 '모든 것을 퍼부어서라도 벗어나자'고 건의했다. 크로지어 함장은 이 말에 동의하며 9월 내내 증기 엔진을 가동시켜 조금이라도 열린 수로를 따라가 부시아 반도 해안가 인근 바다로 최대한 빨리 빠져나가자고 했다. 기회를 많이 날리긴 했지만 당시 해안가 인근이라면 9월 한두 주 정도는 분명 닫히지 않고 열려 있었을 것이다. 블랭키처럼 과거 극지 탐험을 떠났거나 포경선 경험이 많은 자들은 적어도 부시아 반도 동쪽은 열려 있다는 것을 알았다. 레이드가 정착빙이라고 부른 만년 극빙과 울퉁불퉁한 부빙 때문에 증기 엔진을 켜고 해안을 따라 북진하긴 힘들었겠지만, 그래도 지금 있는 위치보다야 훨씬 나았을 것이다. 지난여름 사망한 고어 대위가 이끈 썰매 정찰단에 따르면 제임스 로스가 발견한 킹윌리엄 랜드 뒤편이 훨씬 더 안전했을지도 모른다. 낮춤하게 언 동토에 바람이 휘몰아치고 번개가 내리꽂힌다고 알려졌지만, 그래도 킹윌리엄 랜드는 북극에서 밀려오는 강풍과 블리자드, 악마가 쉬지 않고 북서쪽에서 내뿜는 혹독한 추위와 선체를 조여 오는 빙해로부터 함선을 막아주는 가림막이 되어주었을 것이다.

블랭키는 이런 빙하를 본 적이 없었다. 극빙 지역까지 탐험한 적도 없었다. 마치 빙산에 총알이 하나가 박힌 듯 발이 묶인 함선은 극빙에 올라타 움직였다. 함선은 꼼짝하지 못했지만 이동을 하긴 했다. 1836년 미국 포경선 플러리버스호의 항해장으로 근무할 당시, 8월 27일부터 때 이른 겨울이 찾아왔다. 노련한 외눈박이 미국인 선장은 물론 선원들까지 당황할 정도였다. 당시 포경선은 디스코 만에서 북쪽으로 수백 킬로미터 떨어진 배핀 만 빙해에 갇혀 있었다.

그다음 해 여름도 상황이 좋지 않았다. 1847년인 올여름만큼이나 추웠다. 여름이 와도 빙해는 녹지 않았고, 기온도 여전히 매섭다 보니 새도 야생 동물도 돌아오지 않았다. 포경선 플러리버스호는 그래도 예측 가능한 극빙에 갇혀 있었다. 남쪽으로 1,120킬로미터나 떠밀렸고 그다음 해 늦여름이 되자 빙선까지 밀려났다. 포경선은 질척거리는 빙해를 헤치고 좁은 개수로를 따라 남진해 러시아 인이 '폴리니아(해빙 수면이 반영구적으로 열려 있는 지역)'라고 부르는 열린 바다까지 나오게 되었다. 미국 포경선 플러리버스호는 열린 바다에 다다르는 순간 남동진하여 그린란드 항구에 닿은 후 배를 수리했다.

그런데 이곳은 블랭키가 알지 못했다. 진정으로 신에게 버림받은 이 하얀 지옥을 제대로 알지 못했다. 1년 3개월 전 함장들에게 이곳의 극빙은 북극에서 끝없이 밀려 내려온 빙산보다 더 심각해 보인다고 설명했다. 현 위치에서 남쪽으로 해도에 표기되지 않은 캐나다 북극권 인근, 킹윌리엄 랜드 남서쪽, 부시아 반도 너머 북동동까지 살펴본 결과, 실제로 이곳 빙상은 밀리지 않았다. 크로지어, 피츠제임스, 레이드, 블랭키가 각각 육분의(각도와 거리를 정확히 재는 데 쓰이는 광학 기계)를 들고 태양과 별의 각도를 지속적으로 측정했지만 동일한 결과가 나왔다. 주변 24킬로미터를 멀미나게 제자리에서 빙글빙글 돌기만 했다. 마치 하갑판 함장실에서 더는 아무도 틀지 않는 메탈 디스크 위에 파리 한 마리를 핀으로 고정시켜 놓은 상황과 비슷했다. 아무 데도 가지 못하는 신세. 빙빙 돌아 늘 같은 자리로 되돌아올 뿐이었다.

블랭키의 경험상, 이렇게 열린 극빙은 해안가 정착빙과 비슷하긴 했다. 그러나 보통은 정착빙의 두께가 1미터 정도이나 함선 주위에는 6미터에서 8미터 두께로 꽝꽝 얼어 있었다. 정착빙이 두꺼워도 너무 두꺼워서 함선 포문조차 열지 못해 양쪽 함대의 승조원들은 얼음 속에 갇힌 채 아무것도 하지 못했다.

이렇게 갇혀 있는 바람에 망자를 땅에 묻지도 못했다.

토머스 블랭키는 지난 30년간 갈고 닦은 항해장으로서의 수완을 발휘해 승조원 126명을 이끌고, 이 말도 안 되는 빙해를 400킬로미터나 헤쳐 전원 사망할 지점으로 인도했다는 사실을 깨달았다. 자신이 악마의 노리개 역할을 한 건지, 아니면 그저 어리석은 판단을 한 건지 궁금해졌다.

갑자기 고함 소리가 들렸다. 그리고 산탄총 총성이 한 발 들렸다. 또다시 비명 소리가 이어졌다.

# 21
# 블랭키

북위 70도 05분, 서경 98도 23분
1847년 12월 5일

블랭키는 오른쪽 방한 장갑을 이로 물고 잡아 빼 갑판 바닥에 내던지고 산탄총을 들었다. 원래 장교는 근무 중에 무장하지 않지만 크로지어 함장은 그런 전통을 단칼에 깨 버렸다. '갑판에 오르는 대원은 누구든 항시 무장하라.' 방한 장갑을 벗어 던진 블랭키는 얇은 모직 속장갑만 끼고 검지를 방아쇠에 건 채 쏠 태세를 갖췄다. 찌를 듯한 혹한 바람에 손이 물어뜯기는 것 같았다.

좌현에서 당직 근무 중인 수병 베리의 랜턴이 꺼졌다. 총성이 울렸다. 함선 중앙에 쳐 놓은 방한용 천막 리깅 왼쪽에서 발사된 것 같았다. 눈 폭풍 때문에 소리가 왜곡되어 들렸을지도 모른다. 우현 쪽 랜턴은 꺼지지 않았지만 왔다 갔다 흔들렸다.

"베리?" 컴컴한 좌현을 쳐다보며 외쳤다. 강풍이 몰아치자 목소리가 나오다 말고 도로 들어가는 것 같았다. "핸드포드?"

우현 랜턴도 꺼졌다. 쾌청한 밤이면 선수에 있는 데이비 레이스의 랜턴이 함선 중앙에 설치한 천막 너머로 보인다. 그러나 오늘 밤은 보이지 않았다.

"핸드포드?" 블랭키는 길게 쳐 놓은 천막 좌현 쪽으로 향했다. 오른손엔 산탄총을 들고 왼손엔 선미재(배의 뒤 끝을 마무리하는 기둥)에서 떼어 온 랜턴을 들었다. 코트 우측 주머니에 탄약통 세 개를 더 챙겨왔지만 이런 추위에 장전하려면 한참 걸린다.

블랭키가 목청껏 외쳤다. "베리! 핸드포드! 레이스!" 눈 폭풍이 휘몰아치는 캄캄한 밤, 알렉스 베리가 총을 쏘았듯, 얼어붙고 기울어진 갑판에서 서로에게 격발하는 참사가 일어날 수 있다. 아직 두 번째 총성은 들리지 않았다. 만일 블랭키가 피라미드 천막 좌현 쪽으로 이동하고 핸드포드나 레이스가 무슨 일인지 알아보러 오다가 극도로 긴장한 나머지 흔들리는 랜턴만 보고 총을 쏠지 모른다.

그래도 블랭키는 전진했다.

"베리?" 블랭키가 소리치며 걸었다. 좌현 초소에서 10미터 이내로 근접했다.

불어오는 눈발 사이로 뭔가 흐릿하게 움직이는 것이 포착됐다. 알렉스 베리라고 하기에는 덩치가 너무 컸다. 순간 총성보다 더 큰 소리가 울렸다. 두 번째 굉음. 블랭키가 선미 쪽으로 열 발자국 뒷걸음질 쳤다. 상자, 작은 나무통, 박스, 기타 함선 적재물이 허공으로 날아갔다. 그는 곧 사태를 파악했다. 함선 중앙에 설치한 캔버스 천막이 흔들거리다가 무너지면서 그 위에 쌓인 수천 킬로그램에 달하는 눈얼음이 사방으로 튀었다. 그 바람에 그 아래 널찍이 쌓인 적재물이 죄다 날아간 것이다. 인화성 피치(석유, 석탄에서 얻은 검고 끈적이는 물질로 갑판 방수재로 쓰인다), 누수방지용 물질, 눈 위에 뿌릴 용도로 애써 갑판 위로 옮겨 놓은 모래 등이 대부분이었다. 메인마스트의 아래쪽 활대(돛을 달기 위해 가로로 부착하는 목재)도 부러졌다. 선수와 선미 방향으로 위치시켜 놓고 1년 넘게 천막 대들보로 쓰던 활대가 부러지면서 중앙 해치 위로 떨어졌다.

블랭키와 3명의 당직 근무자는 하갑판으로 내려갈 길이 막혀 버렸다.

하갑판에 있던 대원들도 난장판이 된 갑판을 확인하러 올라오는 것이 불가능해졌다. 메인마스트 활대는 물론 얼어붙은 육중한 캔버스 천막과 눈 얼음이 해치를 틀어막았다. 항해장 블랭키는 하갑판 대원들이 선수 해치로 달려가 그쪽을 뜯을 거라 예상했다. 겨울을 나려고 못을 박아 봉쇄해 놓았기에 해치를 뜯으려면 시간이 좀 걸릴 것이다.

'대원들이 갑판으로 올라올 때까지 우리가 과연 살아 있을 수 있을까?'

블랭키는 모래가 사방으로 튄 갑판 위에서 조심조심 움직였다. 무너진 천막 뒤 엉망이 된 적재물을 돌아 우현 쪽 흩어진 물건들 사이로 생긴 좁은 통로를 따라 걸어 내려갔다.

형체 하나가 불쑥 나타났다.

블랭키는 왼손으로 랜턴을 치켜든 채 산탄총을 들어 방아쇠에 손가락을 걸고 격발 자세를 취했다. "핸드포드!" 시커먼 외투와 목도리 사이로 허연 얼굴이 언뜻 보였다. 방한모가 엉망이었다. "랜턴은?"

"떨어뜨렸습니다." 수병 핸드포드가 사시나무 떨 듯 온몸을 벌벌 떨며 말했다. 맨손이었다. 그는 블랭키가 난로라도 되는 양 딱 달라붙었다. "괴물이 활대를 부러뜨리는 순간, 그만 총을 놓쳤습니다. 빙판에 불꽃이 튀었습니다."

"그게 무슨 소리야? 괴물이 활대를 부러뜨리다니? 메인마스트 활대를 부러뜨릴 수 있는 생명체는 없어."

"괴물이 그랬습니다! 베리가 산탄총을 쏘는 소리가 들렸고, 뭐라고 외치는 것 같더니 랜턴이 꺼졌습니다. 그러더니 뭔가가 나타났어요…… 정말 어마어마하게 컸습니다. 괴물이 훌쩍 활대 위로 뛰어오르자 죄다 무너져 내렸어요. 녀석에게 조준하려 했는데 그만 오발이 났어요. 그래서 총을 난간에 놓고 도망 왔습니다."

'활대 위로 뛰어올랐다니?' 함선 세로 방향으로 돌려놓은 활대까지의 높이는 갑판 위에서 3.6미터다. 그 높이를 단박에 훌쩍 뛰어오를 수 있는 자는 아무도 없었다. 게다가 얼음이 끼어서 메인마스트를 붙들고 올라갈 수도 없다. 블랭키가 외쳤다. "베리를 찾아야 해!"

"죽어도 좌현 쪽으로는 못 갑니다. 저에 관한 투서가 들어가도 상관없습니다. 갑판장 조수 존슨한테 구승편 채찍(가죽끈 등으로 만든 아홉 가닥의 가지로 이루어진 채찍)으로 태형 50대를 맞아도 상관없습니다. 절대로 못 갑니다." 핸드포드의 이가 달달 부딪히는 바람에 무슨 말인지 도저히 알아들을 수가 없었다.

"진정해." 블랭키가 말을 잘랐다. "아무도 투서 안 해. 레이스는 어디에 있지?"

우현 초소는 시야가 좋은 편이라 선수에 있을 데이비 레이스의 랜턴이 보여야 했다. 그런데 선수는 캄캄했다.

"제가 램프를 떨어뜨리는 순간 레이스의 램프도 꺼졌습니다." 핸드포드는 이를 덜덜거리며 말했다.

"가서 산탄총 가져와."

"좌현으론 못 갑니다, 저쪽은……" 핸드포드가 말했다.

"잘 들어!" 토머스 블랭키가 고함쳤다. "지금 당장 가서 총을 가져오지 않으면 태형 50대는 시작에 불과할 거다. 존 핸드포드, 당장 가!"

핸드포드는 발을 뗐다. 블랭키도 뒤따랐다. 함선 중앙에 무너진 천막 쪽으로 절대 등지지 않았다. 블리자드 때문에 랜턴 불빛이 흔들리면서 지름 3미터 크기의 원을 그렸다. 랜턴과 산탄총을 계속 치켜드는 바람에 팔이 떨어져 나갈 것 같았다.

핸드포드는 눈 덮인 총을 주우려 했지만 손이 얼어서 무감각했다.

"대체 방한 장갑하고 속장갑은 어디에 뒀어?" 블랭키가 쏘아붙였다.

핸드포드는 이가 덜덜거려서 대답할 수 없었다.

블랭키는 산탄총을 내려놓고 핸드포드의 양팔을 물리치며 대신 그의 총을 주워들었다. 총구가 눈에 막히지 않았는지 확인한 후 개머리판을 꺾어 핸드포드의 겨드랑이 사이로 총을 쑤셔 넣었다. 핸드포드는 언 손으로 총을 떠받쳤다. 블랭키는 자기 총을 겨드랑이에 끼고 외투 주머니에서 탄약통을 꺼내 핸드포드의 산탄총에 재빨리 장전한 후 다시 총신을 끼웠다. "만약 레이스나 나보다 더 큰 게 저쪽 짐 더미 속에서 튀어나오면, 방아쇠를 이로 물어서라도 당겨!" 그는 핸드포드의 귀에 대고 외치듯 말했다. 강풍 소리가 거셌다.

　핸드포드가 고개를 끄덕였다.

　"내가 선수로 가서 레이스를 찾은 다음 그쪽 해치 여는 걸 거들겠어." 캄캄한 밤에 얼어붙은 캔버스 천막이 무너져서 난장판이 되었는데 선수 쪽 아래에서 인기척이 없었다. 갑판에는 찢어진 캔버스 천막과 쏟아진 눈 더미, 부러진 활대, 나동그라진 상자들로 엉망진창이었다.

　"못하겠……" 핸드포드가 입을 뗐다.

　"그럼 가만히 서 있기라도 해." 블랭키가 말을 잘랐다. 그는 겁에 질린 핸드포드 발밑에 랜턴을 내려놓았다. "내가 레이스와 같이 돌아올 테니 절대로 총을 쏘면 안 돼. 만일 그랬다가는 내가 귀신이 돼서 널 죽을 때까지 따라다닐 테다, 핸드포드."

　핸드포드는 하얗게 질린 얼굴로 다시 고개를 끄덕였다.

　블랭키가 선수로 향했다. 열 몇 걸음을 걷자 랜턴 불빛에서 벗어났다. 야간 시력이 돌아오지 않았다. 큼지막한 눈송이가 총알처럼 얼굴에 와서 박혔다. 머리 위로 폭풍이 몰아쳤다. 얼마 남지 않은 리깅이 흔들리고 방한용 천막이 풀썩거렸다. 너무 어두워서 장갑 낀 왼손으로 산탄총을 계속 들고, 오른손으로 얼음이 들러붙은 난간을 훑으면서 걸었다. 저 멀리 선수 쪽 메인마스트 활대도 떨어져 나간 것이 보였다.

"레이스!" 블랭키가 소리쳤다.

눈 폭풍 사이로 뭔가 거대하고 뿌연 것이 널브러진 상자 위를 돌아다니다가 블랭키의 앞길을 가로막았다. 백곰인지 문신한 악마인지 도무지 분간이 되지 않았다. 3미터 앞인지, 9미터 밖인지 너무 어두워 가늠할 수 없었다. 아무튼 뭔가가 선수로 가는 길을 막아섰다.

괴물이 뒷다리로 일어섰다.

이제 괴물의 크기를 감 잡을 수 있었다. 불어오는 눈 폭풍을 가로막은 시커먼 형체가 한눈에 들어왔다. 덩치가 어마어마했다. 어둠 속에서도 삼각형 두상이 활대가 있던 높이 위로 불쑥 올라왔다. 갑판 바닥에서 족히 4미터가 넘었다. 삼각형 두상에 구멍이 두 개 뚫려 있었다. 저게 눈인가?

'맙소사, 말도 안 돼.'

괴물이 블랭키 쪽으로 걸어왔다.

블랭키는 산탄총을 오른손으로 바꿔 들고 개머리판을 어깨에 댄 다음 장갑 낀 왼손으로 받친 후 격발했다.

번쩍, 총알이 발사되는 순간, 죽어서 표정 없는 상어 같은 시커먼 눈이 그를 노려보았다. 아니, 상어의 눈은 아니었다. 번쩍하는 순간 망막에 잔상이 남아 앞이 보이지 않았다. 검은 원 두 개는 상어보다 훨씬 매섭고 영악해 보였다. 포식자는 무자비한 눈빛을 흘리며 그를 먹잇감 보듯 쏘아보았다. 그 끝을 가늠할 수 없는 블랙홀처럼 시커먼 눈이 블랭키 한참 위쪽에 떠 있었다. 녀석의 어깨는 그가 양팔을 옆으로 쫙 뻗은 것보다 넓었다. 어렴풋한 형체가 점점 다가왔다.

블랭키는 다시 장전할 틈이 없어서 무용지물이 된 산탄총을 괴물을 향해 냅다 내던진 후, 버팀 밧줄을 향해 뛰어갔다.

항해사로 40년을 보낸 덕분에 항해장 블랭키는 이렇게 어두운 밤 폭풍이 불어도 어디가 어딘지 분간할 수 있었다. 굳이 살피지 않아도 버팀 밧줄이 있는 정확한 위치를 알았다. 그는 방한 장갑을 벗어서 추위로 곱은 오른손으로 라인을 붙잡고 다리를 튕겼다. 부츠 발로 허우적거리는 순간 가로로 엮인 로프가 발에 걸렸다. 기울어진 로프 안쪽에 거꾸로 매달린 자세가 되었다. 블랭키는 왼손 방한 장갑마저 이로 잡아 빼고 위로 기어오르기 시작했다.

무언가가 허공을 가르며 발끝에서 2미터 떨어진 로프 아래쪽을 2톤 정도 되는 무게를 실어 내리쳤다. 순간 마스트와 갑판을 잇는 굵은 버팀 밧줄 세 개가 뜯기는 소리가 들렸다. '말도 안 돼!' 블랭키가 경악했다. 그 반동으로 로프가 안으로 튕기는 순간, 그는 갑판 위로 나가떨어질 뻔했다.

그는 죽을힘으로 버텼다. 아직 팽팽한 라인 바깥쪽에 왼쪽 다리를 감고 얼어붙은 밧줄에서 발 디딜 곳을 찾으며 숨도 못 쉬고 위로 올라갔다. 열두 살 철모르던 시절 함선에 오른 소년은 세 개의 마스트와 돛 그리고 라인, 저 위에 있는 리깅이 오로지 자신을 위해 영국 해군에서 만들어 준 놀이터라 생각했다. 그때를 떠올리며 토머스 블랭키는 원숭이처럼 기어올랐다.

6미터쯤 올라가니 두 번째 활대가 손에 닿았다. 함선 세로 방향으로 돌려놓은 것이었다. 저 아래 갑판에서 괴물이 버팀 밧줄 아래쪽을 또다시 가격했다. 나무가 빠개지면서 맞춤못과 핀, 철제 도르래까지 모조리 뽑혀 나갔다. 위에 들러붙은 얼음도 바닥으로 쏟아졌다.

거미줄처럼 얽힌 로프가 그넷줄처럼 메인마스트 쪽으로 밀려들어왔다. 자칫 로프에 한 방 맞았다간 나가떨어지면서 괴물의 품에 안겼다가 곧장 먹잇감으로 전락할 것 같았다. 칠흑 같은 밤에 눈 폭풍까지 휘몰아치자 시야가 1.5미터도 확보되지 않았다. 블랭키는 슈라우드(마스트 꼭대기에서 양쪽 현에 매어 마스트를 꼿꼿이 서게 하는 밧줄)를 향해 훌쩍 몸을 날렸다.

얼어붙은 손으로 활대와 라인을 붙드는 동시에 두 다리를 허우적거려 발걸이 로프(활대 위에서 작업할 때 발에 거는 밧줄)에 발을 걸었다. 슈라우드 라인을 타고 이동할 때는 맨발이 최고지만 오늘 밤은 그럴 수 없었다.

블랭키는 두 번째 활대 위로 몸을 끌어 올렸다. 갑판에서 8미터 높이. 얼음이 두껍게 낀 떡갈나무를 팔과 다리로 부둥켜안았다. 겁에 질려 말을 탄 자세와 흡사했다. 그는 단단히 언 슈라우드를 두 발로 훑으면서 미끄러운 그 위에서 발 디딜 곳을 찾았다.

이렇게 캄캄한 밤에 눈 폭풍과 우박이 몰아쳐도 웬만한 선원은 지상 20미터 위에 올라가는 일이 다반사였다. 선원은 메인마스트 가로 활대에 올라 그 위에서 작업하고 리깅을 정리했다. 블랭키는 높이 올라서 수심에 잠긴 보급관을 내려다보며 욕을 하곤 했다. 침팬지가 나무에 매달려 과일을 밑으로 집어 던지거나, 안전한 지점을 찾아 제대로 자리 잡고 앉아 아래로 똥을 내갈기는 것처럼 말이다. 하지만 올 12월에는 테러호 꼭대기에 올라가 작업할 일도 없었고, 저렇게 높이 리깅을 걸 일도 없었다. 지금 메인마스트 활대를 빠갤 만큼 무시무시한 괴물을 피해 도망치는 중이기에 이렇게 위로 올라왔다 해도 조금도 안심할 수 없었다. 붙들고 도망갈 만한 리깅도 몇 개 없었다.

작년 9월, 블랭키는 크로지어와 앞돛대망루장 해리 페글러를 도와 테러호가 탐험을 시작한 이래 두 번째 겨울을 맞을 동절기 채비를 했다. 만만하지도, 안전하지도 않은 작업이었다. 활대와 리깅을 걷어내려 따로 보관했다. 톱갤런트 마스트와 톱마스트도 조심조심 내렸다. 윈치(원형통의 드럼에 로프를 감아 도르래를 이용해 중량물을 높은 곳으로 옮기는 기계)로 감다가 자칫 삐끗해서 로프와 도르래가 엉키기라도 하면 육중한 마스트가 갑판은 물론 하갑판, 최하갑판, 그리고 선체 바다까지 한방에 뚫어버릴 수 있다. 허술한 갑옷이 대형 검에 뚫리는 것과 비슷하다. 위쪽 마스트가 자칫 쓰러지는 날이면 함선이 좌초되기도 한다. 만일 마스트를 그냥 세워 놓을 경우 겨우내 겹겹이 쌓인 얼음 무게가 수 톤에 달해서 그 무게만으로도 배가 전복될 위기에 빠진다. 견시 중이거나 갑판 위 또는 리깅 밑에서 당직 근무를 서는 승조원들이 얼음 때문에 계속해서 곤란을 겪는 것도 문제였다.

블랭키는 함선에 로어 마스트(돛대의 밑부분) 기둥 세 개만 남기고, 남은 슈라우드와 리깅을 느슨하게 푸는 작업을 총괄했다. 팔다리 가운데 세 곳이 잘린 사람을 쳐다본다고 상상해 보라. 뱃사람은 이 함선을 보며 그와 비슷한 착잡한 기분을 느낀다. 캔버스 천막과 로프를 너무 팽팽하게 당기면 눈얼음 무게를 버틸 수 없다. 테러호에는 웨일보트 두 척과 그보다 작은 커터 두 척, 함장용 경장 범선, 피니스(함선에 싣는 중형 보트), 졸리보트(모선에 싣는 작은 보트), 딩기(노를 저어 추진하는 선박 중 가장 작은 것) 등 온갖 종류의 보트는 다 실려 있었다. 작업반은 테러호에 실린 온갖 보트를 빙판 위로 내려서 뒤집어 놓고 끈으로 묶은 다음 잘 덮어 보관했다.

이제 블랭키는 메인마스트 두 번째 활대와 연결된 슈라우드 위로 올라갔다. 갑판에서 약 8미터 높이다. 이제 올라갈 곳이라곤 맨 꼭대기 활대뿐이었다. 세 번째이자 마지막 높이까지 이어진 버팀 밧줄은 로프나 목재라기보다 두툼한 얼음 줄기 같았다. 메인마스트만 해도 얼음이 잔뜩 끼고 그 위엔 눈까지 쌓여서 얼음 기둥과 다를 바 없었다. 그는 두 번째 활대에 올라타 어둠과 눈발을 헤치며 애써 밑을 내려다보았다. 저 아래는 잿빛이었다. 핸드포드가 블랭키에게서 건네받은 랜턴을 직접 껐을 수도 있고, 아니면 랜턴이 저절로 꺼졌을지도 모른다. 혹시 그게 아니라면 어둠 속에서 벌벌 떨거나 죽었을지 모른다. 어느 쪽이든 블랭키가 도울 수 있는 상황이 아니었다. 그는 활대 슈라우드 위에서 양팔을 쫙 벌리고 엎드린 채 왼쪽을 내려다보았다. 데이비 레이스가 있던 선수 쪽에서도 랜턴 불빛은 보이지 않았다.

블랭키가 있는 곳에서 수직 아래로 녀석이 보였다. 그런데 주변에 움직이는 것들이 너무 많았다. 어둠 속에서 찢어진 캔버스 천막이 펄럭이고, 기울어진 갑판 위에서 작은 통들이 이리저리 굴러다니고, 빠개진 나무 상자가 미끄러졌다. 시커먼 물체가 40킬로그램이 넘는 모래 통을 마치 도자기 꽃병 밀치듯 가볍게 밀치며 메인마스트 쪽으로 어슬렁어슬렁 걸어오는 모습이 보였다.

'설마 메인마스트를 기어오르겠어?' 활대에 온몸을 걸치고 있으니 다리와 가슴, 가랑이로 한기가 전해졌다. 얇은 속장갑만 껴서 그런지 손도 얼얼했다. 방한모와 모직 목도리는 어디로 갔는지 벌써 없어졌다. 혹시나 선수 해치 쪽에서 대원들이 낑낑거리며 못을 빼서 열고 올라와 랜턴을 들고 고함치는 건 아닌지 애써 귀 기울였다. 그러나 선수 쪽은 블리자드에 가려 컴컴하고 잠잠했다. '녀석이 앞쪽 해치에 무슨 짓을 해서 막아 놓은 건 아닐까? 어떻게 메인마스트를 기어오르겠어? 저 등치로 여길 기어오른다니 말도 안 돼. 그건 백곰도 못 하는 일이야. 백곰이 어떻게 마스트를 올라오겠어?'

괴물이 삐죽이 솟은 메인마스트를 타고 오르기 시작했다.

앞발로 메인마스트를 찍을 때마다 그 진동이 블랭키에게까지 전해졌다. 괴물은 마스트를 서걱서걱 긁으며 기어오르는 동시에 두텁고 낮게 낑낑거렸다.

괴물이 진짜 마스트를 기어오르고 있다.

머리 위로 앞발을 쭉 뻗자 부러진 첫 번째 활대에 거의 닿을 듯했다. 블랭키는 어둠을 헤치며 어떻게든 보려고 눈을 부릅떴다. 털이 수북하고 근육이 발달한 괴물이 고개를 쳐들고 거대한 앞발을 쭉 내밀고 있었다. 발인지 손인지 모를 어마어마한 그것은 맨 아래 활대를 날려버리고 더 높은 곳을 지렛대 삼아 붙들었다 특툰한 뒷다리와 갈고리처럼 생긴 억센 발톱으로 빠개진 떡갈나무 활대에서 디딜 곳을 찾았다.

강풍이 몰아치는 와중에 블랭키는 지름 30센티미터의 활대를 사지로 감싸 안고 얼음이 잔뜩 들러붙은 그 위에서 조금씩 배밀이를 했다. 연인을 격정적으로 끌어안은 것처럼 보였다. 활대 위에 새로 눈이 5센티미터 정도 내려앉았다. 선수에서 보면 활대는 가운데가 볼록했다가 양쪽 끝으로 갈수록 점점 가늘어지는 형태로 그 밑에 고드름이 매달렸다. 그는 슈라우드 라인을 발판 삼아 움직였다.

메인마스트를 기어오른 괴물의 손이 블랭키가 매달린 활대 높이까지 닿았다. 어깨와 엉덩이 너머로 흘깃 봤는데도 녀석의 어마어마한 덩치를 짐작할 수 있었다. 괴물은 거인처럼 기골이 장대했다. 블랭키는 메인마스트를 위아래 사선으로 고정하는 리깅이 없어진 것을 깨닫고 새파랗게 질려서 정신이 멍해졌다.

뭔가 강력한 힘이 활대를 쿵 내리쳤다. 이 충격으로 활대와 슈라우드에서 바람이 훅 일었다. 활대 고드름 바로 밑에 있는 슈라이드 라인에 두 손과 오른쪽 발을 감고 있지 않았더라면 아래로 떨어졌을 것이다. 얼음처럼 차가운 강철마를 타고 달리다가 공중으로 60센티미터 정도 붕 뜬 것 같았다.

괴물이 다시 가격했다. 하마터면 이 컴컴한 밤에 갑판 8미터 상공으로 날아갈 뻔했다. 블랭키는 두 번째 공격을 예상하고 죽기 살기로 매달려 있었다. 각오는 했지만 활대가 워낙 심하게 떨렸다. 순간 몸이 미끄러지더니 활대 밑에 하릴없이 매달린 신세가 되었다. 손은 무감각해졌다. 한쪽 발에는 여전히 슈라우드 라인이 감겨 있어서 간신히 활대 위로 도로 올라왔다. 그때, 세 번째 공격이 이어졌다. 제일 세고 거칠었다. 뭔가 쩍하고 갈라지더니 단단한 활대가 아래로 처지기 시작했다. 블랭키는 자신은 물론 활대, 슈라우드, 슈라우드 라인, 돛줄 사닥다리(마스트의 슈라이드 사이를 가로로 지나가는 짧은 로프. 계단처럼 마스트에 오를 때 발판 역할을 한다), 정신없이 흔들리는 버팀 밧줄, 이 모두가 8미터 아래 경사진 갑판 위 어지러이 널린 난장판으로 곧 추락할 것임을 직감했다.

블랭키는 불가능한 것을 행동으로 옮겼다. 빠개지고 꺾이는 동시에 곤두박질치는 활대 위에서 무릎을 대고 있다 일어나 눈 폭풍을 맞으며 양팔을 쫙 편 상태로 바보처럼 휘적이며 중심을 잡았다. 그러고 부츠 발로 눈얼음이 들러붙은 활대를 박차며 허공으로 몸을 날렸다. 양팔을 앞으로 쭉 뻗어 보이지 않지만 이쯤 어딘가에 매여 있을, 매여 있어야 할, 매여 있을지도 모를 돛줄 사다리를 허우적거리며 찾았다. 선수로 내려갈 때 이용하던 돛줄 사다리였다. 눈 폭풍이 밧줄을 때리고 괴물이 메인마스트의 두 번째 활대를 연타로 가격할 때 진동이 전해진 것으로 보아, 분명 어딘가에 돛줄 사다리가 있을 것이다.

워낙 어둡다 보니 그네처럼 왔다 갔다 진동하는 라인을 아깝게 놓쳤다. 얼어붙은 라인에 얼굴을 맞고 추락할 뻔하다가, 두 손으로 간신히 라인을 붙들었다. 손에서 한 2미터 정도 쭉 미끄러지다 멈추는 순간, 키가 줄어든 메인마스트 맨 위 세 번째 활대를 향해 미친 듯이 기어 올라갔다. 갑판 위 15미터 높이였다.

괴물이 블랭키 아래쪽에 있었다. 녀석이 또다시 울부짖는 순간, 두 번째 활대, 슈라우드, 밧줄, 도르래, 라인이 한꺼번에 갑판으로 떨어졌다. 처음 두 번보다 더 큰 괴성을 내지르며 괴물은 메인마스트에 매달려 있었다.

돛줄 사다리는 단순한 로프로 메인마스트에서 약 7미터 정도 엮여 있었다. 위쪽 활대나 돛대 상부 가로장에서 이걸 밟고 잽싸게 내려올 때나 쓰지, 이걸 밟고 올라가지는 않는다. 그런데 블랭키는 반대로 이걸 밟고 올라갔다. 바람이 불자 얼어붙은 라인이 왔다 갔다 진동했다. 오른손에 감각이 없어졌지만 돛줄 사다리를 밟으며 위로 올라갔다. 열대 지방에서 저녁을 먹은 후 수병 소년들과 함께 상부 작업을 하러 즐겁게 올라가던 열네 살 사관후보생 시절이 떠올랐다.

맨 꼭대기 활대에 얼음이 두껍게 들러붙어 그 위로 올라갈 수 없었다. 근처에 슈라우드 라인이 보였다. 돛줄 사다리를 밟고 섰다가 활대 아래 느슨하게 겹쳐진 슈라우드로 위치를 옮겼다. 얼음이 뜯어지면서 갑판 위로 떨어졌다. 얼음이 박살나는 소리를 들으며 이렇게 상상했다. 아니 바랐다. 저 소리가 크로지어 함장과 대원들이 막힌 선수 쪽 해치를 도끼로 깨부수고 나오는 소리라면 얼마나 좋을까.

블랭키는 얼어붙은 슈라우드에 거미처럼 딱 달라붙어 고개를 왼쪽으로 돌려 내려다보았다. 눈 폭풍이 걷혀서 그런 건지, 아니면 야간 시력이 좋아진 건지, 어쩌면 둘 다 그래서인지 모르겠지만 거대한 괴물이 보였다. 괴물은 세 번째이자 제일 높은 활대까지 꾸역꾸역 기어오르고 있었다. 메인마스트에 매달린 모습을 보니 덩치가 어마어마했다. 커다란 고양이가 삐쩍 마른 나무에 매달려 있는 것 같았다. 물론 괴물은 고양이와 거리가 멀었다. 녀석은 앞발로 얼음을 꾹꾹 찍으며 굵직한 떡갈나무 마스트를 기어 올라오는 중이었다. 마스트 중간에는 미들급 포탄으로도 뚫리지 않을 것 같은 철판이 둘러져 있었다.

블랭키가 슈라우드 바깥쪽으로 몸을 옮기자 얼음이 떨어져 나갔다. 얼음이 들러붙은 슈라우드 라인과 캔버스가 버석거렸다. 풀을 잔뜩 먹인 머슬린 천에서 나는 소리 같았다.

괴물이 맨 꼭대기 활대까지 올라왔다. 활대와 슈라우드가 부르르 떨리더니 아래로 처졌다. 마스트 위에 육중한 괴물의 몸무게가 실리자 활대가 한쪽으로 휘었다. 블랭키는 활대에 올라온 괴물이 그의 몸통만 한 앞발로 맨 꼭대기 가는 활대를 후려치는 모습을 상상했다. 블랭키는 바싹 엎드려 바깥쪽으로 자리를 옮겼다. 메인마스트와의 거리는 12미터 이상 벌어졌다. 현 위치에서 15미터 아래로 수직 낙하하면 갑판을 벗어난다. 이 높이에서 돛 작업을 하다가 떨어지면 바다로 빠지겠지만, 지금 떨어지면 저 18

미터 아래 빙판으로 내리 꽂힐 것이다.

무언가가 날아와 블랭키의 얼굴과 어깨를 뒤덮었다. 그물이었다. 순간 비명을 내지를 뻔했다. 그물의 정체는 바로 버팀 밧줄이었다. 저 아래 난간에서부터 두 번째 돛대 가로장까지 로프를 사각으로 엮어 놓은 것으로 주로 오르내리는 데 쓰인다. 월동기를 대비해 메인마스트 꼭대기까지 제대로 매어 놓아서 작업반이 이걸 타고 마스트 꼭대기에 올라가 얼음을 제거한다. 날아온 건 우현 쪽 버팀 밧줄이었다. 괴물이 거대한 앞발로 두어 번 내리쳤다고 난간과 갑판 여러 군데에 고정시켜 놓은 밧줄이 뜯어졌다니 믿기지 않았다. 얼음이 두껍게 들러붙어 네모 안까지 꽉 메워져 사방으로 엮인 로프는 작은 돛처럼 보였다. 아래쪽이 뜯긴 버팀 밧줄은 함선 우현 저 바깥으로 펄럭거렸다.

블랭키는 또다시 생각보다 몸이 먼저 반응했다. 지상 18미터 높이에서 움직일 계획을 세운다는 건 해서는 안 될 일을 정하는 것이었다.

그는 우두둑 소리를 내는 슈라우드에 매달려 있다가 그네처럼 왔다 갔다 움직이는 버팀 밧줄로 옮겨 탔다.

예상대로였다. 갑자기 몸무게가 실리자 버팀 밧줄은 메인마스트 쪽으로 흔들렸다. 커다란 괴물의 발을 가까스로 피했다. 털북숭이 괴물은 활대와 메인마스트가 교차하는 T자 지점에 매달려 있었다. 주위가 온통 시커메서 괴물이 끔찍하게 생겼다는 것만 확인할 수 있었다. 녀석은 블랭키 몸통만 한 삼각형 머리를 한 바퀴 돌렸다. 고개를 빼는 순간 기다란 목이 쑥 올라왔다. 마치 뱀을 보는 것 같았다. 이 세상 동물 같지 않았다. 블랭키가 공중에서 스쳐지나가는 순간 그의 언 손가락보다 더 긴 녀석의 이빨이 철컥 닫혔다. 녀석이 내뿜는 입김을 들이마셨다. 포식자의 입에서 썩은 고깃내의 후끈한 구취가 진동했다. 예전에 배곰을 사냥해 가죽을 벗긴 때 배곰 목구멍에서 올라오던 비린내 섞인 구취와 차원이 달랐다. 괴물은 인육 썩

327

은 내와 유황 냄새가 뒤섞인 뜨거운 구취를 내뿜었다. 증기 보일러의 열린 화구가 내뿜는 열기만큼 후끈했다.

순간, 블랭키는 그가 속으로 욕하던 수병들 말이 맞았다는 걸 깨달았다. 그동안 미신이나 믿는 멍청이들이라고 속으로 욕했었다. 빙하에 사는 저 괴물은 동물의 생살에 허연 털가죽을 뒤집어쓴 악마나 귀신이었다. 우리 가 달래고 섬겨야 할 포악한 존재였다. 그게 싫다면 얌전히 먹잇감이 되는 수밖에.

그는 버팀 밧줄이 저 아래 부러진 활대에 걸리거나, 메인마스트를 통과 하다 좌현 쪽 활대나 슈라우드에 걸리면 어쩌나 걱정했다. 그랬다간 괴물 이 그물에 걸린 월척을 잡듯 버팀 밧줄에 매달린 그를 끌어 올릴 것이다. 블랭키가 올라 탄 배배 꼬인 버팀 밧줄은 메인마스트를 5미터 이상 지나 쳐 좌현 바깥쪽으로 날아갔다.

이제 버팀 밧줄이 최대 진폭까지 도달했다가 거대한 괴물의 왼팔을 향 해 반동할 타이밍이 되었다. 블리자드 치는 어둠 속에서도 저쪽에서 녀석 이 왼쪽 앞발을 쫙 펴고 기다리고 있는 게 보였다.

블랭키는 몸을 비틀어 선수 쪽으로 밀었다. 그가 방향을 틀자 어설프게 뜯긴 리깅도 방향을 바꾸는 것 같았다. 그다음 선수 쪽 마스트 활대에 닿 을 목표로 허공에서 발차기하며 허우적거렸다.

버팀 밧줄이 그네처럼 선수로 향했다. 왼쪽 부츠 발끝이 활대에 닿았으 나 그 위에 낀 얼음 때문에 미끄러졌다. 이제 버팀 밧줄이 진동 방향을 바 꾸어 선미로 향했다. 블랭키는 얼어붙은 활대에 두 발이 닿는 순간 양발에 힘을 꽉 주며 힘껏 밀었다.

거미줄처럼 얽힌 버팀 밧줄이 그네처럼 메인마스트를 스치고 지나가 선미 쪽에서 둥글게 호를 그렸다. 블랭키는 무너진 천막과 비축품으로 난 장판이 된 갑판 15미터 상공에서 두 다리를 허우적거렸다. 버팀 밧줄이 그네처럼 진동하며 괴물이 기다리고 있는 메인마스트로 향했다. 블랭키는 등을 웅크리고 로프에 바싹 몸을 붙였다.

괴물이 앞발을 들어 허공을 갈랐다. 하마터면 블랭키의 등이 긁힐 뻔 했다. 식겁했지만 감탄스러웠다. 그네 타듯 스쳐가는 순간 녀석과의 거리 는 3미터 정도였는데 그 사이로 앞발을 들이민 것이다. 오른쪽 앞발로 마 스트를 붙들고 거대한 왼쪽 앞발을 2미터나 쭉 뻗어 블랭키를 향해 휘둘 렀다.

녀석이 블랭키를 놓쳤다.

괴물은 그가 다시 메인마스트 쪽으로 돌아오는 순간 놓치지 않을 것이다.

블랭키는 버팀 밧줄 한쪽 끝을 붙들고 잽싸게 아래로 내려갔다. 감각이 없어진 얼얼한 손으로 로프를 훑자 손바닥이 홀랑 벗겨졌다. 너무 아파서 그 고통에 밧줄을 놓쳐 어둠 속으로 날아갈 뻔했다.

버팀 밧줄이 크게 원을 그리다가 가장 바깥쪽에서 최고점을 찍었다. 우 현 난간 너머 어디쯤 되는 것 같더니 다시 반대 방향으로 진동했다.

'아직도 너무 높아.' 블랭키는 생각했다. 머리 위에 어지러이 얽힌 리깅 이 다시 메인마스트 쪽으로 회귀했다.

괴물은 버팀 밧줄이 메인마스트를 스치는 순간 덥석 붙들었다. 블랭키 는 얼어붙은 손으로 로프를 타고 이미 아래로 이동했기 때문에 괴물보다 6미터 아래에 위치했다.

괴물이 위에서 밧줄을 걷어 올리기 시작했다.

'젠장, 저 무시무시한 녀석은 뭐지? 버팀 밧줄 전체면 무게가 1톤, 아니 1.5톤은 족히 될 텐데 저렇게 간단히 끌어 올리다니.' 마치 어부가 투망한 그물을 걷는 것 같았다.

함재장은 버팀 밧줄이 안으로 진동하는 마지막 10초 동안 계획한 일을 감행했다. 리깅을 타고 아래로 내려가는 동시에, 아이가 그네를 타듯 몸을 앞뒤로 흔들기 시작했다. 괴물이 위에서 끌어 올려도 밧줄이 측면으로 호를 길게 그리게 될 것이다. 블랭키는 앞뒤로 몸을 흔들며 최대한 빨리 밑으로 내려갔다. 괴물이 계속 끌어당기자 둘 사이의 거리는 점점 좁혀졌다. 블랭키가 버팀 밧줄 맨 끝까지 내려갔는데도 괴물은 여전히 밧줄을 끌어 올리고 있었다. 그래도 아직은 15미터 상공이다.

다행히도 버팀 밧줄이 워낙 느슨했던 터라 우현 쪽으로 6미터 정도 호를 그리며 그네 타듯 진동할 수 있었다. 양손으로 세로 라인을 붙들고 두 다리는 가로 라인을 대고 버텼다. 두 눈을 감고 아이가 그네를 타는 모습을 상상했다.

머리 위 6미터도 안 되는 거리에서 예상했던 헛기침 소리가 들렸다. 순간 획, 하며 블랭키가 올라탄 리깅이 순식간에 2미터 정도 끌려 올라갔다.

지금 여기가 갑판 위에서 2미터 지점인지 4미터 지점인지 도무지 감을 잡을 수가 없었다. 블랭키는 그저 리깅이 바깥으로 진동하는 타이밍만 노리고 있다가 수없이 그네처럼 왕복하던 밧줄을 비틀며 두 발로 박차고 몸을 우현 바깥쪽으로 날렸다.

하염없이 떨어지는 기분이 들었다.

블랭키는 공중에서 몸을 다시 비틀어 머리나 등, 발이나 복부로 착지하지 않도록 했다. 얼음에는 탄성이 전혀 없다. 물론 난간이나 갑판 위로 떨어지는 것보다야 나을 것이다. 떨어지는 순간, 그의 목숨은 뉴턴을 신봉하는 학자들이 정립한 간단한 공식에 따라 결정된다. 토머스 블랭키가 뉴턴의 운동 법칙에서 발전한 탄도학의 변수가 된 것이다.

머리가 우현 난간에서 2미터 간격으로 지나갔다. 눈얼음으로 뒤엉킨 경사로로 하반신이 떨어지기 직전에 다리를 말고 두 팔을 쭉 뻗었다. 빙하가 테러호를 치밀고 올라오자 얼음이 깨지고 눈이 쌓여서 경사로가 생겼다. 대원들은 단단하게 다져진 이 경사로를 이용해 함선을 오르내렸다. 블랭

키는 시야가 확보되지 않는 상황에서도 밧줄이 그네처럼 진동하다 최고
점을 찍는 순간 경사로 바로 앞으로 낙하하는 모습을 상상했다. 눈이 잔뜩
쌓인 선미 쪽으로 떨어져도 괜찮을 것 같았다. 웨일보트를 잘 묶어 그 위
에 캔버스를 덮어둔 곳으로 눈이 1미터가량 내려앉았다.

블랭키는 눈이 쌓인 경사로 바로 앞쪽에 착지했다. 얼어붙은 경사로 바
로 앞쪽이자 눈으로 덮어 놓은 보트가 있는 선미 쪽이기도 했다. 쿵 하는
소리와 함께 나가떨어졌다. 근육이 끊어진 것 같기도 하고 왼쪽 다리가 으
스러진 것 같기도 했다. 만일 신이 여러 분 계시다면 누구든 이 밤에 잠시
깨서 뼈 대신 근육을 다치게 해달라고 기도했다. 기울어진 빙판 위에서 한
참을 데굴데굴 굴렀다. 욕하며 고함을 내질렀다. 함선을 휘감는 블리자드
가 치는 가운데 그 역시 눈을 풀썩이며 욕을 퍼부었다.

함선에서 9미터 정도를 굴러가다가 눈 덮인 빙해 어딘가에 등이 걸려
멈추었다.

최대한 빨리 온몸을 살폈다. 양팔은 부러지지 않았지만 오른쪽 팔목이
아팠다. 머리는 멀쩡한 것 같았다. 갈비뼈가 부러졌는지 숨 쉬기 힘들었
다. 겁내고 몸서리친 것에 비해 이만하면 꽤 짜릿한 성과였다. 그런데 왼
쪽 다리가 지독히 아팠다.

블랭키는 일어나서 달려야 한다는 것을 잘 알았다. 지금 당장 도망쳐야
한다. 그런데 몸이 마음대로 움직이지 않았다. 빙판에 누워 대자로 누워
있었다. 이러고 있으니 굉장히 뿌듯했다. 누운 자리 밑에서 냉기가 온몸으
로 전해졌고, 위쪽 찬 공기는 체온을 빼앗아갔다. 숨을 고르며 정신을 차
리려 했다.

앞갑판에서 고함치는 소리가 들렸다. 분명 사람 소리였다. 둥글게 원을
그리는 랜턴 불빛도 보였다. 지경 3미터쯤 되는 불빛이 선수 쪽에서 나타
나 정신없이 흔들리며 리깅을 비추었다. 그때 뭔가 묵직한 것이 쾅하고 떨

어지는 소리가 들렸다. 그 사악한 괴물이 메인마스트를 타고 갑판 위로 내려왔다. 승조원들의 고함 소리가 더욱 커졌다. 이제야 상황을 파악한 것 같았다. 대원들에겐 괴물이 또렷이 보이지 않았다. 선미 쪽으로 부러진 활대와 뜯긴 리깅이 너부러져 있었고, 함선 중앙에는 통들이 이리저리 굴러다녔기 때문이다. 산탄총 한 발이 발사되었다.

블랭키는 이를 악물고 빙판을 엉금엉금 기었다. 속장갑은 벗겨져서 어디로 갔는지 양쪽 다 맨손이었다. 방한모도 도망가고 없었다. 길고 허연 머리칼이 바람에 흩날렸다. 그 난리 통에 묶고 있던 머리가 풀어졌다. 얼굴과 수족도 얼얼해서 무감각했다. 몸통 여기저기가 쑤셨다.

괴물이 우현 난간을 훌쩍 뛰어넘어 그가 있는 쪽으로 달려왔다. 거대한 괴물 등 뒤로 랜턴 불빛이 쏟아졌다. 녀석은 큼지막한 사지를 허우적거리며 나지막한 얼음둑을 깨트렸다.

순간, 블랭키가 벌떡 일어나 빙해 위 솟은 어두운 세락 속으로 몸을 숨겼다.

이제 함선까지의 거리가 45미터로 멀어졌다. 미끄러지고 넘어지고 일어났다가 다시 달리기를 반복했다. 이러다 죽는 게 당연하다는 생각이 들었다.

되도록 함선 가까이 있어야 했다. 눈 덮인 보트를 보관한 쪽을 한 바퀴 돌아 우현을 따라서 빙하에 깊이 눌린 보우스피릿을 넘어 좌현 쪽으로 함선에 올라가 대원들에게 살려 달라고 고함을 쳤어야 했다.

아니, 그랬다간 얽힌 좌현 쪽 리깅을 통과하기도 전에 죽었을지도 모른다. 녀석이 10초 만에 잡아먹었을 테니.

'내가 왜 이리로 뛰어왔지?'

그는 밧줄에서 몸을 내던지기 전에 계획을 세우긴 했었다. '그게 뭐였더라?'

등 뒤에서 해빙이 서걱서걱 긁히며 쿵쿵거리는 발자국 소리가 들렸다.

누구였는지 잘 기억이 나지 않았다. 아마 이리버스호 부군의관 굿서였던 것 같다. 굿서는 백곰이 먹잇감을 포착하고 빙해를 가로지를 때 정말 몸이 잽싸다고 말했었다. 시속 40킬로미터 정도 된다고 했던가? 맞다, 최소 그 정도 된다고 했다. 블랭키는 그렇게 빨리 뛰는 백곰을 본 적이 없었다. 그는 빙상 위에 솟은 빙맥과 세락, 얼음이 갈라진 틈에 몸을 숨겨야 했다. 너무 컴컴해서 몇 미터 앞까지 가야 분간이 되었다.

녀석이 뒤에서 성큼성큼 쫓아왔다. 블랭키는 어둠 속에서 어설프게 한 바퀴 돈 다음 삐죽삐죽한 세락과 압력 봉우리로 인해 생긴 넓적한 얼음판 사이로 몸을 숨겼다. 숨이 차고 창자가 끊어질 듯 씨근거렸다. 뒤에서 거대한 형체가 으르렁거리며 쫓아왔다. 왜 녀석이 저런 소리를 내는 걸까? 재미로, 아니면 기대감에? 한 걸음 내딛을 때마다 앞발로 세락을 꾹꾹 뭉갰다. 보폭이 얼마나 넓은지 사람의 다섯 배는 되었다.

이제 함선까지의 거리는 약 180미터로 벌어졌다. 너무 캄캄해서 미처 피하지 못하고 돌덩이 같은 빙벽에 부딪혀 몸이 튕겨졌다. 오른쪽 어깨로 강하게 들이받자 다른 부위처럼 어깨도 무감각해졌다. 죽도록 내달렸지만 박쥐처럼 눈 먼 신세가 되었다. 이제 테러호 갑판 위 랜턴과 너무 멀어져서 전혀 보이지 않았다. 게다가 뒤돌아 랜턴을 찾아볼 짬도 이유도 없었다. 함선에서 이렇게 멀어졌는데 랜턴이 무슨 소용이던가. 지금 몸을 숨기려는 일에 오히려 방해만 된다.

지금 블랭키는 머릿속으로 지도를 그렸다. 테러호를 감싼 인근 빙판과 크레바스와 작은 빙하에서부터 저 멀리 수평선까지 지도를 그린 다음 그 위에서 달리고 몸을 숨기고 이리저리 방향을 바꾸었다. 블랭키는 1년 이상 이 정신없이 솟은 빙맥과 빙하와 융기된 얼음이 펼쳐진 빙해를 내다보며 살았다. 그중 몇 달은 계속 극야(낮에도 밤만 이어지는 현상)가 이어졌다.

겨울에는 몇 시간씩 달빛과 별빛을 맞으며 당직을 섰다. 춤추는 오로라 빛이 아래로 쏟아지는 와중에 보초를 섰다. 그는 항해장이라는 전문가의 눈으로 함선 주위의 얼음을 연구했다.

블랭키는 넘어져도 일어나 간신히 마지막 압력 봉우리를 넘어 함선에서 180미터나 떨어진 이곳, 난빙까지 왔다. 8미터 뒤에서 괴물이 추격하는 소리가 들렸다. 이곳이 미로처럼 얽힌 빙산과 초대형 빙하에서 떨어져 나온 작은 빙하가 있던 곳임을 기억해 냈다. 집채만 한 빙하가 거꾸로 서서 빙산을 이루었다.

이제 운이 다한 먹잇감의 모가지를 비틀 곳에 다다랐다는 걸 직감한 듯, 흐릿한 형체가 블랭키 뒤에서 속도를 내며 으르렁거렸다.

너무 늦었다. 블랭키는 높이 솟은 세락 사이로 몸을 숨긴 다음 빙하가 만든 미로 속으로 들어갔다. 머릿속으로 그린 지도에 스스로 속았다. 멀리에서 망원경으로 들여다봤을 때는 작은 빙하만 보였었다. 그런데 앞이 컴컴해서 빙벽에 부딪히는 바람에 그만 엉덩방아를 찧었다. 블랭키는 빙판 위를 엉금엉금 기었다. 괴물과의 거리는 고작 몇 미터 이내. 블랭키는 다시 숨을 고르며 정신을 차렸다.

마차만 한 빙하 두 개 사이로 채 1미터가 안 되는 틈이 보였다. 그리로 기어들어갔다. 계속 기다 보니 맨손에 감각이 없어졌다. 바로 밑에 있는 시커먼 빙하가 아주 멀리 있는 듯 거리감이 느껴졌다. 그 순간, 괴물이 틈새로 커다란 앞발을 밀어 넣고 더듬거리며 블랭키를 찾았다.

쥐와 고양이의 모습이 떠올랐으나, 블랭키는 애써 떨쳐냈다. 부츠 밑바닥에서 30센티미터도 채 안 되는 거리로 괴물이 앞발을 뻗어 얼음 조각을 쑤석거렸다. 도무지 믿기지 않았다. 블랭키는 좁은 틈 사이에 앉았다 섰다 안절부절못하다가 캄캄한 암흑 속으로 더듬더듬 더 깊이 들어갔다.

아무 소용이 없었다. 얼음 샛길은 너무 짧았다. 2미터도 되지 않았다.

여길 빠져나가야 저 너머 보이는 탁 트인 공간으로 갈 수 있다. 오른쪽에서 괴물이 쿵쾅거리는 발걸음으로 빙산을 빙빙 돌며 으르렁거렸다. 여기에서 숨죽이고 있느니 크리켓 경기장만 한 공간으로 넘어가는 편이 나을 것 같았다. 저기라면 어둠 속에서 잠시 숨을 돌릴 수 있을 거라 생각했다. 그때 괴물이 틈새를 벌리며 그 사이로 발을 쑤셔 넣었다. 이제 이곳은 최후를 맞이할 장소가 되었다.

망원경으로 보이던 바람에 깎인 작은 빙산이 떠올랐다. '어느 쪽이었더라. 맞다, 왼쪽이었지.'

비틀거리며 왼쪽으로 갔다. 도중에 하등 도움이 되지 않는 작은 뾰족탑과 세락에 부딪혔다. 60센티미터 정도 벌어진 얼음 틈새를 뛰어넘고 삐죽삐죽 낮은 빙맥을 기어올랐다. 미끄러져도 또다시 기어올랐다. 녀석도 빙벽에 이리저리 몸을 부딪치며 3미터 이내로 바싹 쫓아왔다.

얼음 바위를 넘자마자 거대한 빙산이 펼쳐졌다. 망원경으로 보던 구멍이 뚫린 바로 그 빙산이었다.

빙산은 시시각각 움직인다.

무자비한 압력에 떠밀리며 빙산은 무너졌다가 다시 생기고 모양을 계속 바꾼다.

괴물은 뒤쪽 비탈길을 발톱으로 찍으며 평평한 정상에 올랐다. 지금 블랭키가 벌벌 떨고 있는 빙산은 앞이 가로막혔다.

그림자, 균열, 틈새, 빙벽으로 막힌 샛길, 몸을 숨길 곳이 전혀 없다.

오른쪽으로 거꾸로 선 작은 빙산 한쪽 빙벽에 지름 1.2미터 정도 되는 구멍이 보였다. 구름이 잠시 갈라진 5초 동안 달빛이 쏟아진 덕분에 희미하나마 시커먼 빙벽 속에 이례적으로 뚫린 구멍이 보였다.

블랭키는 그 속으로 몸을 던졌다. 그러나 그때는 이 얼음 구멍의 길이가 9미터밖에 되지 않는다는 것을 몰랐다.

입구가 좁아 몸이 구멍에 맞지 않았다. 방한용 상의와 외투가 너무 두 꺼워서 구멍 속에 들어갈 수 없었다.

블랭키는 옷을 찢었다. 괴물이 마지막 남은 비탈길을 발톱으로 찍으며 바싹 뒤쫓아 올라와 두 다리로 버티고 섰다. 막상 보진 못했지만 괴물이 그렇게 서 있는 게 느껴졌다. 뒤돌아볼 여유가 없었다.

블랭키는 외투와 다른 모직 웃옷을 벗어서 뒤도 안 보고 녀석에게 냅다 내던졌다. 최대한 빨리 거추장스러운 옷을 집어던졌다.

나지막이 으르렁거리는 소리와 함께 썩은 내 나는 구취가 진동했다. 괴물이 블랭키가 던진 옷가지를 찢어서 얼음 미로 속으로 내던지는 소리도 들렸다. 그렇게 다른 쪽으로 시선을 유도해 봤자 고작 5초뿐이었다.

블랭키가 다시 얼음 구멍 속으로 몸을 조준했다.

어깨만 겨우 들어갔으나 부츠 발끝으로 열심히 허우적거리며 몸을 구멍 속으로 디밀었다. 발 디딜 곳을 찾아 무릎으로 버틴 채 손으로 붙들 만한 곳을 물색했다.

얼음 구멍 속으로 약 1.2미터 정도 들어갔을 때였다. 괴물이 구멍까지 쫓아와서 그의 오른쪽 부츠를 찢으며 물어뜯었다. 블랭키는 생살을 물어 뜯기는 고통을 느끼며 이렇게 생각했다. '기왕이면 발꿈치만 뜯어 먹었으면.' 블랭키는 어디가 어떻게 잘려 나갔는지 모르겠다. 숨이 차올랐다. 안 그래도 착지하다 다쳐서 무감각해진 다리가 급기야 물려 뜯기기까지 했다. 찌를 듯한 고통이 밀려 왔지만 버둥거리며 구멍 속으로 더 깊이 기어들어갔다.

안으로 들어갈수록 구멍이 좁아졌다.

삐죽빼죽한 얼음에 찔려 왼쪽 다리 살점이 뜯겨 나갔다. 밧줄에서 떨어지면서 다친 다리였다. 그가 흘린 비릿한 피 냄새가 진동했다. 아마 괴물도 피 냄새를 맡았을 것이다. 녀석은 앞발을 휘두르다 말고 잠시 멈춰 포효했다.

얼음 구멍 속에 있으니 괴물의 울음소리가 쩌렁쩌렁 울려서 귀가 먹먹했다. 어깨가 끼어 더는 안으로 들어갈 수 없었다. 하반신은 여전히 괴물의 앞발이 닿을 거리였다. 괴물이 또다시 포효했다.

그 소리를 듣자 블랭키의 심장과 고환까지 얼어붙었다. 그렇다고 온몸이 굳을 정도로 무섭지는 않았다. 잠시 숨을 돌린 후, 몸을 움찔거려 공간적 여유가 있는 뒤로 몸을 살짝 뺐다. 양팔을 앞으로 뻗어 남은 힘을 모아 발과 무릎으로 얼음을 박차며 앞으로 쭉 밀었다. 옆구리 옷과 어깨의 살갗이 뜯겨 나갔다. 몸집이 별로 크지 않은 블랭키조차도 얼음 구멍 속에서 온몸이 긁히며 찢어졌다.

제일 좁은 지점만 통과하면 구멍이 도로 넓어지면서 아래로 향한다. 블랭키는 피를 윤활유 삼아 배밀이를 하며 전진했다. 그나마 성한 살갗도 죽죽 금이 갔다. 힘을 꽉 준 복부 근육과 바싹 쪼그라든 음낭으로 한기가 엄습했다.

괴물이 세 번째로 포효했다. 그런데 아주 멀리에서 들리는 것 같았다.

드디어 얼음 구멍을 빠져나가자 열린 공간으로 뚝 떨어졌다. 그런데 떨어지기 직전에 이 모든 노력이 헛수고였음을 직감했다. 이 얼음 구멍은 고작 몇 달 전 녹아서 생긴 것으로 추정되었다. 작은 빙산 한쪽을 관통하는 이 구멍은 블랭키를 또다시 밖으로 내뱉었다. 순간 그는 등을 대고 누워 별을 바라보는 자세가 되었다. 피로 물든 눈밭에서 온몸에 피칠갑을 한 채 누워 피비린내를 음미했다. 괴물이 빙산 바깥을 빙빙 도는 소리가 들렸다. 처음에는 왼쪽, 나중에는 오른쪽에서 들려왔다. 블랭키를 잡아먹고야 말겠다는 의지가 넘쳐흘렀다. 녀석은 피 냄새에 환장해 그를 쫓아오는 것 같았다. 심하게 다친 블랭키는 진이 빠질 때로 빠져 더는 기어갈 힘도 없었나. 이제 무슨 일이 벌어지든 그대로 받아들일 생각이다. 뱃사람을 지켜주는 신이 있다면 이 빌어먹을 녀석이 그를 잡아먹으려는 순간 뒈지게 해 달라고 기도했다. 괴물이 블랭키를 잡아먹는 순간, 괴물의 목구멍에 그의 뼈가 걸리게 해 달라고 빌었다.

꼬박 1분 동안 대여섯 번 괴물의 괴성이 들렸다. 매번 소리는 커졌고 절망으로 가득 찼다. 그를 품은 어둠 속에서 이리저리 소리가 옮겨 다녔다. 그제야 블랭키는 괴물이 그를 잡아먹을 수 없다는 것을 깨달았다.

이렇게 별을 보며 빙판 위에 누워 있지만, 사실 가로 1.5미터에 세로 2.5미터 정도 되는 얼음 상자 속에 갇힌 처지가 된 것이었다. 두툼한 빙산 세 개가 해빙의 압력으로 떠밀리면서 막힌 공간이 생겼고, 그가 그 속으로 들어가게 된 것이다. 이 중 기울어진 빙산 하나가 무너진 벽처럼 머리 위를 덮고 있지만, 그래도 별은 보였다. 그가 누운 공간 양쪽 측면으로 길게 틈이 두 개 벌어져 그 사이로 별이 보였다. 그 틈 한쪽 끝에서 거대한 괴물이 별빛을 막고 선 모습도 보였다. 괴물까지의 거리는 4.5미터도 채 되지 않았다. 빙산과 빙산 사이의 틈은 약 15센티미터 정도. 블랭키처럼 얼음 구멍을 빠져나와야만 이리로 들어올 수 있다.

괴물은 으르렁거리며 10분이 넘게 주위를 맴돌았다.

토머스 블랭키는 억지로 쭈그려 앉은 다음 온통 긁힌 등과 어깨를 빙벽에 댔다. 코트와 옷가지는 이미 없어진 지 오래고, 바지, 모와 면으로 된 스웨터 두 장, 모직 내복이 피에 젖어서 너덜너덜했다. 이제 동사할 수밖에 없는 신세가 되었다는 걸 체념하고 받아들였다.

괴물은 떠나지 않았다. 괴물은 빙산 세 개로 만들어진 얼음 상자 같은 그곳을 맴돌았다. 마치 런던에 새로 생긴 동물원 우리에 갇혀 안절부절못하는 육식동물 같았다. 그런데 막상 우리에 갇힌 건 블랭키였다.

기적적으로 괴물이 포기하고 떠난다 해도, 블랭키는 저 좁은 얼음 구멍을 다시 빠져나갈 힘도 의지도 없었다. 저 얼음 구멍을 다시 빠져나가느니 차라리 달빛을 맞으며 이러고 있는 편이 나았다. 흩어지는 구름을 젖히고 달이 고개를 내밀더니 빙하 주위에 포근하고 푸르스름한 빛을 쏟아냈다. 블랭키가 기적적으로 저 얼음 구멍을 빠져나간다고 해도 함선까지의 거리는 무려 280미터가 넘었다. 도저히 닿을 수 없는 거리였다. 온몸은 무감각해졌고, 다리를 움직일 수조차 없었다.

블랭키는 맨발을 눈밭에 깊이 파묻고 등으로 파고드는 혹한을 받아들였다. 바람은 이곳까지 닿지 않아서 눈이 꽤 많이 쌓여 있었다. '테러호 동료들이 찾아올까? 왜 다들 내다보지도 않는 거지?' 블랭키는 빙하에 나갔다가 녀석에게 끌려간 대원들을 떠올렸다. '내가 사라지면 함장이 내 송장을 저 아래 시체실로 옮기는 수고를 할 필요도 없겠어. 쓸 만한 돛을 허비하면서까지 남은 송장을 싸서 옮기는 고생은 하지 않아도 될 거야.'

반대편 틈과 얼음 구멍 입구가 시끌벅적했지만 블랭키는 신경 쓰지 않았다. "꺼져. 돼지든 악마든 간에." 그는 얼어붙어서 움직이지도 않는 입술로 웅얼거렸다. 말을 할 수 없었다. 얼어 죽는 건 생각보다 그리 고통스럽지 않았다. 치사량에 가까운 피를 흘렸다. 여기저기 상처와 생채기에서 흘러나온 피가 벌써 얼어붙었다. 동사라는 것이 꽤나 평화롭고 고요하기까지 했다. '이렇게 죽는 것도 나쁘지 않군……'

빙벽 틈과 얼음 구멍 사이로 불빛이 들어왔다. '이제 괴물이 횃불과 랜턴을 써서 밖으로 유인하려나 보군.' 블랭키는 그 뻔한 꾐에 빠지지 않았다. 가만히 앉아만 있었다. 순간, 불빛이 다른 쪽으로 가 버렸다. 이제 그는 마지막으로 푸근함을 느끼며 영원한 숙면에 점차 빠져들었다. 오랫동안 괴물과 말없는 사투를 벌였다. 그는 괴물에게 그의 목소리를 듣게 하는 쾌감을 선사하고 싶지 않았다.

"젠장, 블랭키, 어디 있나!" 크로지어가 아랫배에서부터 끌어 올린 목소리를 내질렀다. 얼음 구멍이 찌렁찌렁 울렸다. "안에 있으면 대답하게! 아니면 그냥 두고 갈 테다!"

블랭키는 눈을 뜨려 했다. 깜박이려고 했지만 속눈썹과 눈꺼풀이 얼어붙었다. '이제 괴물이 색다른 묘책을 쓰는 건가?'

"여기." 그는 간신히 소리를 내뱉었다. 그리고 다시 한 번 외쳤다. "여기요!"

잠시 후, 누수방지공 조수 코닐리어스 히키의 머리와 어깨가 얼음 구멍 속으로 쑥 나왔다. 테러호에서 덩치가 가장 작은 자였다. 히키는 랜턴을 들고 있었다. 블랭키는 어리석게도 얼굴이 뾰족한 난장이가 태어나는 장면을 목격하는 줄로 착각했다.

• • •

결국 군의관 전원이 달라붙어 수술했다.

블랭키는 지금 상황이 어떤지 파악하려는 듯 깜빡깜빡 정신이 들었다. 기분 좋게 안개 속을 헤매다가 가끔 안개가 걷히는 기분이었다. 어떨 때 눈을 뜨면 테러호 군의관 페디와 맥도널드가 수술 중이었다. 또 정신을 차려 보면 이리버스호의 스탠리와 굿서가 보였다. 때로는 넷 중 하나가 절단하고 톱질하거나, 감싸서 봉합하기도 했다. 블랭키는 정신없이 수술을 하는 굿서를 보고 백곰이 시속 40킬로미터 이상 달리는 게 사실이라고 말하고픈 충동이 들었다. 그런데 그 녀석이 백곰이었던가? 그 녀석은 백곰이 아닌 것 같았다. 백곰은 지구에 사는 동물이지만, 그것은 이 세상 생명체가 아니었다. 그런 확신이 들었다.

당직 중이었던 대원들은 생각보다 무사했다. 아주 괜찮았다.

존 핸드포드는 무사했다. 블랭키가 랜턴을 들려 떠밀어 보내자, 우현 근무 중이었던 핸드포드는 좌현으로 가서 랜턴을 끄고 몸을 숨겼다. 바로 그때 괴물이 블랭키를 잡겠다고 마스트를 기어올랐다.

죽은 줄 알았던 알렉산더 베리는 무너진 캔버스 천막과 난장판이 된 그 밑에 누워 있었다. 우현에서 근무하던 중, 괴물이 처음 그쪽에서 나타나 선미와 선수 방향으로 돌려놓고 들보로 쓰던 원재를 부수었다. 베리는 원재에 머리를 심하게 부딪쳐 그날 밤 무슨 일이 있었는지 전혀 기억하지 못했다. 크로지어는 베리의 산탄총을 발견했는데 총이 발사된 흔적이 있었다고 블랭키에게 전했다. 블랭키도 선술집 벽면이 쓰러지듯 그를 덮치던 형체가 보이는 순간 분명 표적거리에서 총을 쏘았다고 했다. 그런데 갑판을 살살이 훑어봐도 괴물이 흘린 핏자국은 단 한 방울도 보이지 않았다.

크로지어는 2명이나 표적거리 내에서 산탄총을 발사했는데 어떻게 피한 방울도 보이지 않느냐고 블랭키에게 물었다. 블랭키는 아무 말도 하지 않았지만 당연히 그 이유를 알고 있었다.

데이비 레이스 역시 다친 곳 없이 무사했다. 좌현에서 당직 근무 중이던 마흔 살 레이스도 분명 많은 것을 듣고 보았을 것이다. 괴물이 처음 갑판으로 오르던 장면은 분명 목격했을 것이다. 그런데 입을 꾹 다물었다. 그저 멍하니 쳐다보기만 할 뿐. 그는 셋 중에 가장 먼저 테러호 병실로 옮겨졌다. 그런데 군의관 넷이 피범벅이 된 블랭키를 수술해야 했기에 레이스는 들것에 실려 좀 더 넓은 이리버스호 병실로 이송되었다. 항해장 블랭키를 병문안 온 수다스러운 대원들 얘기를 들어 보니, 레이스는 그곳에 가만히 누워 눈 하나 깜빡이지 않고 천장에 있는 빔만 쳐다보고 있다고 했다.

블랭키는 온몸에 멀쩡한 곳이 하나도 없었다. 괴물에게 오른쪽 발뒤꿈치 절반을 뜯겼다. 맥도널드와 굿서는 남은 부위를 도려낸 후 불로 지졌다. 군의관들은 목공장, 일명 함선 무기 제조업자의 도움을 받아 블랭키가 다시금 걸을 수 있게 가죽끈이 달린 나무 의족을 만들어주겠다고 했다.

왼쪽 다리도 괴물에게 공격당해 엉망이었다. 몇 군데는 살점이 떨어져 나가 아예 뼈가 드러났다. 긴 다리뼈가 괴물 발톱에 죽죽 긁혀서 길게 홈이 팼다. 군의관 페디는 나중에 무릎까지 절단해야 할지도 모른다는 군의관 4인의 소견을 전달했다. 상처 부위의 감염과 괴저 현상이 별로 없는 것이 그나마 북극이 내리는 축복이라고 했다. 뼈를 다시 맞추고 400바늘이나 꿰맸다. 블랭키의 왼쪽 다리는 살짝 뒤틀리고 흉터가 심하게 패이고 근육도 소실되었지만 서서히 회복했다. "손주들이 이 상처를 자랑스러워 할 거요." 이리버스의 항해장 제임스 레이드는 예우를 갖춰 찾아와 이렇게 말했다.

동상으로 여기저기 큰 대가를 치렀다. 블랭키는 간신히 발가락은 온전히 지켰다. 온전하지 못한 발로 균형을 잡으려면 발가락이 꼭 있어야 한다고 군의관이 그랬다. 대신 오른손은 엄지를 제외한 네 손가락을 모두 잃었고, 왼손은 새끼와 약지, 엄지를 절단했다. 굿서는 이쪽 분야 전문이라서 남은 손가락 몇 개로 글씨도 쓰고 우아하게 식사도 할 수 있다고 자신했다. 게다가 오른손 엄지와 왼손 손가락 두 개만 있으면 바지와 셔츠의 단추를 얼마든지 잠글 수 있다고 용기를 주었다.

토머스 블랭키는 단추 따위는 안중에도 없었다. 아직 그쪽은 관심사가 아니었다. 그는 목숨을 건졌다. 빙하에 사는 괴물이 어떻게든 그를 잡아먹으려고 몸이 달았었다. 그럼에도 그는 여태 살아 있다. 음식을 맛보고, 동료들과 떠들고, 럼도 매일 마신다. 붕대를 감은 양쪽 손으로 이미 머그를 붙들 수 있다. 만약 누가 갖다 주기만 한다면 책도 읽을 것 같았다. 죽기 전에 『웨이크필드의 목사』(영국 작가 올리버 골드스미스가 쓴 소설로 역경을 딛고 복을 누리는 내용)를 읽기로 결심했다.

블랭키는 오래 살아서 끝까지 죽지 않고 버티기로 마음먹었다. 이상하게도 행복했다. 선미 쪽 그의 격실로 빨리 돌아갈 날을 손꼽아 기다렸다. 어빙 소위와 함장 당번병 좁은 사이에 그의 자리가 있었다. 아주 좁은 공간이지만 그리로 돌아갈 날이 언젠가 올 것이다. 그날이 오면 군의관들이 자기네가 블랭키의 부상 부위를 도려내고 봉합했다고 뻐기며 콧방귀를 뛸 것 같았다.

그래도 토머스 블랭키는 행복했다. 병상 벙커 침대에 늦은 밤에 누워 있었다. 취침 구역이 격벽 너머에서 별로 멀지 않아 대원들이 어둠 속에서 투덜거리고 속삭이고 방귀 끼고 웃는 소리까지 다 들렸다. 디글이 한밤중에 십 비스킷을 구우며 주방 보조에게 윽박지르고 호통치는 소리도 들렸다. 해빙이 테러호를 으스러뜨리려고 함선 선체에 대고 얼음을 비비며 신음하는 소리도 들렸다. 그 소리가 오래전 돌아가신 어머니가 불러주시던 자장가처럼 들렸다. 그러고는 깊은 잠에 빠졌다.

# 22
## 어빙

북위 70도 05분, 서경 98도 23분

1847년 12월 13일

존 어빙 소위는 벙어리 여자가 어떻게 아무에게도 들키지 않고 함선을 들락거리는지 그 노선을 파악해야 했다. 오늘 밤은 벙어리 여자의 은신처를 발견한 지 한 달째 되는 날이다. 만일 그 노선을 파악하는 대가로 수족을 잃을지라도 이 수수께끼를 풀 생각이다.

처음 은신처에서 여자를 발견하던 날, 어빙은 에스키모 여자가 최하갑판 선수에 있는 밧줄 창고에서 지낸다고 함장에게 즉시 보고했다. 그러나 그곳에서 날고기를 먹는 것 같다는 말은 전하지 않았다. 그 좁은 공간에 랜턴을 들이민 찰나 그 섬뜩한 모습을 목격한 것이라서 확실치 않았기 때문이다. 어빙은 선창에서 누수방지공 조수 히키와 수병 맨슨의 계간 행위를 보고도 함구했다. 함장에게 이 충격적이고 중대한 사실을 보고하지 않고 군복을 벗을 생각이었다. 그런데……

그런데 왜일까? 어빙은 자신이 심각한 복무 위반을 하는 이유를 곰곰이 생각했다. 그건 테러호에 이미 쥐가 들끓고 있었기 때문이다.

벙어리 여자가 귀신처럼 나타났다 홀연히 사라지는 묘기는 칙칙하고 냄새나는 선창에서 히키와 멍청이 맨슨이 서로 재미 보던 일보다 어빙에게 훨씬 중요했다. 미신을 신봉하는 대원들은 여자가 마녀라는 확실한 증

344

거가 바로 출몰하는 재주라고 했지만, 함장 크로지어와 다른 장교들은 이를 헛소리라며 묵살했다.

진절머리 날 정도로 어두운 밤, 어빙은 통을 놓고 쭈그리고 앉아서 세 시간째 근무를 서는 중이었다. 바닥은 곤죽처럼 질척거렸고 등 뒤 선수 쪽 밧줄 창고 근처에는 기둥이 있었다. 언 선창에서 풍기는 악취는 날이 갈수록 심해졌다.

먹다 남은 음식을 갖다 바친 접시나 럼은 이제 보이지 않았다. 밧줄 창고 바깥쪽 낮은 제단 위에 이단을 숭배하는 물건을 올려놓은 모습도 사라졌다. 블랭키가 기적적으로 살아 돌아온 직후 장교 하나가 크로지어에게 이런 관행을 보고했다. 함장은 불같이 격노하며 그랬다간 다시는 럼 배급을 하지 않겠노라고 호통쳤다. 어리석어 미신을 믿고, 생각이 짧아 신을 섬기지 않은 자가 남은 음식을 갖다 놓거나 인도산 럼을 잔에 담아 바쳤다가 들킬 경우, 다시는 럼을 마실 생각도 하지 말라며 으름장을 놓았다. 함장은 여자를 원주민 여자나 이단이라고 칭했다. 벙어리 여자의 알몸을 흘 깃 봤거나 군의관들이 하는 얘기를 들은 대원들은 그 여자가 아이가 아님을 알고 쑤군덕거렸다.

크로지어 함장은 아예 쐐기를 박았다. 앞으로 백곰을 숭배하는 꼴도 두고 보지 않겠다고 했다. 그는 어제 예배에서 백곰의 이빨, 앞발, 꼬리를 소지하거나, 문신을 새로 하거나 뭔가를 숭배하는 물건을 갖고 있다가 재수 없게 걸릴 경우, 늦은 밤 당직을 한 번 더 세우거나 요강 두 개를 비우는 일을 시키겠다고 공표했다. 사실 어제는 다들 『레비아단의 책』을 읽어주기를 고대했지만, 함장은 그저 군율을 읽어 내려갔다. 이단을 열렬히 숭배하던 모습이 순식간에 테러호에서 사라졌다. 어빙 소위는 이리버스호에서는 아직도 그런 모습이 성행하고 있다는 얘기를 그쪽 동료에게서 들었다.

어빙은 밤이면 함선에서 수상쩍게 출몰하는 에스키모 여자의 뒤를 여러 번 밟으려 했지만 번번이 놓쳤다. 뒤쫓는다는 사실을 여자에게 들키고 싶지 않았다. 오늘 벙어리 여자는 창고에 있었다. 어빙은 세 시간 전 중앙 사다리를 타고 내려와 여자의 뒤를 밟고 있었다. 세 시간 전이면 다들 저녁을 먹은 후였고, 여자도 염장 대구와 십 비스킷과 물 한 잔을 디글에게 배급받아서 그걸 들고 아래로 내려간 후였다. 어빙은 초대형 스토브가 장착된 앞쪽 선수 해치 앞에 1명, 중앙 사다리 앞에 1명을 세워 망을 보도록 했다. 그리고 네 시간에 한 번씩 교대시켰다. 에스키모 여자는 오늘 밤 10시가 훌쩍 지나서 움직이겠지만, 어느 쪽 사다리로 언제 올라가든 여자의 동태를 파악할 수 있도록 했다.

그런데 세 시간이 지났건만 밧줄 창고문은 굳게 닫혀 있었다. 선창 선수 쪽에서 유일하게 빛나는 것은 넓고 낮은 창고 문틈 사이로 희미하게 새어 나오는 불빛뿐이었다. 여자는 창고 안에서 뭔가 빛을 내는 도구를 가지고 있었다. 양초나 보호막 없이 그냥 피워 놓은 불씨 같았다. 이 사실만으로도 크로지어는 당장 여자를 밧줄 창고에서 내쫓아 하갑판 병실 앞에 있는 좁은 거처로 돌려보냈을 것이다. 어쩌면 허허벌판 빙하로 내쫓았을지도 모른다. 함장은 바다에서 잔뼈가 굵은 여느 뱃사람처럼 함선에서 불 피우는 행위에 질겁했다. 그리고 에스키모 손님에 대한 애틋함 따위는 품고 있지 않았다.

창고 문틈 사이로 흘러나오던 희미한 불빛이 갑자기 꺼졌다.

'여자가 잠이 들었나.' 어빙은 여자의 모습을 상상했다. 전에 보았던 대로 알몸에 모피를 뒤집어쓰고 있을 것 같았다. 어빙은 아침에 질척거리는 선창 바닥 통 위에 쭈그린 채 죽어 있는 자신을 발견하는 상상을 했다. 신사답지 못하게 함선의 홍일점을 몰래 훔쳐보려다 동사하는 것이다. 가난한 어빙의 부모가 아들의 사망 경위를 전해 듣는다면 너무 허탈할 것 같았다.

그때 차가운 바람이 얼어붙은 선창으로 흘러 들어왔다. 마치 자애로운 영혼이 어둠 속에서 쓰다듬고 지나가는 것 같았다. 순간 머리칼이 목 뒤로 날리는 것이 느껴졌다. 언뜻 생각이 스치고 지나갔다. '통풍 장치인가? 누가 문이나 창문을 연 것 같아.'

그는 벙어리 여자가 어떻게 테러호를 신출귀몰하게 드나드는지 깨달았다.

어빙은 랜턴을 켜고 벌떡 일어나 곤죽이 된 바닥을 헤치고 나아가 밧줄 창고문을 잡아당겼다. 문은 안에서 잠겨 있었다. 선수 밧줄 창고는 안팎으로 잠금 장치가 없다. 굵은 밧줄을 대체 누가 훔쳐간단 말인가. 에스키모 여자는 문을 걸어 잠그는 자기만의 방법을 개발한 것 같았다.

어빙은 이런 상황을 예상하고 70센티미터짜리 지렛대를 오른손에 들고 왔다. 리틀 대위나 크로지어 함장에게 함선을 손상시킨 이유를 해명해야 할지도 몰랐다. 지렛대를 높이 90센티미터 정도의 창고문 사이에 쑤셔 넣고 힘껏 눌렀다. 뿌지직 갈라지는 소리가 났지만 5센티미터밖에 벌어지지 않았다. 문틈에 끼워 넣은 지렛대를 한 손으로 받친 채 제복, 외투, 속 코트, 조끼를 젖히고 속으로 손을 넣어 혁대에 찬 보트 나이프(선원이 주로 쓰는 짤막한 휴대용 칼)를 꺼냈다.

벙어리 여자가 밧줄 창고 문 안쪽에 못질을 해 탄성이 좋은 생가죽이나 창자, 힘줄 같은 걸 걸어 놓은 것 같았다. 문을 앞뒤로 당겨 보니 허연 거미줄이 단단히 들러붙은 듯했다. 흔적을 남기지 않고 창고 안으로 들어갈 방법은 전혀 없었다. 이미 지렛대 자국이 남았다. 어빙은 보트 나이프로 들러붙은 힘줄을 끊어냈다. 얼마나 질기던지 잘 잘리지 않았다. 생가죽이나 밧줄에 비해 힘줄을 끊는 게 훨씬 힘들었다.

드디어 힘줄이 끊어졌다. 어빙은 쉬 소리를 내는 랜턴을 천장이 낮은 창고 안으로 밀어 넣었다.

자은 굴처럼 생긴 창고는 4주 전 봤을 때와 달라진 게 없었다. 다만 그가 든 램프 말고는 불씨가 전혀 보이지 않았다. 둘둘 말린 밧줄을 뒤로 밀고 머리 위로 당겨 놓아, 높은 바다 위로 작은 동굴이 하나 더 생겼다. 고기를 먹은 흔적도 보였다. 테러호에 있는 백랍 접시에 염장 고기 몇 조각이 남아 있었고, 백랍 머그에는 그로그가 담겨 있었다. 쓰다 버린 돛을 꿰매 직접 만든 봉지가 몇 개 보였다. 창고 바닥에 테러호에서 쓰는 기름 랜턴이 놓여 있었다. 그 안에 기름을 충분히 넣었다가 밤에 갑판에서 볼일을 볼 때 들고 올라가던 램프였다. 장갑을 벗고 만져보니 램프 망에 아직 온기가 남아 있었다.

그런데 벙어리 여자가 보이지 않았다.

어빙은 굵은 밧줄을 이리저리 밀고 당겨서 뒤쪽을 살폈지만, 세모난 밧줄 창고 안에 밧줄이 빽빽이 들어 차 있을 뿐이었다. 출항한 지 2년하고도 반년이나 지났건만 여전히 템스 강에서 묻어온 개흙 악취가 진동했다.

벙어리 여자가 사라졌다. 천장이나 벽에 갑판으로 올라갈 구멍이 난 것도, 선체에 밖으로 나갈 구멍이 뚫린 것도 아니었다. '미신을 믿던 승조원들의 말이 다 맞았단 말인가? 이 에스키모 여인이 마녀였나? 아니면 여자 주술사? 이단 마법사?'

존 어빙 소위는 믿을 수가 없었다. 솔솔 불어오던 바람이 더는 느껴지지 않았지만 랜턴은 여전히 작게 춤추고 있었다.

어빙은 팔을 뻗어 랜턴을 들고 주위를 한 바퀴 돌았다. 밧줄이 그득 들어찬 창고 안, 랜턴이 가장 정신없이 춤추는 곳에서 정지했다. 선수 맨 앞 우현 쪽이었다.

랜턴을 내려놓고 밧줄을 옆으로 치우기 시작했다. 여자는 이곳에 거대한 밧줄을 교묘하게 배치했다. 크게 말린 줄 알았던 밧줄은 알고 보니 작게 만 밧줄을 가운데 끼워서 마치 아주 크게 말린 것처럼 위장한 것이었다. 가운데 박힌 작은 밧줄만 빼면 간단히 옆으로 치울 수 있었다. 작은 밧줄 꾸러미를 빼자 선체 목재 부분이 나왔다.

여자는 또다시 현명한 선택을 했다. 밧줄 창고 위아래로 목재와 철재 빔이 복잡하게 지나간다. 탐험을 떠나기 몇 달 전, 테러호가 극지방에서 버틸 수 있도록 보강해 놓은 것이다. 선수 인근에는 머리 위로 수직 철재 빔과 떡갈나무 가로보, 3중 버팀목, 철제 삼각형 지지대, 두꺼운 떡갈나무 대각선 빔이 지나갔다. 이들은 다른 선체를 지나가는 빔만큼이나 두꺼웠다. 테러호가 극지방에서 버틸 수 있도록 최첨단으로 보강 설계하여 앞뒤로 엮어 놓은 것이다. 어빙이 알고 지내던 런던의 어느 기자는, 수톤에 달하는 철재 및 목재는 물론 아프리카산 떡갈나무와 캐나다산 느릅나무를 동원해 내부 강화 공사를 한 내역을 기사로 자세히 썼다. 게다가 선체 양옆을 아프리카산 떡갈나무와 영국산 떡갈나무로 보강하는 것을 보고 '목재를 다 붙이면 두께가 2미터는 족히 넘을 것'이라고 했다.

실제 선수와 선체 양옆은 그 정도로 두꺼운 게 사실이었다. 그러나 지금 여기, 선수 맨 앞 1.5미터, 그러니까 밧줄 창고 안쪽과 위쪽에서 선체 목재가 선수와 만나는 지점은 처음 건조할 때 쓰인 15센티미터짜리 단단한 영국산 떡갈나무만 대어져 있었다. 반면 선체 양옆은 25센티미터짜리 목재가 여러 겹 대어져 있었다. 선수부 좌현 및 우현은 이렇게 겹겹이 보강을 했으면서도 맨 앞까지 약 1.5미터 구간을 덜 보강한 이유는 쇄빙 시 어마어마한 압력을 견딜 유연성을 확보하기 위해서였다.

그런 이유로 선수 맨 앞의 두께는 얇았다. 철재와 떡갈나무로 보강된 선수와 그 내부, 5중 목재로 보강된 선체 양옆은 타국 해군이나 민간 탐험대가 엄두도 내지 못할 경이로운 최신식 쇄빙 기술의 쾌거를 이루었다. 테러호와 이리버스호는 지구 상 그 어떤 배도 살아남을 수 없는 지역으로 항해했다.

선수 쪽은 경이로웠다. 그러나 이제 더는 안전하지 않았다.

어빙은 순간 이를 간파하고 외풍이 불어오는 쪽으로 랜턴을 뻗어서 맨손에 와 닿는 바람을 느꼈다. 나이프를 들고 더듬거리며 선체 목재가 가로 50센티미터에 세로 100센티미터 정도 벌어진 곳을 발견했다. "여기군." 휘어진 목재 한쪽 끝에 못이 두 개가 박혀 있었는데, 지금은 못이 경첩 역할을 했다. 반대쪽 끝은 원래 자리에 딱 맞게 끼워져 있었다. 이 목재는 선체 앞뒤를 연결하는 용골 목재와 육중한 선수에서 얼마 떨어져 있지 않았다.

어빙은 지렛대로 목재를 벌리며 대체 어린 여자가 어떻게 맨손으로 이렇게 했는지 의아해 했다. 지렛대를 내려놓고 찬 공기가 새어 들어오는 것을 느끼며 선체에 뚫린 구멍을 어둠 속에서 살폈다.

이건 말이 되지 않았다. 테러호는 선수에서 6미터 지점에서부터 압연 공정을 거쳐 강화된 수 센티미터 두께의 철판이 대져 있었다. 선체 내부 목재가 떨어져 나가도 선수부 뒤쪽 3분의 1은 철판이 대져 있어야 했다.

그런데 지금은 그렇지 않았다. 떨어져 나간 목재를 통해 시커먼 얼음 동굴 속 안으로 황소바람이 밀려 들어왔다. 테러호는 선미 아래쪽에서 빙하가 계속 치밀고 올라오는 바람에 선수가 빙하 속에 박혀 있었다.

어빙의 심장이 미칠 듯이 쿵쾅거렸다. 만일 내일 기적적으로 테러호가 다시 운항한다면 여자는 물에 잠길 것이다.

과연 벙어리 여자가 함선에 구멍을 냈을까? 어빙은 여자가 마술처럼 출몰하는 능력을 지닌 것보다 구멍을 내는 능력을 지닌 게 훨씬 오싹했다. 아직 스무 살도 되지 않은 처자가 함선 철판을 떼어 내고 두꺼운 목재를 뜯어낸단 말인가? 목재를 구부리고 못을 박는 것은 조선소에서나 하는 일이다. 게다가 자기 엄마 얼굴보다 함선을 더 잘 아는 60명의 승조원들도 제대로 모를 부분까지 여자가 더 정확히 꿰고 있다니.

그는 천장이 낮은 창고에서 꿇어앉아 있다가 한숨을 내뱉었다. 가슴이 여전히 쿵쾅거렸다.

지난 두 번의 여름을 거치면서 테러호가 빙상과 힘겨운 싸움을 했을 때였다. 첫 번째 여름에는 배핀 만을 지나 랭커스터 해협을 통과한 후 콘월리스 섬을 한 바퀴 돌아 비치 섬으로 와 겨울을 맞이했다. 그다음 해 여름에는 랭커스터 해협을 따라 남진하며 승조원들이 프랭클린 해협이라고 부르는 곳을 통과했다. 그렇게 계속 진행하던 중 어딘가에서 흘수선 아래에 있던 철판이 떨어져 나갔고, 두꺼운 선체 목재도 안쪽에서 떨어져 나갔으리라. 그러다 결국 테러호가 빙하에 갇힌 것이라고 믿어야 했다.

'빙하 말고 다른 무엇이 떡갈나무 목재를 뜯어냈을까? 그 무언가가 선체 안으로 진입하려 한 건 아닐까?'

이제 그건 중요치 않았다. 벙어리 여자는 몇 분 전까지 여기에 있었고, 존 어빙은 여자를 밀착 미행했다. 그런데 여자가 어둠 속으로 사라졌다. 그는 두꺼운 빙하와 지독한 한파 속에서 여자가 직접 생선과 고기를 잡아오는 건지 확인해야 했다.

만일 여자가 직접 사냥하는 거라면 모두의 목숨을 살릴 수 있다. 어빙은 골드너가 납품한 통조림이 썩어간다는 소문을 들었다. 내년 여름이면 비축 식량이 동이 난다며 다들 쑤군거렸다.

구멍을 통과하기에 그는 거구였다.

어빙은 구멍 주변 목재를 살폈지만, 여기 이 덜렁거리는 목재 말고 다른 데는 꿈쩍하지도 않았다. 가로 50센티미터에 세로 100센티미터 크기의 구멍만이 유일한 출구였다. 어빙은 너무 많이 껴입은 상태였다.

방수복과 두꺼운 겉옷을 벗었다. 목도리, 모자, 방한모도 벗었다. 그리고 뚫린 구멍 밖으로 벗은 걸 밀어 넣었다. 그랬는데도 어깨와 상체가 구멍에 걸렸다. 그는 함선에서 그나마 호리호리한 편이었다. 한파에 온몸을 벌벌 떨며 조끼 단추를 푸르고, 그 밑에 입은 모직 스웨디까지 벗은 나음 검은 구멍 속으로 밀어 넣었다.

만일 지금 이 구멍을 빠져나가지 못하면 겉옷을 홀딱 벗은 이유를 설명해야 하는 끔찍한 시간을 견뎌야 한다. 간신히 몸이 구멍에 딱 맞았다. 어빙은 투덜거리며 좁은 구멍 속으로 몸을 쑤셔 넣었다. 울 셔츠 단추가 떨어져나갔다.

어빙이 함선을 빠져나왔다. 여기가 빙하 속이라니. 이런 현실이 믿기지 않았다.

그는 빙하에 뚫린 좁은 굴속에 갇혔다. 선수와 보우스프릿 주위에 생긴 굴이었다. 도로 옷가지와 코트를 입을 만한 공간이 없어서 옷을 계속 앞으로 밀었다. 다시 밧줄 창고로 되돌아가 랜턴을 가져올까 고민했지만, 몇 시간 전 당직을 설 때 달이 휘영청 밝게 떴던 게 떠올랐다. 대신 지렛대를 챙겨 왔다.

얼음 굴의 길이는 보우스프릿 정도로 5미터는 족히 넘었다. 작년 여름에 얼음이 잠깐 녹았다가 다시 굳으면서 보우스프릿 때문에 생긴 굴이었다. 마침내 얼음 굴에서 완전히 빠져나왔다. 잠시 멍했으나 밖이라는 것을 이내 깨달았다. 보우스프릿, 거기에 묶인 거대한 리깅, 얼어붙은 지브(선수 보우스프릿에 매달린 삼각형 돛) 슈라우드가 머리 위 시야를 가렸다. 하늘도 보였다. 여기 이렇게 있다가는 선수 당직 근무자에게 발각될 것 같았다. 보우스프릿을 지나 밖으로 나오니 테러호가 저 멀리 시커멓고 커다란 실루엣으로 보였다. 흐릿한 랜턴이 빙하를 비추고 있었다. 앞쪽에는 빙하벽과 세락이 정신없이 펼쳐져 있었다.

고개가 절로 저어지는 오한을 느끼며 어빙은 다시 옷을 껴입었다. 모직 외투의 단추를 잠그는 손이 벌벌 떨렸다. 그러나 상관없었다. 외투 입기가 정말 힘들었지만 그나마 단추가 커서 다행이었다. 방수복까지 다 걸쳤는데도 죽을 것 같은 한기가 느껴졌다.

'여자는 어디로 갔을까?'

선수에서 15미터 앞으로 난빙이 펼쳐졌다. 얼음 바위 숲과 바람에 깎인 세락이 솟아 있었다. 벙어리 여자가 저쪽으로 갔을지도 모른다. 함선에서 얼음 굴로 이어지는 직선길 얼음이 반질반질했다. 이 길을 따라가면 함선에서 멀어지더라도 힘이 덜 들고 몸을 숨기기에도 수월할 것 같았다. 어빙은 오른손으로 지렛대를 집어 들고 반질반질한 얼음을 따라 서쪽으로 향했다.

• • •

기괴한 소리가 들리지 않았더라면 어빙은 절대로 여자를 찾지 못했을 것이다.

어빙은 함선에서 몇 백 미터 떨어진 얼음 미로 속에서 길을 잃었다. 푸르스름하던 발밑 얼음길은 오래전에 사라졌거나 다른 길과 합쳐졌다. 보름달에 별까지 떠서 대낮처럼 훤했지만, 어떤 움직임이나 발자국도 보이지 않았다.

그 순간 기괴한 울부짖음이 들렸다.

어빙은 걸음을 멈추고 온몸을 떨었다. 추위 때문에 잠시 온몸이 떨리긴 했지만 이제 그 떨림은 더욱 심해졌다. 그것은 울부짖음이 아니었다. 인간이 낼 수 있는 소리가 아니었다. 기괴한 악기를 연주하는 것 같았다. 탁한 백파이프 소리 같기도 했고, 뿔을 부는 소리 같기도 했다. 오보에나 플루트 같기도 하고, 사람 노랫소리 같기도 했다. 얼마나 크던지 몇 백 미터 떨어진 곳에서도 들릴 정도였다. 그래도 함선 갑판까지는 분명히 들리지 않을 것 같았다. 특히 오늘 밤은 유난히 남동풍이 세찼다. 이 모든 소리가 한데 합쳐서 하나의 악기에서 나오는 것 같았다. 이런 소리는 그 어디에서도 들어본 적이 없었다

소리는 압력 봉우리 인근 세락에서 들리는 것 같았다. 연주는 갑자기

울려 퍼지더니 관능적인 리듬이 고조되다가 절정에 달한 듯 느닷없이 뚝 끊겼다. 악보를 보며 연주하는 것 같지는 않았다. 함장 크로지어가 테러호와 이리버스호 사이에 반드시 켜 놓으라고 명령했던 '횃불 케른'에서 30미터 근방인 것 같았다. 오늘 밤에는 이리로 작업반이 나오지 않았다. 어빙은 얼어붙은 바다로 이끌리듯 향했다. 어빙이 아니더라도 그 누구든 소리가 들리는 쪽으로 갔을 것이다.

그는 푸르스름한 얼음 바위와 높은 세락을 지났다. 길을 잃으면 보름달을 쳐다보았다. 누리끼리한 보름달은 별이 뜬 하늘에 갑자기 나타난 행성처럼 보였다. 어빙이 뭍에 머물거나 짧게 바다에 나가서 보던 달과는 달랐다. 달을 감싼 공기층은 추워서 벌벌 떠는 것 같았다. 마치 공기도 얼어붙은 것처럼 보였다. 주위에 얼음 결정이 맺혀서 커다란 달무리가 두 겹 생겼다. 두 개의 동심원 아래쪽은 압력 봉우리와 빙하에 가려져 보이지 않았다. 바깥쪽 달무리는 은반지에 박힌 다이아몬드처럼 환하게 빛나는 십자가 세 개를 만들었다.

어빙 소위는 북극 인근에서 겨울밤을 보낼 때 이런 광경을 몇 번 본 적이 있었다. 항해장 블랭키는 얼음 결정이 달빛에 굴절되어 생긴 현상이라고 설명했다. 빛이 다이아몬드를 통과할 때와 같은 원리라는 것이다. 그런데 푸르른 빙하에서 이런 광경이 펼쳐지고 어빙의 경외심 가득한 신앙심까지 더해지니 경이롭기까지 했다. 그때 그 기괴한 소리가 또다시 들렸다. 이제 몇 미터 앞이다. 박자는 다시 절정을 재촉하듯 치닫다가 뚝 끊겼다.

어빙은 벙어리 여자가 지금껏 본 적 없는 악기로 연주하는 모습을 상상했다. 바바리아(독일 남부의 주)인들이 부는 트리아 플뤼겔호른(트럼펫과 비슷하게 생기고 더 높은음을 내는 금관 악기)을 변형한 순록의 뿔 같은 거라고 추측했다가 바보 같은 생각을 접었다. 일단 여자와 죽은 남자가 처음 나타났을 때 악기 따위는 없었다. 게다가 벙어리 여자가 듣도 보도 못한 악기를 연주할 것 같지는 같았다.

어빙은 마지막 남은 낮은 압력 봉우리를 기어올랐다. 이것만 넘으면 세락이 나온다. 세락 쪽에서 소리가 들렸다. 어빙은 계속 엉금엉금 기었다. 딱딱한 빙판이나 폭신한 눈밭 위를 밟아서 방해하고 싶지 않았다.

울부짖는 소리가 다시금 들리기 시작했다. 바로 저 앞에 있는 푸르스름한 세락 너머에서 들리는 것 같았다. 바람에 깎여 두툼한 깃발처럼 생긴 세락이었다. 소리는 갑자기 커지고 빨라지고 깊어지더니 지금껏 들어본 중 가장 격정적인 교성을 냈다. 어처구니없게도 어빙은 그 소리에 발기가되었다. 낮고 깊게 윙윙거리며 리드가 파르르 떨리는 소리는 너무나 원초적이어서 어빙의 국부를 자극하며 온몸에 전율을 전달했다.

이제 앞에 하나 남은 세락 뒤로 몸을 숨겼다.

벙어리 여자가 완만하게 펼쳐진 빙판을 20미터 정도 가로지른 곳에 앉아 있었다. 그 주위를 세락과 얼음 바위가 둘러쌌다. 그 모습을 보니 빙하가 반짝이고 별빛과 달빛이 쏟아지는 스톤헨지(영국 솔즈베리 근교에 있는 고대의 거석 기념물) 한가운데 서 있는 기분이 들었다. 이곳에서는 그림자조차 파르스름했다.

여자는 알몸이었다. 바닥에 모피를 깔고 그 위에 무릎을 꿇고 앉았다. 저 모피는 여자가 걸치고 있던 파카였다. 어빙이 있는 쪽에서 여자의 등이 4분의 3만 보였다. 그래도 여자의 굴곡진 오른쪽 젖가슴이 보였다. 밝은 달빛에 여자의 길고 검은 직모는 물론 탄탄하게 올라붙은 뒤태까지 보였다. 어빙의 심장이 미친 듯이 쿵쾅거렸다. 여자에게까지 심장 소리가 들릴까 봐 겁이 났다.

여자는 혼자가 아니었다. 텅 빈 빙판 맞은편 드루이드(고대 켈트족의 신앙을 담당한 성직자 계급) 사제 같은 무언가가 얼은 바위 틈새에 있었다. 그 틈새에 그림자가 검게 드리웠다. 어빙은 그것이 빙하에 사는 괴물임을 직감했다. 백곰인지 허연 괴물인지 모를 것이 거기에 있었다. 괴물은 어린 여자를 위에서 내려다보았다. 어빙이 두 눈을 부릅뜨고 쳐다보았지만 정확한 형체를 파악하기 힘들었다. 허연 듯 푸르스름한 털이 허연 듯 푸르스름한 빙판과 뒤섞였다. 붉으락푸르락 근육질 몸이 거대한 얼음 봉우리와 설원과 겹쳐져 잘 구분되지 않았다. 새카만 두 눈도 캄캄한 어둠과 뒤섞여 분간이 가지 않았다.

삼각형 두상에 이상하리만큼 긴 목이 뱀처럼 휘어지며 상하좌우로 움직였다. 한 2미터 위에 머리가 보이고 그 앞에 여자가 무릎을 꿇고 있다. 어빙은 괴물의 머리 크기를 대략 가늠했다. 후일 괴물을 잡아서 죽일 때를 대비해서였다. 그런데 머리나 석탄처럼 시커멓게 뚫린 두 눈이 정확히 어떤 모양인지, 얼마나 큰지 가늠하기가 쉽지 않았다. 괴물이 기괴하게 머리를 계속 돌리고 있었기 때문이다.

아무튼 괴물은 여자를 굽어보고 있었다. 여자가 앉은 곳에서 거의 수직으로 내려다보고 있었다.

어빙은 고함을 칠까 고민했다. 칼집에 든 나이프 말고는 다른 무기를 가져오지 않았기에 장갑 낀 손으로 지렛대를 들고 앞으로 달려 나가 여자를 구해야 한다. 그런데 몸이 마음대로 움직이지 않았다. 발기된 상태로 저 끔찍한 모습을 그저 구경할 수밖에.

벙어리 여자는 마치 로마 가톨릭 사제가 미사에서 성체의 기적을 부르는 자세로 손바닥을 위로 하고 두 팔을 뻗었다. 어빙에게는 아일랜드에 살면서 예수를 믿는 사촌이 하나 있었다. 아일랜드에 갔을 때 사촌과 같이 미사에 간 적이 있었다. 바로 그때 보았던 기이한 마법 같은 주술이 푸른 달빛 속에서 펼쳐지고 있었다. 혀가 잘린 벙어리 여자는 아무 소리도 내지 않고 그저 양팔을 벌린 채 눈을 꼭 감고 머리를 뒤로 젖혔다. 어빙은 최대한 앞으로 기어갔다. 이제 여자의 얼굴이 보였다. 여자가 입을 크게 벌렸다. 마치 신도가 영성체를 기다리는 것 같았다.

괴물은 목을 앞으로 쑥 빼더니 순식간에 밑으로 내렸다. 코브라가 공격하는 것 같았다. 괴물의 턱이 쫙 벌어졌다. 벙어리 여자의 하관을 삼켜서 머리 절반을 덥석 베어 먹으려는 것 같았다.

순간 어빙은 소리를 내지를 뻔했다. 의식의 엄숙함과 무기력한 공포심에 절어 그저 입을 다물었다.

괴물은 여자를 잡아먹지 않았다. 괴물의 푸르스름한 허연 정수리가 보였다. 머리가 여자 머리의 3배는 되어 보였다. 괴물이 입을 닫았다. 우악스럽게 뜯어 먹는 게 아니었다. 여자가 턱을 치켜들고 벌린 입에 괴물이 커다란 입을 대고 막은 것이다.

여자는 아직도 두 팔을 어둠을 향해 쭉 뻗고 있었다. 털이 난 근육질 괴물에게 안길 준비가 된 것 같았다.

연주가 다시 시작됐다.

어빙은 괴물과 여인의 머리가 동시에 끄덕이는 모습을 목격했다. 순간 성욕을 불러일으키는 저음과 에로틱한 백파이프 플루트 같은 소리가 여인의 몸에서 나온다는 것을 알았다.

괴물은 바로 옆에 있는 자기 덩치만 한 얼음 바위 위로 불쑥 올라가 여자의 벌어진 입 속에 뭔가를 불어 넣고 있었다. 곰인지 악마인지 모를 괴물은 여자의 성대를 피리 삼아 연주하고 있었다. 떨리고 나지막한 음정이 점차 커지고 빨라지더니 다급해졌다. 어빙은 여자를 쳐다보았다. 벙어리 여자는 머리를 들고 목을 뒤로 젖히고 있었다. 뱀의 목을 지닌 괴물은 삼각형 머리로 여자를 굽어보며 목을 빼 고개를 숙였다. 마치 연인이 더욱 밀착하려는 듯 입을 벌리고 키스하면서 혀가 가장 깊이 들어갈 각도를 찾는 것 같았다.

음악 소리는 점점 빨라졌다. 이 정도면 함선에서도 이 소리를 듣고 어

357

빙처럼 다른 대원들도 죄다 터질 듯한 발기를 영원히 경험할 것 같았다. 느닷없이 소리가 뚝 끊겼다. 격정으로 사랑을 나누다가 절정에 달한 것 같았다.

괴물은 고개를 뒤로 빼고 들어 올렸다. 허연 목이 위아래로 움직이면서 똬리를 틀었다.

벙어리 여자의 팔이 옆으로 뚝 떨어졌다. 너무 지쳐서 더 들고 있을 힘도 없어 보였다. 여자는 고개를 앞으로 숙였다. 달빛에 은은하게 빛나는 젖가슴 쪽으로 고개가 떨어졌다.

'이제 녀석이 여자를 잡아먹겠지.' 어빙은 방금 목격한 광경을 보고 못 믿겠다는 듯 멍하니 생각했다. '괴물이 이제 여자를 갈기갈기 찢어서 잡아 먹을 거야.'

괴물은 그러지 않았다. 잠시 앞뒤로 움직이던 허연 괴물이 네 발로 푸르스름한 스톤헨지 얼음 기둥을 통과해 스르륵 사라졌다 돌아왔다. 괴물은 벙어리 여자 앞에 고개를 숙이더니 뭔가를 뚝 떨어뜨렸다. 뭔가 살아 있는 것이 얼음 바닥에 부딪히는 소리가 들렸다. 익숙한 냄새였다. 지금 말이 되는 게 하나도 없었다. 어빙이 보고 들은 건 죄다 말이 되지 않았다.

허연 괴물이 또다시 사라졌다. 괴물이 단단한 빙해를 쿵쿵거리며 지나가자 진동이 어빙에게로 전해졌다. 잠시 후, 괴물이 다시 돌아와서 또 다른 것을 여자 앞에 떨어뜨렸다. 그리고 세 번째로 사라졌다.

이번에는 시커먼 어둠 속으로 들어가더니 아예 사라지고 말았다. 어린 여자는 텅 빈 빙판에 홀로 무릎을 꿇고 앉아 있었다. 그 앞에는 시커먼 뭔가가 잔뜩 쌓여 있었다.

여자는 그렇게 한 1분가량 움직이지 않았다. 어빙은 먼 사촌이 다니던 성당이 또다시 떠올랐다. 오랜 교인들은 미사가 끝나도 그 자리에 앉아서 계속 기도를 올렸다. 이제 여자가 일어나 맨발에 부츠를 신속히 신고 가죽 바지를 입고 파카를 걸쳤다.

어빙은 온몸이 부들부들 떨렸다. 추워서 벌벌 떨었다. 체온이 떨어지지 않고 두 다리에 힘이 남아 함선으로 되돌아갈 수 있기를 간절히 바랐다. 저 여자는 알몸으로 어떻게 안 죽고 살아 있는지 의아했다.

벙어리 여자는 괴물이 가져다준 것들을 쓸어 담아 파카를 입은 팔로 정성껏 들어서 옮겼다. 그것을 들고 가는 모습은 마치 아이에게 젖을 먹이는 자세처럼 보였다. 여자는 다시 함선으로 돌아가려는 듯 어빙의 좌측 10도 방향에 있는 스톤헨지처럼 생긴 세락 사이를 지나려 했다.

순간 여자가 걸음을 멈추었다. 후드를 뒤집어쓴 여자가 그가 있는 쪽으로 고개를 돌렸다. 여자의 검은 눈이 보이지 않았지만, 자신을 노려보는 따가운 시선이 느껴졌다. 어빙은 여전히 엎드려 있었으나, 보름달 아래에 온몸이 드러났다는 걸 그제야 눈치챘다. 세락 앞으로 1미터나 나와 있었다. 더 잘 보려는 욕심에 몸을 감춰야 한다는 걸 잊었다.

한동안 두 사람은 얼음처럼 굳어 있었다. 어빙은 숨을 쉴 수 없었다. 그는 여자가 움직이기를 기다렸다. 여자가 얼음을 손으로 내리치면 빙하에 사는 괴물이 재빨리 되돌아오겠지. 그녀에게는 수호자이자 복수자이고, 어빙에게는 파괴자인 괴물이.

여자는 후드를 쓰고 노려보던 시선을 거두고 걷기 시작하더니 둥근 원형 지대 남동쪽에 서 있는 얼음 기둥 사이로 빠져나갔다.

어빙은 다시 몇 분을 가만히 있었다. 오한을 느끼며 온몸을 벌벌 떨다가 간신히 발을 떼려 했으나 온몸이 굳었다. 뜨겁게 부풀었던 그곳이 가라앉았다. 그리고 온몸이 저절로 떨렸다. 그는 여자를 따라 함선으로 돌아가는 대신 여자가 달빛에 무릎을 꿇었던 곳으로 향했다.

빙판 위에는 핏자국이 남아 있었다. 핏자국이 푸르스름한 달빛을 받자 시커메 보였다. 어빙은 무릎을 꿇고 겉장갑과 속장갑까지 벗어서 손가락으로 그곳을 찍어 맛을 보았다. 피였다. 그러나 사람 피 같지는 않았다.

괴물은 여자에게 갓 잡은 날고기를 갖다 주었다. 신선한 살코기였다. 피에서 구리 맛이 감돌았다. 사람 피에서 맛볼 수 있는 맛이긴 했지만 원래 갓 잡은 동물 피에서도 구리 맛이 돈다. 대체 무슨 동물이며 어디에서 났을까? 프랭클린 탐험 대원들은 1년이 넘도록 육지 동물은 구경도 못했는데.

피는 몇 분 만에 얼어붙었다. 어빙이 여자를 찾겠다고 얼음 미로를 헤매는 동안 괴물은 갓 잡은 사냥감을 여자에게 선물로 주었다.

어빙은 달빛이 검게 비추는 핏자국을 보며 뒷걸음질 쳤다. 처음에는 숨을 제대로 쉬는 데 집중했다. 숨을 들이켤 때마다 공기가 폐부를 찔렀다. 그래도 얼어붙은 두 다리와 마비된 마음을 깨워서 다시 함선으로 돌아가야 한다고 스스로를 토닥였다.

얼음 굴을 지나 떨어져 나간 목재 구멍을 통과해 밧줄 창고로 들어갈 생각은 아예 하지 않았다. 산탄총 사정거리로 들어가기 전 우현 당직 근무자에게 소리칠 생각이다. 그리고 얼어붙은 경사로를 걸어 올라가 함장에게 보고하기 전까지 누가 물어도 대답하지 않을 생각이다.

'함장에게 보고해야 하나?'

어빙은 결심이 서지 않았다. 빙하에 사는 그 괴물, 분명 그것처럼 생긴 생명체가 그를 다시 함선으로 온전히 보내줄지도 의문이었다. 그 먼 거리를 걸어갈 만큼 체온과 기력이 남았는지도 모르겠다.

어빙은 예전과 같지 않으리라는 것을 명확히 알았다.

그는 남동쪽으로 몸을 돌려 다시 얼음 숲으로 들어갔다.

# 23
# 히키

북위 70도 05분, 서경 98도 23분
1847년 12월 18일

히키는 전부터 호리호리한 어빙 소위를 처치하고 싶었다. 오늘이 그날이다.

왜소한 누수방지공 조수 히키는 고지식한 젊은 장교에게 사적인 감정은 없었으나 그가 한 달 전 하필 그때 등장한 게 문제였다. 이제는 어빙을 처치해야 할 때가 됐다.

히키는 작업과 당직 스케줄 때문에 실행에 옮기지 못했다. 어빙이 갑판 근무를 설 때 두 번이나 근무가 겹쳤지만, 그때는 매그너스 맨슨이 갑판 근무가 아니었다. 어빙을 해치울 시기와 방법까지 구상했지만 행동으로 옮기려면 꼭 맨슨이 있어야 했다. 히키는 머리가 굵어 사창가를 혼자 드나들기 이전부터 사람 숨통을 끊을 수 있던 자였다. 살인이 두려운 게 아니라, 이번에 계획한 범행 방법과 수단이 우둔한 충복이자 섹스 파트너인 매그너스 맨슨에게 적합했기 때문이다.

모든 조건이 완벽했다. 금요일 아침 작업반이었다. 아침이라고는 하나 한밤처럼 컴컴했다. 30명이 넘은 인원이 빙하에 나가 테러호와 이리버스호 사이에 세워진 횃불 기둥을 수리하고 보수해야 했다. 해병 9명이 머스킷총을 들고 명목상 작업반의 안전을 지켰지만, 실상은 작업반이 1킬로미터가량 퍼져 있어서 장교 1인당 감독할 인원은 5명 미만이었다. 어두운 케른 길 동쪽 절반을 맡은 3명의 장교는 테러호에서 나온 리틀 대위, 호지슨 중위, 어빙 소위였다. 히키는 작업반 배치하는 일을 거들어 자기와 매그너스를 어빙이 지휘하는 제일 끝 케른으로 배정했다.

해병은 작업하는 내내 거의 보이지 않았다. 비상사태 시 달려갈 준비를 하고 있다고 했지만 함선 400미터 인근 가장 높은 압력 봉우리 근처에 피워 놓은 철제 화로의 온기를 쬐려고 꼼수를 부리는 중이었다. 존 베이츠와 빌 싱클레어도 오늘 아침 어빙의 작업반 소속이었다. 둘은 단짝이며 몸이 굼뜬 편이라 어빙의 시야에서 자꾸 벗어나려 했다. 최대한 꾸물거리며 근처에 있는 케른을 만지작거렸다.

한밤처럼 어두운 이날은 평소보다 춥지 않았다. 기온은 영하 45도. 바람이 거의 불지 않았다. 해도 오로라도 뜨지 않았다. 대신 별이 아침 하늘에서 파르르 떨고 있어서 토치나 랜턴을 들지 않아도 돌아오는 길을 충분히 분간할 수 있을 정도는 되었다. 저기 어둠 속 어딘가에 괴물이 몸을 숨기고 있을 거라 생각한 대원들은 멀리 벗어나지 않았다. 1.5미터 높이의 케른을 수리하고 키를 높이려고, 적당한 크기의 얼음 조각을 찾으며 랜턴이 비추는 곳을 벗어나 헤매는 중이었다.

어빙은 양쪽 케른을 확인하며 대원들의 작업을 직접 거들었다. 히키는 베이츠와 싱클레어가 굽은 길을 지나 빙하에 가려 보이지 않는 쪽으로 가 어빙의 감독에서 벗어나기를 기다렸다.

히키는 누수방지공 조수라서 함선 내 다양한 철제 도구를 사용할 수 있었다. 영국 해군함은 살인 무기의 보고였고, 일부 도구는 기막히게 기발했다. 그러나 히키는 매그너스가 금발머리 어빙을 급습해 20미터를 끌고 가 난빙에서 목을 비틀기를 바랐다. 숨이 끊어진 것을 확인한 후, 옷을 찢고, 갈비를 으스러뜨리고, 발그레한 얼굴과 치아를 갈기고, 한쪽 팔과 양쪽 다리를 부러뜨리고, 혹은 양쪽 팔과 한쪽 다리를 부러뜨리고, 시신을 빙하에 방치한 후 발견되게 할 계획이었다. 이미 죽일 장소까지 물색해 놓았다. 키가 큰 세락이 정신없이 솟고 눈이 거의 쌓이지 않아 맨슨의 족적이 남지 않을 곳이었다. 히키는 맨슨에게 어빙의 피를 묻혀 오면 안 된다고 주의를 주었다. 또한 그와 같이 있었다는 흔적을 남겨서도 안 된다고 했다. 무엇보다 지체하지 않고 뚝딱 해치우라고 주문했다.

빙하에 사는 괴물은 상상을 초월하는 온갖 폭력으로 대원들을 살해했다. 만일 불쌍한 어빙 소위가 처참하게 죽은 채 발견되면 무슨 일이 있었는지 의심할 사람은 아무도 없을 것이다. 그럼 존 어빙은 캔버스 천에 둘둘 말린 채 테러호 시체실에 합류하게 될 것이다.

매그너스 맨슨은 천성이 사악하다기보다 그저 우둔할 뿐이었다. 히키의 명령으로 예전에도 여러 명을 죽인 전력이 있어서 이번 일도 대수롭지 않게 생각했다. 히키는 매그너스 맨슨이 어빙을 죽여야 하는 이유를 묻지 않을 거라 생각했다. 그저 주인인 히키가 내린 또 하나의 명령을 수행할 뿐. 그런데 어빙과 멀어지자 거구 매그너스 맨슨이 다급하게 히키에게 물었다. 그 때문에 히키가 놀랐다. "어빙이 죽어서 날 따라다니는 건 아니겠지, 코닐리어스?"

히키는 넓적한 그의 등을 토닥였다. "당연하지. 그럴 리 있겠어? 귀신 붙을 일을 내가 시키겠어, 자기?"

"아니, 아니지." 맨슨은 알았다는 듯 고개를 흔들며 웅얼거렸다. 맨슨은 엉클어진 머리와 덥수룩한 얼굴에 모직 목도리를 두르고 방한모를 썼다. 진한 눈썹이 일그러졌다. "그런데 어빙이 귀신이 됐는데도 왜 날 안 따라다닌다는 거지? 어빙이 잘못한 것도 없는데 내가 죽였잖아?"

히키는 머리를 갉짜게 굴렸다. 베이츠의 싱클레어는 작업하러 멀리 갔다. 이리버스호 작업반이 강풍이 부는 20미터 구간에 얼음 펜스를 세우는 작업에 합류하기 위해서였다. 화이트아웃으로 길을 잃은 대원이 발생하자, 얼음으로 펜스를 세우면 함선을 오가는 연락병이 그다음 케른을 좀 더 수월히 찾을 수 있으리라고 양쪽 함장이 생각했다. 베이츠와 싱클레어가 그쪽에 가서 작업하느라 바쁘다. 어빙은 히키와 맨슨이 작업하는 맨 마지막 케른으로 혼자 왔다가 묘연히 사라질 것이다.

"어빙의 영혼이 따라다니지 않아, 매그너스." 히키는 등이 구부정한 매그너스에게 속삭였다. "네가 화가 나서 죽인 거면 어빙이 귀신이 되어 따라다니며 앙갚음하겠지. 네가 잘못한 짓이 있으니까. 그런데 어빙이 귀신이 되면 네가 사사로운 감정에서 그런 게 아니라는 것을 알기 때문에 너를 괴롭힐 이유가 없어."

맨슨은 고개를 끄덕였지만 완전히 수긍한 건 아닌 것 같았다.

"게다가, 귀신은 함선으로 돌아오는 길을 모른대. 함선에서 멀리 떨어진 저 빙하 벌판에서 죽으면 귀신은 직진만 한대. 이런 얼음 압력 봉우리나 빙하 같은 걸 넘을 줄 모른대. 귀신은 별로 안 똑똑하거든. 내 말 믿지? 우리 매그너스."

매그너스는 이 말에 활짝 웃었다. 히키는 횃불 케른을 지나 돌아오는 어빙이 보였다. 바람이 아래에서 위로 몰아쳐서 불꽃이 정신없이 흔들렸다. 바람이 부는 게 차라리 낫다. 매그너스든 어빙이든 누가 소리를 내도 아무도 못 들을 테니.

"코닐리어스." 맨슨이 속삭였다. 또다시 걱정스러운 표정을 지었다. "만약 저 밖에서 죽으면 나도 함선으로 못 돌아오는 거야? 자기하고 멀리 떨어진 저기 추운 데서 혼자 있기는 싫은데."

누수방지공 조수는 맨슨의 등을 토닥거렸다. "네가 왜 밖에서 죽어. 그럴 리 없어. 내 말 믿어. 이제 조용히 준비나 해. 내가 모자를 벗고 머리를 긁적이면 그때 어빙을 뒤에서 낚아채서 아까 내가 보여준 곳으로 끌고 가.

명심해. 발자국을 남겨서도 안 되고 피를 묻혀 와도 안 돼."

"알았어, 코닐리어스."

"착하네, 우리 자기."

어빙은 어두운 곳에 있다가 케른 근처 빙판에 놓인 흐릿한 랜턴 불빛이 그린 원 안으로 들어왔다. "히키, 거의 다 끝났나?"

"네, 그럼요. 마지막으로 몇 개만 더 쌓아올리면 끝납니다. 런던 메이페어에 있는 가로등보다 단단합니다."

어빙은 고개를 끄덕였다. 히키가 살랑거리며 말하는데도 어빙은 이 둘과 같이 있는 게 영 불편했다. 히키는 벌어진 앞니를 내보이며 생각했다. '젠장, 엿이나 먹어. 잘난 척하는 것도 이제 끝이야. 금발에 볼이 발간 녀석아. 5분만 있으면 넌 선창 시체실에 꽁꽁 언 몸뚱이가 될 테니. 어쩌냐, 쥐새끼들이 요즘 굶어서 엿 같은 널 다 먹어 치울 텐데. 내가 해 줄 수 있는 게 없네.'

"좋아, 맨슨까지 마무리하면 싱클레어와 베이츠가 하는 펜스 일을 돕도록. 내가 가서 헤지스도 데려오고 머스킷총도 가져오지."

"네, 알겠습니다." 히키는 대답한 후 매그너스에게 눈짓을 했다. 어빙이 횃불과 랜턴으로 밝혀진 흐릿한 길을 따라 돌아가기 전에 낚아채야 했다. 그러고 나면 헤지스든 다른 해병이든 이쪽으로 와 봐야 아무 소용없을 것이다.

어빙은 동쪽으로 걸어가다가 맨 마지막 케른에서 멈추었다. 히키가 다시 쌓고 있는 케른 위에 마지막 얼음 두 덩어리를 제대로 쌓는지 옆에서 지켜보려고 했다. 히키가 허리를 굽혀서 두 번째 얼음 덩어리를 드는 순간 매그너스에게 신호를 보냈다. 맨슨이 어빙 뒤로 자리를 옮겼다.

갑자기 컴컴한 서쪽에서 함성이 들렸다. 누군가 비명을 질렀다. 여러 명이 같이 고함을 지르기 시작했다.

매그너스는 커다란 손을 들고 어빙의 목 바로 뒤에서 얼쩡거렸다. 힘껏 조이려고 방한 장갑까지 벗었다. 랜턴 불빛을 받아 허연 어빙의 얼굴 뒤에 시커먼 속장갑이 보였다.

함성이 또 들렸다. 이어서 머스킷 총성이 들렸다.

"매그너스, 안 돼!" 코닐리어스 히키가 소리쳤다. 이런 소란을 틈타 매그너스 맨슨은 어빙의 목을 꺾으려던 참이었다.

맨슨이 어둠 속으로 뒷걸음질 쳤다. 함성이 들리는 서쪽으로 세 걸음 옮기던 어빙은 당황한 듯했다. 테러호 쪽 얼음길에서 3명이 달려왔다. 그 중에는 땅딸막한 해병인 헤지스가 불룩 나온 똥배 앞으로 머스킷총을 들고 색색거리며 달려왔다.

"따라와!" 어빙은 이렇게 외친 후 총성이 난 쪽으로 앞장섰다. 무기가 없었기에 대신 랜턴을 들었다. 6명이 케른 쪽에서 나와 빙해로 달려가 달빛이 비추는 공터로 갔다. 여러 대원이 어수선히 모여 있었다. 히키의 눈에 싱클레어와 베이츠의 낯익은 방한모가 들어왔다. 이리버스호에서 나온 대원 셋 중 하나도 보였는데, 그와 같은 직렬의 프랜시스 던이었다. 던은 빌 필킹턴 해병의 머스킷총이 발사되는 장면을 보았다고 했다. 필킹턴은 지난 6월 프랭클린 경이 사망하던 위장막에 있다가 그 난리 통에 동료 해병이 쏜 총에 어깨를 맞은 자였다. 필킹턴은 재장전한 후 빙하 펜스 벽이 무너진 부근 너머 어둠 속을 향해 머스킷총을 조준하고 있었다.

"무슨 일이지?" 어빙이 물었다.

베이츠가 대답했다. 베이츠, 싱클레어, 던, 이리버스호에서 나온 에이브러햄 실리, 조세퍼스 그래터가 이리버스호 1등 항해사 로버트 옴 서전트의 비호하에 빙하 펜스 작업 중이었는데, 랜턴과 횃불 불빛이 닿지 않은 저 너머 큰 빙하가 갑자기 살아서 움직였다는 것이다.

"그것이 서전트의 머리를 쥐고 3미터 위로 들어 올렸어요" 베이츠가 떨리는 목소리로 말했다.

"하늘에 맹세코 진짜입니다." 누수방지공 조수 프랜시스 던이 말했다. "조금 전까지 서전트가 옆에 있었는데 순식간에 하늘로 붕 뜨더라고요. 그래서 다들 서전트 신발 밑창을 보았습니다. 그러더니 으스러지는 소리가……" 던은 말을 멈추고 숨을 골랐다. 창백한 얼굴이 얼음 알갱이의 후광을 받자 더욱 파리해 보였다.

"제가 횃불 쪽으로 다가가자 서전트가 갑자기 사라졌습니다." 해병 필킹턴이 말했다. 부들거리는 팔로 머스킷총을 내렸다. "괴물이 세락으로 돌아가려는 순간 제가 총을 쐈습니다. 분명 맞췄습니다."

"로버트 서전트가 맞았을 수도 있잖아. 총을 쏠 때 서전트가 그때까지 살아 있었을지도 모르고." 코닐리어스 히키가 말했다.

필킹턴은 히키를 무섭게 노려보았다.

"서전트는 이미 죽어 있었습니다." 필킹턴과 히키가 눈싸움 하는 것을 눈치채지 못하고 던이 끼어들었다. "서전트가 비명을 지르자 괴물은 머리통을 호두 깨듯 으스러뜨렸어요. 제가 똑똑히 봤어요. 소리도 들었다고요."

다른 이들도 달려왔다. 그중에는 크로지어와 피츠제임스 함장도 있었다. 피츠제임스는 방한복에 외투까지 여러 겹 껴입었는데도 허약해 보였다. 던, 베이츠, 다른 이들도 목격한 광경을 설명하려고 함장들에게 모여들었다.

해병 상병 헤지스와 이미 소동 현장으로 달려간 해병 둘이 어둠에서 돌아와 서전트의 흔적이 보이지 않는다고 보고했다. 다만 핏자국과 찢어진 옷가지가 거대 빙산으로 가는 방향에 있는 난빙 중간에서 뚝 끊겼다고 했다.

"우리더러 따라오라는 얘기군. 녀석이 우리를 기다리고 있나 봐." 베이츠가 말했다.

크로지어는 광기 어린 조소에 가까운 표정으로 이를 드러냈다. "그렇다면 실망시킬 수야 없지. 녀석을 추적하기에 이보다 더 좋은 타이밍은 없어. 대원들이 이미 빙판에 나와 있고 랜턴도 충분해. 해병들이 가서 머스킷총과 산탄총을 더 챙겨올 수도 있고. 게다가 흔적까지 선명해."

"아주 선명합니다." 해병 상병 헤지스가 말했다.

크로지어가 명령을 내렸다. 일부 대원은 함선으로 돌아가 무기를 가져왔다. 다른 이들은 이미 무장한 해병을 중심으로 사냥조를 꾸렸다. 제거반은 횃불과 랜턴을 배급받았다. 로버트 옴 서전트가 아직 살아 있을 극히 낮은 확률과 추가 부상자가 나올 극히 높은 가능성에 대비해 스탠리와 맥도널드 박사가 소환되었다.

히키는 머스킷총을 배급받은 다음 어두운 빙판에 나갔다가, 실수로 어빙을 쏘았다고 둘러댈 계획이었다. 그런데 어빙이 맨슨과 히키를 경계하는 것 같았다. 히키는 어빙이 맨슨을 의심스럽게 쳐다보는 것을 몇 번 목격했다. 크로지어 함장은 둘을 다른 수색반에 배정했다. 소동이 일어나기 직전 매그너스가 두 팔을 뺀은 장면을 어빙이 봤을까? 아니면 뭔가 꺼림칙한 육감이 발동한 건가? 히키는 알 수 없었다. 분명한 건 다음번엔 오늘만큼 어빙을 처리하기가 쉽지 않을 것이다.

그래서 지금 끝내야 한다. 히키는 어빙이 의심을 품어서 결국 함장에게 선창에서 목격한 바를 보고할까 봐 두려웠다. 그건 감당할 수 없었다. 계간으로 처벌받는 건 두렵지 않았다. 수병은 이제 교수형을 당하지도, 함선을 돌아다니면서 매질당하지도 않는다. 다만 코닐리어스 히키는 탐험대에서 가장 우둔한 대원의 남색 파트너라는 꼬리표를 다는 게 두려울 뿐이다.

히키는 어빙이 경계를 다시 늦출 때까지 기다렸다가 피치 못할 경우 직접 처리하기로 했다. 만일 어빙이 피살되었다는 게 검시 과정에서 드러나도 상관없었다. 탐험대 상황은 이미 선을 넘어도 한참을 넘었다. 어빙은 해동되기를 기다리는 송장이 될 것이다.

결국 서전트를 찾지 못했다. 피와 찢어진 옷 조각이 높게 솟은 빙산으로 가는 도중 끊겼다. 수색대에서 추가 희생자는 나오지 않았다. 일부는 동상으로 발가락이 잘려나갔다. 다들 조금씩 동상에 걸렸고 몸을 벌벌 떨었다. 석식 시간을 한 시간 넘긴 후에야 수색이 중단되었다.

테러호로 도로 걸어가면서 히키는 매그너스 맨슨 때문에 깜짝 놀랐다. 바람이 등 뒤에서 다시 불기 시작했다. 해병들은 라이플총과 머스킷총을 들고 경계 자세로 몸을 수그린 채 걸었다.

히키는 바로 옆에 있는 멍청이가 훌쩍이는 것을 보았다. 눈물은 매그너스 맨슨의 덥수룩한 뺨에 곧장 얼어붙었다.

"왜 그래?" 히키가 물었다.

"그냥 다 슬퍼, 코닐리어스."

"뭐가 슬픈데?"

"서전트가 불쌍해."

히키는 매그너스 맨슨을 쳐다보았다. "네가 장교들을 그렇게까지 아끼는 줄은 몰랐어, 매그너스."

"그게 아니라. 다들 죽긴 죽지. 그건 내 알 바 아니고. 그런데 서전트는 저기 빙하에서 죽었잖아."

"그래서?"

"영혼이 함선으로 다시는 못 돌아오잖아. 함장이 오늘 수색 다 끝나면 럼을 더 준다고 했어. 그런데 귀신이 되면 길을 몰라서 못 오잖아. 서전트가 럼 좋아했거든, 코닐리어스."

# 24
## 크로지어

크리스마스이브와 당일, 테러호 대원들의 사기는 바닥을 쳤다. 제야의 밤에 열릴 제2회 그랜드 베네치아 카니발이 이런 분위기를 상쇄시켜 줄 것이다.

크리스마스를 며칠 앞둔 사흘 내내 초강력 눈 폭풍이 불자 다들 꼼짝없이 함선에 갇혔다. 블리자드가 너무 세서 당직 근무도 한 시간으로 단축되었다. 크리스마스이브와 당일, 하갑판에 침울한 기운이 최고조에 달하자 디글이 특식을 마련했다. 마지막 남은 염장 돼지고기를 탈탈 털어 재주를 부렸고, 소금물 통 속에 담아둔 토끼고기를 꺼내 짠 기를 뺀 후 요리했다. 조타수 켄리, 로즈, 데이비드 맥도널드의 건의에 따라 골드너가 납품한 통조림 중 상태가 괜찮은 것만 골랐다. 그다음 군의관 페디와 알렉산더 맥도널드의 깐깐한 검수를 거쳤다. 거북이 수프, 플라망드식으로 조리한 쇠고기, 송로를 곁들인 꿩고기, 송아지 혓바닥 등이 식탁에 올랐다. 양일 저녁에 오를 디저트를 만들려고 취사병은 남은 치즈에서 곰팡이를 도려내고 긁었다. 크로지어 함장은 이 특별한 날을 위해 알코올 실에서 따로 보관해둔 마지막 브랜디 다섯 병을 내놓았다.

분위기는 여전히 침울했다. 장교들은 얼어 죽을 것 같은 선미 함장실에서, 일부 수병들은 그나마 훈훈한 선수 취침 공간에서 노래하려고 했다. 그런데 노래는 몇 바퀴 돌다 말고 흐지부지됐다. 크리스마스라고 해도 특별히 더 땔 석탄이 없었다. 램프 기름을 아끼려고 끔뻑이는 양초를 켜서 하갑판을 밝혔다. 마치 웨일스의 어느 탄광 같았다. 얼음이 들러붙은 목재와 빔, 이불과 모직 옷은 여전히 눅눅했다. 쥐는 곳곳에 들끓었다.

브랜디가 다소 분위기를 띄우긴 했지만, 심적 정신적 우울을 거두기엔 역부족이었다. 크로지어가 앞으로 나와 얘기를 하자 일부 승조원들은 선물을 건넸다. 그동안 아껴둔 담배가 든 작은 주머니, 백곰이 뛰어가는 조각, 사나운 곰을 과장되게 그린-재미 삼아 건넸지만 함장이 미신을 섬긴다며 버럭 화를 낼까 봐 약간 겁먹었다-그림, 얼마 전 죽은 동료가 입던 붉은 모직 속셔츠를 수선한 것, 해병 상병 로버트 호프크래프트가 손수 깎은 체스 세트 등이 있었다. 호프크래프트는 함선에서 말수가 적고 소심한 편이었다. 지난 6월 프랭클린 함장의 곰 위장막에 숨어 있다가 괴물의 습격으로 갈비뼈 여덟 대가 부러지고 팔이 탈골된 후 해병 상병으로 승격했다. 크로지어는 다들 고맙다며 손을 잡고 어깨를 토닥인 후 장교 식당으로 돌아갔다. 리틀 대위가 거의 3년간 감춰둔 위스키 두 병을 내놓는 바람에 분위기가 약간 달아올랐다.

12월 26일 아침, 블리자드가 그쳤다. 눈이 선수에 4미터, 우현 선미 쪽 난간을 따라 2미터 가까이 쌓였다. 함선에 쌓인 눈을 퍼내고 양쪽 함선을 잇는 케른을 눈에서 파낸 후, 대원들은 제2회 그랜드 베네치아 카니발 준비를 하느라 여념이 없었다. 제1회는 1824년 패리 선장이 이끈 극 탐험 원정에서 열렸었다. 당시 크로지어는 사관후보생이었다.

자정처럼 컴컴한 12월 26일 아침, 크로지어와 에드워드 리틀 대위는 얼음에 구멍을 뚫어 빙해 표변을 소사하는 직입민을 호지슨, 혼비, 어빙에게 맡기고 한참 걸어 이리버스호로 갔다. 크로지어는 피츠제임스가 계속 말라가는 모습에 충격을 받았다. 당번병이 품을 여러 번 줄였지만 아직도 몇 사이즈 크게 입은 듯 보이는 조끼와 바지가 헐렁거렸다. 얘기하면서는 더욱 놀랐다. 이리버스호 함장 피츠제임스는 정신이 다른 데 팔려 말하는 내내 산만해 보였다. 대화하는 척하지만 사실 옆방에서 들리는 음악 소리에 마음이 쏠려 있었다.

"이리버스 대원들이 빙하에서 돛을 염색하던데. 초록, 파랑, 검은색 염색 통을 잔뜩 준비한 모양이야. 쓸 만한 여분의 돛을 염색하는 것 같던데 자네가 허락한 건가, 제임스?"

피츠제임스는 헛헛하게 웃었다. "함장님은 우리가 다시 항해할 수 있으리라 믿으십니까?"

"분명 신께서 그렇게 해 주실 거네."

피츠제임스는 분노가 서린 미소를 덤덤히 지었다. "이리버스호 선창갑판에 가 봐야겠군요. 크리스마스 일주일 전에 시찰했을 때보다 함선이 망가지는 속도가 점점 빨라지고 있습니다. 바다가 녹는다 해도 이리버스호는 한 시간 만에 가라앉을 겁니다. 키도 다 빠개졌어요. 그게 마지막 여분의 키였거든요."

"키를 임시방편으로 새로 달면 되지." 크로지어는 이를 갈며 주먹을 휘두르고 싶은 충동을 애써 눌렀다. "튕겨 나온 목재야 목공장이 다듬으면 되고. 지금은 내가 양쪽 함선 주위 얼음에 구멍을 파는 계획을 구상 중이네. 봄에 얼음이 녹기 전에 드라이 도크를 2.5미터 깊이로 파면 선체 외부를 손볼 수 있을 거야."

"봄에 얼음이 녹는다." 피츠제임스는 말을 되뇌며 거들먹거렸다.

크로지어는 화제를 돌리기로 했다. "다들 저렇게 베네치아 카니발을 열심히 준비하는 게 우려스럽지 않은가?"

피츠제임스는 어깨를 으쓱하더니 크로지어가 세운 전례 행사를 무시하는 듯했다. "제가 왜 걱정해야 하죠? 테러호 사정은 제가 모르겠습니다만, 이리버스호는 크리스마스 때 정말 비참했습니다. 대원들의 사기를 고취시킬 계기가 필요합니다."

크로지어는 처참한 크리스마스라는 말에 반박할 수 없었다. "이렇게 컴컴한 날에 빙판에서 분장 쇼가 열린다니. 빙하에 몸을 숨긴 괴물에게 몇 명이나 잃게 될까?"

"이렇게 함선에서만 지내다가 몇 명이나 잃게 될까요?" 피츠제임스가 되물었다. 비웃음과 산만함이 뒤섞인 말투였다. "호프너와 패리 함장이 연 1824년 제1회 베네치아 카니발은 효과가 끝내줬겠네요."

크로지어는 고개를 저었다. "처음으로 빙하에 갇힌 지 두 달 만에 열린 행사라서 패리나 호프너 함장 모두 군율을 강조했어. 양쪽 함장 모두 극적이고 경박한 것을 좋아하긴 했지만 그럼에도 '건전하고 과하지 않은' 카니발을 주창했어. 그런데 지금 우린 군율이 잘 지켜지고 있는 것 같지 않아, 제임스."

마침내 피츠제임스가 산만함을 떨치며 단호히 물었다. "크로지어 함장님, 이리버스 대원들을 너무 풀어주었다는 죄목으로 절 고발하실 겁니까?"

"아니, 아니야." 크로지어는 한참 어린 이 함장을 고발할지 말지 고민에 빠졌다. "우린 빙하에 갇힌 지 3년 차이고, 패리와 호프너 함장 때는 고작 석 달째였지. 다들 아프고 사기가 떨어졌으니 군율이 해이해지는 게 당연하지 않겠나."

"이런 페스티벌 때문에 기강이 해이해진 건 아니지 않습니까?" 피츠제임스가 물었다. 목소리는 여전히 단호했다. 상관의 책망을 듣자 창백한 뺨이 약간 벌게졌다.

크로지어는 한숨을 쉬었다. 이제 와 이 빌어먹을 페스티벌을 중단시키기에는 너무 늦었다. 다들 미친 듯이 날뛰고 있었다. 만약 반란이 일어나면 카니발에 가장 열심히 참여한 이리버스 대원들이 선동할지도 모른다. 함장이라면 그런 일이 벌어지지 않도록 막아야 한다. 그런데 솔직히 말해서 이번 카니발이 그런 명분에 맞는지 아닌지 잘 모르겠다.

그가 마침내 말했다. "아무튼 이번 일로 석탄이나 램프 기름, 목초산 연료나 알코올 스토브 에테르를 낭비해선 안 되네."

"다들 횃불만 쓰겠다고 약속했습니다." 피츠제임스가 말했다.

"그리고 그날 특별식이나 술은 별도로 배급되지 않을 거야. 배급량을 엄격하게 제한한 지 얼마 되지 않았어. 이제 닷새 됐는데 그걸 바꿀 수야 없지. 우리 둘 다 쌍수 들고 찬성해서 여는 카니발도 아닌데."

피츠제임스가 고개를 끄덕였다. "르베스콘테 중위하고 페어홀름 소위, 명중률이 뛰어난 일부 대원들은 이번 주에도 계속 사냥을 나가고 있습니다. 혹시 사냥감을 잡아올 수도 있으니까요. 만일 빈손으로 돌아오면 배급량이 달라지지 않는다는 것을 다들 수긍하고 있습니다. 이번에 줄은 배급량 그대로라는 것을요."

"3개월 전부터 빈손으로 돌아오고 있으니 뭐." 크로지어가 나지막이 대답한 후 조금 더 다정하게 말했다. "알았네, 제임스, 그럼 나중에 또 보지." 그는 피츠제임스의 좁은 방을 나가려다 잠시 멈췄다. "그런데 말이지, 왜 돛을 초록색이나 검은색으로 염색하는 건가?"

피츠제임스가 멍하니 웃었다. "글쎄요. 그건 저도 모릅니다."

. . .

1847년 12월 31일 금요일 아침, 동이 텄지만 여전히 춥고 조용했다. 그렇다고 진짜 해가 뜬 건 아니었다. 어빙이 아침 당직 근무를 하는 동안 영하 58도를 기록했다. 바람은 없었다. 구름이 밤새 몰려와 하늘을 완전히 뒤덮었다. 회색 하늘이었다.

대부분은 아침을 먹자마자 카니발에 가려고 들떴다. 배급량이 줄어 식사를 후딱 먹어 치웠다. 잼을 곁들인 십 비스킷 하나, 스코틀랜드 보리죽한 국자와 각설탕 하나가 전부였다. 당직 근무자까지도 전원 참석해야 했다. 크로지어는 당일 작업을 끝내고 석식까지 다 마쳤을 경우에만 참석을 허락했다. 또한 하갑판 바닥을 연마석으로 문지르기, 일반 견시 근무, 리깅 얼음 제거, 갑판 삼질, 함선 수리, 케른 보수, 교습 등 특별한 임무가 없는 대원들은 무도회 마무리를 도우러 가도 좋다고 허락했다. 열댓 명의 승조원들이 아침을 먹고 어둠 속으로 출발했다. 해병 2명이 머스킷총을 들고 그들을 호위했다.

정오에 물을 좀 더 많이 섞은 그로그를 마시고 나니 남은 근무자들도 기대에 부풀었다. 크로지어는 그날 임무를 끝낸 6명을 보내면서 호지슨 중위를 딸려 보냈다.

그날 오후, 어두운 선미에 선 크로지어는 두 함선 사이에 가장 크게 솟은 빙산 너머로 벌써부터 횃불이 훤한 게 보였다. 여전히 바람도 없고 별도 뜨지 않았다.

석식을 먹을 무렵, 남은 대원은 크리스마스 전날 들뜬 아이들 같았다. 배급량이 준 이유도 있지만 석식을 순식간에 먹어 치웠다. 금요일은 '밀가루 없는 날'로 빵 대신 염장 대구, 골드너 통조림 채소, 버튼 에일 약간이 전부였다. 크로지어는 석식을 끝낸 이들을 한가로이 배에 붙들어 둘 생각은 없었다. 게다가 테러호에 남은 장교들도 수병들만큼이나 카니발에 가고 싶어 난리였다. 기관장 제임스 톰프슨은 선창에 있는 기계 외에 다른 곳에는 전혀 관심을 두지 않던 자였다. 살이 너무 많이 빠져서 해골 뼈를 연상케 하는 그가 하갑판으로 올라와 옷을 갈아입고 건너 갈 채비를 했다.

저녁 7시가 되자 크로지어 함장도 옷을 하나씩 챙겨 입고, 함선에 남을 마지막 8인을 점검했다. 1등 항해사 혼비는 오늘 근무라서 어빙이 자정 전에 돌아오면 그때 교대하기로 했다. 어빙이 수병 셋과 복귀하면 혼비와 다른 근무자가 카니발에 참석할 것이다. 함장 일행은 얼음 낀 경사로를 걸어 빙해로 내려가 영하 62도 혹한을 잽싼 걸음으로 가르며 이리버스호로 향했다. 30명가량의 대원들이 어둠 속에 길게 늘어섰다. 크로지어는 어빙 소위, 항해사 블랭키, 부사관 몇 명과 같이 걸었다.

블랭키는 걸음이 빨랐다. 오른쪽 뒤꿈치를 잃어서 오른팔에 목발을 끼고 걸었다. 아직 나무와 가죽으로 만든 목발을 짚고 걷는 게 어색하지만 그래도 괜찮아 보였다.

"안녕하세요, 함장님. 저 때문에 속도 늦추지 마십시오. 제 옆에 동료들이 있습니다. 월슨하고 켄리하고 빌리 깁슨이 잘 보살펴주고 있어요." 블랭키가 말했다.

"나보다 걸음이 빠른 것 같은데, 블랭키." 크로지어가 말했다. 일행은 다섯 번째 케른마다 횃불을 켜서 밝힌 길을 지났다. 여전히 바람 한 줄기 불지 않아서 그런지 불씨가 수직으로 곧게 타올랐다. 가는 길은 잘 닦여 있었고, 압력 봉우리 사이를 잘 다듬어 놓아서 걷기 편했다. 한 800미터 앞에 보이는 커다란 빙산은 그 옆에서 횃불이 타는 바람에 얼음 속에 불이 붙은 것 같았다. 밤에 변화무쌍하게 빛나는 공성탑(성벽을 공격하기 위해 목재로 만든 거대한 탑) 같았다. 크로지어는 어릴 적 아일랜드에서 동네 시장에 갔던 때가 떠올랐다. 오늘 밤은 아일랜드 여름보다는 훨씬 춥지만 그때와 비슷한 열기가 느껴졌다. 해몬드 해병, 댈리 해병, 해병 상사 토저가 겉장갑을 벗고 '앞에 총 자세'로 잘 따라오는지 뒤돌아 확인했다.

"다들 이번에 카니발이 열린다고 신나 하는 게 참 이상하죠?" 블랭키가 물었다.

크로지어는 그 말에 그저 끙끙거렸다. 그날 오후 함장은 개인적으로 남겨 둔 위스키를 마저 비웠다. 이제 위스키 없이 보낼 하루가 두려웠다.

블랭키와 동료들은 걸음이 꽤나 빨랐다. 크로지어는 그들을 먼저 보낸 후 어빙의 팔을 붙들었다. 호리호리한 어빙은 리틀 대위, 페디와 맥도널드 군의관, 목공장, 허니, 다른 대원들과 같이 걷다가 뒤로 빠졌다.

"어빙." 장교들에게는 들리지 않겠지만 앞서 가는 해병에게는 들릴 거리라서 조심스레 물었다. "벙어리 여자 소식은?"

"없습니다, 함장님. 한 시간 전에 직접 선수 창고를 확인했는데 구멍으로 빠져나가고 없었습니다."

어빙은 12월 초에 에스키모 여자의 기행을 크로지어에게 보고했다. 그 얘기를 들은 함장은 당장 그 좁은 얼음 굴을 무너뜨리고 함선 선수를 보수하고 여자를 빙하로 쫓아낼 기세였다.

그러나 함장은 그러지 않았다. 대신 어빙 소위에게 대원 셋을 붙여주며 여자를 항시 감시하도록 했다. 여자가 다시 얼음을 빠져나가면 따라붙으라고 명령했다. 어빙은 함선 선수 밖 난빙에 몸을 숨기고 몇 시간씩 잠복했지만 여자가 구멍으로 빠져나가는 현장을 지금껏 잡지 못했다. 여자는 빙판에서 괴물과 만나는 기괴한 모습을 들킨 이후 이제 밖으로 나가지 않는 것 같았다. 그게 아니라면, 어빙에게 그 장면을 들키길 바랐는데 그렇게 되었으니 이제 밖으로 나가지 않는 것 같기도 했다. 여자는 요즘 배급을 받아먹으며 선수 밧줄 창고에서 잠만 자는 것 같았다.

크로지어가 당장 여자를 쫓아내지 않는 이유는 단순했다. 봄까지 버틸 식량이 부족해서 대원들이 서서히 아사할 것이 뻔했기 때문이다. 만일 벙어리 여자가 한겨울에 빙하에서 신선한 먹거리를 잡아온다면, 이를테면 물범이나 바다코끼리 같은 것을 잡을 수 있다면, 크로지어는 그 기술을 배워서 생존을 위해 대원에게 가르칠 생각이었다. 생존 대원 100여 명 중에 사냥이나 빙해 낚시를 제대로 할 줄 아는 자가 하나도 없었다.

어빙 소위는 난처해하며 남들에게 이상한 취급받을 내용을 보고했지만, 함장은 이를 묵살했다. 어빙은 빙하에 사는 괴물처럼 생긴 생명체가 여자와 음악을 연주한 후 사냥감을 잡아다 주었다고 보고했다. 함장은 벙어리 여자가 백곰을 조련시켜 물고기나 물범, 바다코끼리를 잡아 오게 하는 거라고 믿었다. 마치 영국 사냥개가 주인을 위해 꿩을 잡아 오는 것처럼. 그렇다면 음악은 뭘까?…… 그건 모르겠다.

그런데 여자가 오늘 또다시 사라졌다.

"음." 크로지어는 두툼한 모직 목도리로 걸러지고도 폐부를 찌를 듯 차가운 공기를 들이마셨다. "8점종(오후 8시)에 교대할 대원들과 돌아가서 다시 한 번 창고를 확인하게. 만일 그때도 여자가 없으면…… 그건 하늘의 뜻이겠지?"

일행은 마지막 압력 봉우리를 지나서 평평한 빙해로 나왔다. 이리버스까지 400미터 남았다. 크로지어는 눈 앞에 펼쳐진 광경을 보았다. 모직 목도리를 두르고 재킷 칼라를 세워서 감춰진 입이 쩍 벌어졌다.

호프너와 패리는 1824년 얼음에 갇힌 헤클라호와 퓨리호 사이의 짧은 빙해 구간에서 첫 번째 카니발을 열었다. 크로지어는 그때처럼 대원들이 이리버스 바로 밑 평평한 빙해에서 두 번째 그랜드 베네치아 카니발을 여는 줄 알았다. 선수가 들려서 얼음이 지저분하게 깨진 그 위에 검고 처량한 이리버스호가 보였다. 그런데 온갖 횃불과 요란한 모습이 400미터 앞에서부터 가장 큰 빙산 바로 앞까지 이어졌다.

"세상에나!" 어빙이 외쳤다.

이리버스호는 여전히 시커멨지만 리깅을 새로 맨 것 같았다. 알록달록한 색으로 칠한 돛과 타오르는 횃불로 장식되어 진짜 도시처럼 보였다. 탁 트인 빙해와 세락 숲 사이에 높이 솟은 이리버스호 위쪽으로 횃불을 받아 훤한 빙산이 자리 잡고 있었다. 크로지어는 걸음을 멈추고 쳐다보았다.

리깅을 담당한 선원들은 정신없이 분주했다. 몇몇은 빙산을 직접 오르내리며 18미터 높이 빙벽 면에 큼지막한 빙하 스크루를 박고 있었다. 볼트링과 도르래 받침대를 박고, 리깅과 라인과 각재를 창고에서 잔뜩 꺼내 이리버스호를 돛을 활짝 편 마스트 세 개가 달린 함선으로 변신시켰다.

거미줄처럼 정신없이 얽힌 라인이 빙산에서부터 이리버스 선미까지 이어졌다. 얼어붙은 라인에 알록달록하고 환한 천을 달아 도시의 벽을 세웠다. 캔버스 천을 염색해 완성한 벽은 높이가 9미터가 넘는 것도 있었다. 말뚝을 박아 수직으로 원재를 세우고 팽팽하게 돛을 당겨서 만든 벽은 빙해와 세락과 빙암까지 이어졌다. 거기에 키가 큰 빙산까지 삼각돛을 대각선으로 연결했다.

크로지어는 눈을 계속 끔뻑이며 다가갔다. 눈썹에 들러붙은 얼음 때문에 눈꺼풀이 얼어붙기 직전이었다.

거대한 형형색색 텐트가 연속으로 빙하에 세워졌다. 대신 지붕은 없었다. 천으로 수직 벽을 세우고, 수많은 횃불로 안팎을 비추었다. 벽은 빙해에서 세락 숲까지 구불구불 이어지다가 빙산 수직 벽을 타고 올라갔다. 거대한 방, 알록달록한 집이 밤사이 빙판 위에 지어진 것 같았다. 방 하나가 약간 기울어지면서 다음 방으로 이어졌다. 그런데 리깅, 말뚝, 캔버스 천이 20미터마다 급격히 바뀌었다.

첫 번째 방은 동쪽 빙해를 향해 열려 있었다. 여기는 진파랑 천으로 염색이 되었다. 크로지어 함장이 힘껏 외치다 결절까지 생겼으나 몇 달간 구경도 못한, 그렇게 갈망하던 청명한 하늘과 같은 색이었다. 횃불과 화로가 천으로 만든 수직 벽 바깥에서 활활 타오르자 파란 벽에 더욱 생동감이 넘쳤다.

크로지어는 앞으로 걸어갔다. 걸음을 멈추고 감탄하는 블랭키와 일행을 지나쳤다. "세상에!" 크로지어의 귀에 블랭키가 감탄하는 소리가 들렸다.

크로지어는 파란 벽이 둘러진 방으로 들어갔다.

밝은 색으로 얼굴을 칠하고 이상한 복장을 한 형상들이 날뛰며 그를 에워쌌다. 길게 혜성 꼬리 같은 긴 넝마를 달고 있었다. 새까만 꼬리가 달린 굴뚝 청소부는 검댕이가 묻은 높은 모자를 쓰고 왔다 갔다 했다. 긴 황금 부리가 달린 이국적인 새가 가뿐히 돌아다녔다. 붉은 터번을 쓰고 뾰족한 페르시아 슬리퍼를 신은 아라비아 족장이 시커먼 빙판을 미끄러지며 돌아다녔다. 퍼런 마스크를 쓴 해적은 껑충거리는 유니콘을 추격했다. 엄숙히 행진하는 나폴레옹 부대 소속의 장군들은 고전 그리스 연극에 등장하는 배우들처럼 허연 가면을 썼다. 머리부터 발끝까지 숲 속 요정처럼 녹색 옷을 입은 자가 울퉁불퉁한 빙판에 선 크로지어에게 다가와 높은 톤으로 말했다. "의상이 든 트렁크가 왼쪽에 있습니다, 함장님. 마음껏 꺼내 입으세요." 그러고는 이상한 복장을 한 무리 틈으로 홀연히 사라졌다.

크로지어는 미로 같은 알록달록한 집 안으로 계속 걸었다.

파란색 방을 지나 오른쪽으로 휙 꺾자 기다란 자주색 방이 나왔다. 여기저기에서 가져온 러그, 양탄자, 테이블, 통이 가득했다. 빛나는 벽면과 같은 색으로 칠한 가구와 비품을 가져다 놓았다.

자주색 방을 지나 왼쪽 뒤편으로 이상하게 확 꺾어 들어가면, 기다란 녹색 방이 나왔다. 만일 별이 떴다면 방위를 확인하려고 고개를 들었을지도 모르겠다. 이 기다란 방에 다들 모여 있었다. 아까보다 더 특이하게 생긴 새, 기다란 말 가면을 쓴 공주, 이상하게 잘라 붙인 거대 갑각류처럼 생긴 생명체도 보였다.

프랜시스 크로지어는 퓨리호와 헤클라호에 있던 패리의 트렁크에서 이런 의상을 본 기억이 전혀 없었다. 그런데 피츠제임스는 분명 프랭클린 함장 가방 속에서 이런 낡은 옷가지를 꺼낸 것이라고 우겼다.

네 번째 방은 주황색으로 환하게 밝혀져 있었다. 주황색으로 물든 천을 따라 횃불을 환히 밝혀 놓아서 오렌지 맛이 느껴지는 것 같았다. 태피스트리(여러 색으로 그림을 짜 넣은 직물) 문양으로 염색한 커다란 주황색 천이 바닥에 깔려 있었다. 방 한가운데, 주황색 천을 덮은 테이블 위에 펀치(술·설탕·우유·레몬 향료를 넣어 만든 음료)를 담은 커다란 그릇이 올라가 있었다. 30명도 넘는 형체가 제멋대로 옷을 입고 그릇 앞에 모여 있었다. 부리를 들이밀거나 송곳니를 내보이며 물을 마시려는 듯 고개를 파묻었다.

크로지어는 미로처럼 연결된 다섯 번째 방에서 음악 소리가 크게 울리자 놀랐다. 오른쪽으로 휘어지는 길을 따라 흰색 방으로 들어갔다. 하얀 천으로 만든 벽을 따라 장교실에 있던 의자가 늘어져 있고, 그 위를 하얀 천으로 덮었다. 흰색 방 한쪽 끝에는 한때 테러호 함장실을 울리던, 그러나 지금은 거의 잊힌 축음기가 놓여 있었다. 멋진 옷을 입은 이가 축음기를 돌리고 있었다. 축음기 위에 걸린 커다란 메탈 디스크는 애창곡을 쏟아냈다. 소리가 꽤 커서 빙판 밖으로 퍼져 나갔다.

리깅을 매던 이들이 여섯 번째 방에서 나왔다. 크로지어는 축음기를 지나쳐서 왼쪽으로 급히 꺾은 후 보라색 방으로 들어갔다.

수병에서부터 잔뼈가 굵은 함장이 리깅을 올려다보았다. 거꾸로 세운 원재에서 밧줄에 매달린 원재까지 리깅이 연결되어 있었다. 거미줄처럼 얽히며 여섯 개의 방에서 나온 리깅이 여기에서 하나로 합쳐졌다. 여기 중앙 원재에서부터 빙벽 높이까지 연결된 마스터 케이블이 보였다. 미로 같은 일곱 개의 방을 구상하고 구현해, 오랫동안 빙하에 갇혀서 리깅을 맬 수 없어 상심한 마음을 보상받은 것 같았다. 그동안 함선의 톱마스트, 원재, 리깅을 걷어내어 보관했기 때문이다. 그런데 여기 보라색 방에는 분장한 채 돌아다니는 대원이 거의 보이지 않았다. 조명이 이상하리만치 가슴을 짓눌렀다. 중앙에 텅 빈 통을 쌓아 보라색 천으로 덮어 놓은 게 전부였다. 새나 해적, 넝마를 입고 변신한 승조원들은 걸음을 멈추고, 하얀 방에서 가져온 크리스털 와인잔에 물을 담아 마신 후, 주위를 둘러보더니 곧장 다른 방으로 갔다.

보라색 방 다음, 마지막 방에는 조명이 전혀 들어오지 않았다.

크로지어는 보라색 방에서 오른쪽으로 급히 꺾어 따라갔다. 암흑에 가까운 방으로 들어갔다.

사실 암흑은 아니었다. 시커멓게 염색된 벽 바깥에 횃불이 빛나고 있지만, 시커먼 색에 가려져 빛이 미미하게 비출 뿐이었다. 크로지어는 걸음을 멈추고 눈을 부릅떴다. 야간 시력이 되돌아오는 순간, 뒷걸음질 쳤다.

발밑에 얼음이 없었다. 마치 검은 북극해 위를 걷는 것 같았다.

순간 이것이 눈속임이라는 것을 눈치챘다. 수병들이 석탄을 쌓아 두었던 선창과 보일러실에서 검댕이를 가져와서 방바닥에 뿌린 것이다. 늦봄이나 여름에 항해가 여의치 않을 때 얼음을 신속히 녹이려고 나이 먹은 수병들은 이런 식으로 꼼수를 부렸었다. 극야가 계속되어 기온이 영하 73도로 곤두박질쳐서 빙해는 하나도 녹지 않았다. 그런데 맨 마지막에 있는 시커먼 방에 들어서자 얼음이 하나도 보이지 않았다. 바닥에 검댕이가 뿌려져 있기 때문이었다.

크로지어는 간신히 야간 시력을 회복했다. 이 길고 시커먼 방에 가구가 딱 하나 있었다. 그 정체를 파악한 후, 입을 다물지 못하고 격분해 주먹을 불끈 쥐었다.

존 프랭클린 경 소유의 키 큰 괘종시계가 검은색 방 한쪽 구석에 세워져 있었다. 빙벽에 기대 선 검은 괘종시계는 검은색 방 맞은편 벽면이자, 일곱 개 방으로 이어진 미로의 막다른 끝을 장식했다. 둔탁하게 돌아가는 시계 소리가 들렸다.

그런데 괘종시계 위로 보이는 빙벽에 뭔가 삐죽이 나와 있었다. 마치 빙벽에서 벗어나 자유를 갈망하는 듯했다. 허연 털에 이가 누런 괴물 머리가 보였다.

아니, 다시 확인해 보니 괴물이 아니라 큰 백곰이었다. 어찌된 건지 모르겠지만 백곰 대가리가 입을 쩍 벌린 채 빙벽에 박혀 있었다. 캔버스 벽을 뚫고 들어온 희미한 불빛에 검은 두 눈이 빛났다. 백곰의 털과 이빨이 이 검은색 방에서 가장 반짝거렸다. 혀는 시뻘겠고, 백곰 대가리 밑으로 보이는 시커먼 괘종시계가 마치 심장처럼 뛰었다.

크로지어는 형용할 수 없는 분노에 가득 차 검은색 방 밖으로 뛰쳐나갔다. 하얀색 방에 잠시 서서 큰 소리로 장교를 소환했다.

기다란 긴 가면을 뒤집어쓴 뻔뻔한 난봉꾼이 남근을 상징하는 외뿔이 달린 빨간 혁대를 하고 시커먼 메탈 굽 부츠를 신고 급히 달려왔다. "부르셨습니까?"

"가면 당장 안 벗어!"

"알겠습니다." 마스크를 옆으로 치우니 테러호의 큰돛대장루장 토머스 R 파의 얼굴이 보였다. 그 옆에는 가슴이 큰 중국 여인 복장을 한 이가 서 있었다. 가면을 벗으니 넙데데한 얼굴의 존 디글 조리장이었다. 그 옆에는 커다란 쥐가 서 있었다. 가면을 내리자 이리버스호의 제임스 월터 페어홀름 소위 얼굴이 보였다.

"대체 이게 무슨 뜻이지?" 크로지어가 고함쳤다.

크로지어의 고함 소리에 온갖 희한한 생명체가 하얀 벽 쪽으로 주춤 물러섰다.

"정확히 어떤 것을 말씀하시는 겁니까?" 페어홀름 소위가 물었다.

"이거 말이야!" 크로지어가 두 팔을 들어 하얀 벽과 머리 위를 지나는 괴깽괴 햇볕, 거기 있는 모든 것을 가리켰다.

"아무 의미 없습니다, 함장님." 파가 대답했다. "그냥 축제니까요." 지금껏 크로지어는 파를 믿음직스럽고 손재주도 뛰어나고 꽤 쓸 만한 큰돛대 장루장이라고 여겼다. 그런데 이제 그 생각이 바뀌었다.

"파, 자네가 리깅 매는 걸 거들었나?" 크로지어가 날카롭게 물었다.

"네, 그렇습니다."

"그럼 페어홀름 소위, 이 곰 대가리가 여기 마지막 방에 걸릴 걸 알고 있었나?"

"그렇습니다, 함장님." 페어홀름이 대답했다. 그는 길고 야윈 얼굴로 화난 함장을 보고도 겁먹지 않았다. "제가 직접 잡은 곰입니다. 어제저녁에요. 사실 두 마리나 잡았습니다. 어미 곰하고 거의 다 자란 새끼 수곰이었습니다. 오늘 자정에 곰 고기를 구워 먹으면서 나름 파티를 열기로 했습니다."

크로지어는 이들을 노려보았다. 그는 심장이 흉벽을 치며 화가 치밀었다. 다 마셔 버려서 이제 더는 위스키를 마실 수 없다는 절망감이 더해졌다. 전에 뭍에 있을 때 술이 떨어져서 주먹을 휘두른 적이 여러 차례 있었다.

그래도 여기에선 참아야 했다.

"디글." 그는 풍만한 젖가슴이 달린 중국 여자를 보며 말했다. "백곰의 간을 먹으면 큰일 난다는 것 모르나?"

베개로 젖가슴을 만들어 단 디글의 턱밑 살이 출렁거렸다. "알고 있습니다. 북극에 사는 백곰 간에 좋지 않은 성분이 들어서 그걸 요리한 적은 없습니다. 오늘 밤 잔치에서도 간은 빼고 싱싱한 곰 살로만 요리하겠습니다. 살만 발랐더니 100킬로그램도 넘을 것 같습니다. 이걸 굽고, 그슬리고, 완벽하게 튀겨서 내겠습니다."

페어홀름이 말했다. "우연찮게 곰 두 마리를 잡았다는 사실을 다들 희망의 징조로 여기고 있습니다. 다들 오늘 밤 자정에 있을 잔치를 고대하고 있고요."

"왜 나한테 곰 얘기 안 했지?" 크로지어가 따졌다.

페어홀름, 디글, 파는 서로를 쳐다보았다. 난봉꾼과 젖가슴과 쥐가 서로 멀뚱거렸다.

페어홀름이 입을 열었다. "어미 곰과 새끼를 어젯밤 너무 늦게 잡았습니다. 게다가 오늘 양쪽 함선을 오가긴 했지만, 카니발을 보러 대부분 테러호에서 이쪽으로 건너와 작업하느라 경황이 없었습니다. 그래서 테러호로 보낼 이리버스호 연락병이 부족했습니다. 미처 보고하지 못해서 죄송합니다, 함장님."

크로지어는 나태하게 대처한 장본인이 피츠제임스라는 걸 직감했다. 그리고 주위에 대원들이 잔뜩 몰려 있는 것도 깨달았다.

"잘들 하는군. 계속들 하지." 대원들이 도로 가면을 쓰자 크로지어가 말을 이었다. "만일 존 프랭클린 경께서 남기신 괘종시계가 조금이라도 손상되는 날이면 신께서 알아서 하실 거네."

"알겠습니다, 함장님." 크로지어 주위에 가면을 쓴 무리가 일시에 외쳤다.

크로지어는 보라색 방에서부터 맨 끝에 있는 검은색 방까지 걱정스러운 시선으로 훑었다. 검은색 방에 들어가는 순간 51년간 빈번이 시달려온 크로지어의 우울증이 적나라하게 까발려졌다. 그는 하얀색 방을 지나 주황색 방과 녹색 방을 거쳐 자주색 방을 통과해 다시 파란색 방으로 들어갔다. 넓고 파란 방을 지나 드디어 어두운 빙해로 빠져나왔다.

염색된 돛으로 만든 미로를 빠져나온 후에야 숨을 제대로 쉴 수 있었다.

크로지어가 이리버스호를 향해 걸어가자 의상을 입은 형체가 험악한 얼굴을 한 크로지어에게서 멀찌감치 떨어졌다. 어두운 옷을 잔뜩 껴입은 사람이 얼음 낀 경사로 위에 서 있었다.

피츠제임스 함장이 이리버스호 난간 근처 경사로 위에 홀로 파이프 담배를 피우고 있었다. "오셨습니까, 함장님."

"그래, 피츠제임스 함장. 저기…… 저기…… 안에 들어가 봤나?" 말이 제대로 나오지 않자 그는 뒤에 펼쳐진 광경을 가리켰다. 알록달록한 돛을 세우고 공들여 리깅을 매놓은 곳에 횃불과 화로가 훨훨 타고 있었다.

"아, 그럼요. 창의력이 정말 기발하던데요."

크로지어는 그 말에 말문이 막혔다.

"그런데 문제는, 저들이 저렇게 몇 시간씩 공을 들이고 기발한 아이디어를 낸 것이 이번 탐험을 아끼는 건지, 아니면 악마를 섬기는 건지 모르겠다는 점이죠."

크로지어는 목도리를 칭칭 감고 모자를 써서 잘 보이지 않는 피츠제임스의 눈을 보려 했다. 지금 피츠제임스가 농담하는 건지 감 잡을 수 없었다.

"내가 경고했었지? 빌어먹을 카니발에 기름도, 석탄도 절대로 낭비하지 말라고 했잖아. 그런데 저기를 좀 보라고!"

"저건 다들 지난 몇 주간 불도 안 때고 기름도 아끼고 아껴서 모은 것입니다."

"대체 저 미로는 누구 생각이지? 저 알록달록한 방 말이야. 게다가 시커먼 방은 또 뭔가?"

피츠제임스가 연기를 내뿜으며 파이프를 입에서 떼면서 껄껄 웃었다. "저게 다 젊은 리처드 에일모어 생각입니다."

"에일모어?" 크로지어는 이름을 곱씹었다. 이름은 기억이 나는데 누구인지는 모르겠다. "젊은 병기실 당번병 말인가?"

"맞습니다."

크로지어는 키가 작고 말수가 없고 볼이 푹 패고 우수에 잠긴 눈을 가진 사내를 떠올렸다. 목소리가 약간 들뜨고, 검은 수염이 성기게 난 자였다.

"도대체 어디서 저런 생각을 한 거지?"

"에일모어는 미국에서 몇 년 살다가 1844년 영국으로 귀국한 후 북극 탐험에 자원했습니다." 피츠제임스가 말했다. 파이프가 이에 살짝 부딪혀 달그락거렸다. "1842년, 그러니까 5년 전에 책에서 기괴한 얘기를 읽고, 기억해 두었다고 합니다. 가면무도회에 갔는데 알록달록한 방이 나오는 얘기라고 하더군요. 보스턴에 사촌하고 같이 살 때 읽었다고 합니다. 그 쓰레기 같은 내용이 『그래엄스 매거진』에 실렸다고 한 것 같습니다. 전체 줄거리는 제대로 기억나지 않지만, 프로스페로라는 왕자가 특이한 가면무도회를 여는데 방이 연속으로 이어지다가 시커먼 방으로 끝난다는 내용이 기억났다고 하더군요. 그 얘기를 듣더니 다들 좋다고 했습니다."

크로지어는 그저 고개를 저었다.

"함장님, 이리버스호는 존 프랭클린 경 휘하에서 꼬박 2년 1개월을 있었습니다. 그럼에도 불구하고, 저는 아버지가 주신 고급 위스키를 세 병이나 몰래 가지고 탔습니다. 이제 한 병만 남았지만요. 함장님께서 오늘 밤 같이 마셔주시면 영광이겠습니다. 앞으로 세 시간 있으면 대원들이 어제 사냥한 곰 두 마리를 요리할 텐데요. 저희 조리장 월과 함장님 조리장 디글이 어제 저에게 허락을 받아 갔습니다. 빙하에 따로 숨겨둔 웨일보트 두 척의 스토브를 이용해서 조리하겠다고요. 통조림 채소도 데운다고 합니다. 곰 고기를 구우려고 하얀색 방에 큼지막한 그릴도 설치해 놓았습니다. 자그마치 석 달 만에 먹는 싱싱한 생고기 아닙니까. 제발 안으로 들어오시죠. 프랭클린 경이 쓰시던 함장실로 가서 잔치가 열리기 전까지 저와 한 잔 하실까요?"

크로지어는 고개를 끄덕인 후 피츠제임스를 따라 이리버스호로 들어갔다.

# 25
## 크로지어

북위 70도 05분, 서경 98도 23분

1847년 12월 31일 – 1848년 1월 1일

크로지어와 피츠제임스는 자정을 조금 앞둔 시각에 이리버스호에서 나왔다. 함장실은 치가 떨릴 정도로 추웠지만 한밤에 밖으로 나오니 더 혹독한 추위가 몸과 마음을 흠씬 두드려 패는 것 같았다. 한두 시간 전부터 약한 바람이 시작되었다. 영하 70도를 훌쩍 넘긴 날씨에 횃불과 삼발이 화로가 타다닥 소리를 내며 타고 있었다. 화로를 켜자고 말을 꺼낸 건 피츠제임스였다. 위스키를 마시고 한 시간쯤 지나서 크로지어가 동의했다. 남은 석탄 부대와 기름을 꺼내 와 화로를 켜서 영하의 날씨에 대원들이 얼어 죽지 않도록 했다.

두 함장은 아무 말 없이 각자 우울한 몽상에 빠져 있었다. 대원들이 십수 번 찾아와 두 사람을 방해했다. 어빙 소위는 테러호로 교대 근무를 하러 간다며 보고했다. 호지슨 중위는 당직 근무를 끝내고 카니발을 즐기러 왔다고 신고했다. 우스꽝스러운 복장을 한 여러 장교가 찾아와 카니발이 너무 재미있다고 호들갑을 떨었다. 근무를 끝냈거나 근무를 하러 간다며 이리버스호 당직 근무자와 장교들이 찾아왔다. 기관장 그레고리는 기적적으로 바다가 녹는다 해도 현재 남은 석탄으로 증기 엔진을 돌려 봐야 한두시간도 못 돌릴 테니 차라리 지금 화로를 때는 편이 낫겠다고 의견을 밝했다. 덕분에 점점 달아오르는 축제를 위해 석탄 몇 부대가 빙판 위로 옮겨졌다. 나이가 지긋한 장범장 머레이는 비버 털가죽으로 만든 모자에 해골 가면을 쓰고 장의사 복장을 하고 나타났다. 넙데데한 얼굴형과 그가 쓴 해골 가면이 그리 달라 보이지 않았다. 그는 양해를 구하며 남은 삼각돛을 찢어서 새로 켠 삼발이 화로의 바람막이로 써도 되는지를 물었다.

함장들은 그렇게 하라고 허락했다. 명령과 함께 충고도 하달했지만 둘 다 위스키에 취해 상념에 빠져 있었다.

두 사람은 밤 11시에서 12시 사이에 자리에서 일어나 방한복을 도로 걸치고 갑판에 올라 빙판으로 내려왔다. 당번병 토머스 좁슨과 에드먼드 호어가 르베스콘테 중위와 리틀 대위와 함께 함장실로 찾아왔다. 넷 다 옷을 여러 겹 껴입고 그 위에 기괴한 복장을 하고 있었다. 이들은 곰 고기가 익고 있으며 가장 좋은 부위로 따로 담아 두었으니 두 함장님께서 제발 현장으로 와 주십사 간청했다.

크로지어는 자신이 만취했음을 인지했다. 티 안 나게 술을 마시는데 도가 튼 그였다. 대원들은 크로지어가 술 냄새를 풍기면서도 흠잡을 데 없이 지휘하는 모습에 익숙했다. 며칠 동안 잠을 설쳤다. 살을 에는 한밤중에 밖으로 나와 횃불이 켜진 캔버스와 빙산 쪽으로 어기적거리며 걸었다. 위스키가 배와 뇌에서 타들어 가는 것 같았다.

대원들은 하얀색 방에 그릴을 마련했다. 두 함장은 서로 아무 말 하지 않았다. 난잡한 옷을 입고 정신없이 돌아다니는 수십 명의 무리에게도 한마디 건네지 않고 미로처럼 연결된 방을 통과했다. 입구에 있는 파란색 방에서부터 자주색 방과 녹색 방을 거쳐 주황색 방을 지나 하얀색 방으로 들어갔다.

와서 보니 다들 취해 있었다. 대체 술은 다 어디서 났지? 석식에 제공되는 에일을 모은 것일까? 테러호 알코올 창고가 털리지 않은 것은 확실했다. 리틀 대위가 오늘 아침에 이어 오후에도 연속으로 창고를 확인했다. 이리버스호는 프랭클린 경 때문에 출항할 때부터 원래 텅 비어 있었다.

대원들이 술을 잔뜩 마신 상태였다. 어린 나이에 배에 올라 40년 넘는 세월을 바다에서 보낸 크로지어는 영국 해군의 창의력에는 한계가 없음을 깨달았다. 대원들이 발효와 저장 단계를 거쳐 술을 직접 주조한 것이었다.

큼지막한 곰의 궁둥이 쪽 살과 갈빗살이 활활 타는 그릴 위에서 지글거렸다. 디글과 월은 김이 모락모락 피어오르는 고기를 백랍 접시에 담아서 줄 서서 기다리는 대원들에게 건넸다. 르베스콘테 중위는 번쩍거리는 금니를 내보이며 줄 세웠다. 장교 몇 명과 양쪽 함선의 당번병이 옆에서 거들었다.

줄을 선 승조원들이 함장에게 순서를 양보했다. 넝마주이, 기독교 목사, 프랑스 귀족, 요정, 잡다한 거지, 수의 입은 시신, 빨간 망토에 검은 마스크를 쓰고 가슴에 금장 문양 갑옷을 입은 로마 군인 2명이 피츠제임스와 크로지어에게 맨 앞으로 오라고 손짓한 후 그들이 지나갈 때 고개 숙여 인사했다.

풍만한 젖가슴을 지닌 중국 여인으로 분했던 디글은 이제 그 젖가슴을 허리춤에 차고 일하면서 가장 좋은 부위를 크로지어에게, 또 하나를 피츠제임스에게 담아서 건넸다. 르베스콘테는 두 사람에게 장교용 커트러리와 하얀 리넨 냅킨을 건넸다. 페어홀름 소위는 컵 두 잔에 에일을 따랐다.

"밖에서 드실 때는 후딱 마셔야 합니다. 이렇게 새처럼 입술을 잠깐 담갔다 떼면 컵에 입술이 들러붙지 않아요." 페어홀름이 말했다.

피츠제임스와 크로지어는 하얀 천이 덮인 테이블 상석에 자리를 잡았다. 파는 두 함장이 편히 앉을 수 있게 하얀 천이 씌워진 의자를 울퉁불퉁한 빙판에서 뒤로 빼놓았다. 파는 크로지어가 아까 저녁때 호출했던 큰돛대장루장이었다. 블랭키는 이리버스호 항해장 레이드와 앉아 있었다. 에드워드 리틀과 다른 이리버스 장교 대여섯 명도 나란히 앉아 있었다. 군의관들은 하얀 테이블 반대편에 모여 앉았다.

크로지어는 속장갑만 낀 차가운 손가락을 구부려 포크가 입술에 닿지 않도록 조심스레 고기를 먹으려 했다. 곰 고기 스테이크에 혀가 데었다. 순간 웃음이 터져 나올 뻔했다. 새해 첫날을 코앞에 두고 영하 70도가 넘는 날씨에, 입김을 내뿜으면 바로 앞에서 얼음 결정이 맺히는 날씨에 얼굴을 목도리로 칭칭 감고 모자에 방한모까지 뒤집어쓰고 있는데 혀를 데다니. 그는 다시 한 번 도전하여 고기를 씹어 목구멍으로 넘겼다.

지금껏 먹어본 고기 중에 이렇게 맛있는 건 없었다. 크로지어는 충격받았다. 몇 달 전 마지막으로 곰 고기를 먹을 때만 해도 갓 잡은 곰 고기에서 역겨운 냄새가 났다. 간을 비롯한 그 밖에 주요 내장을 먹고 다들 탈이 났다. 백곰은 먹을 것이 아무것도 없는 상황에서 살기 위해 어쩔 수 없을 때만 먹자는 결론을 내렸다.

그런데 오늘 이 화려한 잔치에서는 달랐다. 하얀색 방이나 인근 주황색 방, 보라색 방에서 천을 덮은 통과 상자 그리고 식탁에 앉은 이들을 둘러보니 모두 허겁지겁 곰 고기를 먹고 있었다. 행복한 승조원들이 와자지껄 떠드는 소리가 이글이글 타는 화로나 바람에 휘날리는 캔버스 소리를 뒤덮었다. 하얀색 방에 있는 몇몇 대원은 칼과 포크로 고기를 잘라 먹었다. 포크로 김이 모락모락 나는 곰 고기를 쿡 찔러서 들고 먹는 대원도 있었다. 대부분은 장갑 낀 손으로 고기를 들고 뜯어 먹었다. 100명이 넘은 포식자가 곰 고기를 즐기는 것 같았다.

크로지어는 먹을수록 욕심이 났다. 옆에 있는 피츠제임스, 레이드, 블랭키, 파, 리틀, 호지슨, 다른 당번병들과 함께 옆 테이블에 앉은 좁슨까지도 다들 신나서 고기를 먹고 있었다. 디글 밑에서 일하는 취사병 하나가 중국 꼬마 복장을 한 채 팬을 들고 테이블을 돌아다니며 채소를 나눠 주었다.

웨일보트에 있는 스토브에서 채소를 데워왔다고 했다. 통조림 채소라서 맛이 덜하기도 했고, 속까지 따끈하게 데워지지 않아서 이렇게 고소하고 신선한 곰 고기를 먹다 먹으니 맛이 하나도 없었다. 탐험대 단장이라는 체면 때문에 큼지막한 접시를 다 비운 후 대기자들을 밀치고 나가 맨 앞줄에 서서 하나 더 달라고 말하고 싶은 충동을 꾹꾹 눌렀다. 피츠제임스의 표정은 지금도 넋이 나간 것 같았다. 행복에 겨워 눈물이 터질 것 같은 얼굴이었다.

다들 순식간에 고기를 먹어 치우고, 에일이 얼기 전에 얼른 들이마셨다. 보라색 방 입구 쪽에 페르시아 왕 복장을 하고 앉은 자가 축음기 크랭크를 돌려 음악을 틀었다.

허접한 기계에서 첫 음이 흘러나오는 순간 박수가 터졌다. 두꺼운 방한 장갑을 끼고 박수를 쳐서 천둥소리처럼 먹먹했다. 양쪽 함선에서 음악을 좀 안다는 대원들은 예전에 이 축음기를 두고 투덜거렸다. 메탈 디스크에서 나오는 사운드가 저기 구석에 처박힌 분쇄기가 내는 소리와 비슷하다고 혹평했다. 그래도 음정은 틀리지 않았다. 십수 명의 대원이 벌떡 일어났다. 나머지 대원도 입을 모아 노래하기 시작했다. 하얀 캔버스 벽으로 햇불이 비춰지자 입에서 나오는 입김이 보였다. 이 얼어붙은 한밤에 높이 솟은 빙산 너머로 익숙한 1절 가사가 흘러나오는 순간, 크로지어도 바보처럼 입이 헤 벌어졌다.

영국이 천명에 의해
푸른 망망대해에서 솟아나자
그 땅에 내려진 헌장이 있었네.
수호천사들이 이 선율을 노래하네.

크로지어와 피츠제임스 함장이 일어나서 1절 후렴구를 같이 불렀다.

지배하라, 브리타니아!
브리타니아, 파도를 지배하라!
영국인은 결코 노예로 살지 않으리라!

2절이 시작되자 젊은 호지슨이 굵직한 저음으로 일곱 개 방 중 여섯 개 방에 있는 대원들을 이끌었다.

그대만큼 축복받지 못한 국가들은
결국 차례로 폭군의 파멸에 이르리라.
그대가 마음껏 창대히 번성하니
타국의 두려움과 선망의 대상이 될지니!

오른편 파란색 방 입구 쪽에서 떠들썩한 소리가 언뜻 들리자 크로지어는 그쪽으로 고개를 돌렸다. 위스키와 곰 고기를 먹어서 몸이 후끈해진 그는 대원들과 같이 목청 높여 노래를 불렀다.

지배하라, 브리타니아!
브리타니아, 파도를 지배하라!
영국인은 결코 노예로 살지 않으리라!

일곱 개 방 바깥쪽에 있던 대원들도 노래를 불렀다. 방 안에 있는 대원들은 이제 웃기 시작했다. 소리가 점점 커졌다. 축음기가 더 크게 돌아갔다. 대원들은 여전히 우렁찬 목소리로 노래를 불렀다. 피츠제임스와 리틀 사이에 서서 3절을 막 부르려던 크로지어는 하얀색 방으로 들어오는 대원들 모습에 몸이 굳었다.

여전히 위엄을 갖추고 일어설 그대
외세의 일격에도 더욱 강해지리라.
하늘을 찢는 기합에
영국의 떡갈나무가 단단히 뿌리내리리!

대장 복장을 한 자가 행진 맨 앞에 서 있었다. 견장이 유달리 커서 키가 작은 사내의 양쪽 어깨너머로 20센티미터 넘게 삐져나왔다. 굉장히 뚱뚱해서 낡은 영국 해군 제복에 달린 금단추가 잠기지 않을 정도였다. 게다가 머리가 보이지 않았다. 대장은 종이 반죽으로 만든 머리를 왼쪽 팔꿈치에 끼고, 깃털 꽂힌 찌그러진 대장모를 오른손에 들었다.

크로지어는 노래를 멈추었다. 다른 대원들은 계속 불렀다.

지배하라, 브리타니아!
브리타니아, 파도를 지배하라!
영국인은 결코 노예로 살지 않으리라!

참수된 대장은 누가 봐도 작고한 존 프랭클린 경이었다. 사실 프랭클린이 곰 위장막에서 참수당한 건 아니었다. 그 뒤로 키가 3미터가 넘는 괴물 하나가 느릿느릿 걸어 들어왔다.

괴물의 온몸에는 털이 나고 시커먼 발에 긴 발톱이 달렸다. 삼각형 대가리에 까만 눈이 보였다. 뒷다리로 일어선 괴물은 키가 평범한 곰의 두 배가 넘었고, 앞발 길이도 배로 길었다. 마치 앞이 보이지 않는 듯 어색한 걸음새로 양쪽 앞발을 앞뒤로 흔들고 있었다. 작고 검은 눈으로 대원들을 하나씩 응시하며 걸었다. 종에 매달린 당김줄처럼 덜렁덜렁 매달린 앞발은 무도회 의상을 입은 대원들 머리보다 컸다.

"저 아래에는 덩치 큰 맨슨이 들어 있겠군요." 이리버스호의 2등 항해사 찰스 프레데릭 드보가 말했다. 그는 크로지어 옆에서 2절을 부르는 목소리보다 크게 외쳤다. "위에는 테러호 누수방지공 조수인 히키가 올라가 있을 겁니다. 맨슨이 히키를 목말 태웠군요. 두 사람이 뒤집어쓸 의상 기워 붙이느라 날밤 좀 샜겠는데요."

고집 센 폭군들에게 굴복하지 않고
그대를 꺾으려는 모든 시도는
그대의 온유한 불꽃만을 더욱 키우고
그들의 고통을 어루만져 그대의 고명을 떨치리라!

거대한 곰이 어슬렁거리며 지나가자, 파란색, 녹색, 주황색 방에서부터 따라온 수십 명의 대원들이 행렬에 합류해서 하얀색 방을 지나 보라색 방으로 들어갔다. 크로지어는 하얀 천이 씌워진 식탁 근처에서 그대로 얼어붙었다. 가까스로 고개를 돌려 피츠제임스를 쳐다보았다.

"저는 맹세코 몰랐습니다." 피츠제임스가 말했다. 핏기가 가신 입술을 앙다물었다.

참수된 대장과 건들건들 두 발로 걷는 백곰을 따라 수십 명이 하얀색 방을 빠져나가 바로 옆에 있는 기다란 보라색 방으로 들어갔다. 술기운에 취한 노랫소리가 크로지어 옆에서 울려 퍼졌다.

지배하라, 브리타니아!

브리타니아, 파도를 지배하라!
영국인은 결코 노예로 살지 않으리라!

크로지어가 행렬을 따라 보라색 방으로 들어가자 피츠제임스도 그 뒤를 따랐다. 크로지어는 함장직을 수행하며 이런 기분은 처음이었다. 이 졸렬한 풍자를 멈춰야 한다. 전사한 탐험대 단장을 우스개로 삼아 촌극을 벌이는 꼴을 묵과할 해군 군율은 없다. 크로지어는 고함을 질러 노래를 멈추게 하고, 맨슨과 히키의 망측한 옷을 벗긴 다음 전원 탈의하라고 한 후 각자 소속 함선으로 복귀하라고 명령할 시점을 넘어섰다는 것도 알았다. 이제 와서 그래 봐야 소용없는 일이었다. 그건 이단들의 예배처럼 어리석고 쓸모없는 짓이었다. 크로지어는 점점 분노가 들끓었다.

그대가 농지를 지배하고
그대의 도시는 통상으로 빛나리니!
그대의 모든 것은 본토에 속할지니!
모든 바다가 그대를 중심으로 돌아가리라!

참수된 단장, 어슬렁거리는 백곰, 의상을 입고 그 뒤를 따르는 100여 명의 대원들은 보라색 방에서 멈추지 않았다. 크로지어가 보라색 방으로 들어가는 순간, 맨슨과 히키와 노래하는 대원들이 검은색 방 입구에서 멈칫하는 모습이 보였다. 바깥에 피워 놓은 횃불과 삼발이 화로가 보라색 캔버스 벽과 돛을 세운 북쪽 벽에서 불어오는 바람에 타다닥 거리며 타들어갔다.

크로지어는 "안 돼!"라고 크게 외치고픈 충동을 눌렀다. 어디에서든 존 프랭클린 경과 덩치 큰 백곰으로 분장하는 건 불경한 일이었다. 그런데 백곰 대가리와 재깍거리는 괘종시계가 있는 저 컴컴하고 갑갑한 검은색 방으로 들어가는 것은 상상을 초월하는 사악한 짓이다. 이 어리석은 카니발이 어찌 끝날지 모르겠지만, 적어도 빨리 마무리 지어야 한다. 한심한 생각에서 시작된 제2회 그랜드 베네치아 카니발을 여기에서 끝내야 한다. 크로지어는 노랫소리가 저절로 잦아들고, 술에 취해 추태를 부리는 이 이단 무도회가 끝나면, 술 취한 대원들에게 의상을 벗고 함선으로 돌아가라고 명령할 참이었다. 리깅을 매고 카니발을 준비한 대원들에게는 동상에 걸리든 말든 당장 캔버스와 리깅을 걷으라고 호통칠 생각이었다. 그러고 나서 히키와 맨슨, 에일모어와 다른 장교들을 처벌할 생각이었다.

참수된 대장과 백곰이 더욱 건들거리며 환호 속에 검은색 방으로 들어갔다.

검은색 방에 있는 존 프랭클린의 시커먼 괘종시계가 울리기 시작했다.

행진 맨 끝에 이상한 복장을 한 대원들이 이 재미난 구경거리를 보겠다고 검은색 방으로 밀고 들어가려 했다. 그런데 맨 앞에 있던 넝마주이, 쥐, 유니콘, 청소부, 외발이 해적, 아랍 왕자, 이집트 공주, 검투사, 요정 및 기타 복장을 한 대원들은 이미 검은색 방문턱을 넘어서고도 전진하지 않고 뒷걸음질 쳤다. 시커먼 벽에 둘러싸인 저 숯검정이 뿌려진 어둠 속으로 들어가기를 거부한 것이다.

크로지어는 대원들을 밀치고 앞으로 갔다. 많은 대원들이 앞으로 쏠렸다가 뒤로 확 밀렸다. 행렬 맨 앞에 있는 이들이 검은 방 입구에서 머뭇거렸다. 크로지어는 순간 확신했다. 도중에 이 촌극을 중단시키는 건 불가능해도, 서둘러 끝낼 수는 있을 것 같았다.

크로지어는 검은색 방으로 들어갔다. 30명쯤 되는 대원들이 검은색 방 안으로 발을 디디지 못하고 멈칫했다. 눈이 어둠에 적응되지 않아서 바닥에 뿌려진 검은 숯검정이 시커먼 어둠 속으로 빨려 들어가는 듯한 두려움을 선사했다. 순간 차가운 칼바람이 얼굴을 스치고 지나갔다. 누군가 저 위에서 이 모든 짓거리를 내려다보다가 빙벽 문을 활짝 연 것 같았다. 분장한 대원들은 검은색 방에서 여전히 노래를 불렀다. 뒤에서 밀어붙이는 대원들을 제치며 다시 보라색 방으로 되돌아가려고 하는 이들도 많았다.

지배하라, 브리타니아!
브리타니아, 파도를 지배하라!
영국인은 결코 노예로 살지 않으리라!

크로지어는 검은 괘종시계 위 빙벽에서 툭 튀어나온 백곰 대가리를 간신히 알아볼 수 있었다. 이제 종이 여섯 번 쳤다. 컴컴한 공간에서 울려 그런지 유난히 더 크게 들렸다. 키가 커서 휘청거리는 백곰 복장의 맨슨과 히키가 숯재가 뿌려진 빙판 위에서 힘겹게 중심을 잡는 모습이 보였다. 컴컴한 방 북쪽 캔버스가 바람에 거칠게 휘날렸다.

그런데 이 방 안에 커다랗고 허연 생명체가 또 하나 보였다. 그것 역시 뒷다리로 서 있었다. 허연 백곰 의상을 뒤집어쓴 맨슨과 히키보다 훨씬 뒤에 있었다. 게다가 덩치도 훨씬 컸다.

대원들이 입을 다물었다. 그때 시계종이 네 번 더 울렸다. 방 안에 있는 무언가도 포효했다.

뮤즈는 여전히 자유를 찾아
그대의 행복한 바다로 찾아드네!
축복받은 섬이여! 겨눌 데 없는
미의 왕관을 물려받은 곳
사내다운 가슴으로 미를 지켜라!

갑자기 검은 방에 있던 대원들이 이 안으로 들어가려는 인파를 뒤로 밀치기 시작했다.

"대체 신의 이름으로 무슨 일이 벌어진 거지?" 맥도널드가 물었다. 할리퀸 복장을 한 군의관 넷은 가면을 턱 아래로 내렸다. 크로지어는 방과 방 사이에 천으로 이어진 복도로 환한 보라색 불빛이 비추는 바람에 군의관들의 표정을 살필 수 있었다.

검은색 방에 있던 누군가가 공포에 젖어 비명을 질렀다. 이어 포효하는 소리가 또다시 들렸다. 프랜시스 로돈 모이라 크로지어가 그동안 들어본 소리와는 차원이 달랐다. 19세기 북극이 아니라 그 옛날 하이보리아(인류 문명이 발생하기 이전에 존재했다는 대륙) 시대에 있던 빽빽한 원시림에서나 들릴 법한 소리였다. 소리는 낮게 깔리다가 점차 커지더니 포악함이 절정에 달했다. 그 소리에 사람들 앞에서 바지에 오줌을 지릴 뻔했다.

더 큰 백곰이 어둠 속에서 앞으로 나왔다.

분장한 대원들은 비명을 지르며 돌아 나가려고 했다. 궁금한 대원들은 앞으로 밀고 들어오려고 했다. 앞이 보이지 않는 어두운 방에서 다들 우왕좌왕하다가 검게 염색한 캔버스 벽에 부딪혔다.

크로지어는 무기를 소지하지 않아 가만히 서 있을 수밖에 없었다. 어둠 속에서 뭔가 육중한 생명체가 스치고 지나가는 것 같았다. 온몸으로 느껴졌다. 오래되어 찌든 피비린내가 풍겼다. 썩은 송장에서 나는 악취가 진동했다.

공주와 요정이 의상을 검은색 방에 내던지고 벽을 더듬거리면서 허리춤에 찬 보트 나이프를 더듬거리며 찾았다.

그것이 큰 접시만 한 앞발에 달린 칼날 같은 발톱으로 사람의 몸을 후려치는 순간 퍽하며 소름 끼치는 소리가 들렸다. 단검보다 더 긴 이빨로 뼈인지 머리통인지 모를 것을 으스러뜨리는 소리도 들렸다. 고개가 절로

399

저어졌다. 바깥쪽에 있는 대원들은 아직도 노래를 불렀다.

지배하라, 브리타니아!
브리타니아, 파도를 지배하라!
영국인은 결코 노예로 살지 않으리라!

검은 괘종시계가 마지막 종을 쳤다. 이제 자정이다. 1848년 새해가 밝았다.

대원들이 보트 나이프로 검은색 캔버스 천을 찢었다. 갈기갈기 찢긴 천이 빙판 위에 피운 횃불과 화로 속으로 말려 들어갔다. 불꽃이 하늘로 튀기면서 순식간에 리깅으로 옮겨붙었다.

하얀 생명체가 보라색 방으로 들어갔다. 거기 있는 승조원들이 비명을 지르며 흩어졌다. 욕을 하며 밀치는 자도 보였다. 몇몇은 방마다 연결된 긴 미로를 빠져나가는 대신 벽을 찢고 도망가려고 했다. 크로지어는 대원들을 제치고 괴물을 따라갔다. 검은 방 양쪽 벽면에 벌써 불이 붙었다. 비명 소리가 더 커졌다. 누군가 크로지어 앞으로 뛰어갔다. 할리퀸 복장에 방한모를 썼다. 머리칼에 불이 붙은 모습이 마치 노란 실크 테이프를 길게 붙인 것 같았다.

분장한 복장 그대로 도망가는 대원들 틈에서 크로지어가 빠져나오는 순간, 보라색 방도 불길에 휩싸였다. 빙하에 나타난 괴물이 하얀색 방으로 진격했다. 팔을 덜렁거리며 백곰으로 분장한 모습을 앞질러가자 수십 명이 비명을 내질렀다. 빙산 위에까지 펼쳐진 캔버스와 원재에 거미줄처럼 아름답게 엮인 리깅이 훨훨 타올랐다. 불꽃은 마치 검은 흑판 위에 문자를 휘갈겨 쓰듯 타올랐다. 30미터에 달하는 빙벽에 조각된 수천 개의 각면에 불꽃이 반사됐다.

검은색, 보라색, 흰색 방을 에워싼 캔버스가 소실되자 갈비뼈처럼 드러난 원재에도 불이 옮겨붙었다. 사실 사막과 다를 바 없이 메마른 북극에서 수년간 있었던 터라 원재에는 수분이 다 빠져나갔다. 그런 원재가 수천 개의 불쏘시개로 돌변했다.

크로지어는 이 상황을 통제하려는 생각을 버리고 같이 도망쳤다. 불타는 미로 속에서 빠져나가야 했다.

하얀색 방은 화염에 완전히 휩싸였다. 불꽃이 하얀 벽면을 따라 피어오르고, 빙판 위에 깔아 놓은 흰 천에도 옮아 붙었다. 하얀 천을 씌운 테이블과 통, 의자에도, 디글이 쓰던 철제 조리 그릴에도 옮아 붙었다. 누군가 놀라서 줄행랑을 치다가 메탈 디스크 축음기를 넘어뜨렸다. 떡갈나무와 청동으로 근사하게 조각된 축음기 곡면과 겉면에도 불이 붙었다.

크로지어는 피츠제임스가 하얀색 방에 서 있는 것을 보았다. 유일하게 의상을 입지 않은 모습으로 멍하니 서 있었다. 그는 꼼짝없이 서 있는 피츠제임스의 소매를 끌어당겼다. "빨리, 제임스! 지금 나가야 해!"

피츠제임스는 천천히 고개를 돌리며 크로지어를 쳐다보았다. 마치 모르는 얼굴을 보는 시선이었다. 피츠제임스는 다시 정신 나간 미소를 지었다.

크로지어가 따귀를 때렸다. "정신 차려!"

크로지어는 멍하니 서 있는 피츠제임스를 끌어당기면서 불타는 하얀색 방을 정신없이 빠져나와 네 번째 방으로 들어갔다. 주황색으로 칠한 벽면보다 더 진한 주황색 불꽃이 훨훨 타오르고 있었다. 주황색 방을 지나 불타는 녹색 방으로 들어갔다. 미로는 끝이 없어 보였다. 빙판 위에 의상을 입은 대원들이 여기저기 쓰러져 있었다. 어떤 이는 넝마가 된 의상을 입은 채 신음 중이었고, 어떤 이는 알몸으로 불에 타고 있었다. 일부 대원은 걸음을 멈추고 이들을 일으켜 세우거나 밖으로 밀어내려 했다. 빙판 위에는 찢어진 옷가지와 내버리고 간 방한복이 나뒹굴었다. 천을 깔지 않아서 바닥에까지 불이 붙지 않았다. 대부분 찢어진 옷가지가 타고 있거나, 곧 탈 예정이었다.

"정신 차리라고!" 크로지어는 넋 나간 피츠제임스를 계속 끌고 갔다. 빙판 위에 의식을 잃고 쓰러진 대원이 보였다. 이리버스호의 조지 체임버스였다. 이제 고작 스물한 살로 빙판에서 장례를 치를 때 북을 치던 사환이었다. 아무도 그를 알아보지 못하는 것 같았다. 크로지어는 피츠제임스를 잠깐 놓고 체임버스를 들어서 어깨에 걸쳤다. 그리고 다시 피츠제임스의 소매를 붙들고 양 벽면을 태우던 불길이 머리 위 리깅으로 옮겨 붙자 달리기 시작했다.

괴물이 뒤에서 쌕쌕거리며 쫓아오는 소리가 들렸다.

크로지어는 괴물도 길이 헷갈려 저 뒤에서 헤매다가 뚫고 지나갈 수 없는 빙하에 부딪혔음을 간파했다. 그는 이제 방한 장갑을 낀 주먹 하나로 맞서기로 했다.

빙판 전체가 김이 피어오르고 열기에 평하며 터져 나갔다. 저 위에 있던 커다란 얼음 덩어리가 아래로 쏟아지며 박살이 났다. 순간 화염에 휩싸인 미로 속으로 얼음 덩어리가 쏟아지자 뱀처럼 쉬이익 하는 소리가 났다. 크로지어는 넋이 나간 채 잠시 이 광경을 바라보았다. 셀 수 없이 부서진 얼음 각면체에 불꽃이 반사됐다. 동화 속 요정이 사는 반짝이는 100층짜리 성을 보는 듯했다. 살면서 이런 광경을 다시는 보지 못하리라.

"함장님, 가야 합니다." 제임스 피츠제임스가 입을 열었다.

녹색 방 캔버스 벽은 다 타서 없었고 그 너머 빙판으로 불이 붙었다. 불꽃은 덩굴처럼 빠르게 번지더니 남은 두 개의 방으로 옮아 붙었다.

크로지어는 맨손으로 얼굴을 가리고 불꽃을 뚫고 나가 앞에서 달리는 마지막 무리를 이끌었다.

불타는 자주색 방을 뚫고 나오자 생존자들이 휘청거렸다. 크로지어는 이들을 이끌고 불붙은 파란색 방으로 들어갔다. 때마침 북서쪽에서 바람이 휘몰아쳤다. 비명과 괴물 울음소리가 뒤섞였다. 여기에 크로지어 귀에만 들리는 쌕쌕거리는 소리까지 더해졌다. 이제 불꽃은 탁 트인 파란색 방 벽으로 번지며 불꽃으로 장벽을 일구었다.

십수 대원들이 모여 있었다. 여태 너덜너덜해진 의상을 걸친 채 걸음을 멈추고 화재 현장을 바라보았다.

"움직여!" 크로지어가 아랫배에서 끌어 올린 태풍 같은 목청으로 명령했다. 60미터 높이 메인마스트 돛대 꼭대기에서 견시 근무하며 바람이 풍속 80노트에 파고가 10미터나 돼도 크로지어의 명령을 똑똑히 듣고 그대로 따를 수 있을 정도였다. 다들 그의 말에 따랐다. 크로지어 바로 뒤에서 불꽃을 뚫고 달리며 비명을 질렀다. 크로지어는 여태 오른쪽 어깨에 체임버스를 걸치고 왼손으로 피츠제임스를 붙들고 있었다.

일단 미로 밖으로 나오자 방한복에서 김이 모락모락 올랐다. 크로지어는 계속 뛰어서 수십 명의 대원을 앞질렀다. 대원들이 사방으로 흩어졌다. 당장은 하얀 괴물이 보이지 않았다. 아비규환이었다. 150미터 앞 사방에서 화염 때문에 훤한 곳도 있고 그림자 진 곳도 있었다. 그는 장교들에게 아직도 정신이 돌아오지 않은 조지 체임버스를 눕힐 만한 빙암을 찾으라고 고함쳤다.

갑자기 탕탕탕! 총성이 들렸다.

놀랍고도 믿기지 않았다. 어이없게도 해병 넷이 나란히 무릎을 대고 앉아 어두운 쪽에서 뛰쳐나오는 대원들을 향해 총을 쏘고 있었다. 누군가 빙판 위로 쓰러졌다. 안타까운 것은 그가 웃긴 의상을 아직까지 입었다는 사실이다.

크로지어는 피츠제임스의 손을 놓고 사정거리 안으로 달려가 팔을 휘저었다. 머스킷 총알이 귀를 스치고 지나갔다.

"격발 중지! 눈이 삐었나, 토저! 당장 그만두지 않으면 이병으로 격하시키고 교수형에 처하겠다!"

발사가 중지되었다.

해병들이 벌떡 일어났다. 해병 상사 토저는 사람들 틈에 허연 괴물이 있었다고 외쳤다. 화염을 뒤로하고 괴물이 사람을 입에 물었다고 했다.

크로지어는 토저의 말을 무시했다. 그 주위에 빙 둘러서서 고함치고 밀치는 양쪽 대원들에게 부상이나 화상을 당한 대원들을 일단 가까운 이리버스호로 옮기라고 명령했다. 그는 테러 및 이리버스호 장교들을 찾아 나섰다. 누구에게든 명령을 내려서 이 캄캄하고 어두운 밤 세락이나 압력 봉우리로 도망간 자들을 수색하라고 명령해야 했다.

만일 복귀하지 않으면 밖에서 얼어 죽을 것이다. 아니면 괴물에게 잡혀먹히거나. 그는 이리버스호 하갑판에서 몸이 충분히 녹기 전까지 절대로 테러호로 복귀하지 말 것을 명령했다.

일단 대원들을 진정시키고 정비시킨 후 불타는 카니발 미로에 갇힌 부상자와 사망자부터 서둘러 수습했다.

맨 처음, 이리버스의 항해사 카우치와 호지슨 중위가 나타났다. 연기와 김이 피어오르는 가운데 리틀 대위도 보였다. 리틀은 화염이 일어난 곳에 비정형적으로 불이 붙어 빙하 표면 10센티미터 정도만 녹은 상태이며, 빙해와 세락 숲으로 뿌연 연기가 밀려갔다고 보고했다. 리틀은 오른팔에 화상을 입었으나 힘겹게 경례한 후 보고했다.

리틀이 옆에 있으니 크로지어가 대원을 통제하기가 한결 수월했다. 그는 대원들을 이리버스호로 보낸 후 명단을 확인했다. 그리고 이리버스호 안으로 들어가지 못하고 경사로와 화로 인근에서 얼쩡거리는 대원들에게 방호벽을 짜라고 명령했다.

"맙소사." 방금 이리버스호에서 나온 해리 굿서 군의관이 옆으로 와서 섰다. 방한복과 외투를 풀어 젖히며 이렇게 말했다. "불이 나니 여기까지 뜨뜻하네요."

"정말 그렇군." 크로지어가 말했다. 얼굴과 몸에서 땀이 흘렀다. 화재로 기온이 무려 40도나 상승했다. 만일 이러다 빙하가 녹으면 전원 익사하겠다며 한가로운 상상을 했다. 굿서에게 외쳤다. "호지슨 중위에게 가서 사상자 수를 집계해서 보고하라고 하게. 생존한 군의관이 더 있는지 찾아서 존 프랭클린 경 함장실에 마련한 이리버스호 병실로 데려가게. 해전 발생시 군의관의 할 일을 교육받은 대로 준비하고, 사망한 대원들을 그냥 빙판에 놔둘 수는 없어. 괴물이 아직도 저기 어딘가에 있을 거야. 저들을 하갑판 선수 화물창으로 옮기라고 대원들에게 전하게. 내가 한 40분 후에 가서 확인하겠네. 사망자 명단 정확히 파악해서 그때 알려주도록."

"알겠습니다, 함장님." 굿서가 대답했다. 외투를 여미고 호지슨 중위와 얼어붙은 램프 쪽으로 뛰어갔다.

일곱 개의 알록달록한 방이 화로로 변했다. 캔버스 천과 리깅, 얼음 위에 세운 돛과 의상, 테이블과 상자와 다른 가구가 다음 날 아침까지도 어둠 속에서 하염없이 불타올랐다.

# 26
## 굿서

다음은 해리 D.S. 굿서 박사의 일기다.

### 1848년 1월 4일 화요일

나 혼자만 살아남았다.

군의관 중에 나만 남았다. 남들은 그랜드 베네치아 카니발 참사에서 사망자가 고작 5명에 그쳤다며 운이 좋았다고 한다. 그 다섯 중 셋이 우리 군의관이라니 기가 막히다.

수석 군의관 페디와 스탠리는 불에 타 사망했다. 테러호 부군의관 맥도널드는 화염 속에서 괴물을 용케 피해 텐트 밖으로 뛰쳐나오다가 수병이 쏜 머스킷총에 유명을 달리했다.

추가 사망자 중 장교 2명이 더 있었다. 이리버스호 대위 제임스 월터 페어홀름은 검은 방에서 가슴이 짓이겨진 채 발견되었다. 아마 괴물의 소행인 듯싶다. 빙하 위에 미로처럼 연결된 텐트는 화재로 녹아내렸고 그 속에서 페어홀름은 불에 탄 채 발견되었다. 검시 결과 사인은 갈비뼈가 부러지면서 심장을 관통해 즉사한 것이다.

지난해 12월 마지막 날 발생한 화재와 혼란 속에 목숨을 잃은 마지막

희생자는 테러호 1등 항해사 프레데릭 존 혼비였다. 그는 하얀 방 캔버스 벽에 갇혀 내장이 헤집어진 채 죽어 있었다. 안타깝게도 혼비는 저녁 내내 테러호에서 견시 근무를 서다가 어빙 소위와 교대하여 이리버스호로 넘어온 지 채 한 시간도 되지 않아 난리 통에 사망했다.

크로지어와 피츠제임스 함장은 군의관 넷 중 셋을 잃었다. 가장 신임하던 장교 2명의 충언과 충성을 더는 누릴 수 없다.

악몽 같았던 베네치아 카니발에서 부상자는 총 18명이었다. 그중 6명은 중상이었다. 테러호 항해장 블랭키, 뚱보 윌슨이라는 애칭으로 불린 목공장 조수 윌슨, 몇 달 전 나와 킹윌리엄 랜드로 정찰 갔던 수병 존 모핀도 포함되어 있었다. 이리버스호 보급관 당번병 윌리엄 파울러, 수병 토머스 워크, 테러호 갑판장 존 레인도 있었다. 이들은 다행히 목숨을 건졌다. 사실 블랭키는 한 달 전에도 바로 이 괴물에게 공격당했는데 이번 부상이 훨씬 심각하다. 그때 우리 군의관 4명은 아는 지식을 총동원해 정성껏 치료했다. 블랭키는 이번 카니발 화재로 화상을 입지는 않았지만, 저번에 다친 오른쪽 다리를 또다시 다쳤다. 불이 붙은 캔버스와 리깅을 뚫고 지나가다 괴물에게 가격당해 이번에는 무릎 아래를 절단할 수밖에 없었다. 그는 연속으로 심각한 시련을 겪고도 믿기지 않을 만큼 의연했다.

어제 월요일, 생존 승조원 전원 모인 가운데 태형이 거행됐다. 나는 난생처음 영국 해군이 체벌하는 장면을 지켜보았다. 다시는 보고 싶지 않다고 신에게 기도했다.

크로지어 함장은 지난 금요일 밤 화재가 발생한 이후 화를 못 삭여 눈에 띄게 수척해졌다. 함장은 어제 오전 10시, 이리버스호 하갑판에 전원 집합하라고 명령했다. 영국 해병은 머스킷총을 들고 나란히 섰다. 북이 울렸디.

이리버스호 장포장 당번병 리처드 에일모어, 테러호 누수방지공 조수

코닐리어스 히키, 덩치 큰 수병 매그너스 맨슨이 맨머리에 바지와 속셔츠
만 걸치고 이리버스호 스토브 앞으로 끌려 나왔다. 이곳에는 나무 해치 커
버가 수직으로 매달려 있었다. 에일모어부터 한 사람씩 해치에 묶였다.

대원들은 미리 나와 그곳에 대기하고 있었다. 에일모어와 맨슨은 고개
를 숙였고, 히키는 고개를 빳빳이 들고 반항하는 듯했다. 크로지어 함장은
죄명을 읽어 내려갔다.

에일모어에게는 반항 및 방자한 행위로 함선을 위험에 빠뜨린 죄목으
로 태형 50대가 내려졌다. 그는 미국 판타지 잡지에서 본 내용이라고 말했
다. 말수가 없는 그가 알록달록한 텐트로 방을 만들자는 아이디어만 냈다
면 처벌은 이보다 훨씬 가벼웠을 것이다. 그런데 거기에 그치지 않고, 그
랜드 베네치아 카니발을 주도적으로 계획하고 참수당한 대장으로 분하는
실수까지 저질렀다. 존 프랭클린 경이 사망한 당시 상황에 비추어 보면 이
것은 상당히 부적절한 행동이었다. 다들 에일모어가 교수형을 받을 수도
있다는 걸 알았다. 에일모어는 소명했다. 빙하에 숨어 있던 괴물이 검은색
방에서 분장한 대원들 틈에 나타났을 때 그는 비명을 지르다가 기절한 얘
기를 하면서 함장 앞에서 읍소했다.

맨슨과 히키에게는 죽은 곰 가죽을 꿰매 의상을 만들어 그것을 뒤집어
쓴 죄명으로 태형 50대가 내려졌다. 예전부터 크로지어 함장이 금했던 '이
단을 섬기는 부적의 소지를 금한다'는 명령을 위반한 것이다.

이번 베네치아 그랜드 카니발을 계획하고, 리깅을 매고, 돛을 염색하고,
무대를 만든 데 연루된 인원은 50명이 넘었다. 크로지어는 이들에게도 똑
같이 태형을 내릴 수도 있었다. 어찌 보면 에일모어, 맨슨, 히키 이 3명이
승조원 전원의 그릇된 판단을 대표해서 억울하게 벌을 받는 것이다.

북소리가 멈추자, 집합한 대원들 앞에서 이들을 한 줄로 세웠다. 함장
크로지어가 입을 열었다. 나는 그가 한 말을 정확히 여기에 옮겨 적으려고

한다.

"본인을 포함한 모든 대원이 참석한 행사에서 부적절한 행동을 하고 영국 해군 군법을 위반한 죄명으로 여기에 있는 이 자들에게 태형을 내린다. 여기에 모인 대원들은 모두 명심해야 한다. 무고한 5명의 대원이 목숨을 잃고, 대원 1명은 다리 한쪽을 잃었으며, 십수 명이 찰과상을 입는 어처구니없는 일이 발생했다. 이에 대한 궁극적 책임은 바로 본인에게 있다. 함장이라면 함선에서 일어나는 모든 일에 책임을 지는 것이 마땅하다. 탐험대 총책임자는 두 배로 과실이 있다. 본인이 이 행사를 허락했으나 주의를 기울이거나 관여하지 않은 것은 형사상 과실이다. 만일 얼어붙은 이 빙하에서 풀려나 우리가 살아 나간다면 필연 열릴 군법 재판에서 본인은 그 사실을 인정할 것이다. 이 태형은 본인도 면치 못할 것이고, 상부에서 피할수 없는 체벌을 내리면 본인은 이보다 더한 태형을 받을 것이다."

나는 그 순간 피츠제임스 함장을 쳐다보았다. 분명 자책하는 것 같았다. 크로지어 함장이 자책하는 내용은 분명 피츠제임스에게도 해당이 된다. 왜냐하면 이 카니발 준비를 총괄한 사람은 크로지어가 아니라 피츠제임스였기 때문이다. 피츠제임스의 무표정한 얼굴이 창백했다. 시선에 초점이 없었다. 다른 데 정신이 팔린 것 같았다.

"본인이 그 책임에 대한 대가를 치르는 그날이 오기 전에, 이자들에 대한 처형을 진행하겠다. 이들은 영국 해군 이리버스 및 테러호 장교들이 응당히 조사한 결과 군법을 위반하는 범죄를 저질렀으며, 동료들의 목숨을 위험을 몰아넣은 죄 또한 지었다. 갑판장 조수 존슨……"

그런 다음 덩치가 좋고 솜씨 좋은 테러호 갑판장 조수인 토머스 존슨이 앞으로 나왔다. 크로지어 함장의 오랜 동료로 함께 남극 빙해 탐험을 떠나 5년긴 같은 배를 탔던 인물이다. 그는 무례를 한 후, 먼저 에일모어를 쇠격자에 묶었다.

갑판장 조수 존슨은 가죽이 씌워진 박스에서 통 하나를 꺼내 화려한 황동 걸쇠를 풀었다. 그 안에는 어울리지 않게 빨간 벨벳이 발려 있었다. 빨간 벨벳 안감이 발린 적당한 크기의 사각 상자 안에 손때 묻은 가죽 손잡이가 달린 구승편 채찍이 들어 있었다.

수병 2명이 에일모어를 단단히 묶었다. 존슨은 구승편을 꺼내서 두툼한 손목을 꺾으며 연습 삼아 한 번 휘둘렀다. 보여 주기 위한 게 아니라 곧 있을 끔찍한 태형을 치르려고 본격적으로 몸을 푸는 준비 자세였다. 구승편이 있다는 소리는 여러 번 농담 삼아 들어봤다. 채찍을 휘두르자 쩨질 듯 또렷하게 후려갈기는 소리가 났다. 아홉 개 끈에는 모두 매듭이 매여 있었다.

지금 벌어지는 상황이 믿기지 않았다. 이렇게 잔뜩 사람이 모이고 땀 냄새가 진동하는 이 우울한 하갑판에서 태형을 치른다는 게 불가능해 보였다. 천장은 낮고 머리 위로 빔과 목재가 지나가고, 여러 장비도 낮게 걸려 있었다. 그런데 존슨은 구승편을 어떤 상황에서도 요령껏 다룰 줄 알았다. 어릴 적, '채찍을 휘두르기에 실내가 너무 좁아'라는 말을 들은 적이 있지만, 오늘에서야 어떻게 그게 가능한지 이해하게 되었다.

"에일모어에게 태형을 실시하라." 크로지어가 명령했다. 다시금 북소리가 짧게 울렸다가 금방 멈췄다.

존슨이 링 위에 선 복싱 선수처럼 양쪽 다리를 넓게 벌리고, 고양이 채찍을 뒤로 넘겼다가 앞으로 인정사정없이 내리쳤다. 동작은 빠르면서도 능수능란했다. 채찍이 옆쪽에서 넘어왔다. 매듭지어진 가죽끈이 달린 채찍이 앞에 모인 대원들과 30센티미터 거리에서 스쳐 지나갔다.

구승편이 살에 닿는 소리는 절대로 잊히지 않을 것이다.

에일모어가 비명을 질렀다. 사람이 내는 소리가 아니다. 후에 혹자는 검은색 방에서 들리던 괴물의 괴성보다 더 끔찍했다고 말했다.

가냘프고 창백한 등판에 자주색 줄이 쫙쫙 갔다. 핏방울이 쇠 격자 가까이 선 대원들 얼굴로 튀었다. 내게도 그 핏방울이 튀었다.

하나. 찰스 프레데릭 드보가 개수를 셌다. 그는 지난 12월, 항해사 로버트 옴 서전트가 사망한 직후 이리버스호 1등 항해사 자리를 물려받았다. 양쪽 함선의 1등 항해사 둘이 이번 처형을 집행하는 임무를 맡았다.

채찍을 뒤로 넘기기만 했는데도 에일모어가 다시 비명을 내질렀다. 앞으로 이 끔찍한 채찍질을 49대나 더 맞아야 하기에 미리 식겁해서 그랬던 것 같았다. 내 두 다리가 후들거렸다. 씻지도 못한 대원들이 다닥다닥 모여 있다. 피비린내가 진동하고, 어둠 속에 갇힌 신세였다. 지린내 나는 하갑판에 맴도는 암울함에 머리가 핑 돌았다. 이곳은 생지옥으로 변했다. 이제는 나도 이곳을 빠져나올 수 없다.

장포장 당번병이 9대를 맞고 기절했다. 크로지어 함장은 가서 에일모어의 숨통이 붙어 있는지 확인하라며 내게 손짓했다. 그는 살아 있었다. 후일 알게 된 사실인데, 원래는 2등 항해사가 죄인에게 물을 끼얹어서 정신을 차리게 한 후 마지막 한 대까지 고통을 겪게 한다고 한다. 그런데 그날 아침 이리버스 하갑판에는 물이 없었다. 물은 모조리 얼었다. 에일모어 등에 맺힌 붉은 핏방울도 그 자리에서 빨간 얼음 방울로 굳었다.

에일모어는 의식을 잃었지만 태형은 계속되었다.

에일모어는 50대를 맞고 풀려나 존 프랭클린이 함장실로 쓰던 선미로 옮겨졌다. 함장실은 카니발에서 대원들이 부상당한 이후 여태 병실로 쓰인다. 병실에는 8명이 있었다. 그중에는 12월 초 블랭키가 괴물에게 피격당하던 때부터 반응을 보이지 않는 데이비 레이스도 있었다.

내가 에일모어를 살피러 선미로 가려는 순간, 크로지어 함장은 다시 돌아오라고 조용히 손짓했다. 승조원 전원이 태형을 처음부터 끝까지 지켜봐야 하는 것이 군율에 명시되어 있었다. 내가 없어서 에일모어가 과다출

411

혈로 죽는다 해도 나는 태형을 지켜봐야 했다.

다음은 매그너스 맨슨 차례였다. 덩치 큰 이자를 쇠 격자에 묶는 2등 항해사가 왜소해 보였다. 만일 이 거인이 태형을 거부했다면 제야의 밤 알록달록한 일곱 개 방에서 벌어진 참극 못지않은 혼란과 대참사가 벌어졌을 것이다.

맨슨은 얌전했다. 갑판장 조수 존슨은 에일모어 때와 더도 덜도 아닌 동일한 힘으로 끝없이 태형을 집행했다. 처음부터 피가 튀었다. 맨슨은 비명을 지르지 않았다. 비명보다 더 끔찍한 소리를 냈다. 처음 채찍에 맞은 순간, 어린애처럼 울기 시작했다. 흐느껴 울었다. 그는 다 맞고 나서 수병에게 부축을 받으며 병실로 옮겨졌다. 늘 그렇듯 맨슨은 머리가 천장에 닿을까 봐 등을 구부렸다. 그가 내 앞을 지나가는 순간, 채찍이 열십자로 교차하여 잔인한 상처를 남긴 모습이 보였다. 채찍에 맞은 등가죽이 너덜너덜했다.

히키는 이번에 태형을 당한 셋 중 가장 몸집이 작았다. 지루할 정도로 긴 시간 태형을 당하면서 외마디 비명조차 내지 않았다. 앞선 두 사람보다 등가죽이 더 많이 터졌는데도 울지도, 정신을 잃지도 않았다. 왜소한 누수방지공 조수는 쇠 격자 너머 머리 위 어딘가에 정신을 따로 꺼내 두고 온 것 같았다. 분노로 이글거리는 눈빛으로 어딘가에 시선을 고정했다. 이 끔찍한 태형을 당하면서도 구승편으로 50대를 맞은 사이사이에 숨만 헐떡였다.

히키는 부축을 받지 않고 걸어서 선미에 있는 임시 병실로 갔다.

크로지어 함장은 군율에 따라 적법하게 처형이 집행되었으니 이제 해산하라고 명령했다. 선미로 가기에 앞서, 나는 갑판으로 잠깐 뛰어올라가 테러호로 떠나는 일행을 바라보았다. 그들은 경사로를 타고 내려가, 어둠 속에서 길고 긴 길을 걸어 테러호로 돌아가는 중이었다. 불에 그슬리고 일부 녹은 구역을 지나고 있었다. 카니발 화재가 발생한 곳이다. 크로지어와 가장 신임받는 리틀 대위가 뒤쪽에 섰다. 50명 정도 되는 일행은 이리버스호 갑판에 켜놓은 랜턴 불빛을 벗어날 때까지 단 한마디도 하지 않았다. 8명이 이리버스호에 남았다. 나중에 히키와 맨슨이 테러호로 돌아갈 때 같이 동행할 자들이었다.

나는 후다닥 내려와 선미에 새로 꾸민 병실로 가서 할 일을 했다. 채찍에 맞은 부위는 심각하게 패이고 부풀어 영영 흉이 질 것이다. 상처를 씻고 붕대를 감는 것 말고는 해줄 게 없었다. 맨슨은 울음을 그쳤다. 히키가 그만 울라고 일갈하는 순간, 덩치 큰 그가 단박에 울음을 그쳤다. 히키는 조용히 내 처치를 받았다. 그는 맨슨에게 옷을 제대로 챙겨 입고 병실 밖으로 따라 나오라고 무뚝뚝하게 말했다.

장포장 당번병 에일모어는 처벌을 받은 후 무기력해졌다. 지금 나를 거드는 헨리 로이드 말에 따르면, 에일모어는 의식이 다시 돌아오자 목 놓아 통곡했다고 한다. 내가 상처를 세척하고 붕대를 감는 동안에도 계속 애처롭게 울었다. 옆에서 다른 준사관이 부축하지 않으면 혼자 걷지 못할 정도였다. 나이 많은 준사관 당번병 존 브리젠스, 함장 당번병 호어, 조타수 벨, 갑판장 조수 사무엘 브라운이 병실로 와서 그를 부축해 숙소로 데려갔다.

에일모어가 갑판 승강구 계단을 따라가 중앙 사다리를 돌아 걸어가는 내내 신음하고 흐느끼는 소리가 들렸다. 다른 대원들이 그를 거의 들다시피 하여 우현 하급 장교실 식당 쪽에 있는 그의 자리로 데려다 놓았다. 그의 침대는 윌리엄 파울러의 빈 침대와 내 침대 사이에 있었다. 얄팍한 격벽을 통해서 밤새 울음소리가 들릴 것 같다.

"에일모어가 책을 많이 읽어요." 윌리엄 파울러가 간이침대에 앉아 말해 주었다. 보급관 당번병인 그는 이번 화재로 심한 화상과 중증 부상은 입었지만, 사흘간 찢어진 살을 잘라내고 꿰매는 동안 단 한 번도 징징거리지 않았다. 등과 복부에 열상과 화상을 입어 모로 누워 잠을 자야 했지만, 단 한 번도 불평하지 않았다.

"책을 많이 읽는 사람들의 성정이 좀 예민하죠"라고 파울러가 말했다. "만일 저 불쌍한 에일모어가 미국 작가가 쓴 말도 안 되는 글을 읽지 않았더라면 카니발을 준비할 때 그런 의견을 내지도 않았을 거라고요. 그 얘기를 듣고 다들 좋다고 그랬거든요. 일이 이렇게 될 줄은 아무도 몰랐어요."

내가 무슨 말을 해야 할까.

"책을 읽는 건 일종의 저주 같아요." 파울러가 결론지었다. "차라리 자기 생각에 갇혀 지내는 게 훨씬 나을지도 몰라요."

아멘, 나는 왠지 모르지만 이렇게 말하고 싶었다.

나는 페디 군의관이 쓰던 테러호 침실에서 이 글을 쓴다. 크로지어는 나더러 매주 화요일부터 목요일까지는 테러호에서, 그 외 시간에는 이리버스호에서 근무하라고 명령했다. 로이드가 이리버스호에서 회복 중인 6명의 환자를 돌보고 있다. 나는 테러호에 있다. 여기 테러호 대원들이 위중한 것을 보니 마음이 심란했다.

이들 대부분은 군의관이 처음에는 향수병, 나중에는 쇠약증이라고 부르던 질병을 앓았다. 이 질병의 초기 증상은 집에 가고 싶어 미칠 것 같은 마음이 든다. 또한 잇몸 출혈, 정신 착란, 사지 무기력증, 전신 타박상, 대장 출혈 등의 증상을 동반한다. 향수병에서 시작해서 쇠약함, 정신 착란, 판단 능력 저하, 항문 및 잇몸 출혈, 열상, 기타 증상이 심해지다가 결국 건지도, 일도 못하게 된다.

이 향수병과 쇠약증의 또 다른 이름은 바로 괴혈병이다. 군의관들이 입 밖으로 말하기 꺼려 하며, 나조차도 지금껏 한 번도 언급한 적 없는 병명이다.

크로지어 함장은 함장실에 틀어 박혀 매우 고통스러워했다. 입을 틀어막고 신음하는 소리가 밖으로 새어 나왔다. 함장실은 함선 우현 쪽, 세상을 떠난 페디의 격벽과 맞대어 있었다. 크로지어 함장이 뭔가 단단한 것을 입에 물고 있는 것 같다. 가죽끈 같은 것을 입에 물고 소리가 밖으로 새지 못하게 하는 것 같다. 그런데 나는 축복인지 저주인지 모르겠지만, 귀가 참 밝다.

어제 함장은 함선 지휘권과 일과 일체를 리틀 대위에게 인계했다. 피츠제임스가 아닌 조용하고 단호한 리틀에게 통제권을 넘기고는 말라리아가 도져서 그랬다고 내게 설명했다.

거짓말이다.

말라리아 증상은 그렇지 않다. 내가 금요일 아침 다시 이리버스호로 갈 때까지 밖으로 계속 신음 소리가 새어 나온 것을 근거로 판단하건데 그건 말라리아가 아니다.

내 숙부와 아버지의 증상과 같았다. 나는 함장이 오늘 밤 무슨 병마와 싸우는지 잘 알고 있다.

크로지어 함장은 알코올 중독이었다. 함선에 실린 독주가 바닥나서 그런 건지, 아니면 이 위기를 겪으며 스스로 금주를 감행해서 그런 건지는 잘 모르겠다. 어느 쪽이든 함장은 지옥 같은 고통을 겪고 있고 앞으로도 계속 시달릴 것이다. 아마 분별력을 잃을 것이다. 테러호와 이리버스호에는 진정한 리더가 없다. 질병과 절망에 휩싸인 함선에서 크로지어가 입을 틀어막고 신음하는 처지가 너무 안쓰럽다.

내가 도울 수 있으면 좋으련만. 아픈 대원 수십 명을 내가 도울 수 있기를. 부상자, 화상 환자, 병자, 영양실조 초기 환자, 우울증 환자, 그 외에 발이 묶인 테러호와 이리버스호에서 아픈 이들을 내가 모두 도울 수 있다면. 그리고 나도 구원받고 싶다. 나도 이미 향수병과 쇠약증 초기 증상을 보이고 있다

그런데 내가 할 수 있는 게 하나도 없다. 1848년을 사는 군의관이라면

누구나 마찬가지일 것이다.

신이시여, 저희를 굽어 살피소서.

북위 70도 05분, 서경 98도 23분
1848년 1월 11일


끝나지 않을 것이다.

고통은 끝나지 않을 것이다. 구역질도, 추위도, 공포도 끝나지 않을 것이다.

크로지어는 벙커 침대에서 얼어서 뻣뻣한 담요를 뒤집어쓰고 몸부림치며 죽음을 갈망한다.

이번 주 내내 정신이 말짱했다. 사실 이런 적이 거의 없다. 이렇게 아프기 전에 왜 쓸데없는 짓을 했는지 후회스럽다. 권총을 에드워드 리틀 대위에게 아무 말 없이 맡기고는 자신이 정복 차림으로 갑판에 올라와 요청할 때만 돌려 달라고 당부했다.

총알이 든 권총을 되돌려받을 수만 있다면 뭐든 다 내놓을 수 있다. 이렇게 극심한 고통은 견딜 수 없다. 이런 생각도 견디기 힘들다.

크로지어는 가족들에게 무참히 외면당하던 선친의 어머니이자 친할머니인 메모.모이라가 돌아가셨는데도 눈물이 나지 않았다. 그는 할머니 얘기를 꺼내지 않았고 아예 언급조차 할 수 없었다. 크로지어가 어렸을 때, 여든이 넘은 할머니는 그가 살던 곳에서 두 마을 정도 떨어진 곳에 사셨다. 어린 그에게는 너무 먼 거리였다. 외가에서는 가족 행사에 할머니를 부르지 않고 아예 없는 사람 치부했다.

할머니는 가톨릭 신자라서 마녀 취급을 당했다.

크로지어는 열 살 때 몰래 조랑말 마차에 올라 할머니가 사는 마을로 갔다. 그렇게 1년을 만나러 다니다가 할머니를 따라 이상한 가톨릭 성당에 갔다. 어머니와 외가 식구가 이 사실을 아셨더라면 아마 까무러쳤을 것이다. 아일랜드 장로교를 신봉하는 그의 가족은 크로지어가 신앙을 저버렸다고 배척하고 경멸했을 것이다. 이는 해군 위원회와 북극 위원회가 크로지어를 일개 아일랜드 인이라고 3년 가까이 인정하지 않은 사실과 비슷하다.

할머니는 크로지어를 각별히 여기며 그에게 '천리안'이 있다고 말해 주었다.

천리안이 있다는 소리를 듣고도 어린 크로지어는 겁나지 않았다. 그는 어둠이 좋았다. 그리고 신비한 가톨릭 미사가 좋았다. 키 큰 사제가 마치 까마귀처럼 걸어와 사어로 주문을 읊으며 죽은 자를 되살리는 성찬식이라는 마술을 거행한다. 그러면 신도들은 주님의 살과 피를 먹고 부활한다. 향냄새가 진동하고 신비한 노래가 울려 퍼진다. 열두 살, 배를 타기 직전에 그는 할머니에게 사제가 되고 싶다고 말했다. 할머니는 그 말에 호탕하게 웃더니 이런 터무니없는 믿음을 주입했다. "사제가 되는 건 아일랜드에서 흔하디흔한 주정뱅이가 되는 것처럼 쓸모없는 짓이란다. 네 재능을 묵히지 마라, 프랜시스. 네가 가진 천리안을 쓰려무나. 이 능력은 대대로 우리 가문에 내려오는 거란다. 네가 어디를 가든 남들이 이 서글픈 땅에서 보지 못하는 것을 보게 해 줄 거야."

어린 크로지어는 천리안 얘기를 믿지 않았다. 동시에 신의 존재도 믿지 않았다. 바다로 가고 싶었다. 바다에서 보고 배운 것을 모두 믿었다. 천리안이니 교훈 따위는 사실 굉장히 낯설었다.

크로지어는 파도처럼 밀려오는 구역질을 하며 극악의 고통을 느낀다.

눈을 뜨자마자 당번병 줍슨이 한 시간에 한 번씩 교체하는 통에다 대고 속을 게운다. 텅 빈 가슴이 아프다. 영혼이 텅 빈 가슴속에 살다가 수십 년간 마신 위스키 바다에서 허우적대며 떠내려간 것이 분명하다. 밤낮으로 얼어서 뻣뻣한 시트에 누워 식은땀을 흘리고 있는데 직위와 명예가 무슨 소용인가. 만일 위스키를 딱 한 잔만 마실 수 있다면 가족이라는 허울도, 친할머니에 대한 추억까지 죄다 버릴 수 있을 것 같았다.

빙하가 쉬지 않고 손아귀를 옥죄며 가차 없이 쥐어짜자 함선이 신음한다. 악마가 한기와 고열, 통증과 구역질을 선사하며 인정사정없이 들볶자 크로지어는 신음한다. 회한까지 겹치니 죽을 지경이다. 혁대 15센티미터를 잘라 어두운 방에서 입에 물고 소리가 새어나지 않도록 한다. 신음은 계속된다.

크로지어 눈 앞에서 상상의 장면이 펼쳐진다. 모든 것이 생생하다.

제인 프랭클린 여사가 남편과 소식이 끊긴 지 무려 2년 반이 지나자 자신의 진가를 발휘한다. 불굴의 여인. 미망인이길 거부하는 미망인. 남편을 죽게 만든 북극 탐험대의 후견인. 결코 사실을 수긍하지 않을 여인.

크로지어는 진짜 천리안을 가진 듯 여사의 모습이 또렷이 보인다. 제인 여사의 결연한 모습은 그 어느 때보다 아름답다. 슬퍼하기를 거부하고, 분명 남편이 살아 있으니 탐험대를 찾아야 한다고 결심한다.

무려 2년 반이나 지났다. 영국 해군은 이리버스호와 테러호에 무려 3년 치 비상식량이 실린 사실을 알고 있다. 1846년 여름, 아무리 늦어도 1847년 8월이면 탐험대가 알래스카를 넘어 나타나리라 기대했다.

지금쯤 제인 여사는 손 놓고 있는 영국 해군과 국회를 들볶아 조취를 취했을 것이다. 크로지어 눈 앞에 다음 장면이 보인다. 여사가 해군 제독에게 편지를 쓴다. 북극위원회는 물론 의회에 진출한 지인들과 옛 애인들에게까지 호소문을 작성하고, 여왕에게 탄원서를 올리는 모습이 보인다.

심지어 죽은 남편에게까지 매일 편지를 남긴다. 이미 세상을 떠난 그에게 이렇게나 훌륭한 글을 쓴다.

여보, 난 사랑하는 당신이 여전히 살아 있다는 걸 믿어요. 아니 반드시 우리는 다시 만나야 해요.

제인 여사가 전 세계에 호소한다. 이제 막 출항하는 첫 번째 해군 구조선에 편지를 잔뜩 실어 보낸다. 또한 사제를 털거나 넉넉한 후견인들에게 기부를 받아 직접 배를 띄운다.

크로지어 앞에 천리안이 펼쳐지고 그는 웃으며 벙커 침대에 기대앉으려 한다. 한기 때문에 마치 강풍에 시달리는 톱갤런트처럼 온몸이 벌벌 떨린다. 끝까지 찰랑찰랑 찬 통에 대고 토한다. 땀에 절어 퀴퀴한 냄새가 나는 베개를 베고 도로 누우며 눈을 감는다. 파도처럼 광경이 밀려든다.

이리버스호와 테러호를 구조하기 위해 누가 나섰을까? 벌써 누군가 출발했을 텐데?

존 로스 경이라면 극지방으로 떠나는 구조대의 지휘봉을 덥석 잡았을지도 모른다. 그런데 제인 여사가 이 늙은이를 무시하는 모습이 보인다. 로스의 천박함을 이유 삼아 대신 그의 조카인 제임스 클라크 로스를 선택할 것이다. 크로지어와 남극해 탐험을 같이했던 자다.

제임스 클라크 로스는 어린 신부에게 다시는 바다 탐험선에 오르지 않겠노라고 맹세했다. 그러나 제인 여사의 요청을 뿌리치지 못한다. 로스는 두 척을 이끌고 구조에 나서려 한다. 크로지어의 눈 앞에 1848년 올여름, 이들이 항해하는 모습이 보인다. 함선 두 대가 배핀 만 북쪽 바다를 통과해서 랭커스터 해협을 따라 서진한다. 존 프랭클린 경도 3년 전 함선 두 척을 이끌고 이 항로를 따라 지나왔다. 크로지어는 로스가 이끄는 뱃머리에 쓰인 글자가 보일 정도다. 그러나 제임스 클라크 로스 경은 우리가 겨울을 보낸 데본 섬 남측 프린스리전트 소해협 너머에서 무자비한 극빙과 만난다. 우리가 맞닥뜨린 빙하와 같은 것이다. 이곳 해협과 소해협에 있는 빙하는 내년 여름이 와도 완전히 녹지 않을 것이다. 항해장 레이드와 블랭키는 남진하며 극빙을 밀고 내려갔다. 제임스 클라크 로스 경은 테러호와 이리버스호가 있는 곳 반경 500킬로미터 이내로 진입하지 못할 것이다.

크로지어의 눈 앞에 이들이 바다가 얼기 시작하는 1848년 초가을 영국으로 귀환하는 모습이 보인다.

그는 가죽 혁대를 입에 물고 흐느껴 운다. 뼛속까지 시리다. 살갗에 불이 붙은 것 같다. 개미가 살갗과 속까지 파고들어 기어 다닌다.

천리안으로 보니 다른 배들이 구조에 나섰다. 바로 올해 1848년에 또 다른 구조대가 나섰다. 함선 몇 척이 로스 수색대가 출항한 엇비슷한 시기에 떠난 것 같다. 영국 해군은 행동으로 옮기는 데 굉장히 굼떴다. 원래 해군은 느리지만, 일단 행동을 개시하면 그것이 뭐든 주어진 임무에 비해 과하게 임하는 경향이 있다. 지난한 기본 통과 절차를 거친 후 졸렬할 만큼 과하게 행동하는 것이 지난 40년간 크로지어가 겪은 영국 해군의 모습이었다.

아픈 가슴을 부여잡은 크로지어의 눈 앞에 올여름 또 한 대의 해군 구조선이 실종된 프랭클린 탐험대를 찾으려고 배핀 만으로 출항하는 모습이 보인다. 케이프 혼(남미 최남단에 있는 곳)에 파견했던 해군 전대의 3분의 1 규모쯤 된다. 이론적으로 따지자면 이들은 실종된 탐험대를 찾으려고 북극으로 서진하다가 베링 해협 인근에서 타 수색선과 만나야 한다. 이리버스호와 테러호는 북극점에서 무려 1,000킬로미터 이상 떨어져 있다. 1849년 이후에도 이런 답답한 수색 작전이 계속 펼쳐질 것이다.

1848년 새해가 된 지 고작 두 주가 지났다. 크로지어는 그들이 살아서 여름을 볼 수 있을지 의문이다.

캐나다 북단 해안가 쪽으로 올라오는 육로 구조대가 있지 않을까? 맥킨지 강을 따라 올라와 북단 해안가에 닿으면 동쪽으로 이동한 후 울러스턴 랜드(현 캐나다 북부의 누나벗 자치구)와 빅토리아 랜드로 올라가면 혹시나 북서항로를 찾다가 길 잃은 탐험대를 발견하는지도 모른다. 크로지어는 분명 육로 구조대도 출발했을 거라 믿는다. 육로 구조대가 킹윌리엄 섬 북서쪽 방향으로 40킬로미터 떨어진 지점에 있는 이들을 발견할 가능성은 제로다. 구조대는 킹윌리엄 랜드가 섬인 것도 모를 테니.

해군 본부가 존 프랭클린 탐험대를 찾는 대가로 포상금을 내걸었다고 하원에서 발표했을까? 크로지어는 그랬을 거라 짐작한다. 그런데 얼마일까? 1,000파운드? 5,000파운드? 아니 10,000파운드? 크로지어는 실눈을 뜬다. 눈 앞에 양피지가 펼쳐진 듯 금액이 보인다.


존 프랭클린 경과 탐험대의 목숨을 살리는 데에 혁혁한 공을 세운 자에게 20,000파운드의 보상금을 주겠다.


크로지어는 웃음이 터져 나오려다 말고 또다시 구토가 난다. 추위와 통증으로 온몸이 벌벌 떨린다. 머릿속에서 부조리한 모습이 선명히 보인다. 빙하가 손에 함선을 움켜쥐고 으스러뜨리려 하자 함선이 신음한다. 함장은 자기가 신음하는 건지, 함선이 신음하는 건지 이제 헷갈리기까지 한다.

배 여덟 척이 보인다. 영국 배 여섯 척과 미국 배 두 척이 거의 결빙된 정박지에서 몇 킬로미터 이내에 모여 있다. 비치 섬 인근 데본 섬이거나 콘월리스 섬처럼 보인다. 때는 북극의 늦여름, 대략 8월 말 정도 되어 보인다. 며칠만 지나면 갑자기 바다가 얼어서 모두 발이 묶일 것이다. 지금 보이는 환영은 크로지어가 현재 겪는 참혹한 현실인 1848년보다 약 2, 3년 후인 것 같다. 여덟 척이 구조에 나섰다면 프랭클린의 흔적을 찾으려고 사방에 흩어져 있어야 한다. 그런데 저렇게 한곳에 모여 있다니 도무지 이해가 되지 않는다. 아마 고약한 광기에 시달려 환영이 보이는 것 같다.

구조선 중에 작은 스쿠너(마스트가 두 개 이상 달린 범선)와 요트 크기의 선박이 보인다. 이런 배들은 거친 빙해를 건너기에 선체가 취약하다. 144톤급과 81톤급 미국 선박과 영국의 90톤급 수로 안내선이 보인다. 이들은 북극을 항해할 수 있는 기준을 간신히 넘긴 규모다. 북극 운항에 적합한 영국 해군 함선과 증기 크루저가 보인다. 크로지어는 통증을 느끼면서도 함선 이름이 보인다. 성조기를 단 어드밴스호와 레스큐호. 수로 안내선으로 쓰이던 프린스앨버트호, 정박한 영국 전대 맨 앞에 선 레이디프랭클린호. 크로지어가 존 로스 경과 승선했던 소형 스쿠너 펠릭스호와 구조선으로 쓸 수 없는 소형 요트 메리호가 보인다. 끝으로 정통 영국 해군 함정 어시스턴스호와 인트레피드호도 보인다.

북극 제비갈매기가 창공에서 내려다보듯 크로지어도 같은 관점에서 여덟 척 모두 60미터 이내에 다닥다닥 모인 모습을 내려다본다. 이 중 소형 영국 선박 네 척은 배로 해협 위쪽의 그리피스 섬에, 나머지 영국 선박 두 척은 콘월리스 섬 남단 끝 어시스턴스 만에, 미국 선박 두 척은 그보다 훨씬 북쪽인 콘월리스 섬 동쪽 해안을 감싸고 돌아 웰링턴 해협 건너편 비치 섬에 있다. 비치 섬은 프랭클린 경이 첫 번째 겨울을 난 곳이다. 그곳에서 남서쪽 250킬로미터 지점에 갇힌 이리버스호와 테러호 근방에 접근한 배는 하나도 없다.

1분쯤 지났을까, 뿌연 안개와 구름이 걷히며 작은 섬 해안가 인근에 400미터 간격으로 정박한 이들 선박 중 여섯 척이 보인다.

크로지어는 남자들이 얼어붙은 자갈밭 위를 달리는 모습이 보인다. 그 뒤로 시커먼 수직 빙벽이 서 있다. 사내들이 흥분했다. 매서운 바람 속에서도 그들의 목소리가 또렷이 들린다.

비치 섬이군, 크로지어는 확신한다. 저들이 풍파에 닳은 묘비명과 화부 존 토링턴, 수병 존 하트넬, 해병 이병 윌리엄 브레인의 묘를 발견한다.

고열에 시달리며 꿈에서 보는 이 장면은, 얼마나 먼 미래의 모습인지 모르겠지만, 자신을 비롯한 양쪽 대원들에겐 아무 소용없다. 프랭클린 경은 서둘러 비치 섬을 떠났다. 냉혈한 빙해의 손아귀에서 벗어난 첫날, 이 리버스호와 테러호는 허둥지둥 돛을 올리고 증기 엔진을 돌리며 비치 섬을 출항했다. 비치 섬에서 9개월간 꼼짝없이 붙들려 있던 프랭클린 탐험대는 어디로 가는지 알리는 메모 한 장 남기지 않았다.

당시 크로지어는 프랭클린 함장이 해군 본부의 명령에 따라 남진 중이었기에 이런 사실을 군이 통보할 필요가 없다고 판단한 것으로 이해했다. 프랭클린 경은 늘 명령에 복종했기에 해군 본부에서도 당연히 그럴 것으로 예상하리라 생각했다. 그러나 비치 섬에서 9개월을 머문 후, 프랭클린은 케른을 쌓은 후 재미삼아 골드너 통조림 깡통 속에 돌멩이를 채워 그속에 남겨두고 떠났다. 하달받은 명령을 어기고 비치 섬 케른 속에 편지를 남기지 않았다.

해군 본부와 극지 탐험 위원회는 프랭클린 탐험대에게 이백 개의 밀봉용 놋쇠 원통을 하사했다. 북서항로 개척을 위해 지나가는 루트 곳곳에 탐험대의 현 위치와 목적지에 관한 정보를 남기는 용도였다. 그런데 프랭클린 함장은 고작 하나만 사용했다. 그것도 1847년 프랭클린 경이 죽기 며칠 전 현 위치에서 40킬로미터 남동쪽 아래에 있는 킹윌리엄 랜드로 정찰단을 파견할 때 쓸데없이 거기에 하나 남겨 두었을 뿐이다.

비치 섬, 0개 / 탐험대가 거쳐 온 데본 섬, 0개 / 항구를 찾으려고 돌아본 그리피스 섬, 0개 / 탐험대가 한 바퀴 순회한 콘월리스 섬, 0개 / 서머싯 섬과 프린스오브웨일스 섬 사이를 지나 빅토리아 섬까지, 1846년 여름 내내 탐험대가 거쳐 온 섬들, 0개.

이제, 크로지어의 꿈속에 보이는 구조대 여섯 척은 곧 있으면 바다에 갇힐 것이다. 이들은 웰링턴 해협에서 북극점까지 개수로가 열린 것으로 판단한다. 비치 섬에서는 그 어떤 실마리도 얻지 못한다. 크로지어는 높이 나는 제비갈매기의 시선으로 내려다본다. 프랭클린 탐험대는 1년 반 전 잠시 바다가 풀렸을 때 필 해협 남쪽으로 밀고 내려갔다. 올여름 구조대의 모습이 환영처럼 미리 보인다. 비치 섬에 들른 구조대가 배로 해협을 지나며 남쪽을 바라본다. 필 해협 남쪽으론 하얀 백지가 쫙 펼쳐진 것 같다.

구조대는 프랭클린이 남진했으리라고는 아예 생각조차 하지 않는다. 게다가 그가 명령을 따랐을 것이라고도 판단하지 않는다. 구조대는 북으로 탐험대를 찾아 나서는 데에 관심을 보인다. 크로지어가 보니, 저들은 랭커스터 해협에 발이 묶인 것 같다.

프랭클린의 두 번째 임무는 만일 계속 남진하여 북서항로를 개척하지 못할 경우, 반드시 북으로 선수를 돌려 얼기 시작하는 빙해를 뚫고 이론에 서만 존재하는 열린 북극해로 향하는 것이다.

크로지어는 구조선 여덟 척의 함장들이 만장일치로 다음과 같은 결론에 도달했다는 걸 처참히 깨닫는다. '프랭클린이 북으로 갔다.' 그런데 이는 실제 진행 반향과 정반대다.

한밤중에 잠에서 깬다. 자기가 낸 신음 소리에 깬 것이다. 불빛이 보인다. 그런데 불빛에 눈이 시릴 정도다. 뜨거운 손길과 찢어지는 소리를 이기며 무슨 상황인지 애써 파악하려 한다. 당번병 좁슨과 군의관 굿서가 더럽고 땀이 흥건한 잠옷을 벗기고, 놀라우리만큼 뜨거운 물로 씻긴 후 조심스레 깨끗한 잠옷을 입히고 양말을 신긴다. 둘 중 하나가 숟가락으로 수프를 떠먹인다. 크로지어는 이 말간 죽마저두 게워 낸다. 통 안에 한가득 토사물이 꽝꽝 얼었다. 그는 두 사람이 바닥을 닦고 있음을 어렴풋이 짐작한다. 둘이서 그에게 물을 좀 더 먹이고 다시 차가운 침대에 누인다. 누군가 따뜻한 이불을 덮어준다. 포근하고 바삭한 담요다. 얼지 않았다. 너무 고마워서 눈물이 날 지경이다. 고맙다고 말하고 싶지만 시야가 흐려지면서 말이 떠오르지 않는다. 다시 말을 잃어버린 것 같다.

검은 머리칼의 파리한 소년이 태아처럼 몸을 말고 누런 벽돌 타일이 발린 벽에 기댄 모습이 보인다. 그 소년은 간질 환자로 정신병원 같은 보호소 병실에 있다. 소년은 몸은 움직이지 않고 눈만 굴린다. 정신없이 하도 껌뻑여서 마치 도마뱀 눈 같다. 내 모습이 저런가.

이렇게 생각하는 순간, 그의 악몽이 아니라 남의 악몽이라는 사실을 깨닫는다. 남의 꿈속에 들어온 것이다.

소피아 크랙크로프트가 떠오른다. 그는 또다시 혁대 조각을 입에 물고 신음한다.

플래티퍼스 연못에서 소피아가 알몸으로 그의 몸을 부둥켜안는다. 주공관 정원 돌 벤치에서 서먹하게 거리를 둔다. 그녀가 서서 손을 흔든다. 그를 보고 흔드는 건 아니다. 이리버스호와 테러호가 출항하던 5월의 그날, 크랙크로프트는 파란 실크 원피스를 입고 그린하이트 부두에서 손을 흔든다. 이제껏 한 번도 보지 못한 그녀의 모습이 보인다. 소피아 크랙크로프트의 현재와 미래의 모습이 보인다. 그녀는 제인 프랭클린 여사를 하루 종일 보필하는 비서 겸 동지 겸 필사생으로서 새 인생을 살며 자부심을 느낀다. 슬프지만 슬퍼할 수 있어서 좋다. 소피아는 제인 여사와 세상을 누빈다. 신문에서는 이 둘을 '불굴의 여인'이라고 부른다. 제인 여사처럼 소피아도 늘 성실하고 희망적이며 야무지면서도 여성스럽고 당돌하다. 존 프랭클린 구조를 위해 타인을 설득한다. 그녀는 프랜시스 크로지어 이름을 입에 올리지 않는다. 사적인 자리에서도 말을 꺼내는 법이 없다. 대범하고 도도한 소피아는 결혼이나 진실한 사랑이라는 굴레에서 빠져나갈 완벽한 변명을 내세우며 수십 년간 요부 짓을 하는 것이 적격인 사람이라는 걸 크로지어는 깨닫는다. 소피아는 절대로 한 남자에게 얽매일 여자가 아니다. 제인 여사와 전 세계를 돌지만 실종된 프랭클린 탐험대를 찾을 희망을 접었다는 말은 공개적으로 하지 않는다. 이미 탐험대가 살아 돌아올 가능성은 오래전에 포기했지만 미망인이 된 숙모 덕에 얻게 된 타이틀과 동정심, 권력과 직위를 만끽한다.

크로지어는 토하고 싶지만 며칠째 먹은 게 없어서 속이 휑하다. 그저 몸을 말고 고통을 감내할 뿐.

크로지어는 답답하고 빼곡히 가구가 들어찬 어느 농가의 어두운 마루로 들어왔다. 뉴욕 하이즈빌로 로체스터에서 32킬로미터 정도 떨어진 곳이다. 뉴욕 주 하이즈빌이나 로체스터는 들어본 적도 없다. 1848년, 그러니까 올봄이다. 지금부터 몇 주 후 모습 같다. 커튼 틈새로 천둥 번개가 번쩍거리는 게 보인다. 천둥이 내려치자 집 전체가 흔들린다.

"빨리, 엄마!" 식탁에 앉은 두 딸 중 하나가 소리친다. "일단 보면 믿게 될 거야."

"엄마는 너무 무서운데." 초라한 중년 여성의 이마에 가로로 굵은 주름이 팼다. 희끗한 머리를 바싹 당겨 묶고 짙은 눈썹을 찌푸린다. "내가 왜 이걸 하라고 허락했는지 모르겠다."

미국 사투리가 저렇게 밋밋하고 듣기 싫다니. 그가 알던 미국 사람은 도주한 뱃사람이거나 미 해군 함장, 아니면 포경선 선원이 대부분이었다.

"빨리 와, 엄마." 명령을 하듯 엄마한테 소리치는 소녀는 열다섯 살 마거릿 폭스다. 수수한 차림에 웃는 모습이 매력적이긴 하나 총명해 보이지는 않는다. 크로지어가 지금껏 사회에서 어쩌다 만난 미국 여자들은 대개 저랬다. 옆에 앉은 소녀는 마거릿의 동생 열한 살 케이트다. 흔들리는 촛불에 비친 동생은 창백하니 엄마를 많이 닮았다. 짙은 눈썹에 머리를 바싹 묶고 이마에 희미하게 주름이 잡히기 시작했다(1848년 3월, 하이즈빌에 살던 마거릿 폭스와 케이트 폭스 자매는 죽은 자의 영혼과 교신하는 데 성공한다. 이는 근대 심령학이 태동하는 계기가 되었으나, 이후 자매가 모든 것이 속임수였음을 밝혔다).

지저분한 커튼 사이로 번개가 번쩍거린다.

엄마와 두 딸은 손을 맞잡고 둥근 오크 식탁에 앉아 있다. 그 위에 누런 레이스가 깔렸다. 세 모녀가 눈을 감는다. 천둥이 치자 홀로 켜진 촛불이 흔들린다.

"거기 누구 있어요?" 열다섯 살 마거릿이 묻는다.

크게 '딱'하는 소리가 들린다. 천둥소리는 아니다. 누군가 나무망치로 목재를 때리는 듯하다. 세 사람이 손을 부여잡고 있다.

"세상에!" 엄마가 기겁한다. 잡고 있는 손을 빼서 입을 가리려 한다. 두 딸이 손을 꽉 잡으며 엄마가 손을 빼지 못하게 한다. 세 사람의 실랑이에 테이블이 흔들린다.

"당신이 오늘 밤 우리를 인도하실 분인가요?" 마거릿이 묻는다.

딱!

"저희를 해치러 오셨나요?" 케이트가 묻는다.

딱딱! 더 크게 두 번 소리가 난다.

"들었지, 엄마?" 마거릿이 속삭인다. 마거릿은 다시 눈을 감고 과장된 목소리로 묻는다. "인도자여, 당신이 지난밤 우리를 인도한 그 인자하신 스플릿풋 씨인가요?"

딱!

"지난밤에 당신이 진짜임을 보여주셔서 고맙습니다, 스플릿풋 씨." 마거릿은 마치 황홀경에 빠진 듯 말을 잇는다. "저희 엄마께 자녀에 관한 말씀을 해 주셔서 고맙습니다. 저희 나이까지 다 맞추시고, 예전에 세상을 떠난 자녀가 있었다는 사실도 되새겨 주셔서 고맙습니다. 오늘 밤도 저희의 질문에 답해 주실 거죠?"

딱!

"프랭클린 탐험대는 어디에 있나요?" 케이트가 묻는다.

딱딱딱 다다다다 딱딱 다 딱딱…… 30초 정도 두드림이 계속된다.

"지금 이게 당신이 보낸다는 영적 전보인가요?" 엄마가 묻는다.

마거릿은 쉿, 하며 손가락을 입술에 댄다. 소리가 멈춘다. 크로지어에게는 가구를 치우고 옷을 들춘 듯 훤히 보인다. 관절이 유연한 두 자매가 번갈아가며 엄지발가락을 집게발가락에 걸고 있다가 바닥으로 튕기며 딱, 하는 소리를 내고 있다. 어린 소녀의 발가락에서 그렇게 큰 소리가 나다니 놀라울 따름이다.

"스플릿풋 씨가 그러는데, 신문에서 동네방네 찾고 있는 존 프랭클린 경은 무사하시대. 그리고 같이 갔던 대원들도 무사하지만 겁을 먹고 있대. 함선은 탐험대가 처음 갇힌 차가운 곳에서 남쪽으로 닷새는 내려가야 하는 어느 섬 인근 빙해에 갇혀 있대." 마거릿이 낮게 읊조린다.

"게다가 그곳은 아주 어둡대요." 둘째가 덧붙인다.

두드리는 소리가 좀 더 이어진다.

"존 프랭클린 경이 제인 여사한테 전하래. 걱정하지 말라고." 마거릿이 해석한다. "그리고 곧 만나게 될 거래. 만일 이번 생이 아니면 다음 세상에라도."

"맙소사!" 엄마가 또다시 말한다. "이제 레드필드 부부도 부르고, 리아 언니도 부르자. 그리고 듀슬러 씨 부부랑 하이드 여사님도 오시라 하고, 쥬월 씨 부부도……"

"쉿!" 케이트가 조용히 하라고 눈짓한다.

딱딱딱 다다다다다다 딱!

"인도자가 우리를 인도하실 땐 중간에 끼어들지 말래요." 케이트가 말한다.

크로지어는 신음하며 혁대 조각을 깨문다. 복통으로 시작해 온몸에 통증이 퍼진다. 잠시 오한에 온몸을 떨다가 더워서 이불을 걷어찬다.

에스키모 복장을 한 남자가 보인다. 털가죽 옷에 긴 털가죽 부츠를 신고 벙어리 여자가 쓰는 털 달린 후드를 뒤집어썼다. 그런데 이자는 아래에서 조명이 비추는 나무 무대 위에 서 있다. 너무 덥다. 남자가 선 뒤로 눈처럼 하얀 겨울 하늘 같은 배경이 펼쳐져 있다. 인공눈이 무대 위로 어지러이 내린다. 그린란드에 사는 에스키모가 키우는 같은 종의 개 네 마리가 더운지 무대 위에 누워 혀를 길게 빼고 있다.

덥수룩하게 수염을 기른 남자가 두툼한 외투를 입고 하얀 눈이 내리는 단상에서 연설한다. "저는 오늘 돈이라는 관점에서가 아니라 인도적 차원에서 말씀을 드리겠습니다." 키 작은 남자가 말한다. 크로지어는 저자의 미국식 악센트가 귀에 거슬린다. 10대 소녀가 재잘거리는 것만큼 시끄럽다. "제가 영국으로 건너가 프랭클린 여사에게 직접 말씀드렸습니다. 여사는 우리더러 다음번 원정을 나갈 때는 전광석화처럼 재빨리 출발해 달라고 하셨습니다. 사실 우리가 언제 떠날지 확정된 건 아닙니다. 구조에 나설 수 있게 뉴욕과 보스턴에서 기금 조성이 가능한지 아직은 모르는 일이니까요. 또한 미국의 아들들이 당신 남편의 귀환을 도울 수 있다면 정말 영광스럽겠다고도 하셨습니다. 그래서 오늘 이렇게 간청드립니다. 비단 인도적 차원에서만 요청드리는 게 아닙니다. 프랭클린 여사의 이름을 걸고, 실종된 남편분의 이름을 걸고, 그리고 미합중국에 영광을 가져오리라는 굳건한 희망으로 이렇게 여러분께 호소합니다."

크로지어는 남자를 다시 쳐다본다. 수염 난 남자가 외투를 벗고 알몸으로 뉴욕 유니언 호텔 방에 누워 있다. 옆에는 아주 어린 여자가 알몸으로 누워 있다. 후끈한 밤이라 이불은 젖혀져 있다. 썰매 개는 보이지 않는다.

"내가 뭘 잘못했는지 모르겠지만." 채광창과 창문이 뉴욕 밤하늘을 향해 활짝 열려 있어서 남자가 나지막이 속삭인다. "아무튼 난 너를 사랑했다. 네가 기묘한 짓을 벌인 일개 소녀가 아니라 남자를 홀리고 다니는 여자였다고 해도 난 널 사랑했을 거야."

자세히 보니 알몸의 소녀는 마거릿 폭스다. 아까보다 몇 살은 더 먹은 것 같다. 옷을 다 벗고 있어도 미국 소녀답게 히죽 웃는 모습이 매력적이다.

마거릿의 목소리가 전에 엄마를 부리듯 호통칠 때보다 약간 성숙해진 것 같다. "케인 박사님(미국의 극지방 탐험가. 실종 상태로 있던 영국의 탐험가 존 프랭클린 경을 찾기 위해 1850년 그린란드 북서 지역으로 구조 탐험을 떠났다가 실패했다. 1852년 마거릿 폭스를 처음 만나 1856년 결혼했다. 프랭클린 구조대 합류로 건강을 잃은 탓에 1857년 사망한다), 제가 사랑하는 거 아시잖아요."

남자는 고개를 젓는다. 그는 침탁 옆에 놓인 파이프를 집어 들고 팔베개했던 팔을 빼서 담뱃잎을 쑤셔 넣고 불을 붙인다. "내 사랑 마거릿, 네가 그 작은 입술로 거짓말을 하고 네 머리칼을 내 가슴을 비비니 나도 네 말을 믿고 싶어. 그런데 넌 네 문제를 극복하지 못할 거야. 그럴 자질은 넘치도록 많지만. 마거릿…… 넌 세련되고 사랑스러운 여자야. 만일 다른 환경에서 자랐더라면 넌 아마 순진하고 진솔한 사람이 되었을 거야. 그래도 내 관심을 받을 자격 따윈 영원히 없어, 폭스 양."

"자격이 없다." 마거릿이 되된다. 풍만한 가슴 때문에 미처 시선이 가지 못했던 두 눈에 눈물이 고인다. 그녀의 몸에서 눈이 가장 아름답다.

케인 박사가 말한다. "난 할 일이 많은 사람이야. 나만의 서글픈 허영심을 채워야 해. 너도 마찬가지 아니겠니? 작은 실수를 한 네 동생과 어머니도 나름의 허영을 채워야 하지 않겠어? 나도 내 욕심을 채우려 하고, 넌 네 나름의 소명을 다하고 있어. 지금 심령술사니 뭐니 하는 허튼짓을 소명이라고 부른다면 말이지. 한갓 몽상으로 끝나겠지만 난 북극으로 구조 활동을 하러 가겠다고 결심했어. 나, 케인이 마거릿 폭스를 사랑했다는 것을 기억해 주길. 비록 네가 영매의 응답이라고 거짓말을 했지만 말이야."

크로지어는 어둠 속에서 깨어난다. 대체 여기가 어디고 지금은 언제일까. 침실이 어둡다. 함선도 어둡다. 목재가 신음한다. 아니면 몇 시간, 며칠 전부터 그가 신음한 소리가 메아리쳤을까? 춥다. 좁슨과 굿서가 덮어준 포근했던 이불이 이제는 침대보처럼 눅눅하고 꽁꽁 얼었다. 빙하가 함선을 조이며 신음한다. 이에 화답하듯 눌리고 얼어붙은 떡갈나무 목재와 철제 브래킷이 신음한다.

크로지어는 일어나고 싶지만, 기운이 딸리고 속이 허해 어지럽다. 팔도 간신히 들 정도다. 파도치듯 밀려오는 통증에 눈앞에 펼쳐진 광경도 일렁인다.

탐험대에서 만난 적이 있거나 알던 사내들의 얼굴이 보인다.

로버트 맥클루어. 지금껏 만난 이들 중 가장 교활하고 탐욕스러운 자다. 잉글랜드에서 출세를 꿈꾸는 아일랜드 출신 인턴이다. 빙해에 갇힌 함선 갑판으로 맥클루어가 올라온다. 빙벽과 빙암이 함선 주위를 감싸고 있는데 높이가 무려 200미터 이상이다. 이런 광경은 처음이다.

나이 많은 존 로스 경이 요트처럼 생긴 작은 배 후미 쪽 갑판에 서 있다. 배는 동진하여 고국으로 돌아가는 중이다.

제임스 클라크 로스 경도 보인다. 크로지어가 마지막으로 봤을 때보다 늙고 후덕하고 찌들어 보인다. 그가 탄 배가 빙하를 빠져나와 열린 바다로 나아간다. 떠오르는 햇살에 얼음이 들러붙은 지브(선수의 큰 돛 앞에 다는 작은 돛)가 반짝인다. 그 역시 영국으로 향하는 중이다.

프랜시스 레오폴드 매클린턱도 보인다. 크로지어가 어쩌다 알게 된 사내로 제임스 로스 경이 이끄는 구조대에 합류하여 수색하다 몇 년 후 되돌아가는 중이다. 대체 몇 년 후 모습이지? 지금부터 얼마나 나중일까? 얼마나 먼 미래의 모습일까?

마치 환등기가 돌아가듯 여러 장면이 스친다. 그러나 그가 품은 질문에 대한 답은 들리지 않는다.

매클린턱(1857년 제인 여사가 발족한 프랭클린 구조대 대령. 킹윌리엄 섬 빅토리 포인트에 도착하여 케른에서 프랭클린이 사망했다는 문건을 발견하고 이를 세상에 알렸다)이 썰매를 끈다. 사람이 손수 끄는데도 전에 고어 대위와 양쪽 승조원들이 끌던 썰매보다 훨씬 빠르고 효율적이다.

매클린턱이 케른 앞에 서서 놋쇠 원통에서 막 꺼낸 편지를 읽으려 한다. 저게 일곱 달 전 킹윌리엄 랜드에 고어가 남긴 바로 그 편지인가? 크로지어는 궁금하다. 매클린턱 뒤로 펼쳐진 얼어붙은 자갈과 회색 하늘은 여전하다.

갑자기 매클린턱이 덩그러니 빙원에 서 있다. 썰매 정찰단이 불어오는 눈 폭풍을 맞으며 수백 미터 뒤에서 다가오는 것이 보인다. 매클린턱은 끔찍한 장면을 코앞에서 목도한다. 철재와 떡갈나무 목재로 만든 보트가 얼음 자갈이 들러붙은 썰매 위에 단단히 묶여 있다.

테러호 목공장 허니가 만들었던 썰매와 닮았다. 이음매마다 정성이 가득 들어간 걸 보니 최소 100년은 버티도록 제작되었다. 얼마나 큰지 무게를 달면 족히 300킬로그램은 넘을 것이다. 그 위에 370킬로그램가량 되는 보트가 실려 있다.

크로지어는 보트의 정체를 알아챘다. 그것은 테러호에 실린 8미터 길이의 피니스였다. 강을 지나기 위한 용도로 리깅이 매어져 있다. 돛은 걷어 올려 묶여 있고 그 위에 얼음이 뒤덮여 있다.

바위 위에 올라가 피니스 안을 들여다본다. 매클린턱의 어깨너머로 보는 시선이다. 그 안에 유골이 두 구 들어 있다. 해골 속 치아가 매클린턱과 크로지어가 있는 쪽으로 어슴푸레 번쩍인다. 한쪽 유골은 분명 무언가에 씹히고 심하게 긁힌 채 선수에 대충 모여 있다. 유골이 눈에 파묻혔다.

다른 유골은 흐트러지지 않고 형태가 보존되어 있다. 이리저리 찢긴 장 교용 방한 외투와 그 아래 방한복을 여러 겹 껴입었다. 누더기가 된 모자를 여태 쓰고 있다. 이 유골은 선미 쪽 스월트(보트나 카누의 가로장으로 그 위에 사람이 걸터앉은 판자) 위에 너부러져 있다. 뼈만 남은 손은 두툼한 건 웨일(배 밑 가장자리에 턱을 대고 널빤지를 겹쳐 올린 것. 삼판 혹은 뱃전이라고도 부른다)에 걸치고 그 위에 올려진 2배럴 산탄총을 잡으려는 듯했다. 모직 담요와 천이 여러 장 깔린 곳에 부츠 신은 발이 올려져 있다. 탄약 카트리지가 가득한 삼베 주머니 위에 눈이 약간 내려앉았다. 피니스 중앙 바닥에 두 발을 벌린 모습이 해적이 전리품을 가랑이 사이에 놓고 세면서 뿌듯하게 내려보는 것 같았다. 가랑이 사이에 순금 시계 5점, 개별 포장된 초콜릿 약 20킬로그램 정도가 보인다. 은접시 26장도 있다. 매클린턱이 존 프랭클린 경 함장, 피츠제임스 함장, 기타 6명의 장교, 그리고 바로 나, 크로지어의 개인 문장이 새겨진 은접시를 쳐다본다. 문장이 새겨진 각종 커트러리도 쳐다본다. 비슷한 문장이 새겨진 접시와 서빙 접시 두 개가 눈 더미 사이에 삐죽 튀어나와 있다.

유골 두 구가 놓인 8미터짜리 피니스 바닥에는 그동안 내린 눈이 십수 센티미터 정도 쌓여 있다. 눈을 뚫고 잡동사니가 어지러이 삐죽 고개를 내밀고 있다. 판금 두 롤, 보트 전체를 덮는 캔버스 커버, 부츠 여덟 켤레, 톱두 개, 줄칼 네 개, 못 봉지 여러 개, 선미 쪽 유골 근처 탄약 카트리지 주머니 옆에 보트 나이프 두 개도 보인다.

정복 차림의 유골 근처에 노와 접힌 돛, 노끈 꾸러미가 보인다. 선수 쪽심하게 훼손되어 대충 쌓인 유골 근처에 타월과 비누, 빗과 칫솔, 수제 슬리퍼가 보인다. 정신없이 흩어진 백골 발가락 및 중족골 바로 옆에서 나뒹굴고 있다. 책 여섯 권도 보인다. 그중 다섯 권은 성경이며 나머지 하나는 『웨이크필드의 목사』였다. 지금 테러호 함장실 선반에 꽂혀 있는 책이다.

크로지어는 그만 보고 싶어도 그럴 수 없다. 이 광경에서 벗어나고 싶다. 천리안을 끄고 싶지만, 그런 능력이 그에겐 없다.

뿌옇게 보이던 익숙한 프랜시스 레오폴드 매클린턱의 얼굴이 갑자기 녹아내리더니 젊은 남자의 얼굴로 바뀐다. 크로지어가 모르는 사람이다. 그것만 빼고는 변한 게 없다. 크로지어가 알긴 아는 얼굴인데 정확히 어디에서 봤는지는 모르겠다. 이 자의 이름은 윌리엄 홉슨이다. 그가 매클린턱이 있던 바로 그 자리에 서서 피니스를 들여다본다. 좀 전에 매클린턱이 지은 표정과 조금도 다를 바 없는 표정을 하고 있다.

갑자기 피니스와 유골이 사라진다. 크로지어가 얼음 동굴 속에 누워 있다. 옆에 소피아 크랙크로포트가 알몸으로 누워 있다.

아니, 소피아가 아니다. 크로지어는 눈을 깜빡인다. 할머니가 알려준 천리안이 뇌 속을 뜨겁게 후비며 파고드는 것 같다. 지금 보니 옆에 누운 알몸의 주인공은 벙어리 여자다. 두 사람은 모피를 덮은 채 빙붕 위에 누워 있다. 기름 램프가 껌뻑이며 둘이 누운 공간을 밝힌다. 곡면 천장은 얼음 덩어리로 이어져 있다. 벙어리 여자는 갈색 젖가슴과 긴 흑발을 가졌다. 여자는 한쪽 팔을 괴고 모피 이불을 덮은 채 크로지어를 애정 어린 눈길로 바라본다.

"내 꿈을 꾸나요?" 여자가 입술을 달싹거리지도 않고 묻는다. 여자는 영어로 묻지 않는다.

"내가 네 꿈을 꾼다고?"

여자가 크로지어의 가슴속에 들어와 있음이 느껴진다. 최고급 위스키를 마신 듯 머리가 명하다.

갑자기 지옥 같은 악몽이 밀려온다.

매클린턱과 흡슨을 섞어 놓은 듯한 낯선 이가, 시신 두 구가 누워 있는 피니스가 아니라 어린 크로지어를 바라보고 있다. 가톨릭 신자인 할머니를 따라 몰래 미사에 참석한 어린 크로지어를 쳐다보고 있다.

몰래 미사에 참석한 일은 크로지어가 평생 가슴 깊이 묻은 일생일대의 비밀이다. 그는 할머니와 금지된 미사에 참석한 것에 그치지 않고, 이단으로 불리는 영성체를 모시는 일까지 했다. 영성체는 절대로 해서는 안 되는 일이었다(아일랜드 인은 수백 년간 영국에서 온 개신교인에게 차별과 억압을 당했다).

그런데 매클린턱과 흡슨을 합쳐 놓은 얼굴의 남자가 복사처럼 서 있다. 크로지어는 몸을 부들부들 떤다. 곱상하게 생긴 소년 크로지어였다가 흥터투성이 50대 남자의 모습이 교차한다. 그는 제단 난간에 다가가 무릎을 꿇고 고개를 뒤로 젖힌다. 그다음 입을 벌리고 금지된 그리스도의 육신인 영성체를 받으려고 혀를 내민다. 크로지어가 살던 마을에서는 이런 의식을 성변화된 성체를 받아 모시는 행위라고 생각한다.

그런데 뭔가 이상하다. 머리칼이 희끗한 사제가 흰 옷을 입고 그를 내려다보며 바닥과 제단 난간과 크로지어에게 성수를 뿌린다. 아이의 눈으로 보니 덩치가 어마어마하다. 거대하고 축축하고 육중한 근육질 몸이 무릎을 꿇고 성체를 받으려는 소년 위로 그림자를 드리운다. 사제는 인간이 아니다.

크로지어는 알몸으로 무릎을 꿇고 고개를 뒤로 젖히고 눈을 감은 다음 영성체를 받으려고 혀를 내민다.

사제가 다가오며 크로지어에게 성수를 뿌린다. 그런데 손에 영성체가 없다. 그에겐 아예 손이 없다. 대신 성수를 뿌리는 환영이 제단 난간에 기대더니 괴물 같은 목구멍을 쩍 벌리고 빵을 먹듯 크로지어를 집어삼키려

한다.

"전능하신 하느님." 매클린턱과 홉슨이 합쳐진 형상이 말한다.

"전능하신 하느님." 크로지어가 따라한다.

"정신이 드시나 봐요." 굿서가 홉슨에게 말한다.

크로지어가 신음한다.

"함장님, 일어나 앉으실 수 있겠습니까? 눈 뜨고 앉을 수 있으시겠어요? 그렇다면 정말 좋겠습니다, 함장님." 굿서가 말한다.

"오늘 며칠이지?" 크로지어가 묻는다. 열린 문틈으로 희미한 불빛이 들어온다. 심지를 낮춘 기름 램프가 뿌연 불빛을 뿜는다. 어둑어둑한 불빛임에도 눈이 찔린 듯 고통스럽다.

"1월 11일 화요일입니다. 1848년이고요." 당번병 홉슨이 말한다.

"무려 일주일이나 앓으셨습니다. 며칠간 위험한 고비가 몇 번이나 닥쳐서 하마터면 큰일 치르는 줄 알았습니다." 굿서가 그의 입에 물을 몇 모금 떠 넣어 준다.

"꿈을 꿨어." 찬물을 마신 후 크로지어가 간신히 입을 연다. 누운 자리 주변 침대보가 얼어붙은 채 고약한 체취를 풍긴다.

"몇 시간 동안 고함을 지르셨어요. 열병에 시달리는 동안 무슨 꿈 꾸셨는지 기억나십니까?"

크로지어는 꿈속에서 날아갈 듯 몸이 가벼웠던 것만 기억난다. 동시에 묵직한 공포심과 즐거운 장면 역시 강풍에 날리는 한 줌 연기처럼 흩어졌다.

"아니, 홉슨. 내 화장실에 가서 뜨거운 물을 가져다주게. 면도하는 것 좀 거들어 주고. 그리고 굿서 박사……"

"네, 함장님?"

"디글한테 가서 오늘 아침 거나하게 한 상 먹고 싶다고 전해 줄 수 있을까?"

"함장님, 지금 6점종(오후 7시)이 울렸습니다. 저녁이에요."

"아무튼, 건하게 먹고 싶어. 십 비스킷하고 혹시 먹고 남은 감자와 커피, 돼지고기가 있으면 아무거나. 베이컨이면 더 좋고."

"알겠습니다."

"그리고, 잠깐만." 그는 나서려는 굿서를 세웠다. "하나만 더 부탁하지. 선미로 가서 리틀 대위한테 그동안 못 봤던 이번 주 일지 좀 가져오라고 해. 그리고…… 내가 맡긴 물건도 챙겨 오라고 해 줘."

# 28
## 페글러

해리 페글러는 해가 다시 뜨면 이리버스호로 가는 연락병 업무를 맡기로 했다. 해가 다시 뜨는 장면을 사랑하는 이와 나누고 싶었다. 요즘에는 뭐든 누군가와 같이 나누고 싶었다. 한때 사랑했던 이와 함께 기뻐하고 싶었다.

상사 해리 페글러는 테러호 앞돛대망루장이다. 가장 높은 리깅과 톱세일, 톱갤런트 활대에 올라가 밤낮으로 일하고, 배가 뒤집힐 만큼 파도가 높이 치는 최악의 기상 상황에서도 작업하는 망루원 중에서 신중히 선발된 망루장이었다. 이 자리는 힘과 노련함은 물론 통솔력을 갖춰야 한다. 무엇보다 배포가 좋아야 한다. 이 모든 자질을 갖춘 덕에 해리 페글러는 존경받았다. 마흔한 살인 그는 테러호 선원 앞에서 그 자격을 수백 번도 더 증명해 보였고, 오랜 바다 생활을 하며 십수 척의 함선을 거치면서 능력을 발휘했다.

그런 해리 페글러가 사관후보생이던 스물다섯 살까지 글을 읽을 줄 몰랐다니 약간 의아했다. 그의 은밀한 취미는 독서였다. 이미 테러호 함장실에 구비된 1천여 권의 책을 절반 넘게 닥치는 대로 읽었다 페글러에게 글을 깨우쳐 준 사람은 영국 해군의 탐사 바크선(범선) 비글호에 있던 어느 장교의 당번병이었다. 그는 해리 페글러가 사람답게 사는 법에 대해 고민하도록 만들었다.

그자는 바로 존 브리젠스, 이번 탐험대 최고령자였다. 영국에서 출항할 당시 양쪽 함선 앞상갑판에서는 이런 농담이 돌았다. '하급 장교 당번병인 존 브리젠스가 존 프랭클린 경 함장과 연배는 비슷해도 스무 배는 더 똑똑할 거야.' 남들은 몰라도 해리 페글러는 이게 농담이 아닌 진실이란 걸 알고 있었다.

원래 극지 탐험대는 대령이나 대장보다 직급은 낮지만 나이는 많은 자를 대부분 거부했다. 그래서 정식 승조원 명부에 존 브리젠스의 나이가 거꾸로 적혔을 거라며 우스갯소리를 하곤 했다. 실수로 그랬는지, 보급관이 착각해서인지는 모르겠지만 브리젠스의 나이는 실제로 '스물여섯 살'로 적혀 있었다. 그래서 머리가 희끗한 브리젠스를 보고 청년이라는 둥, 아직 덜 컸다는 둥, 그래도 욕정은 팔팔할 거라는 둥 수많은 농담이 오고 갔다. 말수 없는 당번병 브리젠스는 그저 씩 웃을 뿐 반박하지 않았다.

1831년 12월부터 1836년 10월까지 피츠로이 함장은 비글호를 지휘하며 5개년 과학 탐사 여정에 나섰다. 이 여정에서 해리 페글러는 현재 자기보다 더 젊었던 당번병 브리젠스를 만났다. 페글러는 프린스리전트호에서 모시던 대위 존 로트 스토크스를 따라 비글호에 올랐다. 프린스리전트호는 1급 120문 전열함이었지만, 비글호는 그보다 급이 낮았다. 비글호는 체로키급 10문 쌍돛대 범선이었다가 탐사 바크선으로 용도 변경되었다. 사실 페글러처럼 야심찬 톱맨이라면 보통 비글호를 선택하지 않는다. 그러나 해리 페글러는 과학 탐사는 물론 탐험에도 관심이 있었고, 피츠로이가 함장으로 있는 규모가 작은 비글호에 승선하는 것이 여러 모로 배울 것이 많다고 생각했다.

지금 페글러는 40대 후반이다. 그런데 당시 브리젠스는 지금의 페글러보다도 여덟 살이나 나이가 많았고, 탐험대에서 가장 똑똑하고 다독하는 준사관이라고 소문이 자자했다. 또한 남색자라는 사실도 공공연히 알려졌었으나, 당시 스물다섯이던 페글러를 괴롭히지는 않았다. 영국 해군에는 두 부류의 남색자가 존재했다. 뭍에서만 서로의 쾌락을 좇고 바다에 나가면 절대로 행위를 하지 않는 자와, 항해 중에도 계속해서 행위를 이어가는 부류가 있다. 후자는 해군 함선에서 흔한 소년을 유혹했다. 비글호의 앞상갑판 사람들은 물론 영국 해군에서는 브리젠스가 전자라는 사실을 알았다. 그는 뭍에서는 남자를 좋아하지만 항해 중에는 그런 경향을 떠벌이지도, 내보이지도 않았다. 지금 같은 함선을 탄 누수방지공 조수 히키와는 달리 브리젠스는 소년을 건드리지 않았다. 다들 남자 아이가 고향에서 사악한 목사와 같이 지내느니 차라리 승선해서 브리젠스와 함께 있는 편이 훨씬 안전하다고 그렇게 생각했다.

1831년 항해를 시작하던 당시 페글러는 로즈 머레이와 동거 중이었다. 두 사람은 정식으로 혼인한 부부는 아니었다. 가톨릭 신자였던 로즈는 해리가 개종하지 않으면 결혼할 수 없다고 했지만 그는 그럴 수 없었다. 해리가 뭍에 있을 때 두 사람은 행복했다. 로즈가 글을 못 읽고 세상에 대한 관심이 적어도 당시 젊던 페글러에겐 별 문제 없었다. 그러나 점차 나이가 들자 그건 아니었다. 만일 로즈가 아이를 가졌더라면 둘은 아마 식을 올렸을 것이다. 그러나 로즈는 아이를 가질 수 없었다. '하늘의 형벌'이라는 말로 자신의 상태를 설명한 로즈는 페글러가 길고 긴 비글호 탐사를 떠난 동안 세상을 떠났다. 그는 나름의 방식으로 로즈를 사랑했다.

그러면서 페글러는 존 브리젠스도 사랑했다.

비글호의 5개년 탐사가 끝나기 전까지, 브리젠스는 페글러에게 영어뿐만 아니라 그리스, 라틴, 독일어까지 읽고 쓰는 법을 알려 주었다. 브리젠스는 처음에 마지못해 스승 역할을 수락했지만 젊은 톱세일 담당 사관후보생의 끈기 있는 열정에 결국 마음을 활짝 열었다. 철학과 역사와 자연사를 가르쳤고, 이 똑똑한 청년이 사고할 수 있도록 이끌었다.

탐사가 끝난 지 2년 후, 페글러는 런던에 있는 브리젠스를 찾아와 더 가르쳐 달라고 간청했다. 1838년 당시 브리젠스는 상륙 허가가 길어지자 다른 승조원과 휴식을 취하는 중이었다. 그때 이미 페글러는 원더러호 앞상갑판장이 되었다.

몇 달간 뭍에서 서로 많은 대화를 나누고 가르치고 배우다 보니, 두 남자의 우정은 연인처럼 서로에게 이끌렸다. 이런 게 가능하다니, 페글러는 기겁했다. 처음에는 크게 충격받았지만 이를 계기로 삶과 양심, 신앙과 자아에 대해 고심하게 되었다. 새롭게 자각한 관계로 인해 혼란스러웠지만 그렇다고 해서 해리 페글러라는 인간의 본질이 변한 건 아니었다. 더더욱 놀라운 건, 은근히 육체적 관계를 유도하는 쪽은 브리젠스가 아니라 오히려 페글러였다.

우정에서 발전한 묘한 감정은 고작 몇 개월 만에 끝났다. 서로 합의하기도 했고, 페글러가 1844년까지 원더러호를 타고 장기 탐사를 나가는 바람에 그렇게 관계는 정리되었다. 그래도 둘의 우정은 변함없었다. 페글러는 브리젠스에게 철학적 사색이 담긴 장문의 편지를 쓰기 시작했다. 그런데 모든 단어를 거꾸로 쓰고 각 문장의 마지막 글자를 대문자로 적었다. 문맹이던 페글러가 엉망진창으로 철자를 쓴 편지를 보고 브리젠스는 어느 날 이렇게 답장했다. "레오나르도 다빈치가 글자를 거꾸로 적어 암호로 쓴 것처럼 거꾸로 글자를 쓰는 네 버릇도 못 말리겠군." 페글러는 거의 암호에 가까운 코드로 일기를 적었다.

프랭클린 경의 북서항로 탐험대에 자원한다는 얘기는 서로에게 한 적이 없었다. 그런데 출항하기 몇 주 전 공식 승조원 명부에서 서로의 이름을 본 두 사람은 깜짝 놀랐다. 서로 소식이 끊긴 지 벌써 1년이 지났다. 페글러는 울위치 막사를 출발해 브리젠스의 집이 있는 북 런던까지 찾아와 자신이 지원을 철회해야 하는지 물었다. 브리젠스는 명단에서 빠져야 할 사람은 바로 자기라고 우겼다. 그러다 결국 이런 중대 프로젝트에서 둘 다 빠지지 않기로 의견을 모았다. 나이가 먹을 만큼 먹은 브리젠스에겐―이리 버스호 보급관 찰스 해밀턴 오스머는 브리젠스와 오랜 친구였기에 존 프랭클린 경 및 기타 장교들 휘하에 브리젠스 이름을 올리는 작업을 원활히 해결했다. 심지어 승조원 공식 명단에 브리젠스의 실제 나이를 '26'으로 적는 일까지 마다하지 않았다―마지막 기회일 것이다. 페글러나 브리젠스는 군이 입 밖으로 꺼내지 않았지만, 브리젠스가 바다에서는 욕정을 결코 내보이지 않겠다는 굳은 맹세를 지킨다면 영예로운 일이 될 것이며 둘이 사귄 사실은 묻어 두기로 했다.

그렇게 페글러는 항해하는 동안 브리젠스를 거의 만나지 못했다. 3년 반 동안 둘이 따로 본 건 단 1분도 되지 않았다.

• • •

페글러가 이리버스호로 건너갔을 때도 날은 여전히 어두웠다. 1월 마지막 날을 이틀 남긴 토요일 아침 11시경이었다. 남쪽에서 무려 80일 만에 처음으로 해가 뜰 예정이라 동트기 전부터 약간 훤한 느낌이 들었다. 흐릿하게 동이 튼다고 해서 영하 53도의 혹한이 물러가는 건 아니었다. 그래서 랜턴을 밝힌 이리버스호가 보이자 걸음을 재촉했다.

이리버스호의 키가 작아진 마스트를 본 장루원이라면 누구든 속상했을 것이다. 이리버스호 앞돛대망루장 로버트 싱클레어와 함께 영원히 끝나지 않을 것 같은 겨울을 나려고 상부 마스트를 풀어서 따로 빼 놓는 작업을 기든 더러 페글러는 그 누구보다 가슴이 아팠다. 줄어든 마스트는 언제 바도 추했다. 꼬리는 내리고 고개는 치켜든 자세로 빙하에 갇힌 이리버스호는 흉하기 그지없었다.

당직 근무자가 페글러에게 어서 올라오라며 손짓했다. 페글러는 크로지어 함장이 피츠제임스 함장에게 전하는 전갈을 가져왔다. 함장실이 여태 임시 병실로 쓰이는 탓에 피츠제임스는 선미 장교 식당에 앉아 파이프를 피우고 있었다.

양쪽 함장은 놋쇠 원통 속에 서신을 넣고 전달하기로 했는데, 이렇게 바뀐 규칙이 연락병 입장에서는 달갑지 않았다. 놋쇠에 손이 닿으면 아무리 두꺼운 장갑을 껴도 타들어 가는 듯한 통증을 느끼기 때문이다. 피츠제임스는 페글러에게 장갑을 낀 채 원통을 열라고 지시했다. 자기가 열기엔 아직 원통이 차가웠기 때문이다. 함장이 나가 보라는 말을 하지 않아서 페글러는 장교 식당 옆 복도에 서서 함장이 크로지어가 보낸 편지를 읽는 동안 대기했다.

"답장은 없네, 페글러."

페글러는 고개를 숙여 인사한 후 갑판으로 다시 올랐다. 열댓 명의 이리버스호 승조원들이 해돋이를 보려고 갑판에 올라와 있었다. 하갑판에서 방한복을 입고 올라올 채비를 하는 대원이 더 많았다. 함장실 병실에 대충 12명 정도로 누워 있었다. 테러호에도 그 정도의 환자가 있었다. 괴혈병이 양쪽 함선에 도는 중이다.

키가 작고 낯익은 자가 보였다. 존 브리젠스가 선미 좌현 난간에 기대어 서 있었다. 페글러는 뒤로 가서 어깨를 두드렸다.

"이 어둑어둑한 날에 해리가 온 것 같은데?" 브리젠스가 뒤를 돌아보지도 않고 말했다.

"이젠 극야도 다 끝났어요. 어떻게 저인줄 아셨습니까?" 페글러가 물었다.

브리젠스는 목도리 속에 얼굴을 감추지 않아서 그의 미소와 촉촉한 푸른 눈이 한눈에 들어왔다.

"빙하에 발이 묶인 작은 배에서 손님이 오면 소문이 금방 돌아. 바로 가야 해?"

"아뇨, 피츠제임스 함장님께서 답장이 없으시답니다."

"그럼 우리 좀 걷자."

"좋죠." 페글러가 말했다.

두 사람은 우현 램프로 내려가 남동쪽 방향에 있는 빙하와 압력 봉우리 쪽으로 걸었다. 이쪽으로 가면 남쪽에서 올라오는 해가 훨씬 더 잘 보인다. 이리버스호에 몇 달 만에 처음으로 오로라도 랜턴도 아닌, 횃불보다 훨씬 밝은 태양이 비춘다.

압력 봉우리까지 가다 보니 얼마 전 카니발 화재가 난 곳을 지났다. 당시 일부 구역의 빙하가 녹고 하도 밟고 다녀 반들반들해진 길과 잿가루가 뿌려진 곳이 보였다. 참사 일주일 만에 크로지어의 명령에 따라 깔끔히 복구했지만 텐트 기둥을 박아 세운 구멍은 그대로였다. 얼음이 녹았다가 다시 얼어붙는 바람에 로프와 캔버스 자투리가 얼음 속에 갇혔다. 검은 방에 뿌려놓는 시커먼 잿가루를 없애려고 여러 번 작업하고 그 사이에 눈이 여러 번 내렸지만 자국은 여전했다.

"그 미국 작가 글을 읽었어." 브리젠스가 말했다.

"누구요?"

"디키 에일모어가 그 작가 때문에 태형 50대를 맞았잖아. 덕분에 그 터무니없는 카니발에 그런 기발한 세트장을 세웠지. 내 기억이 맞다면 이름이 포(애드거 앨런 포. 미국의 작가로 에일모어가 읽었다는 작품은 포의 단편 『붉은 죽음의 가면』(1842)으로 추정된다)라는 작가야. 소름끼치는 문장으로 우울한 기담을 쓰는 작가지. 전체적으로 보면 그리 대단하진 않아. 뭐라 실명할 수는 없지만 대단히 미국적이지. 그런데 태형을 부른 문제의 그 소설은 못 읽었어."

페글러는 끄덕였다. 발에 뭐가 걸렸다. 눈 속에 파묻힌 것을 몸을 숙여 파헤쳤다.

존 프랭클린의 검은 괘종시계 위 빙벽에 박혀 있던 곰의 머리뼈였다. 이것도 화마에 살아남지 못했다. 머리뼈에 붙어 있던 살과 가죽과 털은 모조리 타고 뼈도 시커멓게 그을렸다. 눈구멍은 뻥 뚫렸다. 그런데 이빨은 여전히 누렜다.

"세상에, 포가 보면 좋아하겠는데." 브리젠스가 말했다.

페글러는 그것을 다시 눈 속에 툭 내려놓았다. 뒷정리하러 온 대원들이 봤으면 분명 치웠을 텐데 아마 눈 속에 파묻혀 있었나 보다. 두 사람은 한 40미터를 더 걸어서 가장 높은 압력 봉우리로 가서 그 위로 기어올랐다. 페글러는 브리젠스가 잘 올라갈 수 있도록 연신 거들었다.

압력 봉우리의 편평한 상단에 오르자 브리젠스가 숨을 몰아쉬었다. 평소 같으면 페글러도 책 속에 등장하는 고대 올림픽 출전 선수만큼 건강했겠지만, 다른 날보다 숨이 가빴다. 몇 달간 힘들게 몸을 써서 일하지 않은 탓인 듯하다.

남쪽 수평선이 빛나고 있었다. 약간 탁하면서도 색 바랜 누런 불빛이 올라오고 있었다. 하늘 절반을 뒤덮은 별들이 시들어갔다.

"해가 다시 뜨다니 믿기지 않아요." 페글러가 말했다.

갑자기 시뻘건 황금빛 덩어리가 언덕처럼 보이는 잿빛 땅 위로 고개를 내밀고 머뭇거렸다. 남쪽으로 보이는 건 언덕이 아니라 낮게 깔린 구름 같았다. 40여 명의 이리버스 대원이 갑판에 올라 만세 삼창하는 소리가 들렸다. 날씨는 여전히 매서웠다. 테러호에서 함성을 외치는 소리도 희미하나마 겹쳐 들렸다. 테러호는 동편으로 약 1.6킬로미터 떨어진 빙해에서 보였다.

"새벽이 장밋빛 손가락을 앞으로 내미네." 브리젠스가 그리스 어로 말했다.

페글러는 슬쩍 미소를 지었다. 자신도 그 구절을 기억하고 있음에 약간 놀랐다. 『일리아드』를 읽은 게 벌써 몇 년 전이다. 다른 책을 그리스 어로 읽은 것도 한참 전이었다. 처음으로 그리스 어를 읽으며 트로이와 여러 영웅을 만나 흥분했던 기억이 떠올랐다. 비글호가 카포 베르데(아프리카 서쪽 대서양에 있는 국가) 제도에 있는 화산섬 사오티아고에 정박했을 때였으니 무려 7년 전 일이다.

그의 마음을 읽은 듯 브리젠스가 말했다. "다윈 기억나?"

"그 젊은 자연주의자요?" 페글러가 되물었다. "피츠로이 함장이 가장 좋아하던 말 상대 아닙니까? 그럼요. 5년 전 비글호에 탔던 그 사람 기억이 아직도 생생해요. 그 사람은 신사였고 전 아니었지만요."

"그때 인상이 어땠어, 해리?" 브리젠스의 파란 눈에 눈물이 고였다. 해를 다시 봐서 감격한 건지, 아니면 오랜만에 밝은 빛을 봐서 눈이 시린 건지 잘 모르겠다. 불덩이가 시커먼 구름을 아예 몰아내지도 못하고 벌써 내려갈 채비를 했다.

"다윈이요?" 페글러가 눈을 옆으로 돌렸다. 눈이 부셔서라기보다 깡마른 자연주의자에 대한 기억을 제대로 되새기기 위해서였다. "유쾌한 사람이었죠. 신사답고 열정적이었고. 다른 대원을 시켜서 죽은 동물이 한가득 든 상자를 정신없이 나르도록 했어요. 그때 죽은 새로만 선창을 채울 정도였죠. 그런데 자기 손을 더럽히지 않으려고 그랬던 건 아니었습니다. 낡은 비글호를 예인해서 강을 거슬러 오를 때는 같이 노를 저었던 적도 있는데, 기억나십니까? 그가 일렁이는 물살에 휩싸인 보트를 구한 적도 있어요. 그리고 또 기억나는 게 있는데, 고래가 우리를 따라온 적이 있어요. 칠레 해안 가였는데 그때 다윈이 더 잘 보겠다고 직접 돛대 꼭대기까지 올라가려고요. 그걸 보고 깜짝 놀라서 다윈이 내려올 때까지 옆에 있었어요. 그런데 한 시간도 넘게 고래를 구경하느라 망원경에서 눈을 떼지 않더라고요. 코트 자락은 바람에 살랑거리고."

브리젠스가 웃었다. "다윈이 너한테 책을 빌려줘서 내가 질투했는데. 그게 뭐였더라, 라이엘(영국의 지질학자)이 쓴 책이었나?"

"『지질학의 원리』요. 무슨 말인지 도무지 모르겠지만 아무튼 굉장히 위험한 내용이라는 것만 알아요."

"자연현상이 시대를 거쳐 변한다고 주장했기 때문이지. 비기독교적 세계관을 바탕으로 쓴 책이야. 이 세상의 모든 것이 천재지변으로 완전히 뒤바뀌는 것이 아니라 영겁의 세월을 거치면서 서서히 변화한다는 게 라이엘의 주장이거든."

"맞아요, 그런데 다윈은 그 사실을 아주 잘 알고 있더라고요. 마치 개종한 사람처럼 말했어요."

"맞아, 그랬을 거야." 브리젠스가 말했다. 태양이 3분의 1만 남았다. "다윈하고 나를 둘 다 아는 친구들이 좀 있어서 출항 전에 들었는데 다윈이 책을 하나 쓰고 있대."

"그럼 벌써 나왔겠네요. 기억나세요? 제가 스승님을 찾아가 같이 공부하게 된 해니까 1839년일 거예요. 그때 다윈이 실제 경험을 토대로 쓴 '비글호가 방문한 여러 나라의 지질학과 자연사에 관한 저널'을 읽고 우리 둘이서 토론했던 거 기억하십니까? 전 그 책을 살 형편이 못 되었는데 스승님은 읽어 보셨다고 했어요. 다윈이 직접 겪은 동식물에 대해 여러 권 썼던 것 같아요."

"『비글호 항해의 동물학』이었지. 맞아, 그것도 샀어. 내 친구 배비지(영국 케임브리지의 수학자)가 그러는데 다윈이 굉장히 중요한 저서를 쓰고 있다는 것 같아."

"찰스 배비지 박사요? 정밀 엔진 같은 기발한 기계를 고안한 학자 맞죠?"

"맞아, 그 사람이야. 배비지가 그랬어. 다윈이 벌써 3년이나 생물 진화 메커니즘에 관한 흥미진진한 책을 쓰고 있다고 했어. 비교해부학, 발생학, 고생물학 같은 지식을 집대성하고 있을 거야…… 그 분야는 선배 자연주의자들의 주요 관심사였지. 그런데 무슨 이유인지 모르겠지만 다윈이 망설이고 있어서 출간이 안 될 수도 있다네. 어쩌면 평생 빛을 못 볼지 몰라."

"생물 진화라고요?" 페글러가 물었다.

"응, '종'이라는 개념은 문명화된 세계에 사는 기독교인의 믿음에 반하는 논리지. 생물은 창조된 이후 고정된 모습으로 남는 것이 아니라 시간이 지나면서 변화하고 적응한다는 이론이야. 아주 오랜 시간, 그러니까 라이엘이 말한 영겁의 세월을 거치면서 진화한다고 믿지."

"저도 생물 진화가 뭔지 알아요." 페글러는 자꾸 무시당하는 것 같아 솟구치는 짜증을 애써 감추며 대답했다. 사제 관계에서의 단점은, 새삼스레 이번이 처음은 아니지만, 모든 게 다 바뀌어도 사제 관계만은 절대로 뒤바뀌지 않는다는 점이다. "라마르크(프랑스의 생물학자) 책에서 그 개념을 읽었어요. 디드로(프랑스의 백과사전파의 거장)하고 뷔퐁(프랑스 박물학자) 책에도 나와요."

"맞아, 다 오래된 이론이지." 브리젠스가 말했다. 목소리에 놀라움과 약간의 미안함이 담겼다. "몽테스키외(프랑스의 정치철학자)도 진화에 관해 책을 썼어. 모페르튀이(프랑스의 수학자)나, 네가 말한 다른 학자도 모두 이와 관련된 책을 냈어. 찰스 다윈의 조부이신 이래즈머스 다윈(영국의 의사 겸 자연학자)도 그런 주장을 펼쳤지."

"그런데 왜 찰스 다윈의 책이 중요하다는 겁니까? 생물 진화는 오래된 개념이잖아요. 교회에서나 다른 자연주의자들에게서 몇 백 년도 넘게 이면당하던 개념이죠."

"찰스 배비지도 그렇고 나와 다윈을 모두 아는 지인은 만약 그 책이 진짜로 발간이 된다면 생물 진화에 대한 실제 메커니즘에 관한 증거를 제시할 것으로 예상하고 있어. 무려 1만여 개에 달하는 실제 메커니즘의 구체적인 예시가 담겨 있을 거야."

"그 메커니즘이란 게 뭔가요?" 페글러가 물었다. 해가 졌다. 해가 뜨기 전에 활개 치던 누런빛이 장밋빛 여명을 삼켰다. 해가 사라지자 해돋이를 봤다는 게 믿기지 않았다.

"자연은 셀 수 없이 많은 종 안에서 경쟁을 통해 선택이 되지. 이러한 자연 선택을 통해 유용한 특징은 남고 나쁜 특징은 사라지고. 즉, 생존이나 생식이라는 개념 이외에 또 다른 가능성이 더해진 거야. 라이엘이 말한 영겁의 세월을 거치면서."

페글러는 잠시 생각에 잠겼다. "그런데 왜 이 얘기를 꺼내셨습니까?"

"그건 우리를 잡아먹으려고 빙하에 몸을 숨긴 포식자 때문이야, 해리. 전에 존 프랭클린 경의 괘종시계 소리에 맞춰 메아리치던 시커멓게 탄 머리뼈 때문에 생각이 났어. 아까 검은 방이 있던 자리에 던져 놓고 온 곰 머리뼈 말이야."

"무슨 말씀이신지 모르겠어요." 페글러가 말했다. 존 브리젠스의 문하생으로 있던 시절, 그러니까 5년간 비글호를 타고 장기 탐험을 하던 시절, 페글러는 이 말을 입에 달고 살았다. 원래 계획은 탐사가 2년 예정이어서 페글러는 로즈에게 2년 정도 있다가 돌아오겠다고 약속했다. 그러나 비글호에 오른 지 4년 차로 접어들던 해에 로즈는 폐결핵으로 사망했다. "빙하에 있는 괴물이 흔히 보이는 백곰으로부터 종의 진화를 통해 변이된 형태라고 생각하십니까?"

"오히려 그 반대야. 고대 시대의 마지막 남은 종과 마주할 것 같아. 덩치가 훨씬 크고, 더 영리하고, 잽싸고, 게다가 백곰보다 훨씬 사납고. 여기에서 자주 보이는 백곰은 그보다 훨씬 작지."

페글러는 마침내 입을 열었다. "그럼 그 녀석이 태곳적부터 살던 종의 후손이라는 말씀이네요."

브리젠스가 소리 없이 웃었다. "비유적으로 말하자면 그렇지. 해리, 기억날 걸, 나는 창세기에 나오는 홍수를 글자 그대로 믿는 사람이 아니야."

페글러가 웃었다. "여기에서 그렇게 말씀하시면 위험합니다." 그는 몇 분간 서서 냉철한 생각에 잠겼다. 빛이 사그라진다. 별이 또다시 남쪽 하늘을 채운다. "그럼, 그것이…… 마지막 남은 종이…… 공룡 시대에 살던 종이라고 생각하세요? 만일 그렇다면, 왜 화석조차 보이지 않는 거죠?"

브리젠스가 또다시 웃었다. "아니, 아무튼 나는 빙하에 몸을 숨긴 그 포식자가 공룡하고 싸우는 존재였다고는 믿지 않아. 우르수스 마리티무스 종 같은 포유류는 공룡 시대와 전혀 겹치지 않았어. 라이엘이 제시하고 다윈이 이해한 바에 따르면, 그 시기는 말이지, 우리가 이해할 수 있는 범주를 벗어났을지도 몰라."

두 남자가 잠시 침묵에 잠겼다. 바람이 약간 불기 시작했다. 페글러는 더는 이렇게 추운 바깥에 있을 수 없다는 사실을 깨달았다. 브리젠스가 몸을 파르르 떨었다. "그럼 그 짐승이, 그러니까 그 녀석의 기원을 이해하면 우리가 녀석을 사냥하는 데 도움이 될까요? 짐승이라고 하기엔 너무 똑똑하긴 하지만요."

브리젠스가 이번엔 크게 웃었다. "아마 아닐 거야, 해리. 우리끼리 얘기지만 난 그 녀석이 우리보다 훨씬 나은 것 같아. 녀석의 의지에 따라 우리의 뼈가 화석으로 남을 수도 있어. 그 거대 괴물이, 북극에서만 사는 그 녀석이 흔하디흔한 백곰과는 달리 이 메마른 동토에서 번식하지 못하고, 주로 백곰을 삽아믹고 사는 깃을 보면 뼈나 화서 같은 흔적은 없을 거야 그래도 혹시 몰라. 우리가 현재 가진 과학 기술을 총동원하면 얼어붙은 북극해 밑에서 최소한 녀석의 흔적은 찾을 수도 있겠지."

둘이 이리버스호를 향해 걷기 시작했다.

"해리, 테러호는 어떻게 되어 가는 거지?"

"사흘 전 선상 반란이 일어날 뻔했다는 소문 들으셨죠?"

"정말 그럴 뻔한 거야?"

페글러는 어깨를 으쓱했다. "정말 볼썽사나웠어요. 누가 봐도 그랬을 겁니다. 누수방지공 조수 히키와 다른 두세 명이 선동하는 바람에 다른 승조원까지 들고 일어났어요. 일종의 군중 심리죠. 그런데 크로지어가 아주 영리하게 대처했어요. 지난 수요일에 있었던 폭동을 그렇게 깔끔하고 분명하게 정리할 함장은 아마 없을 거예요."

"그게 다 에스키모 여자 때문에 생긴 일이었다며?"

페글러가 고개를 끄덕이며 방한모를 바싹 잡아당겼다. 바람이 이제 매섭다. "히키와 몇몇이 그 에스키모 여자가 선체에 구멍을 뚫어 드나든다는 사실을 크리스마스 전에 알았어요. 카니발이 열리기 전날까지도 여자는 선수 밧줄 창고에 있다가 제 마음대로 함선을 드나든 거죠. 그래서 허니와 목공장 조수가 선체에 뚫린 구멍을 메웠고, 카니발 화재 그다음 날 어빙이 바깥 얼음 터널을 곧장 무너뜨렸어요. 그러면서 말이 새어 나간 거죠."

"히키와 일부 대원은 그 화재와 여자가 관련 있다고 생각하는 건가?"

페글러는 다시 어깨를 으쓱했다. 이렇게 하니 조금은 몸이 따스해졌다. "제가 알기로는 다들 그 여자를 그 빙하에 사는 괴물로 여기더라고요. 혹은 여자가 괴물의 짝이라고 믿거나요. 몇 달 전부터 여자를 이단의 마녀로 확신하는 분위기예요."

"이리버스에서도 다들 그렇게 생각해." 추위에 브리젠스의 치아가 덜덜거렸다. 두 남자는 어색하게 함선을 향해 걸음을 재촉했다.

"히키와 그 일당은 잠복하고 있다가 여자가 십 비스킷과 염장 대구를 타러 오면 공격할 계획을 짰어요. 목을 따서 숨통을 끊은 다음 근사한 의식을 치를 생각이었나 봐요."

"그런데 왜 실패했지, 해리?"

"언제나 고자질한 사람이 있는 법이니까요. 크로지어 함장이 살인 계획이 있기 몇 시간 전에 풍문을 들었어요. 그래서 여자를 하갑판으로 불러오고 승조원을 전원 집합시켜 회의를 소집했어요. 근무 중인 대원들까지 모두 불렀는데, 이런 전례는 없었죠."

브리젠스는 걸으면서 창백한 얼굴로 페글러를 쳐다보았다. 날이 금방 저물고 있었다. 북서풍이 불었다.

"저녁 시간이었어요. 함장은 승조원 식탁을 모두 천장에 붙이고 전원 바닥에 앉혔어요. 통이나 상자 위가 아니라 그냥 맨바닥에 앉혔어요. 그러고는 권총으로 무장한 장교를 그 뒤에 세웠죠. 함장은 에스키모 여자를 팔로 붙들고 여차하면 대원들을 향해 내던질 듯한 자세를 취했어요. 마치 고깃덩어리를 자칼한테 던지려는 것 같았어요. 어찌 보면 진짜로 내던지려고 그런 것 같기도 하네요."

"그게 무슨 말이지?"

"함장은 대원들에게 살인할 거면 당장 하라고 했어요. 바로 그 자리에서요. 보트 나이프로 여자를 죽이라고 했죠. 우리가 먹고 자는 하갑판에서 하라고요. 수병이든 장교든 다들 들러붙어 죽이라고 했어요. 선상에서의 살인은 아구창과 같아서 다들 공범이라는 예방 주사를 맞지 않으면 전염된다고 했죠."

"이상해. 아무리 그래도 그런 식으로 선상 유혈 사태를 막았다니 놀라운걸. 폭도는 원래 생각이 없잖아."

페글러는 고개를 다시 끄덕였다. "그러더니 스토브 옆에 서 있던 디글을 앞으로 불러냈어요."

"조리장?"

"네, 조리장이요. 크로지어는 디글에게 오늘 저녁 메뉴는 물론, 앞으로 한 달간 저녁 메뉴도 물었어요. '염장 대구와 통조림 안에 든 것 가운데 썩 지 않은 것 아무거나'라고 하더라고요."

"재밌군."

"그다음 굿서에게 질문했어요. 그날은 굿서가 테러호 근무였나 봐요. 사흘간 몇 명이나 건강 검진을 받으러 나왔냐는 질문에 '21명이 왔고, 오 늘 함장님 소환으로 이 자리에 나오기 전까지 14명이 병상에 누워 있다' 고 보고했어요."

브리젠스는 마치 크로지어의 속셈을 읽은 듯 고개를 끄덕였다.

"그러더니 크로지어 함장이 이런 말을 했어요. '괴혈병이 돌고 있다.' 괴혈병이라는 단어가 누군가의 입을 통해 3년 만에 처음 언급된 거죠. 그 게 군의관이든, 함장이든, 항해사든 간에요. '이제 테러호는 괴혈병으로 쓰 러질 것이다. 다들 증상은 알고 있겠지. 혹시 모르면 잘 듣고, 상상하는 것 만으로도 불쾌하겠지만 잘 듣게'라고 하더니 여자 옆에 서 있던 굿서 군의 관을 앞으로 불러내 증상을 설명하도록 했어요."

이리버스호에 거의 다 왔는데도 페글러는 말을 멈추지 않았다. "궤양 과 전신 출혈이 생기고 피하 출혈이 일어납니다. 실제로 과다 출혈이 생기 고, 확진에 앞서 온몸에 있는 구멍이란 구멍에서 피가 흐릅니다. 입과 귀, 눈과 항문에서 피가 난다는 소리죠. 그리고 사지 경화가 시작됩니다. 이 게 뭐냐면, 먼저 팔다리가 아프다가 나중에는 뻣뻣하게 굳습니다. 마음대 로 움직이지 않아 점차 눈이 먼 황소처럼 걸음걸이가 이상해집니다. 그리 고 치아가 몽땅 빠집니다.' 굿서가 여기까지 말하고 잠시 뜸을 들이자, 다 들 쥐 죽은 듯 조용해졌어요. 50명의 숨소리조차 들리지 않더군요. 그저 빙하에서 배가 삐거덕거리고 신음하는 소리만 났어요.' 그리고 이가 빠지고 입술이 검게 변하면서, 그나마 남은 치아 위로 말려 올라갑니다. 잇몸이 부풀고 냄새가 나기 때문에 괴혈병에 걸리면 지독한 악취가 풍깁니다. 잇몸이 안에서부터 썩고 곪아서 그렇습니다. 그런데 이게 다가 아닙니다. 시력과 청력이 떨어지고 판단력도 저하됩니다. 방한복을 전혀 착용하지 않은 채 느닷없이 영하 45도 바깥으로 나가려 하죠. 방향 감각을 잃고 못을 박는 법도 까먹습니다. 오감을 잃는 것은 물론 그것 때문에 미쳐 버리기도 하죠. 무슨 말이냐면, 신선한 오렌지를 보면 괴혈병 환자는 그 냄새가 너무 역해서 미쳐 버립니다. 빙판에서 썰매가 지나가는 소리에 귀를 막고 쓰러집니다. 머스킷총 소리 정도면 거의 치명적이죠.' 그때 히키가 서 있던 쪽에서 누군가 잠잠해진 하갑판을 향해 크게 외쳤어요. '어이쿠! 그럼 오렌지 주스를 마셔야겠네!'" 페글러가 계속 말을 이었다. "굿서는 고개를 서글프게 흔들었어요. '이제 마셔 봐야 소용이 없습니다. 그나마 남은 것도 마실 수 없습니다. 무슨 이유인지 모르겠지만, 오렌지 주스 같은 항괴혈병제는 몇 달이 지나면 그 효험이 사라집니다. 무려 3년이 넘었으니 이제 무용지물이죠.' 또다시 하갑판이 침묵에 잠겼는데, 이번에는 숨소리가 들리더군요. 거친 숨소리가 들쑥날쑥하더라고요. 그리고 대원들 틈에서 이상한 냄새가 모락모락 올라왔어요. 두려워하는 분위기 속에서 뭔가 고약한 냄새가 풍겼어요. 그 자리에 있던 사람은 장교든 수병이든 거의 다 지난 2주 내에 괴혈병 초기 증상이 나타나 굿서를 찾아갔었죠. 갑자기 히키에게 동조하는 대원 하나가 소리를 쳤어요. '대체 괴혈병이 저 요나 같은 마녀를 처치하는 것과 무슨 상관이 있습니까?' 크로지어는 앞으로 한 발짝 나갔어요. 마치 포로로 잡은 여자를 여태 붙들고 있다가 여차하면 폭도에게 던지려는 듯했어요. '다른 함장이나 군의관이라면 괴혈병 치료를 위해 다른 방도를 사용할지 모른다. 격렬히 운동을 시킬 수도 있고, 아니면 열심히 기도하라고 할 수도 있겠지. 혹은 통조림 음식을 먹이거나. 그런데 이런 해결책은 장기적으로 보면 아무 소용이 없다. 치료법이 딱 하나 있다. 안 그런가, 굿서 박사?' 순간 하갑판에 모인 이들의 고개가 일제히 굿서를 향해 돌아갔어요. 에스키모 여자까지도 그쪽을 쳐다봤죠. '신선한 음식을 섭취해야 합니다. 특히 신선한 고기를 먹으면 바로 나을 수 있습니다. 식단 속 영양분 부족으로 괴혈병을 앓는 것이라서 신선한 고기를 섭취하는 방법이 유일한 치료책입니다.' 다들 다시 크로지어 함장 쪽으로 고개를 돌렸죠. 크로지어는 여자를 승조원에게 내다 던질 기세였어요. '여기 이 죽어가는 함선 두 척에서 이 추운 가을 겨울에 신선한 고기를 사냥할 수 있는 자는 단 한 명뿐이다. 그자가 바로 여러분 앞에 서 있다. 바로 이 에스키모 여자다. 겉보기엔 한갓 어린 여자처럼 보이지만, 실상은 물범과 바다코끼리와 여우를 찾아내 잡는 법을 아는 유일한 사람이지. 우리가 저 설원 위 어디에 있는지 감도 못 잡는 동물들을 이 여자는 척척 사냥할 수 있다. 만일 이 배를 포기해야 할 시기가 닥치면 우리는 어찌될까? 아무런 식량도 없이 저 빙하를 향해 밖으로 떠나야 한다면 말이다. 살아남은 우리 109명 중 사냥하는 법을 아는 자는 단 하나. 그런데 너희는 그런 자를 죽이려 하고 있다.'

브리젠스는 웃으면서 피가 흐르는 잇몸을 내보였다. 두 사람이 이리버스호의 얼어붙은 경사로에 다다랐다. "프랭클린 경의 직을 이어받은 크로지어가 평민 출신일 거야. 정식 교육도 거의 받지 못한. 그러나 그 누구도 크로지어더러 멍청하다고 비난하지 않아. 내가 아는 한은 그래. 얼마 전 중병을 앓더니 사람이 좀 변한 것 같아."

"삶이 변했겠죠." 페글러는 브리젠스가 16년 전 알려준 방식으로 짓궂게 말장난을 쳤다.

"어떻게 변했지?"

페글러는 머플러 위로 나와 꽁꽁 언 두 뺨을 긁적였다. 장갑이 수염에 서걱서걱 긁혔다. "뭐라고 설명하기 애매한데요. 크로지어 함장이 한 30년 넘게 위스키에 절어 살다가 처음으로 정신이 맑은 것 같아요. 위스키 때문에 함장이 제 몫을 못한 적은 결코 없었어요. 아주 괜찮은 뱃사람이자 상관이었죠. 그런데 바로 그 위스키 때문에 크로지어와 세상 사이에 벽이 생긴 것 같아요. 지금은 아예 그 안에 갇혀 살면서 미련이 없어 보여요. 뭐라 설명하기가 참 힘드네요."

브리젠스가 고개를 끄덕였다. "이제 마녀를 죽이자는 얘기가 다시는 안 나오겠네."

"그럼요. 한동안 여자한테 십 비스킷도 더 덜어주고 했는데, 여자가 사라졌어요. 함선 바깥으로 나간 것 같아요."

브리젠스가 경사로를 올라가더니 뒤돌아보며 말했다.

"코닐리어스 히키는 어떤 것 같아, 해리?"

목소리가 너무 작아서 갑판에서 근무 중인 대원에게까진 들리지 않는 것 같았다.

"뭐 배신이나 하는 몹쓸 녀석이죠." 페글러는 남이 듣든 말든 개의치 않았다.

브리젠스가 고개를 다시 끄덕였다. "맞아, 그런 사람이야. 예전부터 알던 사람인데. 기나긴 항해를 하는 동안 몇몇 남자애들을 건드린 후 필요할 때 마음대로 부리고 노예로 삼는 사람이야. 그런데 최근 몇 년 사이에는 같은 탐험대에 나이가 좀 있는 남자를 건드렸다고 하던데, 이를테면 그 바보 같은……"

"매그너스 맨슨이요."

"맞아, 맨슨. 만약 히키가 자기 혼자 재미를 보겠다고 그러는 거면 우리가 무슨 걱정이겠어. 그런데 그 쪼그만 녀석이 더한 생각을 품고 있는 것 같아. 선상 반란을 일으킬 심산이니 그냥 쪼잔하게 투덜거리는 자들보다 악질이지. 조심해. 눈여겨보라고, 해리. 우리 탐험대에 크나큰 해악을 끼칠 작자야. 명심해. 내가 '크나큰 해악'이라고 그랬네. 뭐, 이렇게 말하니 아무튼 죽을 운명이 아닌 것처럼 들리네. 다음번에 만날 때는 아마 우리 모두 함선을 버리고 저 멀리 빙하를 향해 마지막으로 길고 추운 걸음을 걸어야 할 거야. 몸 조심해, 해리 페글러."

페글러는 아무 말이 없었다. 겉장갑을 벗고 속장갑을 낀 얼어붙은 손을 들어 브리젠스의 꽁꽁 언 뺨에 갖다 댔다. 살짝 스치는 손길이라서 동상에 걸린 듯한 뺨으로 아무것도 전해지지 않았지만, 마음만큼은 충분히 전달되었다.

브리젠스가 경사로를 걸어 올라갔다. 페글러는 돌아보지 않고 방한 장갑을 다시 끼고 차가운 길을 걸어 점점 어둠이 덮치는 테러호를 향해 걸어갔다.

2권에 계속

# 테러호의 악몽 1

초판 1쇄 인쇄 2015년 7월 1일
초판 1쇄 발행 2015년 7월 6일

지은이 | 댄 시먼스
옮긴이 | 김미정
펴낸이 | 정상우
주간 | 정상준
편집 | 이민정 정희정 심슬기
관리 | 김정숙

펴낸곳 | 오픈하우스
출판등록 | 2007년 11월 29일(제13-237호)
주소 | 서울시 마포구 동교로13길 34(121-896)
전화 | 02-333-3705  팩스 | 02-333-3745
www.openhousebooks.com
www.facebook.com/vertigo.kr

ISBN 979-11-86009-24-6  04840
      979-11-86009-19-2 (세트)

**VERTIGO**는 (주)오픈하우스의 장르문학 브랜드입니다.

이 도서의 국립중앙도서관 출판시도서목록(CIP)은 서지정보유통지원시스템 홈페이지
(http://seoji.nl.go.kr)와 국가자료공동목록시스템(http://www.nl.go.kr/kolisnet)에서 이용하실 수 있습니다.
(CIP제어번호: CIP2015017043)